비둘기의 날개 2

The Wings of the Dove

Henry James

대산세계문학총서
199

비둘기의 날개 2

The Wings of the Dove

헨리 제임스　정소영 옮김

문학과지성사

대산세계문학총서 199

비둘기의 날개 2

지은이   헨리 제임스
옮긴이   정소영
펴낸이   이광호
주간   이근혜
편집   김은주
펴낸곳   ㈜문학과지성사
등록번호   제1993-000098호
주소   04034 서울 마포구 잔다리로7길 18(서교동 377-20)
전화   02) 338-7224
팩스   02) 323-4180(편집) 02) 338-7221(영업)
전자우편   moonji@moonji.com
홈페이지   www.moonji.com

제1판 제1쇄 2026년 4월 24일

ISBN 978-89-320-4520-7 04840
ISBN 978-89-320-4518-4(전 2권)
ISBN 978-89-320-1246-9(세트)

이 책은 대산문화재단의 외국문학 번역지원사업을 통해 발간되었습니다.
대산문화재단은 大山 愼鏞虎 선생의 뜻에 따라 교보생명의 출연으로 창립되어
우리 문학의 창달과 세계화를 위해 다양한 공익문화사업을 펼치고 있습니다.

차례

비둘기의 날개 2

    6부   7

    7부 117

    8부 199

    9부 269

    10부 353

옮긴이 해설·곤경의 드라마, 의식의 드라마 458

작가 연보 466

기획의 말 469

뉴욕판 서문 7

비둘기의 날개 1

    1부 33

    2부 85

    3부 149

    4부 195

    5부 261

기획의 말 369

일러두기

1. 이 책은 Henry James의 *The Wings of the Dove*(New York: Penguin Classics, 2008)를 우리말로 옮긴 것이다.
2. 본문의 주는 모두 옮긴이의 것이다.

6부

1

"맙소사, 케이트, 당신 정말로 그렇게 눌러앉아 있었군요!" 그곳을 벗어난 후 자신들이 겪은 모험과 관련해 머튼 덴셔가 즉시 내뱉은 말이었다. 그러자 케이트는 그녀의 입장에서 단지 그가 남자라서 그런 진술을 용서하는 거라고 재빨리 알려주었다. 아무리 실망스럽더라도 틀림없이 그것이 남자라는 특성에서 그가 할 수 있는 최선의 도움이 될 반응이었다고 인정해야 했던 것이다. 모험이라는 것이 그들 사이에 볼썽사납게 놓여 있었다. 거리로 나선 두 사람은 위험천만한 곤경을 함께 막 빠져나온 사람들처럼 마주 보았다. 따라서 상대방이 보기에 그녀의 행동에 있을 법한 모호한 점을 해명하기에 충분한 의견 일치는 이미 개략적으로 나온 셈이었다. 하지만 남자들이란 얼마나 많은 해명이 필요한지! 하려고만 했다면 지금 케이트는 그에 대해 할 말이 아주 많았다. 하지만 상황을 좀더 알고 났을 때 그가 확연히 느낀 것은 오랜 공백 뒤에 다시 만나 오전 반나절을 함께 보낸 지금 자신들의 가까운 미래와 관련된 문제를 지체 없이 처리해야 할 필요가 있다는 그녀의 인식이었다. 약간의 처리를 할 필요가 있다는 사실, 어려움에 직면하고 지연되기도 하지만 여전히 교묘하게 다루어야 한다는 사실이 다시 그에게 닥친 커다란 문제였다. 둘 다 서로를 필요로 한다는 사실을 새삼 깨닫게 된 것을 제외하면 다른 무엇보다 커다란 문제였다. 그 필요성의 상태는 전날 오후 20분 만에 알아볼 수 있었는데, 그것을 증명하는 일에 흠뻑 빠져 시간을 다 보냈더랬다. 그는 리버풀에서 배를 내리자마자 전보를 쳤고, 5시에 유스턴에 도착했다. 사람들 눈에 쉽게 띌 텐데도 그녀는 역으로 마중 나가기로 곧 결정을 내렸다. 기차에서 내린 그가 그 점을 칭찬하자 그녀는 그런 일은 단번에 처리해야 하는 거라고 솔직하게 말했었다. 오늘은 누가 보든 말든 개의치 않았고 즐거운 시간을 보냈으니 보상을 받았다고 보았다. 당장 내일만 해도 그녀는 어쩔 수 없이 생각할 시간을 갖게 될 테고, 그러면 역시 어쩔 수 없이 경계하고 조심하는 치사한 인간이 될 터였다. 좌우간 그녀는 다음 날 이른 아침으로 다음 약속을 잡았는데, 일단은 랭커스터게이트에 6시까지 가야 할 특정한 약속을 염두에 둔 것이었다. 치를 떨면서 그 이유를 설명하길, 차를 마시러 끝없이 찾아오는 사람들과 모드 이모와의 약속이라고 했다. 하지만 그 자리에서는 충분히 관대했고, 오랫동안 설레면서 품어온 생각마냥 아침에 국립미술관에서 만나자는 제안을 했다. 사람들의 눈에 띄기야 하겠지만 아는 사람은 없을 것이었다. 지금 자리를 옮겨 앉은 식당에도 사람들 눈이야 있지만 그래봐야 다 모르는 사람들인 것과 마찬가지로 말이다. 용이한 만큼 '그럴듯한 이유는 가질' 수 있으니까. 그들이 편하게 갈 만한 장소가 없다는 사실이 이미 그렇게 그들 사이에서 문제로 떠올랐다.

다시 영국 땅에 발을 들여놓는 순간 그에게 온갖 감정이 밀려왔지만, 그 문제와 관련한 서글픔을 가장 강렬한 감정으로 감당해야 한다는 사실을 오롯이 대면하지는 못했다. 자신이 성마른 탓에 회피해온 문제들이 있었음을 나중에 인식했다. 그래서 준비도 확신도 부족해 자기 연인을 아무 데도 '데려갈' 수 없다는 사실이 실제로 그의 마음을 저몄다. 유스턴에서는, 그것도 케이트의 제안으로 맥주와 빵을 주로 파는 장소로 그녀를 데리고 갔고, 구석의 작은 탁자에 앉아 차를 주문했더랬다. 북적거리는 사람들 속에 파묻혀 눈에 띄지 않았기 때문에 확실히 임시방편으로는 쓸 만했다. 혼잣속으로 생각해낸 유일한 방편이었던, 그냥 자기 숙소로 마차를 타고 가는 방안만큼 쓸 만했다. 사실을 말하자면 일단 문 앞에 이르면 다시 머뭇거리게 되리라는 예견이 예리하게 파고들어 그 방안은 중도에 약간 주저앉고 말았다. 그녀는 그 앞에서 걸음을 멈추고, 그와 함께 들어가지 않을 것이다. 아마 그럴 수 없을 것이다. 이렇게 진척된 관계에서도 그녀에 대한 존중이라고 할 만한 면이 부족하다는 사실을 드러내지 않고서야 그로서도 들어가자는 말을 할 수 없을 것이다. 다시금 그 점이야말로 유일하게 확실한 사실이었다. 그로 인해 울화가 치민다는 사실을 제외하면 말이다. 압착되고 응축되어 한두 가지 격렬한 고통에 한정되어 있지만, 그래도 어쨌든 정원의 뱀처럼 머리를 곧추세운 채 유스턴 기차역의 플랫폼에서 그를 기다리고 있던 것은, 자신들의 게임에서 '존중'이란 어쩐지 마차의 다섯번째 바퀴처럼—달리 뭐라 불러야 할지 몰랐다—군더더기에 불과하다는 면구스러운 느낌이었다. 제대로라면 그것은 내면적인 것이지 외면적인 것이 아니어야 했고, 사랑을 더욱 키우는 것이지 행복을 감소시키는 것이 아니어야 했다. 그들은 행복하려고 다시 만났는데, 한두 번 의식이 명료해진 순간에 그는 그러한 축복을 정말로 위협하는 것이 있는지 경계를 게을리해서는 안 된다는 사실을 분명히 실감했던 것이다. 만약 케이트가 마차를 타고 그의 집까지 가는 데 동의한 뒤 집 앞에 내렸다면, 남녀 사이에서 붉은 불꽃이 화르륵 이는, 저 깊은 열정에 언제나 잠재되어 있는 갈등의 불꽃을 확 타오르게 하는 묘한 순간들이 계단 아래에서 벌어졌을 가능성은 아주 다분했다. 그녀는 집 안으로 들어가는 문제에서 고개를 절레절레, 아, 그것도 너무나 서글프면서도 거룩하게 절레절레 흔들었을 것이다. 그러면 그는 거절하는 게 당연하다고 생각하면서도 그런 경우 어떤 말도 미치지 못할 그녀의 눈 속 깊이까지 자기 시선이 파고드는 것을 알아차릴 것이다. 혹시 반발하는 의지가 있지는 않나, 그런 기색이 조금이라도 있는 건 아닌가 의심하면서 말이다. 따라서 실제로는 금세 상황이 달라져, 그 모든 것에도 불구하고 용케 함께 보냈던 30분 동안 사람 미치게 하는 상황을 그녀가 얼마나 잘 처리할 수 있는지를 보여주었던 것은 다행이라 하겠다. 지금도 그렇고 앞으로도 그런 일은 자신이 알아서 하게 내버려두라고 그녀가 부탁했는데, 그를 편안하게 해주기 위해서라며 거의 간청하다시피 했던 것이다.

그녀가 이른 시간에 편하게 만날 장소로 유명한 박물관을 바로 언급했을 때에도 여전히 그에 따른 셈이었다. 게다가 얼마나 적절하게 기술적으로 했는지 그는 그녀와 헤어지고 난 다음에야 그녀가 자신을 어디에 내려놓았는지 완전히 이해할 수 있었다. 그녀를 만나지 못했던 몇 주가 끼친 영향으로 말하자면 그의 욕구가, 그의 열망이 강해졌다는 것이었다. 그리고 여름 별자리가 펼쳐진 밤하늘 아래 그가 탄 배가 아일랜드의 해안이 보이는 곳으로 접어들었던 간밤에야 그는 자신의 특정한 욕구가 얼마나 강력한지를 절감했다. 다시 말해 그길로 당장 그녀를 만나 정말이지 착각은 이제 버려야 한다고 말하겠다는 결심에 흔들림이 없었다. 그들의 착각이란 그들이 버틸 수 있다는 것, 그러니까 모드 이모에 맞서서가 아니라 계속 미뤄지면서 격해지면 남자에게 병을 안길 수도 있는 조바심에 맞서서 말이다. 역광장에서 헤어지면서 그는 그런 원인으로 남자, 혹은 여자조차도 얼마나 심각한 병에 걸릴 수 있는지를 그 어느 때보다 절감했다. 하지만 그로서는 이미 케이트가 훌륭하게 해독제나 치료약이나 은근한 안정제를 사용하도록 내버려두었다는 느낌이었다. 천박하게 들리기는 했다. 사랑하면서도 어떤 특정한 것들의 이름이나 교제의 용어는 사랑 자체에 비하면 늘 끔찍하게 천박했으니 말이다. 하지만 어쨌든 돌아와보니 자신이 '밀쳐진' 것만 같았다. 실제로 그러한지는 하루이틀 기다려봐야겠지만 말이다. 의도했던 만큼은 아니었지만 그가 미국에서 보낸 편지는 관계자들을 만족시켰다. 그래서 합의한 바에 따라 보수를 받게 되었고 이제 돈을 거두러 갈 참이었다. 하지만 사실 거둘 만한 것이 많지 않아서 사람들 앞에 수표장을 흔들어댈 정도는 전혀 아니었다. 자기 애인을 승복시킬 새로운 동기를 내세울 수 없는 처지였다. 이상적으로 말하자면 철학을 바꿀 수 있는 근거로 달라진 전망을 보여주는 것이 가장 확실한 방법일 텐데, 그것이 없으니 그로서는 그동안 시간의 경과를 평계 삼아 그때그때 해나가는 수밖에 없었다. 그래도 시간의 경과—물론 그녀는 얼마되지 않았다고 늘 말하겠지만—는 분명 그에게 어떤 작용을 했다. 그래서 지금 바로 그런 생각들이 밀려들었는데, 케이트에게는 그것이 어떻게 작용했을지 그 나름으로 그려본 바가 있었기에 더욱 그러했다. 그것이 얼마나 찬란하게 모습을 드러냈는지 유스턴의 좁은 구석 자리에 앉아 있는 동안에도 그는 거의 겁이 날 지경이었다. 잘 속는 얼간이들이나 기다리는 법이라는 사실이 눈앞에서 활활 타오르다시피 했기 때문에 겁이 났던 것이다. 그녀가 이렇게까지 애초에 그가 보았던 인물의 모습을 보인 적은 지금껏 없었다. 그로서는 이렇게까지 든든하게 확신한 적이 지금껏 없었다. 거대하고 어둑한 교회 안에서 눈에 보이지 않는 대가가 웅장한 오르간 건반을 두들기듯이, 그 인물이 자신이 오롯이 소유한 것에 대한 자부심을 울려댔다. 궁극적으로 그가 인식한바, 여성이 그런 식의 모습을 보이면서 동시에 남자에게 불가능한 일을 요구할 수는 없을 것이었다.

아침의 그녀는 새롭게 그러한 모습이었다. 그래서 그 순간은 맞닿아 있는, 그러니까 그림이 가득한 공공장소라는 상황이 허용하는 만큼 맞닿아 있는 즐거움만으로도 날아갈 듯한 기분이었다. 케이트가 보여준 수십 가지 불안한 내색으로도 알 수 있듯이 가깝게 붙어 있기 위한 이 임시방편이 사실 별로 적합하지는 않았다. 그 흥미로운 장소에 있는 웬만한 것도 그들의 관심을 끌지 못했으니 말이다. 그들이 그곳에서 만난 것은 그저 길

거리에서 만나거나, 창의성도 없고 멋도 없이 기차역에서 또 만나지 않기 위해서였다. 켄징턴가든스에서 만나는 것도 마땅치 않았는데, 예전의 절망적 무력함의 기운이 너무 그득할 것이라고 암묵적으로 쉽게 동의했기 때문이었다. 지금의 기분은, 그날 아침 그림이 가득한 그곳에서의 기분은 그와 다른 일종의 변주였다. 하지만 15분이 지난 뒤 덴져는 거기서 어떤 결론을 이끌어낼지 잘 알았다. 그것이 그녀에게도 영향을 끼치는 것을 지켜보기라도 한 듯이 어색한 중에 꽤나 위안이 되었다. 그녀는 원하는 대로 우아하게 매력을 발산할 수 있었고 그가 미국에서 무엇을 보았든 그녀에 버금가는 것은 없었다. 그러한 상황에서 그녀는 이 정도로 충분히 그를 달랠 수 있다고 믿는 척을 할 수는 없었다. 상대도 그 정도로 충분히 믿으리라 믿는다는 척을 할 수는 없었다. 그런 목적에 부합할 정도는 못 되었고, 그 사실을 그에게 보여준 것이나 진배없었다. 그것이야말로 그로서는 증명을 해서라도 기꺼이 그녀에게 알려주고 싶은 것이었다. 그가 만약 그 자리에서 직설적으로 말을 꺼냈다면 아마 이런 식이었을 것이다. "지금 이 상황에서 내가, 이런 일이 계속될 수 있다고 생각하는 당신을 이해해야 하나요?" 그에 대해 틀림없이 그녀는 그를 다시 소유하는 일은, 그러니까 멀리 떨어져 그리워하기만 하던 때 그랬듯이 그를 가만히 자기 손아귀에 넣고 소중히 보듬어 가지는 일은 그가 이러쿵저러쿵할 일이 아니라고 충분히 대답할 수도 있었을 것이다. 그것은 그저 그녀의 품위를 슬쩍 보여주고 섬세함을 구사할 일이라고 말이다. 자신들이 원하는 바는 그 못지않게 그녀도 잘 알았다. 그럼에도 불구하고 특정한 순간에, 말하자면 그녀가 그들의 합의를 얼버무리지 않았다면 그의 편에서 또다시 멋들어지게 그 점을 꼬집어서 다그치는 일은 없지 않았겠냐는 말은 할 수 없었다. 좀더 본격적으로 이야기를 나누기 위해 그들은 자리를 잡고 앉아, 친밀하면서도 좀 겉도는 식으로 얼마간 있었다. 유스턴에서 나눈 것으로는 부족했기 때문에 당장 해야 할 이야기들이 많았다. 그래서 이제 자유롭게 그런 얘기들을 나누고 있었고, 불현듯 뜻밖의 일이 생기지 않을까 주위를 둘러보는 일은 잊은—굉장히 그녀다운 일이었다—듯했다. 그러다가 그녀에게 갑작스럽게 다른 충동이 생겨났는데, 나중에 그는 그것이 자신의 어떤 말이나 침묵 때문이었는지, 아니면 자연스럽게 돌린 어떤 눈길이나 우연히 스친 손길 때문이었는지 떠올려보려 애를 썼지만 허사였다. 그녀가 마치 마법에서 깨어나려는 듯이 불쑥 자리에서 일어났고, 그로서는 그때 자신이 뭘 어쨌기에 그 마법이 위험해졌는지 알 수 없었다. 그녀는 곧바로 어떤 그림에 대해 이런저런 말을 하면서 분위기를 잘 수습했지만, 그는 그 말에 대꾸는 하지도 않고, 그와 상관없이 공기가 너무 답답하니 밖에 나가서 바람을 좀 쐬어야겠다고 말했다. 그렇게 해서 자리를 옮기는 사이, 자신들이 서로에게 한없이 빠져 있다가 화들짝 놀라면서 아무렇지도 않게 보이려고 애쓰는 사람들로 보인다는 것을 둘 다 의식했다. 나중에 되짚어봤을 때 덴셔는 그들이 그렇게 정신이 팔려 있을 때 자그마한 그의 뉴욕 친구와 맞닥뜨리지 않았나 싶었다. 그는 무슨 이유에서인지 그녀가 자그마하다고 생각했는데, 사실 그녀의 키는 케이트와 비슷했고 다른 모든 장점과 마찬가지로, 자기 여자 친구의 키에도 작다는 수식어를 붙인 적이 없었는데도 그랬다.

돌이켜봤을 때 그에게 더욱 도드라졌던 점은 케이트와 그녀의 친분이 자신의 추측 이상으로 더 깊다는 사실을 차차 인식한 일이었다. 당연히 케이트는 재미있는 새 친구를 만났다고 편지에 적었고, 그는 그 인물을 그쪽에서 만난 적이 있으며 아주 마음에 들었다고 답장을 했더랬다. 그러자 케이트는 돌아오면 잘 알게 될 거라고 말했다. 하지만 이후 그 문제를 다시 거론하지 않았고, 그 역시 알아봐야 할 다른 일이 많아 거기 신경 쓸 겨를이 없었다. 자그마한 실 양의 개인사가 신문사에 써 보낼 내용은 아니었던 데다, 실 양 같은 여성이야 셀 수 없이 많이 만났으니 말이다. 오죽하면 그가 신문사에 보내는 편지에서 다룰 만한 사회적 현상으로 나서는 것처럼 보일 정도였다. 특히 이 집단, 말할 수 없이 생기발랄하고 출중한 이 젊은이들 집단에 대해서라면 거침없이 글로 쓸 준비가 되어 있었다. 바로 그런 연유로, 그는 런던에 돌아와 두 명의 미국인과 함께 점심을 먹고 한두 시간 지나 케이트 쪽에서 전혀 대비를 해주지 않았던 어떤 상황을 다시금 인식하게 되었던 것이다. 돌이켜보니 어제와 오늘에 걸쳐 받은 인상으로는 케이트 자신은 하나도 아닌 여러 방식의 대비를 고려하고 있었다는 사실을 깨닫게 된 것이 어쩌면 그보다 더 두드러졌다고도 할 수 있었다. 기실 그렇게 나타난 상황을 계속 곱씹다 보면 점점 걱정스럽게 느껴져 애써 치워버려야 했다. 그는 집주인과 헤어지고 이어서 케이트와 헤어진 후 약간은 발길 가는 대로 한참을 돌아다님으로써 얼마간 그러한 의혹을 던져버렸다. 곧 사무실에 들어가봐야 했지만 아직 두세 시간 여유는 있었고, 그래서 먹어도 너무 많이 먹었다는 핑계를 댔다. 케이트의 요구로 영업용 마차를 부른—그녀가 다시 시작하겠다고 선언한 그 정책이 그로서는 영 마땅찮았다—후 그는 잠시 모퉁이에 서서 막연하게 자신의 런던 거리를 바라다보았다. 떠났다가 돌아온 사람에게는 돌아왔다는 사실이 반박할 수 없이 확실해지는 순간—맨 처음 감정이 밀려드는 순간—이 항상 있게 마련이다. 그의 삶에 삽입된 괄호는 이제 완전히 닫혔고, 다시금 전반적인 텍스트 속 하나의 문장에 불과하게 되었다. 그리고 그렇게 잠시 거리 모퉁이에 서 있자니 그 텍스트는 전혀 '멋진' 것이라고는 없이 글자만 빽빽이 들어찬 거대한 회색 책장처럼 보였다. 하지만 회색빛인 이유는 얼마간은 아직 초점이 제대로 안 맞아 흐릿해 보여서였다. 곧 온갖 색채가 드러날 것이었다. 그는 다분히 심드렁하게 돌아왔지만, 그래도 가능성과 앞으로의 전망이 있었고, 지금 제대로 보이지 않는 시선으로 주변을 둘러본 것은 새로이 다시 차지하겠다는 몸짓이었다.

별 계획도 의심도 없이 그는 북쪽으로 걸었는데, 하루이틀 전에 그의 자그마한 뉴욕 친구가 들뜬 마음으로 돌아다녔던 방향과 유사했다. 그는 밀리와 마찬가지로 리젠트파크에 이르렀다. 그리고 더 빨리 더 멀리 돌아다니긴 했지만 밀리와 마찬가지로 생각의 무게에 눌려 자리를 찾아 앉았다. 밀리가 앉았던 바로 그 의자였을 가능성도 다분했던 데다, 자리에 앉은 그에게도 갖가지 심란한 상상들이 날개를 접고 내려앉았다. 아직까지 그는 케이트가 틈을 내준 이상으로 자신이 원하는 바를 얘기한 바가 없었다. 그것은 케이트가 앞으로 며칠 동안 충분히 듣게 될 것이었다. 사실 그들에게 가장 중요한 문제를 들이대지 않았다. 만나고 얼마 동안은 서로를 꼭 끌어안고 있는 일만이, 그러니까 정신적으로 끌어안고 있는 일만이 가장 중요해 보였으니까. 그럼에도 지금은 둘 사이에 뭔가 잔뜩 끼어 있다는 사실이 손에 만져질 정도였다. 두 여성과 관련한 설명도 그중 하나겠지만 다른 것들과 마찬가지로 그것 역시 급한 문제는 아니었다. 설명이 없었다는 사실이 그가 정처 없이 헤매게 된 가장 큰 문제가 아님은 확실했다. 그것은 무엇보다 그녀가 예전에도 자주 그에게 던졌던 말, 들을 때마다 급작스럽게 갈라서는 느낌을 주었던 그 말이었다. "자, 이제 괜찮은 마차나 불러줘요." 예전에 만났을 때도, 함께 걷다가 공원의 남쪽에 이르면 대개 그 뜬금없는 말로 시간이 마무리되었다. 그것은 가장 효과적으로 두 사람 사이를 갈라놓았는데, 그녀에게 다른 이유가 있어서가 아니라면 대체로 함께 마차에 올라탈 수도 있었기 때문이었다. 내가 무슨 짓이라도 하리라 생각하나? 그로서는 그런 의문이 생길 만도 했다. 물론 사소한 문제였다. 따져보면 그들의 결속감이 괜찮은 마차를 타느냐 나쁜 마차를 타느냐에 달려 있진 않았으니까 말이다. 특정한 게 없어서라기보다 그녀의 능수능란함이 좀 거슬리게 나타난다는 점에서 중요했다. 그와 만나는 문제에서 그녀의 능수능란함은 처음부터 하늘의 도움이라도 받는 듯 정말 대단했다. 그가 탐탁지 않은 이유는 그저 그와 헤어지는 문제에서도 처음부터 그보다 더 대단했기 때문이었다. 그런 요구가 거듭되자 그는 그날 오후 그녀에게 질문을 던졌더랬다. 그러니까 자신이 뭘 어쩔 것 같으냐고 다시 한번 물었던 것이다. 그러자 그녀가 얼마나 재미있고 멋진 상상력을 동원해서 대답했는지, 그것이 리젠트파크의 벤치에 앉아 있는 그에게 다시금 떠올랐다. 평범한 마차의 값을 지불하는 동안, 그가 실망감을 금할 수 없는 중에도 이름난 근엄한 미국식 유머에 비하면 발랄함까지 가미한 그녀의 유머가 더 뛰어나다는 느낌에 얼굴을 찡그렸던 순간이 떠올랐다. 좌우간 그때쯤 그들은 다음 약속도 잡았고, 그는 그와 관련한 그녀의 선택—놀라우면서 동시에 안도감을 주었던—이 진정 문제를 단순화하는 데 어떤 역할을 할지 두고 봐야 할 것이었다. 새삼 도움이 될 수도 있고 새삼 방해가 될 수도 있었다. 적어도 그들이 거리를 쏘다니는 일은 없을 테지만 말이다. 그녀가 그 이점을 언급했으므로 그로서는 당연히 로더 부인이 자기가 돌아온 걸 알고 있느냐고 묻게 되었다.

"내가 얘기한 적은 없어요." 케이트가 대답했다. "하지만 이제 얘기하려고요." 그러고는 새로운 견해를 갖게 된 듯 그건 이제 어렵지 않을 거라고 재빨리 주장했다. "우리가 몇 달 동안 아주 경우 바르게 행동해왔으니 당신 얘기를 꺼낼 여지는 충분하다고 봐요. 당신은 **이모**를 만나러 와요. 그럼 이모는 나와 둘이 만나게 해줄 거예요. 염려하는 모습을 내보이지 않으며, 자신이 얼마나 성격이 좋은지를 보여주겠죠. 이모와 관련해서 당신은 아무것도 어긴 게 없고, 그래서 이모는 당신을 그 어느 때보다 좋아해요. 우리는 곧 런던을 떠날 거예요. 그럼 끝이겠죠. 그러니까 지금으로선 물어볼 말도 없을 거예요." 케이트가 이렇게 말을 맺었다. "오늘 저녁에 물어볼게요. 분명히 말하는데 내 명민함이 사악할 정도로 자라났으니까 내게 맡겨두면 내가 다 알아서 할게요."

물론 그래서 그는 다 그녀에게 맡겨두었는데, 이제는 브룩가에 서 있을 때보다 더 의아했다. 대성공 아니면 대참사가 생길 거라고 몇 번을 되뇌었다. 사실 일부는 의심할 바 없이 다른 문제에 대한 의아심이기도 했다. 그녀의 사랑스러운 밀리와의 교제의 조건을 묻는 그의 질문에 케이트는 가타부타 말도 없이 그냥 가버렸다. 어쩐지 그녀의 사랑스러운 밀리가 눈에 띄게 자리를 차지하고 있는 게 분명한데도 말이다. 그녀의 사랑스러운 밀리는 자신이 없는 새에 튀어나왔고, 그로서도 왜 그런 기분이 드는지 모르겠지만 어쨌든 그녀가 미리 확보할 수 있으리라고 예상했던 것 이상으로 전면에 나서 있었다. 자리를 다 차지한 데다 아예 그녀를 위해 자리가 마련된 것처럼 보이기도 했다. 케이트는 그런 자리가 왜 마련되었는지 그도 알 거라고 당연시했다. 하지만 그것이 핵심이었다. 그 자신은, 그리고 케이트와 그의 관계는 그 전면에서 옴짝달싹할 여유도 찾을 수 없었기 때문이다. 하지만 어쩌면 실 양은 지금 시점에서 완전히 매수되진 않았지만 어느 정도 유연해진 모드 이모와 같은 가능성일지도 몰랐다. 따분한 사람만 아니라면 편리하게 이용할 수 있는 게 사실일지도 몰랐다. 자리에서 일어나 다시 걷기 시작했을 때 어쩌면 그것이 케이트가 뜻한 바였을지도 모른다는 생각이 불현듯 그의 머리에 떠올랐다. 케이트 말에 따르면 그 매력적인 여성이 자기를 흠모한다고 했다. 그러니까 두 사람의 만남을 보호해주고 도와줄지도 모른다고 덴셔는 혼자 따져보았다. 그러니까 밀리가 자기 호텔에서 두 사람을 만나게 해줄 수도 있고, 그러면 그들이 거리를 쏘다니지 않아도 될 것이다. **그렇게 보니 모든 설명이 맞아떨어졌다.** 다음 만남에 그런 도움이 제공되진 않았으니 타당성이 좀 떨어지기는 했다. 하지만 준비가 좀더 필요하리라는 식으로 설명할 수 있을 듯했다. 아마 목요일에 랭커스터게이트에 가면 그것이 그럴듯한지도 좀더 알게 되지 않을까 싶었다.

2

목요일이 되어 그의 추측이 사실 크게 틀리지 않았음을 깨닫게 된 것은 꽤 뜻밖이긴 했다. 케이트가 그를 위해 나서서 다 해주지는 않았지만, 15분 만에 상당 부분은 해주었다. 그땐 몰랐는데 화요일에 헤어질 때 자신의 설명에 미진했던 면이 있었던 모양이라며 그녀가 말을 꺼냈다. 그는 그녀의 손길에 각 부분이 하나씩 끼워 맞춰지는 과정을 지켜볼 수 있었는데, 애써 끼워 맞추는 것으로 보이지도 않았다. 아주 피곤하고 지친다는 투가 아니라 전반적으로 알아듣기 쉽도록 밝고 멋지게 해냈다. 그 한 쌍의 미국 여성들을 매수할 수 없다면—사실 그건 말도 안 되는 얘기였다—모드 이모를 다시 어떻게 해봐야 할 필요가 있다는 사실은 충분히 알아차릴 수 있었다. 그녀가 아무리 그들을 친절하게 대했다 하더라도 다짜고짜 이렇게 말할 수는 없지 않은가. "우리 두 사람이 원할 때마다 당신 거처에서 만났으면 해요. 하지만 모드 이모에게는 당연히 비밀로 해줄 거라고 믿을게요." 그렇게 당부하지 않으면 그들로서야 당연히 모드 이모에게 말하게 될 테니 말이다. 알리지 말라는 당부만큼 어색한 일도 없을 것이고. 케이트는 차라리 먼저 말을 하는 식으로 그 모두를 기꺼이 이용했다. 케이트가 그렇게 이용한 것이 오늘 덴셔에게는 그야말로 경이로울 정도였는데, 꾸준히 안정적으로 받았다기보다 왠지 한 조각씩 얻어내는 기분이 들었음에도 그랬다. 하지만 뭐가 되었든 요구하면 할수록 그녀가 기꺼이 더 내어준다는 느낌은 항상 있었다. 그래서 미국으로 떠나기 전에도 그가 이렇게 말한 것이 여러 번이었다. "우리가 결혼하고 나면 당신이 찬장 열쇠를 차지하고서 나한테 한 덩이씩 배급할 거라는 생각이 드는군요." 그러자 그녀는 설탕을 먹고 살 생각을 하다니 참 재미있다고 했는데, 그렇게 미리 그려본 가정생활이 이미 자리를 잡았다고 볼 수도 있었다. 사실 그녀가 지금 찬장에서 꺼내준 것이 엄청 단맛이 아닌 것은 틀림없었다. 하지만 어떤 면에서는 그에게 당장 필요한 것이긴 했다. 그녀의 설명이 오히려 질문을 더욱 촉발했다면, 그 질문은 설명을 바닥낸 만큼이나 그녀의 인내심을 바닥냈다. 더구나 지금의 질문들은 앞으로 생겨날 것들에 비하면 간단한 축에 들었다. 예를 들어 실 양이 그들을 위해 아무것도 해줄 수 없을 거라는 그녀의 말을 들었을 때처럼 말이다. 그 말에 그는 자신이 가능하다고 보았던 것을 솔직히 꺼내놓았다. "여기서 만날 수도 없고, 사람들이 북적거리는 바깥에서 할 만큼은 다 해본 마당에, 이틀 동안 생각해보니 지난 화요일처럼 어쩌다 생기는 기회라도 난파선에서 나온 널빤지같이 없는 것보단 나아 보이던데. 하지만 그 친구들이 이 집에 그렇게까지 의무감이 있다면 그럼 더 이상 할 말은 없는 거네요. 그러면 끔찍한 지연이라는 우리의 관에 고맙게도 못 하나가 더 박히는 거군요." 그로서는 더 수선을 떨지 않고 그로부터 교훈을 짚어줄 수 있는 게 못내 기쁠 따름이었다. "그러니까 여하간 이렇게 계속해나갈 수 없다는 걸 이해했으면 좋겠어요."

이 말에 그녀가 소리 내어 웃었다면—게다가 그녀는 무척 기분이 좋아 보였다—그것은 호텔에서 기회를 누렸다는 그의 말 때문이었다. "내내 밀리하고만 대화를 나눈 걸로 아는데, 그런 생각을 하다니 참 훌륭하네요." 하지만 그녀는 무척 상냥했다. "당신은 물론 밀리에게 익숙해질 수도 있겠죠. 그렇게 될 거예요. 당신 말이 맞아요. 그들이 우리와 함께하거나 적어도 우리 가까이 있는 한에서는 말이에요." 그러면서 사랑스러운 그 두 사람이, 좋은 친구로서 자신들을 **도와주지** 않을 수 없을 거라고 명쾌하게 설명했다. "모드 이모에게 알리기는 하겠지만 우리를 막지는 않을 거예요. 그건 다른 문제니까요. 밀리는 친구이고, 친구는 언제나 도움을 주기 마련이잖아요." 이때쯤 그녀는 스트링엄 부인은 아예 논외로 하고 밀리에 한정해서 말했다. "게다가 밀리는 특히 우리를 좋아해요. 특히 **당신을** 좋아하죠. 그러니까, 그걸로 어떻게 해보라고요." 그로서는 자신이 지금 막 던진 최후통첩을, 잘해봐야 나올 게 별로 없다는 자신의 명확한 의견을 그녀가 슬쩍 피했다는 느낌이었다. 하지만 그녀가 그의 말 중 일부분—대개 상당한 통찰력을 보여주는 부분—에 공식적으로 경건하게 주목하지 않는 일은 처음부터 흔했다. 그 효과만 덜 진부한 방식으로 보여줬다. 지금 상황이 바로 그러해서 사실 그녀는 신경을 쓰지도 않는 것 같았다. 그래도 부차적인 문제를 거론하며 그의 도전에 대응했다. "우리가 여기서 만날 수 없다고 했는데, 사실 지금 이렇게 만나고 있잖아요. 이보다 더한 호사가 어디 있겠어요?"

딱히 그를 괴롭히려는 의도는 아니었다. 그렇게 믿지는 않았다. 하지만 그는 어쨌든 좀 불편한 마음으로 이 집에 왔고, 그래서 그녀가 그것을 호사라고 일컫자 약간 눈살이 찌푸려졌다. 이 집에서는 다시 매인 존재가 된 기분이 들지 않나? 그 매인 상태에 광택을 입히고 베일로 가려놓았을지언정, 랭커스터게이트라는 특권층의 삶이 그들의 자유의 표식이 될 가능성은 거의 없다는 사실을 그는 뼛속 깊이 절감하고 있었다. 그들은 위층의 호화로운 작은 방에 있었는데, 내실처럼 꾸며져 있었지만 사용하지 않는 방이라는 것이 확연한 그 방에는 친근함이라고는 눈을 씻고 찾아도 없었고, 지독히도 보기 흉한 푸른색 가구들이 놓여 있었다. 그는 방에 들어와 바로 관심 있게 닫힌 문을 쳐다보았고, 의미심장한 그 표정에 케이트는 괜찮다고, 그러니까 적어도 오늘만은 모드 이모가 우리를 내버려둘 거라고, 둘만의 공간이니 두려워할 일은 없다고 안심을 시켰더랬다. 그런데 그 말에서 끌어낸 새로운 암시가 이제 그에게 직접적으로 작용하여 오히려 그 문제가 더욱 확연해졌다. 그들 **둘만** 있고, 그러니 **괜찮**다. 그는 닫힌 문과 그들에게 허용된 사적인 공간과 거대한 저택의 견고한 적막감을 새삼 인식했다. 그것들이 지금 그녀의 강한 의지의 작용으로 그의 내면에서 갑절로 선명해진 어떤 것과 즉각 연결되었다. 그것은 한마디로 그로서는 그녀가 얼버무리는 일을 그럴 수 없다—결코 그럴 수는 없는 것이다!—는 것이었다. 곤란하게 나오거나 요리조리 빠져나가는 일은 받아들이지 않을 것이고 그럴 수도 없었다. 재치나 성격의 측면이라면 개의치 않겠지만 그녀가 자신보다 웅숭깊은 것은 원하지 않았다. 그들이 떳떳하고 편하게 대화를 나누고 독립적으로 만날 수 있는 곳에 그녀를 두고 싶었다. 그 결과 그는 곧 그녀에게 이렇게 물었다. "나를 있는 모습 그대로 받아들여주겠어요?"

그 말투에 담긴 진실함에 그녀의 얼굴이 약간 파리해졌다. 그로서는 흐뭇하게도 의지의 힘이 약해지지 않았나 싶었다. 잠시 후 그녀가 그 어떤 때보다 그의 마음을 흔드는 말투로 불쑥 이렇게 입을 열었을 때도 그로 인한 기쁨은 전혀 줄어들지 않았다. "아, 내가 한번 해보게 내버려둬요! 분명히 말하지만 어떻게 하면 되는지 내가 잘 아니까 그걸 망치지 말아요. 좀 기다리면서 내게 시간을 줘요." 케이트가 말했다. "그냥 나만 믿어요. 그럼 모든 게 다 잘될 테니까."

마치 자신을 믿지 않는 사람에게 말하듯 자신을 믿어달라는 이런 호소를 들으러 돌아온 것이 아니었다. 이제 오롯이 인식하다시피, 다행히도 그런 그녀의 호소로 인해 더는 눌러놓을 수 없게 된 돌연한 강렬함으로 그녀를 휘어잡기 위해서 왔던 것이다. 그는 거의 화를 내듯 그녀를 와락 붙들고는 "나를 사랑하긴 하는 거예요? 정말 그래요? 정말?"이라고 물었고, 그녀는 그가 자신을 때리기라도 할 것처럼, 하지만 기꺼이 맞을 생각인 것처럼 눈을 감았다. 이런 식의 굴복이 대답이었고, 그 대답은 곧 굴복이었다. 그래서 그녀의 말은 거의 귀에 들어오지 않았음에도 그 덕에 그는 일단은 자신이 그녀를 소유하고 있다는 사실을 아주 살갑게 실감할 수 있었다. 서로를 한참 품에 안고서 회피를 완전히 날려버렸고, 그로써 그는 그녀가 자신이 전한 것을 진심으로 받아들였다는 확신을 가질 수 있었다. 그것은 말로 한 언약보다 강했고, 그가 나중에 돌이켜보며 이름 붙인 바에 따르면 그녀는 숭고할 정도로 진지했다. 그가 바란 것은 **그것**뿐이었다. 무슨 일이 닥쳐도 거의 다 참아낼 수 있는 기반이 되어줄 진지함 말이다. 그로써 정말 많은 것이 해결되었고, 완전히 해결되었기에 달리 맹세를 요구할 것은 없었다. 맹세나 언약 같은 건 제쳐두고 이제야 두 사람은 대화를 할 수 있었다. 사실 이제야 자신들의 질문을 꺼내놓을 수 있게 되었던 것이다. 5분 후 그는 나름의 계획이 있다는 그녀의 호소를 더욱 확실히 받아들였고 그사이 달라진 점이 있다면, 틀림없이 그녀가 선택한 수단에 더 유리해졌다. 문득 수단이 그녀의 분야나 관심 같은 구체적 사항이 되었다. 그녀의 명민함이 열정과 합쳐졌다는 사실이 지속적으로 생생해져갔다. "줄곧 당신을 믿지 않는다는 말만 내뱉고 싶은 마음은 분명히 없어요." 그가 다 받아줄 수 있다는 미소를 보이며 이렇게 말했다.

"당연히 그래야죠! 내가 뭘 하고 싶다고 생각하는데요?"

이 말에 그는 자신의 생각이 뭔지 약간은 따져봐야 했는데, 당연히 가장 먼저 떠오른 증거가 결국 그들 게임의 특이함이라, 터놓고 그 말을 꺼냈다. "우리가 하는 일이 기껏해야 아주 특별한 방식으로 시간을 끄는 거잖아요. 대개 어리석다고 여겨질 그런 일이고." 하지만 어쨌든 그녀와 있는 동안 그는 또다시 '있는 그대로의 나'를 들먹이지 않아도 되었다. 과거 있는 그대로의 그가 그랬던 만큼이나 현재 있는 그대로의 그 역시 돈이 없었고, 그 점에서라면 어쩌면 앞으로 계속 있는 그대로의 모습으로 살았을 때도 돈이 없기는 마찬가지일 것이었다. 반면 그녀의 경우 몇 달 전 상황과 비교했을 때 포기해야 할 것이 상당해졌다. 랭커스터게이트에 있으면 기차역이나 공원에서 만났을 때에 비해 그 용량이 얼마나 강조되는지 쉽게 알아챌 수 있었다. 다른 한편 그는 그런 이유로 반대할 수는 없었다. 로더 부인이 무심했다면 어떤 면에서 그 무심함은 있는 그대로의 그를 받아들이기 위해 케이트가 희생해야 하는 것이 무엇인지를 더욱 강렬하게 보여주었다. 결과적으로 그녀가 그를 얼마나 잘 다루었는지, 그들이 여전히 기다려야 한다는 문제를 지금 앉아 있는 내실의 보기 흉한 푸른색이나 꽃문양의 세브르 도자기나 어지러운 놋쇠 장식들과는 상관없는 문제로 만들어버렸다. 그가 한 번 더 다그치자 그녀는 모드 이모의 이 품목에 대해서 어차피 곧 만나볼 테니 그때 알게 될 거라고 대답했는데 사실상 할 말은 다 한 셈이었다. 그러자 그가 물었다. "이모님이 맘을 바꿀 수 있다는 **명확한** 징후라도 있다는 말인가요?" 그러고는 이렇게 덧붙였다. "이모님이 위선을 떤다거나 아예 노골적으로 이중적인 행동을 보일 수 있다는 뜻이 아니에요. 우리가 아주 영리해서 한 팀이 되면 아주 강하다는 건 인정하지만, 그래도 우리가 이모님을 조종할 수 있는 만큼 이모님 역시 우리를 조종할 수 있다는 걸 기억해요."

"이모는 **나를** 조종하길 원하지 않아요." 케이트가 단언했다. "필요 이상으로 내가 고통받는 것도 원하지 않고요. 그러기에는 나를 너무나 아끼고, 그래서 이모가 무슨 일을 하거나 하지 않을 때에는 다 나름의 가치가 있는 거예요. 오늘 우리 문제에 여느 때와 다름없이 행동하는 이것도 그렇고요. 분명 이모는 방에 계실 텐데, 당신과 내가 여기 있는 동안 방에서 꼼짝도 안 하는 거죠. 하지만 그건 '조종'이 아니에요. 전혀요."

"그럼 그게 뭐라는 거죠?" 상대방이 되물었다. "축복을 하면서 돈을 줄 게 아니라면 말이에요."

케이트는 빈틈이 없었다. "그냥 속 좁은 사람이 아닌 거예요. 이모한테는 분명 자잘한 것에 연연하지 않는 면이 있어요. **전반적으로는** 우리를 믿는 거죠. 우리를 구석에 몰아넬 생각은 아니에요." 케이트가 말을 이었다. "그래서 우리가 솔직하게 뭔가를 요구하면, 어깨를 으쓱하면서도 허락하는 거예요. 딱 하나 단점이 있는데, 우리와 관련된 기본 입장에서 세세한 사항에는 무관심하다는 거죠. 하지만 세세한 걸 두고 우리가 싸우는 건 아니니까요." 그녀가 경쾌하게 말을 맺었다.

"이모님을 속이는 건 그 세세한 차원 아닌가요?" 덴셔가 그 점을 잠시 생각해보더니 불쑥 말했다. 그런데 그 말을 입 밖에 내자마자 그것이 그들이 막 함께 나눈 포옹의 여운을 지칭한다는 사실이 자신은 물론 상대방에게도 확연해졌다. 그에 케이트가 당혹스러웠을지 모르지만, 그런 내색은 곧 사라졌다. 그녀가 양심의 가책을 느끼게 만들려면 그 정도로는 어림도 없다는 사실을 덴셔는 신성한 즐거움으로 알아차릴 수 있었다. "이런 일을 또 할 수 있다고는 안 했어요. 그러니까 여기서 만나는 일 말이에요." 그녀가 말했다.

그럼 도대체 어디서 만날 수 있다는 말인지 덴셔로서는 정말 궁금하지 않을 수 없었다. 랭커스터게이트에 그런 제약이 있다면 그 문제가 다시 등장할 수밖에 없었다. "이제 여기 오면 안 된다는 말이에요?"

"물론 되죠. 이모를 만나러요." 상대방이 미소를 지었다. "사실 당신과 사랑에 빠진 건 이모거든요."

그 말에 덴셔는 잠시, 그것도 약간 심각하게 그녀를 바라보았다. "다들 나와 사랑에 빠졌다는 생각은 하지 말아요."

그녀가 주저하면서 말했다. "다들 그렇다고 하지는 않았어요."

"지금 막 실 양도 그렇다고 했잖아요."

"그녀가 당신을 좋아한다고는 했죠, 그래요."

"그럼 결국 같은 말이에요." 그러나 뒤이어 한 말은 이러했다. "물론 로더 부인에게 직접 고맙다는 인사를 해야겠죠. 그러니까 이것에 대해, 내 입장에서 말이에요."

"아, 하지만 너무 지나치면 안 된다는 거 알죠?" 전반적인 신중함을 강조하려는 마음도 있었지만 그가 지칭한 '이것'을 장난스럽게 꼬집은 말이었다. "뭐 그렇게까지 고마울 게 있나 생각하실걸요!"

덴셔는 두 가지 고려가 다 옳다고 보았다. "그러네요. 다 얘기할 수는 없겠죠."

케이트가 다시금 재미있다는 표정을 지은 까닭은 아마 그때 그의 표정이 무척 심각해 보였기 때문이었을 것이다. "무엇이 되었든 이모에게 얘기할 수는 없겠지만 그래도 상관없어요. 그냥 상냥하게만 대해줘요. 기분을 맞춰주고, 당신이 얼마나 영리한 사람인지 보여주라고요. 일부러 애쓴다는 티는 내지 말고요. 이모 맘에 들게만 행동하면 달리 할 일이 없어요."

하지만 그것은 문제를 너무 단순화한 것이기도 했다. "내가 이모님 '맘에 들려면' 당신을 단념했다는 생각이 들게 하는 수밖에 없는데, 그런 일은 죽어도 안 해요!" 그가 북받치는 듯 말했다. "그건 정말 게임이잖아요."

"당연히 게임이죠. 하지만 나랑 만나는 일을 얼마나 좋아하는지를 내내 상기시키면 이모는 당신이 날 단념했다는, 아니면 내가 당신을 단념했다는 생각은 절대 하지 않을 테죠."

"우리가 고집스럽게 하던 대로 해나가는 걸 이모님이 보면, 무슨 이득이 생겨요?" 덴셔가 물었다.

케이트가 잠깐 말이 막혔다. "뭐가 무슨 이득이—?"

"내가 이모님 기분을 맞추는 거든 뭐든 말이에요. 난 기분 맞추는 일은 할 수가 없는데." 그가 성마르게 단언했다.

일관되지 못한 그의 모습에 실망하며 케이트가 다시금 그를 빤히 바라보았다. 하지만 그저 불평을 하기보다는 뭔가 더 나은 방식으로 대응하기로 한 듯했다. "그럼 내가 할 수 있어요! 그러니까 나한테 맡겨두라고요." 그러면서 방금 서로를 품에 안았던 충동에 다시 사로잡히며 그에게 다가가서 아까처럼 절박한 마음으로 그를 안았다. 그것은 새로이 거듭 간청하는 그녀 나름의 방식이었고, 그가 그것을 받아들이면서 결국 그들의 중대한 사실은 명확해졌다. 그리고 어쩐지 서로를 가질 수 있도록 만사가 투명해진 듯했다. 결과적으로 이 조건에서 그는 다시 한번 관대해질 수 있었다. 그가 바로 그 자리에서 만사를 그녀에게 맡겨두었기 때문에 잠시 후 그녀는 앞서 했던 아주 요긴한 생각—분명히 그렇게 보였다—으로 돌아갔다. "밀리가 당신과 사랑에 빠졌다는 방금 전 내 말에 당신은 날 비난했지만, 그 문제에 서라면 내 생각은 말 그대로예요. 그러니 알아서 해요. 바로 그런 점에서 그녀가 우리에게 도움이 될 수 있어요. 그런 기반에서 그녀가 당신을 만나게 될 거고, 우리가 계속해나가도록 도와줄 수 있는 거죠."

덴셔가 그녀를 뚫어지게 보았다. 그녀는 모든 면에서 정말 놀라웠다. "그럼 내가 **그녀를** 계속 만나는 건 어떤 기반에서죠?"

"아, 난 신경 안 써요!" 케이트가 미소를 지었다.

"내가 그녀를 유혹해도 신경 안 쓴다고요?"

그녀가 바꿔 말했다. "그녀가 **당신을** 유혹해도 신경 안 쓴다고요."

"글쎄요, 그런 일은 없을 테니 신경 쓰고 말고 할 것도 없어요. 하지만 그녀가 아는 게 있는데 그게 어떻게 '도움'이 된다는 거죠?"

"그녀가 아는 거요? 그게 걸림돌이 되지는 않죠."

그가 의아해하며 물었다. "그녀가 우리를 사랑하는 데 걸림돌이 안 된다고요?"

"당신을 도와주는 데 걸림돌이 안 된다고요. 밀리는 **그런** 사람이에요." 케이트 크로이가 설명했다.

정말이지 그 말은 좀 이해하기 어려웠다. "내가 다른 사람을 사랑한다는 사실이 아무렇지도 않은 사람?"

"그 사실이 중요하죠. 당신을 위로해줘야 하니까." 케이트가 말했다.

"뭣 때문에 나를 위로해요?"

"당신이 원하는 짝을 얻지 못하니까."

그가 여전히 상대를 응시하며 말했다. "하지만 그녀가 그걸 어떻게―?"

"당신 짝을 얻을 수 **없**다는 걸 어떻게 아냐고요? 모르죠. 하지만 다른 한편으로는 당신이 얻을 거라는 사실도 몰라요. 그동안은 당신이 좌절하는 모습을 보겠죠. 모드 이모의 입장을 아니까." 케이트가 똑떨어지게 말했다. "바로 그 때문에 그녀는 당신에게 상냥할 수 있는 거예요."

"그럼 결국 나는 뭐가 되나요?" 상대방으로서는 어쨌든 합리적인 의문이었다. "짐승 같은 놈이나 사기꾼?"

케이트는 말하자면 나름 사실을 확보했기 때문에 그런 격한 반응에도 그저 미소를 지었다. "밀리가 무척이나 마음에 들 거예요. 정말 섬세하고 여리거든요. 그리고 그럴 만한 이유가 있어요. 그러니까 다른 이유요."

"무슨 다른 이유죠?"

"음, 그건 나중에 말해줄게요." 그러고는 그녀가 덧붙였다. "지금 얘기한 이유만으로도 충분히 해나갈 수 있잖아요."

"뭘 해나가요?"

"뭐긴요, 그녀를 만나는 일이죠. 그것도 가능한 한 빨리요. 게다가 어느 면으로 보나 도의상 그래야 하고요."

그는 물론 그녀가 암시하는 바를 이해했고, 뉴욕에서 둘 사이에 있었던 일을 충분히 기억하고 있었다. 아주 대단한 양은 아니었지만 그 당시 그에게 즐거웠던 일임에는 분명했다. 그래서 그와 관련해 뭐라도 상기시키면 약간은 감정이 달아오를 수도 있었다. "아, 당연히 지체 없이 만나보러 가야죠." 덴셔가 말했다. "그녀가 나와 사랑에 빠졌다는 건 얼토당토않은 말이지만, 그와는 별개로 호의를 베풀어준 데 대한 답례는 해야 하니까요."

사실상 케이트가 원하는 건 그게 전부였다. "이제 이해하는군요. 그럼 거기서 만나요."

"그런데 그녀가 당신은 왜 만나고 싶을지 이해가 안 되는데요." 그가 곧 대꾸했다.

"그냥 나를 보고 싶으니까요. 그러니까 자기가 좋아서요. 나를 굉장히 높이 평가하거든요. 이런 얘기를 이렇게 계속해야 하다니!"

하지만 그는 여전히 이해가 가지 않았다. "그럼 나로서는 그녀가 이해가 가지 않는다고 할 수밖에 없네요."

케이트는 자신이 이해하는 방식 그대로 설명할 수밖에 없었다. "최근 몇 주 사이에 밀리는 나를 이미 절친한 친구로 생각해요. 그러니까 완전 다른 문제죠. 우리 두 사람이 아주 깊은 사이가 되었다고요." 그 점을 확실히 하려는 중에, 그가 어디에서 헤매고 있는 건지 문득 깨달았는지 마침내 진정한 해명이 튀어나왔다. "내가 당신에게 마음이 있다는 건 그녀는 당연히 몰라요. 마음은커녕 나로서는 거론할 가치도 없는 문제라고 생각하죠." 그가 정말로 거기에서 헤매고 있었다는 사실이 이로써 명확해졌고, 케이트는 놀라움을 금치 못했다. "그럼 줄곧 알고 있다고 생각했던 거예요?"

"우리 상황에 대해서요? 물론이죠. 당신 말로는 그렇게 가까운 친구라면서, 그게 아니라고 꼬집어 말하지 않은 다음에야―"
이때 상대가 답답함을 내비치는 소리를 내뱉었기 때문에 그는
어리둥절한 표정을 그대로 내보였다. "우리 관계를 부정한 거
예요?"

그렇게까지 따라오지 못하다니 믿을 수 없다는 양 그녀가 팔
을 번쩍 들었다. "'부정'했냐고요? 여보세요, 당신 얘기는 꺼내
지도 않았어요."

"전혀요? 한 번도요?"

"당신한테는 정말 이상하게 들리긴 하겠지만, 전혀요."

그는 상황을 꿰어맞출 수가 없었다. "하지만 로더 부인이 말
하지 않았을까요?"

"충분히 그랬을 수 있죠. 하지만 당신 입장이지 내 입장은 아
니었겠죠."

그로서는 이해하기 힘든 말이었다. "당신과 한 묶음으로가 아
니라면 달리 어떻게 그녀가 나를 안다는 거죠?"

"어떻게냐고요?" 케이트가 의기양양하게 되물었다. "어떻게
라니요, 아무것도 아닌 걸로 만들기 위해서지요. 아무 관계가
아니라고 하고, 그런 노선을 일관되게 고집하기 위해서요. 그런
얘기는 들어본 적도 없고 의심조차 해본 적이 없다는 식으로 우
리 관계에서, 그러니까 내가 당신으로 인해 빠질 수 있는 위험
에서 모든 현실성을 제거하는 게 이모의 노선이에요. 그냥 무시
하고 저 깊이 가라앉히면 없애버릴 수 있다고 믿는 거죠. 아주
열심히 하기만 하면 말이에요. 그러니까 당신 말대로 이모가 나
름대로 '부정'한다고 할 수는 있겠네요. 바로 그렇게 해서 이모

는 당신을 나와 한 묶음이 아닌 다른 방식으로 아는 거죠. 스트 링엄 부인에게나 밀리에게나 내가 어떤 식으로든 당신에게 마음이 있다는 의심이 들 만한 언질은 전혀 안 했을 거예요."

"그 사람들이 나름대로 알아냈을 거라는 생각은 안 해요?" 덴 셔가 물었다.

"아니요, 그렇게 보지 않아요." 케이트가 단언했다. "심지어 화요일에 밀리가 우스꽝스럽게 우리랑 마주쳤어도 말이에요."

"그걸 보고도—?"

"말하자면 당신이 나한테 빠져 있다는 건 알았겠죠. 그래요, 틀림없이 당신이 나를 흐뭇한 표정으로 바라보는 건 알아챘겠죠. 당신은 언제나 누가 봐도 너무나 티가 나게 그러니까. 하지만 그 이상은 아니에요. 나는 그런 티는 별로 내지 않으니까요. 남들 앞에서는 내가 당신 맘에 들 만큼 충분히 티를 내지 않는 지도 모르겠네요."

"당신은 마음대로 티를 내고 안 내고 할 수가 있어요?" 덴셔 가 물었다.

그 말에 케이트가 잠시 멈칫했지만 곧 환한 표정으로 대답했다. "당신하고 있을 때는 아니죠." 케이트가 말을 이었다. "당신이 나한테 빠져 있다는 사실 외에 밀리가 아는 건 내가 어느 정도 당신에게 친절히 대한다는 것뿐이에요."

"상당히 친절히 대한다고 보겠죠!"

"그럼 상당히 친절히라고 하죠." 케이트가 미소를 띠고 말했다. "나를 상당히 친절한 사람으로 여기는 건 틀림없으니까."

상대방이 그 문제를 따져보았다. "하지만 어떤 면에서는 설명이 좀 필요할 텐데."

"그럴 땐 내가 설명을 해주죠." 그녀는 정말로 태평스러웠다. 그리고 그 문제는 자신이 알아서 할 테니 그냥 믿어달라는 간청으로 다시 돌아갔다. "그러니까 앞으로 설명하겠다고요." 그녀가 덧붙였다.

"그럼 내가 할 일은 뭔가요?"

"그녀가 생각을 하게 되면 뭐가 달라질지 깨닫는 거죠." 사실 여기서 케이트는 좀 주저했다. 일단 그는 그저 침묵으로 그녀의 분명한 뜻을 받아들였다. 그가 다시 입을 열기 전에 그녀는 다시 다짐하고 신중을 기해야 할 문제로 돌아갔다. 모드 이모가 우리를 믿고 관대하게 허락해준 것이니 괜히 그걸 남용하다가 망쳐서는 안 된다는 걸 기억해야 한다. 그러니까 그가 곧 자리를 뜨는 것이 좋겠다. 그러는 편이 도움이 될 것이다. 하지만 그러고 난 후 다시 밀리 얘기로 돌아갔다. "꼭 그녀를 찾아가보도록 해요."

하지만 덴셔는 여전히 갈피를 잡지 못했다. "그럼 다시 오라는 거예요?"

"모드 이모를 보러 온다면 원하는 만큼 맘껏 와도 돼요." 케이트가 말했다. "하지만 이런 속임수를 또 쓸 수는 없어요. 그러니까 따로 당신을 만날 수는 없다고요."

"그럼 어디서 만나요?"

"밀리를 보러 가요." 그녀가 한껏 되풀이했다.

"그러면 나한테 뭐가 좋은데요?"

"해봐요, 그럼 알게 될 테니."

"당신도 올 거예요?" 덴셔가 물었다. "그렇다고 한들 우리가 어떻게 따로 자리를 갖겠어요?"

"해보라고요, 그럼 알게 될 테니까." 케이트가 똑같은 말로 대꾸했다. "가능한 쪽으로 어떻게든 해봐야죠."

"내 생각이 그래요. 다른 식으로 해보는 게 더 나을 수 있을 것 같은데." 그 방안이 머리에 떠오르자 그는 잠시 머뭇거렸다. 하지만 단호하게 말을 꺼냈다. "당신이 나를 보러 오는 건 어때요?"

그 질문에 그를 향한 그녀의 심란한 눈빛은, 그에 대한 확답을 기대한다면 당신은 정말 너그럽지 못한 사람이라고 말하는 듯했다. 기다려달라고 눈빛으로 말하며 그의 연민이라고 할 어떤 감정에 호소하는 것이었다. 그런 특별한 다정함으로 자신이 밀쳐졌다는 사실을 그는 알아차렸다. 그리고 그가 자신의 정신과 육체에 어느 만큼의 양보를 할 수 있는지 묻는 동안에도 그녀는 여전히 그들의 곤란함을 해소할 독특한 해법만을 고집했다. 예전에 그녀에게 좀 모자란 구석이 있지 않나 하는 의심이 한 번이라도 든 적이 있었다면 지금 그 모습이 거슬릴 수도 있었을 것이다. "뭐가 달라질지 직접 알게 될 거예요." 그녀가 말했다.

그래, 그녀는 어리석은 사람이 아니니까 다 알아서 하는 일이겠지. 어리석은 건 자기 자신이었고, 상대가 원하는 대로 다 한다는 게 그 증거였다. 하지만 그녀가 '달라질 것'을 언급하는 바람에 그는 이해를 위한 마지막 노력을 해보기로 했다. 말을 꺼내는 중에도 자신이 미묘하지만 강력한 어떤 점을 포착했다 싶었다. "그러면 좀 아까 당신이 한 말은, 당신이 날 미워한다고 그녀가 믿도록 해야 뭔가 달라진다는 건가요?"

하지만 이 적나라한 표현에도 불구하고 케이트는 그저 예의 답답하다는 기색만을 더욱 두드러지게 내보였을 뿐이었다. 그리고 그로써 사실상 논의를 완전히 끝내버렸다. 그녀의 신호에 그는 문을 열었고 그녀는 층계참까지 그를 배웅했는데, 자신들에게 주어진 가능성을 다 펼쳐 보였으니 질문은 부질없고 의심은 고약할 뿐이라는 분위기였다. "혹여 내 눈앞에 있는 이 멋진 것을 망쳐버린다면 정말로 당신을 미워하게 될 거예요!"

3

그럼에도 그녀는 그에게 자신의 눈앞에 있는 것에 대해 더 들려주게 될 터였다. 그리고 바로 다음 기회에 그 밖에도 다른 뜻밖의 일들이 준비되어 있었다. 케이트를 만나고 온 다음 날 그는 그날 저녁에 함께 식사할 시간을 낼 수 있겠느냐는 로더 부인의 전보를 받았다. 시간을 낼 수 있어 다행이다 싶었지만, 전보에 적힌 이런 말이 기분을 어지간히 망친 느낌이었다. "미국 친구들도 함께할 건데, 자네가 그들을 알고 있다니 정말 기쁘다네!" 그가 미국 친구들을 안다는 사실은 분명 끝까지 쓴맛을 맛보아야 할 일임에 틀림없었다. 하지만 곧이어 벌어진 상황으로 다행히 그런 우려가 확 줄었다는 사실을 덧붙일 필요가 있겠다. 곧이어 벌어진 상황이란 그에게 주어진 약속 시간인 8시 반에, 그러니까 랭커스터게이트에 도착하고 5분쯤 지났을 때 스트링엄 부인이 혼자 들어선 일이었다. 해가 길어져서 불을 켜는 시간도 늦어진 데다 그 시간대에는 흔히 그렇듯이 저녁이 늦어졌고 손님들은 더욱 늦었다. 그래서 그가 약속 시간에 딱 맞춰 도착했음에도 집에는 로더 부인 혼자 있었다. 케이트조차 아직 나와 있지 않았다. 그래서 그는 부인과 잠시 어색한 시간을 보냈는데, 다분히 초자연적일 만큼 단순해야 한다는 암묵적인 요청이 있었기 때문이다. 말할 것도 없이 그것은 자신이 원하는 바였다. 하지만 마치 수월하게 해낼 수 있다는 듯이 아무 거리낌 없이 그렇게 광범위하게, 그런 면에서 초자연적일 만큼 단순하게 그에게 주어진 적은 여태껏 없었다. 모드 이모 스스로 그 구체적인 사항의 모범을 보이듯이, '내가 자네에게 원하는 건, 모르겠나? 그냥 **나랑** 똑같이 하는 거야'라고 선뜻 말해주는 듯도 했다. 요구되는 사안의 용량이 특히 그를 휘청거리게 했을지도 모른다. 그는 대체로 로더 부인이 다루는 용량이 꽤 마음에 들었다. 가난한 젊은이가 그녀와 비슷해지는 게 얼마나 가능하겠냐고 묻고 싶을 수도 있었다. 하지만 약간은 실없이 놀라는 척을 하는 자기 모습에 결국 그녀가 원하는 대로 행동하고 있음을 곧 인식할 수 있었다. 더구나 그녀와 논의했던 결과와 관련해 약간의 묘한 두려움을 의식했는데, 그녀가 거칠고 퉁명스러워서가 아니라 상냥하기 때문에 두려웠으니 그야말로 희한한 일이었다. 거칠게 나오면 그는 화가 날 테고, 그러면 차라리 편할 터였다. 그의 상황에서 상냥함이란 수치스러움을 야기하는 경향이 있었고, 모드 이모는 그를 그 자체로 좋아하므로 놀랍게도 이미 그 정도는 짐작했다는 인상을 주었다. 따라서 그런 상황이 생기지 않도록 그녀 역시 별다른 논의를 하지 않으려 했다. 싸움 같은 건 하지 않겠다면서 그를 지그시 눌렀다. 그녀는 바로 이런 상황을 즐기라고 제안했던 것이고, 그에게 내심 불편한 감정이 생긴 까닭은 전체적으로 그것이 자신에게 가장 어울리는 일임을 의식했기 때문이었다. 눌리는 것은 지겨운 일이었지만 사실 그가 가장 두려워하는 것은 수치스러움이었고 그것은 별개의 문제였다. 그것도 수치스러웠지만 그런다고 크게 달라지는 건 없었다.

이런 집안에서는 항상 형세가 그에게 불리해질 수 있다는 게 그의 입장의 본질이었다. 편의와 점잖은 취향으로 아무리 누그러져 있어도 그 장소는 빈정거림 가득한 말투로 '네가 줄 수 있는 건 뭐니? 네가 줄 수 있는 건 뭐니?'라며 끝없이 웅얼거리는 듯했던 것이다. 그 빈정거림은 다시금 명백한 뇌물을 상기시켰고, 뇌물 자체가 너무 볼썽사납다고 거부해봤자 별 도움이 되지 않는다는 건 이미 깨달은 바였다. 비싼 귀금속들, 오직 그것만이 뇌물이 될 수 있었으니까. 따라서 상대적으로 싸구려인 자신에게 아무리 번쩍이는 광택을 입혀봐야 전혀 부질없는 일이었다. 바로 이런 무력감에서 오는 굴욕을 완화하고자 모드 이모는 그를 지그시 눌렀던 것이다. 그 목적을 이루려는 노력이 분명 어느 때보다 도드라졌기 때문에 그녀와 앉아서 대여섯 명의 다른 손님들을 기다리는 동안 어쩌면 과거 어느 때보다 자신이 이 세상에서 확실하게 자리를 잡았다는 기분이 그에게 들었을 수도 있다. 그녀는 미국에서 돌아온 그에게 상냥한 환영의 말을 건넨 후, 미국을 어떻게 생각하냐며 몇 가지 질문을 했는데 일관되지는 않았지만 포괄적인 질문이었기 때문에 그녀에게서 어떤 계획이 불쑥 나타나고 문득 호기심이 생겨나는 모습을 마치 투명한 유리 너머로 바라보듯 흥미롭게 지켜볼 수 있었다. 그가 지켜보자니, 그녀는 미국이란 곳을 가능한 사교 활동의 장으로 인식했다. 그 멋진 나라를 방문하겠다는 방안이 그때 그 자리에서 떠오른 것이 분명했음에도, 1분도 안 되어 그것이 마치 가장 이루고 싶은 꿈이라도 되는 양 말했다. 그는 그 말을 믿지 않았지만 믿는 척했다. 다른 것과 마찬가지로 그렇게 하면 그녀가 그를 무해하고 결백한 사람으로 대하는 데 도움이 되었으니까. 다른 암시도 전혀 없이 그녀가 그런 생각에 흠뻑 빠져 있을 때 멋지게 등장한 케이트가 그녀의 방식에 극도로 효과적인 인상을 부여했다. 그러니까 그 방식이 모든 면에서 인정을 받게 된 셈인데, 위풍당당함과는 거리가 먼 그의 소심함을 배경으로 전시하듯 나타난 자기 조카딸을 그렇게 부각시킬 수 있는 인물은 그 외에 달리 없었을 테니까 말이다. 전시하는 듯한 케이트의 모습은 그에게 아주 굉장하다는 인상을 주었다. 그런 측면에서 못지않게 굉장했던 것은, 그가 그 자리에서 두 사람의 관계를 바로 읽어낸 일이었다. 다가오는 케이트가 내내 감당해야 했던 여주인의 똑바른 시선, 딱히 사랑스럽게 머물렀다고 보기 힘든, 부드럽게 탐색하는 그 시선이 그들 관계의 면모를 그에게 환히 밝혀주었다. 그 시선은 그녀를 머리끝부터 발끝까지 뜯어보았고, 그것이 들려주는 이야기에 불쌍한 덴셔는 다시금 살짝 역겨움이 치밀었다. 그것이야말로 케이트가 일상적으로 능수능란하게 감당하는 것이었으니까 말이다.

말하자면 이런 거다. 자비로운 용을 위해 그녀는 항상 전투태세를 갖추고 있다는 것. 매 순간, 특히 무슨 파티라도 있을라치면 더욱 로더 부인이 부여한 '가치'에 맞추어 살아가고 있다는 것. 고상하면서 확고하게 이 평가가 사교적 장면으로서의 랭커스터게이트에서 어느 경우에나 적용되었다. 그래서 그는 이제 그 안에서 전통이, 예술적 천재가, 비평이 각각 주어진 역할에 맞춰 뛰어난 여배우에게 부과하는 어떤 예술적 관념이나 유연한 재질 같은 것을 인식하게 되었다. 그런 여배우가 역할에 맞는 옷을 입고, 역할에 맞는 모습으로 걷고 말하고, 모든 면에서 그 역할을 표현해야 하는 것처럼, 이 모든 것이 이모 집에 사는 케이트가 자신이 재현하기로 한 역할을 위해 하는 일이었다. 그 인물은 명확한 요소와 손놀림, 오롯이 비평적으로 다루어질 수 있는 것들로 이루어졌다. 그리고 그녀가 비평을 대면하는 방식은 화장이 어느 모로 보나 완벽하도록, 자기 모습이 적어도 평상시와 다를 바 없이 훌륭하도록 처음부터 확실히 하는 것이었다. 오늘 밤 그에 대한 모드 이모의 감상 태도는 가히 총감독과도 같았고, 배우 자신은 행진에 나선 흠잡을 데 없는 군인다웠다. 순간 덴셔는 입장료를 내고 일등석에 앉아 있는 기분이었다. 총감독은 특별석 깊숙이 안 보이는 곳에 자리 잡고 있고, 가련한 여배우는 번쩍거리는 조명 아래 서 있는 것이다. 하지만 가련한 여배우는 시험을 **통과**했다. 어떻게 늘 시험에 통과하는지 훤히 보일 것도 같았다. 가발과 화장, 장신구, 조금도 흠잡을 데 없는 표정 하나하나, 그래서 그녀의 등장은 마땅히 박수갈채를 받았던 것이다. 당연한 말이지만, 지금 덴셔의 머릿속에서 오고 가는 이러한 인상들은 그것을 이렇게 일일이 적는 데 드는 시간보다 짧은 시간에 벌어진 일이다. 그렇지만 그 잠깐의 시간이 그에게는 함께 박수갈채를 보낼 수 없을 만큼 두려움에 사로잡히기에 충분했다는 점은 짚어줘야겠다. 순간 평정심을 잃은 느낌이 들 정도였다. 그래서 어쨌든 그는 그저 말없이 나이 든

쪽의 기술적 도전과 어린 쪽의 단련된 표정을 빤히 바라보았을 뿐이었다. 마치 **그들** 사이에서 압도적으로 어떤 드라마—드라마라는 사실에는 눈감을 수 없었으므로 그에게는 그렇게 다가왔다—가 벌어지고 있는 것만 같았다. 머튼 덴셔는 그저 앞줄의, 가장 비싼 축에 드는 좌석에 앉은 구경꾼의 자리로 밀려난 것이다. 감상하던 태도가 순간 두려움으로 변해버린 것도, 앞에서 말했듯이 역겨움으로 변해버린 것도 그 때문이었다. 화려한 조명 너머의 단련된 표정이 특별한 이해의 자그마한 빛을, 눈에 잘 안 띨 정도로 희미하지만 섬세한 빛을 반짝 내비쳤음에도 불구하고 그랬다. 숙련된 연기자라면 심지어 쌍권총 같은 망원경의 공격을 수없이 받으며 자기 역할에 푹 빠져 있으면서도 동시에 관객석에 앉은 사랑하는 사람에게 신호를 보낼 수 있지 않겠는가.

좌우간 덴셔가 지켜보는 중에 드라마는 계속되었고, 두 명의 다른 손님이 나타나면서 곧 증폭되었다. 시즌이 다 끝난 지금 뒤에 처진 길 잃은 신사들로서, 유사한 공식적 대우와 유사한 통상적 자비를 받는 신하임을 곧바로 확연히 보여주었다. 각각 사교 생활의 양극단에 있는 두 사람의 완벽한 흰색 조끼가, 그들이 나름 내보이는 '자태'의 면에서 보자면 각각 팽창하는 분위기와 수축하는 효과를 주고 있었다. 혼자 오게 되어 미안한 마음을 가득 안고 약간 숨을 헐떡이며 부산스럽게 들어온 스트링엄 부인 앞에 모습을 보인 것은 바로 무해한 두 젊은 총각과 이제는 물러 터진 참전 용사라는 급조한 손님들이었다. 밀리가 막판에 갑자기 몸이 안 좋아져서 확실히 여기 오기는 힘든 상태라, 사과와 유감을 전하라며 부득부득 자신을 혼자 보냈다고 했다. 저녁 식사 후 유난 떨지 않고, 그녀의 표현에 따르면 '자연스럽게'——그는 그렇게 표현하지 않았다——10분 동안 둘만의 시간을 갖게 되었을 때 케이트가 덴셔에게 맨 처음 꺼낸 말은 사랑스러운 친구가 아프다는 정황이었다. 하지만 덴셔는 이미 식사 시간 내내 실 양이 완전히 자리에 없다고 할 수 없는 묘한 인상을 받은 터였다. 로더 부인이 사랑스러운 밀리를 화제로 삼았고, 그것이 함께 자리한 열정적인 젊은이와 지혜로운 노인에게도 익숙한 주제임이 곧 분명해졌기 때문이다. 혹시라도 부족한 정보가 있으면 그때마다 로더 부인의 조카딸이 바로바로 조달해주었고, 거기 모인 사람들 가운데 결국 덴셔가 가장 혜택받은 인물이라는 듯 사람들은 전혀 거리낌없이 그의 의견을 물었다. 이 놀라운 인물을 만들어낸 것이 어떻게 보면 당신 아닌가요? 그녀가 사는 정글에서 그녀를 처음 보고 붙잡았잖아요? 희소성을 곧장 알아보고, 친절하게——당신은 사회의 '귀'라고 할 수 있으니까——밝은 빛을 먼저 비춰줌으로써 얼마간은 그 길을 닦아주었다고 할 수 있지 않을까요?

가련한 덴셔는 관심 있게 듣는 척하며 이런 질문들을 웬만하면 다 받아주었지만 불편함을 금할 수 없었다. 엄격한 기자인 그로서는 개인적으로 눈에 띈 어떤 것을 위해 자신의 펜——오, 그의 '펜'이라고!——을 놀렸다고 가정하는 것 같아 특히 움찔했다. 사회의 귀? 마치 자신이 얌전한 젊은 여성에 대해 공개적으로 글을 끄적거렸다는 듯이, 아니면 거의 그런 식으로 떠들고 있지 않는가? 그에게 든 생각으로 말하자면, 사실 그들이 꿈

을 꾸고 있으며 그 꿈으로 인해 **그는** 자못 잠에서 깨버린 셈이
었고, 당혹스러움을 억누르고 동시에 몰랐던 사실을 제대로 파
악하기 위해 자리를 지켰다. 그의 당혹스러움은 당연히 자신이
실 양의 성공에 어떤 도움도 준 바가 없지만 아예 그녀와 관련
이 없었다고 점잖게 주장하기도 어렵다는 데 있었다. 그 자리가
왠지 짧지만 찬란했던 경력을 축하하기 위한 잔치나 기념 만찬
같다는 느낌이 무엇보다 강했다. 물론 밀리가 자리를 함께했다
면 더 많은 얘기가 나왔겠지만, 그로서는 밀리의 성공의 엄청난
규모에 어안이 벙벙할 정도였다. 그와 관련해서 로더 부인은 전
해줄 만한 놀라운 내용이 많았고, 조끼를 입은 두 남성 역시 진
심이든 겉치레든 그 주제의 전문가임을 자처했다. 드디어 덴셔
는 자신이 사교적 '사례'를 마주하고 있음을 깨달았다. 스트링엄
부인이 명백히 그러했다. 밀리의 대리인으로서 얼마간 그들이
피워대는 향을 들이마시는 역할에 한정되어 있지 않았다면 다
들 무엇보다 그녀의 증언을 듣고 싶어 했을 테니까. 그래서 식
탁을 사이에 두고 미소를 짓거나 기운을 북돋기도 하고 위안도
하며 그녀를 멋지게 다루는 케이트가 친절하게 그녀를 대신해
서 말을 하고 해석도 내리는 것이다. 케이트의 말투로 보자면,
밀리를 떠받드는 **그들의** 방식을 이해하지는 못하겠지만 선한 마
음으로 그러는 거니까 세련되지 못하게 마음대로 떠들든 말든
내버려두겠다는 식이었다. 이 점에서 덴셔 자신은 스트링엄 부
인과의 어떤 폭넓은 연대감을 의식하지 않을 수 없었다. 대화를
따라가는 중에 그것이 미국인의 신경증에 어떻게 작용할지 정
말로 궁금했던 것이다. 그는 예전에 말로만 들었던 미국인의 신

경증을 최근 미국을 여행하면서 두드러진 하나의 사실로 확인했기 때문에, 어쩌면 그때 배운 게 있었구나 싶은—모면하지는 못했지만—순간이 한두 번 있었다.

스트링엄 부인의 전형적인 신체 안에서 미국인의 신경증이 파르르 떨렸다. 분명 웅웅거리고 쿵쿵거리고 펄쩍펄쩍 뛰었다. 그가 보기에 그녀는 지금 상황에서 자신이 헤아릴 수 있는 이상의 많은 요소들을 감지하며 무엇보다 들뜬 상태, 미국에서 말하는 신경과민의 상태 같았다. 그에게는 아직 모호한 어떤 면을 그녀는 알고 있으리라 추측했다. 한껏 즐거워 들썽거리는 것이 틀림없었지만, 간혹 그냥 즐거워서라고 보기엔 지나치게 마음이 어수선해 보였기 때문이다. 단지 빨리 돌아가서 알려주고 싶은 마음이라고 보기는 힘들었다. 그는 미국의 복잡성—그것을 복잡성이라 할 수 있다면—의 모든 색조를 다 '표본 채집'했는데, 그녀가 지닌 뉴잉글랜드식의 건조한 명랑함이 침묵에서 가장 큰 위안을 찾는 데는 실질적인 이유가 있었다. 그래서 다른 화제로 넘어가기도 전에 그녀가 그들의 대화에 거의 질려버렸음을 그는 인식(다른 사람들을 향한 놀라움과 함께)할 수 있었다. 그 자신도 마찬가지로 질렸다 싶을 때, 지금 거론되는 친구가 런던에서 이렇게 돋보이는 인물이 되었지만 오히려 미국에서는 그렇지 않았다는데 그게 사실이냐는 질문이 귀에 들어왔다. 질문을 한 사람은 다름 아닌 로더 부인이었는데, 스트링엄 부인 앞에서 그런 질문을 대놓고 하는 게 더 놀라웠는지, 아니면 그런 발견의 영예를 런던에 안길 자격이 그에게 있다고 보는 게 더 놀라웠는지는 잘 알 수 없었다. 흰색 조끼가 덜 팽팽한 쪽의 남자가 아무리 이러쿵저러쿵해도 런던 사람들이 미국 사람들보다 볼 수 있는 게 더 많다는 이론을 피력했다. 미국 고유의 산물—특히 재미난 산물일 경우 더 그렇지만—의 감상법을 미국인들에게 가르쳐준 것이 그게 처음은 아니라고 했다. 그렇다고 실 양이 재미나다는 건 아닙니다. 좀 묘하기는 하지만 말이죠. 그게 바로 그녀의 매력이죠. 하지만 뉴욕은 그런 내세울 만한 존재를 지니고도 자기 행운을 의식하지 못했을 가능성이 다분해요. 거기서는 별로 눈에 띄지도 않다가 영국에 와서 엄청난 성공을 거둔 경우가 수도 없이 많잖아요. 수지 균형을 맞춰주려는지 다행히 그쪽에서 보내오는 유명 인사나 미인들에 영국인들이 냉담한 반응을 보이는 경우도 종종 있지만 말입니다. 사실을 말하자면 영국인의 기분은 도대체 셈이 안 된다니까요. 그런데 그 셈법을 꺼내기도 전에 스트링엄 부인이 열을 올리며 최후의 공격을 가했다. 자기의 젊은 친구를 마땅히 칭송해야 할 안목이 뉴욕에 약간 부족했던 게 사실이지만, 그녀가 보스턴을 완전히 사로잡은 데는 의심의 여지가 없다고 단언했던 것이다. 그로써 더 세련된 취향을 지닌 보스턴에 비하면 뉴욕은 별것 아니라는 사실을 다시금 증명할 수 있다고 했다. 이러한 이론의 주창자로서 그녀가 그 점을 다소 장황히 늘어놓으면서 덴셔가 생각하기에 밀리의 부재로 지금껏 실제로 느낄 수 없었던 기묘함이 다분히 생겨났는데, 느닷없이 그를 향해 이런 말을 던지는 바람에 그 효과가 극대화되었다. "당신은 밀리에 대해서 아무것도, 손톱만큼도 아는 게 없어요."

그가 아는 척을 한 것도 아닌데 스트링엄 부인의 표정과 말투에는 순전한 힐난이 담겨 있었고, 보아하니 뭔가 엄숙한 의미가 잔뜩 들어차 있었다. 그래서 자신이 별로 아는 게 없긴 하지만 상대 역시 지나치게 과장한다는 느낌이 잠깐 들지 않을 수 없었다. 도대체 무슨 뜻으로 하는 말인지 의아했지만 일단 자기 변호 삼아 그가 말했다. "물론 제가 아는 게 대단히 많지는 않습니다. 뉴욕에 막 도착한 외국인이라 어리벙벙하고 불쌍한 저에게 무척 친절했다는 것과 그것이 말할 수 없이 고마웠다는 것 말고는 말이죠." 그러고는 스스로도 왜 그랬는지 몰랐지만 다음과 같이 덧붙였는데, 그 말이 단박에 성공적이었다. "그때 부인께서는 거기 없었다는 걸 기억해주세요."

"아, 그것 봐요!" 케이트가 아주 즐겁다는 표정으로 외쳤다. 그로서는 뭐가 그렇게 즐거운지 그때는 알 수 없었지만 말이다.

"그때 너는 거기 없었군." 로더 부인이 의미심장하게 맞장구를 쳤다. "일이 장차 어떻게 진행될지 몰랐던 거야." 은근한 즐거움을 보이며 그녀가 덧붙였다.

그러자 스트링엄 부인이 정신을 못 차리고 허둥대는 것을 그는 알 수 있었다. 그녀의 정신은 다른 누구의 정신보다 많은 것을 담고 있는데 말이다. 케이트라면 또 모르지만. 케이트와는 눈을 맞추지 않은 게—너무 실없는 말이라서—나았지만 어쨌든 그는 이 실없는 말이 이어지는 중에 그녀가 자신을 비스듬히 지켜보고 있는 것을 의식할 수 있었다. 케이트가 아닌 스트링엄 부인과 눈이 마주쳤고, 필요하다면 그녀와는 상황을 정리할 수도 있겠다는 인상을 받았다. 둘 사이의 말없는 교감으로 생겨난 느낌이었고, 그다음 상황에서 알게 되겠지만 어떤 놀라운 일의 시작이었다. 스트링엄 부인이 눈에 띄게 더듬대며 로더 부인의 농담에 대꾸한 것부터가 이미 그러한 교감의 결과라 할 수 있었다. "오, 덴셔 씨가 상당한 기회를 가질 **수는 없었을** 거라는 게 바로 내가 하려는 말이었어." 그러고는 그를 향해 미소를 지으며 말했다. "알다시피 내가 오래 자리를 비운 건 아니잖아요."

아무리 생각해도 참 이상한 일이었지만 그로서는 그 말과 함께 순식간에 만사가 제자리를 잡은 것 같았다. "그리고 저도 거기 오래 있지 않았고요." 그로써 그녀와의 문제라면 이제 다시는 어긋날 일이 없으리라는 점을 분명히 알았다. "밀리는 아름답긴 한데, 쉽게 알 수 있는 사람이 아니죠."

"아, 안에 뭐가 들어 있는지 모른다니까요!" 이제는 그와 보조를 맞출 작정인 양 스트링엄 부인이 말했다.

그것이야말로 그가 바라는 바였다. "제가 모르는 새에 밀리가 부인과 이편으로 와버렸잖아요. 저 역시 그곳을 떠나 다른 멋진 곳을 다녔죠. 다른 데도 볼거리가 무진장 많았으니까요."

"하지만 잊지는 않았던 거지!" 모드 이모가 위협적이기까지 한 짓궂은 말투로 끼어들었다.

"그럼요, 물론 잊지 않았죠. 그렇게 매력적인 인상은 보통 잊기 힘드니까요." 그러고는 아주 분명하게 주장했다. "하지만 다른 사람들에게 그녀를 들먹인 적은 절대 없습니다."

"밀리는 그 점을 고맙게 생각할 거예요." 스트링엄 부인이 얼굴을 붉히며 또렷하게 말했다.

"그런 경우 아무 말 안 한다는 건 대개 아주 깊은 인상을 받았다는 걸 반증하지 않나?" 모드 이모가 부드럽게 물었다.

자신을 어떻게든 엮어보려는 그런 시도가 약간 불쾌하지 않았다면 흥미로웠을 수도 있었다. "글쎄요, 인상이 얼마나 깊었을지는 좋을 대로 생각하시죠." 그러곤 스트링엄 부인을 향해 말을 이었다. "하지만 그와 관련해서 제 자신이 일종의 권위자처럼 나선 적은 한 번도 없었다는 걸 실 양이 꼭 알았으면 해요."

상대방이 미처 대꾸하기도 전에 케이트가 그를 도와줄 셈—그게 돕는 거라면—으로 나섰다. "밀리가 쉽게 알 수 있는 사람이 아니라는 건 맞는 말이에요. 보이는 건 강렬해요. 아마 어느 누구보다 강렬하다고도 할 수 있죠. 그런데 그렇다고 그녀를 아는 건 아니라는 걸 깨닫게 되죠. 그렇게 절반도 '보이는' 게 없는 사람을 더 잘 알게 될 수도 있어요."

그런 식의 구분은 흥미로웠지만, 그들은 다시 그녀의 성공이라는 주제로 돌아갔다. 그리고 이제 근심스러운 밀리의 친구는 아예 멍석이 깔린 듯 펼쳐지는 상대적으로 천박한 상황을 그저 앉아서 지켜보고 있을 수밖에 없었다. 구식 서커스를 보러 서커스장에 왔을 뿐인데 뜬금없이 처녀 기독교인을 등장시켜 달래가며 부드럽게 순교시키는 기이한 광경을 지켜보듯 말이다. 그것은 사자나 호랑이 같은 동물이 아니라 장난삼아 풀어놓은 가축을 만지작거리고 쑤시는 일이었다. 장난이라 할지라도 스트링엄 부인은 불편했고, 그로써 앞서 언급한 덴셔와의 무언의 교감은 더욱 강해졌다. 나중에 덴셔는 케이트가 이것을 알아챘을지 궁금했다. 자신이 머릿속에서 그녀가 의식했을 법한 일과 확실히 놓쳤을 일을 구분하고 있음을 깨달은 것은 훨씬 나중 일이었지만 말이다. 좌우간 케이트가 스트링엄 부인이 불편해한다는 사실을 눈치채지 못했다면 그것은 그저 얼마나 자기 생각에 사로잡혀 있는지를 보여줄 따름이었다. 그녀의 생각이란 밀리가 시즌 끝자락의 인물로 얻게 된 명성을 계속 내세우면서 다른 사람들을 위해 밀리의 현재와 과거에 텐션를 갖다 붙이는 것이었다. "당신이 밀리와 관련해 조심스러울 수밖에 없는 건 당연히 그 이후에 온갖 일들이 벌어졌기 때문이겠죠. 무슨 일이 벌어진 건지 당신은 모르지만 우리는 알아요. 계속 지켜봤거든요. 우리도 어느 정도 거기 **가담했다고도** 할 수 있죠." 이런 케이트의 설명에서, 실제 경우가 그렇다는 사실이 어쩔 수 없이 그에게 묵직하게 다가왔다. 호기심이 인내심보다 강한 사람이라면 런던에서 대충 가능하리라 여길 만한, 하지만 사소한 정도로도 관여해본 적이 없는 상황 말이다. 이 자그마한 미국인의 난데없는 사교계 탐험과 운 좋게, 그리고 당연히 해로울 것 없이 승승장구한 일은 아마 여러 우연적 사건들로 가능했을 것이다. 하지만 무엇보다 사회적 풍경의 단순한 도약대야말로 그에 유리한 조건을 제공했을 것이다. 그러니까 셀 수 없이 많은 어리석은 무리들의 뻔한 변덕, 해류처럼 불가해한 집단적 움직임 같은 것 말이다. 우글거리며 모여 있던 무리들이 맹목적으로 그녀에게 몰려든 것이었으니, 그렇게 맹목적으로 떠나버릴 수도 있었다. 물론 어떤 신호가 있었겠지만, 가장 큰 이유는 아마 그때 더 큰 사자가 없었기 때문이었을 것이다. 더 큰 맹수가 등장하면 작은 것들은 바로 자취를 감추게 되어 있으니까. 여하튼 정말 특징적인 사건이었고 그 본질은 글쓰기로 먹고사는 그에게는 돈벌이이자 기자로서 손을 대볼 만한 일이라 할 수 있었다. 그 손은 이미 움직이며 개요를 잡고 있었는데, 시즌의 표식이자 시대적 특징으로서, 야단법석을 떨다가 금세 사라지는 사교계 대유행의 '동기'를 살펴보고 있었던 것이다. **그 자체로** 사회적 필요가 된 대유행, 그것이 주조가 될 터였다. 그 과정에서 누가 주체의 자리에 앉는지는 상대적으로 부차적인 문제였다. 딱히 유행할 만한 것이 없으니 아무거나 유행할 수 있었다. '쓰레기 같은' 책의 저자나 전혀 아름답지 않은 미인, 상속녀라는 점 외에 특별난 것이라고는 없는 상속녀, 불편할 정도로 친숙해서 대체로 불편할 만큼 낯설지 않은 이방인, 그 미국성을 이미 오래전부터 필사적으로 무시해온 미국인, 그러니까 한마디로 충분히 표시가 나거나 내보일 수 있는 반짝이 장식이나 얼룩을 요란스럽게 지니고 있는 존재면 되는 것이다.

자신이 아는 선에서 그는 적어도 그렇게 판단했고, 사실을 통해 파악한 것이 유행의 농락이고 사교계의 분위기임을 깨닫자 자신의 독립심을 다시금 단단히 부여잡았다. 그는 자신을 문명화된 사람으로 여겼다. 그런데 문명화가 이런 거라면! 안에서 헛소리가 벌어지는 동안 밖에 나가 담배라도 필 수 있을 텐데. 앞서 거론했듯이 그는 웬만하면 케이트와 시선을 마주치지 않으려 했지만, 정말이지 식탁 너머로 이렇게 묻고 싶은 순간이 있었다. "이봐요, 이런 게 위대한 세상이란 말인가요?" 그리고 틀림없이 그들 사이, 식탁보 위에 어른거리는 뭔가로 인해 그녀가 마치 이렇게 대답하는 듯한 순간 역시 있었다. "맙소사, 아니죠. 날 뭐로 보는 거예요? 전혀 아니에요. 이건 그저 해로울 건 없지만 어리석고 형편없는 모조품일 따름이에요." 하지만 그녀가 할 법했던 말이 실제로 한 말과 사실상 섞여들어 갔는데, 그녀가 마치 그의 생각을 읽기라도 한 양 아예 그를 돕겠다고 나섰기 때문이었다. 그의 당혹스러움을 덜어주려는 듯 시즌이 한창일 때 3개월 동안 런던을 떠났다가 돌아오면 지인들도 예전 그대로일 수가 없다는 명백한 진실을 분명히 짚었다. **당연히 흥겹게 정신없이 내달려 얼굴이 벌개진 그들을 알아볼 수 없을 거라고 했다.** 한마디로 그녀는 밀리와 관련해서 자신은 한 일이 없다는 그의 주장을 그녀를 발견한 영광과 화해시키려 했던 것으로, 그 영광은 아무리 겸손을 떨어도 피할 수 없다고 했다. 밀리를 발굴해낸 것은 분명 그였다. 하지만 이 자리의 우리가 다 함께 그녀의 발전을 이루었다고 봐야 한다. 그녀는 언제나 지금껏 본 어느 누구보다 매력적인 인물이지만, 지금의 그녀는 그가 과거에 '밀어줬던' 그 인물은 아니라는 것이다.

케이트의 이런 가벼운 농담에 수전 셰퍼드가 지닌 밀리라는 자산—그런 발언으로 벽 저편으로 완전히 밀쳐진 자산—을 우습게 보는 무례한 의도는 없었을 뿐 아니라 본인은 아예 의식도 못 했다는 사실을 덴서는 나중에서야 확신했다. 하지만 동시에 스트링엄 부인이 속으로 분한 마음을 가진 것도 알게 되었다. 결국 그도 얼핏 알게 되겠지만, 그녀는 기독교 세계의 케이트 크로이를 다 모아봐야 밀리 발톱의 때만큼도 못 된다는 생각이었기 때문이다. 그것은 물론 최후의 보루까지 밀려나 완전히 구석에 몰리게 된 열정이 내보일 만한 견해이기는 했다. 우정이라는 드문 열정, 기 드 모파상의 예술을 향한, 좀더 정신적이어서 덜 흔들리는 또 하나의 다른 열정을 제외하면 그녀의 삶에서 유일한 열정 말이다. 밀리는 변하거나 할 수가 없다고, 오히려 그 반대로 자신의 밀리는 항상 똑같은 밀리라고 그녀가 슬쩍 의견을 피력해보았지만, 케이트의 주장이 제 갈 길을 가는 데 전혀 영향을 주지 못했다. 그녀는 수지에게 말할 수 없이 상냥했다. 마치 케이트에게 '전형성'이 있으니 전형성을 헌신적으로 예찬하는 수지로서는, 생겨먹기를 그녀에게 이의를 제기할 수 없다는 것을 확실히 아는 투였다. 그녀는 이어서 용케 기회를 잡아 밀리가 수지의 그런 생각을 자신에게 들려준 적이 있다고 덴셔에게 슬쩍 언급하기도 했다. 수지가 밀리에게 말하기를 케이트 크로이를 자기가 쓰는 책에 집어넣어 어떻게 될지 한번 보고 싶다고 했다는 것이다. '완전히 잘게 썰어놓든 통째로 내놓든', 케이트는 그런 식으로 다루어지는 게 두렵다고 털어놓았더랬다. 하지만 스트링엄 부인은 그럴 수밖에 없을 거라고 보았다. 낯선 영국 여성을 이루는 물질, 지금까지 전혀 본 적 없는 그런 물질 (모드 매닝엄도 있긴 했지만 그녀는 감성이 넘쳐흐르는 사람이었으니까)을 소재로 삼게 되면 다른 방법을 쓸 수가 없다는 느낌이 이상하게도 스트링엄 부인에게 들 테니까. 이런 것들은 나중에야 알게 되었지만, 덴셔는 심지어 그 당시에도 그런 점이 대기 중에 감도는 것을 감지했을 수도 있다. 밀리에게 무슨 화학적 변화가 일어났을 수도 있다는 그런 문제는 접어두고, 덴셔가 놓친 게 너무 많으니까 이제 그들을 믿고 함께 나아가야 한다는 상대적으로 반박하기 힘든 제안으로 케이트가 논의를 마무리 지었을 때도 이미 사실상 감돌고 있었다. 어쩌면 약간은 스트링엄 부인에게 모범을 보이듯 그는 평온하게 "오, 원하는 만큼 갈

데까지 가죠!"라고 대꾸했다. 이는 나름의 영향을 끼쳤다. 스트 링엄 부인이 자신을 염두에 두었다고 여겨지는 만큼은 취했던 것이다. 그것이 어느 만큼인지도 측정할 수 있었으니 또한 훌륭 했다. 그래서 저녁 식사가 끝날 때쯤 그 두 사람은 사실상 할 얘 기는 다 한 셈이었다.

4

나중에 보니 두 남자 중 젊은 쪽은 피아노 앞에 앉아 제 세상을 만난 듯했다. 그래서 그들은 위층에서 커피도 마시고 재밌는 노래도 불렀다. 잠시 따로 남겨진 신사들은 로더 부인이 자리를 뜨면서 주문한, 너무 한자리에 붙어 있지 말라는 요구를 이런 식으로 아주 쉽게 따랐다. 특정한 우리의 젊은이는 다시 거실로 돌아온 뒤 그 자리를 더욱 고수했다. 거슬리지 않게 짬짬이 둘만의 시간을 보낼 수 있을 거라고 서로 확실히 이해한 바가 있었기 때문이다. 전반적으로 케이트보다는 그에게 그 시간에 대한 욕구가 더 강할 수도 있었다. 하지만 별로 위험하지 않다면서 케이트가 동의한 데에는 다른 이유가 있었다. 그것은 거대한 주택에서 가능한 행운으로, 이동할 때마다 시간이 오래 걸리는 데다 8월 밤이라 창문도 다 열려 있었기 때문이었다. 모드 이모는 노래를 맘껏 불렀다 싶을 때 틈만 나면 넓은 발코니로 사람들을 몰고 나가 환담을 나누었다. 그때마다 덴셔와 케이트는 작은 소파에 나란히 앉았는데, 케이트는 그것이 누가 뭐라 한들 전혀 양심에 거리끼지 않고 누릴 수 있는 사치라고 보았다. "어차피 당신이 여기 있는데 우리가 서로 모르는 사람처럼 구는 건 너무 지나치잖아요." 케이트가 그렇게 말했고, 그래서 모드 이모가 눈치채지 못하게 둘이 따로 보내는 시간을 꼭 가질 수 있도록 멋지게 준비를 해놓았다. 그렇지 않으면 이모는 도대체 그들이 어디서 무슨 득을 봤을까 궁금해할 거라고 했다. 그럼에도 덴셔는 그렇게 단편적으로 잠깐씩 만나는 것으로는 성에 차지 않았다. 특히 창문을 지켜보며 앉은 지금, 그의 마음속에는 밖으로 꺼낼 수 있는 이상의 많은 것들이 있었다. 하지만 다른 한편 케이트가 저녁 식사 때와는 다른 분위기로 밀리 이야기를 꺼냈기 때문에 그것들 중 대부분을, 그것도 그가 그 자리에서 이해했던 이상으로 다룬 셈이 되었다. "밀리는 아주 좋지 않아요. 건강이 말이에요. 오늘 밤만 해도 그렇잖아요. 그러니까 좀 심각해 보여요. 알다시피 정말 올 만한 상태였으면 당신을 봐서라도 왔을 텐데 말이죠."

그는 가능한 한 참을성을 보이며 이 말을 받아들였다. "도대체 무슨 문제가 있는 건데요?"

하지만 케이트는 대답 대신 하던 말을 이어갔다. "당신이 있어서 오히려 자리를 피하려 한 게 아니라면 말이죠."

"도대체 무슨 문제가 있는 거냐고요?" 덴셔가 다시 물었다.

"뭐긴요, 전에 말한 그거죠. 당신을 아주 좋아하니까요."

"그런데 왜 나를 만나는 걸 피한다는 거죠?"

케이트가 주위를 둘러보았다. 설명하려면 좀 시간이 걸릴 듯해서였다. "아니면 정말로 안 좋은지도 몰라요. 충분히 그럴 수 있으니까."

"스트링엄 부인을 보면 충분히 그럴 수 있어요. 눈에 띄게 딴

데 정신이 팔린 데다 근심이 가득해 보이니까."

"눈에 띄게 그렇죠." 케이트가 말했다. "하지만 단지 그것 때문은 아닐 수도 있어요."

"그럼 뭣 때문에?"

하지만 케이트는 자기 생각에 빠져 그 질문 역시 무시했다. "아니, 정말 심각하다면 스트링엄 부인이 돌아가봐야 하지 않을까요? 걱정이 많이 될 거고, 이제 예의상 필요한 만큼은 했으니까요."

"예의를 아주 훌륭히 차렸죠." 덴셔가 대꾸했다.

그에 케이트가 아주 약간 냉랭하게 그를 바라본 게 아닌가 하는 상상이 들었다. 하지만 이미 그녀는 나름대로 설명을 이어가고 있었다. "정신이 팔려 있는 건 아마 서로 다른 두 가지 일이 있어서일 거예요. 한쪽 일로 치자면 빨리 가봐야 하는데 다른 쪽 일 때문에 계속 남아 있는 거죠. 밀리에게 당신 얘기를 해줄 임무를 띠고 온 거니까요."

"정말 그런 거라면 아래층에서 내가 부인과 좀 '가까워진' 느낌이니 다행이네요." 젊은이가 웃음과 한숨을 섞어 내뱉으며 말했다. "내가 꽤 점잖게 굴지 않았어요?"

"무지하게 상냥했죠. 타고났다니까요." 케이트가 단언했다. "더할 나위 없이 훌륭해요."

"어쩌면 지금은 날 별로 호의적으로 보지 않을 거라는 사실만 빼고 말이죠." 잠깐 있다가 덴셔가 냉소적으로 말했다. "**이것도** 밀리에게 보고할까요?" '이것'이 무엇을 지칭하는 건지 케이트가 의아해하자 그가 덧붙였다. "지금 우리가 이렇게 남들 시선을 신경 쓰지 않는 거 말이에요.”

“아, 남들 시선은 나한테 맡겨둬요!” 그녀가 단호하게 말했다. “다 내가 알아서 할 테니까.” 그러고는 덧붙여 말했다. “게다가 지금은 모드 이모한테 완전히 붙들려서 이쪽은 눈치채지 못할 거예요.” 이에 덴셔는 상대방이 정말로 자신과는 비교도 안 되게 놀라운 지각력을 지녔다는 느낌이 들었는데, 그녀의 다음 말도 그랬다. “스트링엄 부인도 그런 인상을 주려고 이모 말에 대꾸하는 것 같기도 하고요.”

“아, 인생이란 정말 흥미롭군요!” 덴셔가 살짝 유머를 담아 내뱉었다. “남들 인생을 흥미롭게 만들어주는 만큼 당신 인생도 흥미로웠으면 해요. 내가 보기에 당신은 ‘저 마나님들’ 인생을 정말 흥미진진하게 만드는 것 같거든요. 모드 이모님, 수전 셰퍼드, 밀리, 각자에게 각각 다른 식으로.” 그러고는 이렇게 물었다. “하지만 정말 문제가 뭔데요? 보이는 것처럼 많이 안 좋은 거예요?”

케이트에게 먼저 떠오른 표정을 보면 그렇게 비꼬듯이 나왔으니 대답은 바라지도 말라는 것 같았다. 그렇지만 자기 쪽에서 필요하니 어쩔 수 없이 봐줘야겠다고 결론 내린 모양이었다. ‘보이는 것처럼 많이 안 좋다’는 건 밀리에게는 거의 있을 수 없는 일이라고 확실히 해두어야 했던 것이다. 보이는 것처럼 많이 안 좋다면 그들로서는 아예 문제 삼을 필요도 없다. 그럴 경우 살 날이 정말 얼마 안 남은 것일 테니까. 여하튼 밀리는 자신의 상태가 심각하다고 믿고 있으며, 케이트도 그런 그녀를 믿지 않을 수가 없다. 그 두 사람은 몇 번이나 당장 런던을 떠날 것처럼 하다가 매번 다시 주저앉았다고 했다. "작별하는 사람치고는 아주 괴상하게도 난데없이 국립미술관에 나타나 우리와 마주쳤던 날 전날 밤에 모드 이모랑 찾아가서 작별 인사를 했어요. 뭐, 거의 그런 셈이었죠. 하루이틀 후에 떠날 거라고 했거든요. 그런데 떠나지 않았고, 아직도 떠날 계획이 없는 거예요. 그 두 사람을 만나보니, 그러니까 그게 오늘 아침이었는데, 그럴듯한 이유는 있더라고요. 정말 떠날 생각인데 단지 날짜를 좀 미뤘을 뿐이라는 거예요." 그러더니 불쑥 이렇게 덧붙였다. "바로 **당신** 때문에 미룬 거라고요." 항의를 한다는 것 자체가 어느 정도 믿는다는 뜻이었으므로 어쨌든 그는 얼빠지게 보이지 않을 정도로만 항의를 했다. 하지만 케이트의 의도는 변함없었다. "밀리는 당신 때문에 생각을 바꾼 거예요. 당신이 여기 있는데 떠나버리고 싶지 않았던 거죠. 그게 너무 티가 나지 않기를 바라기도 하지만. 방금 말했듯이 그래서 밀리가 오늘 일부러 여기 나타나지 않았는지도 몰라요. 그녀로서는 당신을 언제 다시 볼 수 있을지 알 수가 없죠. 과연 볼 수 있을지 그것도 말이에요. 미래를 볼 수가 없으니까요. 지난 몇 주 동안 미래라는 게 온통 뒤죽박죽인 어떤 시커먼 존재처럼 밀리 앞에 펼쳐지게 되었거든요."

덴셔는 이해가 가지 않았다. "당신들이 하나같이 입을 모아 말했듯이 그렇게 신나고 대단한 시간을 보냈으면서도?"

"맞아요. 그림자 하나가 가로질러 있거든요."

"당신이 어떤 신체적 와해라고 보는 그림자?"

"어떤 신체적 와해죠. 적어도 그 정도예요. 잔뜩 겁을 먹고 있거든요. 가진 게 너무나 많으니까요. 게다가 더 갖고 싶은 거죠."

"아, 알겠어요." 문득 묘하게 불편한 심정이 되어 덴셔가 말했다. "모든 걸 다 가질 수는 없다고 말해줄 수 없나요?"

"그건 안 되죠. 그러고 싶지 않으니까요." 케이트가 말을 이었다. "밀리는 여기서 아주 대단한 존재였어요. 이게 내 편견인 것 같으면 모드 이모한테 물어봐요." 케이트가 묘하게 미소를 지었다. "모드 이모가 다 말해줄 거예요. 온 세상이 그 앞에 있다고 말이죠. 그 모두가 당신이 그녀를 만난 후에 벌어진 일이라, 그걸 다 놓쳤으니 당신한텐 아쉽게 되었지 뭐예요. 당신에게도 정말 재미났을 텐데. 정말 완벽한 성공이었어요. 물론 그 짧은 시간에 이룬 걸로는 말이에요. 그리고 완벽한 천사처럼 성공을 받아들였죠. 막대한 예금을 지닌 천사를 상상할 수 있다면 아마 그게 가장 간단한 표현이겠죠. 유산이 정말 어마어마해요. 모드 이모가 '수지'한테 직접 다 들었는데, 뭐 다는 아니어도 들을 만큼은 들었고, 게다가 수지는 있는 그대로 얘기하는 사람이거든요. 그러니까 당신은 이제 그걸 나한테 직접 들을 수 있는 거죠. 그런 거라고요." 그러고는 결과적으로 가장 중요한 지점으로 나아갔다. "그러니까 아주 대단한 집안과의 결혼도 가능해요. 우리가 괜히 천박하게 구는 게 아니에요. 그런 가능성이 명백하니까 그러는 거지."

덴셔는 그 말을 안 믿는 건 아니지만 질투할 마음도 없다는 것을 보여주었다. "하지만 도대체 내가 무슨 도움이 될 수 있다는 거예요?"

그 대답이라면 이미 준비되어 있었다. "위로를 해줄 수 있잖아요.”

“뭘 위로하라는 거예요?”

“밀리가 정말 병에 걸렸다면, 모든 것이 완전히 사라져버리는 걸 지켜볼 수밖에 없는 상황이니까. 가진 게 그렇게 많지 않다면 마음이 쓰이지도 않겠죠.” 케이트가 아주 간단하게 말했다. 그 말에 그가 마뜩잖게 웃자 이렇게 덧붙였다. “밀리가 가졌다고 할 만한 게 단 하나라도 있다면 신경 쓰지 않을 거예요.” 그러고는 그야말로 고귀한 연민을 내보이며 말했다. “가진 거라고는 하나도 없어요.”

“온갖 젊은 귀족 자제들이 있지 않아요?”

“뭐, 그건 두고 봐야죠. 거기서 뭐가 나올지는 말이에요. 어쨌든 밀리는 무엇보다 삶을 사랑해요.” 케이트가 좀더 설명했다. “당신 같은 사람을 만나면 다른 멋진 면도 많지만 무엇보다 당신이 내 삶의 일부가 된다고 느껴져요. 오, 당신이 그런 식으로 마련되어 있다니까요!”

“내 생각에 그건 **당신**이 마련한 일 같은데요.” 그는 초연하면서도 동시에 서글퍼 보였다. “그런데 내가 귀족 자제들하고 뭘 어떻게 해야 하는 건데요?”

“아, 그들은 낙담하겠죠!”

“그럼 나라고 낙담하지 않을 이유가 뭐죠?”

“당신은 기대하는 게 적으니까요.” 케이트가 멋들어진 미소를 지어 보였다. “당신도 물론 낙담하겠죠. 그 정도 기대는 있을 테니까.”

“그런데도 그런 일을 하길 바라는 거예요?”

"밀리가 행복하기를 바랄 뿐이에요." 그녀가 말했다. "그 목적을 위해 내가 가진 걸 이용하는 거죠. 당신이 내가 가진 가장 소중한 존재니까 가장 많이 이용하는 거고요."

그가 그녀를 한참 바라보았다. "나도 당신을 그렇게 좀 이용해 볼 수 있으면 좋겠네요." 그 말에도 그녀가 그저 미소를 띠며 바라보기만 하자 그가 다시 물었다. "폐가 많이 안 좋은가요?"

케이트는 차라리 그랬으면 좋겠다는 내색을 살짝 비쳤다. "폐 문제는 아닌 것 같아요. 요즘 폐렴은 시간이 좀 걸려서 그렇지 치료가 되지 않나요?"

"분명 땜질은 할 수 있죠." 그러면서 의아하다는 듯이 물었다. "지금 그 말은 아예 땜질도 안 된다는 거예요?" 그러곤 그녀가 대답하기 전에 말을 이었다. "보기에는 그런 일과는 전혀 관계 없어 보이는데. 나이는 많지 않지만 상상할 수 있는 온갖 산전수전을 다 겪은 사람이잖아요. 난파선에서 혼자 살아난 사람 같다니까요. 요즘 세상에서는 그런 사람도 확률의 원칙에 따라 분명 자신 있게 다시 항해에 나설 수 있을 텐데. 난파를 당한 것은 분명하니까. 모험을 겪은 거죠."

"아, 난파는 알아서 하시고요!" 케이트는 여기까지는 기꺼이 맞장구를 쳐주었다. "하지만 모험은 아직 더 하게 해줘요. 모험이라고 할 수 없는 난파도 있잖아요."

"그거야, 난파가 아닌 모험도 있으니까!" 덴셔 역시 기꺼이 맞장구를 쳐주고는 다시 요점으로 돌아왔다. "내 말은, 신경을 건드리는 식이든 뭐든 그녀에게서 병자 같은 분위기는 느껴지지 않는다는 거예요."

케이트 역시 이 점은 동의했다. "맞아요. 그게 또 백미죠."

"백미—?"

"그래요, 너무 훌륭하잖아요. 태엽을 안 감아줘서 멈추기 직전인데도 편리하게 미리 알려준다거나 평소와 다른 모습을 보이는 법이 없는 시계만큼이나 티가 안 난다는 거죠. 서서히 살지도 않고 서서히 죽지도 않아요. 말하자면 약 냄새가 나지도 않고 약 맛이 나지도 않죠. 아무도 모를 거예요."

"그러면 지금까지 한 얘기는 다 뭐예요?" 혼란스러운 내색을 그대로 내보이며 그가 물었다. "도대체 무슨 별난 상태에 있는 거예요?"

이 말에 케이트는 어느 면에서 스스로에게 해명이라도 하듯이 말을 이었다. "만약 어디가 아프다면 정말 많이 아픈 거라고 봐요. 안 좋은 게 맞다면 **약간** 안 좋다든지 그런 일은 없다는 거죠. 어째서냐고 물으면 딱히 설명할 수는 없지만, 내가 보는 밀리는 그래요. 정말로 살아가든지 정말 살 수 없든지. 다 가지든지 아니면 다 잃든지. 하지만 지금 볼 때 다 가질 수는 없을 거라고 봐요."

덴셔는 상대에게 시선을 붙박고 이 설명을 따라갔는데, 정작 그녀의 시선은 생각에 잠겨 이리저리 배회했고 명료하다기보다 인상에 좌우되는 듯했다. "그렇다고 '보고', 그게 '아니라고 본다'. 그렇지만 여전히 무슨 병인지는 전혀 짐작 가는 바가 없어요?"

"짐작 가는 바가 전혀 없진 않아요. 하지만 뭘 정확히 알아야 하는 문제가 아니에요. 게다가 밀리 역시 다른 사람이 알려고 하는 걸 원하지 않아요. 자신을 괴롭히는 그 문제에 대해서 일종의 맹렬한 겸허함을 가지고 있어요. 그러니까 뭐랄까, 딱히 뭐라고 해야 할지 모르겠는데 극도의 자존심이라고나 할까. 그리고, 그리고—" 하지만 여기서 그녀는 머뭇거렸다.

"그리고 뭐요?"

"난 병이라면 참을 수가 없어요. 정말 끔찍하게 싫어요." 케이트가 말을 이었다. "당신이 어느 면에서나 건강해서 정말 다행이에요."

"고맙네요." 덴셔가 웃었다. "당신도 엄청 튼튼하니 그것도 좋은 일이고요."

젊고 끄떡없는 자신들의 상태를 흐뭇해하며 그녀가 그를 잠시 바라보았다. 그들이 함께 지닌 것이라곤 그 정도인데, 적어도 말짱한 모습이었다. 아름다움과 나무랄 데 없는 신체, 좋은 인성, 서로에 대한 사랑과 욕망 말이다. 하지만 바로 그 사실을 의식하자마자 다음 순간 불쌍한 밀리에 대한 연민, 없는 것 없이 다 가졌고 자신들에게는 없는 엄청난 행운을 가졌지만 다른 한편 이것은 지니지 못한 밀리에 대한 연민이 솟아오른 듯했다. "밀리를 놓고 이런 식으로 말을 하다니!" 가책이 드는 듯 케이트가 한숨을 쉬었다. 하지만 여전히 사실은 사실이었다. "나는 질병과는 가까이하지 않아요."

"하지만 그게 안 되잖아요. 아무리 그런 말을 해도 어쨌든 한가운데 있으니."

"아, 나야 그냥 지켜보기만 하는 거니까—!"

"대신 나를 그 자리에 밀어 넣고? 아주 고맙네요!"

"아, 그건 일종의 훈련이에요." 케이트가 말했다. "내가 당신에게 어느 정도를 기대하는지 거기서 감을 잡았으면 해요. 일찍 시작하면 할수록 좋으니까."

발코니에서 기척을 느낀 듯 그녀는 그가 좀 전부터 잡고 있던 손을 뺐다. 그 위험신호에 그가 밀리 얘기로 돌아갔다. "수술이라도 받아야 하는 건지, 그것도 전혀 몰라요?"

"아마 그럴 거예요. 그러니까 어쨌든 뭔 일이 생긴 거라면 그럴 거라는 거죠. 물론 유명한 분이 담당의예요."

"그럼 의사들이 다투어 맡고 싶어 하는 거예요?"

"밀리 쪽에서 그들을 찾아다니는 거죠. 뭐, 마찬가지겠지만. 이제는 말해도 될 것 같은데, 루크 스트렛 박사가 담당의예요."

그가 바로 움찔했다. "아, 그 수술의 대가!" 그러고는 바로 덧붙였다. "짐작이 가네요."

맞는 말이었지만 그녀는 그냥 넘겼다. "짐작 같은 건 하지 말고 내가 하라는 대로만 해요."

그가 잠시 말없이 모든 것을 받아들였다. 다 파악할 수 있겠다 싶었다. "그럼 당신이 내게 원하는 것은 병에 걸린 젊은 여성의 환심을 사는 일이군요."

"아, 하지만 환자처럼 보이지 않는다고 당신도 인정했잖아요. 더구나 얼마나 안 그런지도 잘 알고요."

"내가 잘 안다고 당신이 짐작하는 걸 보면 놀라워요." 그가 곧 대꾸했다.

"당신이 말을 꺼냈으니까 하는 말인데요, 그게 바로 당신이 나를 훈련시키는 방식이에요." 그녀가 말했다. "게다가 밀리의 환심을 사는 문제라면 나서는 사람은 아주 많을 거예요."

이런 암시에 다과회용 드레스를 입은 그 친구가 늘 변함없이 꽃이 가득하고 블라인드가 내려진 실내에서 높이 쌓아 올린 쿠션 위에 올라앉아 고귀한 귀족들에게 에워싸인 모습이 잠깐 덴셔의 눈앞에 떠올랐을지도 몰랐다. "그 사람들이야 자기들 좋을 대로 하면 되고. 게다가 그들은 사귀는 여자가 없잖아요."

"그건 당신도 마찬가지죠!"

그녀가 답답하다는 듯 외쳤는데, 갑작스럽게 자리에서 일어났기 때문에 그 효과는 더욱 강렬했다. 그렇지만 그는 자리를 지키고 앉은 채 그저 그녀를 올려다보며 말했다. "당신은 정말 대단하군요!"

"대단하다마다요!" 곧이어 벌어진 일로 그 점은 더욱 확실히 증명되었고, 그는 앉은 채 그것을 충분히 지켜볼 수 있었다. 케이트가 말을 하는 도중에 로비 쪽 문이 홱 열리더니 신사 한 명이 들어왔는데, 그는 그녀를 보고는 하인 입에서 나온 이름이 미처 덴셔의 귀에 들어오기도 전에 곧장 다가와 인사를 했던 것이다. 어쨌든 덴셔는 자신이 그와 통성명을 해야 하는 상황임을 바로 알 수 있었다. 케이트가 그를 맞이하면서 느닷없다 싶게 즉각 그를 끌어들였기 때문에 그는 그에 응하기 위해 자리에서 일어섰다. "마크 경을 아는지 모르겠네요." 그러더니 다른 쪽을 향해 말했다. "머튼 덴셔 씨예요. 얼마 전에 미국에서 돌아왔답니다."

"오!" 상대방이 그렇게 말했고 덴셔는 아무 말도 하지 않았다. 자리에 선 채 그 말이 풍기는 의미를 따져보느라 경황이 없었던 것이다. 보기보다 가늠하기 어렵진 않다는 것을, 그러니까 가히 실질적인 의미를 가지고 있음을 곧 깨달았다. 말하자면 그 '오!'가 듣기에는 멍청한 자의 감탄사와 아주 유사하기는 했지만 사실은 그렇지 않음을 알게 되었던 것이다. 그것은 다재다능하고 총명한 사람의 '오!'였다. 그건 그의 대단한 장기로서, 돈을 많이 들여 배우고 경험한 결과 얻은 것이었다. 어쩌다가 귀중한 물건을 골라잡기라도 한 것처럼 덴셔는 왠지 거기에 아주 흥미로운 면이 있다는 느낌이었다. 세 사람은 잠깐 어색하게 서 있었는데 그 역시 나름대로 기여하고 있음을 알아차렸다. 케이트는 마크 경에게 앉으라는 말 대신 로더 부인이 다른 손님들과 함께 발코니에 있다고 알려주었다.

"오, 실 양도 함께 있죠? 들어오다가 아래쪽에서 스트링엄 부인의 목소리를 분명 들었거든요."

"맞아요, 하지만 스트링엄 부인 혼자예요." 케이트가 설명해 주었다. "밀리가 몸이 좋지 않아 우리로서는 아쉽게 되었죠."

"아 '아쉽다'마다요!" 그가 여전히 자리를 뜨지 않고 덴셔에게 눈길을 주었다. "정말 안 좋은 건 아니죠?"

들은 바가 있으니 덴셔는 마크 경이 밀리에게 관심이 있음을 쉽게 짐작할 수 있었다. 하지만 또한 케이트와 함께 있던 젊은 남자, 아직까지 그가 이해하는 내색 없이 바라보는 그 남자에게도 관심이 있음을 예상할 수 있었다. 그 젊은 남자가 곧 내린 결론은 상대방이 각각에 대해 만족스러울 만큼 하고 싶은 대로 했다는 것이다. 그의 질문에 케이트가 바로 이렇게 대답했으니 이 점에서 도움을 주기도 했다. "오, 아니에요. 아니라고 봐요." 그러고는 덧붙였다. "그렇잖아도 덴셔 씨도 걱정을 하고 있던 터라 안심시키고 있었어요. 걱정을 덜어주고 있었던 거죠."

"오!" 마크 경이 다시 말했고, 이번 것 역시 마찬가지로 훌륭했다. 이번 것은 덴셔를 향한 것임을 알 수 있었다. 혹은 그에게는 그렇게 보였다. 그가 다른 사람들 얘기로 넘어갔다. "내 걱정도 덜어줘야 해요. 그녀를 정말 잘 돌봐줘야 하는데. 이쪽인가요?"

그녀는 그와 함께 몇 걸음 걸어갔고, 덴셔가 그 자리에 남아 그들을 빤히 지켜보는 가운데 잠깐 서서 좀더 대화를 나누었다. 덴셔는 두 사람 사이에 오간 말을 알아들을 수 없었지만, 마크 경이 다른 사람들과 합류한 뒤 곧 케이트가 되돌아왔을 때 이렇게 물을 수 있었다. "저 사람이 바로 이모님의 사람이죠?"

"오, 그럼요."

"당신의 짝 말이에요."

"내 말이 그 말이에요." 케이트가 미소를 지었다. "자, 이제 만나봤으니 판단할 수 있겠죠."

"뭘 판단해요?"

"저 사람에 대해서요."

"내가 왜 그래야 하죠?" 덴셔가 물었다. "나와는 아무 상관 없는 사람인데."

"그럼 묻기는 왜 물었어요?"

"당신에 대해 판단하기 위해서죠. 그건 다른 문제고."

케이트는 어떻게 다른지 잠시 살펴보는 모양이었다. "그러니까 내가 처한 위험이 어느 정도인지 알아보기 위해서?"

그가 잠시 머뭇거리더니 말했다. "사실 실 양의 위험을 생각하고 있었어요. 저이가 그녀한테 관심이 있는데 어떻게 당신 이모에게는—?"

"나에 대한 관심과 양립할 수 있냐고요?"

"이모님이 당신에게 가진 관심과 양립할 수 있냐고요." 케이트가 그 말을 굴려보자 덴셔가 말했다. "로더 부인의 관심이 마크 경이라는 형태로 나타난다면, 그쪽에서도 자신이 취할 형태에 좀 신경을 써야 하지 않나요?"

케이트는 재미있는 질문으로 여기는 듯했지만 곧 대답해주었다. "오, 그런 건 별로 개의치 않아요. 멋진 게 뭐냐면 그를 믿지 않거든요."

"밀리가 안 믿는다고요?"

"그래요, 밀리도 안 믿죠. 하지만 모드 이모 말이었어요. 별로 안 믿어요."

덴셔는 이해가 되지 않았다. "그렇게 애지중지하는 사람이 속인다고 여겨요?"

"그래요." 케이트가 말했다. "사람들이 그런 식이라니까요. 사람들이 대개 적을 아주 나쁘게 생각한다지만, 모르긴 몰라도 친구를 생각하는 방식이 더 놀라울 때가 있어요." 그녀가 말을 이었다. "하지만 밀리 생각이 그러하니 다행이죠. 그래서 밀리도 안전하지만 모드 이모 역시 안전한 거예요. 본인은 확실히 인식하지 못하겠지만."

"그럼 당신은 그에게 애정이 없으니 확실히 도망갈 수 있다고 보는 거예요?"

그녀가 우아하면서도 심각하게 반대의 뜻을 보이며 고개를 저었다. "내가 너무 말을 많이 하게 만들지 말아요. 안 그래서 다행이긴 하지만."

"말을 많이 안 해서 다행이라고요?"

"마크 경에게 애정이 없어서 다행이라고요."

"오!" 덴셔가 앞서 마크 경이 했던 식으로 외쳤다. 그러곤 덧붙였다. "불쌍한 밀리 역시 애정이 없다고 확신해요?"

"아, 불쌍한 밀리에 관한 내 확신이 뭔지는 알잖아요!" 그녀는 다시 답답하다는 내색을 했다.

하지만 그는 조금 더 그 주제를 고수했다. "그를 예의 귀족 자제들 중 하나로 보는 건 아니죠?"

"맙소사, 당연하죠. 전혀 아니에요. 다른 가능성에 비하면 그는 '껴준다'고 할 수도 없어요." 그녀가 좀더 정확하게 말했다. "밀리는 사회적 가치에 대한 타고난 인식이 없어요. 우리의 사회적 차이를 전혀 이해하지 못하고 누가 누군지, 뭐가 뭔지 모른다니까요."

"알겠어요." 덴셔가 웃었다. "그래서 **나를** 좋아하는군요."

"바로 그거죠." 케이트가 말했다. "밀리는 나랑은 달라요. 난 적어도 내가 뭘 잃어버리게 될지는 아니까요."

그 모두가 덴셔에게는 상당히 흥미로웠다.

"그런데 모드 이모님은, **이모님은** 아셔야 하지 않나요? 그러니까 저 친구가 사실 별것 아니라는 걸 말이에요. 그가 공작이라도 된다고 보시나요?"

"별로 그렇지 않아요. 공작을 조카로 두고 있는 것이 아니면.

그것도 틀림없이 대단하긴 해요. 게다가 우리가 가진 것 중에선 최고이고요."

"오, 오!" 덴셔가 외쳤는데, 믿기지 않는 말투였지만 완전히 조롱조는 아니었다.

"마크 경의 지위가 대단해서가 아니에요." 그런 덴셔의 반응을 무시하며 그녀가 말을 이었다. "가진 재산이 없는 사람이니 그런 쪽으로라면 더 나은 걸 찾을 수 있겠죠. 하지만 이모는 절대 추악하게 탐욕적이지 않아요. 그저 다른 사람들의 추악한 탐욕으로 셈을 할 뿐이죠. 게다가 그 집안에 공작도 있고 다른 쪽으로도 충분히 웅장해요. 중요한 점은 그의 천재성이죠."

"당신도 그걸 믿고요?"

"마크 경의 천재성 말이에요?" 지금껏 이보다 더 최종적인 의견을 요구받은 적이 없다는 듯 케이트가 잠깐 생각에 잠겼다. 어떤 대답이 나올지 알아채기 힘들 만큼 표시가 나지 않더니, 적당한 때에 아주 분명하게 "믿어요!"라고 말했다.

"정치적인 면에서?"

"전반적으로요." 그녀가 말했다. "적어도, 별로 애쓰거나 격하게 주장하지도 않고 어떤 교묘한 장치를 이용하지도 않으면서 자기 존재감을 그렇게 강하게 나타낼 수 있는 사람을 달리 뭐라고 불러야 할지 모르겠네요. 자기가 원인이라는 걸 알아내기 힘든 방식으로 영향을 주거든요."

"아, 하지만 그 영향이 유쾌한 게 아니라면—?" 덴셔가 피상적인 질문이란 걸 의식하며 물었다.

"아, 하지만 유쾌한걸요!"

"분명 모든 사람에게 그렇진 않겠죠."

"당신에게 그렇지 않다는 뜻이라면, 당신이야 그럴 만한 이유가 있으니까요." 케이트가 대꾸했다. "하지만 남자는 상관없어요. 그리고 여자들은 그게 유쾌한지 아닌지를 모르고요."

"그것 봐요!"

"그래요, 맞아요. 하지만 그러려면 그의 입장에서는 천재성이 요구되는 거죠."

덴서는 그녀가 그렇게 수월하게 지체 없이, 무엇보다 재미나게 그에게 던져주는 온갖 일에서 잘 따져보면 결국 무엇이 '요구될'지 궁금한 듯이 그 앞에 서 있었다. 마치 막판에 결정적인 작용을 받기라도 한 양 불현듯 뭔가가 그의 내면에서 차오르더니 곧 넘쳐흐르기 시작했다. 자신의 크나큰 행운을, 그녀의 다양한 면모를, 그리고 그녀가 약속하는 미래와 그녀가 제공해줄 관심사를 실감했던 것이다. "당신 빼고 다른 여자들은 다 어리석으니, 그러니 내가 어떻게 딴 데 한눈을 팔겠어요? 당신은 정말 달라도 너무나 달라요. 그러고도 또 달라지고. 모드 이모님이 당신으로 뭔가 해보려는 것도 놀랄 일이 아니죠. 뭔가 해보려는 이모님을 당신이 훨씬 능가하니 문제지. '사교계'조차 당신의 가치가 얼마나 대단한지 잘 모를걸요. 멍청한 데다 당신이 그것 역시 앞지르니까. 당신이 아마 끌고 올라가야 할 거예요. 당신이 꼭대기에 있으니. 다른 여자들은 아무리 만나봐야 이미 읽어본 책일 뿐이에요. 당신은 아직 책장도 자르지 않은, 미지의 책이 가득한 도서관이라고 할 수 있어요." 주체할 수 없는 만족감에 그는 거의 신음이 나오고 온몸이 아플 정도였다. "맹세하는데, 내가 그걸 구독하는 거라고요!"

그녀는 대답으로 내비칠 수 있는 표정을 한껏 내비치며 그 말을 들었고, 그들은 다시 한번 본질적으로 풍부한 자신들의 삶을 실감하며 그 안에서 한마음이 되었다. "나의 그런 모습을 끌어낸 것이 당신이에요. 그러니까 난 당신에게만 존재하는 거예요. 다른 누구에게도 아니고."

그런데 너무 커다란 행운이 닥치면 으레 그렇듯이 짜릿한 결합으로 내면의 어떤 강렬한 두려움이 흔들려 깨어난 듯 그가 말했다. "그러니까, 이봐요, 제발, **제발**—!"

"제발 뭐요?"

"날 버리지 말아요. 그러면 난 죽어버릴 거예요."

그녀는 대답 대신 잠시 그윽한 눈빛으로 그를 바라보았다. "그래서 그런 일을 미연에 방지하기 위해 **나를** 죽여버릴 셈이에요?" 미소를 지으며 말하는 그녀의 눈에 눈물이 그렁그렁하다는 것을 그는 곧 알아차렸다. 그러더니 그녀는 이 화제를 곧바로 접고 다른 자기 문제로 돌아갔다. 그녀 자신의 문제들이 서로 얼마나 긴밀하게 연결되어 있는지 덴셔의 문제는 기껏해야 중간중간 끼어든 것에 불과했다. "그러니까 당신이 어떻게 해나가야 할지 잘 알겠죠?" 이제는 정말로 다른 사람들과 합류할 시간이라 그녀가 자리를 옮기며 마지막으로 다짐했다. 그리고 그것이 밀리와의 일을 의미한다는 것도 이해시켰다.

그 설명에도 그가 잠시 어리둥절해하자 그녀가 제대로 알려주었다. 그렇게 밝혀준 덕분에 눈앞에 놓인 사실을 파악할 수 있었지만, 미국에서 돌아온 이래 내내 흐릿한 구석이 있었다.

"이것 하나만 나에게 분명히 말해줬으면 해요. 만약 우리의 친구가 그동안—"

그를 도울 셈으로 그녀가 곧장 나서서 대신 정리를 해주었는데, 그건 곧 그의 걱정을 덜어주기 위함이었다. "내가 그녀와 그렇게 가까워졌으면서도 우리 관계를 알리지 않았다는 걸 알게 되면 어쩌냐고요? 그걸 알면, 그래요, 그럼 관계의 성격상 당신이 내게 계속 편지를 썼다는 것도 알겠죠."

"그렇다면 어떻게 당신이 답장을 안 했다고 생각할 수가 있죠?"

"그렇게 생각하지 않아요."

"그렇다면 어떻게 자기 이름이 전혀 나오지 않았을 거라고 볼 수 있죠?"

"그렇게 보지 않아요. 내가 자기를 거론했다는 걸 이젠 알아요. 다 말해줬거든요. 그럴 이유가 있었다는 걸 다 이해했어요."

그로서는 여전히 따져봐야 했다. "그녀도 정확히 내가 받아들이는 식으로 받아들이는 건가요?"

"정확히 그런 식으로."

"그러니까 또 하나의 희생자일 뿐이다?"

"또 하나의 희생자죠. 당신들이 그래서 한 쌍인 거예요."

"그래서 무슨 일이 생기면 우리끼리 위로를 할 수 있다?" 덴셔가 말했다.

"아, 당신이 똑바로 나아가기만 하면 뭔가 생길 수 있어요." 그녀가 대꾸했다.

그가 잠깐 창문 너머의 다른 사람들을 바라보았다. "똑바로 나아간다는 게 무슨 뜻이죠?"

"걱정하지 않는 거. 그냥 내키는 대로 하는 거. 이미 말했지만, 일단 해보면 알게 될 거예요. 언제든 나를 끌어들여도 상관없고요."

"아, 그랬으면 좋겠네요! 하지만 밀리가 떠나버리면요?"

그 말에 케이트가 잠깐 멈칫했다. "그럼 내가 데려올 거예요. 자, 봐요. 내가 당신을 위해 매끄럽게 처리하지 않았다고는 못하겠죠."

그는 그 모두를 대면했고, 그러자 확실히 묘했다. 하지만 잠시 후 아주 중요하게 떠오른 문제는 묘하다는 사실이 아니었다. 그는 환상적인 실크 거미줄에 잡혀 있었고 그건 그야말로 흥미로웠다. "당신은 날 장악하고 있군요!"

그의 입에서 그 말이 나오는 순간 모습을 드러낸 로더 부인이 그 말을 들었는지 그는 확실히 알 수 없었다. 하지만 스트링엄 부인과 이야기를 나누고 있었으니 못 들었을 거라고 보았다. 두 사람이 함께 나타났고, 스트링엄 부인은 적절한 때가 되어 이제 자리를 뜨려던 참이었다. 그 뒤로 마크 경과 다른 신사들이 나타났지만 다들 헤어지기 전에 두세 가지 일이 더 있었다. 하나는 케이트가 짬을 봐서 그에게 "이제 가봐요!"라고 은밀하게 힘주어 말했던 것이고, 또 다른 하나는 아주 허물없이 마크 경에게 말을 걸었다는 것이었다. 거의 책망조로 "이리 와서 **저랑** 얘기 좀 해요!"라며 그에게 다가갔는데, 그 결과 두 사람이 함께 곧바로 구석 자리에 자리를 잡은 걸 덴셔는 알 수 있었다. 물론 그와 케이트처럼은 아니었지만 말이다. 또 다른 일은 스트링엄 부인이 여러 사람과 정신없이 작별 인사를 하는 와중에 그를 바라보며 살짝 어떤 진지한 뜻을 전달하려는 낌새를 느꼈는데, 나중에 따져보니 저녁 식사 후 그가 자신과 잠깐 대화를 나눌 생각이 있었다면 그녀로서는 충분히 그럴 의사가 있었다는 뜻으로 읽혔다. 물론 별것 아닌 인상이었지만, 그로서는 자기 자신의 행위가 뭔가를 인정해주지 않고 간과해버린 기분이었다. 그녀가 "안녕히 계세요"라고 다소 형식적인 인사를 하고 지나치는 바람에 그런 인상이 약간 더 강해졌을지도 모른다. 하지만 그와 관련해 뭘 더 어떻게 해볼 수는 없었는데, 그즈음 덴셔가 자신보다 훨씬 더 무해한 사람이겠다는 판단을 내렸던 그 젊은이가 아주 기민하게 행동을 했기 때문이었다. 그 인물이 그를 앞질러 그녀를 위해 문을 열어주었고, 덴셔의 추측으로는 아마 밀리와 관련해 무슨 꿍꿍이속이 있어서인지 마차까지 바래다주겠다고 하는 것 같았다. 그다음 일어난 일은 스트링엄 부인을 보낸 뒤 모드 이모가 곧바로 덴셔와 짧은 대화를 나누었다는 것이다. 꽤나 명령조의 '잠깐만'과 함께였는데, 그 말은 그를 붙잡으면서 동시에 내치는 효과가 있었다. 그녀가 잠깐에 대해 아주 까다롭기는 했지만 사실 그는 아직 가겠다는 신호도 하지 않았더랬다.

"우리의 자그마한 친구를 찾아가게. 정말 재밌는 사람이라는 걸 알게 될 테니."

"실 양을 말씀하시는 거라면 당연히 찾아가봐야죠." 그가 말했다. "하지만 그녀의 '재미' 문제라면, 저녁 식사 자리에서 들은 바로는 바로 제가 그 재미를 창조했다는 걸 기억해주셨으면 합니다,"

"글쎄, 특허를 신청하지는 않은 것 같던데. 다른 급한 일로 그녀를 등한시하지 말라는 뜻이네."

모드 이모까지 이렇게 케이트와 같은 부탁을 하자 놀라 충격을 받은 그는 그것이 밀리와의 문제에서 도움이 될 수 있을지 재빨리 자문해보았다. 여하간 시도해보는 수밖에 없었다. "다들 제 예의범절을 잘도 챙겨주네요. 크로이 양도 똑같은 말을 했거든요. 그녀가 줄곧 제 등을 떠밀었죠. 그들에 대해 할 말이 정말 많던데요."

케이트와 나눈 얘기를 모드 이모에게 할 수 있어서 일종의 쾌감이 느껴졌는데, 그 말은 상당한 진실이면서도 그녀를 안심시킬 만했기 때문이다. 하지만 모드 이모는 그게 아니라도 자신감을 떠받쳐줄 받침대는 많다는 듯이 그를 똑바로 마주하면서 근사하게 그 말을 받아넘겼다. 혹시 그의 의도를 읽었더라도 그것을 의심하지도 인정하지도 않고 그냥 치워버리는 식이었다. 전혀 흔들림 없이 그저 이렇게 말했다. "그래, 케이트는 그 친구를 위해 뭐든지 할 마음이 있어. 그러니까 자기가 실제로 하고 있는 일을 알려줬겠지."

덴셔는 케이트가 그 일에 얼마나 전념하고 있는지를 모드 이모가 과연 아는 건지 정말로 궁금했다. 게다가 둘 사이의 이 특별한 조화로움에 약간 얼떨떨했다. 그 사실을 마주한 그는 로더 부인이 그 미국 여성을 그의 관심을 돌릴 방편으로 여기는 건지, 따라서 케이트가 일을 그렇게 주도하는 것은 단지 이모에게 보이기 위한 것인지 잠깐 자문해보았다. 혹시 그런 경우라면 그 와중에 미국 여성은 어떻게 될 것인가라는 문제가 첨예하지 않을 수 없었다. 하지만 그건 나중 문제이고, 그가 이해하는 한 로더 부인을 상대하기는 쉬웠다. "어쨌든 그 일을 안 하겠다는 말은 절대 아닙니다. 실 양이 정말 매력적이던걸요."

그녀로서는 그거면 충분했다. "그러면 기회를 잃어버리지 말게나."

"단지 문제는, 지금으로서 당연한 일이지만 그녀가 곧 여기를 떠날 계획이고 제가 듣기로는 해외로 나간다고 하던데요."

순간 눈에 들어온 모드 이모는 이 어려움을 직접 처리하는 듯했다. "자네를 만나기 전까지는 안 갈 거네." 미소를 띠며 그렇게 말했다. "게다가 정말로 간다면," 그가 갈피를 못 잡거나 말거나 그녀가 말을 멈추고 기다렸다. 그렇지만 그가 여전히 오리무중이라 바로 덧붙였다. "그럼 우리도 가는 거지."

자기가 보기에도 좀 어정쩡한 미소를 지으며 그가 물었다. "그런데 그게 **저한테** 무슨 소용이 있죠?"

"우리가 근처에 자리를 잡으면 자네는 우리를 보러 오는 거지."

"아!" 그가 약간 머쓱하게 외쳤다.

"내가 그렇게 처리할 거야. 그러니까 편지를 쓰겠다는 거지."

"아, 감사하네요. 정말 감사해요." 머튼 덴셔가 웃었다. 그녀는 그야말로 그가 명예를 걸게 만들었고, 그녀가 내키는 대로 자기 명예를 이용하는 것을 다소 무력하게 지켜보자니 약간 움찔할 수밖에 없었다. "고려해야 할 문제들이 여럿 있어요." 그가 모호하게 말했다.

"당연히 그렇겠지. 하지만 무엇보다 중요한 것이 있는 법이야."

"그게 도대체 뭔데요?"

"뭐긴, 자네 일생일대의 기회를 놓치지 않는 일이지. 내가 자네라는 사람을 좋게 봤으니까 자네를 위해 훌륭하게 일을 봐주잖아. 내게 그럴 능력은 있으니까. 자네의 앞길을 순탄하게 만들어줄 수 있다고. 밀리는 매력적이고 총명하고 좋은 사람이야. 게다가 가진 재산도 엄청나고."

아, 그러면 그렇죠, 모드 이모님! 그렇게 그를 매수하려는, 그것도 밀리 실의 돈으로 매수—그렇게 진지하게 나오지 않았다면 얼마나 우스꽝스러웠을까—하려는 그녀를 보자 만사가 들어맞았다. 그가 조롱조로 정말 엄청나다고 맞장구를 쳤다. "그렇게 후한 제의를 해주시니 어떻게 감사의 말씀을 드려야 할지 모르겠습니다만—"

"내 것도 아닌 걸 가지고 말인가?" 무안해하는 기색도 없이 그녀가 말했다. "내 거라고 한 적 없네. 하지만 그게 **자네** 것이 되지 못할 이유도 없지." 그러면서 말을 이었다. "게다가 내가 허튼소리 하는 사람이 아니라는 걸 명심하기 바라네. 그리고 굳이 이유를 따지겠다면 하는 말이지만, 나한테 빚진 것도 있으니."

그에게 확연한 압박이 느껴졌다. 그녀 나름의 기반을 생각하면 일관성도 있었다. 묘하게 즉시 인정할 수 있는 만큼은 진실도 느껴졌다. 그때 진실이란 그녀가 그를 매수할 수 있다고 믿었다는 것이다. 두 사람이 마주 서 있는 동안 그 믿음이 그의 마음에도 불가능한 것을 밝혀주었다. 그렇다면 이런 맥락에서 케이트는 그를 어떤 사람이라고 믿었을까? 하지만 그가 입 밖으로 낸 질문은 다른 것이었다. "물론 아주 후한 대접을 받았다는 건 잘 알고 있습니다. 예를 들어 오늘 저를 초대해주신 것도—"

"그래, 오늘 자네를 초대한 것도 그중 하나지. 하지만 내가 자네를 위해 어느 정도까지 했는지 자네는 모르잖나." 그녀가 덧붙였다.

그는 얼굴이 붉어지면서 마치 자신의 명예도 함께 달아오르는 느낌이었다. 하지만 할 수 있는 한 아무렇지도 않게 웃으며 말했다. "어느 정도를 하고 계시는지는 알겠어요."

"난 세상 누구보다 정직한 사람일세. 그런데도 자네를 위해 해야 할 일을 했다고." 그 엄숙한 선언에도 그가 빤히 쳐다보기만 하자 말을 이었다. "자네가 일을 시작하려면 그게 꼭 필요했으니까. 내가 하면 무게가 훨씬 다르고 말이지." 여전히 그가 멀뚱멀뚱 바라보자 그녀가 놀라며 말했다. "무슨 말인지 모르겠나? 내가 자네를 위해서 적당히 거짓말을 했다고." 그럼에도 그는 상기된 얼굴로 여전히 어색한 미소만 보였다. 잠깐 생각하면 무슨 뜻인지 알 것이라 여겼는지 그녀가 이렇게 힘주어 말하고는 돌아섰다. "내가 옳았다는 걸 이제 자네가 증명할 차례야!"

집을 나선 후 그는 당연히 그 잠깐의 생각을 훨씬 더 여유롭게 할 수 있었다. 베이스워터로를 걸어 올라가다가, 동쪽으로 뻗어나가 그의 왼편에 펼쳐진 광장 한가운데 뿌연 별빛 아래 선 현대식 교회 앞에서 문득 걸음을 멈추었다. 잠깐 멍청한 모습을 보였지만 이제는 이해할 수 있었다. 그녀는 케이트가 그에게 특별한 감정이 없다고 스트링엄 부인을 통해 밀리 실에게 장담했던 것이다. 마찬가지의 경로로 그만의 짝사랑이라고 단언했던 것이다. 이제야 알 수 있었다. 그가 일을 시작한다는 것이 무슨 뜻인지도 다 알 수 있었다. 케이트는 그저 그를 불쌍히 여기는 거라고, 그러니까 밀리 역시 그럴 수 있을 거라고 했던 것이다. 그녀의 거짓말은 정말이지 '적절'했다. 무엇에 비할 바 없이 적절하면서 말할 수 없이 심오하게 외교적이라고 하지 않을 수 없었다. 그렇게 밀리는 성공적으로 기만당하게 된 것이다.

5

그럼에도 불구하고 그 불쌍한 친구를 따로 만나자 어쨌거나 예전의 기반, 그러니까 뉴욕에서 세 번 만났던 기반이 여전하다는 느낌이었다. 일단 다시 마주했을 때 새로운 면이라고 해봐야 예전의 기반이 실제로 상당했음을 약간 놀랍게 인식했을 뿐이었다. 그 외의 모든 것들, 모든 쑥스러운 것들은 함께 자리를 잡은 지 5분 만에 모두 사라져버렸다. 그들의 멋지고 유쾌했던 관계, 꺼릴 것 없던 적절하고 무해한 미국적 관계—따라서 그 정당성을 어떤 말로도 정확히 정의하기 힘든—가 다른 어떤 문제로도 전혀 흔들리지 않았다니 가히 놀라울 정도였다. 그때 만난 이후 둘 다 대단한 모험을 겪었다. 그에게 모험이란 그녀의 나라를 정신적으로 합병하게 된 일이었다. 그리고 지금으로서 가장 멋진 모험이라면 이미 소용이 되었던 이유 외의 다른 이유를 새삼 의식하게 된 것이었다. 덴셔는 모드 이모의 만찬 다음 날 호텔로 그녀를 찾아갔다. 케이트와 로더 부인이 묘하게 합작하여 그녀를 흥미로운 사람으로 만들기 위해 굳이 필요하지도 않은 노력을 기울였기 때문에, 그녀와 만났을 때 그것이 어떤 역할을 할지 그에 대한 선입견이 가득해서 무척이나 심란한 상태였더랬다. 그런데 그런 일을 하지 않아도 그녀는 충분히 흥미로운 사람이었음을 오늘 다시금 떠올렸다. 도와주려는 두 여성의 열의가 참으로 훌륭하고 멋지기는 했지만, 불가피하게 제한적이긴 해도 어쨌든 그에게 오롯이 가능성이 열려 있는 우정의 싹을 싹둑 잘라버릴 공산이 컸다. 그녀와 결별할 필요를 다행히 피할 수 있었던 것, 그리고 다행히 계속 피할 수 있었던 것은 그의 분별력과 쾌활함 덕분이었다. 상상력이 더해졌을 때 이해와 용인을 가능하게 하는 마음속의 원천, 바로 지금 전에 없이 손에 넣고 즐길 만한 근거를 확보했다고 생각되는 그 원천 덕분이었다. 그런 식으로 상황을 받아들이는 남자들이 많지 않으리라는 생각이 실제로 그의 머리에 떠올랐다. 대개는 그런 부탁을 얼토당토않은 무리한 요구로 여기며 분통을 터뜨릴 것이다. 그래서 일을 대충 빨리 끝내버릴 테고, 그러면 이후로는 실 양과 만나는 일 자체가 불가능해질 것이다. 앞서 케이트와 논의할 때 이 여성을 '희생시킨다'고 했으니, 그의 입장에서 보자면 그것이 희생시키는 한 방법인 셈이었다. 하지만 전날 밤 당혹스럽던 생각이 정리가 되었을 때 그런 방향은 아니었다. 그가 '때려치우는' 일을 못하는 사람이어서는 아니었다. 왜냐하면 때려치우는 것이 오히려 가벼운 악이자 가장 덜 잔인한 일이 될 경우를 구분할 정도의 판단력은 있다는 걸 스스로도 알기 때문이다. 그보다는 관련된 사람들이 다 너무 좋아져서 그저 쓸모없는 인간으로 보이기는 싫었다. 당연히 그는 케이트를 좋아했고, 또한 로더 부인을 좋아하는 것도 꽤나 분명했다. 특히 밀리를 좋아했고, 게다가 수전 셰퍼드까지 좋아졌다는 것도 전날 밤에 분명해진 사실이 아니던가? 자신이 그렇게 전반적으로 자비로운 사람인 줄 미처 몰랐더랬다. 어쩌다가 그렇게 되었건, 좌우간 그것이 요리 조리 방향을 틀며 어떻게든 비협조적인 모습만 피하려 하기보다는 차라리 어리숙한 인간이 되기 위한 그의 발판이기도 했다. 그게 생각대로 잘 안 되더라도 어떻게 해볼 시간은 충분하리라. 그것을 실행할 방안이 무척이나 흥미로운 모습으로, 성공한다면 열광할 수 있을 모습으로 그의 앞에 구체화되었다. 하지만 실패한다면 거의 만행처럼 보일 게 확실한 모습이기도 했다.

그렇게 최고의 선의를 품고, 동시에 상당히 어색할 수 있을 여지도 의식하면서 브룩가에 도착한 그는 정말 다행스럽게도 자신이 떠맡은 부담이 훨씬 가볍다는 사실을 알았다. 정말 생소하고도 교묘하게 그가 떠맡은 책임감에서 초래될 어색함은 그 자리에서 바로 다른 얼굴을 보여주었다. 그 얼굴이란 그저 예전의 인상이었고, 이제 온전히 다시 찾아왔던 것이다. 미국 여성은, 그리고 드물긴 하지만 밀리처럼 매력 넘치는 미국 여성은 확실히 세상에서 가장 대하기 수월한 사람들이라는 인상 말이다. 그렇다면 그 집단의 이러한 표본들이란 애초부터 그렇게 수월하자고 작정을 한 사람들이라 이후 무슨 일이 생기든 절대 까다로워질 수 없다는 게 실상인 걸까? 얼마 전 케이트가 있는 자리에서 함께 한두 시간 보냈을 때보다 지금 그 점이 훨씬 더 그럴듯하게 다가왔다. 국립미술관에서 케이트와 그를 함께 초대해 점심 식사를 하는 동안, 덴셔가 보기에 밀리는 어떤 골치 아픈 문제도 알아차리지 못했더랬다. 그러므로 짧은 사이에 그 문제가 감당하기 어려워졌다고 가정하기는 힘들었다. 그가 그녀를 찾아온 명분은 다행히 아주 단순하고도 훌륭한 것이었다. 그들의 친분을 고려하면, 몸이 안 좋아서 저녁 식사 자리에 못 왔다는 말을 들은 뒤 당연히 그녀의 상태를 알아봐야 하니 말이다. 게다가 그녀 쪽에서 보여준 다른 행동도 우연하게 잘 들어맞았다. 케이트와 함께 식사 대접을 받았으니 그로서도 어쨌든 그에 대한 감사 표시는 마땅히 해야 하고, 그래서 지금 바로 그 일을 하고 있는 게 아닌가. 그녀를 만나니 우선은 다가가기 쉬운 모습이었고, 그녀는 아주 자연스럽고도 상냥하게 그를 반겨주었다. 그는 점심 식사 후 좀 이른 오후에 찾아갔는데, 너무 일찍은 아니고 단지 그녀가 몸이 괜찮아졌다면 이미 외출을 했을 수도 있을 시간이었다. 그녀의 상태는 꽤 괜찮았지만 외출하지는 않고 호텔에 있었다. 케이트가 봤으면 뭐라고 했을까 하는 궁금증이 잠깐 머리를 스쳤다. 스트링엄 부인의 말을 듣고 누가 찾아올 수도 있다는 기대에 밀리가 일부러 호텔에 머물러 있다는 생각이 그에게도 없지 않았던 것이다. 만사가 원만하게 진행되었기 때문에 그는 그런 가정하에서 여성들의 멋진 위선의 신선한 표시를 기꺼이 받아들일 수 있을 만큼 마음이 여유로워졌다. 아예 자신을 기다리느라 나가지 않았을 거라고 믿기까지 했다. 기다리지 않았다는 듯한 그녀의 행동을 즐겁게 받아들이는 데도 도움이 되었다. 말하자면 그녀는 딱 알맞은 정도로 놀란 모습을 보였던 것이다. 그 정도를 조금도 넘어서지 않았다. 그리고 그로써 가르쳐준 바는, 그가 최근에 알게 된 일로 인해 그들의 만남이 아무래도 부자연스러워질 수 있겠지만 그를 위해서나 그녀 자신을 위해서나 그녀가 알아서 잘 처리할 테니 맡겨둬도 된다는 것이었다.

　그가 호텔 방에 들어섰을 때 그녀는 보아하니 편지를 쓰는 중이었는지 탁자에서 열심히 뭔가를 쓰다가 돌아봤는데, 그 모습에서부터 이미 멋지게 그 일을 시작했다고 할 수 있었다. 그가 무심코 그녀를 병자로 여기며 근심하는 내색을 보일 수도 있었지만 그녀는 자신의 매력으로 그런 가능성을 이내 날려버렸다. 당신에게는 절대, 절대로 병자로 보이지 않겠어요, 이해하죠? 그가 그 사실을 이해한 방식, 스스로 의식하지 않을 수 없었다시피 그에 대해 내보였던 기쁨에서 일종의 친밀감이 생겨나기 시작했음을 이후 곧 인정할 수 있었다. 그런 일이 사이에서 오가면 사실 양편이 똑같이 어떤 관계를 의식하게 되는 법이다. 원래 관계가 없었더라도 곧 관계를 이루게 되는 것이다. 그녀는 그냥 그가 질문을 하게 두었다. 시간도 있었고, 수지가 해명을 하러 랭커스터게이트에 혼자 갈 수밖에 없었던 일을 언급하지 않을 수는 없었으니까. 하지만 그 때문에 걱정을 한다거나 그 점을 고집할 가능성은, 입가에 머문 미소만큼이나 눈에 담긴 표정을 통해서도 완전히 날려버렸다. 상태가 어떠냐고요? 지금 당신 눈으로 보는 바로 그 상태이자, 다른 누가 상관할 바도 아닌 나만의 이유로 내가 내보이고 싶은 바로 그대로랍니다. 그녀는 자존심이 워낙 강해서 동정 따위는 허락하지 않을 것이고 아주 개인적인 비밀에 대해서도 맹렬할 정도로 말을 아낄 것이라는 케이트의 설명이 떠올랐다. 그러니 그로서는 특히 자신이 원할 때 그런 눈치를 챌 수 있어 다행스러웠다. "아, 아무것도 아니에요. 이제 아무렇지도 않아요. 걱정해줘서 고마워요"라며 대수롭지 않게 넘겨버린 만큼 그 역시 기꺼이 그 문제는 치워버릴 수 있었다. 케이트가 호소했음에도 불구하고 자신과는 상관없는 문제였다. 왜냐하면 연민이라는 미명으로 관심을 내보였는데 밀리는 2분 만에 연민이라는 미명을 아예 입 밖에도 내지 못하게 했기 때문이다. 연민을 보이라고 그를 여기 보냈으며, 어느 정도의 연민이어야 할지는 그가 몰래 알아내야 했다. 하지만 이제 그런 건 아무런 중요성도 없지 않은가? 어떤 결과가 나오든 그로서는 그녀에게 일말의 동정도 내보이지 않을 것이니 말이다. 그렇게 해서 뜻밖에 상황이 아주 말끔해졌다. 처음에는 재미있다는 듯이, 그러고는 희한하게 약간 존경스러운 마음까지 들면서 무엇이 주로 작동했는지를 그가 분명히 읽어내게 된 것은 그보다 약간 시간이 경과한 다음이었지만 말이다. 신기하게도, 정말 놀랍게도 자신의 동정이 그 무엇도 아닌 정확히 그녀의 동정에 자리를 내줘야 했음을 깨닫게 되었다. 바로 그렇게 상황이 역전되었다. 그녀를 불쌍히 여기러 찾아왔지만, 만약 그가 다시 찾아온다면 그때는 그녀가 자신을 불쌍히 여기게 될 것이었다. 그녀가 그의 상황을 판단하기로는, 일단 그가 좋아지면 그만큼의 다정함을 보일 수밖에 없었으니까. 그런 그녀의 판단을 그는 알아차렸고, 그것이야말로 자신이 진정으로, 점잖고 품위 있게, 서로 솔직한 상태에서 다루어야 할 일이라고 보았다.

원래 그의 앞에 놓여 있던 문제, 케이트가 거기 놓았던 그 문제가 그렇게 별안간 다른 것에 쫓겨나다니 말할 나위 없이 희한한 일이었다. 이 다른 것이 그녀의 멋진 착각과 헛된 자선과 더불어 곧장 등장했다는 건 쉽게 알아챌 수 있었다. 모든 것이 그가 바라마지않을 멋진 양심의 경우로 마련되었고, 그런 전망을 앞에 두고 그는 이미 움찔했다. 그가 흥미롭다면 그건 그가 불행하기 때문이고, 그가 불행하다면 그것은 케이트에게 헛된 열정을 쏟아붓고 있기 때문이다. 그리고 케이트가 그에게 무심하고 냉혹하다면 그녀가 그 점에 대해 밀리에게 한 치의 미심쩍음도 남기지 않았기 때문이다. 무엇보다 그에게 떠오른 생각이 그랬다. 케이트는 밀리에게 이런 태도에 관해 얼마나 분명한 인상을 심어주고 그의 실패를 얼마나 분명하게 일깨워줬을까. 밀리와 15분 정도 함께하고 나니 케이트의 개입이 거의 섬뜩할 정도로 강렬하게 다가왔다. 마치 그들의 경이로운 이해의 또 다른 당사자가 그들이 대화를 나누는 바로 그곳에 참석하여 위에서 맴돌며 내려다보고 자기 작업이 잘되어가나 살피러 잠깐 들른 것만 같았다. 그 작업이 불쌍한 밀리에게서 그렇게 표현되는 걸 그가 목격하는 순간 그 가치가 달라졌다. 그가 짝사랑을 할 뿐이라는 건 거짓이라 그런 근거로 중요하게 등장할 권리는 상당히 사라졌다. 그러니 조심하지 않으면 밀리가 선의로 베푸는 자비심을 부지불식간에 부정직하게 누리게 될 것이었다. 그것이 양심에 걸렸다. 바로 그 점에서 자기 임무와 관련해 정신을 바짝 차릴 필요가 있었다. 완전히 거짓된 근거에서 나오는 상대방의 배려를 누리는 것이 그로서는 합당한 일이 아닐진대, 그런 일을 지속하다가 그 달콤함을 잃고 싶지 않아서 아예 나서서 고충을 털어놓는 일이 벌어지지 않으리라는 보장이 어디 있단 말인가? 매력적인 여성의 배려는 어떤 이론을 들먹이건 마음의 위로가 되는 법이니 말이다. 그 자신은 아직 밀리를 속이는 일에 어떤 기여도 하지 않았다는 사실을 기억하는 데 그리 오래 걸리지 않았다. 그에 대해, 그의 불쌍한 처지에 대해 케이트가 한 설명이지 그가 한 것은 아니니 말이다. 그 스스로 설명에 맞추어 연기할 때만 그의 책임이 될 것이었다. 하지만 연기를 하는 것과 안 하는 것의 차이가 아주 애매하고도 중요한 문제였고, 그래서 그것은 양심의 문제가 되었다. 특정한 말을 하지 않는 한, 사실 만사가 연기라는 사실이 문득 그의 앞에 나타나 그는 화들짝 놀랐다. '그녀가 나를 좋아하지 않는다는 생각으로 인해 나를 좋아하는 거라면, 그건 전혀 사실이 아니에요. 그녀는 나를 무지하게 좋아하거든요!' 특정한 말이란 바로 그런 것이었다. 하지만 동시에 그런 말을 하기 힘든 어려움은 너무나 확연했다. 그녀에게 사실을 들이대는 것이 사실상 그냥 속아 넘어가도록 놔두는 것만큼이나 무례한 일은 아닐까? 그것과 완전 별개로 케이트를 폭로하게 된다는 점도 있었다. 어떤 면에서는 그녀를 배신하는 일이 될 테니 말이다. 케이트에게 자신의 계획은 무척 특별했기 때문에 괜히 그것을 두고 왈가왈부하다가 곤란한 상황을 초래하고 싶은 마음이 전혀 없었다. 사랑하는 사람이 잘못된 일을 하더라도 이미 그것이 어느 정도 진행되었다면 폭로하기보다 차라리 도와주는 것, 어쩌면 그것이야말로 사랑과 함께 어쩔 수 없이 찾아오는 비굴함의 주된 면모일지도 모른다. 일단 그녀 쪽에서 아무리 우회적일지라도 오로지 이득을 보려는 어떤 계획을 세웠다면 당연히 그 무엇보다 충성심이 요구되니까 말이다.

이 모든 증거를 기반으로 자기 친구가 그에게 얼마나 엄청난 이득을 가져다주고 싶은 마음일지에 생각이 미치자 덴셔는 그 기세에 눌리지 않기 위해 정신을 가다듬어야 했다. 그러는 중에도 한 가지는 확신할 수 있었다. 밀리 실은 그가 어쩔 수 없이 직접 개입해야 하는 상황은 만들지 않을 것이었다. 그러니까 '케이트가 당신에게 진지하게 마음을 줄 가능성이 정말 전혀 없는 거예요?' 이런 식의 질문을 하는 일은 절대 없으리라는 것이다. 그런 일도 없는데 그가 먼저 나서서 그녀의 생각을 바로잡아주는 일만큼 세련되지 못한 일도 없을 것이다. 혹시라도 뉘우치는 마음이 생기거나 생각이 바뀌어서, 한마디로 어떤 더 나은 이유로 계획을 변경한다면 케이트는 충분히 그럴 수 있었다. 하지만 직접 이 일을 할 수 없는 그로서는 결국 아무것도 안 하고 가만히 있는 것보다 덜 고약한 일이 뭐가 있겠나 싶었다. 이런 생각을 이어가다 보니 다시금 불쌍한 밀리가 자신을 좋아한다는 사실을 받아들일 수밖에 없었다. 그녀는 나름의 이유로 그것을 단순하고도 멋진 기반 위에 두었고, 자신이 필요로 하는 구실은 그로써 이미 조달된 셈이었다. 그 기반이란 그녀가 받아서 잘 지니고 소중히 간직한 인상들에 있었다. 구실은 무엇보다 그 인상에 따라 행동한다는 구실이었던 것이다. 지금 자신의 믿음이 그러했으므로 그녀는 마침내 행동에 나서도 되겠다고 확신할 수 있었다. 따라서 덴셔가 그녀 영혼 속 무언가를 뒤흔들었다면 그것은 바로 순전한 즐거움의 뿌리였을 것이다. 그래서 두 사람이 자리를 함께한 지금 그것이, 그 순전한 즐거움이 고개를 들고서 꽃을 피웠고, 그가 하고 싶은 말을 그녀가 먼저 하는 경우도 있었다. 전적으로 그녀의 말 때문은 아니었고, 그가 아는 바에 비추어봤을 때 그런 말이 지니는 함의가 그러했다. 예를 들어서 자신의 상태에 대한 질문이 나오기 전에 막은 것, 그것도 용감하고도 재빨리, 수완을 발휘해서 그렇게 한 것도 그가 상상하기로는 굳이 말하지 않고도 어떤 진실을 알려주는 것이었다. '당신에게는 난 아주 멀쩡해요. 당신과 상관있는 것, 혹은 당신이 신경 쓸 것은 그것뿐이에요. 당신에게는 아프다거나 하는 그런 흉한 존재는 되지 않을 거예요. 자, 그러니 가능한 한 내 걱정을 하거나 날 봐주는 일은 하지 말아요. 그러니까 나의 '흥미로운' 면모는 과감히 무시해도 돼요. 보다시피 당신이 여기 앉아 있는 지금도 많은 다른 면모들이 있잖아요. **그 면모들**만 제대로 봐주면 우린 멋지게 해나갈 수 있을 거예요.' 표면적으로는 모두 자기 인상과 의도와 관련된 그녀의 말 속에 곱게 접혀 들어 있던 내용은 바로 그러했다. 그녀는 미국에서 그가 한 일을 다시 끄집어내려 했지만, 그는 오늘 그럴 마음이 없었다. 지난번 케이트와 함께 왔을 때 느긋하게 '씨부렁거리며' 앉아 있었던 일을 떠올리면 그때 너무 지나쳤다고, 해도 너무했다고, 적어도 겉으로 보기에는 어쨌든 초대해준 주인에게 의도 이상으로 더 '들이댄' 편이었다고 자책했기 때문이다. 그는 질문을 뒤집어서 그녀가 런던이라든가 여기서 사는 일에 대해서 이야기를 하도록 했다. 그리고 아프고 힘들다는 사실이 아닌 다른 주제로 편하게 대화를 나눌 수 있는 사람으로 그녀를 대할 수 있어 무척 다행스러웠다. 무엇보다 그녀가 이곳에서 대단한 성공을 거두었다는 증거를 랭커스터게이트에서 확인했다고 말했다. 제가 당연히 시즌이 한창일 때의 유명 인사, 그러니까 그 뭐냐, 다들 입에 올리는 인물일 수밖에 없잖아요? 그녀가 이렇게 당연하다는 듯이 유쾌하게 맞장구를 쳤으므로 그들은 뉴욕에서 만났던 때 이후로 각자에게 있었던 이런저런 일들에 대해 자유로이 담화를 나누었다.

많은 내용이, 특히 덴셔의 입장에서 빠르게 연이어 등장하는 중에 현 상황이 과거에 대한 그들의 인식에 얼마나 기이한 영향을 미쳤는지, 그 점만큼 강렬했던 것도 아마 없었을 것이다. 자신들의 관계가 애초에 얼마나 '끈끈했는지' 미처 몰랐던 것만 같았고, 어떻게 보면 그 당시 사실상 그럴 만한 여유가 없었음에도 함께 누렸던 상당히 친밀했던 시간들을 기억하게 된 것만 같았다. 실제 나눈 이야기 때문이든 나누지 않은 이야기 때문이든, 그들은 지금 무척 복잡한 관계에 놓여 있었기에, 왕성한 상태가 처음 시작되었다고 할 수 있는 멋진 순간을 되짚음으로써 순식간에 자라나는 관계를 정당화하려 했다고도 할 수 있겠다. 살다 보면 자리를 비운 탓에 어떤 단계들을 놓쳐버리기도 하지만 그 결과 그것을 나중에 거듭 마주친다는 느낌을 받는다는 말을 로더 부인의 집에서 들었던 기억이 떠올랐다. 그래서 기회를 잡아 머리에 떠오른 다른 문제들과 더불어 그 말을 밀리에게 전해주었다. 그가 언급할 수 없는 것들이 언급한 것들과 뒤섞였다. 그래서 확실히 이제는 두 가지 중 어느 쪽이 더 많은 공헌을 했는지 결정하기 어려웠다. 그는 내내 그들의 상황에 절대적으로 자리한 어떤 힘으로, 보통 예민한 사람들이 불가항력이라 여기는 어떤 힘처럼 신속하게 그의 신경에 작용하는 힘으로 그녀를 대면했다. 아주 왜소한 것을 아주 거대한 것과 비교하는 게 좀 어처구니없기는 하지만 그렇게 해서 결정된 물살로 말하자면 그 방에 발을 들여놓은 지 10분 만에 그로서는 거리낌없이 나이아가라폭포와 비견할 만한 것이 되어버렸다. 총명한 젊은 남성과 열렬히 호응하는 젊은 여성 사이의 트집 잡을 일 없는 친분은 여하튼 계속 나아가는 일밖에 달리 할 수 있는 일이 없었고, 그래서 실제로 그는 실험하듯 나아갈 뿐이었다. 아마 그동안 두 사람 다 케이트의 이름을 단 한 번도 입에 올리지 않았다는 두드러진 사실만큼 나아가는 일에 도움이 된 것도 없을 것이다. 지난 몇 주간 벌어진 일이 그들에게 중요한 문제라면 사실 그동안 케이트만큼 압도적인 존재감을 지닌 것이 없었음에도 그랬다. 바로 어젯밤만 해도 밀리와 뭘 어떻게 해야 하는지 지침을 달라고 케이트에게 요청했는데, 그것이 거의 소용이 없었음을 깨닫자 덴셔는 멈칫하지 않을 수 없었다. 물론 케이트도 별일 없을 거라고 말하기는 했지만, 밀리를 통해 실제로 확인하자 아주 달라 보였다. 사실상 그 문제가 이미 처리되었음을 증명하는 것이었지만, 어쩌면 편의상 케이트에게 다시 물어볼 수 있겠다는 생각도 들었다. 더 나아가기 전에 함께 논의를 좀 하면 좋겠다 싶었다. 자신이 이렇게까지 잘해나가기를 그녀가 정말로 원했던 건지 확실히 하고 싶었던 것이다. 그에게 많은 것이 달라졌음에도 불구하고 이 자리를 빨리 끝낸 뒤 다시는 찾아오지 않을 수도 있다는 생각 역시 당연히 다시 고개를 쳐들었다. 하지만 무엇보다 희한하게도 그 문제에 반대하는 주장은 바로 미연에 방지하는 밀리의 행동의 멋진 호소력에서 생겨나게 될 것이었다.

밀리가 분명한 확언을 받아 일을 진행하고 있음을 강조했으니 그것이 너무 급하게 이루어졌다고 볼 수도 있었다. 확언과 관련해 그녀에게 주저함이 없다는 건 충분히 알 수 있었다. 어쨌든 그로써 그녀는 기회를 잡을 수 있는 이점을 가진 셈이니까. 덴셔는 그녀가 그 기회를 잡는 것을 보았고, 감지할 수도 있었다. 더도 덜도 아닌, 내키는 대로 그를 도와줄 수 있는 기회 말이다. 케이트가 그녀에게 남긴 말은 이러했다. "그 사람 말을 듣냐고요, 내가? 전혀요! 그러니까 좋을 대로 해요." 그래서 밀리는 '좋을 대로' 하고 있는 것이었다. 그 점을 살짝 들여다본 덴셔는 그녀를 따돌리면 특히 잔인한 일이 되리라는 사실 역시 곧 눈치챘다. 케이트와 헤어질 수도 있다는 가능성을 감안하지 않았기 때문에 그녀의 선택은 은근한 영웅주의의 향기를 풍겼다. 케이트와 케이트를 사랑하는 사람을 똑같이 상냥하게 대하겠다는 것이었다. 사랑에 빠진 남자와 그 대상인 여성이 한자리에 있는 광경—줄곧 그 광경을 봐야 한다면—으로 인해 자신에게 어떤 고통이 초래되더라도 그렇게 하겠다는 것이다. 지금 눈앞에 펼쳐진 상황이 그 드물다는 고결한 경우가 아닌가 하는 생각이 어렵지 않게 그에게 떠올랐다. 그러니까 소설이나 시에서 주로 다루어지는, 다른 여자를 짝사랑하는 남자의 운명을 도와주기 위해 그 남자를 사랑하는 여자가 발 벗고 나서는 경우 말이다. 마치 밀리가 속으로 이런 생각을 하는 것 같았다. '뭐, 적어도 내가 함께 있는 자리에서 두 사람이 만날 수는 있을 거야. 그 사람이 그런 식으로라도 얼마간 만족을 얻을 수 있다면. 그러니까 내가 앞으로 할 일은 나와 함께하는 시간이 마음에 들게 만드는 것이겠지.' 실제로 그렇게 의식적으로 따져보았더라도 분명 결과는 다르지 않았을 것이다. 그럼에도 불구하고 그는 그녀가 우주 공간으로 날아가버리기라도 할 것처럼 이렇게 말했다. "그러면 이제 어떻게 되는 건가요? 시골 별장들을 정신없이 찾아다니기 시작하는 건가요?"

그녀는 고개를 저어 그런 방안을 완전히 부정했는데, 어떤 표정을 지었더라도 그런 가능성에 대해 속에 눌러놓은 생각이 얼마간 드러나지 않을 수 없었다. 그러나 어쨌든 지금은 그럴 생각이 없다고 했다. "아, 아니에요. 외국의 어디 공기 좋은 곳에 몇 주 동안 가 있을 거예요. 며칠 동안 그 계획을 추진하고 있는데, 여기서 마지막으로 처리할 일들이 있어서 아직 못 떠나고 있어요. 하지만 이제 처리할 일은 다 처리했으니 떠날 준비는 되었어요."

"그렇다면 행복하고 신나는 여행이 되었으면 좋겠네요!" 그러곤 물었다. "그런데 언제 돌아오나요?"

그에 그녀의 표정이 아주 모호해졌다. 그러더니 그걸 바로잡으려는 듯 말했다. "언제든 이쪽으로 마음이 동하면요. 당신은 뭘 하면서 여름을 보내시나요?"

"아, 나야 꾸역꾸역 일만 하겠죠. 돈을 벌려고 정신없이 펜을 놀리는 거죠. 당신 나라에서는 일하는 게 곧 즐기는 것이었는데. 그곳에서 제공되는 즐거움을 어떻게 봐야 할지 알아보는 거였거든요. 이제 휴가는 끝났어요."

"우리와 다른 때에 휴가를 보내야 했다니 아쉽네요." 밀리가 말했다. "우리가 일할 때 당신도 일할 수 있었다면—"

"당신들이 놀 때 나도 놀 수 있을 거라고요? 아, 나한테는 별 차이 없어요. 항상 일과 놀이가 약간씩 있죠. 하지만 당신과 스트링엄 부인도 그렇고, 크로이 양과 로더 부인도 그렇고, 다들 공사판 인부나 흑인 노예처럼 엄청난 육체적 노동에 시달렸잖아요." 그가 말을 이었다. "그러니까 당연히 휴식을 가질 권리가 있고 또 그래야죠. 내 일은 상대적으로 덜 힘든 일이에요."

"정말 그래요." 그녀가 미소를 지었다. "그래도 난 내 일이 좋은걸요."

"그러고 나면 '진이 빠지지' 않아요?"

"전혀요. 난 재미있으면 피곤한 줄을 몰라요. 아, 훨씬 더 할 수 있는데!"

그가 잠시 생각했다. "그럼 그렇게 하지 그래요? 내가 들은 바로는 이곳을 완전히 접수했다던데."

"음, 경제적인 문제예요. 좀 아껴두는 거죠. 당신이 말한 그것—당신 표현은 정말 환상적이긴 하지만—을 너무 즐기다 보니 앞으로의 일을 좀 생각해야 해서, 아무래도 걱정도 되고 신중할 필요도 있거든요. 지금껏 해온 것이나 앞으로 이룰 것을 고려하면 멍청한 실수는 하고 싶지 않아요. 그런 실수를 안 하려면 잠시 멀찌감치 물러나 상황을 살펴봐야 하는 거죠." 자신의 기발한 표현이 흡족한 듯이 그녀가 이렇게 말을 맺었다. "그런 신중함을 지니고 돌아와서 다시 신나게 누릴 거예요."

"아, 그럼 다시 돌아온다는 거군요? 약속할 수 있어요?"

약속을 해달라는 말에 그녀의 얼굴이 눈에 띄게 환해졌다. 하지만 약간 흥정하는 투로 말했다. "런던의 겨울은 좀 괴롭지 않나요?"

환자에게 괴롭지 않느냐는 뜻이냐고 물으려다가 적당한 말이 아니다 싶어 관두고, 대신 사교 생활의 측면에서 그 질문을 받아들였다. "안 그래요. 난 여러 면에서 좋아해요. 그 이후보다 사람들로 덜 붐비기도 하고. 게다가 **우리로서는** 당신이 그때 온다면 어쩌면 당신을 더 많이 만날 수 있다는 이점이 있겠죠. 그러니까 꼭 다시 와요. 날씨 문제가 아니라면."

그녀가 다소 심각한 표정을 지었다. "뭐가 날씨 문제가 아니라면—?"

"갈 곳을 정하는 게요. 방금 그런 문제로 외국 어딘가로 간다고 했잖아요."

"공기 좋은 곳이요—?" 그녀가 기억을 해냈다. "아, 그럼요. 8월에는 당연히 런던을 벗어나고 싶으니까요."

"당연히 그렇죠." 그가 전적으로 동의했다. "그래도 내가 돌아와 이렇게 만날 수 있을 때까지 안 떠나서 다행이에요. 어쨌든 우리를 위해 다시 한번 그래줘요."

"'우리'는 누구를 말하는 건가요?" 그녀가 곧 물었다.

그가 멈칫했다. 밀리만큼이나 그 자신도 입에 올리지 않기로 한 인물인 케이트와 엮여 있다는 암시로 비춰질 수 있었기 때문이다. 하지만 이 정도는 어려울 게 없었다. "여기 있는 우리 모두 말이에요. 기꺼이 당신과 공감하며 주변에 몰려들 우리들 전부요."

그럼에도 그녀는 특유의 묘하면서도 매력적인 투로 다시 따져 물었다. "왜 공감이죠?"

"음, 빈약한 단어인 건 분명하네요. 당신이 우리에게 일으키는 감정은 오히려 숭배에 가깝죠."

"그건 좋을 대로 하세요!" 그와 함께 마침내 케이트의 이름이 거론되었다. "내가 돌아온다면 무엇보다 당신도 아는 그 사람들을 위해서일 거예요. 내게 정말 친절했던 로더 부인도 그렇고."

"내게도 정말 친절하셨어요." 덴셔가 말했다. 그러고는 밀리가 아무런 대꾸도 없자 말을 이었다. "처음 예상과는 정반대로 아주 좋은 친구가 된 느낌이에요."

"나 역시 예상하지 못했는데, 나중에 보니 그렇더라고요." 밀리가 말했다. "하지만 케이트 역시 마찬가지예요. 당연히 그녀를 보러 돌아오겠죠. 케이트를 위해서라면 무슨 일이든 할 거예요." 그렇게 말을 맺었다.

그 말과 함께 의식적으로 또렷하게 그를 쳐다보았기 때문에, 얼마가 되었든 여전히 힘을 모아 가동할 수 있는 이상적인 정직함이 그에게 남아 있다면 그녀가 거기에 잠깐 효과적인 덫을 놓았다고도 할 법했다. 나중에 그는 당시 뭔가 간당간당하게 걸려 있었다고 혼잣말을 하게 될 것이었다. "아, 케이트를 위해서는 못 할 일이 없다는 건 저도 알지요!" 그것을 간당간당하게 매달고 있는 끈은 그런 식의 말로 끊어질 만했지만, 의식 내부의 더욱 강력한 어떤 요소로 겨우 그런 일을 면했다 싶었다. 지금 논의되는 진실의 증명은 바로 그의 침묵 속에 있었다. 끊어버리고 싶은 충동을 억지로 눌러버린 것이 바로 그가 케이트를 위해 한 일이었던 것이다. 게다가 당시 이 충동은 금방 왔다가 또 금방 사라졌다. 그는 밀리의 암시를 밀리에게 편한 식으로 받아들이고자 했다. "두 사람이 얼마나 친한 친구인지 잘 알아요." 그러고는 이렇게 덧붙였다. "물론 어느 정도이든 누군가에게 헌신한다는 건 멋진 일이죠. 그래서 그녀가 우리 모두에게 이렇게 좋은 일을 해주는 거잖아요. 그러니까 당신이 다시 돌아오게 하는 일 말이에요."

"아, 케이트가 내 일을 얼마나 알아서 잘 처리하는지 당신은 모르실 거예요." 밀리가 말했다.

그로서는 자신이 아는 것을 얼마나 드러내야 할지 알 수 없었는데 그 상황을 그냥 받아들이는 수밖에 없었다. "아, 아주 능수능란하죠."

"정말 대단해요. 그렇다고 날 몰아세운다는 뜻은 아니에요."

"그럼요, 그런 식이면 안 되죠. 어쨌든 그녀는 그런 식이 아니에요." 그가 미소를 띠며 말했다. 하지만 케이트의 방식을 지나치리만치 잘 안다는 내색을 보이지 말았어야 했다는 생각이 떠올랐다. 그래서 그냥 선의로 이런 말로 끝내려 했는데, 진실을 담고 있다는 이점 역시 있었다. "그녀를 안다고 할 수는 없지만요. 진정으로 안다는 의미에서요."

"그건 나도 마찬가지예요!" 그녀가 웃었다. 그 말이 그녀의 입 밖으로 나오자마자 그는 자기 말에 대한 책임감을 느끼지 않을 수 없었다. 잠깐 침묵이 이어지는 동안 어쨌든 자기 말에 거짓은 없다는 사실을 인식할 수는 있었지만 말이다. 그러니 거짓말을 하지 않으면서 이렇게까지 나아갈 수 있다니—이것이 정말로 너무 나아간 것이라면 말이다—가히 기이한 일이었다. 케이트에게도 완벽하게 들어맞을 관찰이었다. 다시 말을 꺼내기에 앞서, 그리고 밀리가 말을 꺼내기 전에 그에게 찾아든 느낌은 더 있었는데, 그것은 정말 더 이상 나아가지 않겠다고 마음먹을 거라면 이 지점에서 멈춰야 한다는 것이었다. 마치 모퉁이에 이른 것만 같았고, 그것도 방금 한 말로 그렇게 된 것 같았다. 그러므로 이 모퉁이를 돌 것인가 말 것인가는 자신에게 달려 있었다. 그래서 잠깐이나마 침묵이 이어지는 사이 과연 그가 어떻게 나올지를 상대가 지켜보는 기분마저 들었다. 그런데 그 순간 8월의 오후에 어울리지 않는 다소 요란스러운 소리가 침묵을 깨고 들려왔다. 그것은 아래쪽에서 들리는 육중한 마차 바퀴 소리와 '보조를 맞추도록' 훈련된 말의 발굽 소리였다. 덜거덕덜거덕 엄청나게 흔들리면서 우당탕거리는 그 소리를 듣자 하니 마차가 호텔 앞에 멈춰 서는 듯했고, 곧이어 말이 훨씬 조용하게 발을 구르며 서 있는 적절한 모양새가 연출되는 것으로 보였다. "누가 찾아온 모양인데요." 덴셔가 웃으며 말했다. "게다가 적어도 대사 정도는 되겠어요."

"내 마차예요. 매일 저런다니까요. 멋지지 않아요? 하지만 스트링엄 부인도 그렇고 나도 그렇고 별생각 없이 보면 아주 재미있어요." 그렇게 말하더니 그 말을 확인시켜주려는 듯 자리에서 일어났다. 몇 걸음 만에 두 사람은 발코니에 나가 서서 아래쪽에서 기다리는 마차를 함께 내려다보았는데, 가히 장관이었다. "너무 심해요?"

터무니없이 육중하다는 점만 아니라면, 덴셔가 보기에 그 거창함은 재밌게 봐줄 만했다. "멋진 로코코식이네요. 하지만 내가 뭘 알겠어요? 저런 거야 최고의 지혜를 겸비한 당신이 잘 알겠죠. 게다가 당신 위치도 있고, 그 덕에 당신 마차도 이런 시간에 런던이 지켜보는 중에 한자리 차지하는 것이고." 하지만 이제 나가봐야 한다니 그는 더는 그녀를 붙잡지 않기로 했다. 그런데 바로 이어서 일어난 일로 말하자면, 첫째는 그녀가 외출 계획이 없으니 그에게 좀더 머물러도 된다고 했고, 두번째로는 그와 함께라면 자신이 기꺼이 나가겠다고 한 것이었다. 그러니까 사실 할 일이야 항상 있고, 특히 오늘 해야 할 일도 여러 가지라 마차를 일찍 불렀다고 했다. 그녀가 이 말을 하는 중에 누군가 방에 들어온 모양이었고, 두 사람이 방으로 다시 들어가보니 마차가 대령하고 있다고 알리기 위해 밀리의 하인이 와 있었다. 그렇게 되자 그녀에게 문제는 해결된 셈이었다. 물론 덴셔가 그에 호응을 해줘야 하겠지만 말이다. 하지만 덴셔의 호응은 여전히 미적거리며 나오지 않았고 앞서 그의 내면에서 벌어지던 과정이 지금쯤은 말할 수 없이 강렬해진 참이었다. 중도에 멈출 수도 없고 완전히 그만둬버릴 수도 없는 체계로 인해 지금 그들이 서 있는 지점으로 이미 거꾸로 곤두박질친 기분이었다. 그래서 이제는 정말로 빼도 박도 못하고 둘 중 하나를 해야 하는 상황이었다. 좀더 시간을 벌고자 미적거리는 그에게는 아마 그 시간이 실제보다 더 길게 느껴졌을 것이다. 그렇게 시간을 끄는 자신을 걱정스럽게 바라보고 있었으니까. 계속 그러고 있을 수는 없었다. 어차피 이것 아니면 저것을 해야 했고, 문득 저것을 하겠다는 마음이 들었음을 알았다. 만약 그가 물에 빠져 떠내려가던 중이었다면 물속에 박혀 버티고 서 있던 어떤 단단한 물건을 된통 들이박으며 내려앉은 것과도 같았다. "아, 그럼요. 기꺼이 동행할게요. 정말 좋은 생각이에요."

그녀는 그를 보며 고마움을 표시하지 않았다. 오히려 고개를 돌렸다. 그저 하인에게 "10분 뒤에"라고 말했을 뿐이었다. 그러더니 하인이 나간 후 이렇게 말했다. "함께 외출하다니 좋네요. 하지만 준비할 시간이 좀 필요해요. 금방 끝낼게요." 어디에서 기다리라고 할지 방을 둘러보더니 말했다. "저기 책도 있고 다른 것도 많아요. 그리고 난 옷을 빨리 갈아입어요." 그녀가 방을 나설 때에야 그는 그녀와 시선이 마주쳤는데, 예쁜 그 눈이 가슴을 뭉클하게 하는 데가 있었다.

특히 왜 그때 가슴이 뭉클했는지는 확실하게 설명할 수 없었을 것이다. 그녀가 그에게 뭔든 베풀어주려 한다는 사실과 관련이 있지만, 또한 그 안에서 모습을 감추었다. 무슨 말이냐면, 그녀가 베풀어주려 한다는 그 사실로 인해 그 역시 예의상 **그녀**에게 베풀어주고 싶어졌다는 것이다. 이제 모퉁이를 돈 것으로 그 일은 충분히 한 셈이었다. 그녀 뒤로 문이 닫히고 혼자 남겨졌을 때쯤엔 모퉁이를 완전히 돌았다고 할 수 있었다. 3분을 더 그렇게 혼자 있었고, 생각해야 할 아주 실질적인 문제 몇 가지가 있었다. 그중 하나는 밀리의 극단적인 즉흥성, 그로서는 대단히 전형적인 미국인답다고 할 즉흥성이라는 현상이었다. 어쩌면 이 문제에 거의 전적으로 매달림으로써 다른 문제에서 도망가고 있는 것처럼 보이기도 했다. 하지만 이것만으로 그에게 딱히 알려주는 바는 없었다. 젊은 미국 여성에 대한 그럴듯한 일반화조차도 말이다. 이 젊은 친구가 그에게 단둘이 드라이브를 가자고 한 것—스트링엄 부인이 동행한다는 언질이 없었으니까——은 즉흥적인 제안이었다. 하지만 그렇다고 해서 가령 젊은 미국 여성이 아닌 케이트가 그런 일을 하지 않았을 때보다 더 앞서간다는 인상을 주지도 않았다. 게다가 케이트 역시 분명 그런 일을 하기는 할 텐데, 그렇다 한들 밀리가 그랬듯이 즉흥적이라는 느낌을 주지는 않을 것이다. 덧붙이자면 케이트는 그런 일, 혹은 그와 비슷한 일을 정말로 한 적이 있었다. 더욱이 그는 케이트와 약혼한 사이였다. 그런 사이라고 내세울 수는 없으므로 그녀가 다른 면에서 공개적으로는 자유로운 몸이지만 말이다. 그렇더라도 모든 면에서 케이트와 자유로움, 자유로움과 케이트의 관계를 따져봤을 때 그것은 그에게 자신을 완전히 맡길 준비를 하려고 막 자리를 뜬 여성과 어떻게든 관련짓거나 애써 관련을 만들어볼 수 있는 종류와는 달랐다. 지금까지 한 번도 그런 생각이 떠오른 적이 없었기 때문에, 그는 편히 보라고 놓여 있는 책에는 손도 대지 않은 채 그 점을 따져보며 방 안을 서성였다. 밀리는 아주 적극적이라고 말할 수 있었지만 앞서가지는 않았다. 반면에 케이트는 삼가는——영국 여성임을 고려해도 상대적으로 삼가는——편이었지만 그럼에도 고도로 앞서갔다. 물론 케이트가 두세 살 더 많았고, 그걸로 문제가 정리되지는 않았지만 그래도 그 나이대에 그 정도 나이 차는 무시할 수 없었다.

그렇게 기발한 방식으로 둘 사이를 구별하면서 덴셔는 여전히 서성거렸다. 그렇지만 자신이 이미 모퉁이를 돌았다는 인식을 오래 밀쳐놓을 수는 없었다. 얼마나 확실하게 모퉁이를 돌았는지 밀리가 없는 틈을 타서 다시 뒷걸음질을 칠 여지도 이미 사라져버린 느낌이었다. 시쳇말로, 어차피 5분 전에 꽁무니를 빼고 달아나지 못한 마당에 이제 와서 그럴 수는 없는 노릇이었다. 그저 생각이 넘칠 듯 가득 들어찬 채로 기다리는 수밖에 없었다. 게다가 곧 생겨난 외부적 작용으로 그 문제를 마무리 지을 수 있었다. 3분 만에 밀리의 하인이 돌아왔던 것이다. 내려가다가 층계 아래에서 만났을 것이 분명한 손님 하나를 대동하고는 활짝 문을 열어젖히며 "크로이 양이 오셨습니다"라고 큰 소리로 외쳤다. 뒤를 따라 들어오던 케이트가 덴셔를 보고는 뚝 멈춰 섰다. 하지만 덴셔가 흥미를 느끼며 마음껏 바라본 바에 따르면 그건 잠깐이었을 뿐이고, 놀라서도 아니었고 당황해서는 더더욱 아니었다. 실 양은 외출 준비를 하고 있다고 덴셔가 곧 설명하자마자 하인은 물러갔다.

"그래서 당신도 같이 가는 거예요?" 케이트가 물었다.

"그래요, 당신이 승인한 거니까. 알다시피, 당연히 그러리라고 보았고요."

"아, 내 승인은 모든 면에서 완전하죠!" 그녀가 웃으며 말했다. 그 점에서라면 철두철미 일관되고 근사했다.

"내 말은 당연히 당신이 그렇게 의욕적으로 나를 부추겼다는 뜻이에요." 그녀의 발랄함이 도드라지게 와닿은 듯 그가 덧붙였다.

그녀가 방 안을 둘러보았다. 그가 이 방 안에 얼마나 머물렀고 어떤 식의 만남을 가졌는지 알려줄 표시를, 그래서 판단하는 데 일시적으로 도움이 될 어떤 것을 막연하게 찾아보는지도 몰랐다. "얼마든지 부추겼다고 생각해요." 그녀는 그에게 했던 부탁이 먹혀들어 기분이 좋은 모양이었다. 그래서 거기서 직접 받은 인상으로 바로 농담을 던졌다. "그 정도란 말이죠? 아무래도 난 기다리지 말아야겠는걸요?"

"안 만나고 간다고요? 여기까지 왔는데?"

"음, 당신이 작업 중이니까요! 상태가 어떤가 보러 왔는데 분명 괜찮은 거잖아요. 이렇게까지—"

하지만 그녀의 말이 끝나기도 전에 그가 대꾸했다. "아, 내가 어떻게 알겠어요?" 한마디 더 하고 싶어져서 말을 이었다. "그녀를 책임지는 건 내가 아니에요. 그건 당신인 것 같은데." 자신에게 잡다한 가책을 안겨주던 문제를 정작 그녀는 대수롭지 않게 치워버리는 느낌이 들었던 것이다. 그러니 둘 다 똑같이 정당할 수는 없었다. 그녀가 너무 태평하거나 아니면 그가 지나치게 걱정이 많은 것일 수밖에 없었다. 좌우간 그 때문에 바보 같다는 기분에 빠지고 싶지는 않았다. "내가 나서서 하는 일은 하나도 없어요. 다시 한번 말하지만 난 하라는 일만 할 거니까."

그가 그 점을 유난히 강조했기 때문에 두 사람은 뚫어지게 서로를 바라봤다. 그렇지만 그는 괜히 뻣뻣하게 굴 필요가 없다는 사실을 곧 이해했다. 도대체 뭐가 문제라고? 그녀가 대답 삼아 관심을 보이며 이렇게 물었다. "많이 좋아진 것 아닌가요? 당신을 이렇게 만난 걸 보면."

"아무 문제 없다고 장담하던걸요."

케이트가 더욱 관심을 보였다. "그럴 줄 알았어요." 그러고는 덧붙여 말했다. "간밤에 오지 않은 건 사실 아팠기 때문이 아니었던 거죠."

"그럼 왜 그랬다는 거죠?"

"글쎄요, 너무 긴장해서겠죠."

"뭣 때문에 긴장을 해요?"

"아, 다 알면서!" 답답하다는 기색을 살짝 내비쳤지만, 곧 미소를 띠며 말했다. "다 말해줬잖아요."

그는 그녀가 말해줬다는 것을 얼굴에서 찾듯 그녀를 빤히 바라보았다. 그러더니 뭔가 눈에 띄었는지 바로 이렇게 물었다. "그녀에게 뭐라고 했어요?"

케이트가 조심스러운 미소를 보였는데, 자신들이 지금 어디에 있는지를 문득 의식한 듯했다. 갑자기 뭐라도 들이닥칠 수 있는 상황에서 조용조용히 이야기를 나누고, 심지어 그런 대화로 적절한 감정을 넘어설 가능성까지 만들어내고 있었으니까. 밀리의 방이 바로 붙어 있을지도 모르는데 그런 대화를 하고 있다니—! 그럼에도 일단은 하던 말을 이어갔다. "원하면 그녀에게 직접 물어봐요. 당신과는 거리낄 게 없으니 말해줄 거예요. 최선으로 생각되는 행동을 해요. 내가 무슨 말을 했고 무슨 말을 안 했는지 그런 것에 마음 쓸 필요 없어요. 그녀와 나 사이는 전혀 문제 없으니까요." 케이트가 말했다. "자, 그런 거예요."

"그래서 내가 여기 있다는 뜻이라면 그건 여부가 없죠." 그가 대답했다. "또한 그녀가 당신을 믿는다는 사실만 명심하라는 뜻이라면, 그녀가 당신을 믿는 건 분명하니까 그런 한에서는 그 말도 맞고요."

"그럼 그녀를 본보기로 삼아요."

"그녀가 이런 일을 하는 건 사실 당신을 위해서예요." 덴셔가 말을 이었다. "나와 드라이브를 가는 건 당신을 위해서라고요."

"그렇다면 당신이 **그녀를** 위해서 뭔가를 해줄 수 있겠네요." 케이트가 예의 침착함을 보이며 말했다. "난 걱정 안 해요." 그녀가 미소를 지었다.

그는 그 얼굴에 어린 표정을 다시 받아들이면서, 지금까지 흔한 일이었듯이 그 얼굴과 인물 전체와 존재에 담긴, 그로서는 다행히도 굳이 말로 표현해야 할 것 이상의 더 많은 것들에 다시 영향을 받으며 잠시 그녀 앞에 서 있었다. 그런 인상을 받게 되면 문제는 더 이상 말로 표현하고 말고가 아니었다. "당신 말고 다른 누구를 위해서도 이런 일은 하지 않아요. 하지만 당신을 위해서라면 무슨 일이든 할 거예요."

"좋아요, 좋아요." 케이트가 말했다. "그래서 내가 당신을 좋아하는 거잖아요."

그가 잠깐 쯤을 두었다가 물었다. "그럼 맹세할 수 있어요?"

"맹세요? 무슨 맹세?"

"뭐긴요, 당신이 나를 '좋아한다'고 말이죠. 어떤 식이든 나를 좌지우지하게 놔두는 건, 알다시피 다 그래서니까요."

그를 정면으로 마주한 그녀의 표정에 실망감이 어렸다. 그러더니 곧 분명하게 말로 표현했다. "그렇게 나를 못 믿겠다면, 더 나아가기 전에 아예 끝내버리는 게 낫지 않겠어요?"

"당신과 끝내라고요?"

"밀리와 끝내라고요." 그녀가 말했다. "당신은 가고 내가 남아서 다 설명하면 되니까요."

아주 놀라운 생각이라는 듯이 그가 의아해하며 물었다. "뭐라고 설명할 건데요?"

"아무래도 당신은 그녀와 더는 함께 있을 수가 없다고 하니, 내가 할 수 있는 한 당신을 참아줄밖에는 도리가 없다고요."

그가 이 점을 따져보았다. "내 욕을 얼마나 할 건가요?"

"딱 필요한 만큼요. 당신이 그녀의 태도에서 알 수 있을 만큼."

그가 다시 잠시 생각에 잠겼다가 말했다. "내가 그녀의 태도를 신경 쓸 필요는 없을 것 같은데."

"그럼, 당신이 원하는 만큼요. 어쨌든 내가 여기 남아 당신 대신 잘해볼게요."

그는 케이트가 진지하다는 것을, 정말로 그에게 기회를 주고 있다는 것을 알았고, 그로써 저절로 상황이 분명해졌다. 자신이 이미 얼마나 나아갔는지를 다시금 실감했는데, 후회가 아니라 바로 도망갈 수 있는 이 가능성을 통해서였다. 이제 그는 자기가 한 일의 결과가 아니라 케이트가 제안한 일의 결과를 따져보고 있었다. "그렇게 되면, 그러니까 내가 가버린 것을 그녀가 알게 되면, 오히려 우리 사이에 뭔가 있다는 확신이 더 강해지지 않을까요?"

케이트가 궁리를 해보았다. "아, 나도 몰라요. 밀리야 당연히 무척 기분이 상하겠죠. 하지만 거기 마음 쓸 필요 없어요. 그것 때문에 죽는 건 아닐 테니까."

"그럼 죽기는 죽을 거라는 말이에요?" 덴셔가 곧바로 물었다.

"내 말을 믿지도 않으면서 그런 식으로 묻지 말아요. 당신은 조건을 너무 많이 달아요."

그렇게 따지고 드니 좀 피곤하다는 기색이 말투에 묻어났고,

그로 인해 그녀의 말을 잘 따르지도 부탁을 들어주지도 못하는 그의 모습이 딱하고 형편없어 보였다. 그래서 안목 있는 사람이 이렇게 친밀한 관계에서 협조를 요청받으면 꼭 나타내고 싶을 것들, 그러니까 상상력이라든가 눈치, 그리고 당연하게 유머 감각 같은 것들이 자신에게 부족하다는 사실이 문득 다시 그에게 상기되었다. 틀림없이 그럴 상황이 아니었는데도 사실 이 시점에서 가장 먼저 떠오른 의문은 이러했다. '이 사람이 내게 싫증을 느끼기 시작하면 어쩌지?' 그것은 곧바로 이렇게 표현되었다. "날 사랑한다고 다시 한번 맹세해주기만 하면―!"

그것이 말로 표현된 이상의 요구인 양 그녀가 문과 창문 쪽으로 시선을 돌려 주위를 둘러보았다. "여기에서요? 여기에서 우리는 아무 관계도 아니에요." 그녀가 미소를 지었다.

"아, 정말 그런가요?" 그와 더불어 그녀의 미소가 그에게 무언가를 확실히 결정해주자 그는 호소하듯 다가가 손을 내밀었고, 그녀는 그를 제지하면서 동시에 차지하기 위해서인 양 그 손을 잡았다. 그렇게 잠시 그를 차지함으로써 그녀는 그를 제지할 수 있었다. 아무 말 없이 서로의 눈을 그윽이 들여다보면서, 그가 제정신을 차리고 분별력을 되찾을 수 있을 만큼 오래도록 그녀는 그를 붙잡고 있었다. 곧 정신을 차린 그가 자신들이 지금 어디 있는지 깨닫고는 얼굴을 붉혔고, 늘 그렇듯이 그녀는 또 한 번의 승리를 얻을 수 있었다. 그리고 곧장 다음 단계로 넘어갔다. 그러니까 그가 그녀의 손을 놓을 즈음엔, 말하자면 다시 밀리의 손을 잡게 되었다는 것이다. 어쨌든 밀리와 결별하지는 않았으니 말이다. "당신이 원하는 대로 할게요." 사실상 그녀에게서 끌어낸 자기 조건을 받아들이겠다는 듯 그가 단언했다. 그러자 그녀가 애초의 방안으로 돌아가 바로 행동을 취했다.

"당신 상태가 이제 어지간히 괜찮으니 난 갈게요. 내가 당신이 있는 걸 보고 그냥 갔다고 전해요. 당신 식으로 말해요. 그럼 이해할 거예요."

그 말과 함께 그녀가 아주 단호하게 문 쪽으로 움직였다. 하지만 그녀가 자리를 뜨기 전에 그는 풀리지 않은 의문이 하나 더 떠올랐다. "그녀가 너무 많이 이해한 게 아니라면 어떻게 충분히 이해할 수 있다는 건지 모르겠는데요."

"몰라도 돼요."

그러자 그가 마지막 명령을 요구했다. "그럼 그냥 무턱대고 하라는 건가요?"

"그냥 잘해주기만 하면 돼요."

"나머지는 당신이 다 알아서 하고?"

"나머지는 그녀가 알아서 해요." 그 말을 끝으로 케이트는 사라졌다. 그래서 앞서와 마찬가지로 문제는 결국 다시금 그렇게 되었다. 케이트가 사라지고 3분 뒤에 밀리가 단장을 마치고 나타났다. 약간 미신적일 만큼 유행과 동떨어진 커다란 검은 모자에 전부 훌륭한 검은색 옷으로 차려입었다. 엄청난 길이의 값비싼 레이스를 사용한 게 아닐까 막연한 의문이 들 만큼 목을 꽁꽁 싸맨 데다, 윗부분은 겹겹의 육중한 진주 목걸이에 접혀 눌려 있었고 끝자락은 사제가 두르는 천처럼 발치까지 늘어져 있었다. 그는 케이트가 찾아왔다가 바로 돌아갔다고 전했다. "내가 여기 있을 거라고는 생각을 못 했나 봐요." 그렇게 말했는데,

당장은 그렇게 말하는 데 별 어려움이 없었다. 이미 모퉁이를 돌아도 한참 돌았으니 말 한마디 정도야 아무렇지도 않았던 것이다.

그녀는 그 정도 설명이면 충분하다고 여기는 듯했다. 어색할 수도 있는 것들을 대충 넘겨버렸다. "아쉽네요. 하지만 **그녀야** 자주 만나니까요." 그를 위해 그렇게 구분해주었다는 것을, 그리고 그런 식으로 케이트를 정당화했다는 것을 알았다. 그것이 바로 자신이 알아서 해야 할 상황에서 밀리가 보이는 스타일이었다. 이제는 완전히 그녀에게 맡겨둬야 할 테고.

7부

1

밀리가 케이트와 덴셔를 만나 점심 초대를 했던 날, 그들이 자리를 뜬 후 스트링엄 부인과 둘만 남았을 때, 상대의 얼굴을 마주한 밀리는 경고의 말과 함께 인생의 전투에 나선 근심스러운 전사가 마치 허리에 찬 칼을 다시 한번 확인하듯이 마음 든든해지는 부분으로 손을 가져가는 그런 순간을 가졌더랬다. 그러니까 밀리는 가슴에 굳게 손을 얹었고, 두 여성은 낯선 모습을 내보이며 마주 서 있었다. 수전 셰퍼드는 앞서 집으로 찾아온 유명한 의사를 만나보았고, 그건 분명 간단한 일이 아니었다. 하지만 이제 사실상 자백한 바와 같이 밀리는 손님으로 초대한 두 사람을 장벽 삼아 그 일을 내비치거나 전달하는 일을 내내 고집스럽게 차단해왔다. "정말 훌륭하셨어요. 내 생각에도 그 문제로 가슴이 터질 것 같았을 텐데 그런 친절함을 보였으니. 케이트는 맘만 먹으면 정말 사랑스럽지 않아요?"

수지의 표정은 처음에는 발작을 일으키다시피 서로 다른 위험과 씨름을 했지만 이제는 상당히 편안해졌다. 이미 너무나 동떨어진 저 멀리 어떤 지점에 닿으려 애를 쓰며 그녀가 말했다. "크로이 양? 아, 쾌활하고 총명한 아가씨지. 이미 알았던 거야."

스트링엄 부인이 덧붙였다. "알고 있었어."

밀리가 마음을 다잡았다. 하지만 지금으로서는 무엇보다도 상대방을 향한 연민이 가득했다. 상대가 기를 쓴다는 것을 알았다. 동정심을 내비치지 않으려고 아주 기를 쓰는데, 그녀의 천성을 생각하면 그것만으로도 거의 고문이었다. 기를 쓰는 스트링엄 부인을 보니 얼마나 동정심이 가득한지, 따뜻한 성정과 양심으로 인해 얼마나 고통받고 있는지 짐작이 갔다. 놀랍고 훌륭하게도 그런 인상이 즉각 그녀의 마음을 차분하게 만들었다. 이제 장벽도 사라졌으니 무엇을 기반으로 다시 편한 분위기를 함께 만들어나갈 수 있을지 서글프게 자문하고 있었는데, 상대가 자기 질문에 반색할 만큼 안도하는 것을 느꼈다. 그 기반은, 불가피한 기반은, 어디를 보나 훨씬 더 괴로운 방식으로 **자신**을 불쌍히 여길 수지를 밀리가 불쌍히 여기게 되리라는 사실이었다. 스트링엄 부인은 슬퍼서 마음이 아플 테지만, 자신이야 슬프다고 어떻게 아플 수나 있겠는가? 좌우간 가련한 밀리는 그 자리에서 한 5분 정도 굉장한 기쁨을 맛보았고, 그런 상태에서 손짓 하나로, 바람을 가르듯이 힘차게 손으로 허공을 가르며 형세를 역전시켰다. "아줌마가 루크 스트렛 박사 생각에 빠져 있는 걸 케이트가 알았다는 거예요?" 그녀가 물었다.

"말은 안 했어도 상냥하고 친절하게 굴었으니까. 나를 끝까지 도와주고 싶은 마음이었던 것 같아." 하지만 이 말을 입 밖에 내자마자 가엾을 만큼 질겁하며 말을 멈췄다. 그러곤 애써 아무렇지도 않은 척 밀리를 똑바로 바라봤다. "내 말은 누군가 어떤 생각에 골몰해 있으면 그걸 알아챈다는 거지. 아는 게 아니라 추측한다고 말했어야 했는데." 그러면서 인상을 썼는데, 그 나름으로는 가히 영웅적이었다. "하지만 걔는 전혀 신경 쓸 필요 없어, 밀리."

밀리는 이제 무엇이든 맞설 수 있을 기분이었다. "아무도 신경 쓸 필요 없어요, 수지 아줌마. 아무도요." 그렇지만 이어진 말은 그와는 좀 어긋나는 말로 들렸다. "집에 제가 없어서 의사 선생님이 불쾌해하셨나요? 하지만 사실 그걸 원하셨던 거 아닌가요? 훨씬 편하게 아줌마와 허심탄회하게 이야기를 나눈 것 말이에요."

"허심탄회하게 나눈 이야기는 전혀 없어, 밀리." 스트링엄 부인이 아주 미세하게 몸을 떨었다.

"아줌마를 무척 좋아하지 않으시던가요?" 밀리가 말을 이었다. "제 이야기를 함께 나눌 사람으로 추천할 만한 가장 매력적인 사람이라고 여기셨죠? 당장 서로 마음이 맞아서 아예 사랑에 빠지신 거 아니에요? 그래서 저를 핑계로 만날 수 있으니 정말 잘되었다고 생각하는 거죠. 저를 한없이 이용해먹을 수 있으니까."

"아이고, 얘야, 얘야." 스트링엄 부인이 애원하듯 중얼거렸다. 하지만 타박을 했다가 무슨 일이 벌어질지 그것마저 걱정이 되는 듯했다.

"그분 정말 멋지고 훌륭하지 않아요? 그쪽에서 무슨 말이 나오든 친해지면 정말 좋겠다 싶은 분이잖아요. 두 분은 정말 저랑 딱 어울리는 분들이에요. 이제 알겠다니까요. 그러니 두 분이 함께해야 할 일이 뭔지 아시겠죠?" 수지가 망연자실 잠자코 빤히 바라보기만 하자 그녀가 말을 이었다. "그냥 저를 끝까지 지켜보는 일이죠. 원하는 방식으로요. 함께 잘 찾아보세요. 제 편에서도 성의를 다할 테니까 우리 셋이서, 그리고 다른 사람도, 아, 상황에 따라 필요한 만큼, 아줌마가 원하는 사람들과 다 함께 아주 멋진 광경을 연출해보자고요. 깃털을 들고 가는 것처럼 다루기 쉽도록 해드릴게요." 그 말에도 수지가 잠시 침묵을 지켰기 때문에, 관찰하는 일을 도대체 멈출 수 없었던 밀리에게는 상대가 자기 태도를 거의 '병의 한 증상'으로 받아들이는 게 아닌가 싶었다. 그 덕에 밀리는 자기 판단에 따라 명확하고 현명하게 말을 이어갈 수 있었다. "적어도 아주 흥미로운 분이긴 해요, 그렇죠? 그러니 더 좋은 거죠. 적어도 형편없는 사람을 만나지는 않았잖아요. 어쩌다 찾아냈으니 그럴 가능성도 있었는데 말이죠."

"흥미롭다고, 얘야?" 스트링엄 부인이 마음을 다잡았다. "흥미로운지 어떤지는 모르겠구나." 그녀는 여전히 약간 떨고 있었다. "하지만 더 바랄 나위 없이 네게 관심이 많다는 건 확실해."

"물론이죠, 바로 그거예요. 세상 사람들이 다 그런 것처럼."

"아니, 얘야, 세상 사람들처럼은 아니야. 훨씬 더 깊고 현명한 방식이지."

"아, 그것 봐요!" 밀리가 웃었다. "그게 바로 제가 아줌마한테 원하는 거예요. 그러니까 기운 내요, 아줌마. 그분하고 아주 잘 지내게 될 거예요. 걱정 마세요."

"걱정 같은 거 안 한다, 밀리." 그렇게 말하는 수지의 얼굴에 거짓말의 장엄함이 그대로 떠올랐다.

그로 인해 가슴이 너무 저려와 밀리는 그녀에게 다가갔고, 그녀가 내민 팔에 안겨 두 사람은 말에 담기지 않는 것들을 서로 나누었다. 서로를 꼭 끌어안은 품이 이름 붙일 수 없는 슬픔을 위로하려는 듯했다. 스트링엄 부인에게는 무력함이라는 말할 수 없는 고통을 알게 된 슬픔을, 밀리에게는 이런 때에 그런 **그녀를** 염려해야 한다는 슬픔을. 밀리의 가정은 어마어마했고, 상대로서는 다정함과 막연함이 허용하는 이상으로 구체적인 증거를 들이대지 않고서야 그것을 반박할 수 없다는 데 어려움이 있었다. 사실 그들이 함께 꼭 붙들고 있다는 점 외에 다른 어떤 증거도 끼어들지 않았다. 앞서 지적했듯이 밀리가 원하는 것은 지켜주고 지지해주겠다는 맹세뿐이라는 사실 외에는 말이다. "그분이 아줌마에게 따로 무슨 말을 했는지, 제게는 어떻게 말하라고 했는지 그런 건 알고 싶지 않아요." 밀리가 곧 말했다. "약속을 어기고 제가 나가버린 걸 어떻게 받아들이셨는지도 그렇고, 어떤 식으로든 저와 관련해 두 분 사이에 오간 것 전부 말이에요. 나중에 알아낼 속셈으로 아줌마에게 자유롭게 그분을 만나보라고 했던 게 아니에요. 오히려 저로서는 알고 싶지 않은 것들이 있어서 그랬어요. 어차피 그분을 계속 만날 거라 다 알게 될 거예요. 제가 원하는 건 단지 무엇이 되었든 그분의 시각에서 저를 지켜봐달라는 것뿐이에요. 그러기 위해 아줌마 자신이 알고 있으면 그걸로 충분해요. 그분이 방법을 알려줄 테니까요. 근사한 일로 만들어드릴게요. 제가 계속 힘을 보탤 거라서 아줌마는 실제 무슨 일이 벌어지는 건지 제대로 알지도 못할 거예요. 그 문제에서는 저만 믿으시면 돼요. 자, 합의한 거예요. 우리가 서로 기운을 북돋아가며 해나가고, 제가 무너지지 않을 거라는 걸 충분히 실감할 수 있을 거예요. 그래서 누가 팔꿈치로 쿡 찌르는 정도도 무섭지 않으니 어떻게 이보다 더 안전할 수 있겠어요?"

"의사 선생님 말씀이 내가 너를 도울 수 있다고 했어." 이번에는 수지 쪽에서 간절하게 주장했다. "당연히 그런 말을 할 만하지, 어떻게 안 그렇겠어? 그게 아니라면 내가 뭣 하러 너와 함께 여기 나왔겠어. 하지만 의사 선생님이 무시무시한 얘기는 전혀 하지 않았어. 전혀, 전혀." 가련한 그녀가 열렬히 항변했다. "단지 너 좋을 대로 하고 의사 선생님이 하라는 대로만 하면 된다고만 했어. 사실 그것도 결국 너 좋을 대로 하라는 거지만."

"그분을 계속 만나봐야죠. 가끔 찾아가야 해요. 하지만 그것도 물론 제가 좋아서 하는 거예요." 밀리가 미소를 지었다. "다행히 그분을 만나보는 일이 좋아요."

스트링엄 부인도 이 점에 동의했다. 그들의 상황에서 그나마 뭐라도 해볼 수 있는 설명을 움켜잡았다. "그거야말로 정말 근사한 일이겠구나. 의사 선생님이 무엇보다 내게 바라는 일이기도 하고. 그러니까 네가 좋은 일을 하도록 도와주는 거 말이야."

"그리고 거기서 생기는 결과를 약간 면해주기도 하고요?" 밀리가 웃으며 말했다. "물론 일단 제가 좋아하는 게 있어야겠지요."

"아, 곧 생길 거야." 스트링엄 부인이 담대하게 말했다. "지금도 좀 있다고 보는데. 예를 들어 이것도 그렇고." 그녀가 설명을 덧붙였다. "우리가 이렇게 된 거 말이지."

밀리가 잠깐 생각을 해보더니 말했다. "아줌마가 **그분과** 편안해지고 그분도 그렇기를 바란 거요? 그렇죠, 그걸 잘 이용할 거예요."

수전 셰퍼드가 약간 어리둥절해했다. "지금 누구 얘기를 하는 거니?"

밀리가 잠깐 의아해하다가 무슨 뜻인지 깨달았다. "덴셔 씨 얘기는 아니에요." 그러면서도 그게 재미있는 모양이었다. "덴셔 씨와도 편안해지면 더 좋겠지만요."

"아, 루크 스트렛 박사님 얘기였어? 당연히 훌륭한 분이시지." 수지가 말을 이었다. "그분을 보면 누가 생각나는지 알아? 우리의 위대한 인물인 보스턴의 버트릭 박사님이야."

밀리는 보스턴의 버트릭 박사를 알긴 했지만, 그에게 경의를 보내듯 잠깐 짬을 두었을 뿐 바로 넘어갔다. "만나보고 나니 덴셔 씨는 어때요?"

밀리를 바라보며 잠시 곰곰이 생각해보고 나서야 수지가 대답했다. "아주 잘생겼더구나."

밀리는 여전히 미소를 띠고 있었다. 학생을 다루는 선생님 같은 구석이 약간 있었지만. "처음치고 그 정도면 됐어요. 사실 내가 원하는 일을 한 거거든요."

"그렇다면 그게 **우리가** 원하는 일이지. 그런 일은 아주 많다니까."

밀리는 그 '많다'는 말에 고개를 저었다. "모르고 지내는 게 최선이에요. 전부 다. 모르겠어요. 아무것도 모르겠어요. 아줌마가 저와 **함께한다는** 사실을 **빼고는요.** 그러니까 꼭 기억해주세요. 아줌마를 위해서라면 저는 아무것도 잊지 않을 거예요. 그러니까 괜찮아요."

이제 그 말은 의도했던 바대로 무심코 안심이 될 만한 것들을 찾아다니는 수지를 지탱해주는 효과가 있었다. "당연히 괜찮고말고. 다시 말하지만 의사 선생님이 보기에는 전혀—"

"제가 보란 듯이 오래 살지 못할 이유가 없다고요?" 그 말을 이해하고 잠시 따져보기 위해서인 듯 밀리가 대신 말을 이었다. 그러곤 바로 치워버렸다. "아, 그건 당연히 알죠." 상대가 하려던 말이 사소하다는 듯이 밀리가 말했다.

스트링엄 부인은 그것을 대단하게 만들려 했다. "그러니까 내 말은 선생님이 내게 한 말은 네게도 다 한 말이라는 거야."

"정말요? 저라면 안 그랬을 텐데!" 실망했을 법도 했지만 그녀는 기분 좋게 받아들였다. "저한테는 **살아보라**고 했어요." 밀리가 묘하게 그 말뜻을 한정하며 말했다.

그러자 수지는 약간 종잡을 수 없는 심정이 되었다. "그럼 뭘 더 바라는 거야?"

"아줌마." 밀리가 바로 대꾸했다. "장담하지만 전 '바라는' 게 아무것도 없어요." 그러곤 덧붙였다. "그래도 **살고** 있기는 해요. 아, 정말로 살고 있다니까요."

두 사람은 다시금 서로를 마주 보았다. 스트링엄 부인의 결론은 이러했다. "그럼 나도 마찬가지야. 두고 보렴!" 다시 평정심을 찾은 말투였다. 더는 아무 말도 하지 않을 만큼 슬기로워졌다고 할 수 있었다. 이제 밀리의 도움으로 그들 앞에 놓인 문제를 얼마간 다스릴 수 있는 정도까지 향상되었던 것이다. 10분 동안 대화를 나눈 결과 그녀는 사실 마음속에 새로운 방안이 생겨난 것을 더 분명히 인식할 수 있었다. 예전부터 있던 방안이 새로운 가치를 지니게 되었을 수도 있고. 좌우간 그 과정은 한 시간 전부터 시작되었는데, 처음에는 미미했지만 곧 특별한 빛으로 환하게 빛나게 되었다. 아마 오전 나절에 시커먼 어둠이 난데없이 세상을 뒤덮었기 때문에 그 정도의 빛으로도 밤하늘의 별처럼 밝게 나타날 수 있었을 것이다. 여전히 짙은 어둠이 내려앉아 있었지만 그래도 하늘은 좀 밝아졌다. 그리고 수전 셰퍼드의 별은 이때부터 내내 그녀를 위해 빛나게 되었다. 밀리와 함께 시간을 보낸 후 당장은 하늘에 반짝거리는 빛이 하나 남아 있었다. 그 빛을 한참 바라보다 보니 그것이 사실은 루크 스트렛의 방문으로 생겨났고 그 이후 받은 인상들로 오히려 더 확실히 고정되었음을 깨달았다. 수지로서는 마침내 사태를 파악하기까지 부연 어둠 속을 한동안 헤매야 했지만, 밀리가 덴셔 씨를 뒤에 달고 다시 나타남으로써—혹은 이상한 일이지만 크로이 양을 뒤에 달고, 그다음에 크로이 양이 덴셔 씨를 뒤에 달고— 그 인상은 강화되었다. 그들이 머문 동안 부연 어둠은 가히 압도적이었는데, 한쪽 방에서 케이트 크로이가 기꺼이 자신과 자리를 잡고 앉음으로써 다른 방에서 밀리가 그 청년과 함께 시간을 보낸다는 사실이 강렬하게 인식되자 어둠이 아주 약간 밝아지기도 했다. 거기서 곧장 가능한 최대치의 강렬함이 드러나지 않았다면, 그것은 자비로운 저명한 의사가 남겨둔 기본적인 우울함에 여전히 젖어 있었기 때문이었다.

상황을 잘 알고 상상력도 지닌 인물에게 지금 거론되는 이 상황이 얼마나 강렬할 수 있을지는 스트링엄 부인이 일부러 로더 부인을 두세 번 은밀하게 만났다는 사실—이 경우에 적합한 다른 사항들과 더불어—을 봐도 알 수 있었다. 신뢰할 만한 옛 친구의 존재가 이렇게 반가웠던 적은 전에 없었다. 이렇게 상황이 안 좋을 때 신뢰할 만한 사람조차 없다면 중도에서 비틀거리며 쓰러졌을 것이 분명했기 때문이다. 신중함을 위해 입을 다물고 있어야 할 단계는 이제 지났다. 침묵이야말로 조악하고 무딘 것인 반면, 지혜는 약간의 흔들림은 있을지라도 날이 뾰족하게 서 있어야 했다. 우리가 방금 목격한 대화가 있었던 그다음 날 아침 그녀는 일부러 랭커스터게이트를 찾아갔다. 그리고 모드 매닝엄의 내실에서 스스로를 해명해가면서 조금씩 안도감을 찾아갔다. 스스로를 해명하는 것은 오래전부터 그녀 자신이 다분히 규칙적으로 해왔다고 자부하는 일 중 하나였다. 물론 규칙적이라는 건 장점에 대한 시험이 불가항력의 법칙에 따라 앞을 막아설 수도 있는 상황에 달려 있었지만 말이다. 한마디로 그녀는 자신의 행동을 인식하기 위해 합당한 예리함의 칼날을 아낀 적이 없었고, 대체로 그런 주장을 할 수 있었다. 그런데 지금은 보고를 들을 자기 자신이 전혀 남아 있지 않은 심정이라 문제였다. 속수무책의 불가해한 심연 속에 너무나 깊이 빠져버렸으니 말이다. 그래서 스스로를 해명하기 위해 다른 사람이 필요했고, 랭커스터게이트의 여주인에게 가장 먼저 털어놓은 말은 일단 맘껏 울게 해달라는 것이었다. 밀리가 보고 있는 호텔에서 울 수는 없으니 일부러 호텔을 나선 것이었다. 그리고 좋은 기회를 맞아 다행히 그렇게 울 수 있는 기력을 찾았다. 처음에는 그저 울기만 했다. 그냥 그러기로 했고, 울음으로 자신이 하려는 일을 이렇게 잘 표현한 것은 이번이 처음이었다. 더구나 로더 부인은 알아서 받아들여주었다. 비록 수지가 탁자 가까이 앉아 있는 사이 한두 개의 편지를 대충 처리하기는 했지만 말이다. 그녀는 눈물에 전염되지 않도록 애쓰며, 수지의 생생한 애원을 참을성 있게 들어주었다. "알겠지만 내가 이렇게 울 수 있는 날이 다시는 없을 거야. 적어도 밀리와 있을 때는 말이지. 그러니까 지금 할 수 있을 때 실컷 울어야 해. 설사 밀리가 울음을 터뜨려도 나는 따라 울면 안 될 테니까. 그건 내가 절망하고 있다는 의미밖에 더 되겠어? 그러려고 밀리 곁에 있는 게 아니니까. 한결같이 숭고한 모습을 보이려고 있는 거지. 게다가 밀리는 절대 울지 않을 거고."

"당연히 울 일이 없었으면 좋겠네." 로더 부인이 말했다.

"그럴 일이 있어도 울지 않을 거야. 눈물 한 방울 흘리지 않을 거라고. 그런 일은 절대 안 하는 이유가 있지."

"오!" 로더 부인이 외쳤다.

"그래, 그 애의 자존심 말이야." 친구가 의심스러워하거나 말거나 스트링엄 부인의 설명은 그러했고, 일관되게 그 주장을 견지했다. 나로 말하자면 울 만한 일이 생겼을 때 자존심 때문에 안 울게 되지는 않던데,라고 모드 매닝엄이 넌지시 말했다. 오히려 그런 경우에도 여전히 처리하고 주선해야 할 일이 생기고, 편지를 써야 한다든가 벨을 울려 하인을 부를 일도 있으며, 하인들을 불러 모으고 결정을 내리기도 해야 하기 때문이라고 했다. "지금도 써야 할 편지만 없으면 함께 울 수도 있을 거야." 그녀가 말했다. 그렇지만 걱정 가득한 친구를 냉혹하게 대한 것은 전혀 아니었다. 서로 다른 면을 달리 행사할 여지를 주었을 뿐이었다. 피아노 조율사를 방해하지 않는 것처럼 그녀 역시 방해하지 않았던 것이다. 그 덕에 수지는 시간을 가질 수 있었다. 그래서 로더 부인이 체면도 차리고 우편 시간에 맞추기도 할 셈으로, 버튼을 눌러 하인을 호출한 뒤 주소를 쓰고 우표까지 붙인 편지를 들고 문 쪽으로 갔을 때, 수지는 이제 충분히 사실을 전달할 수 있는 상태가 되었다. 하지만 그 중요성을 감안하여 두세 가지 사실들로 먼저 토대를 마련하고 나서야 가장 중요한 사실, 즉 전날 밀리 일로 그녀를 만나보고 싶다며 찾아왔던 루크 스트렛 박사와 나누었던 이야기로 넘어갈 수 있었다.

"그쪽에서 만나보고 싶어 했다고?"

"기꺼이 그럴 마음이었을 거야. 확실히 그랬어. 한 15분 정도 있었는데, **그로서는** 그 정도면 오래 머문 거지. 관심이 있었으니까." 스트링엄 부인이 말했다.

"밀리의 사례에?"

"사례가 아니라고 했어."

"그럼 뭐라는 거야?"

"적어도 밀리가 나 모르게 의사를 찾아갔을 때 속으로 믿었던, 좌우간 그럴 수도 있다고 믿었던 사례는 아니라는 거지." 그녀가 설명했다. "뭔가 두렵고 걱정스러운 마음으로 찾아왔기에 자신이 철저히 검사를 해보았고 그 결과 확신했다고 했어. 밀리 생각이 틀렸다고. 걔가 생각했던 게 아니라고."

"생각했던 게 뭐였는데?" 로더 부인이 물었다.

"그건 말해주지 않았어."

"물어보지도 않았어?"

"아무것도 안 물어봤어." 수지가 말했다. "그냥 해주는 말만 들었어. 그리고 그분은 꼭 해야 할 말만 했고. 정말 훌륭하시더라고." 그녀가 말을 이었다. "무척 관심이 많으셔. 다행이지 뭐야."

"너한테 확실히 관심은 있었나 보네." 모드 매닝엄이 상냥하게 말했다.

상대방은 그 말을 순수하게 받아들였다. "그래, 정말 그래. 그러니까 나와 함께 무엇을 어떻게 할지 생각하는 거지."

로더 부인은 그 말을 제대로 이해했다. "**밀리를 위해서 말이지.**"

"밀리를 위해서. 그가 하는 일이라면, 해야 할 일이라면 뭐든지. 내 뼈가 바스러지는 한이 있어도 의사를 도울 거고, 그래서 그가 흡족해했어. 밀리에게 가장 좋은 일은 행복하게 사는 거래."

"그거야 당연히 누구에게나 가장 좋은 일이지." 그러면서 로더 부인이 적절한 질문을 던졌다. "그런데 울기는 왜 그렇게 울었어?"

"그냥, 너무 이상하고 말이 안 되니까. 밀리가 행복할 수 없다면 말이야." 가련한 수지가 외쳤다.

"분명 행복하게 살 거야." 불가능이라고는 모르는 로더 부인이 말했다. "그렇게 될 거야."

"그래, 네가 도와준다면. 그 의사 생각에 우리가 도움이 될 수 있대."

로더 부인이 특유의 육중한 분위기로 루크 스트렛 박사가 생각하는 바를 잠시 마주했다. 그녀는 다시 돌아와 자리에 앉아 있었는데, 다리를 벌리고 앉은 품이 귀걸이를 하고 시장 가판대에 앉아 있는 나이 지긋한 중년 부인의 모습과 닮은 점이 있었다. 반면 그 앞에 앉은 친구는 그녀가 펼쳐놓은 큼지막한 앞치마 속에 동떨어진 사실들을 하나씩 던져 넣고 있었다. "그것 때문에 굳이 너를 찾아온 거야? 밀리가 행복해야 한다는 말을 하러?"

"행복할 수 있게 해줘야 한다고. 그게 중요한 거야." 스트링엄 부인이 말을 이었다. "그 말을 들으니 충분한 것 같았어. 그 원대한 일이 어쩐지 가능하게 들리더라고."

"그래, 그 사람이 가능하게 한다면!"

"내 말은 그 의사가 그것을 원대한 일로 만들었다는 거야. 그러니까 그건 내 역할로 준 거지. 나머지는 그가 할 일이고."

"나머지는 뭔데?" 로더 부인이 물었다.

"모르지, 그건 그 **사람** 일이니까. 밀리를 계속 지켜보는 일이겠지."

"그럼 그게 왜 '사례'가 아니라는 거야? 다분히 사례처럼 들리는데."

스트링엄 부인이 그 점에 전적으로 동의했다. "밀리 자신이 가정했던 사례가 아니라는 것뿐이야."

"그럼 다른 거라고?"

"다른 거라고."

"밀리가 짐작한 그 면을 검사하다가 다른 걸 발견한 거야?"

"그런 거지."

"뭘 발견했는데?"

"아, 그런 건 절대 알고 싶지 않아!" 스트링엄 부인이 외쳤다.

"네게 말해주지 않은 거야?"

수지가 다시 진정하고 말했다. "내 말은, 그런 게 정말 존재한다면 곧 알게 될 거라는 거야. 지금은 아직 따져보는 중인데, 그 점에서는 그 사람을 믿어. 왜냐하면 그도 나를 믿으니까. 아직 따져보고 있대." 그녀가 되풀이했다.

"다시 말하면 아직은 확신할 수가 없다?"

"음, 지켜보고 있는 거지. 그런 뜻이라고 봐. 밀리가 지금은 일단 여기를 떠날 거지만 3개월 후에 다시 와서 그를 만나기로 했어."

"그렇다면 그 전에 굳이 겁줄 필요는 없었잖아."

수지는 이미 훌륭한 의사의 대의에 동원된 상태라 약간 발끈했다. 그래서 이어서 나온 말이 적어도 약간은 책망하는 투였다. "밀리의 행복을 위해 우리를 동원하는 게 겁주는 거야?"

그러자 로더 부인이 조금 강경하게 나왔다. "그래, 나는 겁이나. 이렇게 표현할 수 있다면, 뭐든 제대로 이해하기 전까지는 난 항상 겁이 난다고. 그가 말하는 행복은 뭘 뜻하는 거야?"

스트링엄 부인이 바로 내뱉었다. "아, 알잖아!"

그것은 당연히 그렇게 받아들여야 한다는 말투였고, 그래서 상대방은 잠시 후 그렇게 받아들였음을 보여주었다. 문득 그 문제에 담긴 낯선 가벼운 유머에 힘입어 그에 부응하며 선뜻 받아들이기까지 했다. "그래, 안다고 치자. 그런데 문제는―!" 그러다 자기 질문에 빠져 말을 끊었다.

"문제는 그래서 병이 **낫겠냐고**?"

"그래 그거야. 그게 정말 병을 고칠 수 있는 거야? 그 특정한 일이?"

"글쎄, 우리도 알 만한 일이잖아!" 스트링엄 부인이 조심스럽게 단언했다.

"아, 하지만 아픈 게 우리가 아니잖아."

"사랑에 **빠져본** 적이 한 번도 없는 거야?" 수전 셰퍼드가 물었다.

"당연히 있지. 하지만 의사의 처방에 따라 그런 적은 없어."

모드 매닝엄이 순간 유쾌해지며 무심코 그렇게 말했고, 그것은 다행히도 상대방의 기분을 북돋는 역할을 했다. "아, 물론 사랑에 빠지는 데 의사의 허락을 구하지는 않지. 하지만 의사가 그게 우리한테 좋다고 하면 좋은 일이잖아."

"이보세요, 그런 건 의사가 아니어도 알 수 있잖아." 로더 부인이 외쳤다. "그러니까 그가 해줄 수 있는 말이 그게 전부라면—!"

"아, 그게 '전부'는 아니야." 스트링엄 부인이 말을 끊었다. "루크 박사가 해줄 말은 더 있을 거야. 그렇게 미흡한 내용으로 나를 놀라게 했을 리가 없어. 다시 만날 거야. 말은 안 했지만 그러고 싶은 투였으니까. 그러니까 뭔가 있겠지."

"그게 뭔데? 직접 소개해줄 사람이라도 있는 건가? 넌 아무 말도 안 했어?"

스트링엄 부인은 이 질문에 제대로 대답하려 애썼다. "내가 다 이해했다는 사실을 보여주었지. 할 수 있는 건 그것뿐이었으니까. 멋대로 단정적으로 나오면 안 될 것 같았어. 하지만 의사를 만난 뒤 너무나 심란한 와중에도 그 전날 밤에 네가 해준 얘기 덕에 좀 안심이 됐지 뭐야."

"케이트와 밀리는 호텔에 두고 우리끼리 마차 안에서 한 말?"

"네가 3분 만에 알아챘던 거잖아. 이제 그 사람이 돌아왔으니까, 나도 그를 만나봤고 나름대로 받은 인상도 있으니까, 네가 정말 장하다는 생각이 들어." 스트링엄 부인이 말했다.

"당연히 장하지." 모드 매닝엄이 물었다. "내가 언제 장하지 않은 때가 있었나? 그런데 너도 알다시피 밀리가 머튼 덴셔와 결혼한다면 그건 별로 장한 일은 아닐걸."

"아, 사랑하는 사람과 결혼하는 건 언제나 장한 일이지. 하지만 우리가 너무 앞서 나가는 거야!" 스트링엄 부인이 서글픈 미소를 보였다.

"내가 제대로 이해한 거라면 앞서 나가는 게 중요할 것 같은데. 그러니 그제 밤에 케이트를 데리러 너랑 호텔로 돌아갔을 때 내가 그걸 본능적으로 알아챈 거 아니겠어? 나한테는 감이라는 게 있거든. 그 사람이 돌아왔다는 걸 직감으로 알았지."

"바로 그래서 네가 참 장하다는 거야. 하지만 실제로 만날 때까지는 기다려봐야지." 스트링엄 부인이 말했다.

"곧 만나게 될 거야." 로더 부인이 단호하게 그 말을 받았다. "그건 그렇고 네 인상은 어때?" 그녀가 물었다.

어떤 의구심이 이는지 스트링엄 부인의 인상은 어디론가 사라진 듯했다. "그런데 어떻게 해야 그 사람이 밀리를 좋아할 수 있을까?"

상대방은 특유의 육중한 방식으로 그런 문제쯤은 간단히 눌러버렸다. "그럴 수 있는 기회를 계속 만들어주면 되지."

"그렇다면 제발 그런 기회를 꼭 만들어줘!" 스트링엄 부인이 외쳤다. "그 사람이 완전히 네 수중에 있는 것 같아서."

이에 모드 로더가 상대방의 눈을 똑바로 보았다. "그에게서 그런 인상을 받았어?"

"너한테 받은 인상이지. 넌 누구나 잘 다루잖아."

로더 부인의 시선은 여전히 그 자리에 있었는데, 놀랍게도 수전 셰퍼드는 그 말을 마음에 들어 하는 상대를 보면서도 자신의 진심이 줄어들지 않았음을 느꼈다. 하지만 거기엔 커다란 한계가 있었다. "케이트를 그렇게 다루지는 않아."

그것은 지금까지 스트링엄 부인이 그녀에게서 듣지 못한 어떤 점을 암시했고, 그것을 감지하며 그녀는 숨이 턱 막혔다. "케이트가 **그를** 좋아하는 거야?"

우리가 다 알다시피 랭커스터게이트의 여주인은 이 순간까지 그 사실을 감춰왔던지라 허를 찌른 친구의 질문에 얼굴색이 변했다. 눈을 껌벅거리며 그 질문을 뚫어지게 바라보았다. 그러더니 자기도 모르게 사실을 누설해버렸던 것이든, 아니면 그래야겠다는 결심을 했다가 스트링엄 부인이 너무 놀라는 바람에 흔들린 것이든, 모든 결과를 다 받아들이기로 했다. 수전 셰퍼드가 보기에 상대의 내면에서 벌어진 일은 단지 그 결과를 최대한 이용한 정도가 아니라, 거기에 자기 목적에 부합하는 면이 상상 이상으로 더 많다는 사실을 문득 깨달았다는 것이었다. 사실 약간 성마른 모습을 내비친 데서 이러한 전환을 알아볼 수 있었다. 중요한 사실을 지금껏 감추어왔는데, 똑똑하게 잘 감추지 못했다는 말은 듣고 싶지 않았던 것이다. 그럼에도 수지의 입장에서는 미리 눈치채지 못했기 때문에 꽤나 바보 취급을 당한 기분이 들 수밖에 없었다. 하지만 지금 한순간 새로이 밝혀진 사실로 수지는 무엇보다 그렇게 시치미를 뗄 수 있었던 케이트에 대해 놀라움을 금할 수 없었다. 상대가 대답하길 기다리는 동안 그 점을 충분히 살펴볼 시간이 있었다. "케이트는 자신이 좋아한다고 생각하지. 하지만 그건 착각이야. 그리고 아는 사람은 아무도 없어." 똑떨어지면서도 책임감 있는 이 말이 로더 부인의 대답이었다. 하지만 더 있었다. "너도 모르는 걸로 해. 그렇게 나가야만 해. 아니면 그 사실을 완전히 부인하는 걸로 입장을 정하든지."

"케이트가 그를 좋아한다는 사실을 부인하라고?"

"케이트가 그를 좋아한다는 생각을 한다는 걸 부인하라고. 단호하게 절대적으로. 그런 말은 들어본 적도 없다고 말이지."

수지가 이 새로운 임무를 마주했다. "밀리한테 말이지? 밀리가 물어보면?"

"당연히 밀리한테 말이지. 물어볼 사람은 달리 아무도 없어."

"글쎄, 밀리는 안 물어볼 거야." 스트링엄 부인이 잠시 후 말했다.

로더 부인이 의아한 듯 물었다. "확실해?"

"그래. 생각을 하면 할수록 더 확실해. **나로선** 잘된 일이지. 거짓말이라면 젬병이니까."

"다행히도 난 거짓말엔 도사일세." 로더 부인이 코웃음을 치듯 말했다. "이따금 그렇듯이, 거짓말보다 더 나은 게 없을 때는 말이지. 항상 최선의 일을 해야 하잖아." 그녀가 말을 이었다. "그런데 거짓말할 필요가 없다면 우리가 잘해나갈 수 있어." 그녀의 관심이 솟아났다. 불과 몇 분 만에 더욱 열렬하게 그 일에 빠져드는 모습이 친구의 눈에 보였다. 무엇으로 그렇게 달라졌는지도 곧 감이 왔다. 사실 그 당시엔 스트링엄 부인에게 분명히 보이지 않았다. 처음에는 그저 모드가 자신을 도와줘야 할 이유를 찾았다고만 생각했던 것이다. 그 이유라면, 기이하지만 그녀 역시 모드를 도울 수 있겠다는 것이었고, 기꺼이 거짓말까지 할 수도 있었다. 어쩌면 그녀의 눈에 가장 두드러졌던 것은 거짓말이라는 도구의 사회적 유효성에 의구심을 보였을 때 모드가 약간 실망했다는 점이었다. 그것이 앞으로 계속 알려주는 바가 있을 것이었다. 케이트의 이모가 표현한 케이트의 착각, 자기 애정에 대한 착각─아마 제거할 수 있을─이라는 이 사실을 기반으로 이제 두 사람이 더욱 친밀하게 만나게 될 것이었다. 스트링엄 부인은 자신이 케이트의 착각을 없애는 일에 동원되었음을 알 수 있었지만, 사실 무슨 기술로 그걸 할 수 있을지는 아직 파악하지 못했다. 아니면 혹시 덴셔 씨의 착각만 없애면 되는 걸까? 그렇다면 정말이지 하나의 성공이 다른 성공을 가져올 테니 말이다. 유감스럽게도 일을 시작하기도 전에 그녀는 지레 겁부터 났다. 그녀는 밀리가 믿는 것을 뼛속 깊이 믿었고, 밀리를 위해 애쓰는 일을 지독히 격렬해질 분투로 만들게 될 그것을 믿었다. 이 모든 것들이 그녀 내면에 마구 뒤섞여 있었다. 질문들이 뭉게뭉게 피어나는 가운데, 자리 잡은 모드 매닝엄의 거대한 자아가 서서히 모습을 드러냈는데, 사실 상담의 관계라는 점에서 신탁의 형식을 띠면서 점점 더 확고한 덩어리로 변해갔다. 실제로 그 신탁에서 목소리가 나오기도 했다. 아니면 여하튼 그녀가 지금 막 목격한 현상에 들어맞는 직감이 나왔든지. 그 직감은 이러했다. '그래, 밀리의 일에서 내가 너를 도와줄게. 그게 잘되기만 하면 케이트의 일에서도 도움이 될 테니까 말이지.' 스트링엄 부인으로서도 이제는 충분히 이해할 수 있는 시각이었다. 이상하게 들리겠지만 그녀는 자신이 케이트에게 해가 되는 쪽으로 기꺼이 움직일 수도 있다는 사실을 문득 깨달았다. 혹은 적어도 로더 부인이 고상한 염려를 가지고 따져봤을 때 케이트에게 득이 되는 쪽이든지. 한마디로 그녀는 케이트가 어떻게 되든 관심이 없었다. 케이트의 별이 상당히 우위를 점하고 있다는 사실만 마음 깊숙이 확신했을 뿐. 케이트는 위험에 처해 있지도 않았고 불쌍하지도 않았다. 무슨 일이 생기든 케이트 크로이는 자기 앞가림을 잘해나갈 것이다. 수지는 이제 자기 친구가 자기보다 더 빠르게 나아가고 있음을 알아차렸다. 로더 부인이 이미 마음속으로 대강의 행동 계획을 세웠던 것인데, 이어진 다음 말에서 그 계획은 아주 생생하게 펼쳐졌다. "며칠만 더 여기 있어. 둘이서 곧장 그와 저녁을 같이 하도록 해." 더 나아가 모드 매닝엄은 동정에서든 혜안에 의해서든 본능적으로 이틀 전에 이미 그 기반을 닦아놓았다고 주장했다. "네가 숄을 가지러 간 사이에 그 불쌍한 것이 내게 어느 정도 마음을 털어놓았잖아."

"아, 네가 나중에 전해준 말 기억해. 나도 이미 감지한 거라 딱히 새롭지는 않았지만." 자신도 그 정도의 관찰력은 있다는 듯이 수지가 말했다.

그런데 로더 부인이 이 점을 하도 들이밀어서 그녀로서는 무슨 말을 했다는 건지 의아해하지 않을 수 없었다. "네가 무엇을 훌륭하게 단념할 수 있을지 제대로 알아야 할 것 같아."

"단념해?" 스트링엄 부인이 반문했다. "무슨 소리, 난 아무것도 단념하지 않아. 꼭 붙들 뿐이지."

상대방이 답답하다는 내색을 보이며 놋쇠로 가장자리를 두른 책상 쪽으로 약간 뻣뻣하게 다시 몸을 돌리더니 거기 널려 있는 한두 개의 물건들을 툭툭 밀쳤다. "그럼 내가 단념하는 거라고 하지. 덴셔 씨 같은 인물이 케이트에 대한 내 방안과 얼마나 맞지 않는지 너도 알잖아. 내 입장에서 다분히 가능하다고 생각해 온 일이 뭔지 말이야."

"아, 그럼, 넌 대단했지." 수지는 흔쾌히 인정했다. "공작, 공작 부인, 공주, 궁궐. 그래서 나조차도 그걸 믿게 만들었으니. 하지만 그 애가 그런 걸 믿지 않으니 그 점에선 우리도 어쩔 수 없잖아. 지금 보니 그런 걸 원하지 않는 게 그 애에겐 다행이네. 그러니 어쩌겠어? 내게도 수많은 꿈이 있었다고 확실히 말할 수 있지만, 지금은 단 하나밖에 없어."

스트링엄 부인의 이 마지막 말하는 투로 그 의미가 너무나 분명해졌기 때문에 로더 부인은 받아들이는 시늉을 할 수밖에 없었다. 그러곤 잠시 그 사실을 마주 보며 앉아 있었다. "밀리가 정말로 원하는 걸 갖게 해주는 거?"

"그게 어떤 식으로든 그 애에게 도움이 된다면."

로더 부인은 무슨 도움이 될 수 있을지 생각하는 듯하더니 일단 다른 문제를 끄집어냈다. "그런 것 때문에 사실 내가 부아가 나긴 하지. 알다시피 내가 좀 사나운 사람이니까. 그래서 온갖 생각을 다 했는데, 그렇다고 우리가 품위를 지켜야 한다는 사실은 달라지지 않아."

"그 애를 있는 그대로 받아들여야 하는 거지." 스트링엄 부인이 풀어서 말했다.

"그리고 덴셔 씨도 있는 그대로 받아들여야 하고." 그와 함께 로더 부인이 씁쓸한 웃음을 내뱉었다. "겨우 그 정도라니 참 안된 일이지!"

"글쎄, 더 나았다면 네 조카딸 짝으로 마음에 들었겠지." 수지가 말했다. "그리고 그랬다면 밀리가 방해가 되었을 거고." 그러곤 덧붙여 말했다. "그러니까 너한테 말이야."

"밀리가 방해가 돼도 그만인 거고, 그런 건 이제 상관도 없어. 하지만 네가 나를 찾아오자마자 정말로 케이트와 밀리가 나란히 있는 광경이 보였어. 이런 말 하면 좀 그렇지만, 너의 밀리가 나의 케이트를 도와주는 모습이 그려졌던 거지." 로더 부인이 말을 이었다. "그리고 내가 이런 말을 할 때는, 그게 내가 너를 반긴 하나의 이유였다는 사실도 아마 넌 알아차릴 수 있을 테고. 그러니 내가 단념한 게 뭔지 알겠지? 정말로 단념했어." 그녀가 말을 이어갔다. "하지만 난 일단 방향을 잡으면 확실하게 해. 그러니 다 작별을 고해야지. 덴셔 부인 안녕하세요! 맙소사!" 그녀가 신음하듯 내뱉었다.

수지가 잠시 잠자코 있다가 말했다. "나의 밀리는 덴셔 부인이 된다 해도 대단한 사람일 거야."

"그럼, 그 애야 별 볼 일 없는 존재일 리 없으니까." 로더 부인이 말했다. "게다가 지금 우리 얘기가 다 뜬구름 잡는 말이잖아."

상대방이 서글프게 동의했다. "다른 건 다 빼고 하는 말이니까."

"그래도 어쨌든 흥미로운 일이야." 로더 부인에게 또 다른 생각이 떠올랐다. "그 사람 역시 별 볼 일 없는 사람은 아니거든." 그러자 아까 친구에게 물었으나 아직 대답을 듣지 못한 질문이 떠올랐다. "그래서 네가 보기엔 그 사람 어때?"

수전 셰퍼드는 스스로에게도 명확하지 않은 어떤 이유로 약간 조심스러워졌다. 그래서 두루뭉술하게 표현했다. "매력적인 사람이야."

그녀는 사람들이 솔직하지 못할 때 대개 잘 이용하는 시선으로 극히 예리한 로더 부인의 시선을 맞받았고, 그것이 효과가 있었다. "그래, 매력적이지."

하지만 그 말이 유발한 효과도 마찬가지로 두드러졌다. 스트링엄 부인이 다시금 흥미를 보였던 것이다. "그 사람을 좋아하지 않는 줄 알았는데!"

"케이트의 짝으로 좋아하지 않는 거지."

"밀리의 짝으로도 그렇잖아."

스트링엄 부인이 이렇게 말하며 자리에서 일어섰고 친구도 따라서 일어났다. "내가 어울릴 사람으로는 좋아해."

"그럼 그게 제일 좋은 방법이네."

"글쎄, 하나의 방법이지. 내 조카딸에게는 충분치 않고, 네게도 충분치 않고. 하나는 이모고 하나는 불쌍한 사람이고 하나는 바보지."

"아, 나 바보 아니야." 수지가 항변했다.

하지만 상대방은 그 방향으로 계속 나아갔다. "하나는 딴 사람을 위해서 살지. 네가 그렇잖아. 내가 나만을 위해 산다면 그 사람을 개의치 않을 거야."

하지만 스트링엄 부인은 더욱 단호했다. "아, 그 사람이 내게 매력적이라면, 그건 내가 어떻게 살든 상관없이 그래."

그 말에 로더 부인은 두 손을 들었다. 잠깐 할 말을 잊었으나 곧 호탕하게 웃어젖혔다. "그래, 그 사람은 그 자체로 괜찮은 사람이야."

"내가 주장하는 게 그거야." 수지가 더욱 말을 아끼며 말했다. 그리고 다소 생뚱맞게도 지금 논의된 이 문제, 머튼 덴셔가 '그 자체로' 어떤 사람인지라는 문제와 함께 사실상 두 사람의 첫번째 회담이 종결되었다.

2

　그 회담으로 위대한 의사와 관련해 적어도 뭔가를 아는 문제
에서 상황이 달라졌다는 것을 그들은 느낄 수 있었다. 이제 그
들은 의사가 결정을 내리기 전에 지켜보고 기다리고 연구하고
있거나, 혹은 적어도 그런 과정들을 계획하고 있다고 보았다.
스트링엄 부인은 의사가 이 문제를 이해하는 방식이 자신이 랭
커스터게이트를 떠나기 전 대충이나마 다시 인지하게 된 맥락
과 같다고 이해했다. 그가 따져봤을 과정을 따라가보았다. 그들
이 논의했던 일이 가능하다면, 그러니까 밀리가 스스로 그런 생
각들을 떨쳐버릴 수 있다면, 해가 되지 않고 어쩌면 좋은 쪽으
로 작용할 수도 있다. 그런 일이 가능하지 않더라도, 그러니까
두 사람이 눈치 있게 해나가야겠지만 염려하는 마음으로 함께
힘을 합쳐 애를 써도 별달리 도움이 안 된다 하더라도 이전보
다 상황이 더 나빠지지는 않을 것이다. 그럴 경우 밀리는 여름
과 가을 동안 마음대로 돌아다닐 수는 있을 것이다. 자신이 명
을 받은 만큼 최선을 다할 것이고, 마지막에 저명한 의사 선생
님을 다시 찾았을 때 스스로 보여줄 만한 게 더 있을뿐더러 그
역시 기꺼이 함께 갈 마음인 것을 알게 될 것이다. 작별 인사도

하고 감사 인사도 할 겸 루크 스트렛 박사를 찾아가야겠다는 마음을 밀리가 솔직하게 드러낸 만큼, 전반적인 사례를 효과적으로 바라보는 데 그녀 역시 나름의 역할을 하고 있다는 사실이 수전 셰퍼드에게 더욱 확실해졌고, 두번째로 친구를 찾아갈 근거가 되어주기도 했다. 밀리는 어떤 점에서 감사하는지도 명시했는데, 자신의 행동을 너그럽게 봐줘서 고맙다고 했다.

"제가 그렇게 멋대로 행동을 했으니 그분이 나중에 근엄하게 편지를 써 보내실 줄 알았어요."

밀리가 워낙 여러 가지 말을 한 탓에 그녀는 약간 경솔해졌다. "아, 네가 그분한테 근엄한 편지를 받는 일은 평생을 가도 없을 거야."

그러자 상대방이 이렇게 물었고, 순간 그녀는 자신의 경솔함을 깨달았다. "다른 사람들이 그런 식으로 장난을 치면 안 그러실 텐데 그건 왜죠?"

"음, 네가 장난친 거라고 보시지 않았기 때문이지. 네가 왜 그랬는지 이해하셨으니까. 너도 알다시피 그래서 괜찮은 거야."

"그래요, 알아요. 정말 괜찮죠. 다른 사람에 비해 저한테 너그러우신 거는, 그것이 저를 단념하는 방법이기 때문이죠. 그저 시늉만 할 뿐이라 사실 절 불러서 볼 필요도 없는 거예요."

가련한 수지는 이렇게 불길한 분위기가 솟아나게 한 것을 후회하며 자신에게 유리한 단 하나의 부분에 매달렸다. "루크 스트렛 박사님 같은 분이 너를 그런 식으로 우롱한다고 진심으로 생각하는 거야?"

그 말에 상대방에게 떠오른 표정, 그러니까 묘하게도 그러한 대응 방식을 다소 재미있게 받아들이는 상대방의 표정을 그녀는 인식하지 않을 수 없었다. "글쎄요, 저를 너무 동정하는 것도 그런 식의 우롱이라면요."

"그분은 너를 동정하지 않아." 수지가 열렬하게 호소했다. "그냥, 다들 그렇듯이 너를 좋아하실 뿐이야."

"그렇다면 저를 좋아하실 일이 없죠. 그분은 다른 사람하고는 다르잖아요."

"그분 역시 너를 위해 애써주시는데 왜 달라?"

밀리는 다시 그녀를 빤히 바라봤지만 이번에는 그 얼굴에 아름다운 미소가 나타났다. "아, 또 저러신다!" 스트링엄 부인의 얼굴이 붉어졌다. 사실이 그랬으니까. 하지만 밀리는 그냥 넘어갔다. "아무래도 좋으니까 저를 위해 애써줘요. 제발 그래주세요. 그게 제가 원하는 거니까." 그러고는 여느 때처럼 스트링엄 부인을 안았다. "그분에게는 이렇게 못되게 굴지 않을 거예요."

"당연히 그랬으면 좋겠구나!" 스트링엄 부인이 그녀의 입맞춤을 받으며 웃었다. "하지만 이런 건 그분도 분명히 받고 싶을 걸! 다른 사람들과 다른 건 바로 너란다, 얘야."

잠시 후 그것에 동의하며 밀리가 결정적인 말을 던졌다. "맞아요, 그래야 사람들이 제게서 뭐든 받으니까요." 이로써 스트링엄 부인은 밀리가 앞서 의사를 찾아간 일을 설명하지 않을 거라는 사실을 체념하듯 받아들일 수밖에 없었다. 사실 그것은 밀리의 미래에 관해 둘 사이에 기이한 독립성—행동과 관행상의 확실한 독립성—이 생겨나기 시작한 지점이라고도 할 수 있었다. 밀리가 쌍수를 들어 환영함으로써 그들은 각자의 길을 가게 되었다. 이는 스트링엄 부인이 루크 스트렛 박사를 만난 이후 멋지게 호소한 일이기도 했다. 그녀는 수지가 그와 따로 만났고 또 만날 거라는 생각이 특히 맘에 들었다. 따로, 정해진 대로, 개인적으로. 맘에 든 생각이 한두 가지가 아니었지만 무엇보다 아무 문제도 없다는 듯이 살아나가겠다는 생각이 가장 마음에 들었다. 다른 사람들이 자신을 위해 애써줄 거라면 그것이 자기 방식이 될 것이었다. 친구들은 자기에게 아무 설명도 듣지 못할 테지만, 결국 의사와도 그런 식이 되겠지. 그녀가 의사를 찾아간 근거는 아주 단순했다. 그저 아량 있게 받아들여줘서 아주 감동받았다는 말을 하려던 것이었다. 스트링엄 부인 말대로 그는 다 괜찮다는 말 외에 달리 할 말이 없었으므로 별다른 해명이 필요하지도 않았다.

"총명한 부인과 한 15분 동안 아주 좋은 시간을 가졌어요. 당신은 좋은 친구들이 있더군요."

"우리 모두 서로 그렇게 생각해요." 밀리가 말했다. "하지만 제가 보기엔 전체적으로도 그래요. 각자에게 선생님이 정말 멋진 모습을 보여주셨고, 감히 말씀드리자면 그래서 선생님이 제게 최고이신 거예요."

이와 함께 그녀는 정말 기묘한 인상을 받게 되었는데, 그것은 또한 아주 멋진 경고이기도 했다. 말하자면 자신이 너무 나아간다면 그들의 관계에서 가치까지는 아니라도 아마 용이함을 없애버릴 거라는 전망이 순간 눈앞에서 반짝했던 것이다. 너무 나아간다는 것은 적어도 더 이상 단순할 수 없다는 것이었다. 어느 방향이든 길을 차단해서, 분명 그에게는 고상한 방법이라고 할 친절함을 행사할 길을 막아버린다면 그는 당장이라도 그녀를 미워할 것이었다. 수지야 밀리를 위해 누가 뭐래도 기꺼이 고통받을 사람이니까 그녀를 미워하지는 않을 것이다. 수지에게는 자신이 어떻게든 밀리에게 도움이 될 수 있다는 고귀한 가정이 있었다. 하지만 런던의 저명한 의사도 마찬가지일 것이라 기대할 수는 없었다. 그러고 싶다 한들 그럴 시간도 없을 테고, 한마디로 밀리는 그런 식의 은밀한 경고를 받았던 것이다. 부드러우면서도 강하게 방향을 지시하는 인물과 그렇게 마주 앉아, 수지와 결정적인 대화를 나눌 때 경험했던 감정의 고양을 다시금 누릴 수 있었다. 결국 마찬가지였다. 가능하다면 그 역시 그녀를 도울 수 있도록 그녀가 도울 것이었다. 하지만 그것이 가능하지 않다면 또한 그것을 바로잡을 수 있도록 힘을 보탤 것이었다. 이런 근거로 환자와 의사라는 역할을 뒤집는 데 몇 분 걸리지도 않았을 것이다. 그녀가 자신의 미묘함으로 인한 불안감을 그에게서 덜어줄 필요성을 최종적으로 받아들이는 순간, 그것을 하나의 정책으로 삼는 순간, 사실상 그는 환자가 아니면 무엇이겠으며 그녀는 의사가 아니면 무엇이겠는가? 미묘함은 그에게 맡겨둘 것이었다. 그러면 그는 그것을 이용할 자유를 맘껏 누릴 테고 의심할 바 없이 그녀는 곧 그런 그의 모습을 맘껏 누릴 테지. 이렇게 혼자 성공적인 사고를 이어가다 보니 순간 자기 얼굴이 상기되지 않았나 하는 상상이 들기도 했다. 그의 눈에는 혈색이 좀 돌며 상대적으로 건강한 상태로 보일 거라고 말이다. 아니나 다를까 다음 순간 그에게서 나온 말로 그런 가정이 그럴듯해졌다. "당연히 티끌 같은 도움이 모여 태산이 되니까!" 그녀가 별 뜻 없이 던진 말을 그렇게 사람 좋게 받아들이더니 이렇게 말했던 것이다. "그런데 도움이 되든 안 되든, 지금 아주 좋아 보이는걸요."

"아, 그런 것 같아요." 그녀가 대답했다. 그러자 그의 방침을 이미 알아차린 느낌이었다. 단지 그가 무엇을 추측했을지 궁금할 따름이었다. 그가 무엇이라도 추측했다면 그건 정말 놀라울 일이었다. 무엇이든 추측할 게 있었다면, 그리고 그에게 그렇게 보였다면 그는 명민함을 동원해야만 거기 닿을 수 있을 것이었다. 그러므로 그의 명민함은 어마어마했다. 그리고 그에게 맡겨 두기로 한 미묘함이 거기서 생겨났다면 그에게 주어진 몫이 그리 나쁜 편은 아니리라. 그 점에서라면 그녀 몫도 매한가지라 사실상 그걸 즐기기도 하는 거지만. 그렇다면 자신을 위해 마련된 것이 정말로 없는지 궁금했다. 그를 찾아오면서 자신이 '나아졌다'는 확신은 없었다. 그 역시 그녀와 관련해 그 낯 뜨거운 용어를 사용한 적도 없고 사용하지 않으려 무척 조심할 것이다. 그럼에도 불구하고 그녀는 싹싹하게 공감하는 모습을 보이기 위해 순순히 이렇게 대꾸했다. "그래요, 분명히 그렇다고 봐요." 그가 다른 도움 없이도 자신에게 벌어진 일을 감지했기 때문이었다. 누가 도와줘서가 아니었다. 그런 말을 해줄 사람이 누가 있었겠나? 수지는 틀림없이 아직 그를 다시 찾아오지 않은 데다가 무엇보다 그녀 역시 말해줄 수 없는 것들이 있었으니까. 따라서 그의 통찰력이 그 정도라면 품위 있게 그것을 인정하면서 새로운 상황을, 그의 입장에서 분명 충분한 명분으로 삼아 그녀를 축하하고자 한 상황을 받아들이지 못할 까닭이 무엇이란 말인가? 명분을 아주 사랑스럽게 다루다 보면 효과를 볼 수도 있는 법이다. 그리고 일단 지금 이것이 사랑스럽게 다루는 한 방법이라고 할 수 있었다. "지난번 왔을 때 생각할 거리를 아주 많이 주셔서 줄곧 생각해보고 있었어요." 그녀가 말을 이었다. "선생님께서 아마 그걸 원하셨을 테니 심사숙고한 거죠. 이미 제게 아주 많은 도움을 주셨으니까 이제는 선생님께서 다루기 쉽게 해드릴게요." 그녀가 미소를 띠며 말했다.

그와의 상호적 관계에서 유일하게 방해가 되는 게 있다면, 그가 진즉에 상대의 모든 가능성과 너무 밀접하게 관련되어서 상대방으로서는 그것을 더 향상시키는 즐거움을 누릴 수 없다는 것이었다. "아, 그렇지 않아요. 당신은 몹시 다루기 힘들어요. 장담하는데 내 모든 기지를 동원해야 하죠."

"제 말씀은 제가 이렇게 왔다는 거예요." 자신이 정말로 다루기 힘든 경우라면 그런 말은 절대 안 했을 거라고 확신하기 때문에 그녀는 사실 그의 말을 조금도 믿지 않았다. "제가 원래, 제가 원하는 대로 하는데 말이죠."

"그럼 그게 곧 내가 원하는 거예요. 그런데 지금은 날씨가 그런대로 괜찮지만 정말 당장 떠나야 할 거예요." 그 말이 끝나기가 무섭게 그녀가 14일에 티롤로 출발했다가 베네치아로 갈 계획이라고 대답했고 역시 그가 곧바로 말을 이었다. "베네치아로 가요? 아주 잘됐네요. 거기서 만날 수 있겠어요. 10월 중에 한 3주 휴가를 낼 수 있어서 그때 베네치아에 갈 생각이거든요. 내가 아주 꽉 잡혀 사는 조카딸이 하나 있는데, 자기가 좋아하는 곳으로 날 데리고 다닐 거래요. 바로 어제 베네치아에 가고 싶다고 하더군요."

"정말 멋진 일이네요. 거기서 만나 뵐 수 있으면 좋겠어요. 오시기 전에, 아니면 뭐라도 필요한 거 있으시면 제가—"

"아, 고마워요. 조카딸이 다 알아서 하겠죠. 어쨌든 거기서 당신을 만나면 정말 근사하겠네요."

"제가 정말 치료하기 쉬워졌다고 생각하시게 되겠네요." 그녀가 잠시 후 말했다.

하지만 그는 다시 고개를 저어 동의할 수 없다는 표시를 했다. "아직 그 정도는 아니에요."

"아주 고약해져야 하나요?"

"글쎄요, 그런 상태를 만난 적이 있나 싶어요. 치료하기 '쉬운' 것 말이에요. 그런 게 과연 가능할지 의심스럽군요. 만약 가능하다면, 내가 아직 아주 고약한 경우를 못 만나봐서 그럴 수도 있겠죠. 잘 알겠지만 쉽다는 건 **당신**한테 해당되는 얘기예요."

"알겠어요, 알겠어요."

그리고 두 사람은 묘하게 친숙하면서도 약간 어색하게 잠깐 침묵을 지켰다. 곧 루크 박사가 입을 열었다. "그래서 그 총명한 부인, 그분도 함께 가나요?"

"스트링엄 부인요? 아, 그럼요. 다 끝날 때까지 저와 함께하기를 바라시죠."

그가 눈치 없이 명랑한 말투로 물었다. "뭐가 다 끝나요?"

"글쎄요, 만사가."

"아, 그렇다면 운이 좋네요." 그가 웃으며 말했다. "만사가 다 끝나려면 한참 멀었으니까. 바라건대 이건 겨우 시작일 뿐인걸요." 그리고 조심스럽게 꺼낸 다음 질문은 그런 바람의 연장선이라 할 수도 있었다. "단둘이서만?"

"아니요, 두 사람 더 있어요. 여기서 누구보다 함께 많은 시간을 보낸 숙녀 둘인데, 우리와 아주 딱 맞아요."

그가 잠깐 생각을 하더니 말했다. "그럼 숙녀 네 분?"

"아, 우린 다 과부와 고아예요." 그렇게 말하더니 그를 안심시키기 위해서인 듯 이렇게 덧붙였다. "하지만 돌아다니는 중에 신사분들의 관심을 끌게 될 거예요. 선생님이 말하는 '삶'은 주로 신사분들을 뜻하겠죠?"

그는 그녀의 신랄함을 감상이라도 하는지 잠시 잠자코 있다가 입을 열었다. "내가 '삶'이라고 할 때는 무엇보다도 당신 나이의 젊은이들에게서 풋풋하게 나타나는 멋진 모습을 의미하는 거예요. 젊음이 어떤 건지 점점 더 절감하게 되거든요." 신나지 않느냐는 듯이 이렇게 덧붙이기까지 했다. "그건 당해낼 수가 없죠."

그녀는 말할 수 없이 평온한 태도로 그 말을 들었다. "동행 중 하나가 케이트 크로이예요. 제가 처음 여기 왔을 때 같이 왔더랬죠. 그 친구에게서야말로 정말 삶이 찬란하게 빛나요. 그리고 얼마간 제게 헌신적이라서 그렇기도 해요. 물론 무엇보다 그 자체로 장대하지만요." 그러면서 스스럼없이 말했다. "그러니 그 친구를 만나고 싶으면—"

"아, 당신에게 헌신적인 사람은 다 만나고 싶어요. 그 무리에 '속한다'는 건 확실히 재미난 일일 테니까. 그분도 베네치아에 갈 테니 거기서 만나볼 수 있겠죠?"

"계획을 짜봐야 하지만 꼭 그렇게 되도록 할게요. 게다가 케이트의 친구가 올 수도 있거든요." 어쩌다 보니 이 말까지 하게 되었다. "제 생각에는 거의 확실하다고 봐요. 그녀가 가는 곳이라면 어디든 따라다니니까."

루크 스트렛 박사가 궁금한 듯 물었다. "두 사람이 애인이라는 뜻인가요?"

"남자 편에서는 그래요." 밀리가 미소를 지었다. "하지만 케이트는 아니에요. 그에게 마음이 없거든요."

루크 박사가 관심을 보였다. "그에게 무슨 문제가 있나요?"

"그녀가 마음이 없다는 것 말고는 아무 문제도 없어요."

루크 박사가 그 말을 받아 다시 물었다. "괜찮은 사람인가요?"

"아, 좋은 사람이에요. 사실은 아주 괜찮은 사람이죠."

"그리고 베네치아에 올 거고요?"

"그럴 것 같아 걱정이라고 케이트가 말했거든요. 일단 오면 내내 곁을 떠나지 않으려 할 테니까요."

"그녀는 당신 곁을 떠나지 않을 건데?"

"우리가 워낙 친하니까, 네 그렇죠."

"그럼 어쨌든 숙녀 네 사람만은 아니겠군요." 루크 박사가 말했다.

"아, 그럼요. 다른 신사분들을 만날 기회도 많을 거라고 봐요." 밀리가 역시 놀라운 말투로 말을 이었다. "하지만 아시다시피 그 사람은 저를 보러 오는 게 아니에요."

"그렇군요, 알겠어요. 그런데 그를 도와줄 수는 없나요?"

"선생님이 그래줄 수 없나요?" 밀리가 잠시 짬을 두었다가 뚱

딴지같이 물었다. 그러더니 농담이라는 듯이 설명했다. "선생님을 제 수행단과 연결시켜주려는 거예요."

이쯤 되자 저명한 의사 선생님도 농담에 장단을 맞추듯 이렇게 말했다. "하지만 그 신사께서 당신의 '수행단'이 아니라면요? 그러니까, 이름이 뭐라고 했죠? 크로이 양의 수행단이라면 말이에요. 당신이 그에게 관심이 있는 거라면 모를까."

"아, 당연히 저도 그 사람에게 관심이 있죠!"

"그럼 그에게 조금이라도 기회가 있다고 보나요?"

"그가 마음에 드니까, 그랬으면 좋겠어요." 밀리가 말했다.

"그럼 좋아요." 바로 루크 박사가 물었다. "하지만 내가 대체 그 사람과 무슨 상관이 있죠?"

"선생님이 오셨을 때 그 사람도 함께 있을 거라는 점 말고는 없어요." 밀리가 말했다. "그리고 그렇게 되면 그저 음침한 네 명의 여성만은 아니겠죠."

밀리가 이제 자신의 인내심을 시험하는 게 아닌가 의구심이 든 것처럼 그가 그녀를 살폈다. "당신은 내가 지금껏 만난 여성 중 음침함과는 가장 거리가 먼 사람이에요. 지금껏 말이에요. 당신이 찬란한 삶을 살지 못할 이유는 전혀 없어요."

"다들 그러더라고요." 그녀가 곧바로 대꾸했다.

"당신을 처음 만나자마자 그런 확신이 들었고, 당신 친구를 만나고 난 후 더 강해졌죠. 의심의 여지 없이 확실해요. 세상이 당신 앞에 놓여 있는 거예요."

"제 친구가 뭐라고 했는데요?"

"당신이 기뻐하지 않을 얘기는 전혀 없었어요. 그냥 당신에 대해 대화를 나눴어요. 자유롭게. 그걸 부인하지는 않아요. 하지만 그러면서 내가 당신에게 불가능한 일을 요구하는 게 아니라는 걸 알게 되었죠."

이제 그녀가 자리에서 일어섰다. "제게 뭘 요구하시는지 알 것 같네요."

"당신에게 불가능한 건 하나도 없어요." 그가 말을 이었다. "그러니까 씩씩하게 해나가요." 자신이 오늘 깨달은 바를 그녀도 제대로 느꼈으면 하는 마음인지 다시 그 말을 꺼냈다. "당신에겐 아무 문제도 없어요."

"계속 그럴 수 있게 해주세요." 그녀가 미소를 지었다.

"아, 당신은 날 두고 가버릴 거잖아요."

"저를 계속 붙잡아주세요, 계속." 그녀는 상냥한 눈길을 보내며 그저 그렇게 되풀이할 뿐이었다.

그녀가 작별 인사를 할 셈으로 손을 내밀었으므로 그는 정말로 그렇게 잠시 그녀를 붙잡게 되었다. 해야 할 말이 더 있나 생각하다가 뭔가가 그의 머리에 떠올랐다. 그다지 대단한 것은 아니었지만 말이다. "혹시 당신 친구를 위해 내가 해줄 수 있는 게 있다면, 그러니까 그 신사분 말이에요." 한마디로 자신이 기꺼이 해주겠다는 의사를 표시한 것이었다.

"아, 덴셔 씨요?" 잊고 있었다는 듯 그녀가 물었다.

"이름이 덴셔 씨군요."

"네, 하지만 상황이 그렇게 절망적이지는 않아요." 그녀는 그런 식으로 바로 빠져나가버렸다.

"물론 그렇겠죠. 당신이 관심을 가지고 있다면." 그녀가 빠져

나갔고, 그래서 그 눈에서 다른 기색은 거의 찾을 수 없었지만, 그럼에도 그는 거기서 다시 한번 그녀를 불러 세울 뭔가를 알아본 듯했다. "그래도, 뭐든 해줄 수 있는 게 있으면—?"

그녀가 미소를 머금고 곰곰 생각하면서 그를 바라보았다. "해주실 수 있는 게 정말 아무것도 없는 것 같아요."

3

그녀는 지금 이 아침 시간처럼 이렇듯 충만한 기분에 빠져본 적이 없었다. 화사한 방 안, 궁전 같은 방들마다 여전히 남부 여름의 따뜻함이 감돌아 기쁘고 고마웠다. 평생을 그렇게 반짝거렸을 차갑고 딱딱한 마룻바닥이 빛을 반사하고, 넘실거리는 바닷물 위의 햇살이 열린 창문으로 들어와 화려한 천장에 그려진 '주제들' 위에서 살랑살랑 노닐었다. 그 옛날의 선명하면서도 울적한 색인 보라와 갈색의 커다란 보석 모양 장식과 오래되어 불그스레한 금빛 메달들, 돋을새김을 하고 리본 장식을 하고, 모두 화려한 장식에 물결무늬를 넣고 금을 입혔지만 이제 세월의 빛으로 차분해진, 요란하게 틀을 짜 넣고 그림 장식을 한 오목한 곳(하얀 아기 천사들과 천상의 다정한 존재들이 둥지를 튼)에 자리를 잡은 천장의 무늬들이 트여 있는 앞면과 두번째 단의 불빛으로 더욱 도드라졌다. 여행 안내 책자와 밀리 일행의 사진이 눈에 확 띄었음에도 불구하고, 이 장소가 위풍당당한 저택의 모습을 갖추도록 하는 데 그 모든 것들이 제 몫을 다했던 것이다. 이 저택에서 3주나 있었지만 이제야 효과적인 역할을 하고 있지 않나 싶었다. 어쩌면 그녀가 런던을 떠난 이후로 혼자 있는 때가, 정말로 혼자 있는 때가 지금 처음이기 때문일 수도 있었다. 그래서 훌륭한 에우제니오가 마련해준 것을 처음으로 쑥스러움 없이 오롯이 실감할 수 있었다. 대공들과 미국인들이 추천해준 에우제니오는 맨 나중에 그들과 합류했다. 그 어느 때보다 일을 도맡아 처리할 권한을 지니게 된 스트링엄 부인과의 수많은 논의 끝에, 그는 그녀를 호위하여 대륙으로 건너가 전반적으로 일을 봐주기 위해 파리에서 런던으로 건너왔고, 그녀를 만난 그 순간부터 귀중한 자신의 경험을 동원하여 줄곧 그녀를 위해 헌신적으로 일해왔더랬다. 여러 나라의 언어를 구사하는 데다 못하는 일이 없고 애정이 넘치면서 속까지 깊은 그를 보고, 그녀는 흠잡을 데 없이 완벽한 사기꾼일 거라고 어림짐작했다. 그는 항상 이탈리아 사람답게 관리가 잘된 손 하나는 가슴에 대고 다른 하나는 단숨에 그녀의 주머니에 집어넣었는데, 그것이 그의 장갑처럼 꼭 들어맞았고 그 자신도 그것을 잘 알았다는 것을 그녀 역시 곧바로 눈치챌 수 있었기 때문이다. 그들이 함께 인식한 이러한 요소들이 재빨리 모여 질긴 연결 고리를 이루고 좋은 관계의 기반이 되어주었으니 놀라운 일이었다. 그래서 그것이 이즈음에는 터무니없이 희한하면서도 유쾌하게 그들 사이의 신뢰를 지켜주었고 신뢰감을 가장 잘 표현해주었다.

그녀는 단박에 상황을 알아차렸는데, 늘 그랬지만 새삼스럽게 또 그랬다. 5분 동안의 인터뷰를 통해 에우제니오는 그녀를 이해했고, 모든 세상 사람들과 마찬가지로 그녀와 맞장구를 치기보다 조심스레 그녀를 실망시켜야 한다는 것을 파악했다. 세상 전부 그녀를 이해했고 세상 전부 그것을 파악했다. 하지만 지금껏 그 누구도 그런 생각에 그렇게 바짝 묶여 있지 않았고 그녀가 그렇게 참을성을 가지고 기꺼이 몸을 맡긴 적도 없었다. 항상 똑같은 자리에 두는 손, 숱 많은 백발을 말쑥하게 빗어 넘긴 표정과 살집 있고 매끈한 얼굴, 이제 나이가 너무 많아 연애는 할 수 없지만 여전히 그 기술로 돈은 벌 수 있는 유명한 테너 가수처럼 거의 연극에 나올 법한 전문적인 새카만 눈동자까지, 그렇게 품위 있고 공손하고 고도로 능숙하게 그는 자신의 화려한 이력을 거쳐 간 고객들 중에서 그녀야말로 마치 부녀 관계처럼 가장 사적인 관심을 쏟은 고객임을 이따금 넌지시 표현했다. 다른 사람들은 모두 사무적으로 대했지만 그녀에게만큼은 자신의 감정이 특별하다고 말이다. 그녀가 그 말을 전적으로 믿음으로써 서로에 대한 신뢰가 자리 잡았다. 무엇보다 그것을 확신했다. 대화를 나눌 때마다 그 점이 두 사람 사이를 오고 갔다. 그는 속을 알 수 없는 사람이었지만, 이 친밀함은 표면에서 이루어졌다. 어느새 그는 그녀를 끝까지 지켜볼 또 하나의 사람으로 자리를 잡았고, 곰곰이 생각하면 할수록 달라질 것 없이 최후의 역할을 위해 수지의 옆자리를 차지했다. 그 사실이 무척 유감스럽지만 그런 말은 할 수 없는 처지라 지금 밀리로서는 어쩔 수 없이 더욱 수지가 불쌍했다. 에우제니오는 잔여 유산을 받을 수 있는 인물의 일반적인 요령이 있었다. 그것은 분명 일종의 역할로 취할 수 있는 것이었으니까. 반면에 자기가 죽었을 때 수지는 어떤 역할을 할 수 있을지 알 수 없었다. 오로지 순간순간 수명을 늘리는 일에만 고집스러운 관심을 보일 것이었다. 지금 밀리에게 문득 상상력이 다시 발동되면서 그녀 자신이 이러한 원칙을 믿고 싶은 마음이었다. 에우제니오는 그녀의 막연한 말 한 마디에 가을이 끝날 때까지 머물 거처를 마련해줌으로써, 스스로 인식한 것 이상으로—결국 그가 모든 걸 아는 것은 아니었으므로—그녀를 위해 대단한 일을 해주었다. 그저 두루뭉술한 암시였던 그녀의 막연한 말이란 이러했다. "부탁인데요, 가능하다면 베네치아에서는 저속하고 끔찍한 호텔은 피해주세요. 어떻게 변통이 된다면, 무슨 뜻인지 아시죠? 몇 달 머무를 수 있는 완전히 독립된 괜찮은 방을 좀 구했으면 해요. 방 많은 곳으로요. 흥미로운 곳이면 더 좋고요. 요리사 한 명이랑 우리만 있을 텐데, 그림같이 아름다운 역사적 궁전이라든가, 하지만 절대 퀴퀴한 냄새가 나서는 안 되고, 아시겠죠? 하인에, 프레스코 벽화에, 태피스트리, 골동품을 다 갖춰서 어디를 보나 진짜 거처를 빼다 박은 것처럼 말이에요."

그가 갈수록 그녀를 더 잘 이해했다는 증거는 그 장소 어디에서든 찾아볼 수 있었다. 무슨 기술로 그 집을 구했는지, 그녀는 처음부터 아무것도 묻지 않았다. 자신의 생각을 충분히 알려주었고 그는 그러한 관대함에 기뻐했다. 그 거래에서 그녀가 주로 처리해야 할 것들은 때가 되면 곧 알게 될 테고, 보아하니 그가 제대로 인지했던 그런 가치들과의 연결은 점점 더 많은 잔여 유산이 되지 않을 수 없었다. 듣자 하니 특별한 관심으로 베네치아를 사랑하는 멋진 사람들이 그들의 집을 그녀에게 넘기고는, 잠깐이지만 그들이 멀리하게 된 것과 그들이 얻어 오래 지니게 된 것, 그 둘로 상기된 얼굴을 보이기 싫어 저 멀리 다른 나라로 가버렸다고 했다. 그들이 지금까지 소중히 잘 보존해온 그곳을,

이제 그녀가 차지하고 앉아 즐기는 것—그녀에게는 뻔뻔한 구석이 있었다—이었다. 레포렐리궁은 그 위대한 품 안에 여전히 역사를 품고 앉아, 심지어 채색된 우상이나 온갖 장식들과 함께 걸린 엄숙한 꼭두각시 인형과도 같았다. 그림, 유물들과 함께 걸린 풍부한 베네치아의 과거라는 지울 수 없는 특성이 이곳에서는 공경하며 모시는 현재였다. 여기서 방금 언급한 진실로 다시 돌아갈 수 있겠는데, 즉 이 10월의 어느 아침에, 비록 아직은 서투른 신참이긴 하지만 그 어느 때보다 더 제례를 주관하는 여사제에 가까운 밀리가 천천히 방 안을 걸어 다니고 있었다는 사실 말이다. 분명 그것은 잠깐 기회를 잡아 소중히 누리는 달콤한 고독에서 비롯했을 것이다. 더구나 깊은 내면에서 뭔가 말을 걸면 항상 그녀의 본성은 고독을 요구했다. 고요할 때 그 말소리에 가장 잘 귀를 기울일 수 있었다. 사람 소리로 시끄러우면 감을 잃었다. 몇 주 동안 주변에서 사람들 소리가 끊이지 않았고, 그녀는 들어보려 애쓰고 감을 더 키우면서 그에 답하려 했다. 몇 주 동안 역시 그러기가 힘들었던 다른 일들도 있었다. 처음 계획할 때 예상할 수 있었거나 그럴 조짐이 있었던 수보다 수행원이 훨씬 많아진 데다 자신이 거대한 사람들 무리 속에서 휩쓸려 다니고 있음을 알게 된 것이다. 루크 스트렛 박사에게는 상대적으로 폐쇄적이고 독립적인 밀집대형을 이룬 네 명의 여성을 그려 보였으나, 사실 알고 보니 눈 위를 굴러가는 눈덩이처럼 날이 갈수록 면적이 점점 넓어졌다. 수전 셰퍼드가 이 당시 밀리의 여정을 러시아의 광활한 스텝 지대를 가로질렀던 예카테리나 여제의 유명한 행진에 비유할 정도였다. 굽이를 돌

때마다 임시 숙소들이 모습을 드러냈고 마을 사람들은 런던식으로 쓰인 주소를 들고서 대기하고 있었다. 한마디로 로더 부인과 케이트 크로이와 자신의 옛 친구들이 잠복하듯 기다리고 있었다는 말이다. 주소가 런던식이 아닐 경우라면 더욱 끈질긴 미국 중심지의 관용어였다. 그 물결은 수지의 연줄로 더욱 불어났다. 그래서 그녀는 호텔에서나, 돌로미티산으로 소풍을 가서나, 호수에서 증기선을 타고 있을 때나, 모드 이모와 케이트가 문을 열어준 런던의 '성공'으로 자신이 진 빚을 이자까지 잔뜩 얹어서 갚고 있는 기분이 들 때가 있었다.

스트링엄 부인과 밀리의 미국 친구들 사이에서 로더 부인과 케이트가 거둔 성공은 가히 정점에 달했다고 해도 과언이 아니었다. 따끈따끈한 훌륭한 소설이 입소문을 타고 순식간에 바다를 건너가는 수준으로 퍼졌다. 그들은 '너무나 달랐다'. 그들을 찬찬히 뜯어보는 여성들과는 눈에 띄게 달랐던 것이다. 그것은 주로 숙녀들의 사정으로, 때로는 밀리의 숙소에 여남은 명이 동시에 모여 행동 양식과 다른 많은 것들을 역시 동시에 지적하곤 했다. 밀리의 동료들은 그 자체로 완전히 매혹적이고 지금까지 보아온 가장 친절한 사람들일 뿐 아니라, 사교라는 차원에서 별난 젊은 여성의 분명한 조력자들로서 그녀를 사교계에 소개하고 앞길을 잘 닦아주면서 동시에 그 별난 기질을 약간 억제하는 것이 분명하다고 했다. 잠깐 떠나 있었던 느낌인데 커다란 차이를 낳았고, 이렇게 고국의 분위기를 다시금 맛보게 되니 자신이 이미 고국 사람들에게 주로 기이하고 동떨어진 인물로 여겨진다는 사실을 왠지 실감하게 되었다. 그러한 비평가들에게 다소 묘한 의심이나, 완전히 믿기 힘든 상황에서 비롯되는 자애로움을 일으키는 것 같았다. 모든 것에 비추어보면 그녀는 속속들이 좋은 시간을 보내기에는 너무 평범하고 옷도 못 입는 사람이지만, 속속들이 형편없는 시간을 보내기에는 너무 돈이 많고 너무 쉽게 친해질 수 있었던 것—이 점에서는 그녀의 직관적인 꾀가 발휘되었다고 할 수 있었다—이다. 한마디로 그녀가 파악한 바에 따르면 미국인은 자기 동료들이 그녀와 관련하여 전문가다운 지혜를 발휘했다는 점에서 그들을 인정했다. 판단에서는 그렇게 기민한 그들이었지만 결국 순진한 쪽으로 기록될 것도 그들이었다. 요즈음 밀리는 전에 없이 많은 것들이 보였는데, 이름 붙이기 너무 끔찍한 어떤 원칙 때문이 아니라면 달리 그 까닭을 설명할 수 없었다. 그 원칙에 근거해서 그녀는 랭커스터게이트가 뉴욕이 생각하는 식이 아니고, 뉴욕 역시 랭커스터게이트가 일련의 미국 방문 계획과 함께 허황되게 상상하던 식이 아니라는 사실을 깨달았다. 흥미롭게도 그 계획은 로더 부인의 입장에서 보자면 그녀의 사회적 지위를 높여주는 역할을 할 수도 있었을 것이다. 그리고 진정 그런 방향에서 그 빛은 어쩌면 반세기는 앞서 있었다. 사람들의 말에 따르면 케이트 크로이는 특유의 수려한 외모와 잘 어울리는 차분하고 조심스러운 재주를 발휘해서 모든 일을 도왔는데, 그런 외모를 자랑하는 사람이라면 어떤 논쟁이든 추측이든 열망이든 아주 말끔하고 똑 부러지는 말 몇 마디로 처리할 수 있으리라 예상은 했지만, 의미상 너무 간결한 말이라 의도치 않게 약간 질 나쁜 은어처럼 들릴 수 있다고 보았다. 케이트 **자신**이 미국에 가고 싶은 척을 하지 않았다는 말이 아니다. 단지 이 젊은 여성과의 관계에서 밀리는 언제나, 그리고 그 어느 때보다 특히 최근에, 친밀한 고백이라든가 사적으로 솔직하게 아이러니를 나눈다는 이론에 따라 움직였고, 공개적으로 내보이는 찌푸린 얼굴들을 그런 아이러니로 보상하고 그 속에서 서로 마주 보며 피곤하다는 듯이 가면을 벗었던 것이다.

결국 이렇게 가면을 벗는 일이 둘이 있을 때의 법칙이 되었지만, 밀리 자신의 표현에 따르면 마구를 벗자마자 밀려드는 피로를 의식하지 않을 수 없었기 때문에 그런 시간이 더 잦아지거나 길어지지는 않았다. 이 독립적인 한 쌍의 여성은 스페인 부채를 흔들듯이 각자의 가면을 요란스럽게 흔들었고, 그것을 벗을 때면 미소를 지으며 한숨을 내쉬었다. 그런데 참 묘하게도 그 동작이나 미소, 한숨 등이 가장 중요한 현실이 아닌가 하는 의구심이 들기도 했다. 그것이 참 묘한 이유는 어느 쪽이든 각자 토로하는 감정이 주로 안도감을 표시하는 수단과는 거의 비례하지 않았기 때문이다. 이제 가장하지 않아도 된다는 사실에 주의를 돌리는 바로 그 순간 자신들이 감추고 있는 것이 그 어느 때보다 사위에 가득했다. 분명 차이는 있었고, 주로 케이트에게 유리했다. 밀리로서는 그녀가 숨기는 게 무엇인지, 한마디로 그녀가 지닌 것 중에 그렇게 혼자 감추어야 할 게 어떤 것인지 잘 알 수가 없었다. 반면 가련한 밀리가 보물단지를 숨기고 있다는 건 케이트로서는 쉽게 추측할 수 있었다. 내보일 수 없는 미천한 애정이라는 보물은 아니었다. 그 항목의 경우 감추는 일이란 아주 다른 단계에 속하는 것이었다. 그것은 오히려 상대적으로 대담하고 독한 자존심의 원칙, 축구공이 너무 가까워지기만 해도 확 튕기는 섬세한 쇠 용수철처럼 작용하는 그런 원칙이었다. 밀리가 철두철미 방어하고 있는 것은 자신의 타당성이라는 신념과 관련된 진실이었다. 그렇게 해서 연민 가득한 친구는 그녀가 자기의 탑 주변에 파놓은 해자의 저 건너편에서 그저 동경하듯 건너다볼 수밖에 없는 처지가 된 것이다. 사위에 내려앉기 시작한 어스름 때문인지 이 두 여성의 관계는 어떤 면에서 마테를링크* 연극의 어둑한 장면과 유사해 보였다. 서로 꽉 묶여 있으면서도 너무나 상반된 두 인물이 땅거미가 서서히 내리는 중에 서로를 경계하듯 지켜보는 이미지가 확실히 떠오르는 것이다. 검은색 복장에 타조 깃털을 꽂고, 온갖 부적이나 기념품, 유품들을 주렁주렁 건, 주로 가만히 앉아 있는 자세인 여위고 창백한 공주와, 저녁 빛이 띠처럼 머무는 검은 물 너머로 그녀와 간헐적으로 질문과 대답을 주고받는, 들썽거리며 천천히 주변을 맴도는 꼿꼿한 시녀 말이다. 숱 많은 검은색 머리를 땋아 등에 늘어뜨린 꼿꼿한 시녀는 장식이 화려한 옷자락을 잔디밭 위로 끌며 한 바퀴를 다 돌고도 한 바퀴를 더 도는데, 두서없이 주고받는 간명하고 극도로 절제된 대화는 그들의 의식을 풀어준다기보다 오히려 덮어버리는 느낌이다. 이제 다른 생각할 일이 없는데도 두 사람을 둘러싼 공기 중에는 그들의 말을 애타게 기다리는 기운이 가득하기 때문이다. 그런 인상은 사실 매우 엄숙

---

* Maeterlinck: 벨기에의 극작가로 상징성과 신비성이 기이하게 섞인 무대 배경과 장면으로 유명하다.

한 데다 비극적일 수도 있었다. 그래서 이윽고 그들이 체계적으로 자신들의 말을 신경 쓰게 되었음은 자못 확실했다.

그렇게 자존심을 내세우지 않는다면 주변에서 더 편안하게 동정할 수 있을 거라는, 그러니까 동정하는 사람들이 편했을 거라는 흉측한 얘기를 밀리에게 할 수는 없었다. 연약함과 강인함의 이러한 놀라운 혼재와, 그녀가 정말 위험에 처한 거라면 그 위험과 그녀가 지닌 선택권으로 그녀는 거부할 수 없이 흥미로운 인물이 되었고 여전히 그러하다는 사실은, 고집스럽게 배려하는 태도가 무엇보다 명백하게 증명하고 강렬하게 주장했다. 그 문제에서 케이트가 처한 곤경은 결국 스트링엄 부인의 곤경이기도 했고, 정말이지 수전 셰퍼드도 앞선 마테를링크 장면에서 해가 떨어진 후 어스름이 내린 해자 가까이를 서성거리고 있을 법했다. 좌우간 이즈음 케이트가 친구에게 정말 깊은 진지함을 보였고 공감의 상상력도 엄청 발휘하고 있었다는 주장은 충분히 가능했다. 그리고 그러한 것들 덕에, 말하자면 이후 그녀에게 소중해질 미덕과 깨끗한 양심과 스스로에 대한 신뢰성을 가질 수 있었던 것이다. 자신들이 공히 이중적이라는 논리를 예리하게 간파했고, 밀리의 다른 숨죽인 추종자들이 겪는 것과 마찬가지의 고난을 아무 도움 없이 이겨냈다. 케이트가 터놓고 내보이면, 그것은 곧 사실의 이해와 고마움, 그리고 밀리의 엄청난 재산과 두려움 사이의 대비를 슬쩍 보았다는 사실을 부지불식간에 드러내는 일이 될 텐데, 그 모든 것이 밀리의 체계적인 허세에 반反한다는 점도 쉽게 알 수 있었다. 바로 그거야. 놀랍게도 케이트는 이해할 수 있었다. 인정하는 순간 엄청난 산

사태가 일어나는 거지. 밀리가 항상 예의 주시하는바, 슬쩍 입김만 불어도 바로 시작될 그런 산사태. 꾹꾹 눌러놓은 스스로의 비탄이라는 입김이라기보다 헛된 동정이라는 입김, 다른 사람들이 그저 무력하게 입을 떡 벌리며 끼어드는 그런 입김일 테지만 말이다. 두 사람 사이에서 억눌린 것이 이렇게 많았으므로 함께 자리에서 물러나 가면을 벗는 일은 앞서 내비친 바대로 사소한 동기에 의지할 수밖에 없었다. 그리고 그것은 더 이상 수다를 떨지 않아도 되어 기뻐하는 사실에서 자못 드러났다. 실로 수다는 가는 곳마다 항상 그들을 따라다녔지만, 그 수다가 어떤 사실을 실제로 마주했을 때 어떤 식으로든 견해를 보여야 한다는 목적에 부합했는지 따져보면, 그 점에서는 절망적이라고 보았다. 마구를 벗어버리는 안도감, 그것이 그들이 만나는 도덕적 근거였다. 하지만 다시 이것의 도덕적 근거는 애초부터 마구를 왜 써야 하는지를 차마 상대에게 물을 수 없다는 것이었다. 밀리는 전신 갑옷 삼아 그것을 썼으니까.

지금 그녀는 어떤 이유에서인지 지난 몇 주 동안 하지 못했던 정도로 마구를 벗어 던진 기분이었다. 혼자 있을 때면 늘 그것을 벗어 던졌고, 그 어느 때보다 지금은 자기 동료들을 다 물리쳐 해산시킨 기분이었다. 다시금, 그리고 더욱 암묵적이고 훌륭하게도 에우제니오가 그녀를 제대로 이해했다고 봐야 했다. 입도 벙긋하지 않았는데도, 대담하고 명석하게, 예를 들어 화창한 날씨를 핑계 삼은 그녀의 심중을 알아챘던 것이다. '그래요, 한 시간만 혼자 있게 해줘요. 저들을 다 데리고 가요. 어디든 상관없으니까 아주 신나게 만들어 정신을 빼놓든지 해서 붙잡아둬요. 원하면 물에 빠뜨리든지 죽여버려요. 제발 잠깐만이라도 오롯이 나 혼자 남아 정신을 좀 차릴 수 있도록 말이에요.' 그녀는 자신이 지독히 조바심을 내고 있음을 의식할 수 있었다. 다른 사람들만이 아니라, 그녀를 위해서라면 기꺼이 물에 뛰어들 수지까지 그에게 맡겨버렸으니까. 그런 식으로 그녀를 괴물 용병에게 넘겨버리고 한숨 돌릴 시간을 돈으로 산 것이니까. 인생의 전환과 나약한 기분은 그렇게 묘한 것이었다. 문득 반짝하는 상상력과 희망의 속임수도 그렇게 묘한 것이다. 그렇지만 최악의 경우 그저 자아를 이용하는 일에 존재하는 진실을 가지고 해보는 실험은 그럼에도 여전히 적법하다. 그렇지 않은가? 그녀는 이제 에우제니오가 **포괄적으로** 그녀를 보조한다는 생각을 머릿속에서 이리저리 굴려보고 있었다. 자신은 지금까지 이해하지 못했는데, 그는 항상 그녀의 재산을 완벽하게 이용할 수 있다고, 운명에 대한 대항 수단으로 이용할 수 있다고 말없이 절절히 일깨워주었다. 그렇게 어마어마한 돈을 가지고도 서툴고 어리석게 무엇을 바란다니, 집이나 마차나 요리사 따위만이 아니라 삶이나 경력이나 어떤 인식을 바란다니, 그 자체가 얼토당토않다는 사실은 두 사람 사이에 이미 합의가 되었다. 그녀를 위해 그가 어떤 일까지 알아서 떠맡을 수 있는지, 그것에 대한 숙달된 전문적 평가를 그로부터 얻은 것만 같았다. 그녀는 그런 면에서의 그의 철저함을 루크 스트렛 박사가 지닌, 적어도 레포렐리궁의 화창한 아침나절에는 거의 아마추어적으로 보이는 느슨함과 면밀히 비교해볼 수 있었다. 루크 박사는 "충분히 값을 지불하고 나머지는 다 **내게 맡겨요**"라는 말을 한 적이 없지만,

에우제니오가 말한 바는 분명히 그것이었다. 루크 박사도 구입이나 지불을 언급하기는 했지만 그건 다른 종류의 현금이었다. 액수를 명명하거나 셈을 할 수 없는 종류였고, 게다가 자신이 맘대로 쓸 수 있는 것인지도 확실하지 않았다. 그 점이 달랐는데, 에우제니오는 명명할 수도 있었고 셈을 할 수도 있었으며, 그가 의미하는 가격은 그녀에게 겁을 주지 않았다. 모르긴 몰라도 그녀는 무엇에든 충분히 지불할 용의가 있었고, 여기에 충분한 용량을 새롭게 바라볼 시각이 있었다. 그녀는 고지서가 날아들어 올 거라는 사실—에우제니오가 영수증에 서명을 하려 대기하고 있으므로 결국 그렇게 될 테니까—에 신이 났다. 그 어느 때보다 기꺼이 돈을 지불할 태세였을 뿐 아니라 그 어느 때보다 지나치게 지불해도 상관없었다. 가장 믿을 만한 하인조차 그 일을 제대로 해내지 못한다면, 수지 말마따나 궁전에 사는 공주님이 무슨 소용이란 말인가?

그녀는 지금 혼자서 건물 전체를 쭉 돌아보았다. 여름 바다로부터 불어오는 바람이 여기저기에서 커튼이나 바깥 블라인드를 펄럭거리며 가려진 공간 안으로 숨을 불어넣는 그곳은 우아하고 평화로웠다. 이 집에 계속 눌러사는 모습을 그려보았다. 에우제니오가 어떻게 해볼 수도 있지 않을까. 자기만의 노아의 방주에 있듯이 그 안에 머무르고 이렇게까지 애정이 있는데, 자비로움의 측면에서 이것이 왜 충분한 보장이 되어줄 수 없단 말인가? 절대, 절대 이곳을 떠나지 않을 것이다. 그렇게 맹세했다. 여기 그냥 가만히 앉아 끝없이 떠다니는 일 외에 더 바랄 것이 없었다. 그 상상이 얼마나 아름다우면서 강렬했는지, 잠시나마 그 생각이 얼마나 진정한 위안을 주었는지, 에우제니오가 돌아오면 지금까지와는 다른 방식으로 물어봐야겠다는 결심까지 했다. 그런데 사색에 잠긴 산책의 출발 장소였던 널찍한 응접실로 되돌아왔을 때 거기 마크 경이 있는 것을 보고 그 계획에서 약간 김이 빠져버렸다. 그녀는 그가 베네치아에 온 줄을 몰랐다. 그녀가 하인 하나를 대동하고 빈방들을 돌아다니고 있으니 그곳에서 기다리라는 말을 듣고, 그 사람 마크 경은 당연히 기다리고 또 기다렸다. 그가 필요하면 끈기 있게 기다릴 사람이라는 인상을 지금처럼 강하게 받은 적이 없었다. 기다릴 기회가 생겨 거의 감사하면서, 동시에 뭔가를 알려주는 단호함을 보이면서 말이다. 나중에 떠올려봤을 때서야 묘하다 싶었는데, 그녀는 당장은 아니고 한 5분쯤 지나 그가 왜 왔을까 의아했다. 또한 좀 터무니없기는 하지만 그를 보고 반갑기까지 해서 마치 그가 그녀의 생각을 읽었거나 그녀의 언질에 따라 행동하기라도 한 것처럼 자신의 고독을 방해한 것도 충분히 용서가 되었다. 아무리 좋게 봐줘도 그는 어쩐지 유예의 시간을 끝내버리는 존재였다. 그를 아주 좋아하긴 하지만, 그가 나타나기만 하면 자신이 아는 그 누구와도 다르게 소중한 고독의 시간을 망친다는 기분이 들었으니까. 그럼에도 불구하고 그는 소중한 수지도 아니고 소중한 케이트도 아니고 소중한 모드 이모도 아니었고, 더 나아가 소중한 에우제니오도 아니었으므로, 그를 마주쳤다 한들 친구들을 내보낸 기분이 손상되지는 않았다. 매첨에서 그녀에게 위대한 초상화를 보여줬던 그때 이후로 그와 단둘만 있었던 적이 없었다. 그녀의 안정감이 최고조였던 그때, 스스로도 창피스러웠던 그 눈물이 사실 그녀가 자신을 감싸 보호하던 곳을 의식적으로 돌아 나와 상대적 무지라는 푸른 만灣을 뒤로하고 앞에 펼쳐진 거친 바다로 나갔다는 신호였던 그때. 지금 그의 존재는 당시 그의 존재와 연결되면서 그가 매첨에서 얼마나 친절했는지를 상기시켰고, 특히 그녀가 그것을 민감하게 느낄 수 있는 지금, 뜻밖에도 그 친절함과 그들이 함께 기억하는 것의 아름다운 면모라는 차원에서 그를 잃지 않았음을, 오히려 그 반대임을 알려주었다. 그를 상냥하게 맞이하는 일, 그녀에게 매료되어 관심을 보일 뿐 아니라 그녀가 혼자 있어서 그 기분을 망칠 사람이 없다는 사실에 기뻐하는 그의 모습을 지켜보는 일이 처음에는 무척 유쾌했기 때문에 이것이 어떤 운 좋은 예견을 나타내는 건 아닌가 싶었다.

그는 연락도 없이 불쑥 찾아오게 된 상황이 문득 생겨난 충동에 따른 결과라고만 설명했을 뿐 다른 사람들에 대해 묻지 않아서, 그녀가 그들의 사정을 설명했다. 그 당시 그는 뒤늦게 카를로비바리*에 가서 덜덜 떨고 있었다고 했다. 그래서 그들이 다 여기 있다는 사실을 알고 그냥 첫번째 기차를 잡아탔다는 것이다. 여기 있는 걸 어떻게 알았는지도 설명해주었다. 밀리의 친구이자 자기 친구인 그들로부터 들었고, 그보다 더 자연스러운 게 또 어디 있겠냐고 했다. 이 말이 적절한 시점에 나왔는데도, 희한하게 밀리는 오히려 그의 숨은 의도에 미심쩍은 마음이 드는 것을 의식했다. 그는 '그들'이라고 복수로 말했고, 그것은 케

* 체코의 온천 휴양지.

이트에 로더 부인을 더한 것이거나 그 반대일 것이었다. 하지만 그녀에게 그것이 설명으로 다가오지 않는다는 것 역시 곧 깨달았다. 모드 이모가 그에게 편지를 썼고 케이트 역시 그랬다는 건데, 후자는 흥미로운 일이었다. 하지만 적어도 **그들**의 입장에서는 늦어서 다행이라는 듯 그가 여기 와서 앉아 있는 것이 그들의 계획은 아니었을 것이다. 두 사람이 에우제니오와 스트링엄 부인의 보살핌 아래 이러저러하게 오전 시간을 보내고 있을 거라고 그녀가 설명할 때마다 그는 그저 "오!"라는 감탄사만을 반복했는데, 그 말투로 보자면 그 뒤를 따라 리알토섬이나 탄식의 다리로 가자는 암시가 약간이라도 보이면 그 순간 다시 오한에 떨 것 같았다. 잠시 후 그에 대한 밀리의 신뢰에서 불확실하지만 그래도 상당히 직접적인 걸림돌이 된 것이 바로 그 점이었다. 그들이 어디 있는지는 그녀가 아닌 다른 사람들로부터 들었지만, 사실 여기 오겠다는 마음이 동한 것은 그들 때문이 아니었던 것이다. 이상하게 들릴지 모르지만 그건 참 안된 일이었다. 더 이상하게 들릴지 모르지만, 그런 의도가 그 정도까지 있지 않았다면 그녀로서는 그를 더욱 신뢰할 것이었기에 그랬다. 그의 의도를 간파하자마자 그것이 얼마나 그녀의 기분에 찬물을 끼얹었었는지 그와 재밌게 잘 지내기 위해서라도, 자신의 운명의 정점이었던 매첨과 브론치노에 대한 즐거운 기억을 위해서라도 당장 나서서 애원하고 설득해 곧 그를 미망에서 벗어나게 하고픈 심정이었다. 그녀가 허심탄회하게 그를 환영했고 그래서 분명 그가 기뻐했기 때문에 그는 의식하지 못했을지라도 10분 사이 그에 대한 인상이 많이 나아졌더랬다. 가령 모드 이모의 저택에서 있었던 첫번째 만찬 때 그랬듯이 애초에는 그가 충분히 인간적이지 못하다는 인상을 받았으니 말이다. 모드 이모 저택에서의 첫번째 만찬이 매첨에서 보낸 시간에 보태지고 또 다른 것에도 보태지면서 지금 그녀가 자애로움을 보일 수 있을 만큼 관계가 충분히 편안해졌고, 그래서 그가 이렇게 불쑥 모습을 드러낸 것도 즐거운 일로 여겨졌던 것이다. 그가 주변을 둘러보며 그 집의 아름다움에 찬탄을 보냈다. "멋진 안목에 값하는 신전이자 인생 정수의 표현이면서, 그와 더불어 대단히 즐거운 진짜 집이군요!" 그래서 그녀는 구경 삼아 함께 한 바퀴 둘러보자고 제안했다. 사실 그녀는 나름의 목적으로 지금 막 집 전체를 둘러보면서 전보다 민감하게 모든 것을 살펴보고 왔다고 덧붙였지만, 그는 주저하지 않고 그 제안을 받아들였으며 그녀의 민감함을 알게 될 기회에 반색을 하는 모습이었다.

4

어째서 다시 분위기가 전반적으로 근엄해졌는지 알 수 없었지만, 20분 정도 지난 뒤 두 사람 사이에는 손님 역시 공유하는 쓰라린 무엇을 앞에 둔 것처럼 일종의 아쉬워하는 침묵이 자리 잡았다. 그것은 사실 매력의 완성에 다름 아니었다. 혹은 매력을 앞에 두고 권리를 박탈당한 채 배제된 상태이거나. 매력은 그들 앞에 아름다우면서도 냉랭한 얼굴을, 절대 자신들 것일 수 없는 시적인 분위기가 가득한 얼굴을 드러내더니, 아이러니한 미소를 띠고 가능하지만 금지된 삶에 대해 얘기했던 것이다. 그 모두가 새로이 그녀에게 떠올랐다. '아, 불가능한 로맨스—!' 하지만 다시금 그녀에게 로맨스란 마치 요새를 차지하듯 눌러앉아, 있는 시간을 다 보내는 일일 터였다. 그리고 그 생각은 절대 내려가지 않고 돌담에 철썩이는 물소리만 들리는 깨끗하고 고고한 높은 자리를 꼿꼿이 지키는 이미지가 되었다. 그들이 걸어 다니는 웅장한 마룻바닥은 그렇게 까마득한 높이에 있었고, 여기서 서글픈 상상이 솟아났다. "아, 내려가지 말아야 해, 절대 내려가지 말아야 해요!" 그녀가 한숨을 쉬며 묘한 말투로 상대방에게 말했다.

"하지만 당신 궁정에 웅장한 오래된 계단이 있는데 왜 안 된다는 거죠?" 그가 물었다. "당연히 베로나풍 차림새를 한 사람들이 계단을 내려오는 당신을 보려고 항상 위아래에 진을 치고 있을 텐데요."

이해하지 못하는 그를 향해 그녀가 서글프게 살짝 고개를 저었다. "베로나풍 차림새를 한 사람들이 있더라도 마찬가지예요. 내려갈 필요가 없다는 데 확실한 묘미가 있으니까요." 그녀가 덧붙였다. "사실 지금은 꼼짝도 하지 않아요. 전혀 밖에 나가지 않고 그냥 콕 박혀 있어요. 그래서 다행히 저를 만날 수 있었던 거잖아요."

마크 경이 의아하다는 표정을 지었다. 아, 그는 충분히 인간적이었던 것이다. "돌아다니지 않는다고요?"

그녀는 그를 맞이했던 방 위쪽의 장소, 앞쪽으로 대운하가 내다보이는 고딕풍 아치가 있는, 아래쪽 큰 방에 상응하는 장소를 쭉 둘러보았다. 아치 사이의 여닫이창은 열려 있고 그 앞으로 넓은 발코니가 튀어나와 있는데, 한참 아래쪽에서 흘러가는 멋진 운하, 그리고 그쪽을 향해 펄럭거리는 느슨하게 걸린 흰색 커튼은 그녀로서도 딱히 명명할 수 없는 그 무엇으로 그녀를 부르는 듯했다. 지금 이 상태에서 그것이, 오직 그것만이 그녀의 모험이 될 것처럼 무언가 강렬하게 자신을 부르는 그런 기분은 지금껏 느껴본 적이 없었다. 거듭 이 지점으로 돌아오게 되지만, 그것은 바로 꼼짝하지 않는다는 모험일 것이었다. "그냥 여기서만 돌아다녀요."

"정말 몸이 안 좋아서 그런 거예요?" 마크 경이 곧 물었다.

그들은 창문가에서 잠시 서성이고 있었는데, 건너편에는 오래되어 빛이 바랜 멋진 왕궁이 있고 그 아래로 아드리아해의 물결이 천천히 흘러가고 있었다. 그런데 그녀는 미처 대답도 하기 전에 순간 눈을 감아 자신의 눈에 들어온 것을 지우면서 난간 위 갓돌 위에 얹어놓았던 팔 위에 스르르 얼굴을 묻었다. 창문틀에 놓여 있던 쿠션에 무릎을 꿇고 이마를 내려놓은 채 한참을 그렇게 있었다. 침묵이 너무나 명백한 대답이 될 것임을 알았지만 이제 아무 일 없다고 말하기엔 힘이 부쳤다. 다른 사람, 예를 들어 머튼 덴셔 같은 인물이라면 아예 그런 질문이 나오지 않도록 했을 것이다. 그러니 마크 경의 입에서 그 질문이 나오자 그냥 무너져버리고 싶다는 마음이 들었던 건 도대체 그에게 어떤 감정이 있다는 표시인지 그 상황에서도 의아했다. 틀림없이 그에게 별다른 마음이 없기 때문일 것이었다. 그렇게 그와 함께 있을 때 자신을 놓아버리는 것, 살짝 건드리기만 해도 감정이 넘쳐흐르게 내버려둔 것은 그녀로서는 가장 적은 대가로 짐을 더는 일—기실 그녀의 신경이 버텨내기 위해 짐을 더는 문제였으니까—일 테니 말이다. 게다가 만약 그녀가 확신하는 의도로 그가 왔다면, 설사 그들의 상황이 가진 어떤 마력 탓에 그러한 의도가 생겼을 뿐이라도, 자신의 가치에 대해 그가 잘못 생각하는 일은 없어야 했던 것이다. 지금 내게 무슨 가치가 있단 말인가? 무릎을 꿇은 채 머리를 묻고 있자니 아무런 가치도 없다는 사실이 가슴속에서 벌떡거렸다. 아직 말은 꺼내지 않았지만 마음을 다잡으며 행동으로라도 그나마 있을 수 있는 가치를 회복해보려 애쓰긴 했지만 말이다. 그러다가 문득 한 줄기 빛이 반짝했다. 누군가와 결혼을 하게 된다면 그녀의 가치는 바로 자신의 병이라는 참혹한 사실에 있는 게 아닐까? **그녀는 오래가지** 못할지 모르지만, 그녀의 돈은 오래갈 테니까. 자신의 돈을 강렬하게 열망하는 남자라면, 주로 그것 때문에 그녀에게 '구애하는' 남자라면, 그녀가 이 세상에 오래 있지 못할 거라는 전망은 확실한 매력으로 작용할 공산이 컸다. 그녀에게 잘 보이고 설득해서 그녀를 확보한 후에, 짧든 길든 천운이나 의사가 허락한 기간 동안 그녀를 차지하기 위해 청혼을 하는 남자라면, 그녀가 아무리 아프고 망가지고 고약하더라도 궁극적으로 차지하게 될 혜택을 위해 그녀를 최대한 잘 이용할 것이었다. 그녀는 확실히 상처喪妻하여 슬픔에 잠길 남편에게 멋진 일을 해줄 법한 그런 종류의 사람이었다.

그녀는 어렸을 때부터 일찌감치 마음먹기를, 앞으로 어떤 태도를 가지게 되건, 어디를 가나 흑심을 품은 남자들이 접근한다고 보는 그런 태도는 무슨 일이 있어도 갖지 않으려 했다. 애초부터 그런 건 유해하고 볼썽사나운 모양새라고 결정했기 때문이다. 따라서 가능한 한 그런 일이 없도록 살아왔는데, 이제 와서 무슨 연유로 그 흉측한 동기를 그에게 들씌우고 있는지 알수가 없었다. 그것은, 그 흉측한 동기는 마크 경이 지닌 차분한 영국인의 눈 속에는 들어 있지 않았다. 어쨌든 그녀의 상상에 떠오른 그 어두운 면모도 잠깐 반짝하고 말았을 뿐이었다. 게다가 이와 더불어 미심쩍은 마음도 단순하게 정리가 되었다. 상대방의 동기가 아무런 문제가 되지 않는 이유가 있었는데, 그것도 두 개나 되었다. 하나는 혹여 그가 돈 한 푼 없는 그녀를 원한다

할지라도 하늘이 두 쪽이 나도 그와 결혼하는 일은 없을 거라는 사실이었다. 다른 하나는 결국 그는 주의 깊고 친절하게, 아주 기분 좋게, 인간적으로 그녀를 걱정하고 있음을 느낄 수 있었다는 것이었다. 그 두 가지를 다른 식으로 말하자면, 그는 그녀와 잘 지내기를 바라고, 또한 그녀가 위태롭고 그로 인해 심신이 시달리고 있음을 감지하기 시작했다는 것이다. 하지만 그에게는 그 두 가지가 하나로 녹아들었고, 그렇게 합해지자 그저 그녀를 좋아한다는—아마 스스로 이렇게 표현했을 법했다—확신만 더해졌다. 지금 당장은 그가 정말로 그렇다는 사실만 그녀에게 남았다. 게다가 자연스럽고도 온당하게, 허약한 그녀를 달래다가 그렇게 되었다. 그녀는 그의 마음이 불편해지면서 넌더리를 내게 되기를 자신이 정말 바라는 건지 자문했다. 그가 딱 그녀가 원하는 바를 해줄 만큼만 안쓰러운 마음을 가질 수 있다면, 그래서 더 이상 어떤 질문도 하지 않고 강요하지 않을 수만 있다면, 그녀가 그를 거절하게 만드는 일이 아닌 훨씬 더 나은 도움을 줄 수 있을 텐데 말이다. 거듭 이상한 일이었지만, 그는 지금으로서는 안전하게 그녀와 공감해주는 사람으로 보였다. 다른 사람들에게 털어놓는 일은 그녀로선 더 괴로운 상황이 되겠지만, 그가 겁을 내며 움찔하든 창백해지든 그건 두렵지 않았다. 말하자면 하나의 편한 관계로, 그러니까 그에게 편한 관계로 그를 지킬 것이었다. 그동안 그들 앞에 실제 펼쳐진 풍경은 무척이나 아름다워서, 안팎으로 그들을 둘러싸고 있는 것들 덕에 이 고요함을 오페라 속 고요함처럼 즐길 수 있을 정도였다. 그녀는 그가 대답을 들으려 자기 입만 쳐다보고 있지는 않을 거라 여겼고, 그래서 마침내 입을 열었을 때 나온 말은 자신의 상태가 좋다 안 좋다가 아니라 같은 말의 반복일 뿐이었다. "여기서 돌아다녀요. 질리는 법이 없거든요. 그럴 리가 없죠, 저한테 꼭 맞으니까." 그녀가 말을 이었다. "이곳이 얼마나 마음에 드는지 떠나고 싶지가 않아요."

"내게 이런 행운이 있었다면 나 역시 그랬을 거예요. 그렇더라도 그런 행운에다, **모든 걸** 가지고도―! 정말로 여기 살고 싶은 거예요?"

"여기서 죽고 싶은 거예요." 불쌍한 밀리가 잠시 짬을 두었다가 말했다.

그 말에 바로 그가 웃었다. 그것이 그녀가 바란 바였다. 정말로 마음을 쓴다면 말이다. 그것이 어두운 구석이라고는 없는 유쾌하고 인간적인 방식이었다. "아, **그런** 용도로는 충분히 만족스럽지 않죠! 그때는 까다롭게 골라야 하거든요. 하지만 계속 차지할 수 있지 않아요? 알다시피 여긴 당신이 있을 법한 장소이긴 하니까요. 초대장을 돌리면 혼자서도 이곳을 가득 채울 사람들을 모을 수 있죠. 잠시 동안, 그러니까 일 년에 서너 달 여기서 모습을 보이는 일이 뭐 그렇게 나쁜 일은 아니에요. 그러니까 당신 친구들에게 말이에요. 하지만 나머지 기간에는 그건 좀 아니라고 봐요. 당신은 다른 쓸모가 있으니까요."

"저를 죽이는 건 제게 무슨 쓸모가 있는데요?" 그녀가 미소를 지으며 물었다.

"영국에서 당신을 죽이기라도 한다는 거예요?"

"글쎄요, 당신들을 계속 지켜본 결과 겁이 나는걸요. 질적으로나 양적으로나 감당하기 힘들어요. 영국에는 질문이 가득해요. 영국 사람들이 말하듯이, 이게 더 내 방식이에요."

"아하하!" 기분을 맞춰주듯 그가 다시 웃었다. "그럼 아예 사버릴 수는 없나요? 돈을 엄청 주고. 돈만 주면 그쪽에서 분명 협상을 할걸요. 그러니까 돈을 아주 많이 주면."

"사실은 바로 그걸 궁리하던 중이었어요." 그녀가 말했다. "한번 해봐야겠어요. 하지만 일단 사면 그땐 완전히 눌러앉을 작정이에요." 그들은 진지하게 이야기를 나누었다. "나 자신의 인생이 될 거예요. 돈을 주고 산. 금박을 입힌 거대한 저의 조개껍질이 되어줄 거니까 저를 만나고 싶으면 누구든 여기 와서 열심히 찾아야 할걸요."

"아, 그럼 살아 있기는 할 거군요." 마크 경이 말했다.

"아마 완전히 소멸해버리지는 않겠지만, 오그라들고 쇠약해지고 시들어 쭈글쭈글해지겠죠. 바짝 말라버린 견과류 알맹이처럼 여기서 내내 달그락거리고 있을 거예요."

"오, 당신이 우리를 별로 신뢰하지 않지만, 그래도 우리가 당신을 그렇게 두지는 않을 텐데요." 마크 경이 대꾸했다.

"아예 끝내버리는 게 더 낫다는 의미에서요?"

그는 이제 걱정스러운 내색을 했다. 쓸 때마다 눈의 표정이 달라지는 안경을 벗고 잠시 동안 그녀를 쳐다보더니 다시 코 위에 안경을 얹고 풍경 쪽으로 시선을 돌렸다. 하지만 곧 그 풍경에서도 다시 벗어나 이렇게 물었다. "지난번에 매첨에서 했던 말 기억해요? 어쨌든 적어도 하려고 했던 말 말이에요."

"아, 그럼요. 매첨에서의 일은 뭐든지 다 기억해요. 다른 인생처럼요."

"분명히 그렇게 될 거예요. 그러니까 내가 그때 매첨을 통해 당신에게 보여주기를 원했던 그런 종류의 인생." 그가 말을 이었다. "매첨은 상징적이에요. 당신이 그걸 꼭 기억했으면 했던 것 같아요."

그녀는 그가 당시 애써 하려 했던 일을 다 기억해내며 그의 말을 받았다. 기억에서 지워진 부분은 하나도 없었다. "내 말은 그게 마치 백 년 전 일처럼 느껴진다는 거예요."

"아, 난 그 정도는 아닌데." 그가 말을 계속했다. "어쩌면 내가 그 시간을 기억하는 이유는 한편으로는 내가 하려는 일과 관련해 어떤 말이 나올지 꽤 의식했기 때문일 거예요. 내가 어쩌면 당신을 돌봐줄 수도 있다는, 그러니까 더 잘 돌봐줄 수 있을 거라는 그런 뜻을 당신이 이해했으면 했거든요. 물론 다른 특정한 사람과 비교해서 말이죠."

"그럼요. 로더 부인이나 크로이 양, 심지어 스트링엄 부인보다 말이죠."

"아, 스트링엄 부인은 괜찮아요!" 마크 경이 곧바로 바로잡았다.

다른 생각할 거리가 있었지만 그녀는 그 말이 마음에 들었다. 그리고 몇백 년이 지난 것 같긴 하지만 어쨌든 그의 암시를 잊지 않았다고 알려주었다. 사실 지금 그녀와 함께하는 그의 모습에 과거의 그 순간이 아주 생생히 떠올라서 그때의 눈물이 다시 솟구칠 것만 같았다. "나를 위해 정말 많은 일을 해줄 수 있었어요, 맞아요. 당신 뜻을 완전히 이해했죠."

"당신에게 자신감을 **끼워 넣고** 싶었어요." 그럼에도 그는 어쨌든 설명을 했다. "그러니까 올바른 자리에."

"그렇게 했어요. 당신이 그때 넣은 바로 그 자리에 여전히 있거든요. 제 자신감 말이에요." 밀리가 말했다. "차이가 있다면 이제는 그게 무슨 소용인가 싶어요. 오히려 당신 행동이 그 기반을 좀 허무는 식이지 않았나 싶은데요."

마지막 말은 아예 하지도 않은 것처럼 무시한 채 그는 당장은 갈수록 새로운 빛에 비추어 보듯 그녀만 바라보았다. "**정말로** 어떤 어려움이 있는 거예요?"

이제는 그녀도 이런 질문에 전혀 개의치 않고 대답했다. 그가 어떤 빛을 봤는지 이해하자 자기 쪽에서도 뭔가 빛이 비추는 듯했던 것이다. "불가능한 건 말하지 말아요. 말하려 하지도 말아요. 그것 말고도 더 나은 할 일은 많잖아요."

그가 그 말을 똑바로 바라봤고 무시했다. "친구로서 정말 알고 싶은데 물어볼 수도 없다니 너무나 무자비한 일인데요."

"알고 싶은 게 뭔데요?" 그녀가 문득 태도를 바꾸듯 약간 냉담하게 물었다. "내가 심각한 병에 걸렸는지 알고 싶은 거예요?"

목소리를 높인 것도 아닌데 그 말투는 그야말로 어떤 공포를 불러일으켰고, 그건 그녀 아닌 다른 사람에게만 그러했다. 마크 경이 움찔하며 얼굴을 붉혔고, 그것조차 의식하지 못한 것이 분명했다. 하지만 다시 자세를 가다듬더니 평소와 다른 발랄함까지 내보이며 말했다. "내가 고통받는 당신을 보면서도 아무 말 안 할 수 있다고 봐요?"

"내가 고통받는 걸 볼 일은 없을 테니 걱정 말아요. 다른 사람들에게 폐를 끼치는 일은 없을 테니까요. 그래서 지금 이게 아주 마음에 드는 거예요. 그 자체로도 정말 아름답지만 번잡한 길에서 벗어나 있으니까요. 당신이 알게 될 일은 하나도 없을 거예요." 그렇게 말한 후, 마치 이제 결정적으로 끝내야겠다는 듯이 덧붙였다. "게다가 모르잖아요! 그래요, 당신조차도 말이죠." 그나마 남아 있는 표정을 애써 지키며 그가 그녀를 마주 보았고, 그녀는 그가 확실히 당황하고 있음을 알았다. 그러자 매몰차게 굴지 않았음을 확신하고 싶었다. 처음이자 마지막으로 호의적인 모습을 보인 다음, 그것으로 끝을 낼 것이었다. "많이 아픈 게 맞아요."

"그런데 아무것도 안 하는 거예요?"

"할 수 있는 건 다 하고 있어요. 이게 바로 그거죠." 그녀가 미소를 지었다. "지금 하고 있다고요. 삶을 사는 것 이상으로 할 수 있는 게 없잖아요."

"아, 제대로 사는 것 말고는 없죠, 맞아요. 하지만 정말 **그렇게** 하고 있나요? 왜 도움을 받지 않아요?"

이 장소가 제공할 수 없는 게 아주 많다는 듯이 그가 로코코식의 우아한 장식들을 둘러보았는데, 무엇이 가장 부족한지를 절박하게 암시했다. 하지만 그녀는 그의 처방을 미소로 맞았다. "최고의 조언을 받고 있어요. 그 조언에 따라 지금 이렇게 하고 있는 거예요. 당신을 맞이하고 이렇게 대화를 나누는 것도 마찬가지고요. 말했다시피 사는 것 이상으로 할 수 있는 일이 없으니까요."

"아, 사는 거라니!" 마크 경이 외쳤다.

"나한테는 엄청나게 대단한 일이에요." 마침내 그녀가 재미 삼아 말했다. 이제 자신에 대한 진실을 얘기했고, 다른 누구와도 다르게 그에게 직접 말했으므로, 이제 그녀의 감정은 바싹 말라버렸다. 그렇게 되었고, 더는 말하지 않을 태세였다. "모든 걸 다 놓치진 않을 거예요." 그녀가 덧붙였다.

"뭐든 놓쳐버릴 이유가 도대체 어디 있어요?" 이 말이 나오는 순간 그녀는 그의 결심이 무엇인지 알 것 같았다. "당신은 세상 누구보다 그럴 이유가 없는 사람이에요. 사실 그게 아예 불가능한 사람이라고도 할 수 있죠. 선의가 수도 없이 어긋나지 않은 다음에야 도대체 뭐든 '놓친다'는 게 가능하지 않을걸요. 당신이 도움을 믿는다니까 하는 말인데, 내 도움을 받아들여요. 난 당신이 뭘 원하는지 알아요."

아, 알겠지. 하지만 그건 그녀가 초래한 일이었다. 거의 그랬다. 그녀가 상냥하게 말했다. "내가 원하는 건 지나치게 걱정하지 않는 건데요."

"당신은 사랑받기를 원해요." 드디어 올 것이 왔다. "그것만큼 당신의 걱정을 덜어줄 것이 없을걸요. 그러니까 내가 하려는 식으로 말이죠." 그가 단호하게 말을 이었다. "당신은 충분한 사랑을 받고 있지 않는 게 맞아요."

"뭐에 충분히요, 마크 경?"

"뭐긴요, 그걸로 완전한 이득을 얻을 만큼 말이죠."

그래도 그녀는 그를 비웃지 않았다. "무슨 뜻인지 알겠어요. 그때 완전한 이득이란 그 대가로 상대방을 억지로 사랑해야 하는 것이겠죠." 그녀는 다 알아챘으면서도 좀 주저하다가 말했다. "그래서 내가 **당신**을 억지로 사랑해야 한다는 생각인가요?"

"아, '억지로'라뇨—!" 그는 너무나 멋지고 능숙했으며, 약간이라도 우스꽝스러운 상황에 아주 민감한 데다 열정을 논하기에는 왠지 적합하지 않은 인물이라서 스스로도 그 점을 당연히 고려해야 했다. 그리고 단 한마디 말과 억양으로 멋지게 그 일을 해냈다. 밀리는 다시 그가 좋아지려는 참이었기에, 그렇게 미묘한 정도로 좋아지려는 참이었기에 그것을 망치는 그를 바라보자니 참담했다. 자신이 포기해야 하는 변변찮은 인생의 매력들을 떠올리면 이따금 숨이 턱 막히는데, 그를 그 속에 집어넣어야 하는 건 더욱 참담했다. "한번 해볼 수도 있다는 생각은 전혀 못 해요?"

"당신에게 호의적인 대접을 받는 일을—?"

"나를 믿어주는 거요. 한번 믿어보는 일 말이에요." 마크 경이 되풀이했다.

그녀는 다시금 주저했다. "당신이 그렇게 애써주니 그 보답으로 나도 '애써보라고요'?"

"아, 난 애쓸 필요 없어요!" 그가 곧 외쳤다. 하지만 즉각 튀어나온 말끔한 말씨와 그녀의 질문을 치워버리는 방식은 진정함을 전달해주지 못했고, 그 자신도 명석하게, 하지만 무력하고 거의 우스꽝스럽게 그것을 곧 알아차렸다. 게다가 밀리가 바로 웃음을 터뜨렸으므로 더욱 분명해졌다. 치유하고 희망을 줄 열정의 암시로는 사실 부족했기 때문이다. 두 사람을 함께 휘감는 어떤 힘의 소통으로 작동하지는 않을 것이니까. 그리고 설득과 자기 설득의 과정 중에 그 역시 그 점을 이해했고, 그럼으로써 풍요로움의 유쾌한 거래에 잘 어울리는 인물임을 더 잘 보여주었다는 것이 그의 멋진 면이기도 했다. 그가 알아채도록 물끄러미 쳐다본 밀리의 시선으로 그는 저절로 위험한 봉사에서 배제되었고, 적어도 그가 의식했던 한에서 지금껏 당해본 적 없던 식으로 변별되었다. 언제나 자신을 떠받치는 공기 속에서 부유하는 존재로 태어났으니 그가 비극의 불길한 빛에서 형성된 심판과 마주한 것은 이번이 처음일 것이었다. 어둑하게 밀려드는 밀리의 사적 세계라는 땅거미는 그에게는 편안한 세계인 척해봐야 허사일 수밖에 없는 요소로 나타날 거라 보았다. 우울과 비운, 어차피 질 게임의 냉기로 가득했으니 말이다. 그녀가 굳이 설명할 필요도 없이, 실상 그는 아무리 그럴듯한 것을 들이대봐야 이미 실감된 강렬함을 대체할 수 없다는 사실로 인해 겁이 났다는 것을 받아들여야 했다. 잘못된 방식으로 항변하게 될까 두려운 것인지, 아니면 그저 절충된 동맹 관계에서 결국 불쾌해지게 될까 두려운 것인지는 사소한 문제였다. 게다가 밀리는 놀라운 여성이라 그가 천성적으로 수월하게 할 수 있는 이상으로 주장할 필요도 있겠다는 예상을 전혀 못 했다는 사실도 간파했다. 즉, 그의 교육을 비롯한 성향과 습관, 곧 그의 개인적 수단이 허용하는 이상으로 말이다. 따라서 그의 곤경은 그로서는 좋아할 수 없는 종류였고, 마찬가지로 자초하지만 않았다면 그녀로서는 기꺼이 면제해줄 수 있었을 것이다. 그녀가 자기 현실로 여기는 것을 감당할 만한 존재가 못 된다는 말을 듣고 기분 좋을 남자는 하나도 없을 것임을 잘 알았다. 그의 내면적 감정을 표현해보자면, 자기를 봐서라도 불유쾌한 현실을 좀 에누리하거나 잘 포장하는 게 적절하지 않았겠냐고 넌지시 내비치기까지 했다는 것은 딱히 애쓰지 않아도 확실히 인식할 수 있었다. 그가 그 현실을 만나러 중간쯤까지 갈 수는 있겠지만, 어쨌든 현실 역시 **그를** 만나러 나와야 했다. 아주 두드러지게, 재정적인 뒷받침을 받아 밀리 자신이 그것을 인식했으므로 그의 요구에 부응할 수도 없고 그러지도 않을 것이었다. 그래서 잠시 후 그 사실을 직감한 기색이 호되게 맞은 자국처럼 그의 얼굴에 서렸다. 잠시 그녀는 다시 마음이 짠해졌다. 하지만 결국 그가 또다시 그 점을 고집한 탓에 더 이상 그런 마음이 들 일도 없었다.

그때쯤 그녀는 기분 전환을 할 겸 창문에서 몸을 돌려 그를 다른 방으로 안내하던 중이었다. 다시금 장소의 매력을 환기시키고, 그 목적을 위해 이런 집을 거처로 삼아 충분히 사랑하고 소중히 여긴다면 집 역시 보답으로 주인을 위험으로부터 보호해줄 거라는 자신의 독립적인 교훈을 새롭게 상기시키기까지 했다. 그는 한 15분 동안 그녀가 내민 막대기를 어지간히 꽉 붙들고 있었다. 말하자면 한 손으로는 여전히 자신의 관념을 붙들고 있는 중에도 다른 한 손으로는 그것을 잡고 있었다. 공정하게 평가하자면, 그는 어느 정도는 아무 일도 없었다는 듯이 행동하지 못할 만큼 감정이 상했거나 어리석지는 않았던 것이다. 그녀 자신도 공정하게 인정했듯이, 천성이든 이후 획득한 성격이든 자신에게는 어떤 일도, 그러니까 치명적인 영향을 끼칠 어떤 일도 일어날 **수 없다**는 일반적인 가정에 그의 행동 방침이 기초한다는 사실이 하나의 장점이기도 했다. 그것은 여타의 것들처럼 사회적으로 유효한 견해였고, 그로써 이후 그들이 보낸 시간 대부분이 수월하게 지나갔다. 하지만 아래층으로 내려와 이제 가야 할 시간이라는 것이 분명해졌을 때, 그렇게까지 설명을 했는데도 그가 여전히 마음이 상해 있다는 표시가 다시 그녀의 눈에 들어왔다. 게다가 정말 희한하게도 또다시 그녀의 건강 상태를 진지하게 언급하면서 불거져 나왔던 것이다. 아마 그로서는 자신이 조심스럽게 보인 자비심을 무시당했다고 일종의 불평을 하면서 다시 어떻게 해볼 수 있겠다고 여겼을 수도 있었다. "그래도 어쨌든 그건 사실이고, 저를 꼼짝 못 하게 하려 해도 전혀 개의치 않아요." 그러면서 그는 정말 개의치 않는다는 것을 의연하게 보여주려는 듯했다. "무관심이 알아채지 못하는 것을 애정은 알아볼 때가 많다고들 하죠. 내가 알아본 것도 바로 그래서예요."

"정말 그렇다고 봐요?" 밀리가 미소를 지으며 물었다. "애정이 있으면 오히려 눈이 먼다고 생각했는데요."

"단점에 눈이 머는 거지 훌륭한 면에는 아니죠." 마크 경이 곧바로 맞받았다.

"그럼 창피하게도 당신에게 살짝 보여준 극히 사적인 나의 걱정거리나 복잡한 가정사가 훌륭한 면이라는 거예요?"

"그럼요. 당신을 아끼는 사람들에게는요. 다들 그렇듯이. 당신의 모든 것이 훌륭해요." 그가 단언했다. "그것 말고는 당신이 내게 말한 것이 심각하다고는 믿지 않아요. 어떻게 해볼 수 없는 어려움이 당신에게 있다는 것 자체가 말이 되지 않아요. 당신이 마땅한 것을 갖지 못한다면, 그렇게 할 수 있는 사람이 세상에 누가 있겠어요? 당신은 당신 시대의 첫번째 젊은 여성이에요. 진심으로요." 사심 없이 보자면 그는 꽤나 진심으로 보였다. 열렬하지는 않았지만 명료했다. 그런 입장에서 비교를 할 만한 적임자이기 때문에 조용한 그의 단언은 어쩌면 찬사보다 장담에 가까웠다. "우리 모두가 당신을 사랑해요. 이쪽이 더 듣기 편하다면, 내 개인적 주장은 다 그만두고 그렇게 말할게요. 그 많은 무리의 한 명으로서 말이에요. 당신은 우리를 이렇게 고문하려고 태어난 게 아니에요. 행복하게 해주려고 태어난 거지. 그러니까 우리 말을 들어야 해요."

그녀가 이번에는 아주 부드럽게 천천히 고개를 저었다. "당신들 말을 들을 수 없어요. 그냥 안 되는 일이에요. 그 이유는, 그러면 내가 죽기 때문이에요. 당신들 자신을 그렇게 멋지게 설명하니까, 분명 나도 당신들에게 그만큼 애착을 가지고 있어요. 보답으로 당신들에게 그것이 어떨지에 대한 가능한 한 완전한 믿음을—" 여기서 그녀가 잠시 말을 멈췄다. "나는 주고 또 주고, 계속 주는 거예요. 자, 됐죠. 맘껏 내 곁에 붙어서 내가 그러나 안 그러나 지켜봐요. 다만 당신 말을 듣거나 받아들이는 일은 할 수가 없어요. 합의 같은 건 할 수가 없다고요. 거래도 할 수 없고요. 정말로 그래요. 내 말을 그대로 믿어줘야 해요. 당신에게 하고 싶은 말은 그게 다인데, 그것 때문에 뭐든 그르칠 까닭이 뭐가 있어요?"

그는 그녀의 질문에 답하지 않았다. 까닭이 있건 없건, 사실 그르친 게 너무 많아 그런 것으로 보였지만 말이다. "원하는 사람이 따로 있군요." 실제 믿어서든 아니든 그가 다시 그 문제로 돌아갔고, 그러자 그녀가 다시 고개를 저었다. 자기가 믿는 바가 최선이라는 듯 그는 여전히 그 점을 고수했다. "다른 사람을 원하는 거예요. 다른 사람을."

나중에 그녀는 이 시점에서 단호하고도 저속한 말, 예를 들어 "여하간 **당신을** 원하지는 않아요!" 같은 말이 거의 입 밖으로 나오려 했던 건 아니었을까 자문할 것이었다. 짜증스러움보다는 가련한 마음이 더 컸지만, 완전히 길을 잃은 채 양분이 전혀 없는 사막에서 헤매는 애처로운 그의 상황이 생생하게 다가왔음에도, 어쨌든 실수였던 것이 이제 명백한 잘못에 이르게 된 것이다. 게다가 그녀는 그가 쓸모 있는 다른 분야를 아주 잘 알았기 때문에, 이렇게 그가 고집을 피우게 내버려둔다면 그녀 자신이 무례를 범하는 일인 것만 같았다. 처음 그의 의도를 눈치챘을 때 왜 애초부터 싹을 잘라버리지 않았을까? 이제 가능한 방법은 자신이 줄곧 원하지 않았던 사항을 암시하는 수밖에 없었다. "당신이 지금 별로 옳지 않은 일을 하고 있다는 거 알아요? 그러니까 내가 당신 말을 들어야 한다는 것과는 별개로 말이에요. 그것도 옳진 않아요. 내가 어차피 당신 말을 듣지 **않을** 거라서 그렇지. 당신은 **나를** 보러 베네치아에 오면 안 되는 거였잖아요. 사실 오지 않은 걸로 쳐야 하니까 온 것처럼 행동하지 않겠지만. 사실 당신이 여기 온다면 그건 온당하게, 그리고 훌륭하게 이 세상에서 가장 좋은 당신의 친구─그런 친구라고 믿으니까요─를 위해서 왔어야죠."

묘한 일이지만, 일단 그 말이 그녀의 입에서 나오자 그는 얼마간은 예상했다는 듯이 그 말을 받아들였다. 그래도 여전히 뚫어지게 그녀를 바라보았고, 서로 상대방이 먼저 말해야 한다고 결심한 듯이 잠깐 동안 둘 다 이름을 입에 올리지 않았다. 결국 밀리의 묵묵한 강요가 더 강했으므로 마크 경이 물었다. "크로이 양 말인가요?"

이에 그녀가 미소를 지었다는 것을 알아차리기는 어려웠을 것이다. "로더 부인 말이에요." 그가 뭔가를 알아차리긴 했고, 그 자신의 상대적 단순함이 증명되자 얼굴이 달아올랐다. "전반적으로 그녀는 가장 좋은 친구라 할 수 있죠. 남자에게 그보다 더 나은 친구는 상상할 수 없을 테니까요." 여전히 시선을 그녀에게 둔 채 그가 그 말을 다른 쪽으로 뒤집었다. "내가 로더 부인과 결혼하기를 원해요?"

그 말에, 그녀는 상대방이야말로 저속한 게 아닌가 싶었다. 하지만 어떤 식으로든 그런 것에 넘어가지 않으려 했다. "내 말이 무슨 뜻인지 알잖아요, 마크 경. 당신을 냉랭한 세상으로 쫓아내는 게 전혀 아니라고요. 당신에게 세상은 전혀 냉랭하지 않으니까요." 그녀가 말을 이었다. "설레며 당신을 지켜보는 아주 훈훈한 세상이 당신이 마음먹기만을 기다리고 있잖아요."

그는 그런 말에도 꿈쩍하지 않았지만, 그들은 이미 반짝반짝 윤이 나는 콘크리트 바닥에 나와 있었고 그는 곧 모자를 집어 들었다. "내가 케이트 크로이와 결혼하기를 바라는 건가요?"

"로더 부인이 바라잖아요. 이렇게 말하는 게 잘못은 아닐 테니까. 게다가 부인은 자신의 바람을 당신도 알고 있는 걸로 이해하니까요."

그가 할 수 있는 한 아주 멋지게 그 말을 받아들였다. 확실히 그녀 입장에서는 신사를 상대하니 다행이긴 했다. "나를 위해 그런 기회를 마련해주다니 무척 친절하시군요. 하지만 내가 크로이 양에게 구애를 한들 무슨 소용이 있지요?"

밀리는 반색을 하며 즉각 확실히 알려주었다. "그녀는 내가 지금까지 본 가장 수려하고 총명하며 가장 매력적인 여자이고, 내가 남자라면 정말 흠모하지 않을 수 없을 테니까요. 사실 흠모하기도 하고요." 대답치고는 가히 지나치다 하지 않을 수 없었다.

"아, 여보세요, 그녀를 흠모하는 사람들은 많아요. 하지만 그것만으로 **모든** 사람의 상황이 나아지진 않아요."

"아, '사람들'에 대해서는 나도 알아요." 그녀가 말을 이었다. "상황이 좋은 경우도 있고 아닌 경우도 있죠. 하지만 이런 식으로 **내게** 어리석게 굴지만 않는다면, 당신이야 누구에 대해서든 걱정할 게 뭐가 있을지 모르겠는데요."

그렇게 말했는데, 다음 순간 그녀는 자신이 모르겠다는 것을 그가 어떻게 이해하는지 알 수 있었다. "어차피 얘기가 나왔으니 하는 말인데, 당신이 그렇게 최상급을 써가며 묘사한 그 여성이 원하기만 하면 쉽게 얻을 수 있는 사람이라고 생각하나요?"

"그냥 한번 해봐요, 마크 경. 분명 대단한 여성이니까요. 너무 겸손하게 그러지 말아요." 그녀는 거의 신이 났다.

보아하니 그 때문에 마침내 그가 더 이상 참을 수 없게 된 모양이었다. "정말 **모르는** 거예요?"

그것은 그녀도 다들 알고 있는 것으로 내세울 수 있는 사실을 도발적으로 지칭했으므로 그녀는 당연히 온당한 대응을 하고 싶었다. "그래요, 그녀에게 무척 빠져 있다는 특정한 사람에 대해서 '모르지' 않아요."

"그렇다면 마찬가지로 그녀 쪽에서도 그 특정한 사람에게 무척 빠져 있다는 사실도 알 텐데요."

"아, 무슨 말씀을!" 그렇게 얼토당토않은 실수가 자신에게 들씌워지자 밀리가 얼굴을 붉히며 말했다. "완전히 오해한 거예요."

"사실이 아니라고요?"

"사실이 아니에요."

빤히 바라보던 그의 얼굴에 미소가 떠올랐다. "정말로, 정말로 그렇게 확신해요?"

"그 어느 경우보다 장담할 수 있어요." 밀리의 태도 역시 그에 버금갔다. "가장 확실한 근거를 가지고 말하는 거예요."

그가 잠시 주저하다 물었다. "로더 부인 말이에요?"

"아니요, 로더 부인을 가장 확실한 근거로 보지는 않아요."

"아, 방금 로더 부인이 어느 면에서 훌륭하다고 말한 걸로 아는데요." 그가 웃으며 말했다.

"당신에게 훌륭하다는 거였죠." 그 점에서 그녀는 아주 확실했다. "당신에게는 로더 부인의 판단이 가장 확실한 근거가 되어야 한다고요. 로더 부인은 지금 당신의 말을 믿지 않고, 그걸 얼마나 대수롭지 않게 여기는지는 당신도 잘 알 거예요. 그러니까 당신은 그쪽에서 근거를 구해도 돼요. 나의 근거는—" 하지만 목소리가 떨릴 만큼 힘주어 말하던 밀리가 말을 멈췄다.

"당신의 근거는 케이트에게서 나온 거다?"

"케이트 본인에게서요."

"마음에 둔 사람이 하나도 없다고 말이죠?"

"전혀요." 그러고는 나름대로 열렬하게 그녀가 말을 이었다. "나한테 그렇게 장담했어요."

"오!" 마크 경이 내뱉고는 곧 이렇게 덧붙였다. "그래서 그녀의 장담을 어떻게 평가하나요?"

이번에는 밀리가 빤히 바라볼 차례였다. 애초에 의도했던 것보다 이미 너무 깊이 '빠져'버렸음을 의식하면서 본능적으로 시간을 벌어보려는 것이기도 했겠지만 말이다. "아니, 마크 경, 그러는 당신은 그녀의 장담을 어떻게 평가하는데요?"

"아, 난 대답할 필요가 없죠. 내가 물어본 건 아니니까. 당신은 분명 물어본 것 같고."

이에 그녀가 방어적인 태도를 취했다. 하지만 특히 케이트를 위해서 그랬다. "우린 아주 친해요." 그녀가 곧 말했다. "그래서 상대방의 생활을 굳이 캐묻지 않아도 자연스럽게 얘기가 나오죠."

마크 경은 허술한 주장이라는 듯 미소를 지었다. "그럼 지금 언급한 그 장담을 그쪽에서 그냥 자진해서 했다는 건가요?"

밀리가 다시 곰곰 생각했다. 상대의 눈을 바라보고 있으니 도움이 된다기보다 방해가 되는 기분이었는데, 서로 실제로 말하는 것 이상을 보는 듯한 시선이어서 그랬다. 무엇보다 밀리에게 보인 것은 케이트의 진정성을 깎아내리려는 이해할 수 없는 경향이었다. 그리고 그녀는 그것을 '옹호하는' 데에만 관심이 있었다.

"내가 말한 그대로예요. 케이트가 말하길, 개인적으로 마음을 두는 데가 전혀—"

"맹세를 하던가요?" 마크 경이 말을 끊었다.

그가 왜 이렇게 심문하듯 묻는지 그녀로서는 이해할 수가 없었다. 하지만 역시 케이트를 위해서 응대했다. "자신은 전혀 매인 데 없이 자유롭다고 내게 확실히 장담했어요."

이에 마크 경은 여전히 미소를 띤 채 그녀를 똑바로 바라보았다. "그러니 당신 역시 자유롭다고도?" 하지만 이 말이 입 밖으로 나오자마자 그는 아차 싶었다. 자신이 즉시 어떤 기이한 표정으로 그를 노려보아서 그랬을지는 그녀 자신도 판단할 수 없었을 것이다. 어쨌든 그는 노려보는 표정이 달리 더 나아가기 전에, 가벼운 움직임으로 얼른 자기 권한 밖의 일에서 물러났다. "다 좋아요. 하지만 사랑스러운 아가씨, 도대체 그 사람이 당신에게 맹세를 할 이유가 뭐가 있겠어요?"

그녀는 '사랑스러운 아가씨'가 자신을 가리킨다고 이해해야 했다. 그런데 비방을 당하고 있는 케이트를 두고 아주 우아하게 그 표현을 썼을 수도 있다는 생각에 마음이 불편해졌다. 그 비방에 맞서 자기 입장을 고수해야 한다는 생각이 다시금 들었다. "이미 말했다시피 우리가 정말 친한 친구이기 때문이죠."

"오!" 그런 말은 오히려 엄밀함의 부재를 나타낼 수도 있지 않느냐는 말투였다. 하지만 마침내 어떤 면에서 원하는 것을 어느 정도 얻었다는 듯 그는 자리를 뜨려는 기색을 보였다. 그가 작별 인사로 몇 마디 건네는 사이 그녀는 자신이 애초에 의도한 것보다 더 많이, 혹은 또다시 그런 상황에 처했을 때 이론적으로 방어할 수 있을 것보다 더 많이 내준 기분이었다. 케이트든 모드 이모든 머튼 덴셔든 수전 셰퍼드든 그 누구도 알지 못할 그녀와 관련된 사실들을, 그것도 탐색하는 듯한 이 장소의 마력 아래 너무나 직접적으로 그가 알게 되었으니 가히 이상한 일이었다. 특히 자신도 의식했다시피 잠깐 사이에 평정심을 잃게 만들었으니, 그녀로서는 평정심을 다시 회복하든지 아니면 혼자서 상실감을 견디든지 할 수 있도록 그가 이만 가줬으면 하는 바람이었다. 그런데 그가 문득 걸음을 멈추었다. 그녀 역시 동시에 보았듯이, 커다란 응접실 반대쪽에서 곤돌라 사공이 다가오는 게 눈에 띄었기 때문이었다. 아주 빳빳하게 다린 옷에 아주 멋지게 띠를 두른 제복 차림의 그는, 다른 사공들이 나머지 무리들을 이끌고 무엇이 되었든 정해진 나들이에 나선 동안 그녀가 갑자기 변덕이 나서 사공이 필요해질 수 있다는 이론에 따라 자리를 지키고 있었던 것이다. 갇혀 있는 자유로움을 만끽하는 그녀로서는 한 번도 그런 일이 없었지만 말이다. 하얀 신발을 신고 대리석 바닥을 미끄러지듯 걸어와, 신경을 곤두세워도 거의 소리를 감지할 수 없는 온화한 힌두교인이랄지 아니면 그저 배 갑판 위를 맨발로 다니는 선원이랄지 그녀는 잘 모르겠지만, 언제나 마법에 홀려 있는 자신의 눈에 그런 이미지가 떠오르게 하는 가무잡잡한 파스콸레가 다가와 굽실거리며 명함이 담긴 작은 쟁반을 내밀었다. 그녀가 그것을 받을 때까지 마크 경은 자리를 뜨지 않았는데, 감탄하며 그 모습을 바라보느라 그런 것도 있었다. 명함을 받아서 읽는 순간 또다시 그녀의 평정심이 흔들렸다. 그렇잖아도 얼마 남지 않은 평정심이 더욱 사라져버렸기 때문에 파스콸레를 대하는 일에서조차 내색을 하지 않기 위해 무진장 애를 써야 했다. 여하간 그렇게 애를 쓰면서 그 신사분이 아래쪽에 계시냐고 물었고, 사실은 이미 올라왔다는 대답이 나왔다. 곤돌라 사공을 따라 올라와 지금 계단 위쪽에서 기다리고 있다는 것이었다.

"기꺼이 만나 뵙도록 하죠." 그러고는 파스콸레가 자리를 뜨자 그녀는 마크 경을 향해 이렇게 덧붙였다. "머튼 덴셔 씨예요."

"오!" 마크 경이 내뱉었다. 그 소리가 커다란 응접실 전체를 울리고 덴셔의 귀에까지 이르러, 그가 전에 들었던 목소리의 주인공을 미리 알아채도록 하려는 것처럼 보였다.

8부

1

덴셔는 호텔이 마음에 들지 않는다는 사실을 새삼 의식했다. 더욱이 예전에도 똑같이 식별한 적이 있기에 금세 그렇게 되었다. 이맘때면 그곳에는 각처의 도시에서 온, 여러 언어로 떠들어대는 무리들이 잔뜩 들어찼다. 주로 독일인이나 미국인, 영국인들이어서 그에 상응하는 민감한 신경을 건드리면 시끄러웠다가 그다음엔 사랑스러웠다가, 없는 것 없이 온갖 분위기가 다 나타났지만, 절대 이탈리아답지 않았고 베네치아답지 않았다. 그는 베네치아의 언어가 다 방언임을 알았다. 하지만 법석대는 숙소에서 약간의 방언과 함께 들으니 어쩐지 순수한 고대 그리스어라 할 만했다. 거기서 얻는 게 재미이든 고통이든 '외국에 있다'는 느낌은 확실했고, 이미 다 겪은 일이라는 것을 거의 매 순간 실감해야 했다. 예전에 서너 번, 다른 곳을 방문하던 길에 베네치아에 들렀을 때도 이렇게 저속해진 응접실에서 한목소리로 울리는 엉뚱한 얘기들이나 싹싹한 미국인 가족들과 영양 과다의 독일 짐꾼들로부터 첨벙거리며 벗어나야 했던, 유쾌하지만 번거로운 일을 겪었더랬다. 숙소를 잡을 때마다 조용하고 너무 비싸지 않아야 한다는 조건을 달았고, 누추하지만 친근한 외딴 장소들을 다정하게 떠올려보았다. 지금 운하를 따라 내려가거나 광장을 가로지를 때 그 창문들을 쉽게 알아볼 수 있을 것이었다. 이제 너무 누추한 곳에는 마음이 가지 않았지만, 마흔여덟 시간이 지난 후 대운하 한참 아래쪽에 따로 떨어진 작은 숙소에 생각이 미쳤다. 예전에 거창한 의식이라도 치르듯이, 하지만 동시에 소박한 베네치아의 신비로움을 조금씩 알아가며 한 달간 묵었던 곳이다. 한 시간 동안 당시의 즐거운 기억이 그에게 찾아들었고, 그것 말고도 그사이에 벌어진 일이라면 한마디로 페리를 타고 그 집이 바라다보이는 지점에 이르자 자신이 예전에 머물렀던 젊은 날의 녹색 셔터 위에 베네치아에서 세입자를 구한다는 표시로 쓰는 하얀색 띠종이들이 붙어 있는 것을 발견했다는 것이다. 이는 첫번째 산책 이래로 그에게 가장 강렬한 인상을 잔뜩 안겨준 산책이었다. 도착한 이후 거의 끊임없이 레포렐리궁에 있었는데, 둘째 날에 날씨가 갑자기 안 좋아져서 다들 집에 눌러앉아 있어야 했다. 그때의 일은 그로서는 마치 박물관에서 몇 시간을 보낸 기분이면서도, 박물관에 다닐 때의 피로함은 없었다. 또한 뭔가와 닮은 모양새였는데, 여전히 상상력을 발동하여 그 이름을 찾으려 애쓰는 중이었다. 나중에 하릴없이 산책에 나섰을 때에도—수년이 지났음에도 길을 잘 찾을 수 있었다—아마 그 이름을 찾고 있었을지도 모르는데, 그렇게 돌아다니던 끝에 강물 건너로 작은 하얀색 종이를 찾아내는 보상을 얻게 되었던 것이다.

한두 시간 지나 궁에서 저녁을 먹기로 되어 있었고, 이미 그날 아침 이른 점심을 거기서 함께한 참이었다. 그러고 나서 세

명의 여성과 외출했는데, 셋이라 함은 로더 부인과 스트링엄 부인과 케이트를 지칭하는 것이었고, 풍요로운 베네치아의 기운을 받으며 돌아다니던 중 이제 그만 실 양에게 돌아가보라는 모드 이모의 지시가 있었다. 그는 지금에 와서도 자신의 처신과 연결된 두 가지 상황에 신경이 안 쓰일 수가 없었다. 첫번째는 랭커스터의 여주인이 누가 있든 말든 대놓고 그에게 말을 거는데, 그것이 말은 안 하지만 그녀 계획의 불가해한 가담자들—그렇다, 케이트와 거의 마찬가지로 수전 셰퍼드까지—로 여겨지는 다른 사람들의 인식 역시 표현하는 듯했다는 것이다. 다른 두 사람의 코앞에서, 말하자면 특히 케이트를 앞에 두고 정확히 지시에 따랐다는 사실을 도대체 지워버리기 힘들었다. 즉 항변 한마디 없이 주섬주섬 일어나 저택으로 되짚어갔다는 사실 말이다. 그래서 자신이 바보처럼 보인 게 아닐까, 그가 내리느라 곤돌라가 마구 흔들릴 때—어쩔 수 없이 그다지 좋지 않은 선착장으로 가야 했기에—보인 어정쩡한 모습에 남은 친구들이 재밌다는 양 그의 등 뒤에서 다 안다는 미소를 주고받진 않았을까, 그런 의구심이 여전히 있었다. 20분 뒤 혼자 있던 밀리 실과 만나 다른 사람들이 차를 마시러 돌아올 때까지 함께 있었다. 이상한 것은 그게 아주 쉬웠다는 것, 말도 못하게 쉬웠다는 것이다. 그녀와 함께 있지 않을 때만 그게 이상했다. 그녀와 함께 있지 않을 때에야 그것을 이상하게 만드는 특정한 것들을 마주쳤기 때문이다. 하지만 그녀와 자리를 함께하는 동안에는 마치 여동생과 있는 것처럼 쉬웠는데, 물론 굳이 따지자면 그래서 아주 설레었다고 할 수는 없었다. 그가 밀리를 보는 시각은 처음 만났을 때와 같았다. 그것은 지워지지 않고 그대로였다. 로더 부인과 수전 셰퍼드와 자기 여자인 케이트는 각자 그녀를 공주라거나 천사, 유명 인사로 볼 수도 있지만, 다행히도 그가 보는 그녀는 아직 어떤 불편함을 초래할 복잡성을 지니고 있지 않았다. 뉴욕에서 자신에게 친절했고, 그 역시 보답으로 기꺼이 친절히 대해줄 용의가 있는―두 사람 다 그게 별로 대단하다고 보지는 않았지만―자그마한 젊은 미국 여성이라는 존재가 공주니 천사니 유명 인사니 하는 것들을 유쾌하고도 간단하게 덮어버렸던 것이다. 그녀는 그가 일부러 와줘서 고마워했지만, 그렇다고 그들이 수월하게 계속해나가지 못할 것―그녀가 늘 집에 있게 된 순간부터―은 없었다. 둘 사이에서 들렸던, 아주 약간 도드라진 내색으로는 집에 머물러 있는 게 최선이라고 그녀가 인정한 정도가 전부였다. 그렇지만 온갖 로맨스와 예술과 역사로 가득한 자기 왕궁은 주변에 소용돌이처럼 수많은 암시들이 떠다녀 잠시도 잠잠한 법이 없기 때문에 조용히 지낸다고 볼 수 없다고 강조했다. 따라서 그런 장소 안에 머물러 있는 것은 감금이 아니라 수 세기에 걸친 자유로움이라고 했다. 그래서 덴셔는 그렇다면 둘이 함께 원하는 만큼 실컷 이 공간 속을 이리저리 떠다녀보자고 선선히 인정했더랬다.

앞서 벌어진 상황에서 케이트는 잠깐 짬을 내어, 그가 마치 아픈 사촌을 만나러 가는 수고로움에 싫증 난 총명한 사촌 같다고 말해주었다. 그는 '싫증 났다'는 것에 대해 그 자리에서 곧장 부정했지만, 자신이 지금까지 보여준 인상으로 봤을 때 혹시 밀리에게도 똑같은 이미지가 떠오르지 않았을까 궁금했다. 케이트가 다시 모습을 보이자마자 차이가 바로 불거졌다. 스스로 즉각 실감했다시피 자신이 너무나 깊이 가라앉아버렸다는 기이한 사실 말이다. 케이트가 그를 위해 이미 다 생각해놓은 일만 할 뿐, 자신이 생각한 일을 하는 것—게다가 그가 봤을 때 자신의 삶은 그랬어야 하는데도—이 전혀 아니라서 가라앉는다고 할 만했다. 따라서 새롭게 등장한 예리하고 쓰라린 그 차이가 자신을 계속 성가시게 긁어대는 느낌과 함께 그는 저택을 벗어났고, 여전히 그 상태로 다시 거기서 저녁 먹는 일을 해내야 할 것이었다. 어떤 상황에서든 최선을 다해야 한다고 혼잣말을 했더랬다. 숙소를 바꿔야겠다는 생각에 빠져 페리 위에서 운하 건너편의 예전 숙소를 찬찬히 살펴보고 있었을 때에도 그것은 여전히 머릿속을 떠나지 않았다. 과거에도 효과가 있었으니 현재에도 잘 되지 않을까? 그가 의식하는 전반적인 필요에 잘 맞아 들어가지 않을까? 그 자신도 잘 알고 있듯이 한 군데가 어긋나면 어디서든 어긋나게 된다는 사실을 의식하는 사람에게는 최선을 다해야 할 필요성이 일종의 본능이었다. 그나마 지탱해오던 손을 떼어버리면 그의 둘레를 감싸던 기이한 조직 전체가 한순간에 무너지면서 빛이 비어져 들어올 것이었다. 정말로 신경줄을 조이고 사는 문제로서, 똑바로 나아가는 일이 **가능한** 것은 바로 그가 신경을 곤두세우고 있기 때문이었다. 하지만 정도가 점점 심해지면 확실히 정신이 나가버릴 참이었다. 한마디로 그는 양쪽이 가파른 경사를 이루는 높은 산마루 위를 걸어가고 있고, 일단 그 위에 머물러서 버티는 일을 감당할 수 있게 되면 그곳의 유일한 행동 규범은 정신을 차리는 일뿐이었다. 그를 거기에 올

려놓은 것은 케이트였는데, 줄타기를 하듯 한 발씩 떼며 나아가
다 보면 그녀가 자신을 관리한다는 아이러니가 상당히 예리하
게 그를 파고들 때가 종종 있었다. 그를 위험에 빠뜨렸다는 말
이 아니다. 그녀와 관련해서 정말 위험에 빠진다면 그건 완전히
다른 종류일 테니까. 사실 그의 내면에서는 자신이 가지지 못한
것에 대한 일종의 분노가 이글이글 타올랐다. 진정 욕망의 조급
함에서 생겨났을 원한, 계속 미뤄지고 좌천되는, 극도로 조종당
하는 자신의 상태에서 나오는 원한 말이다. 그녀가 멋지게 해내
긴 했지만, 사실 그가 영원히 그녀의 의지에 따라 움직이게 되
었다는 것 외에 달리 무슨 뜻이겠는가? 처음부터, 그녀를 처음
알게 된 그 순간부터 그의 생각은 프랑스에서 말하는바, '아량을
보이자는' 것이었다. 쾌활함과 관대함을 항상 유념하고, 대체로
두려울 게 없는 남자들에게 있는 사소한 지출과 사소한 저축에
대한 경멸, 자신감이라는 측면에서의 경멸을 잊지 말자는 것이
었다. 당연히 그가 해줄 여력이 안 되는 일이 많았다. 그게 바로
그가 처한 곤경의 핵심이었으니까. 하지만 다른 의미에서 멋지
게 살 수 있다는 생각으로 그것을 벌충하지 못한다면 그가 가진
매력이 무엇이란 말인가? 값싼 종류이기는 하지만 여하튼 자신
의 존재에서 로맨스를 읽어낼 수 없다면 말이다. 애초에 그녀에
게서 받았던 느낌이 다시 다 떠올랐고, 정말로 여느 때처럼 생
생했다. 그때그때 닥친 일에 급급하여 서툴게 땜질하며 살아가
는 허약한 자신과 참 다르게, 그가 이름 붙인바 삶을 살아가는
순전한 재능을 지닌 그녀를 찬탄하고 부러워했던 느낌 말이다.
단지 지금 그 어느 때보다 그 점이 특징적으로 그녀에게서 도드

라지기 때문에 그로서는 더욱 거슬리는 것이었다.

지금 그가 여기 이렇게 있는 것도 그렇고, 무엇보다 특정한 상태로 있는 것이 모두 삶을 살아가는 그녀의 순전한 재능 덕분이었다. 대단히 풍부한 증거는 아니었지만, 지나친 수동성에 저항하는 어느 정도의 반항심이 내면에서 생겨났다는 사실이, 적어도 스스로 알고는 있다는 증거였다. 즉, 자신이 어떤 상태인지, 그저 무력하게 받아들여야 하는 상태가 얼마나 마음에 들지 않는지를 말이다. 잠시 그는 애석한 마음이 들었다. 무엇보다 그렇게 표현할 수 있었다. 가을의 오후가 저물 무렵 페리 위에 선 그의 내면을 줄곧 질문으로 쾅쾅 울려대는 힘이 주로 그것이었다. 그렇게 서 있는 동안에도 그의 질문은 꾹꾹 눌러놓은 특별한 쓰라림, 거의 수치심에 가까운 감정과 연결되었다. 그리고 주변 상황의 도움으로 그것이 심각하게 여겨지면 쓰라림과 수치심은 덜했다. 따져보면 케이트가 거의 당돌할 정도로 용감히 맞서서 양심의 가책도 없이 얼토당토않게─만족스러워하는 만큼이나 얼토당토않게─기꺼이 그를 그 안으로 밀어 넣은 상황에서 얼마간 비롯되었다고 할 수 있었다. 그게 얼마나 만족스럽지 않은지는 그가 자신의 유리한 지점을 벗어나기 직전에 절절하게 느끼게 될 것이었다. 앞서 말한 그의 질문이란, 진정 자신에게 남은 의지가 전혀 없는가라는 흥미로운 질문이었다. 실제 실험해보지 않고서야 알 도리가 없었고, 그것이 바로 핵심이었다. 아량을 보인 것은 옳은 일이었고, 정신적으로 멋지게 살았다는 기쁨과 얼마간의 자부심은 여전할지라도 장부는 좀 살펴봐야겠다는 충동 역시 충분히 생길 만했다. 하지만 그 자신은 케이트가 원하는 것을 하나도 빼놓지 않고 다 해주는 반면, 케이트는 그가 원하는 바를 하나도 해주지 않는다는 사실이 아주 예리하게 그를 파고들면서 어쩔 수 없이 잠시 숨이 턱 막혔다. 그래서 결국 그 가능성을 실제로 시험해봐야 안다는 그의 방안은, 따스한 저녁 어스름과 함께 남쪽의 밤이 다가오는—앞에서 언급한 바의 '상황'이라 할—그때, 빛이 스러질수록 점점 유령처럼 희미하게 빛나는 자신의 옛날 녹색 셔터 위, 작은 하얀색 종이를 거듭 가리키는 것이었다. 시계를 확인해보니 생각에 잠겨 바라보고 서 있은 지 15분이 지났다. 하지만 거기서 발길을 돌릴 즈음 갈수록 끈덕지게 물고 늘어지던 방안의 해답을 다시 찾게 되었다. 의지가 남아 있는지 증거가 필요하다면 바로 코앞에서 그것이 기다리고 있었다. 운하 건너편에 숨어서 말이다. 작은 선착장의 사공들이 이따금 그를 손짓하여 불렀다. 하지만 편한 교통편에 등을 돌린 것은 얼마간은 그의 긴장감 탓이었다. 어쨌든 넘어가긴 하겠지만 빠른 걸음으로 굽이굽이 돌아 결국 리알토 다리를 건너서 갈 참이었다. 가보니 방은 비어 있었다. 옛날 여주인은 여전히 환한 미소를 보이며 맞이했지만, 그를 알아보겠다는 말은 지어냈을 것이다. 남루하지만 세련되고, 쇠락했지만 정다운 아슬아슬한 낡은 물건들도 그대로였는데, 그걸 보고 그가 내보인 애정 표현은 진짜였다. 되돌아가기 전에 그는 다음 날 아침에 들어오겠다고 했다.

그는 그날 저녁 식사를 하면서 그 생각에 빠져 있었다. 저택에 들어서면서 녹아 사라지긴 했지만, 희한하게도 처음에는 그저 혼자만의 만족을 위한 거라고 치부하고픈 충동이 들었음에도 그랬다. 그래야 할 필요성이나 적합성을 너무 당연시한 나머지, 대화를 나누다가 자신이 천진난만하게 신이 나 있다는 사실을 문득 의식했다. 진정 고풍스러운 베네치아식 실내의 소박한 로코코풍과 예스러움을 불러내며 그가 그려낸 그림의 도움으로 생겨난 효과가 그러했다. 천장이 높고 화려한 이 방이 어딜 보나 웅장하지만 자신이 묵을 집과는 다르다고 밀리에게 힘주어 말했다. 기실 그런 주장을 얼마나 성공적으로 했는지, 그녀가 그렇다면 조만간 자신을 초대해서 차를 대접하는 게 마땅한 의무라고 곧바로 선언하기에 이르렀다. 다들 그랬듯이 그 역시 느낀 바지만, 그녀가 지금껏 어디에 가고 싶다는 희망을 그렇게 분명하게 표현한 적이 없었다. 교구 내의 잔치나 가을 석양을 굳이 보러 가려 하지 않았고, 심지어 티치아노나 지오반니 벨리니의 작품을 보러 계단을 내려가는 일도 꺼렸던 것이다. 케이트와 그 사이에서는 말을 하지 않고도 이해하는 일이 가능해서, 상대가 자유자재로 할 수 있듯이 그 역시 그녀의 수많은 신호들, 의식과 의식이 만나 서로를 고취하는 부드러운 숨결을 모두 알아차릴 수 있다는 것이 그의 한결같은 견해였다. 아무런 내색도 하지 않았지만 케이트가 자신을 초대해달라는 밀리의 제안을 어떻게 받아들였는지 의식하면서, 오늘 밤 그 어느 때보다 그런 견해의 정당성이 입증되었다. 자신이 바라고 예상해왔던 바와 완벽하게 맞아떨어지는 상황이 너무 흡족해서 눈이 먼 그녀는, 순간 본능적으로 그녀의 표정과 말투를 살피던 그의 표정이나 말투, 진실하지 못한 반응으로 보아 그가 불가피하게, 거의 무례할 정도로 그저 시간을 벌기 위한 애매한 답변만 했다는 사실을 알아차리지 못했다. 그것만도 무척 놀라웠지만, 그녀가 감지하지 못했다는 사실이 즉각 그가 지금껏 계획해왔던 유리한 입장의 시발점이 되어주었다. 그러니까 그녀 역시 정말로 음흉하게 부정직한 태도를 보인 것이 아니었다면 말이다. 그가 선언한 이 작은 사실이 자신과 어떤 관련이 있는지를 케이트가 마음속 저 깊은 곳에서는 이해했을 수도 있음을 그는 모르지 않았다. 어차피 그런 능력이 있는 인물이니까. 추측할 수 있으면서 동시에 그 추측을 숨길 수 있으니까. 그럼에도 그는 한두 발짝 더 나아가 그녀의 시각에 약점이 있고 그로 인해 자신이 더 강해졌다는 느낌이 들었다. 그가 숙소를 옮긴 동기에 대해 약간이나마 어떤 우려를 가졌든, 그녀는 그가 밀리에게 공허한 약속을 했다는 사실을 분명 추측하지 못했다. 그것은 사실 그녀가 강요한 일이었다. 공허함—그나마 가장 덜 낯 뜨거운 표현이라고 할—이 시작되어야 할 특정한 시점을 처음부터 분명하게 예상했으니 말이다. 따라서 이제 그때가 되었음을 멋지게 알린 셈이었다.

인생의 어떤 면 때문에 그가 예전의 방을 다시 찾았는지는 몰라도, 어쨌든 밀리 실을 초대하기 위해서는 아니었다. 따라서 기꺼이 초대하겠다고 대꾸하는 그의 모습은, 완전히 냉담하고 치사하게 나왔을—지금껏 안 그러려고 애써왔지만—때의 모습과 크게 다르지 않았을 것이다. 사실 그의 내면의 드라마가 급속도로 진행되고 있던 참이라 예기치 않은 밀리의 단도직입적 호소에, 있을 수 없는 일이라는 생각이 즉각 들며 정말로 겁을 집어먹게 되는, 약간은 불길한 결과가 초래되었다. 이제 무르익은 자신의 동기의 현실성, 그 강렬함의 표시가 되었던 것이다. 반박할 마음이 생겨나지 않은 것은 확실했지만, 벌써 성공의 화색이 돌기라도 한 듯 그것이 아주 선명해졌다. 성공의 화색을 마주하자 두려울 만큼 가슴이 심하게 고동쳤다. 두려움이란 그저 손에 넣을 수 있는 행복에 대한 두려움이었다. 그것 자체가 하나의 징후였을 뿐이지만 말이다. 이렇게 필연적 과정을 예상하니 밀리의 방문은 궁극적인 불합리성이자 혐오스러운 방안으로 여겨졌고, 적나라하게 표현하자면 무엇보다 자기 게임을 망치는 일로 보였다. 물론 그런 견해를 갖는다는 것이 그의 앞에 잔뜩 널려 있는, 바보가 되는 수많은 방법 중의 하나가 되는 것이었다. 그럼에도 그것이 그나마 그가 미리 받아들일 만한 방식일 터였다. 그렇게 해서 자신에게 손톱만큼의 환상도 허용하지 않는 무르익은 그의 동기는 한 시간 만에 상상 속에서 그 장소를 손에 넣었다. 그렇게 아주 잠깐이나마 밀리의 순수함이, 밀리의 아름다움이 그 안에 머물 수 있도록 그것이 일찌감치 짐을 풀고 정리를 한 뒤 자리를 잡는 모습을 바라보았던 것이다. 그녀가 절대 알아차리거나 감지하거나 기미를 알아차리지 못할 것들이 있었다. 그렇지만 그녀가 조금이라도 기미를 알아차리면 아무에게도 도움이 되지 않을 거라는 사실은 변함이 없었다. 세세히 구별해보고 따져보는 건 그 자신을 위해서였다. 그렇게 상황의 모든 면모를 그가 일일이 실감하는 사이 케이트는 무엇이든 알아채는 기색이 놀라울 정도로 없었다. 하지만 그의 마지막 결론이 항상 그렇듯이 당연히 그녀는 늘 절묘했다.

처음 며칠 동안 그것이 온갖 맥락에서 튀어나왔다. 서로 사랑을 맹세한 두 사람이 어쩌다가 운 좋게 30분 정도 둘만의 시간을 가질 때마다 그렇게 찾아온 대단한 행운에 놀라워하고 묘한 특성을 연구하느라 귀중한 시간을 대부분 보내버렸다는 사실—덴셔로서는 그게 다 자신이 초래한 일이라고 보았지만—이 압박하는 중에도 특히 그랬다. 얼마간 익숙해졌다고 생각된 후에도 사정은 마찬가지였고, 항상 최종 결정을 내릴 태세가 되어 있는 케이트가 그를 위해 직접 잘못된 외양을 다 바로잡아준—이제는 익숙한 다른 단계들과 관련된 그녀의 지원 방식이었는데—다음에도 사정은 마찬가지였다. 눈에 띄게 위기 상황이 작동하면서, 로더 부인이 어떤 방안으로 이런 결정을 했을지를 그가 약간의 상상력을 동원하여—케이트가 마음껏 주장한 것처럼—이해할 수 있게 된 다음에도 상황은 마찬가지였다. 케이트가 자기 계획과도 잘 들어맞는다고 숨김없이 털어놓았던 로더 부인의 방안이 무엇이었든, 지금 상황에서는 그것이 결과적으로 놀랍도록 정당했음을 알 수 있었다. 선명해진 이 모든 것들에 대한 덴셔의 답은 이러했다. 2주 정도 베네치아에 와 있을 방안을 마련한다면 그것이 멍청한 짓이었다는 생각이 절대 안 들게 해주겠다는 모드 이모 특유의 결연함이 담긴 편지를 받았던 당시에는, 이모의 개입이 자신의 선명한 사실에 비춰보아도 아주 불가사의하지는 않았다는 것이다. 그런 일을 하기 위해 모드 이모가 필요했다. 그 역시 기꺼이 인정하다시피 지금 모두의 눈에 그가 전심을 다한다고 보이는 다른 일에 그가 필요했던 것처럼 말이다. 물론 로더 부인의 제안은 밀리가 아파서 참석하지 못했던 저녁 식사가 있던 날 밤, 그가 랭커스터게이트를 나서기 전에 그녀가 했던 말과 직접적인 연관이 있었다. 단지 그때 가정한 것보다 자신의 온순함의 정도가 엄청나게 늘어났을 뿐이었다. 남들에게 만사를 떠다밀 수는 없다는 생각이 들면, 자기 상황—모드 이모와 직접 관련은 없었으니 케이트와의 상황에 한정했을 때—을 따져보기가 좀 힘들었다. 혼자 있는 시간이면 로더 부인이 그저 자신을 시험해봤다는, 그러니까 그의 본질을 파악하고는 어떻게 요리하면 될지 알아냈다는 생각이 떠오르면 귓불이 화끈거렸다. 그저 휘파람 한 번 불자 그가 왔으니 말이다. 만일 자신의 온순함을 당연시했다면, 케이트의 주장처럼 그녀가 옳았음이 증명된 셈이었다. 그의 전반적인 순응성—적정한 한도 내에서라면 순응성도 다른 것과 마찬가지로 하나의 생활 양식이고 분명 어떤 것보다는 낫다는 그의 생각에서 나왔다고 할—도 그렇고, 특히 그가 이곳에 온 진짜 이유를 두고 팽배해 있을 당혹스러움과 관련하여 그가 느끼는 양심의 껄끄러움, 그 내적 통증은 케이트의 시적 변형이 아무리 대단하더라도 완전히 떨칠 수는 없었다. 케이트가 아무리 경탄하고 기뻐한들 그와는 별개로 자신을 옳지 않은 처지에 두는 뭔가가 존재하는 이상, 그것만으로 자기 처지를 바로잡을 수는 없었던 것이다.

스스로 정당할 수 없는 상태에서 일단은, 일반적으로 가정하듯, 그리고 그 역시 지금까지 한 번도 의심해본 적 없듯이 주어진 상황에서 정당함이 행복에 필수적인지 아닌지를 지켜보는 재미를 살면서 처음으로 즐길 수는 있었다. 모험 같은 게 자신에게 어울린다고 생각해본 적 없는데 누가 봐도 분명하게 모험에 말려들었고, 이따금 수준 이하로 떨어져서는 안 된다고 스스로 다짐할 수 있어 그나마 도움이 되었다. 밤에 혼자 호텔에 있을 때도 그렇지만, 어쩌다 밤늦게 짬을 내서 미로처럼 얽힌 어두운 골목길이나 쇠락해가는 궁전들에 둘러싸인 텅 빈 광장을 거닐다가 도대체 마음이 편안해지지 않아 문득 밀려드는 혐오감에 걸음을 멈출 때면, 사방이 에워싸인 보도 위에서 간혹 들려오는 발소리가 마치 다들 떠나버린 연회장에서 춤추는 덜떨어진 댄서의 스텝처럼 들려왔다. 그런 막간의 시간이면 그는 사태를 냉정하게 바라보면서, 어리석음은 가능한 한 짧게 끝내야 그나마 가장 낫다는 원칙에 비추어 당장 그곳을 뜨는 것이 가능할 뿐 아니라 마땅히 해야 할 일이라는 생각이 들었다. 하지만 그럼에도 다시 레포렐리궁의 문지방을 넘고, 화가들의 표현을 빌리면 거기서 사업적 요소가 다른 식으로 '구성'되는 것을 보게 되었다. 그럴 때면 떠난다고 해봐야 자신의 어리석음이 줄어들기는커녕 오히려 더욱 무례하고 볼썽사나울 뿐이라는 생각이, 무엇보다 뭐가 되었든 정말로 '시작한' 적 없이 단지 동의하고 승복하고, 다른 사람들이 시작한 일을 그저 아주 관대하게 봐주고 용인해준 것이니 미신적일 정도의 엄격함으로 자신을 닦달할 필요는 없다는 생각이 떠올랐다. 복잡하게 얽힌 속에서도 그나마 한 가지 분명한 것은 무슨 일이 있더라도 신사답게 행동해야 한다는 것이었다. 신사의 행동은 어때야 하는가라는 문제를 탐구하면 이따금 복잡함의 무료를 달랠 수도 있겠다는 그보다 약간 덜 훌륭한 진실이 덧붙여졌지만 말이다. 하지만 궁극적으로 그런 문제가 댄서의 가장 큰 걱정거리일 수는 없었다. 세 여성들이 동시에 그를 보고 있었고, 수월함이라는 차원에서 보자면 그러한 곤경이 결코 이상적이라 할 수 없지만, 다행히도 즉각 실행 가능한 법칙이 있기는 했다. 그 법칙이란 그들이 보여준 상냥함을 짐승 같은 놈이 되는 식으로 되갚지는 말자는 것이었다. 짐승 같은 놈이 되려고 영국에서 여기까지 일부러 온 것이 아니었다. 많은 제약 속에서나마 베네치아에서 케이트와 2주를 함께 지내면 어떤 일이 생길까 생각한 것이 짐승 같은 짓이라 여기지 않았다. 다 이해한다는 듯이 로더 부인의 제안에 응했지만, 그것 역시 짐승 같은 놈이 되려고 그랬던 것은 아니었다. 그리고 김 빠지는 전개에서 그가 무엇보다 가장 대비하지 못했던 것이라면, 웅장한 옛 왕궁의 여주인으로서 모든 정황에 힘입어 그가 지금껏 알았던 그 누구보다 더욱 거부할 수 없이 그를 환대했던, 창백하고 섬세한 밀리에게서 받은 뜻밖의 인상에 즉각, 불가피하게, 굴복—신사로서, 그것은 의심할 바 없고—하게 된 일이었다.

이 멋진 광경에는 그가 의식적으로 협상했다고 볼 수 없는 어떤 설득력, 권위, 절묘한 효과—어떤 신기한 이름으로 불러야 할지 몰랐다—가 있었다. 그가 그때그때 임시변통으로 이름 붙였던바, 그녀의 환대, 솔직함, 사랑스러움, 슬픔, 총명함, 그리고 당혹스러울 정도의 시적 분위기, 그러니까 전체 배경의 아름다움이 보탬을 주고 보는 사람 입장에서는 그러한 요소들이 효과와 조화로움의 측면에서 그녀에게 영향을 미치는 만큼이나 그녀에게서 얻는 게 있어서 보탬이 되는 그것들, 곧 그녀의 태도 전부가 상상하기에 옛날 구슬픈 음악의 유령 같은 소리나 문득 귀에 들어온 어렴풋한 소리처럼 주변을 배회하고 떠다니면서 그녀의 시중을 들고, 뚝 떨어져 사라졌다가는 푸드득거리며 다시 나타나기를 반복하는 어떤 의미를 지니는 것으로 보였다. 이따금 짬을 내어 돌이켜보자면, 신사라면 대놓고 그렇게 할 수는 없어 케이트나 로더 부인에게 책임을 떠넘기지 못했으니 그로서도 확실히 잘된 일이었다. 말하자면 미리 알지 못했으므로 약간 속은 기분이 든다는 식으로 말이다. 이런 건 미리 알렸어야 하지 않았느냐, 그러므로 특히 이런 점에서 날 속인 게 아니냐, 이런 내색을 케이트에게조차도 차마 하지 못한 채 닷새가 지났다. 사실로 말하자면, 무엇이든 자유롭게 다루고 이름 붙이는 일에 한해서는 정말로 그들이, 그 다섯 사람이 '무심코 내뱉은 말'로 쉽게 추한 꼴을 보게 될 분위기에서 함께 지내고 있음은 틀림이 없었다. 그는 밀리와 만날 때마다 이렇게 다시 가깝게 지낼 수 있게 된 기적 같은 행운, 이 호의적인 분위기로 미덕이 배가된 그 행운에 대한 이야기로 돌아갔다. 거의 믿을 수 없다는 식으로 떠들어댔지만, 이런 혜택에도 불구하고 아무리 시간이 흘러도 밀리의 고귀한 상태와 품위를 인정하게 된 정도에 어울리는 만큼 그에 대한 자신의 생각은 들려주지 않았다. 이제는 상당히 습관적이 되어버렸지만, 생각해보면 자신이 그녀를 먼저 알았다는 사실을 새삼스럽게 떠올리게 되었다는 것이 모든 상황의 배후에 깔려 있었다. 로더 부인의 집에서, 밀리가 없는 중에 다들 입을 모아 그렇게 주장하지 않았던가. 그가 즉각 그녀를 두번째로 찾아갔을 때 특히 영향력이 느껴졌고 말이다. 그녀가 그와 함께 마차를 타고 나갔던 순간부터 그 영향력은 마치 무척 부드러운 실크로 짠 담요처럼 그들을 함께 덮어주며 덜 컹거리는 높은 마차 안에서 내내 곁에 머물렀더랬다. 과거에 자리 잡은 어떤 것, 이미 그 두 사람의 것인 어떤 것과 뚜렷하게 이어지며 작용했던 것이다. 이미 그 당시에도, 그러니까 마차를 타고 가다가 어느 시점에서, 자신이 거기 있는 것은 케이트와 케이트의 계획을 통해서가 아니라 밀리와 밀리의 계획, 그리고 틀림없이 그 자신과 그의 계획을 통해서라고, 또한 그것이 어느 정도가 되었건 뉴욕에서 보냈던 시간들이라는 작은 사실들을 통해서라고 혼잣말을 했던 것을 그가 이후에 떠올린 것이 한 번 만은 아니었다.

2

 매일 입에 달고 산다고 케이트에게 핀잔을 들었던 문제에 대한 대답을 그녀에게 직접 들을 기회가 마침내 여러 도움으로 생겨났는데, 거기서 어떤 결과가 촉발되었는지는 나중에 가늠하게 될 것이었다. 그가 입에 달고 살았던 이유는 로더 부인이 생각하는 이득이라는 수수께끼로 거듭 되돌아갔기 때문인데, 그 두 사람이 만날 수 있도록 제공한 기회와 그로써 생기는 이득이 상당히 비례하지 않기 때문이었다. 그러면 케이트는 답답하다는 듯이 기회 자체를 부정하면서, 대놓고 후려치는 날이 선 반어적 말투로 그게 그렇게 대단한 기회로 보이느냐고 되물었다. 상대가 이런 식으로 나오자 그는 상대의 눈을 깊이 들여다보았다. 그렇게라도 해야 자신의 얼굴이 눈에 띄게 달아오르게 만든 것을 봐주고 넘어갈 수 있을 것 같았다. 그러자 무슨 이유에서인지 말투가 누그러지며 그녀는 다시 상냥하고 진지해졌다. "만난다니요?" 그녀가 의미심장하게 그의 말을 되풀이했다. "우리가 만나서 뭐 대단한 득이라도 보고 있나요?"
 "그건 전혀 아니죠. 굶어 죽지 않을 정도의 식단이니까. 여기 온 첫날부터 말했지만, 그래도 어쨌든 이모님보다야 우리가 얼는 게 더 많다는 거예요."

"아, 하지만 모드 이모가 뭘 얻는지 당신은 이해하지 못한다는 걸 알아야죠." 케이트가 대답했다.

"바로 그거예요. 이해하지 못하는 그 점 때문에 내가 그 문제에 그렇게 매달릴 수밖에 없는 거죠. 이모님에게서 아무런 눈치도 챌 수가 없으니까요. 정말 대단한 분이에요. 모든 게 자연스럽게 생겨났다는 듯이—!"

"이렇게 가다가는 내가 당신에 대해 심사숙고하게 되리라는 것도 이모는 아주 '자연스럽게' 받아들이시죠." 케이트가 말을 이었다. "아무리 보아도 이모가 가능하다고 마음먹는 일은 정말 가능해지는 것 같아요. 아마 이러이러하게 되겠지, 그러면 꼭 그렇게 되고요. 당신도 이제는 분명 나름대로 깨달은 바가 있겠지만, 이모는 어떤 견해를 가졌다 하면 본인 시각에서 그 일이 실제 일어나게 하고, 그것과 다르거나 반대되는 견해, 게다가 그런 견해를 대변하는 사람들까지 자신의 견해로 겁을 줘서 눌러버릴 수 있어요. 그게 바로 이모의 본질이에요." 케이트가 그 현상을 두고 탐구를 이어나갔다. "가끔은 자기 방안이 옳다고 굳이 증명할 필요도 없을 정도의 대단한 기운 덕에 이모가 성공한 게 아닐까 싶기도 해요. 무슨 일이 있든 그것이 옳은 것으로 되어버리는 걸 거듭 목격하니 말이죠."

케이트의 말을 듣고 있던 덴셔가 이 말에 반색하듯 활짝 미소를 지었다. "아, 이봐요, 당신이 설명해주기만 하면 당연히 내가 '이해하지' 못할 까닭이 없어요." 그러더니 곧 자신의 입장을 설명했다. "영 이해가 되지 않으니 그런 처지에 빠지는 거죠." 그러고는 잠깐 말을 멈췄다가 물었다. "우리를 겁준다고 생각하시는 거예요?" 케이트가 바로 대답하지 않고 주변을 둘러보기만 하자 그가 다시 물었다. "나를 향한 마음이 달라졌다는, 그런 믿기 힘든 일까지도 믿으시나요?" 그는 이제 자신이 상대방의 깊숙한 내면을 탐색하고 있음을 알았다. 무슨 까닭인지 그런 느낌이 들었고, 그래서 더욱 알아야 했다. "이모님이 당신이 나를 싫어한다는 생각을 하게 되었나요?"

이에 문득 케이트의 말투가 격해졌다. "당신이라면 그런 일을 쉽게 할 수 있잖아요!"

그가 의아하게 물었다. "이모님한테 대놓고 그렇게 말하면?"

"아니죠." 얼마나 단순한지 흥미로울 정도라는 듯이 케이트가 말했다. "당신에게 그런 걸 요구하지는 않아요."

"아, 알다시피 당신이 요구하는 거라곤 거의 없으니─!"

이 말은 누가 봐도 반어적이라, 마찬가지로 대응하고 싶은 충동을 상대가 꾹 누른다는 걸 그는 알 수 있었다. "내가 당신에게 요구하는 건 어느 면에서나 정당한 거예요." 그녀가 조용히 대꾸했다. "당신 입장에서는 아주 훌륭하게 일이 진행되고 있으니까요." 두 사람이 다시 그윽하게 서로의 눈을 들여다보았고, 그런 후 그녀가 말을 이었다. "당신은 전혀 불행하지 않잖아요."

"아, 그런가요?" 그가 아주 강하게 되받아쳤다.

"사실상 겉으로 나타나지는 않으니까요. 그거면 이모에겐 충분해요. 당신은 아주 놀랍고 훌륭해요." 케이트가 말했다. "그리고 당신이 잘해내고 있다는 사실을 내가 믿는지 정말 알고 싶다면, 이제 그게 가까워지는 게 보인다는 말은 확실히 해줄 수 있어요." 그러더니 문제가 다 해결되었다는 듯이 갑자기 화제를 바꿔서 시간을 물었다.

"아, 12시 10분밖에 안 됐어요." 그가 시계를 들여다보며 말했다. "겨우 13분 지난걸요. 아직 더 있어도 돼요."

"그럼 이제 슬슬 걷죠. 그쪽으로 가야 하니까요."

덴셔는 서 있는 자리에서 앞으로 길게 뻗어 있는 광장을 가늠했다. "다들 아직 상점 안에 있잖아요. 적어도 30분은 걸릴 텐데요."

"그럼 눈에 띈다고요, 눈에 띄어요!" 케이트가 말했다.

이 대화는 바닥이 매끈거리고 하늘을 지붕으로 삼은, 대화하기 좋은 편의시설로 언제나 그 자체로 위대한 사교 장소가 되어주는 산마르코 광장 한가운데에서 벌어지고 있었다. 정확히 말하자면 한가운데라 할 수는 없고, 두 사람이 모스크처럼 생긴 거대한 교회를 나와서 걸어가다가 동시에 충동적으로 멈춰 선 지점이라고 하겠다. 둥근 지붕에 첨탑이 있는 교회가 약간 떨어져 뒤쪽에 있었다. 그 시간대에 사람들은 주로 아케이드에서 돌아다니기 때문에 그들 앞에는 아케이드로 둘러싸인 텅 빈 광장이 펼쳐져 있었다. 베네치아, 그러니까 여행객들과 그들이 알 만한 사람들의 베네치아는 지금 아침 식사 중이었고, 늘 잔칫상처럼 널려 있는 부스러기들을 쪼아대는 성가신 비둘기 떼만 아니면 시야가 훤히 트여 있었으므로, 그들은 동행들이 아케이드 안의 레이스 상점에서 아직 나오지 않았고 아마 한동안은 나오지 않을 것임을 알았다. 산마르코 성당을 잠깐 들여다보고 오겠다—덴셔의 교묘한 표현이었다—면서 두 사람은 조금 전에 그들과 헤어졌다. 그날 아침엔 어쩐지 일이 잘되느라고 그랬는지 그런 기회가 표면으로 떠올랐다. 하지만 조금 전에 그가 케이트에게 내비쳤던 상황이 그들의 전반적인 기회를 과장한 표현은 아니라고 봐야 했다. 전반적인 기회의 최악의 면모라면, 본질적으로 다른 모든 사람과 함께하는 자리라는 것이었다. 이 시점에서 모든 사람이란 많고 많은 사람 중에서도 수전 셰퍼드와 모드 이모와 밀리를 의미했다. 하지만 그들에게는 안락함과 느긋한 걸음이 얼마간 양립할 수 있다는 견해 덕에 그렇게 다른 사람들과 함께하는 중에도 특별한 기회를 잡을 수 있었다. 상점 안에서 기다릴 필요 없다고 다들 동의했다. 당연히 최소한 그 정도는 해줄 수 있었던 것이다. 오늘 아침 그들에게 정말 도움이 되었던 것은, 그가 늘 쓰는 표현대로 저택에 등장했을 때 밀리가 여느 때처럼 모습을 보일 수 없었기 때문이었다. 이제까지 거의 습관처럼 자리를 잡은 일상은 이러했다. 매일매일—이제 여드레째에 접어들었다—그가 찾아오면 밀리의 친구이자 그의 친구들은 다들 편리하게 어디론지 사라져버리고 그는 밀리와 단둘이 점심때까지 시간을 보냈다. 그가 혼자 이름 붙인바, 자신을 여기로 불러낸 계획이 그렇게 해서 완벽하게 실행되었던 것이다. 그런 면에서는 성공적이라는 케이트의 견해에 확실히 그만큼의 정당성은 있었다. 집 안에 앉아 있는 동안은 어쩔 수 없기도 했지만, 자신에게 요구되는 대로 그는 로더 부인을 위해 경계심을 일으킬 만큼 케이트에게 빠져 있지 않다는 분위기를 풍겼다. 매일 아침 밀리가 그랬던 것처럼 그 역시 한결같이 밀리를 찾아와 자리를 함께했더랬다. 오늘에서야 그녀가 몸이 너무 안 좋아서 만날 수 없게 된 것이다.

어디를 보나 티가 났더랬다. 여느 때와 마찬가지로 꽃으로 가득 장식해놓은 시원하고 밝은 웅장한 방 안에 적당한 시점부터 모여 앉아 그녀가 내려오기를 기다리던 그들이, 그러니까 밀리를 제외한 나머지 사람들이 그저 서로를 쳐다보는 모습에서 그런 표시가 있었다. 그들이 함께 유감의 말을 내뱉지 않았다는 것이 너무 두드러졌다. 십중팔구 각자 속으로 그렇게 느꼈을 것이다. 불쌍한 밀리가 **그 정도로** 몸이 성치 않은데 그 상황에서 손님들에게 허용된 최대한의 반응이 심각함과 우려 가득한 침묵, 어떤 면에서 의미심장한 그런 침묵이라는 게 덴셔로서는 무엇보다도 이상했다. 그 침묵은 네 사람이 곤돌라로 내려가 그 안에 자리를 잡을 때까지도 이어졌다. 밀리는 다들 나가서 즐거운 시간을 보내라는 전갈을 내려보냈고, 정말이지 그들은 두번째로 놀라운 표정을 주고받았다. 마치 덴셔의 기분 전환을 위한 다른 대안을 제공하는 문제에서 그 전갈의 의미를 이쪽이나 저쪽이나 다 알고 있다는 표정이었다. 그의 오전 시간을 망치고 싶지 않으니 자기를 봐서라도 어떻게든 즐거운 시간을 보내라는 것이 그녀의 말이었다. 그런 문제라면 누구보다 밀리를 잘 아는 스트링엄 부인이 이 일의 해결에 도움을 주었다. 그녀는 밀리를 아주 잘 알기 때문에 집에 남아 있을 필요가 없다고 보는 것이 그들에게는 상대적으로 모호하고 거의 두렵기까지 한 상황에 정확히 따르는 행동임을 알았다. 모두에게 약간의 문제가 될 형식적인 요소도 바로잡아주었다. 로더 부인과 함께하고 싶은 일을 급조해낸 것이다. 레이스를 구경하고 싶다는 중요한 바람이 있었는데 지금까지 이런저런 일들로 항상 뒤로 밀쳐졌다는 것을 기억해냈다. 게다가 케이트를 위해서는, 무슨 운명의 장난인지 아직도 산마르코 성당의 내부를 제대로 보지 못했다고 그 전날 그녀가 했던 말도 기억해냈다. 이쯤 되자 덴셔의 마음 한구석은 그렇게 의도적인 수전 셰퍼드의 개입을 따져보느라 분주했다. 그들에게는 랭커스터게이트에서 시작되었던 그 무엇이 이제는 형태를 지닌 하나의 정서가 되었다. 이루 말할 수 없이 사려 깊은 그녀의 행동은 겉으로 드러나지 않을 때에도 대체로 미묘하게 그를 위한 일로 그에게는 다가왔던 것이다. 두 사람이 한 쌍이나 하나의 '팀'처럼 진짜로 결합되어 있는 것은 아니었다. 그러기에는 그 사이에 너무 많은 사람들, 적어도 세 사람이 있었고, 또 너무 많은 것들이 끼어 있었다. 하지만 그 와중에도 두 사람을 점점 가까이 끌어당기는 무언가가 마련되고 있었다. 그게 뭔지 알 수는 없었지만, 아마도 그저 그녀가 지금껏 자신을 이해하고 있었다는 사실을, 그것도 그 사실이 도움이 될 특정한 시점에 알아챈 것일 수도 있었다. 어떤 지점에 이르러 다른 누구의 이해력도 따라가지 못할 때 이 심오한 부인의 이해력만이 홀로 살아남으리라는 예감까지 들었다.

말하자면 오늘 한 쌍의 우리의 젊은 주인공 주변을 감싸는 신선하기 그지없는 도덕적 공기가 그러했다. 지금 목격했다시피 그들이 어떤 면에서 누리는 이득을 가능하게 했던 소소한 우연이자 드러나지 않는 힘이 바로 그것이었다. 두 사람이 가던 길을 다시 내처 가는 동안 사실 그 힘은 상당히 심화되었다. 유럽의 어느 유사한 장소와도 비교가 되지 않을 만큼 일 년 내내 삶의 기쁨이 넘쳐흐르는 광경으로 이름난 이 눈부신 광장이, 그 북적거림에서 멀찍이 떨어진 그들에게 둘만의 시간과 안정감을 제공해주었다. 이렇게 내키는 대로 할 수 있으니 하고 싶은 말을 다 할 수 있을 것만 같았다. 또한 그 결과 상대방이 하고 싶은 말도 다 이해할 수 있을 것 같았다. 무엇보다도, 귀에 들리는 것이라고는 퍼덕거리는 비둘기의 날갯짓뿐인 이 찬란한 역사적인 대기 속에서 그들의 입에서 금방이라도 나올 수많은 말들이 서로의 가슴속에 두려움을 불러일으키는 것만 같았다. 케이트의 마지막 말을 끝으로 내내 이어지던 침묵을 깨며 덴셔가 이렇게 말했을 때 그 점이 살짝 내비쳤을 수도 있었다. "좀 아까 내가 로더 부인이 믿게 만들 수 있다고 했는데, 그게 무슨 뜻이죠? 멍청하다고 생각해도 할 수 없지만, 나로서는 이모님에게 거짓말을 할 수 없게 된 순간부터 거짓말 외에 달리 뭘 할 수 있을지 모르겠거든요."

그 답이라면 그녀가 해줄 수 있었다. "밀리에 관한 멋진 얘기를 진지하게 이모에게 들려주는 일이죠. 솔직히 당신도 밀리를 아주 좋아하니까 거짓말은 아니잖아요. 그리고 당신 입에서 그런 말이 나오면 뭔가 달라질 거예요. 당신도 알다시피 당신이 밀리에 대해 별말 안 하잖아요." 그러더니 자신이 관찰한 결과를 전해주었다. "사실, 전혀 해주는 말이 없죠."

"이모님이 당신에게 그렇게 말하던가요?" 덴셔가 물었다. 케이트가 대답은 않고 기억을 더듬는 듯이 보이자 그가 외쳤다. "정말 엄청난 이야기들을 하는군요!"

그녀가 기억을 더듬은 게 맞았다. "우리가 엄청난 이야기를 하긴 하죠."

서로의 눈을 들여다보던 중 덴셔의 얼굴에 나타난 표정으로는 그에 대해 좀더 듣고 싶은 듯했다. 하지만 보아하니 그녀의 표정 속에 그런 생각을 접게 만드는 뭔가가 있었던지 잠시 후 다른 질문을 했다. 일주일 내내 마음속에 있었는데, 물어볼 기회가 지금까지 없었던 것이다. "두 사람 사이에 온갖 말이 다 오가는 모양이니 물어보는 건데, 그러면 지난번에 마크 경이 그렇게 슬쩍 왔다가 가버린 일에 대해서 이모님은 어떻게 생각하는지 혹시 아나요? 추측하기로 두세 시간 머물면서 밀리만 만난 뒤 다른 사람은 얼굴도 안 보고 그날 밤 기차로 다시 가버렸잖아요. 기다렸다가 당신을 만나보지도 않고, 아니면 이모님 덕 본 게 그렇게 많으면서 이모님도 보지 않고 가버린 건 어떻게 보시던가요?"

"아, 당연히 이모는 이해하죠." 케이트가 말했다. "밀리에게 청혼을 하려고 온 거였거든요. 순전히 그것 때문이었어요. 밀리가 딱 잘라 거절했기 때문에 당장 할 수 있는 일이 없어진 거죠. 아무렇지도 않게 곧바로 태도를 바꿔 우리한테 살랑거릴 수는 없었을 테니까요."

모험을 하려면 안목이라는 게 있어야 하는데, 덴셔가 그 정도도 알아채지 못하다니 케이트로서는 놀라운 모양이었다. 하지만 덴셔는 다른 생각에 빠져 있었다. "내가 거기 도착했을 때 그가 막 나서는 참이었는데, 그때 둘 사이에 그런 일이 있었다는 건가요?"

"그걸 몰랐단 말이에요?" 케이트가 물었다.

"어떻게 사람이 눈치도 없이 그런 실수를 저지를 수가 있죠?" 그가 놀랍다는 듯이 말했다.

"아, 그를 너무 얕보지 말아요!" 케이트가 미소를 지었다. "밀리가 당신에게 그 말을 안 했다는 거예요?"

"대단한 웃음거리가 되었잖아요?"

케이트가 여전히 미소를 띤 채로 말했다. "밀리를 정말 사랑하게 되었군요."

그가 다시금 그녀를 오래 바라보았다. "밀리가 청혼을 거절했다고 해서 마크 경에 대한 내 견해가 달라질 이유는 없잖아요? 어쨌든 방금 말했듯이 다른 사람들을 그런 식으로 대접한 일에 대해서까지 좋게 생각할 이유는 없어요. 당신 말을 들어도 로더 부인 역시 왜 그래야 하는지 모르겠고요."

"좋게 생각하지 않아요. 그냥 개의치 않는 거죠." 케이트가 설명했다. "혼자 잘 살 수 있는데도 얼마나 많은 런던 사람들이 특정한 조건에서 함께 어울리는지 당신도 잘 알잖아요. 그는 우리한테 마음을 바치는 게 아니에요. 그냥 한 번 부딪쳐보는 거죠." 그러더니 이렇게 물었다. "만족을 못 하면 항상 어디든 부딪쳐봐야 하지 않아요?"

"그러고는 다시 환영해주리라 자신하며 자기 변덕스러움의 희생자들을 찾아오고요?"

케이트는 논의 전개를 위해서 일단 희생자로 취급되는 데 동의했다. "아, 하지만 그 사람은 **나한테도** 한번 부딪쳐봤잖아요. 그러니까 괜찮아요."

"당신도 그를 거절했으니까?"

순간 그녀는 어느 쪽으로 방향을 잡을지 망설였고, 그사이 덴셔 입장에서는 오롯이 사실을 말하는데 일말의 압박감에 시달릴 이유가 뭐가 있나 의아했을 수도 있었다. 그녀는 제대로 된 쪽으로 방향을 잡았다. "그렇게까지 되지도 않았어요. 아예 그런 꿈도 못 꾸게 만들었으니까요." 이제 어느 때보다 명료하게 그녀가 말을 이었다. "모드 이모는 물론 그 사람한테서 나와 관련된 약속을 받아냈다고 보죠. 밀리가 그의 청혼을 받아들였다면 그건 깨지게 될 테고요. 사실상 달라진 건 하나도 없어요."

덴셔가 웃음을 터뜨렸다. "거절당한 게 그의 장점은 아니잖아요."

"마크 경이라는 건 여전히 장점이에요. 그 사람은 예전 그대로이고, 여전히 우리가 알던 그 사람인 거죠. 나 역시 그를 그렇게 대접했으니 그 점에서 그를 책망하는 건 내가 할 일도 아니고요."

"아, 정말 멋지게 대접했죠." 그가 성마르게 말했다.

"아직 질투심이 있다니 기쁘네요." 그녀가 미소를 지으며 말했다. 하지만 그가 대꾸하기 전에 할 말이 더 있었다. "모드 이모 입장에서는 아무리 다른 점이 마음에 안 들더라도 밀리가 확실히 입장을 밝혔다는 사실이 무엇보다 흡족하다는 것을 왜 이해 못 하는지 잘 모르겠네요. 밀리가 지금 당신과의 상황을 아주 소중히 여겨서 망치고 싶지 않은 거라고 생각하는 거잖아요. 이모가 보기에 그만큼의 인정이란 얼마간 당신 편에서의 인정도 의미할 수밖에 없고요. 바로 그 점에서 당신이 밀리에게 마음을 줄수록 내게는 덜 준다고 이해하시는 거죠."

이런 일은 처음부터 둘 사이에 수없이 있었지만, 다시금 그는 그녀의 상황 설명 능력이 얼마나 대단한지를 묘하게 뒤섞인 감정으로 순간 절감했다. 그 속에는 확신과 반발을 동시에 유발하는 뭔가가 있었다. 그것을 뭐라고 부르든 그의 다음 말에 그 영향이 툭 끼어들었다. "아, 당신을 향한 내 마음이 어느 정도인지 이모님이 알기만 하면—!"

전혀 애매하지 않은 이 말을 케이트가 잘랐다. "다행히 그런 일은 없을 거라고 봐도 전혀 무방해요. 워낙 성공적으로 잘해왔으니까."

"음, 나는 당신이 주는 걸 받을 뿐이고, 지금 내가 어쨌든 이 자리에 있으니 그 점에 대해서 고마워하는 게 앞뒤가 맞는 일이겠죠." 그가 곧 말했다. "단지 갈수록 당신 쪽에서 주는 게 내 일에서 그 무엇보다 커다란 부분을 차지한다는 거예요. 다른 무엇보다 당신이 내게 기대하는 일이기도 하고. 그런데 나는 **당신**에게 그런 걸 전혀 기대할 수는 없죠. 당신이 내게 주지 **않는** 것이 그렇게 많은데도요."

그녀가 의외라는 표정을 지었다. "그게 도대체 뭔데요?"

"난 증거를 주는데, 당신은 하나도 주지 않아요." 덴셔가 말했다.

"무엇으로 증거가 되겠어요?" 그녀가 잠시 후 물었다.

"나를 위해 뭔가를 해주는 거죠."

그녀가 놀랍다는 듯이 대꾸했다. "이게 다 당신을 위해 하는 일이 아니란 말인가요? 이게 아무것도 아니라는 거예요?"

"아무것도 아니죠."

"아니, 내가 이렇게 모든 위험을 무릅쓰는데도?"

그들은 천천히 걸어가고 있었는데 그 말에 덴셔가 걸음을 멈췄다. "당신 이모는 뭐가 뭔지 전혀 상황 파악을 못 하니까 당신은 위험을 무릅쓸 일이 전혀 없다는 게 바로 당신 주장 아닌가요?"

그녀의 놀라운 방안을 실행에 옮기기 시작한 이래로 그녀가 당황하는 모습을 본 것은 그때가 처음이었다. 게다가 당장의 그의 판단으로는 그녀는 자신이 당황했다는 사실이든, 당황한 모습을 보였다는 사실이든 전혀 마음에 들지 않았는지, 상처받았음을 보여주듯 곧 성마른 태도로 말을 내뱉었다. 그 모습에 그자신도 마음이 약해지며 가책이 확 솟는 것을 느낄 수 있었다. "그럼 내가 무슨 위험을 무릅쓰기를 바라는 거예요?"

위험한 처지에서 나오는 호소에 그의 마음이 움직였지만, 상황은 더 나빠졌다고도 할 수 있었다. "내가 바라는 건 사랑을 받는 일이에요. 이런 식으로 해서야 도대체 내가 사랑받는다는 느낌을 어떻게 받겠어요?" 아, 의연하게 내색을 안 하려 했지만 그녀는 그 뜻을 이해했고, 그래서 그로서는 좀더 당당할 수 있었다. 그녀와 함께 있으면 언제나 삶을 깊이 인식할 수 있었고, 이태 전 어스름 깔린 런던에서 처음으로 그런 삶의 표시를 서로 나누었던 때보다 조금도 덜하지 않았다. 그는 그녀가 무방비라거나 무지하고 연약하다고 여긴 적이 한 번도 없었다. 따라서 그가 둘 사이에 좀더 강렬한 믿음이 필요하다는 요구를 한 것은 그녀가 그것을 이해하고 그 요구에 맞출 수 있다고 믿어서였다. "도움을 준다면 계속해나갈 수 있을지 모르지만, 그게 아니라면 더 이상은 못 하겠어요." 그가 말했다.

그녀가 이제 그에게서 눈길을 돌렸고, 그것으로 그는 그녀가 이해했음을 알았다. "저쪽에 가 있어야 해요. 그러니까 두 사람이 나올 때쯤 말이에요."

"안 나올 거예요, 아직은. 그리고 나오든 말든 신경 안 써요." 그렇게 말했지만, 자기 느낌도 그랬고 그녀가 이기적이라고 비난할 수 있겠다 싶었는지 곧 덧붙였다. "그냥 다 관두고 우리 모습 그대로 결과를 감수하면 안 되나요?" 오롯이 진심인 말이 튀어나왔다. "세상에, 당신이 날 받아들이기만 한다면!"

이에 그녀의 시선이 다시 그에게로 돌아왔고, 결국 마음속 저 깊은 곳에서는 그녀가 그의 반항에 반감을 가지기보다는 사랑스럽게 여기고 있음을 알았다. 그것이 정신과 감각에 일으킨 반향에 잠깐 사로잡힌 것이 눈에 띄었다. 그럼에도 마음을 다잡고 그녀가 말했다. "우린 이미 너무 가버렸어요. 그녀가 죽는 걸 보고 싶어요?"

그가 잠시 주저했는데, 아주 자연스럽지는 않았다. "모드 이모님 말이에요?"

"누굴 말하는지 알잖아요. 우린 거짓말을 너무 많이 했으니까요."

아, 이 말에 그가 고개를 바짝 들었다. "이봐요, 난 거짓말한 적 없어요!"

그렇게 매섭게 쏘아붙여서 그에게 득이 되었을지 모르지만, 그 덕에 당연히 그녀의 시선을 감당해야 했다. "아주 고맙네요."

하지만 그 표정에도 그는 이미 쏟아져 나오는 말을 억누르지

못했다. "조금이라도 그렇게 보일 상황에 처하느니 오늘 밤이라
도 당장 여기를 떠나겠어요."

"그럼 가든가요." 케이트 크로이가 말했다.

다시 함께 걸음을 옮겼을 때 그에게 닥쳐온 것이, 그것도 아
주 심란하게 닥쳐온 것이 그 말에 담긴 난폭함이 아니라 오히려
조용한 냉랭함이었음을 잠시 후 그는 깨달았다. 나란히 걸어가
는 사이 잠깐 둘 사이에 간격이 생겨 실제로 느닷없이 쫙 갈라
져버린 느낌, 자신이 떠나야 할 근거에 이미 합의가 된 느낌이
었다. 그래서 앞뒤 맥락도 없이 별안간, 더구나 무모하게—이
제 아케이드 아래쪽에서 쉽게 그들을 볼 수 있었으므로—그가
불쑥 그녀의 팔짱을 끼었고 그 바람에 그들은 다시 멈춰 섰다.
"당신이 원한다면, 당신 계획에 필요하다면 어떤 거짓말도 하겠
어요. 단지 당신이 나한테 와주기만 하면."

"당신한테 오라고요?"

"나한테 오라고요."

"어떻게요? 어디로요?"

목소리는 낮았지만, 반신반의하는 그가 보기에 그의 요구를
능히 견디는 그녀의 태도에는 어쩐지 놀라운 면이 있었다. "내
방으로요. 어느 면에서나 가능한 일일뿐더러 그 방을 구할 때부
터 당신을 염두에 뒀다는 건 당신도 눈치챘겠죠. 둘이서 조금
씩 용기를 내면 어떻게 해볼 수 있어요. 우리 같은 처지의 사람
들은 항상 그렇게 하니까요." 그가 유익한 정보를 알려주기라도
하는 양 그녀는 듣고 있었는데, 화들짝 놀라며 회피하지는 않았
기에 그는 힘을—그로서는 한 걸음씩 찬찬히 나아가야 하는 문

제였으므로—얻었다. 사실 노골적이고도 속된 특정한 반응을
예상하지는 않았지만, 그런 반응이 없었기에 가능성이 더욱 근
거를 얻으며 짜릿함이 더해졌던 것이다. 그녀가 어떤지 알려면,
지금 한낮의 햇볕 아래 놀랍고도 가차 없는 그의 뜻을 그대로
다 받아내며 회피할 수도 없이 버티고 선 그녀를 전적으로 **바라
보아야** 했다. 사실 그녀가 듣기만 했으므로 그 역시도 전에 없
이 이해할 수 있었다. 계획에는 계획으로, 그래서 이제 싹트기
시작한 자신의 계획은 벌써부터 훌륭했던 것이다. "내가 바보가
아니라는 느낌이 아니라면 내겐 아무런 느낌도 있을 수 없어요.
내가 하고 싶은 말은 그게 다이고, 그게 무슨 뜻인지 당신은 분
명 알 거라고 봐요. 당신과 **함께라면** 해나갈 수 있어요. 당신이
요구하는 만큼, 혹은 당신이 가는 만큼 나도 가겠다고요. 하지
만 당신이 함께하지 않으면 절대 안 해요! 확신이 들어야 한다
고요."

얼마나 열심히 들었는지, 그가 말을 마친 뒤에도 그녀는 듣고
있었다. 그가 여전히 그녀를 끌어당겨 팔을 붙든 채로 잠시 걸
음을 멈추고 서 있었지만, 멀리서 다른 사람들이 본다면 비할
데 없이 아름다운 곳에서 대단한 감명을 받은 관광객이 그보다
는 약간 무심한 동료에게 말하는 식으로 비칠 수도 있었다. 그
가 그녀의 팔을 잡고 자기 쪽으로 돌려세웠으므로 그들은 이제
다시 산마르코 성당을 바라보게 되었고, 그녀가 양산을 빙빙 돌
리는 동안 그는 그 위대한 건물 위로 시선을 돌렸다. 그녀가 이
윽고 반대쪽으로 몸을 돌리더니 그제야 이렇게 입을 뗐다. "제
발 내 팔 좀 놔줘요." 그는 즉시 알아챘다. 다른 두 사람이 상

점에서 나와 회랑 아래쪽 그늘에 모습을 드러낸 것을 알아보았던 것이다. 그들은 나란히 그쪽으로 걸어갔고 아무 문제도 없었다. 그쪽에서도 두 사람을 알아보고는 아치 아래에서 편안하게 기다렸다. 그들 역시 완전히 준비를 갖추고 적당히 참을성을 보이며 적절하게 따라주는 모습—케이트가 이렇게 주장하리라는 게 그의 주장이었다—을 보였다. 항상 케이트의 체계에 따라 그랬지만, 어색함을 최대로 이용할 줄 아는 고도로 문명화된 시대의 아이들과 다를 바 없는 모습을 그들 스스로 내보였던 것이다. 어쨌든 그들은 서두르지 않았다. 그건 지나치다 싶을 테니까. 그래서 그는 말하자면 자신에게 밀려드는 느낌을 충분히 음미할 시간이 있었다. 그것은 어떤 점에서는 원하는 걸 이미 손에 넣었다는 사실을 그 어느 때보다 분명히 느낀 것이었고, 그런 상태로 로더 부인을 마주하게 되었다. 나올 건 더 있었다. 다 나와야 했다. 케이트에게 절대 다 털어놓지 않았으니까. 하지만 그가 손에 넣은 것은 진짜였다. 그녀가 손쉬운 질책이라는 끔찍한 그림자로 그의 선명한 빛을 덮어버리지 않았다는 사실 말이다. 그렇게 나올 수도 있다는 두려움이 워낙 강했기 때문에 그런 두려움이 사라진 것만으로 더할 수 없이 행복한 기분이었다. 위험은 사라지고, 그것은 그의 뒤편, 햇빛이 쏟아지는 거대한 광장에 남겨졌다. 아직까지는 그녀가 그의 요구를 잘 들어주었으니까.

3

알고 보니 그날 저녁, 미심쩍은 것이 남은 그가 오전 내내 입속을 맴돌던 또 다른 예리한 질문을 던졌을 때에도 그녀는 그것을 잘 들어주었다. 오전에는 신경 써야 할 다른 일이 너무 많아 의식에서 밀쳐져 있었다. 여느 때와 마찬가지로 날이 저물 무렵 밀리의 저택을 찾았을 때 공교롭게도 밀리가 저녁 식사를 함께할 수 없지만 나중에 잠깐 내려올 수 있을 거라는 말을 스트링엄 부인에게 들었고, 그로써 다시금 기회가 마련되었다. 커다란 응접실에 들어가니 수전 셰퍼드 혼자 앉아 있었는데, 이미 엄청난 돈을 쏟아붓고 있는 평소의 촛불보다도 더 많은 촛불이 장소 어디에나 풍기는 품격의 신비를 훤히 밝히고 있었다. 그녀의 장식은 날이 갈수록 더 화려해져서 다들 놀라며 그녀를 살짝 놀리기도 했다. 그는 로더 부인과 케이트가 내려오기까지 5분 정도 그녀와 단둘이 앉아 있었다. 정말이지 그 5분은 수많은 밀리의 촛불보다도 훨씬 멀리까지 길을 밝혀주었다.

"내려올 수는 있는 건가요? 정말 그럴 만한 상태가 아니면 굳이 그래야 할까요?"

그는 밀리의 내밀한 진실을 잠깐씩 들여다볼 수 있을 때—드문 일이긴 했지만—마다 늘 마음속에 일어나는 놀라움을 내보이며 이렇게 물었더랬다. 물론 건강상의 문제가 있었다. 그것은 공기 중에 만연해 있었고, 밟고 다니는 바닥에든 입에 넣는 음식에든 귀에 들리는 소리에든, 어디에나 있었다. 하지만 그 효과는 그에게 일종의 요구를 하는 식, 그러니까 조심하라고, 그는 물론 다른 사람들 모두에게 그런 암시를 하지 않을 분별력을 요구하는 식이었다. 그날 아침 그녀가 모습을 보일 수 없다는 말을 들었을 때에도 그런 암시는 전혀 없었고, 그래서 상황은 꽤나 괴상망측하고 어색했다. 그런데 지금 스트링엄 부인과 이야기를 나누면서 그가 눈을 뜨는 일이 처음으로 허용되었다. 그는 지금껏 기꺼이 눈을 감은 채로 지냈더랬다. 그것이 자신의 정신을 위해서도 유용한 역할을 해주었기에 더더욱 그랬다. 그가 밀리의 진실에 얼굴을 디밀고 싶지 않은 게 분명했다면, 그의 행동이 곧고 진솔하다는 증거로 그보다 더 좋은 것이 어디 있겠는가? 그녀에겐 애처로운 일이지만 자신에게는 우스꽝스럽기까지 했다. 하지만 그는 보통 친구에게 가질 법한 궁금증조차 가지지 않았다. 형식적으로라도 예의를 차려보고자 때로 궁금증이 일어나도록 스스로를 자극해보기도 했지만, 그래도 소용없었다. 그러니 여기 어디에 표리부동함이 있을 수 있단 말인가? 그는 적어도 자기 감정은 확신했는데, 그것은 바로 어떤 감정도 없다는 것이었다. 있는 감정이란 감정은 다 케이트에게 쏠려 있었기에 나눠줄 게 조금도 없었다. 케이트를 위해서 이런 일을 하는 것이지 요만큼이라도 밀리를 위해 하는 게 아니었다. 따라서 그는 관심을 갖지 않았다. 관심을 가지면 마음이 쓰일 것이고, 마음이 쓰이면 알고 싶어질 테니까. 알고 싶어지면 순전히 수동적으로 움직이지는 않게 될 텐데, 사실 순전한 수동성이야말로 자신의 위엄과 명예를 나타내는 것이기 때문이었다. 덧붙이자면 동시에 그의 위엄과 명예가 다행히도 오늘 밤 수전 셰퍼드와의 대화를 망쳐놓을 정도는 아니었다. 한 번만 잠깐 보여주는 것, 그녀는 그걸 하고 싶은 모양이었고, 그로서는 현재의 조건에서 그것을 받아들이는 일 정도는 해줄 수 있을 것 같았다. 그가 눈을 뜨도록 그저 허용하는 정도가 아니라 거의 요청에 가까웠다. "당신이 와줘서 다행이에요." 그것은 그의 질문에 대한 답은 아니었지만 당장은 충분했다. 나머지도 다 나오게 될 테니까.

그가 미소를 지어 보였고, 일종의 교감을 나누다 보니 어느새 그녀의 방식대로 말하고 있다는 것을 곧 깨달았다. "정말로 놀라운 경험이에요."

"당신 마음이 그렇다면 나로서는 더 바랄 나위가 없죠." 그녀가 환해진 얼굴로 그를 바라보며 말했다. "두려운 마음이 들지만 않는다면 당신에게 해주고 싶은 말이 있는데."

"뭐가 두려운데요?" 그가 독려하듯 물었다.

"혹시 다른 재미를 망치게 될까 봐요. 게다가 알다시피 난 별로 기회가 없어요. 당신은 항상 밀리와 **함께** 있지만."

내내 의식적으로 미소를 짓고 있어서 묘하게 도움이 되는 기분이었다. 방금 그녀의 말이 자신이 가야 할 길을 정확히 알려준다는 느낌에 미소는 더욱 의식적이 되었다. 이렇게 되다니 참 이상한 일이지만 그가 항상 그녀와 함께 있었던 것은 사실이니까. "아, 지금은 아니잖아요." 어쨌든 그가 미소를 띤 채로 말했다.

"그렇죠. 그래서 당신과 이렇게 이야기를 나눌 수 있으니 좋은 일이에요. 밀리는 훨씬 나아졌어요."

"나아졌다고요? 그럼 안 좋았던 건가요?"

스트링엄 부인이 잠깐 기다렸다가 말했다. "지금까지 계속 놀라웠어요. 정말 그랬다고요. 지금도 놀랍고요. 어쨌든 지금은 정말 나아졌어요."

"아, 정말로 나아진 거라면―!" 이쯤에서 그는 좀 느긋해 보이고 싶기도 했고, 무엇보다 상대방이 어리둥절해질 만큼 유난한 관심을 보이고 싶지 않아 말을 끊었다. "저녁 식사를 함께할 수 없다니 더욱 아쉽네요."

하지만 수전 셰퍼드는 기꺼이 받아주었다. "삼가고 있는 거예요. 두고 봐요. 아쉬울 일은 하나도 없을걸요. 작은 파티를 열 거예요."

"아, 알겠어요. 그래서 이렇게 장식이 더 대단해졌군요."

"멋지잖아요, 그렇죠? 뭐든지 다 갖추고 싶어 해요. 밀리는 지금 처음으로 자신과 딱 어울리는 곳에서 살고 있어요. 그래서 그렇게 하면, 그러니까 이곳의 아름다움을 최대한 끌어올리면 그 애는 정말 행복해할 거예요. 베로나풍의 그림과 가능한 한 비슷하게 만드는 거죠. 나로 말하자면 효과를 높이기 위해 전경의 한구석에 놓이는 어쩔 수 없는 난쟁이이거나 작은 검둥이예요. 사냥개나 매나 뭐 그런 게 있으면 이 장면을 더 멋지게 연출할 수 있을 텐데. 이곳을 관리하는 나이 든 가정부한테 커다란 빨간 앵무새가 있는데, 그걸 좀 빌려서 저녁에 내 엄지손가락에 올릴 수는 있을 것 같아요." 스트링엄 부인은 이런 설명과 그 외

238

다른 잡다한 얘기를 들려줬는데, 그렇다고 그 그림이 자신을 조여오는 기분은 들지 않았다. 자신의 태도에는 고상한 품격이 그렇게도 부족한데, 다른 모든 존재가 그런 품격을 지닌 구성에서 **자신**이 할 역할은 무엇인가? "하지만 저녁을 함께하지는 않을 거예요. 밀리가 초대한 몇 사람 말이에요. 식사 후에 각자의 호텔에서 올 거예요. 주요 인사라 할 루크 스트렛 박사와 그의 조카딸은 런던에서 도착한 지 이제 한두 시간밖에 안 되었을 거예요. 그 선생님을 위해서 밀리가 뭔가 해주고 싶어서 곧장 일에 착수했죠. 밀리가 좋아하는 분이니 만나볼 기회는 앞으로도 더 있을 거예요. **당신**이 그분을 만나볼 수 있어서 참 기뻐요. 밀리도 마찬가지고요." 그와 관련해 그녀는 조급하면서 부자연스럽게 생기발랄한 모습을 보였다. "그래서 정말 내 바람은一!" 그런데 너무 들떠서인지 그 바람은 어디론가 사라져버렸다.

실제 입 밖으로 나온 말 이상을 이해하기를 바라는 양 그녀는 잠자코 있었고, 그사이 그는 잠시 그 모습을 살펴보았다. "그래서 바라시는 게?"

"당신이 계속 여기 머무는 거죠."

"저녁 식사 이후에 말인가요?" 그녀가 뜻하는 바가 너무 엄청나서 도대체 어디서 시작해서 어디서 끝나는지 알 수가 없는 느낌이었다.

"아, 그건 물론이고요. 음악도 연주할 거예요. 멋진 악기 연주와 노래 말이에요. 가이드북에서처럼 타소*를 읊지는 않겠지만.

* 토르콰토 타소Torquato Tasso(1544~1595): 16세기 이탈리아 시인.

밀리가 다 준비했어요. 내가 했다고도 할 수 있죠. 그러니까 에우제니오가 한 거지만. 게다가 당신도 들어 있고."

"아, 내가요!" 정말로 진지하게 항의하듯이 덴셔가 외쳤다.

"고개를 꼿꼿이 들고 와인 잔을 치켜드는 당신이 모두를 능가하는 위대한 젊은이가 될 거예요." 스트링엄 부인이 말을 이었다. "우리가 바라는 건, 당신이 우리에게 신의를 지키는 거예요. 그저 며칠 대충 때우는 게 아니라."

그 말에 덴셔는 불안함 속에서도 얼마간 끌어낼 수 있었던 인위적인 평정심 속에서 자신의 내밀한 현실, 그 특정한 구차한 현실이 위로받지 못한 채 들썩이는 것을 의식했다. 그저 즐길 요량으로 여행을 다니고 베로나풍 그림을 닮은 곳에 자리를 잡은 이 안락한 여인네들이, 대단한 것도 아닌 걸 얻어보겠다고 전례 없이 시간과 기회를 들이고 있는, 당혹스럽기만 한 이 평범한 직장인에게 말하는 방식이라니! 그들은 얼마나 많은 걸 당연시하며 그에 대해 구구절절 설명하는 일은 대개 얼마나 구차한지! 그는 애를 써왔고, 그래서 얼마간은 이 자리에 들어온 것이기도 한데, 그래봐야 생전 처음으로 얻는 것도 없이 고통에만 시달리고 있다는 얘기를 그들에게 할 수는 없었다. 왜냐하면 자신이 안절부절못하는 원인—그 정도는 아니라도—과 관련해 잘못된 생각을 심어줄 수 있기 때문이었다. 그렇게 되면 지금 스트링엄 부인과 함께하는 시간으로 인해 그의 가슴에 갈수록 더욱 무겁게 얹히는, 자신에게 기대하는 일의 무게감이 직접적으로는 아니더라도 틀림없이 더욱 심해질 것이었다. 그런 일을 기대하게 만든 것, 그건 스스로 자초한 일이었다. 이미 엎질러진 물이니 이러쿵저러쿵해봐야 소용없었다. 거기서 거듭 뿜어져 나오는 냉랭한 기운이 공기 중에 감돌았다. 결국 이렇게 된 것이다. 잘해봐야 허우적거리고 있을 뿐.

"고려해야 할 따분한 일이 많다고 한 제 말씀을 제대로 이해하지 못하신 것 같네요. 집에서 해야 할 번거로운 일들과 불가피한 일이 있죠. 런던에서는 경제적 어려움과 압박감도 있고."

하지만 그녀는 완전히 다 이해했다. 경제적 어려움과 압박감을 덥석 물더니 그런 게 바로 자기 전문임을 알려주었다. "아, 임금이나 값비싼 보수나 보상 같은 매일 떠드는 얘기들 말이에요? 소중한 미몽의 시간들은 순식간에 지나가버리는데, 그런 것들이 얼마나 우리를 물고 늘어지는지를 나만큼 잘 아는 사람도 없을걸요. 그게 바로 나 자신이 포기한 것 아니겠어요? 그 애를 따르기 위해 다 포기했죠. 그런 내 기분을 당신도 느꼈으면 좋겠네요." 그러고는 물었다. "베네치아에 대해서 글을 쓸 수는 없나요?"

잠시 그는 정말로 그녀가 말하는 그 기분을 느꼈으면 하는 바람이 들 정도였다. 그래서 상냥하게 미소를 지으며 물었다. "베네치아에 대해 글을 쓰시나요?"

"그건 아니지만, 그럴 수도 있겠죠, 그렇지 않아요? 완전히 포기한 게 아니라면 말이에요. 알다시피 그 애는 나의 공주님이고, 공주님을 위해서는—"

"전부 희생하는 거다?"

"바로 그거예요. 그것 봐요!"

이에 그 누구도 이렇게 동시에 수많은 입장에 놓인 적은 없으리라는 생각이 그를 압박해왔다. "그녀가 당신의 공주님이라는 건 충분히 이해합니다. 단지 저의 공주님은 아니라는 거죠." 왠지 솔직하게 그렇게 말해버려도 되겠다 싶었는데, 상대가 그 말을 다른 누구에게, 특히 로더 부인에게는 옮기지 않을 거라는 도덕적 확신이 있어서였다. 로더 부인이 그 말을 듣는다면 뭔가 불길한 조짐을 느낄 테니까. 그의 말을 옮기지 않을 것이고 또한 그가 그 사실을 알아줬으면 하는 마음을 은근히 내보였다는 것, 그것이 그가 스트링엄 부인에게서 좋아하는 면이기도 했다. 그것은 둘 사이에 어떤 관계가 가능하다는 암시였다. 자신이 볼 수 없는 정도까지 자신을 끌고 들어가지는 않을, 그에게 유익하고 탄력적인 관계가. 하지만 그 사실을 새삼스럽게 이해하는 중에도 이 모두가 너무나 기이했다. 보아하니 수전 셰퍼드도 케이트와 같은 것을 원하는데, 단지 아주 다른 방식으로, 아주 다른 동기에서, 그럼에도 역시 심오한 이유로 그것을 원했다. 그렇다면 왕성한 에너지가 이상할 만치 무럭무럭 자라나는 로더 부인도 역시 각자가 원하는 바로 그것을 원하는 것이었다. 그 사이에 그가, 그것도 한가운데에 끼어 있었다. 그런 사실을 깨닫자, 차라리 이 상황이 전체적으로 요구하는 대로 아예 나서서 바보가 되어주는 게 최선이 아닐까 하는 생각이 들었다. 바보가 되기 싫어 기를 쓰지만 여전히 그 사이에 끼어 있는 건 그보다 더 멍청한 짓일 테니까. 여긴 여자들만의 세계라 자신의 이런 모습이 남자들 눈에 띄지 않으니 다행이었다. 다른 남자가 이런 자신을 보는 건 원하지 않았다. 순간 루크 스트렛 박사가 불쑥 떠올랐을 뿐이었다. 케이트가 런던에서 알려준 바에 따르면 밀리의 주치의인 위대한 의사라는 그가, 지금 막 들은 것처럼 이렇게 멀리 밀리를 찾아온다면 거기엔 뭔가 있었다. 상상해보자면 위대한 런던 외과의—그러니까 그가 외과의가 맞다면 말이다—는 어디를 보나 예리할 것이다. 그러니 결국 남자의 비판적인 시선을 완전히 벗어나지는 못할지도 몰랐다. 그에게 가능한 최선은 그냥 개의치 않는 것이었다. 개의치 않으려 애쓰면서 받아들일 수 있을 것이다. 그런데 일단 그쪽으로 생각이 이어지자 이번에는 마크 경의 모습이 떠올랐다. 마크 경은 현장에서, 부조리한 자신의 처지를 보여주는 현장에서 자신과 두 번이나 마주쳤다. 그래서 그가 두번째 남자가 되었다. 하지만 마크 경을 개의치 않는 일은 상대적으로 쉬웠다.

이에 앞서 상대방은 신중함이 확실히 드러나는 말투로 밀리가 그의 공주님이 아니라는 문제에 대해 의견을 밝혔다. "물론 그건 아니죠. 당신이 나서서 뭔가를 해야 하는 거죠."

덴셔가 그 문제를 따져보았다. "오히려 **그쪽**에서 그래야 하는 것 아닌가요?"

결과적으로 그 말은 그가 의도했던 이상으로 그녀를 당황하게 만들었다. "알겠어요. 필요하다면 당연히 그래야겠죠." 잠깐 들뜬 기분이 사라진 그녀가 마치 밀리가 할 수 있는 일이 무엇일까 궁리하듯이 그의 눈을 피해 방 안을 둘러보았다. "그래도 그 애는 지금까지 친절하게 대하려 했잖아요."

그 말에 그는 즉각 자신이 나쁜 놈이 된 기분이었다. "물론 그랬죠. 누구도 그렇게까지 상냥할 수는 없을 거예요. 나를 마치 대단한 사람처럼 대해줬으니까요. 지금까지 이런 대우는 받아본 적도 없고 상상도 해본 적이 없으니, 그 점에서는 전적으로 동의합니다." 그러곤 그녀에게 딱 맞는 분위기로 덧붙였다. "이게 가히 궁정 생활 방식이라는 건 물론 압니다."

그녀는 그것이야말로 자신이 바라는 전부였음을 바로 내비쳤다. "내 말이 바로 그거예요. 지금껏 있어본 적 없는 궁정으로 이해한다면 말이죠. 천상의 궁정이자 가장 높은 천사의 궁정, 천사 중의 부副여왕의 궁정 말이에요. 그렇게 보면 딱 맞아요."

"아, 인정할게요." 그가 말했다. "단지 대체로 궁정 생활에서는 돈이 나오지 않죠."

"그렇다고 책에서 읽었어요. 하지만 이건 어떤 책에도 없는 거예요. 그게 바로 이곳의 묘미이자, 어째서 밀리가 둘도 없는 위대한 공주인지를 보여주는 거죠. 그 애랑 함께 궁정에 있으면, 반드시 돈이 나와요." 스트링엄 부인이 말했다. 그러더니 그 정도면 할 만큼 했다는 듯이 덧붙였다. "직접 알게 될 거예요."

그가 잠시 뜸을 들였지만 상대의 기분을 망칠 말은 하지 않았다. "지금 하신 말씀이 맞는 것 같네요. 먼저 뭔가를 해야겠죠."

"뭔가 하긴 했잖아요."

"아뇨, 그렇지 않아요. 더 할 수 있는데."

아, 뭐, 굳이 그렇게 나오겠다면야. 그녀는 그렇게 말하는 듯했다. "뭐든지 할 수 있지요."

'뭐든지'란 진지하게 받아들이기에는 좀 버거운 말이었지만 겸손하게 그냥 넘기기로 하고, 괜히 멍청한 짓을 벌이지 않도록 관련된 다른 화제를 꺼냈다. "말씀하신 것처럼 밀리가 훨씬 나아졌다면 루크 스트렛 박사는 왜 부른 거죠?"

"부르지 않았어요. 그냥 알아서 오는 거지." 스트링엄 부인이 설명했다. "내내 오고 싶어 했거든요."

"그럼 좀 안 좋은 것 아닌가요? 그가 안심하지 못한다는 뜻이 라면?"

"원래 이곳으로 휴가를 오려 했어요. 밀리도 몇 주 전부터 이 미 알고 있던 일이고요." 그러더니 이렇게 덧붙였다. "당신이 그 를 안심시킬 수 있어요."

"내가요?" 의아함이 고스란히 드러났다. 정말이지 여자들의 세계란. "그런 사람하고 내가 무슨 상관이 있어서요?"

"그가 어떤 사람인지 어떻게 알아요?" 상대방이 물었다. "그 는 당신이 만난 어떤 사람과도 달라요. 무척이나 인정 많은 사 람인걸요."

"아, 그럼 제가 없어도 괜찮겠네요. 상관도 없는 제가 괜히 끼 어들 필요는 없죠."

"그래도 어쨌든 어떻게 생각하는지 그에게 말해줘요." 스트링 엄 부인이 여전히 종용했다.

"실 양에 대해 어떻게 생각하는지 말이에요?" 덴셔가 그녀를 빤히 바라보며 반문했다. 그것은 그들이 하는 말로 포괄적인 주 문이었다. 그래도 적절한 의견을 찾아냈다. "그건 그가 알 바 아 니지요."

일단은 스트링엄 부인에게도 그것이 적절한 의견으로 여겨진 모양이었다. 여전히 뭔가를 살피는 환한 표정으로 줄곧 그를 바 라보고 있었고, 그렇게 찾아낸 바가 지나치게 드러난다 싶었다. 그게 무엇이었는지를 나중에서야 이해했지만 말이다. "그럼 그냥 **그렇게** 얘기해요. 당신에게 관심을 가지게 할 수 있다면 어떤 식이든 상관없으니까."

"그런데 그가 왜 내게 관심을 가져야 하는 거죠?"

"그냥 기회를 줘요. 당신에게 말을 걸 수 있도록 말이에요. 그럼 알게 될 거예요."

스트링엄 부인이 던진 그 모든 것들로 인해 그는 기분 좋게 따뜻한 게 아니라 뭔지 야릇하게 뜨뜻한 어떤 물질 속으로 빠져든다는 느낌이 강렬해졌고, 그것은 이후 두세 시간 동안 여러 다른 인상들에 의해 물리도록 더 생겨날 것이었다. 밀리는 저녁 식사 후에 내려왔고, 그때쯤엔 랭커스터게이트의 두 숙녀들이 주로 관심을 보였던 예닐곱 명의 친구들이 도착해 있었다. 이들 외에도 이후 에우제니오가 모시고 들어온 음악가들을 각자 따로 맞이해야 했고, 마지막으로 도착한 그 위대한 의사가 최고의 기회를 제공하자, 밀리가 기쁨이 넘치는 전반적인 온화함의 마법을 따뜻하고 너른 물결에 실어 그곳 전체에 퍼뜨리는 느낌이었다. 틀림없이 누군가는 그것을 다른 사람보다 더 깊이 감지할 터였다. 그가 특히 의식할 수 있었던 사실은 자신은 그 물결에 목까지 잠겨 있었다는 것이다. 그 속에서 움직여 다니면서도 첨벙첨벙 소리는 전혀 내지 않았다. 둥둥 떠다니거나 조용히 헤엄쳐 다녔고, 그런 점에서 그들 모두가 크리스털 수영장에 있는 물고기들 같았다. 아마 장소가 자아내는 효과, 그 아름다운 광경들이 기여한 바가 많을 것이다. 천장이 높은 황금빛 방의 우아함, 그 자체가 전시실이라 할 장소가 영향력 차원에서 분위기를 오롯이 책임졌고, 다들 너무 엄숙해지지 않으면서 온화할 수 있도록 해주었다. 스트링엄 부인이 말했듯이 그들은 여관에서 한두 주 머무는 사람들, 낮에는 여행 안내서를 뒤적거리거나 입을 딱 벌린 채 프레스코화를 바라보고, 몇 푼 안 되는 돈을 가지고 곤돌라 사공과 티격태격하는 사람들일 뿐이었다. 하지만 멋진 흰색 드레스를 입은 밀리가 그 사이를 누비면서 그들을 더욱 상냥하게 만들어줄 어떤 것과 이어주었다. 그래서 그가 스트링엄 부인에게 언급했던 베로나풍의 그림이 아직 제대로 다 완성되지 않았을지 모르지만, 이제 앞서 있었던 상대적으로 뻔한 일상과 '지나치게 두드려대는' 특성을 보이는 무감함의 흔적들과는 드디어 고결하게 절연했던 것이다. 그로서는 흰색 옷을 입은 그녀를 처음 본 사건에 뭔가 있을 법도 했지만, 한층 또렷해진 분위기로 돌아다니는 그녀는 여느 때와 비할 바 없이 행복하게 좌중을 압도하는 인상을 주었다. 땋아 내린 머리색이 무척 사람의 이목을 끌지만 전적으로 보기 좋지는 않다는 사실은 그 어느 때보다 더했지만, 그녀는 달라 보였고 더 젊고 아름다워 보였다. 그럼에도 그는 그것이 오로지 지금까지 거의 수도승처럼 고집스럽게 고수하던 검은 옷을, 명확하진 않지만 분명 어떤 근사한 이유로 이번 한 번만은 벗어 던졌다는 사실 때문이라고 보기는 싫었다. 그 변화가 그녀의 존재 가치에 커다란 영향을 끼쳤지만, 어쨌거나 **그를** 위해서 그런 일을 한 적은 아직 없었다. 그리고 그 문제라면 루크 스트렛 박사를 위해 그런 결정을 했으리라 판단하는 재미도 놓치지 않았다. 누구보다 지금 이 풍경에 동화되지 않는 루크 스트렛 박사의 강인한 표정과 유형을 곧 응접실 건너로 살펴보게 되겠지만, 박사를 두고 혹시 이런 측면에서 질투심이 생겼다면 아마 그것이야말로 무엇보다 재미난 일일 것이었다. 그러나 그는 그렇게 들뜬 분위기에 편승해서라도 밉상스러운 모습을 보일 수는 없었다. 어떻게 보면 자기 자신도 무척이나 그 분위기에 '빠져' 있었으니 말이다. 잠깐만 따져봐도 누구보다 빠져 있었다. 케이트와 로더 부인이 농담조를 누그러뜨리지도 않고 그를 영국 숙녀들에게 소개하는 동안, 밀리는 다른 일을 챙기느라 그를 등한시한 것이 그 자체로 증거라 할 수 있었다. 지금까지 확연히 드러난 그녀의 인식을 슬쩍 보여줄 단 한 번의 환한 표정이나 세 마디 가벼운 말(겉으로는 최고로 경쾌한) 정도의 친밀한 교류도 둘 사이에서 오고 간 적이 없었으니 말이다.

그는 오늘 밤 그녀가 최고의 계획 아래 여주인의 역할을 훌륭하게 해나가고 있음을 알 수 있었는데, 그것을 고무하는 힘은 반은 용기였고 반은 불가피한 조화로움이었다. 하지만 특히 그의 눈에 띄었던 것은 이미 몇 번이나 튀어나왔듯이, 원해서든 본능적 친연성에 의해서든 묘하게도 마음대로 눌러놓거나 내보일 수 있는 듯한 어떤 특성이었다. 그러니까 애초에 그가 처음 만났던 젊은 미국 여성이라는 특성 말이다. 물론 그 모습은 다른 어디에서보다 뉴욕에서 많이 마주친 것이 사실이었다. 그런데 오늘은 그때보다 더, 런던에서 케이트와 함께 마주쳤던 그날만큼이나 젊은 미국 여성이었다. 그에게는 그것이 기이하면서도 대단한 그녀의 사회적 자원으로 여겨졌다. 예를 들어 남자라면 절대 손에 쥐고 휘두를 수 없기에 괜히 왜소해지는 그런 자원 말이다. 그것을 '인성'의 확장으로 봐야 할지 축소로 봐야 할지 판단할 수 없었지만 여하튼 즉각 다가오기로는 당혹스러울 만큼 표면이 확장되었다는 인상이었다. 오늘 저녁에는 확실히 그것이 어디를 보나 적합하기는 했다. 케이트가 두번째로 누군가를 소개하려고 다가왔을 때 그것이 한마디로 집약되었다. 그는 음악이 연주되는 틈을 타서 그녀가 처음 그와 붙여놓았던 숙녀로부터 슬그머니 물러난 참이었다. 그런데 그녀의 태도는 웬지 일전에 광장에서 함께 나눴던 얘기를 은연중에 들려주고 있었다. 그가 그때 벌였던 일에 대한 일종의 벌로서 억지로 어떤 일을 시키려는 걸까? 그로써 자신이 뭔가 하긴 했다는 사실이 무엇보다 와닿았다. 그 덕에 그녀의 완벽한 명민함이 그의 이익을 위해 작동하게 되었을 뿐 아니라 혼자 아무리 애를 써봐야 난공불락의 그의 논리에서 벗어날 수 없었던 것이다. 저녁 식사 시간 내내 전혀 오해의 여지가 없었다시피, 자신이 그렇게 눈에 보이게 가까이 있었으니 그녀로서는 절대 도망칠 수가 없었고, 그 어느 때보다 그러했다. 따라서 그녀는 솔직하게 승복하거나 부질없이 몸부림치거나 마음에도 없이 따지고 드는 식으로 그 문제를 직접 처리하든지, 아니면 본인이 선점한 유리한 위치를 계속 고수하는 식으로 생각을 표현하는 수밖에 없었다. 그가 그녀의 의지를 실감할 일이 여전히 많다는 것이 당장은 그 유리한 위치—잠깐씩이나마 그릇되게 그에게 압박감을 가하는—의 일부였다. 이러한 조짐들은 그녀가 그렇게 옴짝달싹할 수 없는 상태에서 얼마나 그의 의지를 실감하고 있는지를 말해줄 뿐이었다. 그래서 그로서는 밀리만큼이나 나름대로 꽤 여러 방식으로 변주되는 그녀의 면모를 통해 자신의 행동을 다시 실감했다는 것만으로도 충분했다. 지금 이 시간만큼 속된 말로 정복했다는 사실을 의식하며 맛을 음미했던 적은 이제껏 한 번도 없었다. 나이가 나이인 만큼 상대방이 자신을 '좋아했던' 적이야 간혹 있었지만 이런 부류가 이런 정도로 자신을 좋아했던 적은 없었던 것이다. 밀리보다 좋아하는 감정이 더 강했다. 혹은 그렇다고 볼 수 있었다. 그에 합당한 감정을 자기 내면에서도 느꼈으니까. 좌우간 그런 식으로 상황을 읽어내는 동시에 그는 케이트가 왠지 평소답지 않게 덜 빛난다는 사실을 눈치챘다. 이목을 끄는 젊은 존재라는 면에서 사실상 밀려났던 것이다. 밀리가 퍼뜨리는 온화함에 자기 몫을 모두 동화해버렸다. 오늘 밤에는 밀리가 옆으로 밀쳐놓은, 겉보기에 서로 구분도 되지 않는 검은색 드레스를 입었다고도 볼 수 있었다. 밀리가 참석하지 못했던 랭커스터게이트의 저녁 식사 자리에서 이모가 지켜보는 중에 그로서는 절대 잊지 못할 만큼 눈부시게 등장함으로써 의도했던 효과와 정반대의 것을 보여주고 있음을 알 수 있었다. 지금은 이모가 지켜보는 중에 그녀는 눈에 띄지 않기로 한 것이었고, 본인이 알아서 그렇게 했기에 그로 인한 손해가 보상되고 그 미덕이 돋보였다. 하지만 사실 그녀에게 시선을 뺏기지 않을 사람이 누가 있겠는가? 여하튼 그가 받은 인상으로는 그녀의 첫마디부터가 자신이 미심쩍은 건 아니지만 적어도 냉정해 보이려고 용의주도하게 노력하고 있음을 보여주었다.

"지금 밀리는 충분히 훌륭하지 않나요?"

마음대로 행동하다가 위험해질 가능성은 거의 무시하면서, 함께 서 있는 자리에서 밀리에게 눈길을 주며 그녀가 말했다. 밀리는 옛날 베네치아 희극에서 나올 법한 풍의 토착적 유머를 담아 생기 있게 경의를 표하며 다가온 오케스트라 단원들과 함께 연주할 곡과 관련해 다시 대화를 나누고 있었다. 그녀가 선정한 음악은 적절했다. 지나치게 과감하지 않으면서 첫 만남의 어색함을 녹여줄 수 있어야 한다는 것. 막간의 휴지기나 분별력, 그곳에 모인 야만인들에 대한 전반적인 자비로움 덕분에, 안목은 자연스럽고 멜로디는 너무 기운찬 부류를 대표하면서도 해석자의 예의 바름을 나타냈다. 어쨌든 케이트의 질문에 대답하기는 쉬웠다. "아, 내가 밀리를 얼마나 훌륭하게 여기는지 잘 알잖아요!"

"하지만 너무나 훌륭하잖아요." 케이트가 감탄하며 말했다. "모든 게 무척 잘 어울려요. 특히 저 진주 좀 봐요. 오래된 레이스 장식과 참 잘 어울리잖아요. 제대로 잘 보라고요." 보아하니 덴셔가 예전에 보았던 진주였지만 어쩌면 '제대로' 보지 않았고, 그래서 얼마간 그런 스타일을 가능하게 하는 체현된 시詩—밀리의 면모와 관련해 그의 머릿속에 거듭 떠오르는—라는 특성을 정당하게 평가하지 못했을 수도 있었다. 그것을 살펴보는 케이트의 표정이 그를 사로잡았다. 목을 두 번은 감고도 남을 값비싼 긴 목걸이가 육중하고도 순수하게 밀리의 가슴 아래까지 늘어져 있었다. 얼마나 길게 늘어져 있는지, 별생각 없이 무의식적으로 끝을 잡고 배배 꼬기에 편리하겠다 싶었다. "밀리는 비둘기인데, 비둘기가 보석으로 치장하고 있을 거라는 생각은 왠지 별로 들지 않죠." 케이트가 말을 이었다. "하지만 그녀에게는 딱 맞아떨어져요."

"그래요, 딱 맞아떨어진다는 표현이 어울리네요." 덴셔는 그 것이 밀리에게 얼마나 맞아떨어지는지 알게 된 셈이지만, 여전 히 상대방의 감정이 내비치는 강렬함이 더 의식되는 모양이었 다. 밀리는 그야말로 비둘기였다. 무엇보다 영혼에 해당되는 표 현이지만 우선 겉모습이 그러했다. 그런데 그가 곧 깨닫게 된 사실은 그 자신은 알 수 없는 어떤 이유로 지금 케이트는 힘이 라 할 수 있는, 그것도 엄청난 힘이라 할 그녀의 재산에 유달리 강한 인상을 받고 있다는 것이었다. 비둘기는 날개가 있기에 멋 지게 날 수 있다는, 부드러운 색깔과 조용한 목소리만이 아니라 날개도 가지고 있다는 사실을 기억하는 한에서만 비둘기답다는 점에 말이다. 그런 날개라면 어떤 특정한 상황에서 활짝 펼쳐 감싸줄 수 있겠다는 생각이, 자신과 관련된 상황에서는 실제로 그러하다는 생각이 어렴풋이 들기도 했다. 그 점이라면 최근 펼 쳐진 날개가 어마어마하게 널리 미치지 않았던가? 그래서 그를 비롯하여 케이트와 로더 부인과 수전 셰퍼드가, 특히 자신이 그 아래 자리를 잡고 곧장 무한한 아늑함을 누리지 않았던가? 이 모두가 전반적으로 환하게 밝힌 불빛 가운데에서도 유난히 밝 은 어떤 지점을 이루었는데, 그 속에서 다시 케이트의 목소리가 들려왔다.

"진주는 누구한테나 어울리는 마력을 지니고 있다니까요."

"당신에게는 특히나 잘 어울릴 거예요." 그가 솔직하게 대꾸 했다.

"아, 그럼요. 나도 보여요!"

문득 그녀의 눈앞에 솟아난 모습이 그의 눈에도 보였다. 찬란하게 아름다울 것이었다. 그리고 그와 더불어 지금 그녀의 생각도 더욱 분명히 느껴졌다. 왕족 같은 밀리의 장식품은 차이를 상징할 만한 특징—지금은 전연 불가해하지만은 않게 압축된 상태로—을 띠었고, 케이트의 눈에 비친 것이 사실상 그 차이라는 점이 얼굴에 드러났다. 틀림없이 진주를 아주 뚫어져라 보고 있었으므로 진주야말로 바로 머튼 덴셔가 절대 그녀에게 줄 수 없는 것이라는 사실 역시 그 얼굴에 비쳤을지도 모른다. 그것이야말로 오늘 밤 밀리가 상징하는 거대한 차이가 아니었던가? 밀리는 그런 분야로는 최소한의 작은 선물마저 해줄 수 없는 남자와 결혼하는 남다르게 수려한 여성과 자신 사이에 전혀 공통점이 없다는 사실을 무의식적으로 케이트에게 재현해 보였고, 케이트는 그것을 온몸으로 받아들였다. 하지만 이런 얼토당토않은 생각이 덴셔에게 떠오른 것은 나중 일이었다. 그때 당장 그에게 어떤 의도와 더불어 떠올랐던 것은 저녁 식사 전에 스트링엄 부인이 했던 말뿐이었다. 그 말을 꺼내기 위해서는 좀 아까 케이트의 질문으로 다시 돌아가면 되었다. "확실히 밀리가 나아진 모양이니, 그 점에서는 당신 말처럼 충분히 훌륭한 게 맞아요. 한두 시간 전에 스트링엄 부인이 아주 기뻐하며 내게 말했거든요. 분명 밀리가 나아졌다고 믿더라고요."

"뭐, 굳이 그렇게 말하겠다면야—!"

"그럼 당신 말은 뭔데요? 그 반대라면."

"당신한테만 하는 말이지, 하고 말고 할 것도 없어요. '반대될' 것도 없고요!" 하나부터 열까지 다 설명해줘야 한다는 데에 다시금 갑갑증을 내보이며 케이트가 덧붙였다.

"그걸 묻는 거예요." 그가 말했다. "나에게 뭐라고 하겠냐는 거죠."

그러자 그녀가 잠시 뜸을 들였다. "나아지지 않았어요. 더 나빠졌죠. 하지만 그건 아무 상관 없어요."

"상관없다고요?" 그가 의아하다는 듯이 물었다.

그녀의 생각은 명료했다. "우리와는 상관없다고요. 당연히 그녀를 위해 최선을 다해야 한다는 사실만 빼고 말이에요. 살고 싶다는 마음이 들도록 해주는 거죠." 그러면서 다시 밀리에게 시선을 돌렸다. "오늘은 정말 살고 싶다는 마음이 들겠죠." 그 말투에 깃든 상냥함이 그로서는 왠지 뚱딴지같았다. 사실 그녀의 명료함에는 지나치게, 게다가 의심할 바 없이 부당하게, 냉담함이 스며 있었기 때문일 것이다. "경이롭고 아름다워요."

"정말 아름답긴 해요."

그는 자기 말투에서 묻어나는 무력함이 정말 싫었지만 그녀는 거기에 전혀 마음을 쓰지 않았다. "저 사람을 위해서 이 일을 하고 있는 거예요." 밀리의 의사 쪽으로 고개를 까닥이며 그녀가 말했다. "그를 위해 최고의 모습을 보이고 싶은 거죠. 하지만 그를 속일 수는 없어요."

덴셔 역시 그쪽을 바라보고 있었기 때문에 곧 이렇게 물었다. "그럼 당신은 그럴 수 있겠어요? 그러니까 그가 우리와 함께 있을 때 당신의 감정을. 모드 이모님이 저 사람과 저렇게 친밀하다면—!"

사실 모드 이모는 그때 의사 곁에 붙어서 그를 즐겁게 해주려고 눈에 띄게 애쓰고 있었는데, 그럼에도 그의 시선은 어쩔 수 없이 다른 방향으로 움직였다. 일반적으로 그런 일이 생길 때는 다른 누구에게 관심이 쏠리기 때문인데, 덴셔가 그것을 의식했고 케이트가 곧 이렇게 말했다. "당신을 보고 있는 거예요. 당신과 얘기를 나누고 싶은 거죠."

"아마 그럴 거라고 스트링엄 부인이 미리 언질을 주더군요." 그가 웃으며 말했다.

"그럼 그렇게 해요. 가서 만나봐요." 앞선 질문에 답할 겸 케이트가 말을 이었다. "나로서는 저 사람을 속일 필요가 없어요. 필요하면 그런 일은 이모가 할 테니까요. 내 말은 그가 나에 대해 전혀 아는 바가 없으니까 이모가 보는 식으로만 볼 거라는 거죠. 그리고 이모는 지금 나를 아주 잘 봐주고 있고요. 그러니까 나와는 아무 상관 없어요."

"비난하는 일 말고는 말이죠?" 덴셔가 넌지시 물었다.

"당신에게 애정을 주지 않아서요? 그럼요. 그 때문에 밀리와의 관계로 끌려 들어간 똑똑한 젊은이, 바로 그런 모습의 당신을 그에게 넘기도록 하죠."

"글쎄요." 덴셔가 진지하게 말했다. "아마 당신보다는 수월할 사람에게 넘겨지니 그건 고맙네요."

그녀는 다시 주변을 둘러봤는데, 그사이 로더 부인이 자리를 옮겨 앞서 그에게 소개하겠다고 했던 한 친구에게 다가가고 있었다. "그럼 더더구나 당신을 웰스 부인에게 소개해야겠네요."

"아, 잠깐만요." 그것은 저 멀리 웰스 부인을 알아보고는 별로 만나보고 싶지 않았거나, 그들이 결혼하게 되면 이런 종류의 사람들과 어울려야 하는 건가 하는 질문이 싹이 솟아나듯 머리 한

구석에서 솟아났기 때문만은 아니었다. 그것만이 아니라 아침에 케이트에게 얻어내지 못한 어떤 것을 의식하게 되었는데, 그것이 논리상 그에게 무척 중요한 일이라 그 순간 더욱 강렬해졌기 때문이었다. 워낙 만날 기회가 별로 없어서, 오다가다 만났을 때 가능한 한 많이 쥐어짜내야 한다는 생각이 있었던 건 말할 것도 없었다. 저편에 루크 박사와 함께 있는 모드 이모가 그의 모습에서 약간 '구애하는' 분위기를 눈치챘다 해도, 마음을 바꿨다고 별로 고상하지 않게 인정해야 했던 남자의 입장에서 내보이는 부질없는 시위라고 넘길 만했다. 게다가 당장은 직접적으로 내보여야 하는 상황이 아니라면 모드 이모를 별로 신경 쓰지 않았다. "나를 처리한 게 겨우 죽어가는 여성에게 떠넘기는 식으로라면, 어떻게 이모님은 내가 일말의 여지 없이 완전히 처리되었다고 생각할 수 있죠? 당신 생각이 맞는다면, 그러니까 밀리의 상태에 대한 생각이 맞는다면, 이모님을 속여 넘겼다는 건 틀린 말이에요." 그가 명료하게 말을 이어갔다. "당신 말처럼 밀리가 저 위대한 의사를 속일 수 없다면, 저 위대한 의사도 다른 사람들을 속이지 않겠죠. 그러니까 밀리와 가까운 사람들을 말이에요. 여하튼 밀리와 가장 가까운 스트링엄 부인을 속이지는 않겠죠. 그러면 스트링엄 부인이 친한 친구인 모드 이모를 속인다는 것도 이해할 수 없고요."

이에 케이트의 표정이 어떤 생각을 냉랭하게 내비쳤는데, 진정 그것만으로도 그녀를 붙잡은 의미가 있었다. "왜 이해할 수 없어요? 당신이 가야 할 길이 그렇게나 안 보이다니 놀라울 따름이네요."

상대방에 대한 단순한 호기심이 순식간에 강렬해져 그는 살짝 전율이 일었다. 이미 아는 바이지만 그는 앞서 그녀를 '새 책', 아직 책장을 뜯지도 않은 가장 고급스럽고 진기한 종류의 책으로 비유한 바 있었다. 그것을 정당화하기라도 하듯 새로 책장을 넘기는 짜릿함이 거듭 그에게 찾아왔던 것이다. "당신도 알겠지만, 당신에게는 어떻게 그렇게 잘 보이는지 나로서는 너무 놀라울 뿐이에요!"

"그렇다고 해서 당신 말처럼 스트링엄 부인이 이모를 속이는 게 조금이라도 이상하다는 뜻은 전혀 아니에요." 케이트가 말을 이었다. "진실을 숨기면 왜 안 되는 거죠?"

"로더 부인한테요?" 덴셔가 그녀를 빤히 쳐다보았다. "왜 그래야 하죠?"

"당신을 기쁘게 해주려고요."

"그게 도대체 어떻게 나를 기쁘게 해준다는 거예요?"

마침내 그의 미련함에 정말 넌더리가 난다는 듯이 케이트가 고개를 돌렸다. 하지만 대답을 하기에 앞서 고개를 돌려 다시 그를 바라보았다. "그럼 밀리를 기쁘게 해주는 거라고 하죠." 그러더니 그가 다시 묻기 전에 말을 이었다. "수전 셰퍼드가 당신을 위해서라면 못 할 게 없다는 생각이 이제는 들 만도 하지 않아요?"

그것은 그 착한 부인이 최근에 자신을 대하는 방식과 아주 정확히 맞아떨어졌기 때문에 그는 곧장 그 말을 진심으로 받아들이지 않을 수 없었다. 다들 그의 주위로 모여들었으니, 이는 다시금 말할 수 없이 별난 일이었다. 하지만 그건 새삼스러운 일도 아니었고, 케이트가 여기저기 빛을 비춰주며 그를 계속 이끌었다. 그는 약간의 유보를 두며 그 사실을 인정했다. "부인은 언제나 정말 친절하죠. 단지 옳은 일에 대해 당신과 같은 견해일지는 모르겠어요."

"당신에게 득이 된다는 측면에서 어떻게 다를까요?"

덴셔는 잠깐 할 말을 잃었지만 곧 대꾸할 말을 찾았다. "아, 맹세하지만 당신의 견해가 내게 어떻게 득이 되는지 아직 파악하지 못했다는 문제가 있을 뿐이지요."

"당신에게 도움을 주잖아요." 케이트가 간단하게 말했다. "그러면 내게 득이 된다고 하죠. 당신에겐 시간을 벌어주고요."

"뭘 할 시간을요?"

"뭐든지요!" 다시 한번 성마르게 이렇게 내뱉었지만, 으레 그렇듯이 곧 부연 설명을 해주었다. "무슨 일이 일어나든지 말이에요."

덴셔는 그 말에 미소를 지었지만 자신에게도 억지 미소로 느껴졌다. "당신은 정말 불가해하다니까요!"

그 말에 상대의 시선이 그를 향했다. 그녀에게 어떤 헤아릴 수 없는 동요—그것이 없는 그녀는 흥미로움이 훨씬 덜할 것이다—가 나타나면서 그가 너무 거칠게 건드려버린 저 깊은 곳에서 눈물이 솟아나 눈에 차올랐다. "그 누구를 위해서도 할 수 있으리라고 상상해본 적이 없을 정도로 난 당신을 위해 수고를 아끼지 않고 있어요."

아, 그것이 정곡을 찔러 그는 얼굴을 붉히지 않을 수 없었다. 하지만 곧이어 그의 입에서는 이런 대답이 튀어나왔다. "이제 그 수고를 덜어주겠다는 게 지금까지 내 주장이잖아요?" 그렇게 자신의 주장을 다시 한번 내보였는데, 그 주 동안 내내 그러고 있었기 때문에 이제 한두 단계만 더 거치면 되었다. "우리 사이에는 그런 수고를 할 **필요**가 전혀 없어요. 우리가 서로를 느끼기만 하면 다른 아무것도 필요 없다고요."

그로써 곧바로 생겨난 결과는 그녀의 눈물이 말라버렸다는 것이다. 그녀가 촘촘하게 엮인 자기 사슬의 수많은 연결 고리 중에서 하나를 다시 집어 들었다. "그쪽에 하고 싶은 말이 있으면 다 해도 돼요. 무엇이든지요."

"스트링엄 부인에게요? 내가 부인에게 할 말이 뭐가 있어서요."

"**우리** 얘기를 해도 돼요." 놀랍게도 그녀가 그런 식으로 말을 이었다. "그러니까 날 여전히 좋아한다고 말이죠."

정말 너무나 놀라운 말이라 그로서는 재미있기까지 했다. "당신이 여전히 날 좋아한다는 말만 아니라면 말이죠."

그의 재미는 모른 체하고 그녀가 대꾸했다. "그런 말을 하더라도 분명 딴 사람한테 옮기지 않을 거예요."

"알겠어요. 모드 이모님한테 말이죠."

"잘 보지 못하는군요. 모드 이모든 누구든 말이에요." 그렇다면 결국 케이트는 늘 밀리를 그보다 훨씬 더 많이 알아보는 셈이었다. 이렇게 이어지는 말을 들으며 그 점을 다시 깨달을 수 있었다. "그러니까 **거기**에서 당신은 시간을 버는 거죠."

마침내 그는 이제 생각을 하게 되었다. 문득 환한 빛이 비춘 것과도 같았지만 일거에 그렇게 된 것은 아니었다. "이제 정말 알 것 같아요. 그러니까 당신이 가능하다고 보는 어떤 특정한 일을 위한 시간 말이죠. 나아가 당신을 위한 시간이기도 하고요."

"정말로 나를 위한 시간이기도 하죠." 서서히 집중하는 그의 모습에 눈에 띄게 기운이 난 그녀는, 마치 어렵사리 탁한 기운을 걷어내 말끔해진 공기를 통해 보듯 그를 바라봤다. 하지만 완전히 경계를 풀지는 않았다. "하지만 내가 당신을 위해 알아서 다 해줄 거라는 생각은 하지 말아요. 뭐가 되었든 분명히 해야겠다 싶으면 직접 말을 꺼내야 해요."

그런 게 뭐가 있을지 그가 잠시 따져보았고, 딱 하나 제대로 들어맞는 것이 나타나서는 마침내 가히 무시무시하게 그를 노려보았다. "오래 살지 못할 거니까 내가 그녀와 결혼을 해야 하는 건가요?"

상대방이 그 말에도 전혀 움찔하거나 얼버무리지 않고 그대로 받아들이자 그 순간에도 그것이 멋지게 보였다. 그들의 상황을 고려하면 침묵에 기대 그저 눈으로만 대답할 수도 있었을 텐데 말이다. "결혼을 해야 하는 거죠."

"그래야 그녀가 세상을 떴을 때 내가 자연스럽게 재산을 차지하게 될 테니까?"

비로소 실상이 그의 앞에 오롯이 나타났고 그래서 더 물을 것도 없었다. 그녀가 내내 뜻한 바는 그저 그것, 오로지 그것이었는데 자신이 그렇게나 우둔하고 소심했다는 사실에 순간 모골이 송연해졌을 뿐이었다. 그가 제대로 파악하게 된 지금, 희한하게도 그녀는 지금까지 입 밖에 내지 않았던 말을 굳이 끄집어냈다. 최후에도 몸을 사리는 건 수치스러운 일이라는 듯이 잘 조절된 무미건조한 말투로 그 말을 내뱉은 것이다. "자연스럽게 당신이 재산을 차지하게 될 테니까. 그럼 자연스럽게 우리는 자유로워질 테고요."

"아, 아, 아!" 덴셔가 나지막하게 읊조렸다.

"그래요, 그래요, 그거예요." 그러더니 갑자기 딴 얘기로 넘어갔다. "웰스 부인에게 가요."

그는 꼼짝도 하지 않았다. 아직 남아 있는 문제가 너무 많았다. "그럼 바로 이 자리에서, 그러니까 청혼을 해야 하는 건가요?"

애써 비꼬는 말투를 동원할 필요도 없었다. 에누리 없이 그대로 말하면 할수록 비꼬는 느낌은 더했으니까. 하지만 그녀는 그런 정도로는 끄떡도 않았다. "아, 그런 문제까지 당신과 상의할 수는 없어요. 그리고 당신이 내 일에서 손을 뗀 마당에 이제 나한테는 물어보면 안 되죠. 당신이 할 수 있는 만큼, 당신 좋을 대로 해요."

그가 다시 생각에 잠겼다. "오늘 아침에 충분히 보여줬다시피, 난 전혀 당신 일에서 손을 떼지 않았어요."

"그럼, 좋아요." 케이트가 말했다.

"좋다고요?" 그의 열정이 다시 솟구쳤다. "그럼 올 거예요?"

하지만 그녀가 뜻한 바는 그게 아니었음을 곧 알 수 있었다. "앞에 걸리적거릴 것도 없고 마음대로 할 수 있게끔 기회도 주어져 있어요. 상당히 이상적이라 할 수 있죠."

'이상적'이라니 얼마나 대단한 솜씨인지! "정말 굉장한 표현이군요. 나에게 마음이 있다면서 어떻게 그런 일을 좋아할 수 있는지 나로선 이해가 안 되네요.”

“좋아하지 않아요. 하지만 다행히도 난 좋아하지 않는 일도 할 수 있는 사람이에요.”

나중에서야 그는 이 말을 돌이켜보며 그 속에서 일종의 영웅적 기운을, 행동에 나서지 못하는 자신의 무능함을 하찮게 만드는 특성을 읽어낼 수 있었다. 하지만 그 당시에도 자신이 원하는 바를 그렇게 잘 알고 있으니 정말 대단하다는 느낌은 있었다. 게다가 이어서 떠오른 생각이 결국 자기 자신도 원하는 걸 알고 있다는 것이었다. 하지만 일단 그의 입에서 나온 말은 다른 것이었다. “그럼 어떻게 그런 일을 참을 수 있는지 이해할 수 없다고 하죠.”

“나에 대해 더 잘 알게 되면 내가 어느 정도까지 참을 수 있는지도 알게 될 거예요.” 그리고는 그가 그 안에 담긴, 말하자면 너무 가득한 암시들을 잡아내기도 전에 그녀가 말을 이었다. 이렇게 오래도록 희생을 무릅쓰며 알아내려 애썼는데, 정신적으로 그녀를 ‘더 잘’ 아는 일이 여전히 남아 있다는 사실, 예를 들면 그것은 그로서는 온전히 대면할 준비가 아직은 안 된 진실이었다. 모르긴 몰라도 지금까지 그녀는 충분히 그를 혼란스럽게 했는데, 그건 그녀가 아니라 그 자신이 관대하게 넘어가주어서였다. 내 손으로 어떤 일까지 하도록 만들 수 있다고 보는 걸까? 이런 질문들이 밀려들었지만 그녀가 다음 문제로 넘어갔다. “당신이 할 일은 그저 여기 머무는 거예요.”

“그래서 당신이 보는 앞에서 내 할 일을 계속하라고요?”

"아, 그건 아니에요. 우린 갈 거예요."

"간다고요?" 그가 어리둥절해졌다. "언제, 어디로 간다는 거예요?"

"하루이틀만 있다가 곧장 집으로 돌아가요. 모드 이모가 이젠 돌아가고 싶대요."

그러자 그가 생각할 수 있는 거라고는 이것뿐이었다. "그럼 실 양은 어떻게 하고요?"

"지금 말했잖아요. 밀리는 계속 여기 있을 거니까 당신도 함께 있으라고요."

그가 눈을 동그랗게 뜨고 그녀를 보았다. "둘이서만?"

분명 그의 말투 때문에 그랬겠지만 그녀가 미소를 지으며 말했다. "다 큰 성인들이잖아요. 스트링엄 부인도 대부분 함께 있을 거고."

만약 스스로 따져볼 수 있었다면, 이렇게 연이어 단서를 얻다 보니 이제 기본적으로 '그녀가 무슨 말을 할지 눈에 보인다'는 느낌이 들 정도가 되었다는 사실이야말로 무엇보다 기이한 일이었을 것이다. 따라서 방금 전에 그녀가 부당하게 그에게 덧씌운바, 그녀를 더 잘 알아야 할 필요 같은 건 없다는 사실과 양립 가능한 직감이기도 했다. 어느 시점에서는 그녀가 손을 들 거라는 분위기가 언뜻언뜻 비치지 않았다면 아마 그는 이 일을 지속하지 못했을 것이다. 그런데 아직 손을 들지 않았기 때문에 그 역시 지속해나갈밖에 달리 도리가 없었다. "떠나는 건 로더 부인의 방안인가요?"

"그럼요. 그게 우리에게 어떤 소용이 될지 당신도 새삼 보이죠." 그러고는 덧붙였다. "떠나는 일만이 아니라 전반적으로 그 것이 적절한 일이라는 모드 이모의 견해도 그렇다고요."

"당신 말마따나 새삼 보이네요." 덴셔가 잠시 후 말했다. "모 든 게 맞아떨어지는군요."

"모든 게 그렇죠."

그 말이 잠시 주위를 맴돌았고, 그사이 그는 그것의 의미를, 이제는 전혀 흐릿하지만은 않은 그 모습을 바라보는 듯도 했다. 하지만 사실 그는 다른 것을 바라보고 있었다. "밀리가 여기서 죽게 내버려두는 거예요?"

"아, 죽을 거라고 보지 않아요. 당신이 함께 머문다면 말이 죠." 케이트가 설명했다. "그러니까 모드 이모의 생각이 그렇다 고요."

"그게 다예요?"

여전히 그녀는 손을 들지 않았다. "이모의 생각이 우리에게 가장 중요한 요소라고 이미 오래전에 합의하지 않았나요?"

그는 그녀의 시선을 받으며 그 사실을 기억해냈지만, 아주 오 래된 일을 끄집어내듯 시간이 좀 걸렸다. "아, 그랬죠. 그건 부 정하지 않아요." 그러더니 이렇게 덧붙였다. "그래서 내가 여기 머문다면—"

"우리 잘못은 아니라는 거죠." 그녀가 잽싸게 끼어들었다.

"로더 부인이 여전히 우리를 의심한다 해도 말이죠?"

"여전히 이모가 의심한다 해도요. 하지만 그러진 않을 거 예요."

그에게 다른 여지가 남지 않게끔 케이트가 힘주어 말했다. 곧장 이런 생각이 튀어나오지 않았다면 정말 다른 여지가 없었을 것이다. "하지만 그쪽에서 날 받아들이지 않는다면?"

그러자 그녀가 정말 지친다는 기색을 얼마나 강하게 내비쳤는지, 그럼에도 참을성을 가지고 대하는 태도가 감동적이기까지 했다. "그냥 해보는 데까지 해봐요."

"당연히 나야 해보는 데까지 해볼 수밖에 없겠죠. 단지 죽어가는 여성에게 구혼을 하려면 아무래도 좀 과하게 애를 써야 할 테니 하는 말이에요."

"그녀는 당신 앞에서는 죽어가는 사람이 아니에요." 이 말로 케이트가 지닌 정확성이 섬광처럼 내리꽂혔는데, 그 대꾸에 진실이 담겨 있었으니 아마 곰곰이 따져본다면 가장 감탄할 만한 말일 수도 있었다. 그날 밤 밀리가 그에게 얼마나 강렬한 인상을 주고 있는지 그것이 바로 눈앞에 있었고, 그의 눈 속 깊이 들여다보며 그 인상을 밑바닥까지 오롯이 파악한 상대방은 그 사실을 말 그대로 기세등등하게 올라타고 앉았던 것이다. 다시 시야로 들어온 밀리를 향해 그녀가 고개를 돌렸고, 그도 따라서 고개를 돌렸으므로 그들은 잠시 함께 그쪽을 바라보게 되었다. 저쪽에 있던 밀리가 어쩌다가 그들을 알아보았고, 답으로 전혀 꾸밈없는 미소를, 반짝거리는 진주와 그녀의 삶의 가치를, 자신의 부의 정수精髓를 보여주었다. 그것이 다시금 그들을 하나로 묶어주었고, 그렇게 계획에 현실성이 부여되어 두 사람의 표정은 상당히 굳어졌다. 케이트의 얼굴은 약간 창백해지기까지 했고, 둘 다 잠시 아무 말도 할 수 없었다. 하지만 신나고 요란스럽게 다시 연주가 시작되었고, 그 음악이 그들을 방해하기보다 오히려 덮어주었다. 그 아래 숨은 채로 마침내 덴셔가 다시 입을 열었다.

"머무르긴 하겠지만 애를 쓰지 않을 수도 있어요."

"아, 머무르는 게 애를 쓰는 거예요."

"그녀에게 그런 모습만 보이면 되니까?"

"그보다 더 어떻게 그런 모습을 보일 수 있을지 모르겠네요."

덴셔가 잠깐 기다렸다가 물었다. "그럼 그쪽에서 먼저 **제안**을 할 수도 있다고 보는 거예요?"

"굳이 물어보니까 하는 말이지만, 그쪽에서 제안하지 **못할** 게 뭐가 있는지 모르겠네요!"

"공주치고 누가 그런 일을 한단 말이에요?"

"그럼 좋을 대로 생각하든지요. 단단히 준비나 해요."

그로 말하자면 준비는 거의 된 것 같았다. "그럼 나로서는 받아들이기만 하면 되겠군요. 하지만 그런 식이어야만 해요."

케이트는 일단 말없이 넘어갔다. 하지만 곧 다시 물었다. "그럼 맹세코 여기 남는 거죠?"

그의 대답이 바로 나오지는 않았지만 결국 입을 열었을 때 나온 말은 분명했다. "당신들은 가고 말이죠?"

"우리는 가고요."

"가면 언제쯤—?"

"늦어도 목요일에는 떠날 거예요."

사흘 뒤였다. "그럼, 당신이 나를 찾아온다면 맹세코 남도록 하죠. 당신도 맹세코 온다면."

앞서 그랬듯이 이 말에 그녀는 순간 다시 몸이 굳어졌다. 경직된 표정으로 어쩔 줄 모른 채 막연하게 주위를 둘러보았다. 그렇지만 경직되었다는 사실이야말로 그녀에게 기꺼이 그럴 마음이 있다는 뜻으로 보였다. 기꺼이 그럴 마음이 있다는 것이 그녀가 여자임을 보여주었고, 경직된 모습은 가면이자 임시방편, '회피'였기 때문이다. 하지만 주위를 둘러보던 그녀가 곧 뭔가를 건진 모양이었다. 방 안을 둘러보다가 적당한 핑곗거리가 눈에 들어온 것이다. "웰스 부인이 기다리다 지친 모양이에요. 봐요, 우리 쪽으로 오고 있어요."

사실 덴셔도 다가오는 그녀를 보았지만, 이쪽까지는 거리가 꽤 있었으므로 아직은 시간이 있었다. "당신이 나를 이해해줄 마음이 전혀 없다면 나 역시 당신을 이해하는 일은 하지 않겠어요. 아무것도 안 하렵니다."

"아무것도?" 일단 애원을 해보자는 투로 그녀가 물었다.

"아무것도 안 해요. 당신들보다 먼저 떠나겠어요. 내일 당장."

그의 말이 진심임을 그때 그녀가 알았다는 사실을, 그는 나중에, 그것도 저속할 만치 득의양양한 기분으로 의식하게 될 것이었다. 그녀는 가까워진 웰스 부인을 다시 쳐다보았지만 곧 그 문제로 돌아왔다. "그럼 내가 이해해준다면요?"

"뭐든지 다 하죠."

그녀가 다가오는 사람을 핑계 삼아 다시금 시선을 돌렸다. 그는 지금 상당히 그녀의 자존심을 주무르고 있었다. 이제까지 그녀와의 관계를 통틀어 지금 이 갈등상태에서 자신이 주도권을 쥐고 있다는 이 생생함만큼 첨예한—그냥 달콤하기에는 너무나 첨예한—느낌을 맛본 적이 없었다. "이해하도록 할게요."

"맹세코?"

"맹세코."

"온다는 거죠?"

"갈게요."

9부

1

다들 가버리고 난 다음에야 그는 진정 변화를 실감했고, 무엇보다 빛바랜 자신의 오래된 방에서 가장 실감할 수 있었다. 처음부터 그는 이 사색의 장면에 대한 애착을 얼마간 다시 불러낼 수 있었다. 말하자면 추억을 담은 아치의 이쪽 편에서 리알토 다리가 내다보이고 왼편은 운하 쪽으로 올라가는 장면 말이다. 어떤 특정한 시각에서 다리를 바라보았더랬고, 점점 더 그의 마음과 손으로 거기에 맞춰나갔다. 하지만 지금 그 장소가 지니게 된 흥미로움은 단번에 생겨났고, 그 자리에서 완전히 그를 휘어잡아 빨아들인 어떤 힘이 되었다. 그래서 숨을 좀 돌리려면—숨을 돌린다는 게 맞는 말이라면—그 방을 뛰쳐나가 힘이 미치지 않는 데까지 멀리 가버려야 했다. 그곳 사방의 벽 안에서 벌어졌던 일이 그의 오감에 대고 계속 치근대는 강박으로 여전히 남아 있었다. 한 덩어리의 기분 좋은 기억으로 시도 때도 없이 어느 물건에서나 다시 살아났던 것이다. 그것 아닌 다른 것들은 모두 생뚱맞고 무미건조해졌다. 한마디로 그것은 여전히 아주 활동적이고 주의 깊게 지켜보는 의식적인 존재라 끊임없이 관심을 쏟아야 했고, 그 앞에서 아무리 초연해보려 해봐야 하찮을 뿐 아니라 부질없기도 했다. 케이트가 찾아왔더랬다. 단한 번뿐이었는데, 그들에게 욕구가 없어서가 아니라 아무리 담대하고 치밀하더라도 결국 그런 일이 불가능함을 모른 체할 수는 없었기 때문이었다. 하지만 그녀가 딱 한 번 왔고, 보통 하는 말로 그곳에서 시간을 보냈다. 그리고 그녀가 떠난 뒤에도 남은 것, 고집스럽게 그녀를 떠올리게 하는 그것은, 행여 쫓아버리고 싶은 마음이 있었다 하더라도 그럴 수 없었을 것이다. 고스란히 그의 행동에서 초래된 결과에 끔찍함의 기미가 약간은 있었지만, 다행히 그에게는 그런 마음이 들지 않았다. 그것은 그냥 **효과**가 있었다. 그녀가 제안을 받아들이게 만들었던 그의 방안 말이다. 그래서 지금 시선이 닿는 한 지면을 다 차지하며 눈앞에 불쑥 솟은 것은 그것이 대표하는바, 얻어낸 성공이라는 사실이었다. 달리 보자면 그것은 막연했던 생각이 실제 사실로 전환되었다는 의미에서 직접 응용된 방안으로서의 사실이었다. 전에는 원하고 욕망했던 어떤 것, 도움이 될 거라며 설득력 있게 정당성을 주장하던 어떤 것으로만 알고 있었다. 그래서 이제 그렇게 제공된 도움과 **더불어** 그것이 임무를 인정하고 기억하면서 믿음을 가지도록 끈덕진 자기주장을 하는 것만 같았다. 결국 그는 친구의 맹세가 더없이 귀중한 가치가 있으리라 미리 판단했고, 이제 깨닫게 된 자신의 상황은 그 가치를 완전히 다 소유했다는 것이었다. 아니면 가치가 **그를** 소유했다고 해야 할까? 그래서 그가 계속 생각하고 받들고, 정말 맞는지 다시 확인하기 위해 이쪽저쪽 돌려가면서 본다고 말이다.

아직도 여운이 가득한 지금, 그에게 그것은 안전하게 집에 모셔놓은 신성한 보물과도 같았다. 매번 집으로 돌아와 낡고 육중한 열쇠를 넣고 돌릴 때마다 제자리에 그대로 있을 거라고 확신할 수 있는 것. 문을 열고 들어서는 것은 오로지 그곳에 온전히 있는 그것과 다시 함께하기 위해서였다. 그것도 얼마나 친밀하게 자리를 잡고 있는지, 거의 환영처럼 친밀함을 새로이 되살리는 일 외에 할 수 있는 행동이 없었다. 어디를 보든, 어디에 앉고 서든, 그때그때마다 어떤 면을 부각하든, 그것은 순간적인 존재나 특정한 시기에 우연하게 생겨난 존재라면 절대 지니지 못할 모습으로 눈앞에 나타났다. 매일 밤 막이 오르면 무대 위로 올라오는 연극이 연주자들의 눈앞에 나타나듯이 나타나는 것이었다. 그래서 그는 자기 극장에서 주문한 연극을 위해, '장기 공연'에 들어갈 것이 확실한 그 연극을 위해 혼자서 오케스트라를 연주했다. 게다가 가장 중요한 상황을 위해 평범한 방식으로 느리고 나지막하게 연주했다. 찾아오는 사람은 달리 아무도 없을 것이었다. 광장이나 거리를 지나가는 중에 이따금 아는 척하는 사람들을 마주칠 때가 있었다. 기억이 날 때도 있고 안 날 때도 있었는데, 대부분 야단스럽게 굴었고 때로는 지나치게 캐묻기도 했다. 하지만 그는 상냥하게 대하지도 않았고 그쪽에서 다가올 여지를 주지도 않았다. 무슨 일이 있어도 제삼자에게 문을 열어줄 수 없는 기분이었다. 그런 사람들은 그를 방해하고, 그의 신성한 비밀을 더럽히거나 어쩌면 눈치챌 수도 있었다. 여하튼 '내보일' 것은 딱히 없는 상태에서, 스스로 내면의 수행 중이라고 상상하는 마법을 깨뜨려버릴 것이었다. 신의를 지키겠다고 새롭게 언약했다는 전반적인 느낌에 자신을 내맡기고 있었다. 언약의 힘, 제공된 항목의 용량, 계약의 특별한 공고함, 무엇보다도 자신이 요구한 가격이 후하게 지불된 봉사로서 그에 해당하는 그의 임무가 효력을 발휘할 방식, 그러한 것들이 외부에서 아무런 간섭을 받지 않을 때면 그의 의식을 가득 채웠다. 의식 내부를 채우는 대상에 이보다 더 완전하고 더 단단히 고정된 적이 없었다. 일반적으로 정도라는 측면에서 성공이 주는 압박감, 최고의 인식이 가져오는 약간은 오싹한 상태—고독함으로 향하는—라고 표현해온 그런 것. 자신의 타당성을 그렇게 확실하게 느끼는 데에 약간의 끔찍함이 있다면, 그것은 신비로움의 요소가 주는 따스함이 사라졌기 때문이었다. 그 대신 명료함이 군림하게 되었고, 그는 앉아서 그 명료함을 뚫어져라 바라보았다. 하루에도 몇십 번씩 고개를 흔들며 거기서 빠져나오려 애썼고, 고요하면서 하염없는 교감을 행동으로 깨뜨리려 애썼다. 그녀가 그에게 물려주려 했던 것은 고요한 교감이 아니었다. 그것은 그런 종류의 신의에 수반되는 아주 다른 종류의 일이었고, 그 다른 이름은 조심스러운 행동이었다.

숙소에서 빠져 있는 이 몰입 상태가 전혀 조심스러운 행동이 아님을 그는 아주 잘 알았다. 참으로 희한한 일이지만, 케이트에게 충실하기 위해서는 그의 시선을, 팔을, 입술을 그녀에게서 완전히 떼어놓아야 했다. 그녀를 내버려두어야 하는 것이다. 밀리의 저택에 가야 할 시간을 애써 기억해야 했다. 그렇게 저지되는 것이 긴요한 만큼 효과적이라서 사실 고맙기도 했다. 다행스럽게도 아직까지는 문을 닫고 집을 나설 때면 언제나 그녀를 안에 가두어놓을 수 있었다. 일단 좀 멀어지면, 오히려 못 들어

오게 막는 셈이었고. 그래서 저택에 이르기도 전에, 그리고 거대한 대문이 등 뒤에서 요란하게 닫히는 소리를 듣고 나면 더더욱, 자신의 입장이 그릇되다는 압박감을 느끼지 않을 만큼은 벗어날 수 있었다. 케이트는 그의 초라한 방에 **오롯이** 있었고, 혼령조차도 그를 따라나서지 않았기 때문에 그릇됨의 문제는 단지 돌이켜볼 때만 튀어나왔다. 그냥 자비로운 우연에 맡겨두는한, 그를 보며 인상을 쓰지도 않았고 내면의 감각을 심하게 긁어대지 않고는 대처할 수 없는 종류의 요구를 해대지도 않았다. 심하게 긁힐 수도 있다는 것이 그가 애초에 지녔던 공포였다. 하지만 매일 밀리와 함께 지내는 동안, 사실상 공포가 그의책임을 면해주었을 뿐이지 않은가? 끝까지 가지 못할 수도 있었다. 수치스러움이 불쑥 달려들 시간은 아직 많았다. 그럼에도그는 가장 좋아하는 일을 끊임없이 조금씩 더 해나갔고, 그로써 당분간은 좀더 안전할 수 있었다. 그나마 가장 마음에 드는것이라면 **어째서** 상황이 이렇게 되었는지 안다는 것이었다. 다른 친구들이 떠난 지 열흘이 지난 지금은 꽤 잘 알았다. 그러자그들의 순수한 동기를 최고치로 놓더라도 밀리와 이 기이한 관계를 맺게 된 것은 케이트나 자신 때문이 아니라, 밀리가 가능한 만큼 관계를 순수하게 만들었기 때문이라는 사실을 인식하게 되었다. 사실상 관계가 완전히 정화되었다면, 실제 그 일을한 것은 두 사람 중 누구도 아니었다. 밀리 자신이 모든 일을 알아서 했던 것이다. 적어도 그에 관한 한 그러했다. 밀리 자신과밀리의 저택, 밀리의 환대, 밀리의 예의범절, 밀리의 성격, 그리고 어쩌면 다른 무엇보다 밀리의 상상력이 알아서 했고, 거기에 스트링엄 부인과 루크 박사가 약간 힘을 보탰을 뿐이었다. 그래서 그로서는 정말 다행히도 자신이 뭘 더 해야 하느냐고 자문할 그럴듯한 명분을 가질 수 있었다. 헤아릴 수 없는 어떤 것이 케이트와 그, 두 사람을 위해 작용했다. 저 바깥의, 저 너머의, 그들을 넘어서는 무언가, 그리고 틀림없이 그들보다 훨씬 더 나은 무언가가 말이다. 하지만 그렇다고 해서, 특히 그것이 그렇게 나은 것이니 거기서 득을 보지 말아야 할 이유는 없었다. 이득을 따져볼 수 있는 한에서는, 득을 보지 않으려면 정면으로 그에 맞서야 할 것이었다. 그리고 지금 덴셔에게 생겨난 관대함의 정신으로 봤을 때 밀리에게 정면으로 맞서는 일보다 더 큰 정신적 고통을 가하는 일은 없을 것이었다.

그녀가 갈 수 있는 한 함께 가는 것이 해야 할 일이었다. 그것은 멋진 저택의 임대 계약을 더 연장하던 그때부터 그가 그녀 곁에 머무름으로써만 가능했다. 이렇게 머무르는 일은 물론 표면상으로 가장 '도드라진' 표시였다. 케이트가 그것을 요구했던 것도 바로 그래서였다. 얼마나 도드라졌던지 효과가 그날 저녁에 바로 나타나서, 밀리는 미묘한 어색함을 내보이며 그에 대한 해명을 요구하지 않을 수 없었다. 마치 이제부터 거의 항상 단둘이 있게 될 테니, 앞으로 그것을 편하게 인식하고 언급할 수 있을 명칭을 그가 주었으면 하는 듯했다. 다른 사람들이 다 가버린 후 상당히 달라진 그의 존재와 관련해 스스로에게도 어떤 명확한 기반이 있어야 한다는 것이 결국 기본적인 사실이었으니 말이다. 그녀는 단지 그에게는 그 기반이 무엇이고 그의 입장에서는 어떤 식의 설명이 나올지 궁금할 따름이었다. 그거면 충분했다. 아주 하찮은 이유만으로도, 그러니까 돈이나 옷이 도착하기를 기다린다든가, 플릿가에서 편지나 지시—그녀도 아마 들었겠지만 언론사 일에서는 그런 것이 없으면 한 치도 일을 진척시킬 수 없다면서—가 도착하기를 기다린다고만 했더라도 그녀에게 충분할 것임을 그는 알았다. 정작 그 바닥까지 떨어지는 일은 없었다. 그럼에도 불구하고 그날 밤 스트링엄 부인이 두 사람을 남겨두고 자리를 뜨자—스트링엄 부인은 정말 놀라왔다—그는 그 자리에서 밀리가 알 수 있을 법한 어떤 어색함보다 더 음울한 어색함을 맞게 되었다. 미리 가정하기로는 지금 뭐 하는 거냐, 혹은 뭘 하는 시늉을 하는 거냐는 질문을 받으면 거기에 대응할 방책은 있다고 보았다. 하지만 3분 사이에 그는 어느새 소매치기가 주머니 속 돈을 훔쳐 가서 아무것도 살 수 없게 되었음을 알게 된 신사만큼이나 재깍 대응을 할 수 없음을 실감했다. 희한하게도, 케이트가 그를 위해 어떤 식으로든 설명했으리라 확신했지만 그마저 도움이 되지 않았다. 혹은 하나의 특정한 방식 외에 다른 방식으로는 도움이 되지 않았다고 할까. 어떻게 설명할 거냐고, 결국 그는 그녀에게 묻지 않았다. 그녀가 그의 방으로 찾아온 이후에는 아무래도 그런 걸 물어볼 마음은 들지 않았을 것이다. 그들 사이에서 있었던 일로 그의 입은 완전히 붙어버렸고, 그녀의 자유에 어떤 식으로든 짐을 지우는 일에서 그의 정신이 사실 숨을 죽이게 되었던 것이다. 따라서 가능한 이런저런 것들로 채워 넣을 수밖에 없었는데, 한 시간 후 저택을 나서는 그로서는 짐작했던 사실을 공기 속에서 들이마신 느낌이 들었다.

하지만 바로 그런 느낌 때문에 당시 어색한 모습을 보인 자신이 스스로에게도 못나 보였다. 그 인물과 있을 때 어색해지는 건 끔찍했다. 연루된 관계의 구실을 찾는 건 역겨운 일이었다. 어떤 관계이든 바로 그런 이유로 마치 저녁 식사에 소스 대신 약을 뿌린 요리가 나오기라도 한 듯 망신스러웠다. 두 젊은 여성의 마지막 대화에서 케이트가 했을 법한 얘기라면, 밀리가 정말로 진실을 알아야겠다면 하는 말이지만 덴셔 씨가 여기 남는 이유는 자신으로서는 그런 식의 요구밖에 달리 방법이 없기 때문이라고 했을 것이다. 그가 남으면 자신을 따라오지는 않는 셈이니까. 적어도 이모에게는 그렇게 보일 것이다. 그리고 자신을 따라다니지 못하게 하면, 이모가 지금 이 시점에서 다시 떠올리기도 고통스러운 그런 소란을 피우며 할 수 있을 만큼 충분히 그를 내치지 않았다고 그녀를 닦달하는 일도 없을 것이다. 사실 지금까지 한 일이라고는 내친 일밖에 없었다. 지금까지 사정이 그렇지 않은가? 단지 모드 이모의 의심을 거듭 상대해야 해서 아주 문제다. 마찬가지로 그의 태도 역시 충분히 합리적이었다. 그로서야 당연히 그래야겠지만. 이모와 조카딸이 원하는 대로 런던을 벗어나서도 살 수 있음을 증명할 가장 분명하고도 간단한 신호를 보내는 데 동의했던 것이다. 런던에서 떨어져 산다는 건 케이트 크로이에게서 떨어져 산다는 것이고, 그러면 케이트의 마음이 아주 편해질 테니 정말 감사할 일이다. 그런 케이트의 설명을 밀리가 어떤 식으로든 내비쳤을 때 그것을 망치지 않게 응대해야 한다는 두려움을 의식하면서, 지금 덴셔가 머뭇거린 3분 가운데 1분이 지나갔다. 그것을 망치면 만사를 망치는 것이고, 아마 케이트 자신을 망치게 될 것이고, 특히 그 무엇보다 보기 흉한 신의의 위반으로 그들이 마지막으로 함께 보낸 시간을 망치는 일이었다. 와주기만 한다면 절대적으로 그녀 뜻에 따라 행동하겠다고 맹세했고, 그것은 그녀의 암묵적인 뜻을 충분히 이해하고 한 일이었다. 암묵적인 뜻이란 일단 오늘 밤 반쯤 불을 밝힌 화려함으로 고아해 보이는 대단한 응접실에서, 마치 천상의 존재처럼 무엇이든 믿어주려 하는, 혹은 적어도 헤아릴 수 없이 자비로운 젊은 여주인의 하얀 얼굴을 똑바로 바라보면서 자기 입으로 거짓말을 하는 일이었다. 그를 거기서 구해줄 수 있는 길은 그를 두려움에 빠뜨린 밀리가 그냥 넘어가주는 것밖에 없었다. 그녀의 자비가 불가해한 것은 이미 한 번 이상 그를 구해줬으면서도 그것이 분명 그가 얼마나 자포자기한 상태인지 모르고 한 일이라서였다.

그것은 초월적인 행동이었고, 모르고서 했다고 자비로움이 덜하지 않았다. 그 덕에 다시 한번 그는 압박감이 덜어지는 기분이었다. 한마디로 그녀가 케이트의 설명을 그가 받아들여야 할 것으로 제시하지 않았다는 더할 나위 없는 행운이 그나마 그를 지탱해주었다. 그는 그냥 선 채로 거짓말을 할 수는 없을 것 같았다. 무릎이라도 꿇어야 할 것 같았다. 하지만 사실을 말하자면 그는 그저 긴장감으로 꼰 다리를 약간 떨면서 앉아 있었다. 그녀는 그가 그렇게 거절을 당해서 유감이라고 했지만, 그의 입장에서는 빈약하나마 위기 상황에 쓰려고 마련한 서너 가지 부질없는 설명 외에 달리 확증을 하거나 위증을 할 것은 없었다. 돈이나 옷, 부장님의 편지나 지시 사항 따위를 기다리고 있다는 것보다는 그나마 좀 나은 핑계를 대려 애썼다. 그러다가 갑자기 조용하게 글 쓸 기회가 생겨서 좋다는 말—그것이 티치아노의 요부 그림처럼 눈앞에 나타났던 것이다—이 불쑥 튀어나왔다. 런던에서는 조용히 글을 쓰는 일이 얼마나 어려운지 잠깐이나마 생생하게 보여주었다. 그러고는 거의 폭탄선언처럼, 오래도록 간직했던 책을 쓸 계획이라는 말이 튀어나왔다.

그 폭탄선언에 그녀의 얼굴이 밝아졌다. "그럼 여기서 책을 쓸 거예요?"

"시작을 했으면 해요."

"아직 시작도 안 했어요?"

"음, 이제 막 했죠."

"그러니까 여기 온 이후에?"

얼마나 대단한 관심을 보였던지 결국엔 쉽게 벗어날 수 없을지도 몰랐다. "며칠 전에야 시작다운 시작을 한 기분이에요."

그보다 그를 더 깊이 끌고 들어갈 것이 또 있을까. "우리 때문에 시간을 너무 낭비했겠네요."

"물론 그랬죠. 하지만 그걸 만회하려고 지금 이렇게 남은 거잖아요."

"그럼 난 신경 안 써도 돼요."

"내가 무엇에든 얼마나 신경을 안 쓰는지 알게 될 거예요." 그는 되도록이면 편안하게 말하려 애썼다.

"일단 거기에 우선적으로 시간을 써야 하잖아요." 밀리가 그 화제로 뛰어들었다.

그가 잠시 생각을 가다듬었다. 될 수 있으면 미소로 분위기를 밝게 만들려고 애쓰며 말했다. "아, 남는 시간에 알아서 할 겁니다. 우선은 당신을 위해 써야죠." 그러면서 케이트가 이 말을 들었으면 했다. 더구나 그런 식의 말로 규율을 무시하고라도 위안을 찾고자 하는 자신의 노력을 눈에 띄게, 심지어 애처로울 정도로 그녀에게 그려 보였지만 별 도움이 되지도 않았다. 그는 여지없는 케이트의 무시와 그녀가 부과한 가혹한 법을 고도의 지적인 노력 아래 묻어버려야 했다. 적어도 이것은, 그러니까 밀리가 지나친 관심을 보였다는 사실은, 그에게는 십자가에 못 박히는 일이었다. 곧이어 밀리가 그의 방이 작업하기에 좋은 환경이냐고 물었고, 거기서 그녀의 대단한 관심을 알아챌 수 있었다. 적절한 대답을 하려면 얼굴에 철판을 깔아야 했다. 차 한잔 하러 그의 방에 들르고 싶다는 생각을 다시 입에 올린다면, 특히나 두꺼운 철판을 깔아야 할 것이었다. 그러한 극한은 그로서도 모면할 수 없을 것임을 잘 알았다. "수지와 함께 찾아갈 거라는 건 잊지 않았겠죠." 극한이란 그 나머지를 감당하는 일일 뿐일 테지만, 그것만 해도 있는 요령을 다 동원해야 했다. 그들의 방문을 감당하는 일, 그 벼랑 끝으로 떠밀리는 일만은 무슨 일이 있어도 수락할 수 없었다. 그것이 그의 적절한 행동을 나열한 케이트의 목록에서 맨 위를 차지할 법한 입증 방식일지라도 그러했다. 이후 있었던 일로 혹시 그 특별하게 적절한 행동에 대한 케이트의 견해가 바뀌지는 않았을까 하는 생각을 그는 마음속 깊은 곳에서 자유롭게 떠올려보았다. 아마 그러지 않았을 거라고 결정을 내렸더라도, 요령을 쓰는 편이 낫겠다는 그의 생각에는 아무런 영향을 주지 않았다. '요령'이야말로 이 불확실한 상황에서 그의 버팀목이라고 보는 게 마음에 들었다. 민감하고 친절한 사람들 사이에서 행사하는 것이라 그의 곤경을 아닌 척 덮어주었으니까. 요는 그것이 효력을 발휘하는 한에서 그는 비인간적이지는 않은 것이다. 따라서 지금 밀리의 희망을 부추기지 않기 위해 그것이 효력을 발휘해야만 했다. 단칼에 잘라버리고 싶지는 않았지만 그렇다고 특정한 연관하에 다시 피어나는 것도 원하지 않았다. 그래서 어떻게 그 중간쯤에서 대처할까 이리저리 궁리하던 중에 그는 발을 잘못 디뎠고, 불행한 결과를 낳고 말았다. "이 집에서 벗어나지 않는다는 관례를 어겨도 안전한가요?"

"'안전'하냐고요—?" 그녀가 한 20초간 창백하게 타오르는 시선으로 그를 응시했다. 아, 하지만 그 시선이 아니어도 이미 그는 질겁하고 말았다. 말실수를 하자마자 지레 그렇게 되었으니까. 런던에서 그녀가 제발 삼가달라고 절대 잊을 수 없게 부탁한 잘못을 저지른 것이었다. 그녀와 단둘이 있는 지금 그녀가 경고한 예민한 신경을 건드려버렸다. 런던에서의 그때 이후로 한 번도 건드린 적이 없었다. 하지만 그렇다고 죄가 덜하지 않음을 새삼 깨우쳤다. 그래서 잠시 동안 그는 살면서 한 번도 그래본 적이 없을 만큼 당황하여 어찌할 바를 몰랐다. 자신이 보기에는 그녀가 죽어가고 있다고 역설할 수도 없고, 짐짓 그녀가 그런 예방책과 상관없는 척을 할 수도 없었다. 그사이 그녀가 알아서 선택지를 좁혀주었다. "내가 그렇게나 안 좋은 걸로 보여요?"

너무 괴로워 속이 뒤틀렸다. 하지만 정수리까지 벌게질 즈음 바라던 대답이 떠올랐다. "당신이 무슨 말을 하든 다 믿을게요."

"그렇다면, 난 아주 훌륭해요."

"아, 굳이 말하지 않아도 그건 알죠."

"내 말은 살 수 있다는 뜻이에요."

"그걸 의심해본 적은 없어요."

"그러니까, 내가 그렇게 살고 싶어 한다면—!" 그녀가 말을 이었다.

"그러면?" 그녀가 열렬하게 말을 이어가다가 멈추자 그가 물었다.

"그러면 **살 수 있다는** 걸 안다는 거죠."

"뭘 하든지?" 너무 숙연한 분위기라 그가 몸을 사렸다.

"뭘 하든지. 내가 원한다면."

"그러기를 원한다면?"

"살기를 원한다면. 살 수 있다고요." 밀리가 되풀이했다.

그 스스로 눈치 없이 자초한 일이었지만, 측은한 마음에 그가 약간 주저했다. "아, 그럼 **그건** 확실히 믿을게요."

"그럴 거예요, 그럴 거라고요." 그녀가 단언했다. 하지만 그로 서는 왠지 그 무게감과 함께 그녀가 한갓 빛과 소리로 변해버린 느낌이었다.

눈앞이 부옇게 흐려지며 부지불식간에 그가 미소를 지었다. "당연히 그래야죠!"

그 말에 그녀가 다시 사실로 돌아왔다. "그러니까 말인데, 그 럼 왜 우리가 당신을 찾아가면 안 되는 건가요?"

"그게 당신이 사는 일에 도움이 되겠어요?"

"티끌 모아 태산이잖아요." 그녀가 웃었다. "게다가 집에 있는 티끌은 대체로 너무 작거든요. 단지 그걸 못 하게 되는 일이 없기만을—!"

"못 하게 된다고요?" 그녀가 다시 말을 끊자 그가 물었다.

"그러니까 당신이 기회를 주었는데 말이에요."

간단히 주고받은 이 말이 이 시점에서 그에게 어떤 작용을 했는지 놀라울 정도였다. 극도로 주저하던 마음이 홀연히 사라지면서 엄청나게 기이한 어떤 것, 그 자리를 뜬 다음에야 속성이 분명해진 어떤 것에 자리를 내주었던 것이다. "언제든 원하는 때에 와요." 그가 말했다.

하지만 그 순간 그에게 벌어진 일—그녀가 처한 현실에 대한 인식 외의 모든 것이 거의 난폭할 정도로 떨어져 나가버린 일—이 보아하니 그의 표정이나 태도에 나타났고, 그것이 얼마나 선명했는지 그녀는 다른 식으로 받아들였다. "어떤 심정인지 알겠어요. 내가 너무 귀찮게 구니까 그런 짜증 나는 일을 겪으니 차라리 떠나버리겠다, 그런 거죠? 그럼 됐어요."

"됐다고요? 아니!" 그는 이제 항의하는 투였다.

"그 때문에 당신이 우리를 피해 도망간다면 말이에요. 당신이 떠나지 않았으면 하니까." 그렇게 스트링엄 부인을 끌어들이다니 참 훌륭했다. 좌우간 그는 고개를 저었다. "안 떠나요."

"그럼 나도 거기 안 가겠어요!" 그녀가 환하게 외쳤다.

"나를 보러 안 온다고요?"

"절대로요. 다 끝난 일이에요. 하지만 괜찮아요." 그녀가 말을 이었다. "그러니까 그것과는 별개로 내가 해서는 안 되는 일이나 내게 강요되지 않는 일은 안 할 거라고요."

"아, 누군들 당신에게 강요할 수 있겠어요?" 그가 언제나 그
렇듯이 그녀의 기운을 북돋우기 위한 임기응변식 말투로 물었
다. "당신은 뭐든 강요할 수가 없는 사람이에요."

"너무 자유분방해서요?"

"지금 세상에서 가장 자유분방한 사람이죠. 다 가졌잖아요."

"뭐, 그렇다고 하죠." 그녀가 미소를 지었다. "불만 없어요."

그 말에 그는 엉겁결에 또 끌려 들어가고 말았다. "그럼요, 불
만 없다는 거 잘 알죠."

그 말을 입 밖에 내자마자 그 안에 담긴 연민이 스스로에게
도 느껴졌다. '다' 가졌다는 말은 과도하긴 해도 다정한 유머였
지만, 불만 없다는 걸 안다는 상냥한 말은 다정하지만 지독히
심각한 말이었던 것이다. 밀리가 그 차이를 감지했음을 그는 알
아챌 수 있었다. 본인의 죽음을 그렇게 똑바로 직시하다니 정말
대단하다고 아예 대놓고 칭찬하는 편이 나았겠다 싶었다. 그녀
가 다시 **그를** 살핀 투가 그런 식이었고, 더욱 상냥하게 그의 말
을 받아주었음에도 그것은 전혀 완화되지 않았다. "그게 장점은
아니에요. 자기 앞길이 보일 때는 말이죠."

"평화와 풍요로움으로의 길 말인가요? 그렇다면 그럴 수도
있겠죠."

"가진 걸 지키는 길 말이에요."

"아, 그러면 성공이죠." 덴셔가 되는대로 말을 던졌다. "가진
게 훌륭하다면 애쓰는 걸로도 충분하니까요."

"글쎄요, 그게 내 한계예요. 더 가지려고 애쓰지 않거든요."

그러더니 화제를 바꿨다. "이젠 당신 책 얘기를 해봐요."

"내 책이요—?" 그게 뭔지 잠시 가물가물했다.

"수지나 나나 그것을 조금이라도 망칠 일은 절대 하지 않을 그 책 말이에요."

그가 뭐라 말할까 머리를 굴리다가 곧 마음을 정했다. "책 같은 거 안 해요."

"아까 말한 그 책을 안 한다고요?" 그녀가 어리둥절해서 물었다. "글을 안 쓴다는 거예요?"

그는 벌써 마음이 놓이는 기분이었다. "맹세하지만 내가 뭘 하는지 모르겠어요."

그 말에 그녀가 눈에 띄게 심각해졌다. 그래서 그는 다른 쪽으로 불안해지면서 그녀가 뭘 알아채지 않을까 겁이 났다. 사실 그녀는 바로 그가 두려워하던 것을 알아챘지만, 다시 그의 명예를 지켜주었다. 자신이 그의 명예를 위태롭게 했다는 것을 정작 알지도 못했으면서 말이다. 그 자신은 불만이 있을 만도 하다는 기색을 내비쳤다고 받아들였기에 그녀는 자신이 에둘러 도와주면 어쩌면 가능할 인내심을 가지도록 그를 독려하는 일을 확실히 원하게 되었다. 하지만 그보다 더 확실하게 나타났다시피 그녀는 어느 정도까지 해봐도 될지 확신하고 싶었다. 그녀가 일종의 시험을 거쳤다는 것을 깨달았다는 사실을 그는 곧 알 수 있었다.

"그럼 책 때문이 아니라면—?"

"도대체 왜 남아 있냐고요?"

"내 말은 런던에 직장도 있고, 그러니까 해야 할 일도 많을 테고. 그 자리가 지금 비어 있는 것 아닌가요?"

"비어 있다고요?" 밀리 쪽에서 청혼을 할 수도 있다는 케이트의 주장이 떠오르면서, 이런 식으로 자연스럽게 그 말이 나오려나 싶었다. 그러면 분명 당황하게 될 거라서, 어쩌면 그의 막연한 대답에 미묘한 불안이 묻어났을 수도 있었다. "아, 뭐—!"

"질문이 너무 많나요?" 그가 항변하기도 전에 그녀가 알아서 해결을 지었다. "남아 있어야 하니까 남아 있는 거겠죠."

그가 그 말을 덥석 물었다. "남아 있어야 하니까 남아 있는 겁니다." 그 말이 케이트에게 충성을 지킨 건지 그 반대인지 꼬집어 말할 수 없었다. 그것은 어떤 면에서 그녀를 누설하는 일이었다. 그녀 계획의 끝자락을 살짝 드러냈으니까. 하지만 밀리는 그것을 그저 사실의 단순한 진술로 받아들였음을 알았다. 케이트가 아마 말해주었을 것, 접근해도 좋다는 랭커스터게이트의 허락을 기다린다고 보는 것이다. 이모나 조카딸, 어느 쪽이든 친구 관계를 유지하려면 그는 그 허락 없이는 꼼짝해서는 안 되는 것이었다. 자신의 대답에서 그녀가 이 모든 것을 감지했음을 그는 읽을 수 있었다. 그래서 거짓말을 하고 있는 기분이라 그것을 바로잡기 위해 뭔가를 생각해내야 했다. 그가 곧 생각해낸 것은 이러했다. "다른 어떤 복잡한 문제가 있든지, 결국 당신을 위해 남아 있다고 하는 걸로는 충분치 않은가요?"

"아, 그건 당신이 판단할 일이죠."

그때 그는 이제 자리를 뜨려고 일어났고, 결국 안절부절못하고 있었다. 지금 문제가 된 발언은 적어도 케이트에게 불충한 것은 아니었다. 그들이 맺은 거래의 성격이 바로 그러했으니까.

또한 충실했기에 그것은 다른 종류의 거짓말, 즉 동기를 제대로 밝히지 않은 거짓말이 되었다. 그는 밀리를 '위해서' 남아 있다고 볼 여지가 거의 없었기 때문에 명백히 밀리에 반反하여 남아 있는 것이었다. 그럼에도 그는 알지 못했고, 다행스럽게도 비로소 상관하지도 않았다. 그가 할 수 있었던 말이라고는 이것뿐이었는데 그것으로 상황이 좋아질 수도 더 나빠질 수도 있었다. "그럼, 내가 떠나지 않는 한에서는 계속 판단하는 중이라고 봐야 할 거예요!"

2

그곳을 나선 뒤 그는 바로 숙소로 돌아가지 않았다. 그러고 싶지 않았다. 대신 좁은 길을 걸어 고딕풍 아치가 있는 광장을 지나 상대적으로 구석진 곳에 자리한 자그마한 카페로 향했다. 이미 한 번도 넘게 찾은 그곳에서 기운도 차리고 얼마간의 평온도 누리면서 유쾌하게도 주로 우유부단함을 더욱 조장하는 해결책들을 떠올리곤 했다. 분명한 사실이라면 꽃무늬 유리에 고개를 기대고 손에서 피어오르는 담배 연기 너머로는 보지 않으려 애쓰며 벨벳 의자에 앉아 있던 그날 밤 그에게 찾아든 것이 스스로에게도 평소보다 약간 덜 맥없이 여겨졌다는 것이다. 다시 자리에서 일어나기 전에 나아갈 방향이 보여서는 아니었다. 그저 방금 감당해야 했던 것을 의식하자 자신의 위치를 받아들이는 일에 훨씬 예리한 영향이 느껴졌기 때문이었다. 30분 전 밀리의 저택에서 그가 속으로 느꼈던 불가능성과 관련해 밀리 쪽으로 마음을 돌렸을 때, 그녀가 지켜보는 가운데 즉각 그렇게 했을 때, 그것은 더 멀리로 시각이 확장되며 솟아난 돌연한 힘에 의해 불가능성이 거의, 아니 전혀 중요하지 않음을 깨닫고 한 일이었다. 자잘한 원칙을 따질 계제가 아니었다. 사람들이 그녀의 곤경에 처해 있다면 허용되지 못할 것이 없었다. 그리고 그녀의 곤경은 이제 스프링이 탁 튀듯이 오롯이 그의 것이 되었다. 스스로 절감하듯이 상대가 무척이나 그에게 의지하는 한에서 말이다. 그가 해야 하거나 하지 말아야 할 것들은 모두 그녀의 삶과 밀접한 연관이 있었고, 따라서 그 삶이 완전히 그의 수중에 있었다. 다른 것과는 연관이 없어야 했다. 그로서는 자신 탓에 그녀가 죽는 일이 충분히 있을 수 있는 일인 것 같았다. 평소에 앉는 자리에서 해석한 바에 따르면 그랬다. 그러자 두려움이 밀려들었고, 다른 건 다 젖혀둔 채 세 시간 동안 꼼짝 않고 앉아 있었다. 마실 것을 더 주문했고 여느 때보다 많은 담배를 피웠다. 그에게 모습을 드러낸 것이 처음부터 이렇게나 강렬한 두려움으로 드러났던 것이다. 그래서 옳든 그르든—이 차이가 여전히 의미가 있다면—어떤 행동을 하려고 마음먹기만 하면 "쉿!" 하는 소리가 선명하게 들렸고, 그것이 그 순간부터 온 신경을 곤두세우며 가만히 있으라고 명령했다. 사실 그는 그렇게 있는 동안 가만히 있을 여러 다른 방법을 떠올렸고, 그 시간은 발꿈치를 들고 살살 걸어 다니는 일에서 가르침을 줄 법도 했다.

마침내 어렵사리 일어나 집으로 돌아갈 때쯤 그가 내린 결론은, 아마 다른 원리에 따르면 곧장 파멸을 맞으리라는 것이었다. 자신이 정말로 밀리에게 있는 어떤 것을 위기에 이르게 할 수 있다는 생각에 파멸이 떠오른 것이다. 그렇게 '이르게 되면' 무엇이나 어떤 식으로든 **틀림없이** 재앙이 될 것임은 쉽게 주장할 수 있었다. 그가 그녀의 운명에 얽혀들어, 혹은 이런 표현이 더 낫다면 그녀의 운명이 **그와** 얽혀들어서, 딱 한 번의 실수로도 어느 쪽이든 끈이 툭 끊어져버릴지도 모른다. 사실 이런 생각들이 결과적으로는 마음의 평화를 가져다줄 만큼 도움이 되었는데, 결국 그는 아무 일도 안 하리라는 것, 그리고 그것이 어쨌든 케이트가 지운 의무와도 맞아떨어진다는 것이 명백해졌기 때문이었다. 밀리의 허락 없이는 꼼짝도 하지 않을 터였다. 결국 아주 기이한 일이겠지만, 그녀의 허락이 없다면 케이트의 허락이 없는 경우와 마찬가지로 더 멀어지든 가까워지든 절대 움직이지 않을 것이었다. 있는 지혜를 다 짜내서 이른 결론이 그러했다. 그저 다정하게 대해야 한다는 것. 그것은 가만히 있는 일과 매한가지고, 진동을 최소한으로 줄이려 고심하는 것과 매한가지였다. 담배를 피우며 앉아 있는 동안 그는 귀중한 물건이 아주 위태롭게 벽에 매달려 있는 방 안에 갇힌 기분이었다. 까딱 발을 잘못 디디면 와장창 떨어져버릴 상황인데, 그것은 가능한 한 오래 매달려 있어야 했다. 카페를 나서며 그는 심지어 플릿가에서 연락이 와도 이 시점에서는 그가 움직이지 않으리라는 것을 알았다. 부장이 출근하라는 전보를 칠 법도 하지만 그런 연락은 쉽게 무시할 수 있을 터였다. 빈둥거리며 지내기엔 가진 돈이 많지 않긴 했다. 하지만 다행히도 베네치아는 돈이 많이 들지 않았고, 무엇보다 묘한 일이지만 밀리가 어떤 면에서 그를 부양한다고도 할 수 있었다. 드는 돈이라고 해봐야 사실 저녁을 먹으러 저택에 걸어가는 게 고작이었기 때문이다. 한마디로 그는 그 일을 관둘 생각이 없었고, 그래서 아마 아무 일도 안 하고 지낼 수 있으리라 생각했다. 무슨 일이 생기든 아직까지는 충분히 가만히 있을 수 있었다.

그는 3주 동안 그 일을 해보았고, 얼마간 하고 나자 실패하지는 않았다는 판단이 들었다. 거리를 두거나 따분해 보이려는 게 아니라 오히려 그 반대였으므로 섬세한 기술이 필요했다. '친절하게' 대하는 것이 실질적인 법칙인 상황에서, 그런 태도는 친절하다고 볼 수 없으니까. 그가 피하고 싶은 진동이 생겨날 수도 있었다. 그래서 그는 말하자면 주저하거나 두려워하지 않고 내키는 대로 해나감으로써 만사에 가장 잘 대비할 수 있었다. 그러니까 머무르는 방향에서 내키는 대로 해나가는 것이다. 그것은 어디로 가는지에 달려 있었고, 그것이 그가 뜻한 바 조심하는 일이었다. 까치발로 살금살금 걸어 다니면, 공격해 왔다는 사실이 들통나지 않고 퇴각할 수 있었다. 앞에서 보았다시피 모든 소통을 완전히 정해진 방식으로 유지하는 것이 완벽한 요령—다행히도 그는 처음부터 그 필요성을 깨달았다—이었다. 그렇게 해서 가령 그들이 영원히 갈라질 수 없는 좋은 친구라는 사실이 정해졌고, 미국 여성이라는 그녀의 특성이 그들이 맺게 된 관계에서 시기적절하게 무척 요긴하다는 점도 마찬가지였다. 시간이 흐르면서 그녀가 그 위대한 민족적 편안함, 젊은 여성으로서의 위대한 편안함이라는 특권에 못 미치게 된다 해도, 그 특권을 지니고 있다는 사실을 거룩하게도 열렬히 호응하며 보여주거나 또 그를 위해 노력하는 일을 그만둔다 해도, 적어도 그것은 덴셔가 나름의 방안을 가지고 상대를 그런 존재로 지켜주려고 애쓰지 않아서는 아닐 것이었다. 그러니까 그가 그 점을 계속 상기시키고 격려하지 않아서는 아니라는 것이다. 어쩌면 그 용량 자체보다는 그녀가 그만둘 성싶지 않은 그것에 대한 얘기를 더 장황하게 했을 수도 있다. 하지만 객관적이라고 자화자찬한 방식으로 터놓고 얘기했고, 그렇게 그녀 앞에 계속 붙잡아놓았다. 또한 유쾌하게 말하려고 신경을 쓰기도 했으니까. 뭐니 뭐니 해도 그것이 그들의 방안이자 가장 두드러진 편의였다. 취할 수 있는 유형은 아주 탄력적이라 원하는 대로 잡아 늘려서 거의 무엇이든 만들 수 있었다. 하지만 그렇게 잡아 늘리지 않았을 때는 차분하게 정상적인 상태를 유지했고, 예의 바르게 자기 자리를 벗어나지 않았다. 그리고 다행스럽게도 그동안 그는 그녀가 이 임무에서 자신의 역할을 하면서 정말 묘하지만 의식적으로 순순히 따라준다는, 그녀 스스로도 까닭을 모른 채 그가 원하는 바를 대부분 해준다는 느낌을 확실히 받았다. 그렇다고 얼떨떨할 정도는 아니었지만 말이다. 언젠가 그녀가 이런 말을 했을 때, 그건 확실히 그 문제를 건드렸다고 볼 수 있었다. "아, 그럼요. 지금 우리 상태가 당신 마음에 들겠죠. 우리로서는 가늠할 수 없지만 당신에게 편리하기 때문이겠죠. 그런 걸 가늠하려면 영국인이 되어야 하나 봐요!" 게다가 정말 기이한 일이지만 그녀의 선량함을 전제하지 않아도 그랬다. 그저 이런 식으로 어디까지 갈지 알아보려고 그가 원하는 대로 해주는 거라고, 그러니까 그런 존재가 되어주는 거라고 볼 수도 있었다. 시간이 지나면서 그들은 정말 게임을 하는 상대의 모습을 **보았다**. 그녀 편에서는 그가 그녀를 자기 개념에 맞추려 애쓴다는 걸 알고 있고, 그는 그녀가 그 사실을 알고 있다는 것을 알고 있었다. 게다가 그녀가 알고 있다는 걸 알아도 망칠 일은 없었으니 그 정도면 그들이 가장 완벽하게 실행될 수 있는 노선으로 찾아낸 것이

어떠한지 웬만큼 감이 잡힐 것이다. 무엇보다 가장 기이한 일이라면 자신이 그렇게 추구했던 성공이 그로서는 감사하게도 자기 자신을 초월할 뿐 아니라 케이트도 초월하여, 매일의 체면을 지켜주는 어떤 존재가 되었다는 사실이었다. 밀리의 민족적 특성을 전적으로, 동시에 불가해한 방식으로 그렇게 불러일으키지 않았다면 그런 절묘한 행운은 나타나기 힘들었을 테고, 확실히 딱 맞는 윤활유도 별로 없었을 것이다. 그것이 그녀의 통일성을 이루었고, 그가 무한정 당연시할 수 있는 한 가지가 되어주었다.

그래서 그는 경계를 게을리할 수 없을 과도한 진동에 대한 두려움이 커지는 일 없이 스무 날 동안 매일 그렇게 해나갔다. 긴장 속에서 기껏해야 하루하루 근근이 버텨나가고 있음을 잘 알았다. 하지만 실수는 성공적으로 피했다고 믿었다. 여성은 모두 다른 면모를 지니고 있고, 밀리도 틀림없이 불안정할 것이었다. 하지만 민족적 특성은, 지금에 이르러 사실상 전부를 차지하게 되었건, 아니면 단지 한 부분에 불과하건 그녀에게는 확고했다. 아직 젊디젊은 여성에게서 숨 쉬는 공기를 사실상 부도체로 만들어버리는 민족적 특성 말이다. 차를 마시는 시간에 맞춰 저택에 갔을 때 여주인께서 오늘은 손님을 '맞이하지' 않으신다는 전갈을 받은 것은 스무 날이 지난 어느 날이었다. 그 전갈은 바깥뜰에서 곤돌라 사공 하나가 전해주었는데, 지금까지 그의 자유로운 출입이 워낙 두드러졌기에 어쩔 수 없이 그 점을 의식하는 시선이 그에게 꽂혔다. 레포렐리궁에서 그는 그저 '맞이하는' 손님이 아닌 단연 그 집안에 포함된 내부자의 자리를 차지했기에, 이렇게 노골적인 내침을 당하자 그로서는 잠시 후 좀더 항변을 해도 되겠다 싶었다. 둘 중 어느 쪽도 손님을 받을 사정이 아닌 모양이었지만, 파스콸레로서는 어느 쪽이 몸이 안 좋다고 전할 입장은 아니었다. 아직 뭐라고 말하기 어려웠고, 그래서 덴셔가 속으로 떠올린 바에 따르면 그런 점에서 그는 별생각 없이 멍한 상태라고 할 수 있었다. 멍한 상태라는 게 컴컴한 둥지와 유사한, 그러니까 텅 빈 표면이 아니라 뭔가 불분명하고 늘 뭔가 불길한 것이 분간할 수 없이 뒤섞여 있는 깊숙한 장소일 뿐인 종족에게 그 표현이 과연 적절할지는 모르겠지만 말이다. 정말이지 그는 그 순간 이 저택 안에서 여주인의 아슬아슬한 상태를 의식하거나 언급하는 일이 얼마나 철저히 금지되어 있는지를 새삼 느꼈다. 그녀의 건강 상태가 이유로 공인된 적은 단 한 번도 없었다. 얼마나 심각하게 여기는가는 다른 문제였다. 그는 거듭 질문을 하면서 그것을 충분히 의식했다. 호소의 대상은 곧바로 불려 온 그의 친구 에우제니오였고, 비를 피해 물가의 계단에서 뜰로 이어지는 회랑에서 3분 동안 그와 알찬 시간을 가졌다. 덴셔는 혼자 생각으로는 그를 늘 친구로 불렀지만, 사실 그가 마음만 먹으면 자신을 끝장낼 수도 있다는 것을 쉽게 짐작할 수 있었다. 그렇게 해서 따로 이름 붙일 필요가 있는 관계, 진심으로 서로를 의식하는 친밀함이라는 관계가 생겨났다. 눈과 귀, 전반적인 감수성과 모든 면에서 친밀하지만, 말은 제외된 그런 관계 말이다. 다시 말해 지난 5주 동안 에우제니오가 깍듯하게 격식을 차리는 중에도 그에 대해 본질적으로 저속한 견해를 가지고 있지만, 그로서는 그것을 방지하기 위해 눈썹조차 치켜올릴 수도 없다는 사실을 그는 모르지 않았다. 그런 분위기가 지금 다시 생겨났고, 에우제니오가 뜰에서 그를 상대하는 내내 어느 때보다 팽팽하게 두 사람 사이를 감돌았다.

이른 아침부터 바다에서 첫번째 가을 태풍이 몰려오기 시작했고, 덴셔는 거의 고약한 심보로 그를 바깥쪽 계단으로 불러냈다. 안뜰의 멋진 광경을 이루는, 밀리의 주 응접실이 있는 층으로 올라가는 거대한 계단이었다. 이 한 번의 기회로 그가 자신에게 덮어씌운 모든 오명을 갚아줄 작정이었다. 똑똑하고 잘생겼지만 가진 건 별로 없는 런던 신사가 실 양의 재산을 차지하려고 너무 뻔하게 기를 쓴다는 오명 말이다. 나아가 그 신사가 거기서 무난한 성공을 기대한다면 그건 여주인님의 가장 충성스러운 하인(신분 상승 같은 것에는 전혀 관심이 없는)을 터무니없이 하찮은 부속물로 보는 것이 분명하다는, 입에 담을 수도 없는 암시에 대해 갚아주는 것이기도 했다. 이런 식의 해석은 열등한 자들에게 딱 어울리는 태도라는 단순한 이유로 덴셔에게는 혐오스러웠고, 따라서 세 가지 이유만 아니었다면 그것을 바로잡는 일을 주저하지 않았을 것이다. 첫째는 그의 비판자가 감정이 전혀 섞이지 않은 완전히 비인격적인 정중함으로만 그것을 표현했다는 사실이다. 둘째는 친구 하인의 표현 방식을 교정하는 일은 손님이 나서서 할 일은 아니라는 것이었다. 그리고 셋째는 그가 특정한 동기를 가졌다는 견해가 결국 그에 대한 음해는 아니라는 사실이 있었다. 어쩌다 보니 열등한 자가 취할 법한 저속한 견해가 바로잡을 수 없도록 그에게 맞아 들어갔다면 그건 그의 잘못이었다. 그 점에서라면 확실히 그는 열등한 자와 별다를 바가 없었다. 따라서 한마디로 덴셔도 알다시피 에우제니오가 그의 아주 많은 면모를 본다는 점에서 '내 친구'의 자리를 차지한다면, 같은 맥락에서 지금 얘기를 나누는 동안 그가 볼 수 있게 된 바도 그 어느 때보다 훨씬 많았다. 덴셔의 느낌으로는, 틀림없이 자신이 곤돌라 사공의 대답에 만족하지 못하고 마땅히 더 알아야겠다고 고집하는 것으로 보일 것 같았다. 하지만 그 느낌은 이즈음 두 사람 사이에서 점점 더 뚜렷해진 간격으로 찾아왔을 따름이었다. 당연히 에우제니오는 그가 실양에게 한마디만 하면 자기 목이 날아갈 수도 있다는 계산을 했을 것이다. 하지만 동시에 그 한마디가 절대 나오지 않는 한— 스스로 정리해본 바에 따르면 그런 일은 불가능했다—경계를 철저히 할 뿐이라는 상상을 실컷 할 수 있었다. 비바람이 거칠게 몰아치는 축축한 회랑에서 보낸 몇 분만큼 그가 단단히 경계를 섰던 적이 없음을 덴셔는 알 수 있었다. 그리고 사실 그런 그의 존재로 인해 만사가 암담해졌다는 인식이 불현듯 우리의 주인공에게 예리하게 꽂혔다. 무슨 일이 일어났구나. 정확히 무슨 일인지는 몰랐다. 에우제니오가 알려줄 것도 아니었다. 그가 한 말이라고는, 자기 생각에 마님들께서—마치 두 사람이 똑같이 병약한 상태라는 듯이—'쬐끔' 피곤하다는 게 다였다. 그냥 '쬐끔, 아주 쬐끔'이라 딱히 이유를 댈 일도 아니라는 식이었다. 덴셔가 감지한 하나의 조짐으로 말하자면, 어떤 심오하고도 아주 악마 같은 책략에서인지 자신이 이탈리아어로 말하면 그는 항상 영어로 대답을 했고, 영어로 말하면 이탈리아어로 대답했다. 그러면서 으레 하듯이 슬쩍 미소를 지어 보였다. 하지만 이번에는 미소가 거의 보일 듯 말 듯했고, 뭔지 모르지만 집안의 평화를 깨버린 것에 맞추어 그의 태도 역시 적절하게 조절되어 있음을 덴셔는 알아챌 수 있었다.

길게 느껴진 1분 동안 입 밖에 내지 않은 것을 사이에 두고 두 사람이 마주 보며 서 있는 중에 그 태도는 안전하던 덴셔의 상태에 급작스럽게 균열을 내는 역할 역시 훌륭히 해냈다. 그것은 그들 모두를 향해 느닷없이 터져 나온 모조리 악한 베네치아였다. 그래서 그들이 실제로 그 지점에서 만날 수 있다면 불안감도 마찬가지였다. 낮게 깔린 시커먼 하늘에서 차가운 빗줄기가 내리치고 좁은 골목길에 사악한 바람이 사납게 휘몰아치는 베네치아, 수상생활에 종사하는 사람들이 아치 지붕이나 다리 아래 벌이도 없이 오도 가도 못한 채 따분하고 냉소적으로 몸을 옹송그리는, 전반적으로 정지되고 중단된 베네치아 말이다. 우리의 주인공이 상대방과 말없이 나눈 대화는 그렇게 깊은 암시를 담고 있어서, 긴장감이 조금이라도 더 그들을 압박했다면 둘 다 취약한 지점에 이르렀을지도 모른다. 서로에 대한 의심으로 엉망을 만들 수 있는, 그래서 그 앞에서는 그들이 갈라서기보다 오히려 결속되는 일이 가능할 어떤 것이 정말로 각자의 머릿속에 떠올랐다. 그러나 덴셔에게 그것은 무엇으로도 완화되지 못할 순간이 될 터였다. 마침내 상대방이 그를 대문까지 배웅한 뒤 허리 숙여 인사하는, 격식을 갖춘 예의 바름으로도 완화되지 않았다. 그가 다시 찾아오는 일과 관련해 아무런 말도 오가지 않았고, 당시 공기는 전언이 전혀 전해지지 않는 부도체처럼 느껴졌다. 길을 되짚어가면서 물론 덴셔는 자신이 얻지 못한 것이 나중에 다시 오라는 에우제니오의 말이 아님을 알았다. 하지만 지금 벌어진 일이 한편으로는 그에게 내리는 벌이라는 것도 알았다. 저택의 육상 쪽 입구로 이어지는 항구 너머의 광장, 바람이 어느 곳보다 심하게 휘몰아치는 그곳으로 나가면서 그런 생각이 떠올라 그는 우산을 바투 내려 썼다. 그것이, 그의 의식이, 그런 것들을 그저 연속적으로 받아들일 수밖에 없는 굴욕적인 곤경이 다른 사람 눈에 안 띌 리가 없었다. 이 세상의 아주 예리한 한 사람, 그저 사심 있는 악당이라고 치부해버릴 수 없는 그 인물이 그 자신에 대해 반박이나 부인을 할 수 없고, 무엇보다 아는 체도 할 수 없는 견해를 품고 있다는 사실처럼 말이다. 하인의 의견이 그렇게 중요해질 정도면 정말 요상한 곤경에 처한 셈이었다. 에우제니오의 의견이 설사 겉모습을 낮잡아 봐서 생겨난 상당히 잘못된 인상이었더라도 마찬가지로 중요했을 것이다. 따라서 겉모습을 상당히 제대로 보면서도 낮잡아 본다면 훨씬 더 불쾌할 수밖에 없었다.

어쨌든 덴셔는 자신이 그와 상관없이 안절부절못한다는 사실을 더욱 성마르게 털어버렸다. 험한 날씨에도 걸어갈 수밖에 없었기에 구불구불한 골목을 따라 광장 쪽으로 발길을 옮겼다. 광장에 가면 회랑에서 비를 피할 수 있을 터였다. 높은 아케이드 아래에 베네치아 사람들 중 반이 몰려 나와 오밀조밀 모여 있는 듯했고, 저 멀리 광장 끝 몰로*에는 성 테오도르와 사자상 기둥이 활짝 열린 문처럼 태풍을 맞고 서 있었다. 그 사이를 지나가는 그의 머릿속에 이렇게 달라지다니 정말 기이하다는 생각

---

* 베네치아의 부두.

이 떠올랐다. 달라진 것이 처음으로 저택에서 그를 들이지 않았다는 점만은 아니었으니 말이다. 그것 말고도 더 있었지만 마찬가지로 그 사실에서 나왔다. 거기서 가혹함이 나왔고 그로써 마법이 깨져버렸다. 지금 감당해야 할 것은 비에 젖어 춥다는 사실이었고, 덴셔는 마치 그들이 다 함께 살아가던 믿음의 여백이 단번에 흔적도 없이 사라지는 걸 목격한 것만 같았다. 지금까지 잘 버텨왔지만 어떤 충격도 견뎌내지 못한 그것에 그가 붙인 이름이 여백이었다. 충격이 어떤 형태로든 찾아왔고, 한가로이 다니는, 자신만큼이나 망연해 보이는 사람들 사이를 뚫고 지나가면서 가게 안 잡동사니에 멍한 시선을 던지며 그에 대해 궁리해보았다. 붉은 사각형 대리석이 깔린 회랑 길이 죽 이어져 있었고, 지금은 소금기 섞인 빗물로 미끈둥거렸다. 그리고 대단한 우아함을 자랑하는, 기품 있는 구상과 자잘한 아름다움을 갖춘 그곳 전체가 여느 때보다도 더 거대한 응접실처럼 다가왔다. 운명이 뒤바뀌는 바람에 신성한 품격이 손상되어 당혹스러워하는 유럽의 응접실 말이다. 그는 까무잡잡한 얼굴의 남자들과 어깨를 스치며 지나갔는데, 비스듬하게 쓴 모자며 걸쳐 입은 재킷의 헐렁한 소맷자락이 우울한 가면극 배우와 닮아 보였다. 카페마다 아케이드까지 자리를 차지한 탁자와 의자들이 여전히 장사를 하는 모양새를 보이며 옹기종기 모여 있었고, 안경 쓴 독일인들이 여기저기에서 코트 깃을 올린 채 공개적으로 음식과 철학에 빠져 있었다. 덴셔가 받은 인상도 다를 바 없었는데, 그곳 전체를 세 번이나 돌고 났을 때 강력한 힘에 이끌리듯 카페 플로리안 앞에서 우뚝 걸음을 멈췄다. 카페 안의 한 얼굴이 눈에 들어왔고, 유리창 너머로 보니 아는 사람이었다. 그가 잠시 걸음을 멈추고 다시 한번 바라본 그 사람은 잘 보이는 가까운 작은 탁자에 앉아 있었고, 분명 그 존재를 잊어버렸을 음료가 반쯤 남은 텀블러가 탁자 위에 그대로 놓여 있었다. 그리고 뒤로 기대앉은 그의 무릎에 프랑스 신문—『피가로』라는 제목이 보였다—이 있기는 했지만, 시선은 맞은편의 로코코풍 벽을 똑바로 응시하고 있었다. 텐셔는 잠시 그의 옆모습을 바라보았고, 그 결과 찰나의 순간에 그의 정체와 함께 모든 것이 놀랍게 곧장 맞아 들어갔다. 아마 누군가 보고 있다는 느낌이 퍼뜩 들어서였는지 그가 고개를 돌렸고, 텐셔는 그 순간 그 하나가 더 필요했다는 듯 표정을 읽을 수 있었다. 이제 더 잘 볼 수 있게 된 그 사람은 틀림없이 다른 누구도 아닌 마크 경이었다. 몇 주 전 각자 레포렐리궁을 처음 찾아왔던 날 마주쳤던 마크 경이었다. 당시 현관에서 알아챘다시피 자신이 들어갔을 때 막 자리를 뜨려는 참이었던 바로 그 마크 경이었던 것이다. 따라서 재개된 만남으로 똑같은 잠재적 용량이 표면으로 떠오르자 그는 별로 갈팡질팡하지 않고 몇 초 만에 알아봤다.

모든 과정이 그저 몇 초 만에 벌어졌고, 그럴 수밖에 없었다. 선 채로 계속 뚫어져라 쳐다볼 수도 없고 그렇다고 그의 앞으로 다가갈 수도 없는 터라 그가 곧바로, 이번엔 좀 속도를 달리해서 다시 걷기 시작했기 때문이다. 멈춰 섰던 잠깐 사이에 그날의 수수께끼에 대한 해답을 단박에 얻어낸 것만 같았다. 마크 경은 축축하게 젖어 발을 끌며 걸어 다니는 군중의 하나로 그에게 확 들이닥쳤다. 알아본 것이 아니라 확 들이닥친 게 맞았다.

적어도 처음에는. 잠깐 시간이 필요했지만 곧 누군지 알아볼 수 있었다. 그렇게 확실히 알아봤지만 인사를 건네야겠다는 생각은 떠오르지 않았다. 그들은 안면은 있었지만 어느 쪽에서든 먼저 인사를 건넬 정도는 아니었다. 하지만 지금 문제는 어느 쪽도 그런 일을 하지 않았다는 게 아니라 카페 플로리안의 그 신사가 애초에 거기 있다는 사실 자체였다. 온 지 한참 되었을 리는 없었다. 그랬다면 당연히 사람들이 많이 찾는 장소를 자주 돌아다니는 덴셔의 눈에 띄었을 테니까. 애초에 오래 머물 생각이 아니었고, 벌써 떠나려는 것일지도 몰랐다. 거기 앉아서 기차를 탈지 배를 탈지 고민하고 있었을 수도 있다. 뭔가 원하는 게 있어서 다시 왔고, 앞서 찾아왔던 일의 후속일 것이다. 기껏해야 간밤에, 혹은 오늘 아침에 도착했을 수도 있었다. 이미 할 일을 했다고 봐야 했다. 덴셔가 이 해답을 얻어낸 건 정말 대단한 일이었다. 꼭 붙들어 품에 안고 주변을 돌아다니는 내내 그것에 어지간히 의지했다. 그 덕에 계속 나아갔고, 마찬가지로 안절부절못했다. 하지만 그걸로 해명이 되었는데, 그 해명은 어쩐지 그가 감당할 수 있었으니 그것만으로도 상당했다. 그렇지 않았다면 공기 중에 감도는 악한 기운이 운명의 숨결처럼 감당하기 힘들었을 것이다. 날씨가 돌변해서 비가 고약하게 퍼붓고 바람이 심술궂게 휘몰아치고 바다는 범접할 수 없이 거칠어진 것, 그 모두가 마크 경 **때문**이었다. 무엇보다 저택의 문이 닫혀버린 것도 바로 마크 경 때문이었다. 덴셔가 주변을 두 바퀴째 돌기 시작했다. 두번째 돌 때도 마크 경은 여전히 그 자리에 있었다. 처음엔 앞쪽을 뚫어져라 보고 있었지만 그다음에는 무릎에 펼쳐놓은『피가로』를 훑어보고 있었다. 덴셔는 여전히 걸음을 멈추지 않고, 자신이 지나다니는 걸 그가 모르는 채로 놔두었다. 다시 그 앞에 이르렀을 때 마크 경은 자리를 뜨고 없었다. 그렇다면 하루 일정으로 왔을 것이다. 그날 밤 떠나겠지. 떠날 채비를 하러 호텔로 돌아갔겠지. 그러한 것들이 글로 적혀 있기라도 한 듯 덴셔에게 아주 또렷했다. 부옇던 장막이 이제 걷혔다. 걷혔다고 말할 수 있다면 말이다. 아직 어떤 것은, 그것도 아주 중요한 어떤 것은 알 수 없었다. 하지만 주변을 도는 동안 그것에 꽤 가까이 다가갔으니 그것을 알게 된 만큼이나 잘된 일이었다. 그가 지금 목격한 사람은 어떤 목적을 가지고 와서 그 일을 이루었고, 그랬기에 당분간은 그걸로 충분한 상태였다. 다시 밀리를 만나러 왔고, 밀리가 그를 만나주었던 것이다. 그것은 점심 직전이나 직후였을 테고, 그래서 그에게 저택 문이 열리지 않았던 것이다.

그날 밤도 그랬지만 다음 날 아침까지도 그는 단지 이유를 알고 싶었을 뿐이고, 한 가지를 알아차리고 나니 이제 이른바 내일이나 신경 써야겠다고 혼잣말을 하고 있었다. 알다시피 그가 결정한 자기 일이란 완벽하게 가만히 있는 것이었다. 그래서 최근 위기와 관련해 자신은 어딜 보나 떳떳했고, 그러니 그걸 중단할 이유가 어디 있느냐고 자문했던 것이다. 그는 자신 앞에서 벌어지는 모든 모양새를 웬만하면 비판적으로 받아들였기 때문에 비난이 계속 쌓이다 보면 마침내는 피할 수 없는 지경이 되리라는 우려가 있었다. 하지만 그날 그녀에게 영향을 준 것은 그가 아니었고, 만약 그녀의 기분이 상했다 하더라도 그건 그가 한 일이 아니었다. 그렇게 생각하니 몇 시간 동안 한껏 들뜨고 신이 날 정도였다. 게다가 마크 경이 돌아온 상태가 눈에 뻔히 보여서, 그로서는 충격적일 정도로 강렬하고 불미스러워서 그런 기분은 더했다. 이후로도 한참 동안 덴셔가 지속적으로 가졌던 견해는 자신이 실제로 아는 바가 없는데도 겉으로 드러나는 바로는 불길하기만 했다. 그것을 사악하다고 여기기 위해, 확실하게, 엄청나게 '고약하다고' 보기 위해, 정말 수월하고도 멋지게 얻어낸 정보 이상으로 알 필요도 없었다. 불쌍한 밀리를 그런 식으로 불쑥 찾아왔다면 그 사실만으로도 야만적이라 하지 않을 수 없었다. 그런 식의 방문은 들이닥치는 일이자 침입이며 공격이었고, 자신이 점잖게 피해온 어리석기 그지없는 충격적인 행동에 다름 아니었던 것이다. 다음 날 아침 무렵에는 그녀를 다루는 머튼 덴셔, 그의 방식만이 그런 상태의 인물을 섬세하고도 고결하게 다루는 방식이라는 생각—적당한 기회만 주어진다면 그 생각을 주저 없이 입 밖에 내기도 했을 것이다—에까지 이르렀다. 그런 인상이 더욱 깊어질 뿐이라 사실상 머튼 덴셔에게 유리한 이러한 비교는 시간이 지나면서 안도감이 되었고, 그다음에는 모면했다는 느낌을 안겨주었다. 깊은 안도의 한숨을 내쉬었다시피, 정말로 그의 특별한 위험이 이제 지나가 버린 것만 같았던 것이다. 손톱만큼도 그런 의도가 없었겠지만, 마크 경이 그 위험을 그의 길에서 치워주었다. 어쩌다가 잘못된 생각이 솟아나는 바람에 해를 입히고 싶었던 바로 그 인물에게, 상대적으로 결백함에 가까운, 거의 정화淨化와도 같은 면책을 안겨준 것이 바로 짐승 같은 그놈이었던 것이다. 마크 경이 해를

304

입히고 싶었던 인물이란 곧 이해할 수 없이 밀리 주변에 얼쩡거리는 인물이었다. 그리고 그 인물에게는 가만히 있는 일이란 더욱 광범위하게 모든 일을 계속해나가는 것이라 할 수 있었다. 그렇게 따져본 결과, 여기서 계속해나간다는 것은 그게 최선으로 여겨진다면 하루이틀 저택에 가지 않는 것을 의미했다.

하루이틀을 그렇게 했고, 사흘째까지 이어졌다. 야릇하게도 그 과정에서 자신의 더러움이 씻겨 깨끗해지는 기분이었다. 자신이 다시 찾아오는 편이 좋겠다는 생각이라면 어떤 식으로든 신호가 올 것이었다. 좌우간 그렇게 멀찍이 있는 동안 그로서는 특정하게 양심에 거리낄 일은 없었다. 그가 다시 찾아갔다가 또다시 에우제니오 얼굴만 보고 돌아오기를 그곳의 두 여성들이 바랄 리는 없었다. 그런 식으로 다시 거절당하는 일, 그건 있을 수 없었다. 그렇게 되면 사실상 그도 마찬가지가 될 텐데, 자신은 절대 마찬가지가 아니었기 때문이다. 또한 모습을 보이지 않는다 해도 그들을 등한시한다고 할 수 없었다. 그를 집 안에 들이지 않았던 순간부터 그가 그쪽에 보낼 수 있는 전언이라면 밀리의 건강이 좋아지기를 바란다는 식이 아니면 달리 없었다. 그런데 그런 언급은 금지되어 있었으므로 그로서는 기다리는 것밖에 도리가 없었다. 하루하루가 지나면서 그 역시 그쪽으로 맞춰지는 느낌이라 기다리는 일이 좀 수월하기도 했다. 그사이 날씨는 감미로움과는 거리가 멀었다. 바람이 세차고 험한 날씨가 계속되었고, 난롯불도 없이 냉랭한 방은 더 나빴다. 깨져버린 주변 세상의 매력이 아예 산산조각이 나버렸다. 그는 방 안을 서성이며 바람 소리를 들었다. 동시에 벨 소리가 들리지 않을까

귀를 기울이고, 저택에서 하인이 오지 않을까 둘러보았다. 편지를 보낼 수도 있을 테지만 사실 편지라고는 오지 않았다. 편지를 못 받을까 봐 몇 시간이고 방을 지키고 있기도 했다. 밖으로 나가게 되면 마크 경을 봤던 그날처럼 동네를 돌고 또 돌았다. 피난민 무리들과 함께 광장을 거닐었다. 이제는 그에게 아예 하나의 이미지로 고착된 그 야만인이 혹시라도 아직 있을까 싶어서 광장이며 드나드는 길목을 샅샅이 누비고 다녔다. 그가 있다면 그건 다시 밀리를 만났다는 뜻이었고, 그것은 그에게 그야말로 호된 일이 아닐 수 없었다. 하지만 그가 완전히 떠나버렸다는 사실이 입증되었다. 그 문제에서 어느 방향으로 생각하건 현재 그가 겪는 시련의 맵싸한 맛만 더해질 뿐이었지만 말이다. 결국은 자신이 밀리를 위해 무슨 일을 하고 있는 건지가 문제였다. 안도를 하건 모면을 하건 거기서 비루함의 기미를 완전히 씻어버릴 수 없는 나날을 보내고 있으니 말이다. 이 정도 수준의 남자가 심심풀이로 전락해버린 일이 비루함이 아니면 뭐란 말인가? 비는 추적추적 내리는데 상점이나 들여다보고 누구라도 만나지 않을까 하며 쏘다니는 일이 구질구질한 게 아니면 뭐란 말인가? 혹시라도 저쪽 다른 남자를 마주치면 어떤 결과가 생길까 궁금해하는 것이 혐오스러운 일이 아니면 뭐란 말인가? 아무리 해도 자신이 저쪽 남자보다 더 올곧다는 느낌이 도저히 들지 않는 순간이 거듭 찾아왔다. 그럼에도 불구하고 사흘이 지나도록 아무 연락이 없자 무슨 일이 있어도 꼼짝 않고 있어야 한다는 생각은 더욱 강해졌다.

그런 침묵 속에서 마침내 두 여성이—무엇보다 밀리를 말하

는 거지만─아마도 밀리 쪽의 이유로 이제는 그가 떠나주기를
강력하게 바라는 게 아닌가 싶었다. 다른 모든 것들과 더불어
그 이유의 냉랭한 숨결이 주변에 가득했다. 하지만 그는 그녀
가 뭘 바라든 상관하지 않듯이 이유 역시 상관하지 않았고, 그
럼에도 불구하고 계속 머무를 셈이었다. 혐오스러움에도 불구하
고 머무를 것이고, 어쩌면 최종적으로 갖게 될, 거의 참을 수 없
는 고통이 수반될 어떤 경험에도 불구하고 머무를 것이었다. 그
것만이, 정화된 상태에서 자신의 선함을 어떤 실수도 하지 않고
확실히 보여줄 단 하나의 방법이었다. 그 불쾌한 경험을 받아들
일 것이고 그것이 바로 증거가 되어줄 터였다. 케이트가 지칭
했던 것, 말하자면 그 유쾌한 것을 위해 머무르지 않았다는 증
거 말이다. 케이트가 지칭한 그것 때문에 그쪽에서 아무리 눈치
를 주어도 혐오스럽게 머무른 것이 아니라고 말이다. 지금 이
순간 케이트가 자기 편하자고 저 멀리 떨어져 있는 것도 마찬
가지로 실질적인 혐오스러움의 일부였다. 떠나기 전날 밤 케이
트가 그를 위해 해준 일을 떠올릴 때마다 찾아들던 강렬함이 지
난 얼마간의 시간 동안 다소 줄어들었는데, 케이트가 떠난 후
처음 있는 일이었다. 그런 생각이 이렇게 금방 들다니 기이하기
도 하고, 어쩌면 비열한 일일 수도 있었다. 하지만 자신의 고독
이 암시하는 것 중의 하나는 그녀가 자기 살길을 마련했다는 것
이었다. 그가 그 속에 빠져 있는 만큼 그녀는 알아서 벗어난 것
이다. 그리고 그러한 차이는 그의 상태가 점점 격화될수록 단연
코 커져갔다. 마지막으로 급하게 짬을 내어 잠깐 이야기를 나누
었을 때, 급하긴 했어도 겹겹이 의미가 쌓여 말 한마디 한마디

가 모두 심오하고 결정적이었던 그때 그녀가 이런 말을 했더랬다. "편지라고요? 절대 안 돼요. 지금은요. 한번 생각해봐요. 있을 수 없는 일이에요." 그래서 뭔가 불합리하다는 느낌을 여전히 떨칠 수 없었지만 그녀의 뜻을 충분히 이해했으므로 편지 왕래를 중단한다는 데에 사실상 합의를 했던 것이다. 더구나 그녀를 그렇게 잃으면서도 절대 연락을 해서는 안 된다는 그녀의 법칙이 일리가 있다고 보았다. 그가 나서서 주장했다면 분명 편지를 썼을 테니, 편지를 쓰는 것보다 안 쓰는 것이 더 사려 깊은 일이라는 건 의심의 여지가 없었다. 그러면 혼탁한 길을 가게 되었을 텐데, 고결함을 지키자는 것이 그녀의 생각이었으니까. 그것이 어느 정도는 지켜야 할 태도였으니까. 단지 그렇게 해서 그녀는 어려운 시기에 상대적으로 편안해졌고, 그는 곤란한 상황에 놓여 특이하게 외로워졌을 뿐이었다. 그는 사흘째 되는 날 오후까지 그렇게 외롭게 있었는데, 어스름이 내려앉으며 다시 비가 오기 시작한 그때, 슬쩍 보기만 해도 추레한 그의 방이 확고한 음침함의 분위기 가운데서도 분명 최악일 그때, 만면에 미소를 띤 집주인이 문을 벌컥 열더니 스트링엄 부인이 오셨다고 알렸다. 그로써 단숨에 상황이 달라졌고, 그녀가 잔뜩 짓눌려 있었기 때문에 특히 더 그러했다. 한편으로는 축축한 우비를 입고 있어서 그렇게 짓눌려 보였을 것이다. 그녀는 여주인이 우산을 가져가도 신경도 쓰지 않는 듯, 혹은 아예 의식도 못 한 듯 내버려두었고, 사나운 바람을 맞고 와서 잔뜩 벌게진 베일 속 얼굴은 마치 비가 눈물이라도 되는 양 젖어 있었으며 베일 역시 마찬가지였다.

3

두 사람은 곧장 본론으로 들어갔다. 얼마나 단숨에 그렇게 되었는지 나중에 돌이켜보면 놀라울 정도였다. "밀리가 삶에 등을 돌렸어요."

"상태가 나빠졌다는 말인가요?"

가련한 스트링엄 부인은 멈춰 선 자리에 그대로 서 있었다. 덴셔는 그녀를 보자마자 당장 열의와 호기심이 화르륵 타오르고 관심이 솟아나, 우비 벗는 걸 도와주려는 여주인을 손사래를 치며 바로 내보내버렸다. 자신이 취한 조치가 이제 생생하게 다가오는 중에 무모한 일이 아니었기를 바라는 마음으로 그녀는 젖은 베일 너머로 막연히 방을 둘러보았지만, 아직은 아무것도 눈에 들어오지 않는 게 분명했다. "정말 어떤 상태인지 나도 모르겠어요. 그래서 이렇게 온 거예요."

"와주셔서 고마워요." 그가 말했다. "그동안 참담한 마음으로 당신이 오기만을 기다린 것 같아요."

그녀가 물기 젖은 눈을 다시 그에게 돌리며 말꼬리를 잡았다. "참담했다고요?"

하지만 이제 그는 그 단어를 입 밖에 낼 수 없었다. 그건 불평처럼 들렸고, 자신을 찾아온 상대방에게서 어떤 점을 간파하면서 자신의 문제는 별것 아님을 알았기 때문이다. 방 안에 난롯불이 없어 부끄러운 마음이 들게 하는 축축한 옷자락 아래 그녀의 문제는 엄청났고, 그걸 다 부둥켜안고 여기까지 왔다고 보았다. 그는 자신이 참을성 있게 기다렸고 무엇보다 가만히 있었다고 대답했다. "정말 가만히 있었어요. 당신도 보면 알 거예요. 내 평생 이렇게 가만히 보낸 사흘은 없었어요. 그럴 수밖에 없다고 봤으니까요."

방침으로서든 해결책으로서든 그런 식의 설명이 상대에게 어떤 불을 밝혀주었고, 그녀 역시 그에 대해 불을 밝혀주었다. "그게 최선이었어요. 당신이 궁금하기는 했지만요." 그러곤 되풀이했다. "그래도 그게 최선이었죠."

"하지만 전혀 도움은 되지 않았군요?"

"모르겠어요. 당신이 가버린 건 아닐까 염려했어요." 그 말에 그가 느리면서도 아주 진중하게 고개를 젓자 다시 물었다. "그럼 가지 않을 건가요?"

"'간다'는 게 가만히 있는 건가요?" 그가 물었다.

"아, 나를 위해 남아 있을 수 있는지, 그 뜻이었어요."

"당신을 위해서라면 무엇이든 하겠어요. 이제 당신을 위해서가 아니라면 달리 누가 있나요?"

그 말에 그녀가 생각에 잠겼는데, 그의 모습에 더 안도하고 있음을 알 수 있었다. 그의 존재, 그의 얼굴, 그의 목소리, 그리고 변변찮지만 열기가 가득한, 케이트가 갸륵하게 그와 함께했던 오래된 방까지, 이 모든 것들을 가진 지금 그것들은 그녀가 원했던 도움의 손길로서 커다란 의미가 있었다. 그래서 그녀는 여전히 선 채로 그것을 받아들이고 있었다. 그런데 곧장 양심의 울림이 터져 나왔다. 그녀가 맛본 것은 거의 개인적이라 할 기쁨이었다. 덴셔는 그녀가 사흘을 어떻게 보냈는지 알 수 있었다. "나를 위해서 해주는 일은 곧 그 애를 위한 일이기도 하죠. 단지, 단지—"

"단지 이젠 의미가 없다는 건가요?"

그의 모습이 그가 입 밖에 낸 사실이라도 되는 양 그녀가 잠시 그를 물끄러미 보았다. "그럼 알고 있나요?"

"위독한가요?" 그는 무슨 대답이든 원했다.

스트링엄 부인은 잠시 말이 없었다. 그의 심중을 헤아리는 듯한 표정이었다. 그러더니 엉뚱한 대답이 나왔다. "그 애는 당신을 전혀 입에 올리지 않았어요. 함께 이야기를 나눈 적이 없었죠."

"사흘 동안 전혀?"

"마치 완전히 끝나버린 것처럼." 그녀는 그저 하던 말을 이어나갔다. "넌지시 비추는 일도 전혀 없었어요."

"아, 저를 두고 이야기를 나눈 적이 없었다는 거죠?" 그가 조금 이해된다는 듯 물었다.

"당신에 대해서지 그럼 뭐겠어요? 당신이 죽었대도 그러지는 않았을 거예요."

"글쎄요. 죽은 게 맞아요." 그가 잠시 후 대답했다.

"그럼 나도 그래요." 수전 셰퍼드가 우비 위로 팔을 툭 떨어뜨리며 말했다. 잠시 메마른 절망감을 드러내는 말투였다. 케이트가 남겨놓은 생기―그 느낌이 신비로운 경로를 거쳐 상대에게 도 어지간히 가닿을 수 있을―외에 자체의 생기라고는 없는 음산한 방에서, 그 말투는 그들의 소멸도 무력하다는 사실을 나타냈다. 덴셔로서는 같은 질문을 되풀이할밖에는 그에 맞설 방도가 없었다. "위독한 거예요?"

하지만 그런 직설적인 표현이 거의 물리적인 고통을 안기기라도 한 양 그녀는 앞서와 마찬가지로 다시 물었다. "그럼 알고 있죠?"

"그래요, 알고 있어요." 그가 결국 대답했다. "하지만 나로서는 당신이 알고 있다니 더 놀라운데요. 마땅히 당신이 알고 있다고 상상을 하거나 가정하지는 못하니까요."

"그래도 그럴 수는 있겠죠. 알고 있어요."

"모두 다?"

베일 너머 그녀의 시선이 계속 그에게 꽂혀 있었다. "아니, 다는 아니에요. 그래서 이렇게 온 것이고요."

"내가 당신에게 말해줄 거라는 생각에서요?" 그러자 그녀가 주저하는 모습을 보였고, 거기서 어떤 영향을 받아 그는 믿을 수 없다는 투로 "오, 오!" 하고 신음처럼 내뱉었다. 그러면서 시선을 돌려 자기 방을 둘러보았는데, 그것은 그의 내면에 존재하는 것의 일부였고, 지금 수중에 넣은 사실―처음 방을 빌렸던 이유이자 이제는 촘촘한 연상을 이루는―이 머무는 장소이며 무엇보다 닳고 닳은 사당이었다. 그것은 말할 수 있는 것이 아니었지만, 그럼에도 수전 셰퍼드는 얼마나 훌륭한지 이미 작동한 영향력에 의해 그것을 알게 되었다. 그녀가 자신을 단죄하러 오지 않았음을 깨닫자 그는 마음이 흔들렸다. 오히려 괜찮다면 그를 불쌍히 여기려 했다. 그것은 그녀가 자신을 낮추고 있음을, 여하튼 슬픔으로 그렇게 되었음을 보여주었기에, 다정함이 솟구치며 그녀와 함께하고 싶은 마음이 되었다. 그녀가 그의 신음을 경감해서 받아들였을 때 다정함이 솟구쳤더랬다.

"무슨 일이 있든 우리는 함께일 거예요. 거기 어떤 의미가 있다면요."

그것은 그녀에 대한 그 자신의 선한 충동이었다. "그런 식으로 생각해보려고 해요. 그것만도 상당한 거니까." 입 밖에 내지는 않았지만 사실상 그녀는 무엇이건 알아서 생각하라고 대답한 셈이었다. 지금껏 무언가 두려웠다면, 그는 그 순간 두려움이 사라졌음을 깨달았다. 그러면서 커다란 안도감이 밀려들었다. 어떻게든 다시 찾으려고 허둥대느라 제대로 손에 쥐지 못한 소중한 것을 돌려받았기 때문이다. 케이트가 예전에 했던 말이 떠올랐다. 독특한 대담함을 보이며, 또한 그 당시 그로서는 헤아릴 수도 없었던 어떤 근거를 가지고 말하길, 스트링엄 부인은 꼭 필요하다면 신뢰를 한없이 확장해서 움찔하지 **않을** 인물이라고 했다. 늘 그랬듯이 케이트가 뭔가를 알려주던 또 다른 경우였다. "저를 끔찍하게 나쁜 놈으로 보지 않으세요?"

초조한 기색도 없이 대답이 나왔기에 그것은 더욱 소중했다. 그가 믿었을 법한 것을 충분히 이해한다는 듯이 말이다. 사실 그녀는 자기 생각을 내보였고 그것이 그에게 도움이 되었다. "아, 당신은 정말 대단했어요!"

그는 그들이 그 자리에 여전히 서 있다는 사실을 곧 깨달았다. 그녀는 그의 도움을 받아 겉옷을 벗었고 그가 권한 자리에 앉으며 베일 역시 벗었는데, 피폐해진 모습을 보자 방금 그녀의 말이 그녀가 던져줄 수밖에 없었던 한 송이 꽃이었음을 깨달았다. 그것이 그에게 주는 위안이었고, 위안은 여전히 그 사건에 달려 있었다. 그들의 만남으로 생겨난, 겨울날 새벽처럼 서글픈 잿빛 공터에 어쨌든 그녀가 그와 함께 앉아 있었다. 그녀가 다시 불러낸 이미지가 그 안에서 더욱 거대해졌다. "그 애가 삶에 등을 돌렸어요."

그는 아주 생생하게 그 모습을 떠올렸고, 두 사람이 침묵에 잠겨 그가 본 것을 놓아둔 것만 같았다. "말을 전혀 하지 않나요? 그러니까 저에 대한 말이 아니라."

"아무 말도, 누구 얘기도 안 해요." 그러더니 어쩔 수 없이 받았으니 다시 내어주듯이 수전 셰퍼드가 말을 이었다. "그 애는 죽는 걸 원하지 않아요. 나이를 생각해봐요. 얼마나 착한지 얼마나 아름다운지 생각해봐요. 그 애의 모든 면모를, 그리고 그 애가 가진 모든 걸 생각해봐요. 누워서 고집스럽게 그 모든 것들에 매달리고 있는 거예요. 그러니까 고마운 일이죠─!" 가련한 부인이 엉뚱한 말로 맥없이 말을 맺었다.

그가 의아스럽게 물었다. "고맙다고요─?"

"그렇게 조용히 있으니까요."

그는 여전히 잘 이해가 되지 않았다. "그렇게나 조용한가요?"

"조용한 정도가 아니에요. 아주 암울하죠. 그런 적이 지금껏 한 번도 없었어요. 그러니까, 요 며칠 동안. 당신에게 말해줄 게 없어요. 하지만 그편이 나아요. 밀리가 내게 말을 한다면 난 죽

314

고 말 거예요."

"말을 하다니요?" 그는 여전히 종잡을 수가 없었다.

"자기 심정을 말이에요. 얼마나 매달려 있는지, 얼마나 그러고 싶지 않은지."

"얼마나 죽고 싶지 않은지? 죽고 싶지 않은 게 당연하죠."

그는 한참 말이 없었다. 지금이라도 그것을 막기 위해 무엇을 할 수 있을지 함께 고민하는지도 몰랐다. 하지만 그가 다시 입을 열었을 때 나온 말은 그것이 아니었다. 밀리의 '암울함'과 숨죽인 듯 적막한 커다란 저택이 떠올랐던 것이다. 지금 그곳에서 귀를 기울이며 기다리고 있을 게 분명한 그런 모습의 자그마한 여인이 그의 앞에 나타났다. "다만, 당신이 뭐라도 잘못한 게 있어요?"

자신의 어둠에 묻힌 스트링엄 부인이 주위를 둘러보았다. "모르겠어요. 여기 와서 당신과 그 애 이야기를 하고 있잖아요."

그 말에 그는 다시 주저할 수밖에 없었다. "저를 지독히 미워하나요?"

"모르죠. 내가 어떻게 알겠어요? 아무도 모를 거예요."

"절대 말하지 않을 거라는 뜻인가요?"

"절대 말하지 않을 거예요."

다시 그가 생각에 잠겼다. "숭고한 사람이군요."

"정말 숭고하죠."

결국 상대가 도와준 셈이라 그는 할 수 있는 한 다시 따져보았다. "절 다시 만나줄까요?"

그 말에 상대방이 그를 빤히 쳐다보았다. "당신은 만나고 싶어요?"

"당신이 지금 그려 보인 상태로요?" 그는 그녀가 놀라는 것을 알아챘고, 그래서 대답하기까지 약간 시간이 걸렸다. "아니요."

"아, 그렇다면야!" 스트링엄 부인이 한숨을 쉬었다.

"하지만 그녀가 참아주기만 한다면 무슨 일이든 하겠어요."

그녀가 잠시 그 가능성을 떠올려보았지만 곧 흩어져버렸다. "당신이 할 수 있는 일이 뭐가 있을지 모르겠네요."

"그건 저도 그래요. 하지만 **그쪽**에서 생각하는 게 있을 수도 있잖아요."

스트링엄 부인이 더 따져보았다. "너무 늦었어요."

"그런 걸 생각하기에는 너무 늦었다―?"

"너무 늦었어요."

절망적이라는 그 결정―결국 너무 생생했으니까―에 그는 문득 열불이 났다. "그런데 의사란 사람이 그동안―?"

"타치니 말인가요? 아, 그는 친절해요. 자주 찾아오죠. 위대한 런던 의사의 허락을 받아 그 지시에 따라 움직이는 걸 자랑스러워하죠. 거의 우리와 함께 지내다시피 해요. 다른 환자들은 어쩌고 있나 이해가 안 될 정도로요. 밀리를 아주 받들어 모시는데, 응당 그래야죠. 왕족한테 하듯이 하거든요. 거창한 행사에 참석하는 것처럼. 하지만 그 애가 의사를 만나려 하지 않아요. 너그럽게도 얼마든지 머물러도 된다고는 했지만, 그건 사실나를 생각해서 한 말이고. 그래서 그가 하는 일이라고는 대부분 방문 앞에서 얼쩡거리고 집 안을 어슬렁거리고, 으스스하기만 한 응접실에서 베네치아에 대한 잡담으로 내 기분을 맞춰주려 애쓰고, 문간이든 거실이든 층계참이든 나와 마주치기만 하면 잘 보이려는 과장된 미소를 보여주는 게 다죠. 우린 밀리 얘기는 하지 않아요." 수전 셰퍼드가 말했다.

"그녀의 요구인가요?"

"당연하죠. 난 그 애가 원하지 않는 건 하지 않으니까. 살림살이 비용에 대해 얘기하죠."

"그것도 그녀가 요구한 건가요?"

"당연하죠. 내게 위안이 된다면 얼마든지 그가 머물러도 된다고 처음 말을 꺼냈던 날, 그걸 대화 주제로 삼으면 되겠다고 했어요."

덴셔가 그 뜻을 이해했다. "그렇지만 전혀 위안이 되지 않는군요!"

"전혀요. 하지만 그의 잘못은 아니에요." 그녀가 덧붙였다. "아무것도 위안이 되지 않는 거니까."

"참담하지만, 나 역시 마찬가지인 것 같네요."

"그건 그렇죠. 하지만 위안을 바라고 온 건 아니에요."

"저를 위해서 와준 거죠."

"뭐, 그렇다고 해두죠." 하지만 눈물이 그렁그렁한 눈이 잠시 그를 향했고, 곧바로 저 깊은 곳에서 뭔가가 솟아올랐다. "물론 마음속으로는—"

"물론 마음속으로는 바로 우리의 친구를 위해서 온 거죠. 하지만 아까 당신 말처럼 내가 뭘 어쩌기에도 너무 늦은 거라면요?"

그녀가 여전히 그를 쳐다보았는데, 그것이 사실이라 점점 애가 타는 것이 덴셔에게 느껴졌다. "그렇게 말하긴 했죠. 하지만 여기서 당신을 보니까—" 그러더니 시선을 돌려 다시금 묘하게 주변을 훑어보았다. "여기 있는 당신도 그렇고, 모든 걸 다 고려해봐도 그 애를 버리면 안 될 것 같아요."

"절대 버리면 안 되죠."

"그럼 버리지 **않을** 건가요?" 그의 말투에 다시 얼굴이 상기된 그녀가 물었다.

"그녀가 **나를** 버리는 거라면 내가 '버리지 않는' 게 무슨 소용이에요? 그쪽에서 나를 만나주지 않는데 내가 할 수 있는 일이 뭐가 있겠어요."

"하지만 아까 당신도 내키지 않는다고 했잖아요."

"당신이 설명한 그런 맥락에서라면 내키지 않는다는 거죠. 당신이 말한 그런 식으로 만나야 하는 거라면 내키지 않을 거라고요. 어떻게든 도움이 된다면 기꺼이 하고 싶어요." 덴셔가 확신 없이 말을 이었다. "하지만 그때도 일단 그녀가 원해야 해요. 그런데 그게 문제잖아요. 원하지 **않을** 테니까요. 그럴 리가 없어요!"

참을 수 없다는 듯이 그가 벌떡 일어났고, 무력하게 서성이는 모습을 그녀가 지켜보았다. "당신이 할 수 있는 일이 하나 있어요. 딱 하나인데 거기에도 어려움은 있죠. 하지만 그건 할 수 있어요." 그가 주머니에 손을 넣은 채 그녀 앞에 멈춰 섰는데, 그녀의 눈을 보자 무슨 말이 나올지 알아차렸다. 마치 그의 허락을 기다리듯 그녀가 말을 멈췄고, 그 역시 그녀가 그냥 기다리도록 놔두었기 때문에 적막 속에서 운하에 다시 비가 퍼붓는 소리가 들려왔다. 결국 그녀가 입을 열었지만, 여전히 겁이 나는

318

지 그저 운만 떼우는 식이었다. "그게 뭔지는 사실 당신도 알고 있다고 봐요."

사실 그도 알고 있었지만, 그렇더라도 그녀가 말했듯 어려움이 있었다. 잠시 그가 그것에서, 그 모든 것에서 등을 돌렸다. 다른 쪽 창문으로 다가가 비가 퍼붓는 수로를 내다보았다. 수로는 마치 강처럼 불어났고, 건너편 집들이 부옇게 작아져서 두 배는 더 멀어 보였다. 스트링엄 부인은 말이 없었다. 사실 자신이 '선수'를 쳤다는 듯이 잠시 입을 다물고 있었기 때문에 그가 먼저 말을 꺼내야 했다. 그렇지만 그것은 그녀의 마지막 말에 대한 직접적인 대답은 아니었다. 거기서 시작했을 뿐이었다. 다시 그녀 쪽으로 걸어가, 일단은 그것을 받아들이겠다는 투로 그가 말했다. "우선 알아야겠어요. 이해는 해야 하잖아요." 그가 이해하고자 하는 바는 본질적인 문제에서 루크 스트렛 박사의 의견이 어떠한지였다. 그녀를 포기하지 않는 문제라면, **그 사람이야말로** 누구보다 그래야 하지 않는가? "그가 없으면 최악의 상황에서도 우리에겐 전혀 대책이 없지 않겠어요?"

"아, 내가 계속해나갈 수 있었던 건 그분 덕분이에요." 스트링엄 부인이 말했다. "일이 벌어진 그날 밤 전보를 쳤더니 천사처럼 바로 답을 보냈더라고요. 역시 천사처럼 이리로 올 거예요. 다만 일러야 목요일 오후에나 올 수 있대요."

"그나마 다행이군요."

그녀가 잠깐 따져보더니 말했다. "그래요, 다행이죠. 그 애가 그분을 좋아하니까."

"그렇겠죠! 그를 내게 떠넘기고 갔을 때의 그 얼굴이 아직도 눈에 선해요. 10월에 여기 왔을 때, 그러니까 밀리가 하얗게 옷을 차려입고 온갖 사람들과 연주자들을 불렀던 그날 밤 말이에요. 우리를 인사시켰는데, 우리 둘 다에게 멋진 일이었죠. 그때 내게 의사를 데리고 구경을 시켜달라는 부탁을 했어요. 둘이서 같이 다니는 동안 아주 죽이 잘 맞았어요. 그래서 그녀가 그를 좋아한다는 걸 알 수 있었죠." 덴셔가 약간 서글픈 미소를 지으며 말했다.

"그는 **당신도** 좋아해요." 수전 셰퍼드가 바로 덧붙였다.

"아, 그건 잘 모르겠고요."

"그럼 지금 알면 되겠네요. 당신과 함께 미술관도 가고 교회도 갔잖아요. 시간을 아끼느라 엄선한 장소들을 구경시켰죠. 그가 위대한 외과의가 아니었다면 정말 위대한 판정가가 되었을 거라고 나한테 말한 거 기억나죠? 그러니까 미의 판정가 말이에요."

"글쎄요, 그 사람이 하는 일이 그거잖아요." 젊은이가 인정했다. "그녀에 대해 판정하는 일. 그런데 아직까지 뭐라고 판정을 한 바가 없어요." 그가 말을 이었다. "그의 관심—우리로서는 그걸 최대한 이용해야 하겠지만—은 기껏해야 최고로 자비로울 뿐이에요."

말을 하면서도 그는 여전히 손을 주머니에 찌른 채 방 안을 서성였고, 눈빛으로 충분히 내보였듯이 그녀는 그 모습에서 그가 앞서 얼마간 인정했던 것에서 거리를 두려 한다는 것을 알아챘다. "그를 좋아한다니 다행이에요!" 그녀가 툭 던졌다.

그 말투에서 그가 뭔가를 감지했다. "글쎄요, 당신이 좋아하는 정도에는 비할 바 못 되죠. 확실히 당신은 그를 좋아하니까요. 그가 여기 있을 때는 확실히 우리가 다 그랬지만요."

"그래요. 하지만 그가 무슨 생각을 하는지 알 것 같아요. 그런데 그렇게 많은 시간을 함께 보냈으니 당신은 당연히 알겠죠." 그녀가 말했다.

덴셔는 걸음을 멈췄지만, 바로 대꾸를 하지는 않았다. "그녀 이야기는 한 적이 없어요. 누구도 먼저 말을 꺼내지 않았고 이름조차 입에 올리지 않았어요. 그녀와 관련된 이야기는 우리 사이에서 전혀 오간 적이 없어요."

스트링엄 부인이 그 설명에 놀라 그를 빤히 올려다보았다. 하지만 곧 놀라움을 지워버릴 생각이 떠올랐다. "직업적으로 올바른 처신이었겠죠."

"물론 그렇죠. 하지만 도덕적인 사람이라는 느낌이 들었고, 게다가 이유는 또 있어요." 그러더니 그가 불쑥 격하게 내뱉었다. "그에게 그녀 이야기를 할 수가 없었어요!"

"오!" 수전 셰퍼드가 내뱉었다.

"그 누구에게도 할 수가 없어요."

"나를 빼고는 말이죠." 상대방이 말을 받았다.

"당신을 빼고는요." 그 말에 유령처럼 창백한 그녀의 미소와 반짝하는 의미심장한 빛이 더해지자, 그는 솔직해지기 위해 그녀에게서 시선을 떼지 않았다. 역시 솔직함 때문에, 그러니까 이번엔 자기 말 때문에 그의 얼굴이 확 붉어졌다. 그는 케이트와 나눴던 대화라는 짐 덩어리를 단번에 가라앉히고 있었다. 두 사람의 눈이 마주친 동안 상대방은 잠시나마 그가 그렇게 내리

누르는 것을 지켜봤을지도 몰랐다. 그는 그럴 수밖에 없었고, 그러느라 기를 써서 얼굴이 벌게졌던 것이다. 그것이 떠오르게 놔둘 수 없었다. 적어도 아직은 아니었다. 그에 대해서는 그녀가 알아서 생각할 것이다. 그는 앞서 했던 말을 되풀이할 참이었는데, 표현을 약간 달리했다. "어쨌든 루크 박사가 내게 해줄 말은 없었고, 나 역시 해줄 말이 없었어요. 아닌 척 이야기하는 건 불가능했고—"

"**진실한** 이야기는 더욱 불가능했고." 그녀가 힘주어 그의 말을 받았다. 두말할 나위도 없었으니 그는 부정하지 않았다. 그녀가 곧바로 결론을 내렸다. "그러니까 내 말이 증명되는 거죠. 당신 두 사람 사이에 엄청난 것이 존재했다는 것 말이에요. 그렇지 않았다면 신나게 떠들었을 테니."

"우리 둘 다 그녀 생각을 하고 있었던 건 분명해요." 덴셔가 인정했다.

"둘 다 다른 누구의 생각도 하지 않았겠죠. 그걸로 당신들이 함께 묶였으니까."

그녀가 원한다면 그것도 받아들일 수 있었다. 하지만 그는 곧장 앞선 화제로 돌아갔다. "좌우간 그가 무슨 생각을 하는지 나로서는 전혀 알 수가 없었어요." 그러자 그녀는 이렇게 물으며 눈에 띄게 그에게 맞섰는데, 그는 그 질문 속에서 그녀만의 특별한 절실함이 사방으로 한없이 피어나고 있음을 이미 알아차렸다. "정말 확실한가요?" 그로서는 겉보기에 다른 점을 짚어줄 수밖에 없었다. "보아하니, 밀리에게 가망이 없다는 것이 그의 생각이라고 믿으시는군요."

그녀가 그 말을 받아들이면서도 꿋꿋이 버티며 말했다. "내가 믿는 건 중요하지 않아요."

"글쎄요, 두고 보면 알겠죠." 자신의 그 말이 거의 비열할 만치 피상적으로 느껴졌다. 그녀가 뭔가 할 말이 있어서 왔다는 사실이 몇 분 사이 점점 확실해졌는데, 무엇이든 여태껏 그렇게 계속 미루고 싶은 마음이 든 적이 없었다. 모든 걸 목요일까지 미루고만 싶었다. 오늘이 겨우 화요일인 게 안타까웠다. 두려움에 떠는 건가 싶기도 했다. 하지만 그건 곧 온다는 루크 박사로 인한 두려움도 아니었고 죽어간다는 밀리로 인한 두려움도 아니었다. 앞에 버티고 앉아 있는 스트링엄 부인 때문도 아니었다. 이상한 말이지만, 케이트 때문도 아니었다. 왜냐하면 케이트의 존재가 불현듯 기절해버렸거나 파르르 떨며 사라져버린 듯했기 때문이다. 확장된 스트링엄 부인의 존재의 영향으로 더 이상 작동하지 않게 되었던 것이다. 그녀가 떠난 뒤 어떤 메아리나 참조 대상으로 저택에서 부재했던 것만큼이나 그의 감수성에서도 부재했다. 그래서 지금 그들을 둘러싼 것들 사이에서 그의 감수성이 그녀를 인식하게 된 것은 이번이 처음이었다. 자신이 두려워하는 건 바로 그 자신임을 곧 알아차렸다. 더구나 조심하지 않으면 틀림없이 점점 더해지리라는 사실도. "그건 그렇고 당신과 이렇게 만난 것이 저에겐 정말 큰 의미가 있어요."

그 말에서 조심하는 기색이 비치기라도 했는지 그녀가 천천히 일어섰다. 돌연 그녀를 보내고 싶은 마음이 생겼다고 여겼는지 그렇게 서 있었다. 하지만 이 경우 그 돌연함이 너무 두드러졌기 때문에 그녀가 상상한 그의 상태를 계속 주장할 근거를 제

공할 만했다. 그에게 분명히 언질을 주었듯이, 그 주장에 1, 2분
밖에 걸리지 않을 것이었다. 게다가 이미 그 말이 입에서 나오
고 있었다. "**그가** 부탁하면 해주겠어요? 그러니까 루크 박사가
직접 당신을 설득하면요. 그가 설득할 수 있도록 기회를 주겠어
요?" 아, 그녀는 이제 말할 수 없이 절절했다!

"뭘 설득할 기회를요?"

"당신이 직접 그 사실을 부인하면 그래도 어느 정도 효과가
있을 거라고요."

지난 15분 동안 이미 한 번은 닥쳤던 일이지만, 덴서는 다시
금 머리끝까지 얼굴이 달아오르는 게 느껴졌다. 그것이 부끄
러움의 표시라면 무시할 수 있었다. 지금 상황에서 의식하기
로 그것은 오히려 두려움의 표시였다. 그것은 자신이 두려워하
는 게 무엇인지를 너무나 첨예하게 보여주었다. "뭘 부인한다는
거죠?"

그렇게 따져 묻자 다시 그녀가 주저했다. 지금까지 내내 그
역시 알고 있다는 암시를 주지 않았던가? "아니, 마크 경이 밀
리에게 한 이야기 말이에요."

"마크 경이 무슨 이야기를 했는데요?"

그가 별안간 어깃장을 놓는다고 생각했는지 스트링엄 부인이
당혹스러운 표정을 내보였다. "당신이 다 알고 있다고 줄곧 생
각했는데."

이번에는 그녀의 얼굴이 온통 붉어졌다.

그 모습에 바로 연민이 일었지만 그를 괴롭히는 다른 문제가
있었다. "그럼 **당신도** 그걸—"

"끔찍했던 그의 방문을 알고 있냐고요?" 그녀가 그를 빤히 쳐다봤다. "다 그것 때문에 벌어진 일인데요."

"그래요, 그건 나도 알아요. 하지만 그것 말고도—"

그가 다시 더듬거렸다. 하지만 그녀는 이제 아는 건 다 꺼내놓고자 했다. "그가 밀리에게 한 이야기를 말하는 거예요." 그녀가 달래듯이 말했다. "당신에게 알고 있지 않느냐고 물은 건 그걸 두고 한 말이었죠."

"아!" 그가 무심결에 외쳤다.

마치 그녀가 다른 걸 염두에 두고 한 말로 그가 잘못 알아들었다는 듯이 그 말에 그녀가 안도하는 것을 그는 바로 알아챘다. 그래서 상황이 곧 밝혀졌다. "아, 내가 그걸 사실로 알고 있다는 말로 이해했군요!"

그렇게 밝혀지자 그녀의 얼굴이 더욱 붉어졌고, 그는 자신이 부지불식간에 본심을 드러냈음을 알았다. 하지만 그래서 문제라기보다는 차라리 잘되었다는 마음이었다. 드디어 그것이, 그 전모가 나왔고 적어도 더 이상 미룰 수가 없었다. 이제 그녀의 생각, 그가 알아차리기를 바랐던 그 생각만이 남았다. 10분 전에 그는 자신이 이해할 필요가 있다고 했고, 결국 그녀는 그의 이해를 도우려 했던 것이다. 단지 그가 이해해야 할 문제가 절대 간단한 문제가 아니었을 뿐. 게다가 지금 드러난 이상으로 훨씬 더 거대해질 수도 있었다.

그녀의 마지막 말에 대답하지 않고 그가 다시 방 안을 돌았다. 그러곤 잠시 창문 앞에 서서 멍하니 밖을 내다보았다. 당연히 그녀는 자신이 그를 궁지에 몰았음을 알았다. 단박에 그 사실을 알아챘고, 그래서 그를 '꼼짝 못 하게 잡았다'는 느낌에 곧 가책이 생겨나 그를 너무 압박하지 않으려는 듯이 말했다. "내 말은, 그가 밀리에게 당신과 크로이 양이 줄곧 약혼한 사이라고 했거든요."

그가 휙 몸을 돌렸다. 그 말을 직접 들으니 거의 채찍을 맞는 기분이었다. 머릿속에 가장 먼저 떠오른 생각이 입 밖으로 튀어 나왔는데, 나중에 생각해보니 멍청하기 짝이 없었다. "줄곧이라니, 그게 무슨 말이에요?"

"아, 내 말이 아니에요." 그녀가 상냥하게 말했다. "그냥 그의 말을 그대로 옮겼을 뿐이에요."

무심결에 성마른 모습을 보였던 덴셔가 곧바로 마음을 다잡았다. "무례했다면 용서하세요. 당신 말이 무슨 뜻인지는 당연히 잘 알죠." 그가 좀더 설명했다. "저녁나절에 광장에서 그를 봤어요. 카페 플로리안에 있는 걸 유리창 너머로 봤을 뿐 말을 걸진 않았죠. 그다지 잘 아는 사이가 아니라 그럴 계제도 아니었고요. 게다가 그때 딱 한 번 봤을 뿐이고. 그날 밤에 바로 떠났던 게 분명해요. 하지만 이유가 있어서 왔을 테니 뭣 때문에 왔을까 궁리를 좀 했죠."

아, 궁리한 건 스트링엄 부인도 마찬가지였다. "분을 참을 수 없었던 거예요."

덴셔가 인정했다. "몇 달 전에 자기를 거절했을 때 누구를 향해 헛된 환상을 품어서 그랬는지 자기가 더 잘 안다고, 그걸 알려주러 온 거죠."

"어떻게 그렇게 잘 알죠!" 스트링엄 부인의 얼굴에 살짝 미소

326

가 어리기까지 했다.

"그건 알아요. 단지 그래서 그에게 무슨 득이 되는지 그걸 알 수가 없을 뿐이죠."

"정도를 지키며 인내심 있게 기다리면, 그러면 득이 될 거라 생각한 거죠. 본인이 그 애에게 무슨 짓을 한 건지 모르는 거예요. 그건 우리만 아는 거니까."

그는 이해했지만 여전히 의아한 점이 있었다. "밀리가 그에게는 숨겼어요? 자기 상태를 말이에요."

"전혀 티를 내지 않았을 거라고 확신해요. 그가 치명타를 날렸지만 그걸 당하면서도 전혀 내색하지 않았을 거예요." 틀림없이 스트링엄 부인은 있는 그대로를 전하고 있었고, 그것이 다시금 자신이 전한 내용에 대한 감탄을 자아냈다. "얼마나 숭고한지."

덴셔가 다시 진지하게 동의했다. "정말 숭고하죠!"

"그리고 그는 바보 중의 바보고요." 그녀가 말을 이었다.

"바보 중의 바보죠." 그 모든 사항을 두고, 그 안의 어리석은 운명을 두고 그들은 잠시 마주 보았다. "그러면서도 자기가 엄청나게 똑똑한 줄 알아요."

"엄청나게요. 이건 모드 로더의 생각이기도 해요." 스트링엄 부인이 말했다. "런던에서 내게 아주 잘해주긴 했어요. 안됐다는 마음이 들 정도에요. 참 선한 사람인데."

"바로 그래서 어쩔 수 없는 멍청이인 거예요."

"그래요. 하지만 그 애에게 조금이라도 나쁜 의도가 있어서 그런 건 아니에요. 처음에 밀리가 알려준 몇 가지만 봐도 그건 분명해요. 전혀 그런 의도는 없었죠."

"바보들이 최악일 때가 바로 그런 경우에요." 덴셔가 그 말을 받았다. "당연히 내게 해를 입힐 의도만 있었겠죠."

"그렇게 해서 본인에게 득이 되기를 바란 거죠. 그렇게 되리라고 본 거예요." 스트링엄 부인이 말을 이었다. "지난번 찾아왔을 때 있었던 일을 도저히 그냥 넘어갈 수가 없었던 거죠. 너무 굴욕적이었을 테니까."

"아, 저도 그렇게 생각해요."

"그래요, 그리고 당신을 봤죠. 그러니까 자기는 등 떠밀어 내보내고 당신을 맞이했으니까요."

"맞아요." 덴셔가 말했다. "제가 그 자리를 차지한 셈이죠. 게다가 저를 그렇게 맞아들인 게 어떤 의미였는지 이후에 알게 되었죠. 지금까지 계속 머물고 있으니까요. 그게 머릿속을 떠나지 않았을 거예요."

"그래요. 도저히 참을 수가 없었겠죠. 하지만 그런 생각은 여전할 거예요." 스트링엄 부인이 말했다.

"결국 남는 문제는—" 이 지점에서 이제껏보다 생각해야 할 게 어쩐지 더욱더 많아진 덴셔가 물었다. "그걸 어떻게 알았을까요? 그러니까 그 정도로 말이에요."

"그 정도라니요?" 스트링엄 부인이 물었다.

"확실히 다 알아야 행동에 나서는 거잖아요. 그래야만 자신이 안전하니까."

그녀의 질문은 무시한 채 그가 말을 이었다. 하지만 두 사람이 마주 보고 있었기에 그 사이에서 뭔가가 오고 갔다. 잠시 후 그녀가 다시 입을 열었을 때는 바로 그것을 묻는 것이었다. "확실히 다 안다는 게 무슨 뜻이죠?"

덴셔는 직접적으로 답을 하지 않고 에둘러 물었다. "10월 이후로 그가 어디에 있었나요?"

"영국으로 돌아간 걸로 알고 있어요. 사실 영국에서 곧장 왔다고 믿을 만한 이유가 있죠."

"이 일 때문에 거기서 곧장? 겨우 30분 만나려고 여기까지 말이에요?"

"다시 시도해볼 셈이었겠죠. 어쩌면 새로운 사실이 도움이 되리라 보고. 지난번과는 다른 식으로 상황을 바로잡아보려 했겠죠. 어쨌든 해줄 말이 있었고, 기회가 겨우 30분으로 끝나리라는 건 몰랐을 거예요. 아니면 사실 딱 30분이어서 가장 효과적이었을 수도 있고. 정말 그랬잖아요!" 수전 셰퍼드가 말했다.

상대방은 그 점을 아주 잘 이해했다. 하지만 그가 감히 대면할 수 있는 이상으로 지금까지 비어 있던 세부 사항들을 부분부분 채워가면서 그녀가 그 문제를 해명하는 중에도 그에게는 새로운 질문들이 뭉게뭉게 일어났다. 지금까지는 그것이 한데 엉키고 뒤섞인 하나의 덩어리로 존재했다. 그런데 지금은 하나하나 떨어져 나와 각각의 모습을 드러내고 있었다. 여하튼 그중 첫번째로 던진 질문은 무척 뜬금없었다. "최근에 로더 부인에게서 소식을 들었나요?"

"아, 그럼요. 두세 번. 당연히 밀리 소식을 듣고 싶어 하니까요."

그가 주저하다가 물었다. "당연히 저에 대한 소식도 듣고 싶어 하겠죠?"

상대방도 마찬가지로 잠시 신중한 모습을 보였다.

"어지간히 좋은 말 외에 내가 다른 말을 한 적은 없어요. 그런 거라면 이번 게 처음이 되겠죠."

"이번 거요?" 덴셔는 생각에 잠겨 물었다.

"마크 경이 왔다 갔고, 그래서 밀리가 지금 저 지경이라는 것 말이에요."

덴셔가 좀더 생각하다가 다시 물었다. "로더 부인이 그에 대해 편지에 뭐라고 썼나요? 그와 함께 지냈다는 얘기를 하던가요?"

"딱 한 번 언급했어요. 전전 편지에서였죠. 그때 무슨 말인가를 하긴 했어요."

"뭐라고 했는데요?"

스트링엄 부인이 어렵게 입을 열었다. "크로이 양과 관련해서였어요. 케이트가 그를 염두에 두고 있다고요. 어쩌면 마크 경이 케이트를 염두에 두고 있다고 해야 할지도 모르겠네요. 어쨌든 자기가 보기에 이번에는 그에게 좀더 가능성이 열려 있는 것으로 보인다고요."

덴셔는 시선을 바닥에 고정한 채 듣고 있었다. 그러나 곧 고개를 들며 이렇게 물었는데, 스스로도 이상한 질문이라는 걸 의식하는 것이 표정에 나타났다. "자기 조카딸에게 **청혼**을 하라고 종용했다는 뜻입니까?"

"무슨 뜻인지 난 몰라요."

"물론 그러시겠죠." 그가 정신을 차렸다. "나 역시 제대로 이어 맞출 수 없는 문제로 당신을 괴롭혀서는 안 되겠죠. 다만, 이제는 맞춰볼 수 있을 것 같아요." 그가 덧붙였다.

약간 자신 없는 말투이기는 했지만 상대가 과감히 말을 꺼냈다. "나도 그럴 수 있을 것 같아요."

의식적인 그의 표정에서 나타났듯이, 그것은 그녀가 방으로 들어온 순간 이후 자신과 관련해서 지각력이 단숨에 확장되었음을 보여주는 면이었다. 나흘 전 그들은 마음속 깊이 많은 점들을 묻어두고 헤어졌더랬다. 그것들이 이제 심란하게 표면으로 떠올랐는데 그것이 순식간에 떠오르게 만든 것은 그가 아니었다. 여성들이란 정말 놀라웠다. 적어도 앞에 있는 여성은 그랬다. 하지만 밀리도 그에 못지않았고, 모드 이모님도 그러했다. 그리고 무엇보다 그의 케이트도 그러했다. 글쎄, 치마 두른 집단들에 대한 자기 감정이 어떤지는 이미 알았다. 다들 **그렇게** 치마 두른 인물들이었던 것이다! 그는 바로 그 촘촘한 그물에 얽혀든 것이고. 그가 그녀의 말을 모른 척하며 이렇게 질문한 것은, 우리가 보기에도 그런 인식과 무관하지 않았을 것이다. "크로이 양은 그동안 우리의 친구에게 편지를 썼나요?"

"아, **그녀의** 친구이기도 하죠." 스트링엄 부인이 표현을 정정했다. "그런데 내가 알기로는 단 한 줄도 적어 보낸 적이 없어요."

그 역시 그러리라 확신한 바였다. 사실 밀리와 함께 보낸 6주 동안 그 역시 지금 거론되는 인물을 입에 올린 적이 없다는 사실을 고려하면 이상한 일도 아니었다. 그렇게 봤을 때 밀리 역시 그녀를 입에 올리지 않았다는 점도 마찬가지였다. 그럼에도, 그리고 생뚱맞게도, 케이트가 너무 소홀했다는 사실에 그는 새삼스럽게 얼굴이 달아올랐다. 그러면서도 곧 그 문제에서 벗어났는데, 가장 멀리 벗어나는 길은 앞서 비판했던 인물로 돌아가는 것이었다. "그런데 어떻게 그런 식으로 그녀를 만날 수 있었던 거죠? 전에 둘 사이에 벌어진 일도 있으니 그냥 안 만나겠다고 하면 되었을 텐데."

"아, 그 애는 상냥하게 대하고 싶었던 거예요." 부인이 약간 민망해하며 설명했다. "전보다 대하기 편했어요."

"대하기 편했다고요?"

"경계를 풀었죠. 예전과는 달랐으니까."

"그랬겠죠. 하지만 중요한 측면에서 달라진 건 없잖아요."

"모질게 대해야 했던 근거와 관련해서 달라진 건 없었죠. 그건 분명해요. 하지만 다른 모습을 보일 만한 여유는 있었으니까." 그가 아무런 대꾸도 하지 않자 그녀가 답답하다는 듯이 내처 설명했다. "당신이 여기 6주 동안 머물며 시간을 보내고 있었으니까요."

"아!" 덴셔가 낮게 내뱉었다.

"그리고 분명 편지를 먼저 보냈을 거예요. 그녀가 염려하지 않을 투로. 그냥 편안하게 만나주면 고맙겠다, 뭐 그렇게. 그러고는 그 자리에서—"

"그 자리에서 정체를 드러냈다? 흉악한 짐승 같은 놈!" 그가 불쑥 끼어들었다.

그러자 수전 셰퍼드의 얼굴에서 약간 핏기가 가시면서도, 그를 바라보는 눈길이 뭔가를 바라듯 강렬해졌다. "아, 예고도 없이 곧바로 터뜨린 거죠."

"게다가 가망이 없는데도 그랬겠죠."

"아, 그건 물론이죠."

"그럼 그저 치사한 복수일 뿐이잖아요. 게다가 몇 주 전에 왔을 때 살날이 기껏해야 몇 달 안 남았다는 걸 직접 보고 느끼고 판단한 마당에 청혼은 좀 그렇지 않나요?" 그가 물었다.

스트링엄 부인은 대답 대신 일단 말없이 그를 바라보기만 했다. 그래서인지 이어서 나온 이 놀라운 말은 더욱 무게감이 있었다. "당신도 그렇듯이, 그 역시 틀림없이 그 점을 잘 알고 있었어요."

"그 말은 그녀를 원하는 건 바로 **그 때문에—?**"

"바로 그 때문에." 수전 셰퍼드가 대답했다.

"몹쓸 자식!" 머튼 덴셔가 내뱉었다. 하지만 그 말이 튀어나오자마자 그는 상대방이 어째서 조심스러워했는지를 의식했고, 얼굴이 확 달아올라 창문 쪽으로 자리를 옮겼다. 땅거미가 점점 짙게 내리깔리고 있었다. 그는 다시 한번 바깥쪽의 황량한 풍경을 살펴본 후 스트링엄 부인 쪽으로 몸을 돌렸다. "불을 좀 켤까요? 등불이나 촛불요."

"난 괜찮아요."

"없어도 돼요?"

"난 괜찮아요."

창문 앞에 좀더 서 있던 그가 어떤 생각이 떠올라 그녀를 향해 몸을 돌렸다. "크로이 양에게 청혼을 했을 거예요. 사정이 그렇게 된 거죠."

그녀는 여전히 조심스러웠다. "그건 당신이 판단할 수 있겠죠."

"그게 내 판단이에요. 로더 부인도 아마 나름 판단을 했을 텐데, 단지 틀렸다는 거죠." 덴셔가 계속 설명을 하려 애썼다. "크로이 양이 거절하자 거기에 뭔가 이유가 있을 거라는 생각이 들었겠죠."

"그래서 그 이유가 분명 당신일 거라고 봤다는 건가요?"

"아주 분명하지는 않았겠죠. 내가 여기 붙어 있기도 하고, 그 사실에 힘입어 밀리를 불쑥 찾아와도 괜찮다고 봤으니까요. 하지만 어지간히 확실했던 거예요." 덴셔가 용기를 내어 말했다. "내가 바로 랭커스터게이트의 원인일 텐데 동시에 베네치아에서 무슨 꿍꿍이수작을 부리는 거라고 믿은 거죠."

스트링엄 부인도 나름대로 용기를 내서 물었다. "'꿍꿍이수작'이라고요? 무슨?"

"난들 아나요. 이른바 '게임'을 하고 있다든가 극악무도한 짓을 한다든가. 겉 다르고 속 다른 짓을 한다든가."

"당연히 너무나 망측한 상상이네요." 스트링엄 부인이 말했다. 잠깐 굳은 표정으로 서로를 바라본 후—각자에게 충분히 긴 시간이었는데—그가 다시 몸을 돌렸고, 주머니에 손을 넣은 채 창밖을 바라보며 잠시 그렇게 있었다. 그녀가 던진 질문에 대한 대답이 못 된다는 걸 그는 너무나 잘 알았고, 그의 귀에는 어떤 대답도 불가능하다는 진술처럼 들렸다. 그녀는 그를 혼자 내버려두었고, 그는 얘기를 더 나누기에 앞서 그녀가 불을 켜지 않아도 된다고 해서 다행스러웠다. 불을 밝히면 그녀에게 유리했을 것이다. 하지만 불이 없다 해도 역시 얻는 게 있었다. 마침내 그녀가 다시 입을 열었을 때 말투에서 바로 그 점이 나타났다. 앞서 했던 말의 반복이었지만, 확신이 깃들어 있어서인지 무척 다르게 들렸다. "**자신을 위해서라도 해달라고 루크 박사가** 당신에게 부탁한다면, 너무나 끔찍하게도 밀리가 믿을 수밖에 없었던 그것이 사실이 아니라고 말해주겠어요?"

아, 스스로도 의식했지만 그는 그야말로 말문이 막혀서 꼼짝도 할 수 없었다. 하지만 마침내 입을 열었다. "그럼 밀리가 그렇게 믿고 있다고 백 퍼센트 확신하는 건가요?"

"확신하냐고요?" 그녀가 그들의 상황 전체를 환기하며 말했다. "알아서 판단해봐요!"

그가 잠시 판단을 해보려 애썼다. "당신은 그걸 믿나요?"

그런 식의 호소가 상대를 심하게 압박하는 것임을 그는 알았다. 신중한 인물이라 대답하기가 괴로울 테니 그로서는 조금 수월해질 터였다. 어쨌든 대답이 나왔고, 실은 그것이 그를 더욱 심하게 압박했다. "내가 뭘 믿는지는 어느 정도 불가피하게 당신의 행동에 달려 있어요. 당신이 완전히 해결할 수 있어요. 그럴 마음만 있다면. 그녀를 구하기 위해서 그것을 부인해주면, 당신을 전적으로 믿어주겠다고 약속할게요."

"하지만 부인하라니, 정말 미치겠는데 정확히 뭘 부인하라는 거예요?"

조금이라도 범위를 좁혀줬으면 하는 말투였다. 하지만 그녀는 사실 더 넓혀버렸을 따름이었다. "모든 걸요."

모든 것이라는 게 그에게 그렇게 헤아릴 수 없이 엄청나게 다가온 적은 지금껏 없었다. "오!" 그는 어둑한 공중에 대고 신음했을 뿐이었다.

4

그 주 목요일은 점점 가까워지고 동시에 루크 박사가 올 날
도 가까워졌는데, 마침 다른 혹독함도 누그러졌다. 완강하게 지
속되던 폭풍우가 물러가고 날씨가 달라졌던 것이다. 며칠 동안
기운을 못 쓰던 가을날의 햇볕이 이제 모습을 드러내서 마치 이
전에 당한 걸 갚아주기라도 하겠다는 듯이 뜨겁게 내리쬐기 시
작했고, 환한 색깔과 동류의 환한 소리들이 대기로 퍼져나가 거
의 찬가처럼 들리는 가운데 전반적인 주도권을 잡게 되었다. 베
네치아는 다시금 반짝거리고 첨벙거렸으며, 여기서 소리 높여
부르면 저기서 맞장구를 쳤다. 공기는 손뼉을 치듯 쟁쟁거리고,
여기저기 펼쳐진 분홍, 노랑, 파랑, 그리고 초록의 바다색 등은
선명한 색색의 옷감을 걸어놓거나 멋진 카펫을 펼쳐놓은 것처
럼 보였다. 덴셔는 위대한 의사를 마중하러 역으로 나가는 중에
이 모든 광경을 한껏 즐겼다. 고민 끝에 그렇게 결정한 것이었
는데, 요즘 내내 의식하지 않을 수 없는 바이지만 이제는 애써
무슨 일이라도 할라치면 고민 없이는 되질 않았다. 그 일로 그
가 처한 상황이 그랬다. 지금까지 살면서 그런 지경에 처한 적
은 한 번도 없었는데 말이다. 태어나서 지금까지 그는 행동보다

는 생각을 주로 했다. 지금 기억하기로는 생각이 떠올랐을 때 그것만으로도 무슨 모험이라도 하는 양 짜릿했던 몇몇 경우를 제외하면 말이다. 하지만 충동과 우연과 행동 범위의 억제라는 측면에서, 다른 말로 하면 자유의 억제라는 측면에서 지금 실제로 벌어지고 있는 이런 상황에 처한 적은 생전 없었다. 몇 주 전 이곳에 온 일을 특히 흥미진진한 모험으로 본다면, 지금 그가 여기 머물러 있는 이 상황만큼 모험과는 거리가 먼 일도 없다는 사실이 무엇보다 가장 기이하다 하겠다. 여기를 벗어나 떠나버리는 것, 무엇보다 런던으로 돌아가서 케이트 크로이에게 내가 왔노라고 말하는 일이 오히려 모험이 될 터였다. 하던 대로 해나가는 일에는 어쩔 수 없이 연루되어 억지로 거의 구차하게 해나간다는 면이 있었다. 그것은 특히 스트링엄 부인이 다녀간 결과였는데, 그 이후 자신이 할 수 없는 일에 대한 쓴맛이 줄곧 입 안에 남았다. 그 용량을 또렷이 보여주며, 피신처 삼아 어쩌면 할 수 있을 것에 대한 다른 생각은 아예 없애버렸던 것이다.

루크 박사를 마중하러 역에 나가는 일이 자신의 자유로움을 가장하는 변변찮은 시도임을 그도 잘 알았다. 그렇지만 한동안 그 정도나마 자유롭게 할 수 있는 일도 주어진 적이 없었다. 그렇다면 그의 혐오스러운 입장이란 결국 그가 거듭 두려워할 수밖에 없다는 것이 아니면 무엇이겠는가? 폭군에게 무자비하게 세금을 뜯기듯, 그런 생각에 몸이 뻣뻣해졌다. 삶에서 두려움이 이렇게 큰 자리를 차지하게 되리라고 가정해본 적이 평생 한 번도 없었다. 사실 그 정도로 두려움이 그를 좌지우지했다. 예를 들어 그는 이 유명 인사에게 먼저 다가가는 일이 어떤 식으로든 서약이나 책무의 인정으로 보일까 봐 두려웠다. 자신을 너무 가까이 끌고 들어갈 물살이 될까 봐 두려웠던 것이다. 그러면서도 두려움 때문에 구차하고 형편없어 보이는 것 역시 너무 싫었다. 결국 그가 가기로 결정한 이유는 상황이 어떻게 되든, 밀리가 짧으나마 사교 모임을 감내했던 저택에서의 행사 이후—스트링엄 부인이 찾아와 호소했을 때, 충분히 그의 의식의 표면으로 떠올랐던—그 위대한 의사가 아주 자비롭게 그를 대했다는 사실이 떠올라서였다. 밀리가 두 사람을 엮어주었다는 스트링엄 부인의 말에 그는 어쩌면 예전에 못 느꼈던 것들을 느끼게 되었고, 그건 틀림이 없었다. 뭐가 되었건 과거에 놓쳤던 것을 제대로 다시 느껴볼 기회를 찾자는 기분이었고, 자유를 위한 자맥질로 말하자면 일찌감치 도착하여 기차가 도착하기 전부터 플랫폼에서 서성이고 있을 때도 의심할 바 없이 그런 기분이었을 것이다. 다만, 기차가 도착하고 그가 이후 전개될 모든 것을 담고서 루크 박사의 객실 앞에 모습을 보인 뒤의 상황으로 말하자면, 그렇게 시달렸던 수많은 강렬한 내면의 감정이 급격한 반전으로 곤두박질치면서 온갖 우려와 망설임에 그나마 있었던 마땅한 위엄마저 완전히 박탈당했다는 것이다. 기대를 내비칠 정도라도 그를 기억한다는 내색을 보이는 일에서, 혹은 그 기대가 현실로 나타났을 때 놀라운 기색을 내보이는 일에서 이보다 덜할 수도 있을까, 그런 생각이 들지 않을 수 없었던 것이다.

 루크 박사가 자신이 예전에 함께 다녔던 주목할 만한 젊은이를 까맣게 잊어버렸음을 덴셔는 그의 얼굴에서 읽을 수 있었다. 그 자리에서 말없이 그를 주시한 결과 다시 기억을 되살리긴 했지만 말이다. 상대 젊은이의 입장에서는 그렇게 되살리는 과정이 고스란히 느껴지면서, 그것이 훌륭한 경제성을 입증한다는 느낌이 들었다. 지금 그에게서 벌어지는 모든 에너지의 소모와 반대로, 의사의 그런 모습은 점잖은 충고라고 할 만했던 것이다. 그 뛰어난 인물은 기차를 타고 오는 내내 도착했을 때 어떤 일이 자신을 기다리고 있을지 미리 생각하느라 단 1분도 허비하는 일 없이 본인에게 필요한 식으로만 시간을 보낸 게 분명했다. 그를 기다리던 것은 절묘한 상황이었고, 주목할 만한 젊은이가 이렇게 묘하게 맨 바깥 부분을 차지하고 있었다. 그런데도 기억이 떠올랐음을 보여주는 그의 첫번째 표현은 단 한 번의 표정의 변화, 플랫폼에 선 덴셔로 인해 고요하던 호수에 잔물결이 일듯 살짝 흔들린 표정의 변화가 다였다. 하지만 빅토리아역을 떠나면서 그 문제를 내내 억눌렀던 거라면 이제는 반대로 무엇이 되었건 필요하다면 다른 모든 것을 즉시 억누르는 것으로 보였다. 자신이 관련된 한에서는 그 점의 자각이 그의 방문의 절정을 상징했다. 더 나아가 우리의 주인공의 머릿속에 떠오른 바로 말하자면, 그 의사는 무엇이 닥쳐오건 모두 받아들이는 듯이 보였다는 것이다. 거기까지일 뿐 그것을 깊이 생각할 정도는 아니었지만 말이다. 그래서 그걸 가지고 내면적으로 무엇을 하는지 그로서는 알 수 없었다. 역 바깥으로 나가 운하로 이어지는 거대한 계단에 섰을 때 덴셔는 두 사람이 그곳에서 헤어져야 한다는 사실을 그가 어떻게 받아들일지 궁금했다. 기차역에서 에우제니오는 예의상 멀찌감치 떨어져 기다렸고, 두 사람이 역에서 나오자 저택에서 준비한 곤돌라가 그의 신호로 재빠르면서도 위엄 있게 움직이기 시작했다. 덴셔가 저택을 찾아온 손님의 옆자리, 푹신한 검은색 쿠션 위의 자리를 어쩔 수 없이 사양하는 동안 저택에서 나온 세 명의 사절단이 구경꾼처럼 지켜보는 것도 이제는 전혀 아무렇지도 않았다. 그리고 그런 예민함을 이젠 버려야 한다는 사실도 잘 알았다. 그는 그저 계단 위쪽에서 희미하게 미소를 지어 보였다. 그 멍청이들도 그가 자신들과 마찬가지로 그곳에 접근이 금지되어 있음을 알 수 있었을 것이다. "전 이제 그곳에 가지 않습니다." 그가 서글프게 고개를 저으며 말했다.

"오!" 루크 박사는 그렇게 내뱉었을 뿐 다른 말이 없었다. 덴셔는 그것이 불가피하고 무의식적인 불가사의함이라는 측면에서 멋지다고 보았다. 상대는 그것을 위기라는 측면에서 따져봐야 할 만큼도 대수롭게 여기지 않는 듯했다. 게다가 이후에도 무엇이든 대수롭지 않게 여겼다. 그러니까 주로 뱃고물 쪽에서 파스콸레가 독특한 노질을 시작하면서 전통적인 교통수단이 움직이고, 툭 튀어나온 높은 검은색 선실이 누가 뭐래도 우아한 자태를 보이는 뒷모습이 차차 멀어져간 다음에도 말이다. 덴셔는 멀어지는 곤돌라를 지켜보았다. 저택으로 가는 지름길인 운하의 사잇길로 급하게 확 꺾어 들어갈 때 파스콸레가 내지르는 외침이 물결 너머에서 들려왔다. 그는 곤돌라가 없었다. 관성적으로 곤돌라는 절대 빌리지 않았다. 그래서 초라하게—베네치아에서 곤돌라가 없는 건 사실 초라한 일이었으니까—몸을 돌려 걷기 시작했다. 저택을 찾아온 손님이 떠난 뒤에도 얼마간 그 자리에 꼼짝 않고 서 있었지만. 참 이상하게도 그는 지금까지 지내면서 처음으로, 전혀 예상치 못한 방식으로 밀리에 대한 가장 참된 진실을 마주하게 되었음을 깨달았다. 그녀를 도와주려고 호출된 사람을 현장에서 직접 보았다는 사실로 인해 즉각 생겨난 차이, 파스콸레의 외침 소리와 함께 곤돌라가 사라지는 걸 지켜보는 동안 사위에 가득했던 차이의 힘을 그는 예상할 수 없었다. 자신은 지금껏 그녀의 상태라는 사실의 근처에도 가보지 않았는데, 그건 축복으로 여겨졌다. 그는 빙 둘러쳐진, 난공불락의 울타리 바깥에서 어정댔을 뿐이고, 그 안에는 미소와 침묵과 아름답게 꾸민 허구와 많은 돈을 들여 마련한 것들로 이루어진 일종의 값비싼 모호함이 금방이라도 끊어질 듯 팽팽히 당겨진 채 군림하고 있었다. 하지만 지금 그에게 드는 느낌으로는 모두의 예의범절, 모두의 동정, 진정 관대한 모두의 이상에 직접적으로 부합하기 위해 그 역시 다른 사람들과 함께 적극적으로 억압에 가담해왔다. 상투적인 용어를 쓰자면 침묵의 공모였고 누구도 예외가 아니었기에, 그 장면의 한가운데를 가르며 그어진 죽음의 얼룩, 고통과 공포의 그림자는 생각만으로든 말로 표현하는 식으로든 어느 쪽에서도 그것을 반사해주겠다고 나서는 표면을 만나지 못했던 것이다. '한갓 인간의 미적 본능이—!' 그런 점에서 우리의 주인공이 이렇게 혼잣말을 한 적이 한 번 이상은 되었다. 그 명제의 뒷부분은 그냥 잘라버린 채, 그래도 어쩔 수 없이 볼 수밖에 없으므로 맛보게 되는 잔혹함만 다시금 충분히 다루었던 것이다. 그래서 그곳은 특정 사항을 위험한 동물인 양 쫓아냈던, 대체로 상황을 다 아는 바보들의 천국이었다. 따라서 지금 벌어진 일은 그동안 내내 문간에 서 있던 그 특정 사항이 루크 박사라는 모습으로, 그것도 그 장소 전체를 다 채울 만큼 거대한 규모로 문지방을 넘어 들어왔다는 것이다. 지금 자리를 뜨기 전 덴셔는 온 신경으로, 그리고 당연히 빨라진 심장박동으로 그 변화를 가늠하고 있었다.

신체적 시달림과 불치의 고통, 그리고 암울하도록 협소해진 가능성이라는 사실들이 단번에 고조되었고, 그는 이제 이런 식으로 그 사실들을 실감하게 될 것이었다. 한마디로, 대기가 맑아지며 시야가 트이는 일이 가능한 정도를 넘어 불가피하게 되자 단 하나 감사할 것은 루크 박사의 넓은 어깨밖에 없었는데, 그와 보조를 맞출 수만 있다면 어느 정도는 그것이 그 사이에서 완충 역할을 할 것이라 그랬다. 하지만 하루이틀을 지나자 덴셔는 그 유명 인사를 과연 다시 볼 수나 있을지 전혀 확실치가 않았다. 현실적으로 가능한 어떤 조건에서든 그가 저택에 다시 갈 수 없다는 것은 어느 면에서나 견고한 사실이었고, 알아서 그곳을 떠나지도 않아 자신의 추방이 공공연해졌다는 그의 처지의 다른 면모도 마찬가지였다. 예전에는 레포렐리의 곤돌라에서 자주 눈에 띄었으니 말이다. 루크 박사는 시내를 돌아다닐 시간도 없고 그럴 마음도 없었으므로 어떤 가정하에서도 시내에서 그를 마주칠 가능성은 없었기 때문에 그쪽에서 뜻밖에 그를 찾지 않는 다음에야 둘 사이에는 더 이상 어떤 일도 생기지 않을 것이었다. 더욱이 스트링엄 부인이 그의 관심을 그쪽으로 돌리겠다고 결심한들 의사가 그런 일을 하게 되지도 않을 듯싶었다. 또한 그녀가 실제로 그것을 시도하느냐—사실 그것은 그녀에게 약간 다른 문제였으므로—에 달려 있기도 했다. 무엇보다 그런 식으로 서론을 꺼냈을 때 루크 박사가 어떻게 나올지에 달려 있었다. 덴셔는 그 점에서 예상할 수 있는 반응이 특별히 어떤 종류일지는 물론, 어느 정도가 될지도 생각해둔 바가 있었다. 일단 그런 부류의 인물이 그런 호소를 얼마나 이해할 수 있을지, 그에 대해서도 생각해둔 바가 있었다. 어느 정도나 대비가 되어 있을 것이며 결국 어느 만큼이나 거기에 중요성을 부여할 것인가? 사실 덴셔는 최악의 상황을 가정하고자 이런 질문을 스스로에게 던져보았다. 그 위대한 의사가 그를 보러 오지 않는 다음에야 그로서는 그를 만날 수 있는 기회가 전혀 없을 테고, 무슨 목적으로 만나러 올지 전혀 상상할 수도 없었다. 따라서 그는 전혀 올 일이 없을 테고 결과적으로 희망은 없었다.

덴셔가 이렇게 극렬한 상황이 어딜 보나 가능하다고 여겼던 것은 전혀 아니었다. 하지만 지금 그에겐 가능한 우회로라고는 거의 없었으므로 그 어느 것도 그냥 지나쳐버릴 수가 없었다. 그가 처한 곤경에서 가장 기이한 점이라면 두말할 필요도 없이 자기 자신은 이렇게나 두려운데, 루크 박사는 두렵지 않다는 사실이었다. 전에 함께 시간을 보냈을 때 받았던 인상에 따르면, 그 사람이라면 왠지 그를 봐줄 것만 같았고, 그래서 그는 그 인상에 매달렸다. 밀리에 관한 진실이 그의 어깨 위에 올라앉아 걸음을 뗄 때마다 소리를 냈고, 그가 거기 있다는 사실로 인해 당장은 그곳의 모든 것에 대한 이름이자 형식이 되었다. 그러나 지난여름 아무렇지도 않게 정면으로 덴셔를 향했던 그 얼굴 위에 달라진 점으로 자리 잡지는 않았다. 불러서 온 것이 아니라 본인이 오고 싶어서 왔던 첫번째 경우에 그의 존재는 상당히 다른 가치를 지녔더랬다. 그 가치를 지금에 와서 되찾을 수 있다고는 별로 생각하지 않았지만 그럼에도 덴셔는 상상 속에서나마 예전 만남을 재개하려 애썼다. 그 점과 관련해 혼자 강력하게 주장했듯이, 제 배만 불리는 인간이 되겠다는 게 아니었다. 그래도 어쨌든 그 역시 분명히 원하는 것이 있었다. 그리고 불가능하지만 않다면 루크 박사가 그것을 해줄 수 있었고, 그래서 그 생각을 떨쳐버릴 수가 없었다. 최악의 이삼일이 그렇게 지나갔다. 그사이 저택에 얼마나 긴장감이 감돌까 싶었지만, 운명이 자신을 함부로 다룬다는 기분을 더는 데는 별 도움이 되지 않았다. 판단컨대 살면서 이렇게 우울해본 적이 없었다. 책도 별로 없고, 만나는 사람도 없고, 돈도 거의 떨어진 비참한 상황에서 그저 기다릴밖에는 달리 도리가 없었다. 사실 그를 주로 떠받쳐준 것은, 자신의 곤경이 자신을 얼마나 깊은 나락으로 떨어뜨릴지 기다리겠다는 애초의 생각이었고 그것이 그를 떠나지 않았다. 시간만 준다면 운명은 그를 위해 끔찍한 상황을 멋지게 지어내줄 것이었다. 그사이 지어내는 일은 그저 루크 박사를 억누르는 일일 뿐이고. 셋째 날이 되어도 아무 소식이 없자 그는 이 상황을 어떻게 해석해야 할지 알았다. 스트링엄 부인이 찾아왔을 때 그는 자신을 굳게 믿어줄 답변을 제공하지 않았고, 따라서 마음의 준비가 되면 제공하겠다던 최종적 요구는 아직 제시되지 않고 있었다. 그녀에게 그런 걸 보장할 권한이 없다는 사실 외에 다른 까닭이 없다면 말이다. 모르긴 몰라도 그 자신은 그것이 제시되기를 바라지는 않았다.

덴셔가 곧 깨달았다시피, 그것은 또한 루크 박사가 마침내 그의 앞에 나타났을 때 가지고 온 방안도 아니었다. 정말이지 그가 마침내 나타나기는 했던 것이다. 런던의 책무를 계속 등한시할 수 있는 능력도 결국 한계에 이르렀음을 울적한 마음으로 막 받아들였을 때였다. 세상에서 가장 유명한 의사 축에 든다는 그가, 여행을 다니는 것도 아닌데 나흘이나 닷새를 할애—왕족에게도 아니고—하는 것은 상상할 수 있는 가장 큰 희생이었다. 그래서 딸랑거리는 종소리에 이어 문제의 그 인물이 실제로 문간에 모습을 드러냈을 때, 강렬한 예감이 순간 칼을 내려치듯 덴셔를 후려쳤다. 밀리의 상태의 규모—그로서는 다른 어떤 식으로 부르기가 꺼려졌다—라는 사실을, 그것도 단 하나의 무시무시한 단어로 표현하는 것이었다. 위대한 의사는 아직 떠나지 않았고, 그녀의 어마어마한 요구를 역시 어마어마하게 따라줬다는 것이 그 사실에서 아주 또렷이 표현되었기 때문에 눈꼴사납게도 어떤 효과나 어떤 도움, 어떤 희망이 그 표현의 일부를 이루었다. 실망에 잠겨 있다가 생겨난 반응이라 한꺼번에 열 가지도 넘는 것들이 덴셔의 머릿속에 떠오르는 것만 같았다. 그 가운데 가장 먼저 떠오른 것은 루크 박사가 아직 여기 있으니 짐작건대 그녀가 일단 위기를 넘겼으리라는 점이었다. 하지만 뒤이어, 그것도 아주 바짝 따라 들어온 것은 그 덕분에 당분간은 미뤄졌겠지만 그렇게 간단하고 단순하게 해결될 위기가 아니라는 느낌이었다. 그는 밀리에 대해 실없는 이야기나 나누기 위해서 들른 것이기는커녕 아예 그녀를 입에 올릴 생각도 없었다. 떠날 날이 며칠 안 남은 지금, 남은 시간 동안이나마 그쪽으로는 가능한 한 관심을 보이지 않겠다는 마음을 보여주려고 들른 것이었다. 사실 그런 주장은 그들의 예전 만남과 궤를 같이하는 것으로, 그는 바로 그 생각에서 온 것이었다. 길어야 이번 토요일까지만 있을 텐데, 그동안 다시 보고 싶은 게 있다고 했다. 그 젊은이를 찾아온 까닭은 바로 그런 것들, 그러니까 베네치아와 베네치아에서 누릴 수 있는 기회, 그의 말에 따르면 한두 번 어슬렁거리며 돌아다니는 일을 위해서였다. 그래서 이후 24시간 동안 사정이 그러했다는 것이 확실해지자 젊은이에게 반감이 일었는데, 별로 어울리지 않는 감정이었지만 이롭기는 했다. 사실 표면적으로 보자면 저택은 절대 언급하지 말자고, 그 소식은 듣지도 말고 물어보지도 말자고 무언의 합의를 한 그 짧은 시간에 덴셔에게 생겨난 안도감만큼 극악무도한 일도 없을 것이고, 그건 스스로도 잘 알았다. 의사가 방을 들어섰을 때, 그 사실이 또한 직접적으로 생생하게 밀리의 상태와 연결되던 긴장감 도는 짧은 순간에 그에게 도드라진 것이 바로 그 점이었다. 그녀의 생명을 구했다고 말하러 왔나 보다—스트링엄 부인이 그랬던 것처럼 그녀를 어떻게 하면 구할 수 있을지 말하러 왔나 보다—스트링엄 부인이 그렇게 애썼는데도 그녀가 가망이 없다고 말하러 왔나 보다…… 서로 다른 희망과 두려움이 동시에 고동치다가 곧바로 심장이 격렬하게 뛰며 하나로 합쳐졌는데, 두근거리는 심장은 그런 뒤에도 여전했다. 그의 말마따나 루크 박사가 침묵했다는 사실이 그냥 그를 위해 기적 같은 일을 해주었고, 그것이 진실이었다.

그 결과, 묘하게도 마치 폭풍우가 지나간 뒤 은혜로운 잠잠함과도 같은 상태를 의식하게 되었다. 알다시피 그는 몇 주 동안 최대한 가만히 있으려 애를 썼고, 그건 대개 혼자서 조용히 있는 식이었다. 하지만 이제 와서 돌이켜보니 오히려 열에 들뜬 심장이라 할 수 있었다. 진짜 제대로 가만히 있는 것은 바로 이 특정한 방식으로 어울리는 것이었다. 그들은 여기저기 돌아다니면서 대화를 나눴고 다시금 그림들을 올려다보고 예전의 인상을 떠올려보았다. 루크 박사는 하고 싶은 일을 정확히 알았다. 골동품 판매상을 잠깐씩 찾아다니고, 카페 플로리안에 앉아서 은은한 차를 마시며 휴식을 취하고, 무엇보다 날씨가 환상적이라 가을빛이 수놓인 광경을 바라보며 따뜻한 공기에 흠뻑 젖어 있었다. 그렇게 앉아서 쉬는 동안 의사가 한두 번 눈을 감았다. 잠시 눈을 감고 있을 때 상대방은 더 쉽게 그의 얼굴을 뜯어보며 잠을 설쳤다는 주제를 놓고 혼자 상상을 해보았다. 밤새도록 그녀의 곁을 지켰을 것이다. 몸소 몇 시간이고. 하지만 그와 관련해 그가 내보인 것은 그게 전부였고, 암시로 치자면 언제라도 그보다 가까이 가지 못할 터였다. 그것을 완전한 증거로 받아들여 거기서 떠오르는 광경에 덴셔의 가슴이 서늘해지는 동시에, 허락된 해방감으로 뛰는 가슴이 그 때문에 멈추지는 않았으니 기이한 일이었다. 해방감은 알아서 지속되는 경험이었고, 응당 받아야 할 벌에도 불구하고, 자신이 저지른 어리석은 일과 그 모든 것에도 불구하고, 어째서 그리 간절하게 그것을 바랐는지 여전히 알 수 있었다. 일단 찾아오면 그의 벌을 면해줄 힘이 그 안에 있을 거라고 예측했으므로 그것을 바랐고, 그것을 기다리며 자신의 방에 앉아 있었던 것이다. 지금 그는 그렇게 벌을 면하고 있었다. 자신의 책임을 가중시키지 않을 단 하나의 방식으로 대우를 받고 있었다. 더구나 어떤 체계나 내밀한 앎에 기초해서 그런 게 아니니 또 묘미였다. 루크 박사가 그에게 이렇게 이로운 일을 해주는 것은 단지 세상사에 능하고 인생을 알며 진짜를 감지할 수 있는 사람이라서였다. 어디를 가나 여자들이 너무 많았는데, 자신 아닌 다른 남자의 인식으로 분위기가 달라졌다. 설사 그가 직접 골랐다 한들 지금 이 사람만큼 목적에 더 잘 부합하는 사람을 만날 수 있을지 의심스러웠다. 그는 관대하고 편안했다. 그것이 축복이었다. 그는 뭐가 중요하고 뭐가 중요하지 않은지 알았고, 본질과 껍데기를 구분할 수 있었으며, 온당한 근거와 괜한 수선만 떠는 것을 구분할 수 있었다. 그래서 그와 관계를 맺거나 그 수중에 놓이게 되었을 때, 그가 뭘 하건 그냥 맡겨놓을 수 있었고, 엄중함만큼이나 자비로움에 영향을 받게 되는 것이다. 대단한 점—정말로 결국 그랬으니까—이라면 기이한 것들을 자연스럽게 만드는 과정이었다. 지금 덴셔가 저택의 불쌍한 여성들에게 무심하다는, 둘 사이에 따로 설명되지 않는 기이함을 능가할 만한 건 없을 것이다. 그만큼이나 두드러진, 그 위대한 의사가 말을 삼간다는 특이함을 능가하는 것 역시 없을 터였다. 역에서 만났을 때도 그랬지만 그는 무엇이든 아무렇지도 않게 여겼다. 그리고 덴셔라면 이렇게 표현했겠지만, 그 결과 상당히 의사와 환자의 관계와 유사해졌다. 약 처방을 받듯이 그에게 신호를 받아 행동했는데, 그 신호가 기분 좋게 받을 수 있는 종류라는 사실만 빼면 그러했다.

바로 그런 연유로 덴셔는 묵묵히 그가 알아서 하도록 내버려두었고, 바로 그런 연유로 사나흘 동안 거듭 그렇게 내버려두었던 것이다. 금요일 저녁에야 미리 공표된 이 일이 어떻게 종결될지 약간 궁금했을 따름이었다. 토요일 아침 역에서 루크 박사가 다시 나타나기를 기다리던 우리의 주인공은 빌려다 쓴 자신의 편안함이 순식간에 사라져버렸음을 인식하지 않을 수 없었는데, 그건 당연히 곧 버팀목이 사라진다는 전망 때문이었다. 문제는 지금까지 해온 바에 따르면 루크 박사의 존재 자체가 버팀목이었다는 것이다. 그것을 대신할 만한 것은 전혀 주지 않고 가버리는 건가? 게다가 애초에 여기 오게 된 목적과 관련해서는 한마디도 꺼내지 않고? 덴셔는 그가 처음 찾아왔을 때보다 오히려 더 오리무중의 상태였고, 곧 깨닫게 되겠지만 그렇게 고조된 순간에 진정 굉장하다 할 만한 일이라면, 일주일 동안 그가 뭘 하며 지냈는지 전혀 눈치챌 수 없었다는 것이다. 그가 그동안 그 일을 해왔다는 건 엄청난 돈을 받고 있을 뿐 아니라 엄청난 관심도 있다는 증거였다. 그런데도 레포렐리의 곤돌라가 약간 굼뜨게 다가오는 동안, 그가 물가로 내려가는 계단에 서서 상대의 무표정한 얼굴을 아무리 뜯어봐야 별무소득이었다. 그것은 고관대작이 타당성의 주제를 두고 내리는 교훈과도 같아서, 덴셔에게는 무표정함이 불현듯 잔인함으로 다가와 정말로 이제 밀리가 이 세상에 없다는 사실과 맞아떨어진다고 생각되었다. 시간 여유가 없어 함께 곧장 역 안으로 들어가면서도 긴장감은 여전했다. 미리 역 안으로 들어간 에우제니오가 그가 탈 객실을 확보해놓고 그 앞에서 버티고 서 있었다. 객실 문 앞에서 보낸 시간이라야 고작 1, 2분 정도였을 테지만, 가련한 우리의 주인공에게는 압박감이 어찌나 길게만 느껴졌던지 자기도 모르

게 에우제니오에게로 시선을 돌려 한참을 바라보았다. 물론 에
우제니오는 오직 그만이 할 수 있는 방식으로 시선을 받아냈다.
그동안 루크 박사는 수많은 짐들을 제대로 정돈하느라 부산했
는데, 그 점에서 특히 까다롭기도 했다. 그래서 덴셔는 침묵으
로 할 수 있는 한 저택에서 나온 대표에게 질문을 던졌던 것이
다. 지금은 그런 게 전혀 굴욕적이지 않았다. 그가 별로 만족할
만한 반응을 얻어내지 못하고 있음을 상대방이 정확히 인식하
고 있음을 느낄 수 있었지만 그것마저 굴욕적이지 않았다. 에우
제니오는 그렇게까지 루크 박사를 닮았다. 평소의 얼굴 표정으
로 놀랄 만한 것들을 감당할 수 있는 정도에서 말이다. 이제 그
표정의 소유자가 의도한 만큼은 다 받아들였겠다 싶을 때, 루크
박사가 하던 일을 다 마치고 작별 인사를 위해 손을 내밀었다.
처음에는 아무 말 없이 손만 내밀었을 뿐이었다. 그의 눈을 똑
바로 마주하고 나서야 덴셔는 그 눈이 지금까지 한 번도 자신을
그렇게 온전히 바라다본 적이 없었음을 깨달았다. 루크 박사가
평소보다 특히 더 뚫어지게 바라본 적이 있었다는 뜻은 아니다.
하지만 더 오래 바라보았고, 그의 입장에서는 그것이, 그 미묘
한 차이가 무엇보다 중요했다. 그 10초 동안 덴셔는, 밀리가 죽
었다고 믿었다. 그래서 드디어 의사의 입이 열리며 말이 나왔을
때 그는 깜짝 놀라지 않을 수 없었다.

"다시 올 겁니다."

"그럼 좀 나아진 건가요?"

"한 달 안에 다시 올 거예요." 루크 박사가 그의 질문은 들은
체도 않고 되풀이했다. 잡았던 손은 놓은 뒤였지만 다른 식으로

여전히 그를 붙들고 있었다. "실 양이 당신에게 전하는 말이 있어요." 그녀 얘기가 아닌 것처럼 그가 말했다. "그녀를 보러 와달라는 부탁을 대신 전해달라고 하더군요."

자신의 가정과는 전혀 다른 말이라 빤히 바라보는 그의 시선에 충격이 온전히 드러났다. "그녀가 부탁을 했다고요?"

루크 박사는 기차에 올라탔고, 옆에서 경비를 서던 에우제니오가 문을 닫았다. 하지만 그는 창문가에 서서 몸을 밖으로 내밀지는 않고 그저 약간 숙이기만 한 채 다시 말했다. "당신이 그래주면 좋겠다고 하기에, 내가 역에서 당신을 볼 수 있을 테니 대신 알려주마고 약속을 했어요."

플랫폼에 선 덴셔는 무슨 말인지 이해했지만, 스트링엄 부인의 말을 이해했을 때 그랬던 것처럼 얼굴이 화끈 달아올랐다. 또한 어리둥절하기도 했다. "그 말은 그녀가 이제 저를—?"

"당신을 만날 수 있어요."

"그리고 당신이 다시 오는 건—?"

"아, 난 와야 하니까 오는 거죠. 그녀가 움직일 수는 없으니까. 꼼짝 말고 있어야 하거든요. 그러니까 내가 오는 거죠."

"아, 알겠어요." 덴셔는 이제 정말로 알 수 있었다. 상대방의 말뜻뿐 아니라 그 이상도 알 수 있었다. 스트링엄 부인이 선언했던 것, 그리고 아직까지는 대면하지 않아도 되리라고 보았던 그것이 이제 정말 닥친 것이었다. 루크 박사가 마지막까지 미뤄둔 그것이 드디어 나온 것이다. 그리고 그 말을 전하는 무색무취의 간결한 형식—세상사에 밝은 사람이 지금까지 겪어보니 자기 말을 이해하겠다 싶은 세상사에 밝은 다른 사람에게 던지는 말투──은 그 나름의 특징적인 호소였다. 덴셔는 대단히 많은 것을 이해하게 될 것이었고, 자신이 이해했음을 보여주는 것이 분명 가장 중요했다. "특별히 감사드립니다. 오늘 가볼게요." 그가 그렇게 말을 꺼냈지만, 더는 아무 말 없이 두 사람이 여전히 마주 보는 사이 기차가 천천히 삐걱거리며 움직이기 시작했다. 이제 한마디 정도 나눌 여유밖에 없었고, 수많은 질문 중에서 아주 골똘하게 생각해서 결국 골라낸 질문은 이것이었다. "그럼 좀 나아진 건가요?"

루크 박사의 표정은 정말 놀라웠다. "그래요, 이제 좀 나아졌어요." 그는 기차가 멀어져가는 중에도 여전히 그 표정을 창문에 둔 채 계속 그를 붙들고 있었다. 그것은 그들이 그때까지 성공적으로 회피해왔던 일의 온전한 언급에 가장 가깝다 할 표현이었다. 얼굴 표정에 모든 것이 담겨 있다고 했을 때 그보다 더 많은 것을 담을 수 있는 표정은 없을 것이다. 기차가 사라져버린 후에도 붙박인 듯 서 있던 덴셔에게 불현듯 든 생각이 그러했다. 여전히 자신을 지켜보는 에우제니오를 의식하며 자리를 떠나는 중에도, 그것이 도대체 어떤 심연으로 나를 밀어 넣는 것인가 자문하면서 든 생각이 그러했다.

10부

1

"그러니까 그게 언제라고요? 두 주나 되었단 말이에요? 그런데 전혀 기적도 없이?"

어느 12월, 땅거미가 내리는 랭커스터게이트에서 케이트는 그가 돌아온 시점에 대해 단호하게 따져 물었다. 하지만 그러면서도 둘 사이에 자잘한 원한이 끼어든다거나 사소한 일로 서로에 대한 신뢰에 금이 갈 여지는 절대 인정하지 않으려는 그녀의 본능—그것은 또한 어떤 체계이기도 했다—에 감동적일 만큼 충실하다는 것을 그는 곧바로 알아차렸다. 그녀를 다시 마주하자 그것만으로도, 다시금 실감하는 그 훌륭함만으로도 그를 저 깊은 곳까지 흔들어놓을 만했다. 다른 것, 마찬가지로 강렬하지만 완전히 종류가 다른 어떤 것이 더욱더 그를 흔들어놓지 않았다면 말이다. 그녀를 직접 마주하고서야 비로소 자신들이 떨어져 있었던 시간이 어떠했는지 실감했다. 마치 시간적으로나 공간적으로나 유달리 기이했던 위험과 망명의 모험을 각자 겪은 사람들처럼 이제 다시 서로를 만나고 있었다. 보자마자 그에게 그녀가 달라 보였던 만큼 자신도 그녀에게 그랬을까 궁금했다. 사실 그것은 맨 처음 슬쩍 던진 눈길만으로도 그 어느 때보다 수려해 보이는 그녀를 짜릿함과 함께 받아들이는 그 나름의 방식이었다. 런던의 자욱한 안개를 뚫고 환영의 빛을 밝게 비추는 벽난로와 등불 앞에서, 그 사실이 그녀의 다름이라는 꽃으로 그를 위해 활짝 피어났다. 그녀의 다름—몇 달의 시간의 경과로만 설명될 수 없을 정도로 살짝 나이가 들어 보였다는 점도 그 중 하나였지만—그 자체가 친밀한 관계의 열매인 것처럼. 그녀가 달라졌다면 달라져야 한다고 함께 결정했기 때문이었고, 그들의 현명함과 성공, 실제로 벌어진 일—사실 각자의 마음속에서는 여전히 벌어지고 있는—에 대한 증거로 지금 그것을 자랑스럽게 내보이고 있는지도 몰랐다. 런던에 돌아오고도 한참 동안 잠잠했다는 사실이 그가 맨 처음 감당해야 할 문제라는 건 자신도 잘 알았다. 마침내 찾아오기에 앞서 미리 로더 부인에게 편지를 보내 사실을 털어놓았을 때도 그 점을 의식하고 있었다. 로더 부인에게 편지를 보내는 편이 낫다고 보았다. 게다가 케이트에게 편지를 쓰지 않기가 그리 힘들지 않았다는 사실도 분명 주목할 만했다. 베네치아를 떠난 지 3주가 지났다. 천천히 돌아왔던 것이다. 하지만 런던에서도 왠지 그녀의 법칙에 따라야 할 것만 같았다. 그랬기 때문에 그녀가 한결같으리라는 믿음으로 그 상황에 대해 감정에 호소하고 길어진 자신의 조심스러움을 설명할 수 있었다. 상황이 허락하는 한 다 털어놓을 마음으로 왔더랬다. 런던에 오기까지 그렇게 오래 걸렸던 일, 그러고도 여전히 미적거리면서 다시 연락을 취하는 일을 줄곧 미뤘던 일이 그 결심과 합치한다는 것이 무엇보다 확실하다면, 틀림없이 자기모순은 근본적으로 격렬함의 한 요소였다. 모든 것을, 그녀에게 말해줄 모든 것을 모으고 있었다. 그러느라 시간이 걸렸고 그가 즉각 느낀 바처럼, 그날 오후 이전에는 다 모아서 가지고 올 수 없었다는 게 증거였다. 그래서 이제 하나도 빠짐없이 다 가져왔고, 스스로 깨달았듯이 케이트가 이해할 수 있게끔 거대한 더미에서 첫번째 이유를 끄집어내는 일은 어렵지 않았다.

"그래요, 두 주 되었죠. 2주 전 금요일이었으니까. 하지만 알다시피 우리의 멋진 체계를 따르고 있었을 뿐이에요." 이는 아주 수월하게 그를 정당화했으므로 그것만으로도 그녀에게서 이해할 수 없다는 말이 나오는 것을 막을 수 있었다. 그들의 멋진 체계가 그녀에게 여전히 생생했고, 그래서 그에게도 똑같이 생생한지를 꼭 따져봐야 했던 것이다. 그로서는, 기억하겠지만 우리의 체계가 표면적으로는 이동의 신속성에 특별한 의미를 두지 않았다는 말 외에 따로 세세한 설명을 할 필요도 없었다. "알잖아요. 서둘러 이리로 곧장 날아올 수는 없었어요. 나도 그렇지만 당신을 봐서라도, 가급적이면 서두른다는 인상을 주지 않으려고 본능적으로 미적거렸다고나 할까. 그러는 게 적절했으니까. 하지만 당신이 이해해줄 줄 알았어요." 그 말에 그녀가 대뜸 얼마나 대단한 이해심을 보였는지, 그녀의 호소가 그의 주장에서 나오는 것처럼 보이기까지 했다. 하지만 바로 그녀 자신이 일 처리를 잘해서 그가 이렇게 능숙하게 적절함을 지켰다는 주장을 강하게 내비치며 그를 바라보았다는 사실도 그는 모르지 않았다. 베네치아에서는 그가 그녀에게 받은 인상이 만일의 사태에 대비한 전문가라는 것이었다면 이제는 그녀가 그에게서 받은 인상이 그럴 법도 했다. 단계를 밟아가며 천천히, 음

영을 조절해서, 말하자면 바림질하듯이 관계를 재개해야 한다는 호소를 하며 그가 미소를 지어 보였다. 근사하게 대응해야 했던 그녀는 5분 전에 그가 들어올 때 했던 식으로 그 미소를 받았을 뿐이지만 말이다. 그때 부드러우면서도 심각했던 그녀의 분위기—엄숙함까지는 아니었지만 의식이 생명력으로 가득 차올라 넘치지 않기를 바라는 표정이랄까—로 그의 환대가 덜해지지는 않았더랬다. 그를 안내해준 하인이 차를 준비하느라 몇 분간 방을 나가지 않고 있었다는 사실도 한몫하긴 했다.

로더 부인은 답장을 보내서 차를 마시러 오는 시간을 일요일 5시로 정해주었다. 그런 후 케이트가 발신자 없이 전보를 보냈다. '일요일 약속 시간 **전**에 올 것. 15분 정도 미리 오면 도움이 될 것임.' 그래서 그는 주도면밀하게 5시 20분 전에 도착했던 것이다. 케이트가 혼자 방에 있었고, 그를 보자마자 말하길 다행히도 모드 이모가 지금 잠시—오래 걸리진 않겠지만 그들에게는 소중한 시간—예전 하인을 만나고 있다고 했다. 이제 은퇴해서 연금을 받는 하인인데 곧 다시 교외로 떠날 예정이라 이모를 보러 왔다고 했다. 그들은 하인이 물러간 뒤 잠깐 둘만의 시간을 가질 수 있었는데, 그들의 멋진 체계에도 불구하고, 마땅히 해야 할 적절한 조절과 서둘러서는 안 된다는 금지에도 불구하고 그 시간은 무척 소중했다. 그러면서도 케이트의 고도의 냉철함과 멋진 자제력은 여전했고, 바로 그 때문에 더 고결하다 할 만했다. 그가 나름의 신중함을 보였다면 그녀는 완벽하게 예의를 차렸고, 그것이 그녀의 예법이었다. 늦게 온 이유를 마저 설명하기 위해 그가 덧붙인 바는, 베네치아를 떠난 후 스트링엄 부인이 로더 부인에게 편지로 그 사실을 알렸으리라는 것이었다. 그러니 그들을 속일 수도 없고, 그럴 생각도 할 수 없지 않느냐고 말이다. 베네치아를 떠났다는 걸 알았을 테니까.

"그래요, 알았어요."

"그러고도 소식은 계속 들었나요?"

"스트링엄 부인에게서요? 당연하죠. 그러니까 모드 이모가 말이에요."

"그럼 최근 소식도 들었겠네요?"

그녀가 뜻밖이라는 표정을 지었다. "하루이틀 전까지는요. 당신은 못 들었어요?"

"아무 소식도 못 들었어요." 그제야 그녀에게 해야 할 말이 얼마나 많은지 실감이 났다. "내게 오는 편지는 없어요. 하지만 이모님은 분명 받을 거라고 생각했죠." 그러곤 덧붙였다. "그러면 당연히 당신도 알게 될 테고." 그는 이제 그녀가 아는 바를 알려주기를 기다렸는데, 그녀는 아무 말 없이 미처 누르지 못한 놀라움의 기색만 내비칠 뿐이었다. 그래서 그는 원하는 바를 직접 물어볼 수밖에 없었다. "실 양은 아직 살아 있나요?"

이 말에 케이트의 표정이 단박에 달라졌다. "정말 모르는 거예요?"

"아무 수단도 없는데 내가 무슨 수로 알겠어요?" 그러더니 문득 깨달았다는 듯이 그녀를 빤히 보았다. "세상을 떴나요?" 여전히 시선을 그에게 향한 채 그녀가 천천히 고개를 젓자 그가 묘한 목소리로 물었다. "아직?"

표정으로 보면 여러 질문이 한꺼번에 터져 나올 것 같았지

만, 실제로 케이트에게서 나온 질문은 이러했다. "정말 끔찍한
가요?"

"다 알면서 무기력하게 죽어가는 일이 말이에요?" 그가 잠
시 생각에 잠겼다. "그래요. 당신이 물었으니 하는 말이지만. 나
로서는 정말 끔찍했어요. 그곳을 떠나기 전까지 내가 본 바로는
말이죠." 그가 말을 이었다. "하지만 그게 내게 어떠했는지, 지
금은 어떠한지 당신에게 말해줄 수 있을 것 같지 않아요. 애는
써보겠지만. 방금 내 말에 지금쯤 다 끝났으면 하는 바람이 묻
어 있었다면 아마 그 때문이겠죠." 그가 설명했다.

그녀는 그 어느 때보다 말없이 주의를 기울였지만, 이때쯤엔
빠짐없이 다 듣는 문제에서 듣고 싶은 마음과 그러기 싫은 마
음이 양분되어 있음을 알 수 있었다. 부자연스러운 일도 아니지
만, 한편으로는 호기심에 휩싸이면서도 다른 한편 불행을 당한
자에 대한 예의라는 거리낌도 있는 것이다. 또한 그를 들여다보
면—그녀가 그의 얼굴을 그렇게까지 중시하는 건 여태껏 본 적
이 없었다—볼수록 그녀로서는 둘 중 하나를 결정하기가 더욱
불가능했다. 무엇보다 감정이 앞설 텐데, 그 감정이 열렬한 관
심이어서는 안 되니까. 그녀와 관련된 그런 인식이 그의 내면에
서 점점 빠르게 자라났고, 거기에 상상까지 더하니 그가 너무
나간다면 상대가 특유의 놀라운 말투로, 내게 무슨 끔찍한 이야
기를 하려는 거예요? 이렇게 쏘아붙일 수도 있겠다는 생각마저
들었다. 그것은 베네치아에서 둘 사이에 오간 모든 것을, 안타
까울 뿐 아니라 거의 수치스럽게도 완전히 부인하는 말투—이
제 그로서는 이런 말은 자유롭게 꺼내도 되지 않는가?—가 될

것이었다. 그녀가 자신에게 생긴 이득을 자인할 거라는 뜻이 아니었다. 겁이 나거나 양심에 꺼려서 약한 모습을 보이게 되리라는 것도 아니었다. 그러나 그녀가 자세한 내용을 원하지 않는다는 것, 확실히 그런 이야기는 듣지 않으리라는 것, 그래서 그가 관대하게 그 점을 이해해준다면 그녀로서는 그가 가만히 있기를 바라리라는 사실을 그는 분위기로 알 수 있었다. 그와 동시에 가만히 있어야 하지만 적절할 때만 그래야 한다는 사실보다 더 분명한 일도 없었다. 그녀와의 관계에서 내키는 대로 할 수 없다는 사실에 그의 내면에서 어떤 반감이 불쑥 솟아올랐다. 3개월 전 그녀는 그 문제에서 그에게 내키는 대로 하지 않았던가. 그녀는 지금도 마찬가지였는데, 단지 잘 대해주려고 그러는 거였다. "만사가 당신에게 얼마나 참혹했을지 알겠어요." 그녀가 사려 깊게 말했다.

하지만 그는 그 말에 대응하지 않았다. 먼저 분명히 하고 싶은 것들이 있었다. "당신이 아는 바로 다른 가능성은 전혀 없나요? 살 수 있는 가능성 말이에요." 상대가 가능한 한 말을 삼가는 탓에 재차 물어야 했다. "이제 가망이 없나요?"

"가망이 없어요."

밀리의 문제에서 가장 확실한 답을 랭커스터게이트로부터 얻을 수 있다니 참 희한하기는 했다. 하지만 밀리의 문제에서 희한하지 않은 것이 도대체 뭐가 있단 말인가? 그런 점에서는 그의 태도 역시 그에 못지않았다. 과거에나 지금에나 말이다. 어쩔 수 없이 하는 데까지 할 수밖에 없었다. "루크 스트렛 박사가 갔나요?" 그가 물었다.

"지금 거기 있는 게 분명해요."

"그럼 거의 마지막이군요." 덴셔가 말했다.

그가 어떤 식으로 해석하든 그녀는 그 말에도 잠자코 있었다. 하지만 잠시 후 다른 식으로 다시 끄집어냈다. "당신이 혹시 그를 만났다면 모를까, 모드 이모가 의사를 찾아갔다는 건 아마 모르겠죠."

"오!" 덴셔는 그렇게 내뱉은 뒤 달리 더 할 말이 없었다.

"진짜 상황을 알아보려고요." 잠시 후 케이트가 덧붙였다.

"스트링엄 부인이 전하는 건 진짜 상황이 아닌 것 같아서?"

"어쩌면 나만 그렇게 봤을지도 모르죠. 사흘 전에 이모가 다시 찾아갔는데 그가 떠나고 없다는 말을 들었어요. 그보다 며칠 앞서 떠났다고 봐요."

"그럼 지금쯤 돌아왔을 수도 있지 않나요?"

케이트가 고개를 저었다. "어제 다시 사람을 보내 알아봤어요."

"그럼 그녀가 살아 있는 한은 곁을 떠나지 않을 생각이군요." 덴셔가 그 문제를 따져보았다. "마지막까지 곁을 지키려는 거예요. 정말 대단한 분이죠."

"내 생각에 대단한 건 그녀예요." 케이트가 말했다.

그 말에 두 사람은 다시 서로를 한참 마주 보았다. 그러다가 좀 묘하게도 그에게서 이런 말이 튀어나왔다. "아, 당신은 몰라요!"

"그래도 어쨌든 우린 친구인걸요."

그럴듯하게 이의를 제기하는 그 대답을 그로서는 거의 예상

362

하지 못했다. 그래서 그녀가 정말 다양한 면모를 지녔다는 예전의 느낌이 순간 훅 끼쳐 왔다. "그렇군요. 그 점은 확신했겠군요. 예전엔 분명 확신했던 거죠."

"당연히 그랬죠."

그 말과 함께 다시 침묵이 내려앉았다. 하지만 곧 덴셔가 침묵을 깨며 말했다. "스트링엄 부인이 전하는 소식이 '진짜'가 아니라고 본다면 마크 경 소식은 어떻게 보나요?"

그녀는 그에 대해 생각해본 적이 없었다. "마크 경 소식요?"

"그를 못 봤어요?"

"그녀를 만나고 온 이후로는 못 봤어요."

"그럼 그가 그녀를 만나러 갔다는 건 아는군요."

"그럼요. 스트링엄 부인에게 들었으니까요."

"그럼 그 나머지도 아나요?" 덴셔가 연거푸 물었다.

케이트가 의아하다는 듯이 물었다. "나머지라뇨?"

"모두 다요. 그 만남이 그녀에게 견딜 수 없는 일이었다는 것. 그때 벌어진 일이 치명타가 되었다는 것 말이에요."

"오!" 케이트가 심각하게 내뱉었다. 하지만 얼굴이 창백해졌으므로, 이 문제와 관련해 그녀가 얼마나 알고 있었건 그 반응이 의식적인 것이 아님을 그는 알 수 있었다. "스트링엄 부인에게 그런 말은 듣지 못했어요."

그런데 무슨 일이 있었던 거냐는 질문은 나오지 않았다. 그래서 더 알려줄 셈으로 그가 말을 이었다. "어떤 영향을 끼쳤냐 하면, 포기하게 했어요. 아무리 해도 다시 애를 쓰게 할 수 없이 포기해버렸고 그래서 급속도로 나빠졌던 거죠."

"오!" 케이트가 다시 한번 한숨 쉬듯 천천히 내뱉었는데, 왠지 모호했기에 그는 말을 이어가지 않을 수 없었다.

"당시 그녀가 오롯이 의지로 삶을 지탱해갔다는 걸 이제는 알 수 있어요. 애초에 그녀에 대해 당신이 해준 말이 거의 그랬지만."

"기억나요. 그랬죠."

"그래서 그 특정한 시점에 의지가 꺾여버렸고, 결정적으로 그 자식의 용렬한 짓거리 때문에 무너져버렸던 거예요. 당신과 내가 비밀리에 약혼한 사이라고 말했으니까."

케이트의 눈이 순간 휘둥그레졌다. "하지만 그 사람이 그걸 알 리가 없잖아요!"

"그건 중요하지 않아요. 그가 그곳을 떠날 때 **그녀가** 알게 되었으니까." 덴셔가 덧붙였다. "게다가 그는 분명히 알고 있었고요." 그러곤 내처 물었다. "그를 마지막으로 본 게 언제죠?"

하지만 그녀는 지금 눈앞에 펼쳐진 그림에 정신이 팔려 있었다. "상태가 심각해진 게 바로 **그것** 때문이었다고요?"

그는 그 사실을 받아들이는 그녀의 모습을 지켜보았다. 엄숙한 아름다움이 더욱 두드러졌다. 그가 스트링엄 부인의 말을 그대로 옮겼다. "삶에 등을 돌린 거죠."

"불쌍한 밀리!" 케이트가 말했다.

아주 약간이긴 했지만 그 말로 그녀의 아름다움에 품격이 더해졌고, 그래서 그는 설명을 이어나갔다. "너무 일찍 알게 된 거예요. 당연한 말이지만, 원래 우리 생각으로는 끝까지 모를 수도 있었잖아요. 적어도 당신 생각으로는 우리가 지금껏 해온 일에 비추어 그녀에게 위험 신호로 여겨질 것이 우리 사이에 전혀 없다고 진정 확신했으니까."

그녀가 또다시 생각에 잠겨 잠시 말이 없었다. "그녀가 확신하게 된 건, 그게 뭐가 되었건 당신이 한 일이 아니었어요. 내가 확신을 주었기 때문이죠."

"오, 그렇게 책임을 나누려 하다니 훌륭한데요!" 덴셔가 말했다.

"내가 내 책임을 부정할 거라고 봤나요?" 케이트가 물었다.

그 말투와 표정에 그는 잠깐 자신이 한 말을 후회했다. 사실 그가 입에 올린 말 가운데 그들 사이에서 그녀의 공정함이라고 부를 법한 특성의 전적인 결과로 생겨난 말로는 그것이 처음이었다. 신의를 지키기 위해 그가 요구하는 것은 분명 그녀의 공정함뿐이었다. 하지만 그것은 당장의 주제에서 좀 벗어난 문제였다. "물론 내 생각은 오로지 우리가 함께 인정하고 함께 책임지고 있다는 거예요. 우리가 각자 책임을 나눈다거나, 우리가 의도적으로 지어낸 인상들을 볼썽사납게 나누는 그런 문제가 아니니까요."

"의도적으로 인상을 지어내는 건 **당신** 생각이 아니었어요." 케이트가 말했다.

그가 미소를 지었는데, 억지스러운 느낌이라 스스로에게도 어색했다. "그런 말은 하지 말죠!"

그런 말을 하지 않기 위해서인지 그녀가 다른 화제를 꺼냈는데, 그가 방금 거론한 상황에 대한 것이었다. "그 정보가 사실이 아니라고 부정할 수도 있었잖아요? 그러니까 마크 경의 정보

말이에요."

덴셔가 의아하다는 듯 물었다. "누가 말이에요?"

"누구긴요, 당신이죠."

"그의 말이 거짓이라고 말하라고요?"

"그가 잘못 안 거라고 할 수도 있지 않았냐고요."

덴셔가 망연자실하게 그녀를 빤히 보았다. 케이트가 슬쩍 꺼내 보인 그 '할 수도 있었다는' 일은 바로 그가 베네치아에서 잠깐 고려했다가 완전히 치워버렸던 대안이었다. 그에 대한 그들의 견해차만큼 기이한 것도 없었다. "나보고 거짓말을 하라고요? 이봐요, 우린 분명 여전히 약혼한 사이예요." 그가 말했다.

"물론 여전히 약혼한 사이죠. 하지만 그녀의 생명을 구하기 위해서 말이에요."

그가 상대의 시각으로 그 말을 이해하려 애썼다. 항상 기억해야 할 일이었지만 당연히 그녀는 항상 문제를 단순화했고, 그래서 자신과 비교하자면 그녀의 기운으로 감당하기에 만사가 얼마나 수월했는지 새삼 느낄 수 있었다. 예전에 자주 그녀를 보며 찬탄했던 것은 바로 그 인상 때문이었다. "굳이 알고 싶다면, 그리고 당신이 분명하게 이해했으면 하는데, 난 그녀 면전에서 그걸 부정하는 일을 진지하게 고려한 적이 한 번도 없어요. 그녀를 살릴 수도 있는 방안으로 나 스스로도 충분히 따져보긴 했어요. 하지만 생각을 하면 할수록 있을 수 없는 일이었어요." 그가 덧붙였다. "게다가 별 소용도 없었을 테고."

"당신 말을 믿지 않았을 거라는 뜻이에요?" 그 말이 얼마나 재깍 튀어나왔는지 별생각 없이 말을 내뱉는다는 느낌이 문득 들었다. 하지만 그는 자신의 뜻이 무엇이었을까,라는 질문에 눌려 잠시 말이 없었다. 그녀가 재차 물었다. "해보긴 했어요?"

"그럴 기회조차 없었어요."

케이트는 모든 걸 앞에 두고 바라보면서도 동시에 충분한 거리를 두는 놀라운 태도를 유지했다. "당신을 만나주지 않았나요?"

"그가 다녀간 후로는 그랬죠."

그녀가 주저하다가 물었다. "편지를 쓸 수도 있었잖아요?"

그가 잠시 생각에 잠겼다가 의미를 달리해서 되풀이했다. "그녀가 삶에 등을 돌렸다고요."

이 말에 다시 그녀가 입을 닫았다. 둘 다 너무 심각해지는 바람에 따로 동정을 표하거나 그럴 상황이 아니었다. 하지만 다시 그녀는 최소한이나마 알고 싶은 마음이 들었다. "말도 못 붙이게 한 거예요?"

"이봐요, 그녀는 아무것도 할 수 없을 만큼 상태가 끔찍하게 나빴어요."

"그건 그전에도 그랬잖아요."

"그런데 그땐 마다하지 않았다?" 덴셔가 인정했다. "그래요, 그랬죠. 그러니까 굉장하다고 하지 않을 수 없는 거예요."

"굉장하다마다요." 케이트 크로이가 말했다.

그가 잠깐 그녀를 쳐다보았다. "그것 봐요. 하지만 상황이 그렇게 되었고 그게 우리가 처한 현실이에요." 그가 그렇게 결론을 내렸다.

앞서 그가 생각하기로는 혹시 그녀가 다른 무엇보다 두세 가지 특정한 문제를 구체적으로 물으며 그의 속마음을 훨씬 더 깊이 파고들 수도 있겠다 싶었다. 입에 담기도 그렇지만, 심지어 그가 밀리와 어디까지 갔는지, 그런 의미에서 얼마나 가까워졌는지, 그런 것을 궁금해하며 알아내려 할 거라는 상상까지 했더랬다. 만약 그런 식의 질문이 나온다면 들어줄 마음의 준비가 되었는지 자문했고, 그 대답은 물론 무엇이 되었건 마음의 준비가 되었다는 것이었다. 그녀가 자신의 두세 가지 예언이 결국 실현되었는지 확실히 알고 싶어 한대도, 그런 준비까지 되어 있지 않았던가? 그보다 대담한 그녀가 분명 밀리에게서 나올 거라고 장담했던 제안이 정말로 나왔는지도 충분히 대답해줄 수 있었다. 하지만 다행히 그에게 밀려든 느낌으로 말하자면 그런 문제에서 준비가 되었는지 안 되었는지를 시험받지는 않으리라 보았다. 무슨 일이 벌어졌는지, 그 문제에 대한 케이트의 추궁은 놀랍도록 두루뭉술했기 때문에 지금 그녀가 던지는 질문조차 날이 서 있지 않았다. "그럼 마크 경이 그렇게 끼어든 이후로는 전혀 만나지 않았던 거예요?"

지금까지 내내 그의 머릿속에 떠올랐던 문제가 그것이었다. "아니, 한 번 만났어요. 그걸 만난 거라고 할 수 있을지 모르겠지만. 그냥 머물렀을 뿐이죠. 가버리지 않고."

"딱 적절한 처사네요." 케이트가 말했다.

"그렇죠." 그로서도 놀랍다는 느낌이었다. "그 정도는 하고 싶었으니까요. 나를 집으로 불렀고 그래서 보러 갔고. 그리고 그날 밤 베네치아를 떠났어요."

상대방이 잠시 기다렸다가 물었다. "그럼 **그때**가 기회가 될 수도 있지 않았어요?"

"마크 경의 말을 반박할 기회요? 아니요. 설사 그때 그녀 앞에서 그럴 마음이 있었더라도 그건 아니었어요. 게다가 그게 무슨 의미가 있었겠어요? 죽음을 눈앞에 두고 있는데."

"하지만 바로 **그렇기 때문에** 의미가 있지 않았을까요?" 그녀는 얼마간 자기주장을 밀고 나가면서도 가능한 한 신중하려 했다. "하지만 물론 그녀를 본 건 당신이니까 당신이 판단할 수 있었겠지요."

"당연히 그녀를 봤으니까 내가 판단할 수 있었어요. 정말로 직접 봤으니까요!" 덴셔가 상대에게 시선을 둔 채 말했다. "게다가 내가 당신과의 관계를 부인했다면 그것을 고수해야 했을 거예요."

그녀가 잠시 그의 얼굴에서 그 말의 의도를 찾았다. "그녀를 납득시키기 위해 어떤 식으로든 주장을 하거나 증명을 해야 했다—?"

"**당신을** 납득시키기 위해 어떤 식으로든 주장을 하거나 증명을 해야 했을 거라고요—!"

케이트가 순간 어리둥절한 표정을 보였다. "'나를' 납득시킨다고요?"

"그런 상황에서 내가 직접 부인했다면 나중에 다시 번복할 생각으로 하지는 않았을 거예요."

이 말에 곧장 그 의미가 와닿으며, 그녀의 얼굴이 벌겋게 달아올랐다. "오, 부인을 사실로 만들기 위해 나와 헤어졌을 거라고요? 당신 양심을 지키기 위해 날 '걷어차버렸을' 거라는 거죠?" 그녀는 완벽하게 이해했다.

"그것 말고 달리 할 수 있는 일이 없었을 거예요." 머튼 덴셔가 말했다. "그러니까 내가 그 일에 마음을 쏟지 않은 것이 얼마나 옳았는지, 그것이 얼마나 상상도 할 수 없는 일이었는지 잘 알겠죠. 내가 그런 일을 **할 수** 있었을 거라는 생각이 언제고 또 다시 들면 지금 내 말을 기억해요."

케이트는 이 점을 다시 생각해보는 듯했지만, 당장은 그가 거론한 효과를 가져오지는 않았다. "그녀를 사랑하게 되었군요."

"원한다면 그렇게 표현해요. 죽음을 눈앞에 둔 여성과 말이죠. 그게 무슨 상관이고 뭐가 중요한가요?"

처음부터, 그러니까 그가 방 안에 들어섰을 때부터 깨달았던 그들 관계의 강도와 직접 대면할 필요성에서 나온 질문이었다. 하지만 그러면서 순간 둘 다 잠시 말이 없어졌고, 그것은 특별히 놀라웠다. "그녀가 세상을 뜨고 나면 보자고요!" 케이트가 덧붙였다. "스트링엄 부인이 전보를 칠 테니까." 그러더니 말투를 바꿔 다시 물었다. "그럼 밀리는 당신을 왜 부른 거죠?"

"만나기 전에 내가 알아내려 했던 것이 바로 그거였어요. 사실 당신 말처럼 내게 기회를 주려는 것이라는 사실은 의심할 바가 없긴 했지만요. 내가 그 사실을 부인할 **수도** 있다고 믿었을지도 모르고요. 그래서 가면서 혼잣속으로는 그녀가 확실히 나를 시험하리라 예상했어요. 내 입으로 직접 사실을 말해주길 바랄 거라고요. 하지만 함께 있었던 20분 동안 그런 요구는 전혀 하지 않았어요."

"진실을 원한 게 전혀 아니었던 거예요." 케이트가 단호하게 고개를 저으며 말했다. "당신을 원했을 뿐이에요. 설사 거짓이라는 걸 알았을지라도 당신이 해줄 수 있다면 무엇이든 기쁘게 받았을 거예요. 당신은 동정심에서 거짓말을 할 수도 있었겠죠. 그럼 그녀는 그런 당신을 보면서 거짓말이라는 걸 알았을 거예요. 그래도, 그게 자신을 생각해서 하는 거짓말이니까 고마워하면서 당신을 축복하고 더욱 당신에게 애착을 보였을 거라고요. 왜냐하면 그게 당신의 능력이니까요. 당신을 그렇게 열렬하게 사랑하게 만든 것이."

"아, 내 '능력'이라!" 덴셔가 감흥 없이 중얼거렸다.

"어쨌든 당신을 불렀으니, 그게 아니라면 달리 무엇을 바랐겠어요?" 덴셔가 그저 상대의 말이 이어지기만을 기다리자 그녀가 이렇게 물었는데, 별로 반어적인 말투는 아니었다. "당신을 한 번 더 보고 싶어서였을까요?"

"내게 원하는 건 없었어요. 그러니까 더는 그러고 있지 말라는 것 말고는요. 그런 한에서만 나를 만나길 원했던 거예요. 그가 다녀간 이후 처음에는, 내가 알아서 먼저 그곳을 뜨는 게 도리에 맞겠다고 생각하리라 가정했겠죠. 그런데 내가 떠나지 않았으니까, 난 도리에 맞는 일을 다른 식으로 봤으니까, 며칠이 지난 후 내가 여전히 거기 머물고 있다는 걸 알았죠." 덴셔가 말했다. "그래서 마음이 움직인 거예요."

"당연히 마음이 움직였겠죠."

숙연함을 잃지 않은 말이었음에도 그에게는 다시 생각 없이 내뱉는 말로 들렸다. "내가 그렇게 버티고 있는 것이 어떤 면에서 **자신** 때문이라면 그런 일은 그만두라고, 그럴 필요 없다고 알려주려 했던 거죠. 일종의 작별 인사로 직접 그 말을 해주고 싶었던 거예요."

"그래서 직접 그렇게 말하던가요?"

"그래요, 얼굴을 맞대고. 그녀가 바라던 대로 직접."

"그리고 물론 당신 역시 바라던 대로."

"아니에요, 케이트." 그가 서로를 충분히 배려하면서 대답했다. "내가 바라던 대로가 아니에요. 난 전혀 그걸 바라지 않았어요."

"그럼 그냥 호의를 베풀 셈으로 갔던 거예요?"

"호의를 베풀 셈으로. 물론 당신을 위해서이기도 했고."

"오, 나를 위해서였다니 정말 기쁘네요."

"'기쁘다'고요?" 그녀의 말투에 그가 모호하게 되뇌었다.

"내 말은 잘한 일이었다고요. 특히 줄곧 머물렀던 것이요. 하지만 그게 다였어요?" 케이트가 이어서 물었다. "더 이상 머물지 말라는 말이?"

"정말 그게 다였어요. 그것도 다시없는 상냥함으로."

"아, 당연히 상냥함에서 나온 거죠. 당신이 그런, 뭐랄까, 그런 노력을 해줄 것을 원했던 순간부터 그랬죠." 케이트가 덧붙였다. "거기서 자기가 죽는 걸 기다리지 말라는 거, 그게 요점이었던 거예요."

"그래요, 그게 요점이었어요." 덴셔가 말했다.

"그런데 그 말을 하는 데 20분이나 걸렸어요?"

그가 잠시 생각했다. "정확하게 시간을 잰 건 아니에요. 그냥 찾아갔을 뿐이죠. 다를 바 없이."

"다른 사람과 다를 바 없이?"

"앞서 찾아갔을 때와 다를 바 없이."

"아!" 케이트가 말했다. 보아하니 그 반응 탓에 그가 잠시 할 말을 잊은 듯했다. 그 틈을 타서 케이트가 말을 이었는데, 그것은 사실 그가 지금껏 단단히 준비를 해온 식의 질문에 가장 가까운 것이었다. "몸 상태가 그랬으니 침실에서 당신을 맞았겠네요?"

"그녀는 그런 사람이 아니에요." 머튼 덴셔가 말했다. "여느 때와 다름없이 날 맞았어요. 호화로운 널찍한 응접실에서, 늘 입던 드레스를 입고 붙박이처럼 차지하고 앉아 있던 소파 한구석에서." 그러더니 잠시 그 장면을 그대로 그려내는 듯한 표정이 되었고, 그녀의 표정도 똑같이 그 장면을 그대로 바라보는 듯했다. "처음에 그녀에 대해 내게 했던 말 기억해요?"

"아, 워낙 한 이야기가 많아서."

"절대 약 냄새가 나지도 않을 거고 약 맛이 나지도 않을 거라고 했죠. 그래요, 바로 그랬어요."

"그래서 정말 다행스러웠어요?"

케이트가 아니라면 과연 어느 누가 저런 질문을 저렇게 완벽하게 어울리는 말투로 할 수 있을까 하는 생각에 정신이 좀 팔려서 대답하기까지 시간이 한참 걸렸다. 하지만 그녀는 그동안 참을성 있게 기다렸다. "어떠했는지 그걸 지금 어떻게든 표현할 수 있을 것 같지가 않네요. 언젠가는 할 수 있을지도 모르죠. 우리에게는 그럴 만한 가치가 있을 테니까."

"그래요, 확실히 언젠가는." 그녀가 그 약속을 기록해놓듯이 말했다. 그런데 불쑥 이렇게 말했다. "그녀는 회복할 거예요."

"글쎄요, 곧 알게 되겠죠." 덴셔가 말했다.

뭔가 알아보려는 듯 살피며 그녀가 물었다. "그녀가 감정을 내보인 적이 있나요?" 케이트가 좀더 설명했다. "그러니까 그렇게 속아온 것에 대해서 말이에요."

물론 그를 심하게 몰아댔다고는 할 수 없었다. 하지만 지금은 그냥 넘어가야 할 거라고 방금 말하지 않았던가. "그저 굳세고 아름답게 보이려 했을 뿐이에요."

"굳세봐야 무슨 소용이 있는데요?" 상대방이 물었다.

그는 무슨 소용이 있을지 찾아보는 양 주변을 둘러보다가 곧 그만두었다. "자기 나름의 특별한 방식으로 죽음을 맞고 있는 거예요."

"물론이죠. 하지만 무슨 증거로 당신과 사이가 소원해졌다고 보았는지 모르겠어요."

"며칠 동안 나를 만나려 하지 않았다는 게 그 증거죠."

"하지만 많이 아팠다면서요."

"당신 입으로도 방금 말했지만, 그전엔 그런 이유로 나를 못 만난 적은 없었어요. 단지 상태가 안 좋아져서 그랬던 거라면 태도가 달라지지 않았을 거예요."

"여전히 당신을 맞아들였을 거라고요?"

"여전히 나를 맞아들였을 거예요."

"오, 당신이 그렇게 잘 안다면—!" 케이트가 말했다.

"당연히 잘 알죠. 더구나 스트링엄 부인에게 들은 바도 있고."

"스트링엄 부인이 뭘 아는데요?"

"전부 다."

그녀가 잠시 그를 빤히 보았다. "전부 다?"

"전부 다."

"당신이 다 얘기해줘서?"

"직접 보았기 때문에. 난 아무것도 얘기한 게 없어요. 그녀는 스스로 보고 알 수 있는 사람이에요."

케이트가 생각에 잠겼다. "그것도 당신을 좋아했으니 그럴 수 있었던 거죠. 그분 역시 정말 대단해요. 남자에 관심이 생기면 어떤 일이 벌어지는지 알겠죠. 모든 면에서 작용하는 거예요. 그러니 겁먹을 필요는 없겠네요."

"겁먹고 있지 않아요." 덴셔가 말했다.

케이트가 그때 자리에서 움직여 시계를 보았는데, 5시를 가리키고 있었다. 차 탁자 쪽으로 시선을 돌려보니 불 위에 올려놓고 여태껏 신경을 쓰지 않은 모드 이모의 커다란 은제 찻주전자가 심하게 김을 뿜어 올리며 끓고 있었다. "어쨌든 만사가 다 경이롭네요!" 덴셔가 보기에도 다소 많은 양의 차를 담으며 그녀가 내뱉었다. 그 일에 집중하는 모습을 잠시 바라보던 그가, 그녀가 차에 끓는 물을 붓고 있는 테이블 곁으로 다가왔다. "차 마실래요?"

그가 잠깐 주저했다. "그래도 이모님을—?"

"기다려야 하지 않냐고요?" 그가 하려는 말을 그녀가 미리 알아챘다. 옛날 규칙에 따라 친밀한 분위기를 내비치는 일은 삼가려 한다는 것을 말이다. "오, 이제 신경 안 써도 돼요. 우리가 해냈거든요!"

"이모님을 속이는 일을?"

"이모를 우리 편으로 만드는 일을. 당신이 한 일을 맘에 들어하세요."

덴셔는 그녀가 내미는 차를 기계적으로 받아들었다. 다른 생각이 떠올랐던 거였는데, 그것이 곧 그의 입에서 튀어나왔다. "내가 얼마나 짐승 같은 놈이면!"

"짐승 같은 놈―?"

"온갖 사람들의 맘에 든다니 말이죠."

"아!" 케이트가 유쾌함을 살짝 내비치며 말했다. "내 맘에 들려고 한 일이잖아요." 유쾌함을 여전히 머금은 채로 그녀가 화제를 약간 돌렸다. "내가 이해가 안 되는 건…… 설탕 넣을래요?"

"그래요."

"내가 이해가 안 되는 건 무슨 일이 있었기에 그녀가 마음을 돌렸을까, 그거예요." 설탕을 넣어준 후 그녀가 말을 이었다. "며칠 동안 당신을 만나지 않으려 했는데, 어째서 당신을 다시 볼 마음이 생겼을까요?"

찻잔을 손에 든 채로 물었고, 그로서는 함께 차를 마시며 그런 문제를 논의한다는 것이 역설적이고 기이하게 다가왔지만 대답은 이미 마련되어 있었다. "그녀의 마음을 돌린 건 루크 스트렛 박사예요. 그가 찾아와 잠시 머무르면서 그렇게 된 거죠."

"그럼 그녀를 다시 살려놓기도 했겠군요."

"글쎄요, 내가 만났던 그 상태만큼은 살려놓은 거겠죠."

"당신을 대신해서 부탁을 했을까요?"

"부탁했을 것 같진 않아요. 사실 그가 뭘 어떻게 한 건지는 나도 몰라요."

케이트가 이해가 안 된다는 투로 물었다. "그가 말해주지 않았어요?"

"물어보지 않았어요. 그를 다시 만나기는 했지만 사실상 그녀는 입에 올리지도 않았죠."

케이트가 그를 빤히 바라봤다. "그럼 그걸 어떻게 알아요?"

"보면 알죠. 느낄 수도 있고. 예전에 그랬던 것처럼 함께 시간을 보냈는데—"

"아, 그래서 그의 마음에도 들었다는 거죠? 그런가요?"

"그가 이해를 한 거죠." 덴셔가 말했다.

"뭘 이해해요?"

그가 잠시 사이를 두었다가 대답했다. "내가 정말 선의로 그랬다는 걸."

"아, 그래서 **그녀도** 이해를 시킨 거군요? 알겠어요." 그에게서 아무 대꾸가 없자 그녀가 말을 이었다.

"하지만 도대체 어떻게 설득을 했을까요?"

덴셔가 찻잔을 내려놓고 돌아섰다. "직접 물어보든지요."

그가 벽난로 불을 내려다보며 서 있었고 잠시 정적이 흘렀다. 하지만 케이트가 다시 말을 꺼냈다. "어쨌든 가장 중요한 건 그녀가 만족했다는 거죠." 그를 건너다보며 그녀가 말을 이었다. "바로 그걸 위해서 내가 애써왔던 거니까."

"한창 젊은 나이에 생을 마감하는데 만족한다는 거예요?"

"당신과 평온한 사이가 되어서 말이에요."

"아, '평온'이라!" 그가 여전히 난롯불에 눈길을 둔 채 중얼거렸다.

"사랑했다는 평온함 말이에요."

그가 눈을 들어 그녀를 보았다. "그게 평온함이에요?"

"사랑을 받았다는 평온함." 그녀가 말을 이었다. "자신의 열정을 발현했다는 평온함. 그 이상으로 바라는 게 없었어요. 이제 원하는 건 다 이룬 거죠." 그렇게 말을 맺었다.

명료하면서도 늘 진중한 그녀의 말이 흠잡을 데 없이 단호했기 때문에 그는 잠시 대꾸할 말을 찾지 못했다. 그저 다시금 그녀를 쳐다볼 수밖에 없었는데, 그러자 그의 침묵이 자신의 의도 이상으로 그에 대한 동의로 받아들여졌다는 사실만 의식했을 뿐이었다. 사정이 정말 그랬는지 그녀가 테이블 곁을 떠나 벽난로 쪽으로 왔다. "내가 지금, 그러니까 벌써부터—그녀는 이 말에 힘을 주었다—어떤 결론을 끌어내려는 것으로 보이면 당신은 극악무도하다고 느끼겠죠. 하지만 우린 실패하지 않았어요."

"오!" 그는 다시 낮게 내뱉었을 뿐이었다.

그녀가 더 가까이 다가왔다. 베네치아에서 그를 찾아왔던 그날 그랬듯이 가까이 다가왔고, 순간 그때의 일이 떠오르면서 그 사실은 더욱 강해지고 짙어졌다. 사실상 그는 그런 상황에서 그녀의 말을 부인할 수가 없었고, 그래서 그녀의 다음 말은 그 사실을 알고 하는 말임이 확실히 두드러졌다. "성공했다고요." 그녀가 그의 눈을 그윽하게 들여다보며 말했다. "그녀가 당신을 사랑한 게 무의미하지 않을 거예요." 그 말에 그가 움찔했지만 그녀는 주장을 굽히지 않았다. "당신이 나를 사랑한 것도 그렇고요."

2

그는 그 포괄적인 말이 드리운 깊은 인상 아래에서 이후 며칠을 보내게 될 것이었다. 그 인상이 점점 늘어나며 절정이라 할 순간에 이르렀을 때 다행스럽게도 모드 이모가 들어와 난롯가에 함께 서 있는 두 사람을 발견하는 바람에 뚝 끊겨버렸다. 그 대화의 영향이 분명 첨예하기는 했지만, 정말 신기하게도 그녀가 곧바로 마련한, 혹은 어쩌면 케이트가 마련해준 그녀와의 대화만큼 그의 정신에 첨예한 영향을 주지는 않았다. 마침내 그들과 합류했지만, 그녀에게 그를 따로 만나고 싶은 마음이 있음을 그는 곧 알아차렸다. 문이 열림과 동시에 분명 두 사람은 아무래도 좀 황급히 서로에게서 떨어졌을 테고, 그래서 그녀가 매서운 눈으로 그들을 번갈아 쳐다보았다. 하지만 그가 생각하기에 케이트가 보기 드물도록 기민하게 대처해서 그런 분위기는 곧 사라졌다. 그녀는 가장 먼저 떠오른 생각을 이모에게 바로 전하며 둘이서 나누던 대화로 끌어들였고, 그녀가 원망조로 끄집어 낸 그 사실에 대해 상대방 역시 흔쾌히 편을 들어주어 확실히 더욱 자연스럽게 잘 이루어졌던 것이다. "도대체 3주나 그냥 있었다는 게 이해가 돼요—?" 그러면서 로더 부인이 나름의 시각으로 이 지나친 처사를 처리하도록 자리를 넘겨주겠다는 듯이 그녀는 완전히 뒤로 물러나버렸다. 당연히 덴셔는 케이트를 보호하기 위해 가능한 한 최대로 그것을 이용하라는 신호가 떨어졌다는 사실을 곧바로 알아차렸다. 그래서 이 집에 드나드는 일이 허용되었음에도 그 일에 별로 열의를 보이지 않았다는 사실을 다시금 따져볼 때쯤에는 의심스러운 흔적은 상당히 지워져 있었다. 케이트는 이제 자신이 개인적으로 아주 미묘한 상황에 있었다는 걸 굳이 나서서 보여줄 필요는 없다는 듯이 뒤로 물러났다. 그저 이모의 손님을, 한때 자신이 과도한 호의를 보인다고 의심을 받았지만 이제 비탄에 빠진 다른 여성의 구혼자로 다시 찾아온 이모의 손님을 이모가 올 때까지 대신 상대해주고 있었을 뿐이라는 식으로. 섬세하고 여린 자신의 친구이기도 한 그 다른 여성이 맞이한 비극적인 운명에 관심이 없는 건 아니지만, 단지 친구에 대한 정보를 얻기 위해서 덴셔 씨를 상대했다 하더라도 어색함은 여전하다는 식이었다. 그녀는 덴셔가 보는 앞에서 바로 어색함을 만들어 보였고, 그렇게 즉각적인 창조성에 그는 놀라움을 금할 수 없었다. 그것은 서사시에서 여신들의 주위를 감싸는 멋진 구름의 역할을 해주었고, 이후에도 덴셔는 자신이 자리를 지키고 있던 당시 어느 시점에서 그녀가 사려 깊게 그 구름 속으로 녹아 들어가 완전히 모습을 감췄는지 모호하기만 했다.

그는 곧 다른 문제와 씨름하게 되었는데, 그것은 베네치아에서의 일로 시작되었고 최근 몇 주 동안 떨어져 있었던 탓에 무척이나 무르익은, 누가 봐도 현저하게 달라진 모드 이모와의 관계였다. 그녀가 테이블에 앉아 차를 마시기도 전에 그는 그녀와 전혀 새로운 사이가 되었음을 실감했고, 그에게 두번째 잔을 권할 때쯤에는 그녀 역시, 그것도 기꺼이, 그렇게 관계를 정의하고 결정해버리는 듯했던 것이다. 베네치아에서의 일로 그가 오래 모습을 보이지 않아서 유감스럽긴 했지만 충분히 이해한다고 했다. 그가 떠났다는 소식을 수전에게 듣고 곧 만날 수 있기를 바랐는데, 당연히 그가 런던으로 돌아왔으면 했기 때문이었다. 하지만 거기서 겪은 일, 그러니까 그가 완전히 마음을 뺏긴 채 그곳에 머물러 있을 수밖에 없도록 한 비극적인 일과 그에 대한 기억, 슬픔, 어두운 그림자 등으로 인해 그가 당장 사람들과 어울릴 수 없었다는 건 굳이 말하지 않아도 충분히 안다고 했다. 그렇게 그녀는 이제 자신이 그에게 덧씌우기로 한 모양새로 그를 포장해 내보였던 것이고, 그의 입장에서도 그 안에 진실한 요소가 있어서 무심결에 받아들이고 있었다. 그녀는 고통에 시달리고 피폐해진 사람, 좌절을 겪고 이미 상실감에 빠진 사람으로 그를 대했다. 그리고 이로써 그녀와의 솔직한 관계라는 면에서 새로운 장이 열렸음을 실감하자마자 이제 케이트와 가까이하는 일이 얼마나 수월할지도 인식할 수 있었다. 예전이라면 엄두도 못 냈을 정도로 케이트를 가까이하는 일이 어렵지 않았다. 그것은 랭커스터게이트에서 그 외의 다른 설명과는 절대 양립하지 못할 관계를 그에게 마련해주었기 때문이었다. 누군가 말해주기만 하면 자기가 이 관계를 '이용할' 수 있다는 점도 곧장 확연해졌다. 그에게 규정된 태도에 맞추어 그 집을 자유로이 이용할 수 있을 것이고, 아예 그 집을 나가지 않아도 될 것이다. 게다가 한 주가 지날 무렵 그렇게 로더 부인의 견해에 굴복한 죄에 어떻게 스스로 유죄 판결을 내리게 될지, 그것이 무엇보다 기이한 일이었다. 한참이나 밀려가다가 어떤 지점에서 우연히 그 사실을 맞닥뜨리게 되었다. 다시 되짚어갈 수 없을 만큼 멀어진 지점에서. 혼자 있을 때면 너의 진정성은 어떻게 된 거냐고 자문했다. 그러다가 또 어떤 때는 자신이 가진 진정성을 다 동원하고 있는 심정이었다. 그가 단 하나 솔직할 수 없는 부분은 모드 이모의 엄청난 감성이었다. 그녀는 너무나 감상적이었고, 그것을 빼앗는 일은 그가 할 수 있는 가장 최악의 일이 될 것이었다. 그로서는 절대 그럴 수 없었다. 모든 게 너무나 현실적이었으니까. 하지만 자신이 쓰라린 고통의 시간을 지나왔다는 것은 어쨌든 거짓이 아니었다.

예를 들어 그 일요일, 차 탁자 뒤편의 자기 소파에 편안하고 아늑하게 자리 잡은 그녀가 이렇게 말했을 때 특히 그것은 거짓이 아니었다. "내가 자네와 끝까지 **함께한다**는 사실을 의심하지 않았으면 좋겠네." 그가 선택할 수 있는 길은 중간에서 절충하는 것뿐이었다. 케이트라면 못 할 방식으로 자신은 끝까지 그와 함께한다. 혹은 그럴 것이다. 그 덕에 그녀와 함께하는 자리가 그에게 더욱 위로가 되는 중에도 안 될 게 뭐냐는 의문을 애써 털어버려야 했다. 자신에게 현실이 아닌 잔류 감각이 있다는 얘기를 그녀에게 얼마간이라도 털어놓고 있나? 날이 갈수록 잔류 감각의 현실성이 점점 더 거대해지는데 도대체 그에게 어떻게 그런 일이 **가능하단** 말인가? 그들 사이에 있었던 일은 근본적으로는 그저 그러했고, 두어 번은 그렇게 시간을 보낼 수 있었다. 그 두어 번이 그가 그 집을 드나들면서도 케이트를 입에 올리지 않은 경우였다. 전에는 그녀에 대해 자유롭게 물어보는 일을 전혀 할 수 없었다면 이제는 할 수 있었지만, 상황이 이상하게 흘러가 그것 자체가 어울리지 않는 주제가 되어버렸다. 밀리를 두고 모드 이모와 대화를 나눌 때는 그 외의 어떤 다른 이야기가 나오지 않는다는 것도 상황이 이상하게 돌아간 또 다른 경우였다. 밀리 이야기를 하려고 찾아온다고 공공연하게 내세우다시피 했지만, 실은 자기 심경 때문에 그것이 필요했다는 사실이 무엇보다 가장 희한한 점이었다고 하겠다. 그는 그녀가 더 좋았다. 기회가 있을 때마다 혼잣말을 했듯이 사실 그녀가 가장 좋다는 듯이 행동했다. 그래서 실은 그녀가 **그와** 중간에서 절충한 것이 확실했다. 그녀의 전망과 수다스러움과 공감보다 더 너른 것은 없을 것이었다. 그냥 있는 그대로의 그를 만나는 일이 그녀에게는 기쁘고 만족스러운 모양이었고, 그것 역시 나름의 효과가 있었다. 그것은 가장 일어날 법하지 않았던 일이었다. 그녀와 완전히 **기탄없는** 사이가 되었다는 그 변화 말이다. 그리고 그것이 케이트와 기탄없이 지내는 일을 그만두지 않았다면 벌어지지 않았을 일이라는 것이 또 다른 기막힌 일이었다. 그래서 특히 그녀를 따로 만난 세번째 자리에서 그는 케이트에게 지금껏 꺼내지 못했던 말을 자기도 모르게 입에 올리게 되었다. 사실 그녀에게 숨겨야 하는 부분과 관련하여 로더 부인이 그를 불편하게 했던 적은 딱 한 번뿐이었다. 그건 바로 처음 그 집을 찾아갔던 일요일에, 케이트가 뒤로 물러선 후 그가 끝까지 베네치아에 머무르지 않아 유감이라고 그녀가 말했을 때였다. 그는 그 이유를 곧바로 대지 못했는데, 결국 상대가 알아서 곤란함을 덜어주었다.

"그냥 참고 볼 수가 없었나?"

"참고 볼 수가 없었죠. 게다가—!" 그가 말을 뚝 끊었다.

"게다가?" 말을 더 하려다가 약간 위험하겠다 싶었다. 다행히 이번에도 그녀가 알아서 도와주었다. "게다가…… 아, 알겠네! 대부분의 관계에서 남자들은 여자들만 한 용기가 없다는 거지."

"여자들만 한 용기가 없죠."

"케이트나 나였으면 남았을 거야." 그녀가 단언했다. "자네도 솔직히 고마워할 특별한 이유로 우리가 그곳을 뜨지 않아도 되었다면 말이지."

덴셔는 그 고마움에 대해 언급한 적이 없었다. 그건 이후 자신의 행동으로 충분히 나타나지 않았던가? 하지만 그는 바로 대꾸했는데, 그 정도는 하지 않을 수 없었다. "크로이 양이라면 당연히 남았으리라는 것은 의심의 여지가 없죠." 그러면서 또 한 수전 셰퍼드가 얼마나 놀라운 인물인지를 새삼 깨달았다. 그녀는 그를 보호해주었고, 계속 그랬던 것이다. 젊은 시절 친구와 자주 연락을 주고받으면서도 그에게 해가 될 정보는 분명 아직까지 제공한 바가 없었다. 밀리가 그를 만나지 않으려 한다는 말은 했지만, 상태가 악화되어서라고만 했던 것이다. 마크 경이 찾아왔었다는 말도 했지만, 그것은 그녀가 아니라도 알게 될 일이었으므로 괜히 뭔가 감춘다는 인상을 주지 않기 위해서였다. 하지만 구체적인 설명이나 연관 관계는 감추면서 축복받은 청교도인의 입장에서 그럴듯한 이야기를 지어냈던 것이다. 그가 마음을 놓아도 될 상황이 된 것은 오롯이 그 덕분이었다. 그 덕에 아직은 불안감을 떨쳐버릴 수 없어 한없이 떨면서도, 당장은 새틴을 씌운 짙은 노란색 의자에 다리를 꼬고 편안히 기대앉아 있었던 것이다. 사실 모드 이모는 케이트가 하지 않은 질문을 하기는 했다. 하지만 같은 질문도 그쪽에서 나올 때는 두말할 나위 없이 괜찮았다는 것이 다른 점이었다. 베네치아를 떠나오면서 그는 밀리가 이미 세상을 떴다고 생각하기로 마음먹었다. 그의 정신이 버티며 기다리려면 그 방법밖에 없었다. 그녀에게 알맞은 일이라 떠났던 것이지, 미국에서 말하듯이 그가 그 생각을 지지해서가 아니었다. 그로 인해 그동안을 어떻게 보낼 건지 결정을 내려야 할 절박한 필요만 떠안게 되었으니까. 극도의 긴장 상태로 기다리는 일은 그가 가장 꺼리는 고통이라서 그런 일은 겪지 않았으면 했다. 그녀를 의식 속에서 없애버리는 일은 무엇보다 바라지 않았다. 그가 차라리 모르고자 했던 것은 그녀의 의식, 자신이 알기로 고통으로 갈기갈기 찢기는 그녀의 의식이었다. 그런 고통이 지속되고 있는데 그걸 알면서도 런던에서 지내야 한다니, 결국 하루하루를 지내는 일 자체가 가능하지 않을 뿐이었다. 그래서 그가 짜낸 방안이 기다림의 상황이 다 끝났다고 스스로 납득시키는 것이었다. 무슨 기술로 그렇게 할지는 여전히 모호했지만. '사실 내가 이제 그곳과 무슨 관련이 있단 말인가?' 초조한 마음으로 그렇게 생각했다. '어차피 당장이라도 일어날 일이니까 아예 다 끝난 일이라고 생각하자. 그러면 적어도 다시 누군가에게 다른 소용이 될 수 있을 테니까. 지금으로서는 누구에게든 아무 소용도 되지 않잖아. 무엇보다 그녀에게 말이야.' 그래서 애를 써보았다. 눈을 감고 어두운 표정으로 서성대는 일이 애쓰는 거라면 말이다. 어지간히 추측할 수 있겠지만 그의 계획은 눈에 띄게 일관된 방식으로 수행되지도 못했고 눈에 띄는 성공을 거두지도 못했다. 그럭저럭 지나가든 아니면 오래 늘어지든 그 나날들은 엄혹한 현실이었다. 불안감을 눌러놓겠다는 생각은 빈약할 뿐이었다. 사는 일 자체가 긴장감을 맛보는 일이었으니까. 한마디로 기다리고 있다는 사실이 모든 것의 밑바닥에 깔려 있었다. 그래서 스스로 설명하듯 바로 그런 이유에서 그가 로더 부인에게 그렇게나 애착을 보였다는 사실은 굳이 열심히 분석해볼 필요도 없는 일이었다.

버티는 일에 그녀가 도움이 되었다. 그러는 내내 영리하게도 그들의 팽팽한 긴장감이라는 현실성을 굳이 주장하지 않았다. 그러고 싶은 그의 마음을 그녀가 헤아렸음을 알 수 있었다. 그래서 그나마 성공한 것이라면, 다른 더 나은 게 없어서였긴 했지만 어쨌든 모드 이모에게 뭔가 소용이 되었다는 것이었다. 그들이 함께 자신들의 비극을 끝까지 지켜본 시늉을 할 때조차 그녀와 함께 있으면 그의 신경줄이 좀 풀어졌다. 그들은 죽음의 문턱에 있는 인물에 대해 과거형으로 얘기했다. 그녀가 예전에 정말 경이로웠다고만 했다. 하지만 다른 한편으로, 그리고 이 점은 덴셔에게 순전한 평온함은 아니었는데, 그들은 경이롭다가 딱 맞는 단어라고 줄곧 주장했다. 무엇보다 그것으로, 그런 식의 인정으로 그는 침착해질 수 있었다. 그는 그녀와 거듭 그 점으로 돌아갔다. 시각을 다투듯이 그런 이야기를 하고, 이미 알아차렸겠지만 특히 케이트에게는 언급한 적이 없는, 자신이 받은 최고의 인상을 털어놓았다. 비애감을 완성해가는 일을 밀리 스스로 즐기는 것처럼 보일 정도였다고 말했다. 모드 이모의 앞에 그려 보이지 않을 수 없었던바, 그 장면의 그녀는 다들 눈물을 쏟지 않을 수 없는 연극 공연에서 담대한 시민의 부인이 무대 바로 앞자리나 가족석에서 앉아 있을 법한 식으로 앉아 있었다고 했다. 무엇보다 모드 이모의 마음을 흔들었던 것은 불쌍한 밀리가 얼마나 살고 싶었겠냐는 거였다.

"아, 정말 그랬겠지. 그랬을 거야. 세상을 다 채우고도 남을 만큼 가졌는데 어떻게 안 그럴 수가 있겠어? 가진 돈만 봐도 그렇잖아. 이런 상황에서 그런 말을 꺼내도 너무 혐오스럽지 않다면 말이지만—"

모드 이모는 그런 말을 꺼냈지만—그리고 덴셔는 충분히 이해했다—밀리가 집착했던 삶에 아주 시적인 면을 불어넣기도 했다. 그녀가 '이룰 수 있었을 모습'을 떠올리자 말문이 막히며 눈물이 글썽해졌던 것이다. 그 가능성과 관련해 그녀는 나름의 전망도 있었고 사교계에서 어떻게 쓸 수 있을지에 대한 생각도 있었다. 게다가 밀리의 기운이 결국 주변의 모든 것과 조화를 이루었으니, 이 비극적 사건의 잔인함이 그녀 자신에게 가해진 잔인함이 아니면 무엇이겠는가? 그런 말이 나온 까닭은, 그들의 젊은 친구가 아무리 꾹꾹 누르며 내색을 않으려 해도 종말에 대한 범접할 수 없는 공포가 드러날 수밖에 없었고, 그것이 자신이 알게 된 가장 끔찍한 것이라는 그의 말 때문이었다. 일단 그렇게 털어놓자 정말 기이하게도 어떤 안도감이 밀려들어서 그 문제가 자주 등장하게 되었다. 게다가 적어도 정신적으로는 절대 회피하지 않는다는 원칙에 따르듯이 정말로 생생하게 불러냈다. 밀리는 자신의 미래에 대한 꿈을 열정적으로 고수해왔는데, 거기서 떨어져 나와야 했을 때 비명을 지른 것이 아니라, 프랑스혁명 당시 단두대에 선 어떤 젊은 귀족이 아무거라도 붙잡고 어떻게든 버텨보려다가 결국 감옥 밖으로 끌려 나올 때 그랬겠다 싶게 비장하고도 더할 나위 없이 침착한 상태로 그렇게 했다고 했다. 우울해지면 덴셔는 그 상황을 로더 부인에게 그려 보였는데, 그 일을 케이트 앞에서 할 정도로 우울한 때는 아직 없었다. 밀리의 영웅적인 면모는 바로 그런 겉모습을 내보였다는 사실이었다. 이제는 모드 이모도 다 알게 된 사실이지만, 그가 작별 인사를 하던 그때 밀리는 가장 영웅적인 면모를 보였더랬다. 오로지 밀리를 칭송할 마음으로 그는 당시 자신을 맞이하던 모습을 모드 이모에게 그려 보였는데, 스트링엄 부인이 늘 말했듯이 그야말로 완벽한 공주님이었기에 두말할 나위 없이 웅장한 장관이 생겨났다고 설명했다.

온통 화려한 금박에 아라베스크 무늬와 천사들이 가득한 거대한 응접실의 벽난로 앞에서, 그리고 그 시간에 가득 쏟아져 들어오는 가을 햇볕이 따뜻한 그곳에서, 지금 말한 장관이 지속되었고, 미묘한 런던 가십 용어를 편의상 쓰자면, 숭고했다. 가십—랭커스터게이트에서는 결국 그것이었으니까—일지라도 그가 은빛 베일을 사용하지 못할 정도로 섬세함이 떨어지지 않았고, 다른 한편으로 그 베일을 건드릴 때에도 너무 많이 올라가지 않도록 했다. 그는 마치 책의 앞부분으로 돌아가듯이 이따금 그 장면을 되짚어보았다. 상상할 수도 없는 관계 속에 놓인 어떤 젊은이가 저 멀리 보였는데, 조용히 숨을 고를 뿐 먼저 나서지 않고, 전부 이해할 수는 없지만 뭔가 엄청난 것을 막연히 의식하면서 그것을 놓치지 않으려 무진장 애를 쓰며 스스로를 다잡는 모습이었다. 그 순간 그렇게 나타난 젊은이는 너무나 기이하고 멀리 떨어져 있어서 정체를 제대로 알 수 없었다. 하지만 나중에 바깥쪽에서 보면 그것은 스스로도 알고 있던 자기 얼굴이었다. 또한 그때 그 젊은이가 무엇을 의식했는지 역시 알았고, 그 후로 시간이 흘렀지만 거의 사라진 것이 없다는 사실도 확인하게 될 것이었다. 로더 부인과 함께 있는 지금 그는 모든 걸 다 거둬들였음을 알았다. 연상된 장면을 바라보며 이따금 다 이해한다는 표정을 서로 주고받을 때 그 사실이 말없이 둘 사이를 오갔다. 연상할 수 있는 정도뿐이었지만 그녀가 본질을 알고 있으므로 그 정도로도 충분했다. 그 본질이란 말로 표현할 수 없을 만큼 아름답고 성스러운 일이 그에게 일어났다는 것이었다. 그가 다시 정신을 차렸을 때 그녀는 그에게 마음을 쏟았고 그를 용서하고 축복했다. 하지만 그로서는 이 이야기를 조리 있게 할 수가 없었다. 그러려면 밀리에게 어떤 잘못을 했는지 설명이 있어야 하는데, 그렇게 되면 그에 대한 로더 부인의 신뢰를 치명적으로 해칠 테니 말이다. 그래서 그 놀라운 장면과 관련해서 그들은 그저 문 앞에 서 있는 셈이었다. 안에 뭔가 있다는 느낌, 어떤 격렬한 고요함을 느낄 뿐이었다. 그러고는 점점 더 강해지는 연상만을 지닌 채 함께 그 앞에서 몸을 돌렸다.

일주일이 끝날 무렵 들썽대는 우리의 주인공에게는 그야말로 그것 자체가 반응의 원칙이 되어버렸다. 그래서 어느 날 아침 눈을 뜨자 자신이 역할놀이를 하고 있으며 그에 맞서려면 자존감이 필요하겠다는 생각이 들었다. 시달리는 사람이라, 그러니까 추억에 시달리는 사람이라 전혀 해가 되지 않는다는 진술을 그가 랭커스터게이트에서 직접 한 적은 없었다. 하지만 로더 부인이 그의 새로운 면모를 받아들이고 설명하고 그에 감탄하는 정도가 사실상 그에게는 어떤 선언의 무게로 다가왔다. 자신은 진술한 적 없는 것을 그녀는 태도만으로 끊임없이 진술하고 있었던 것이다. 그녀의 가정 속에서 그는 늘 추억에 시달리는 무해한 인물이었다. 하지만 분명한 솔직함이라는 요소가 그의 결단을 요구하며 나타났고, 옷을 다 차려입었을 즈음에는 자신에게 적합한 교정 방법을 완전히 받아들이게 되었다. 그때가 크리스마스 직전이었는데, 런던에서는 종종 있는 일이지만 이번 크리스마스는 어이가 없을 정도로 날씨가 온화했다. 잠잠한 공기는 부드러웠으며 안개를 뚫고서 잿빛 햇빛이 비추고 거대한 도시는 텅 비어 있었다. 푸른 잔디에서 양들이 풀을 뜯고 새들이 떼를 지어 지저귀는 공원에서는 곧게 뻗은 산책길도 느린 흐름을 따르고 어둑한 저 멀리 풍경은 은밀한 분위기를 풍겼다. 오늘 아침 집을 나서기까지 그는 명예를 위한 희생을 굳게 견지했고, 그 상태 그대로 가까운 우체국으로 가서 그것을 재빨리 전보로 보냈다. 단지 여러 이유로 무척 수고스러운 느낌이었기에 희생이라고 보았다. 그렇게 수고스러웠던 건 케이트의 반발을 예상했기 때문인데, 과거의 사례를 비춰보건대 충분히 그럴 수 있다고 보았다. 어쩌면 순진한 일일 수는 있겠지만 바로 그런 까닭에, 전보 내용을 설득력 있게 써보려 했던 것이다. 예전

390

의 행복했던 순간을 떠올리는 모습은 접수대에 앉은 여성이 보기에 좀 수수께끼 같았을 것이다. 하지만 사실인즉 강렬한 충동을 표현하고자 했고 몇 실링의 돈이 들었으니 이러나저러나 수수께끼 같은 면은 아주 많았을 것이다. 나중에 공원에 앉아서 그들이 예전에 거닐던 오솔길을 골똘히 바라보고 있는 그의 모습에는 냉소적인 비평가라면 돈을 다시 돌려받을 가능성을 따져보는 것으로 보일 만한 순간도 있었다. 그는 계속 기다렸는데, 옛날에도 기다리는 건 일도 아니었다. 사실 랭커스터게이트가 위험할 만큼 가까웠지만 예전의 그녀는 그런 위험을 불사했더랬다. 게다가 이제 일이 묘하게 되어서 위험은 전보다 덜했다. 그럼에도 여기저기 서성이면서 주변을 살피는 그는 사실 예전보다 더 심각했다.

그로서는 가장 있을 법하지 않다고 보았던 방식으로 마침내 케이트가 모습을 나타냈는데, 마치 마블아치 쪽에서 온 것처럼 나타났던 것이다. 하지만 어쨌든 모습을 보이는 것이 그녀의 대응이었고, 그것만으로도 상당했다. 그 대응이 그녀의 얼굴에 고스란히 드러났고, 모드 이모의 대응을 겪은 후였음에도 그가 런던에 돌아온 이래 다른 무엇보다 기분 좋았다. 실은 그녀가 전보에 답도 보내지 않고 시간이 지나도 나타나지 않아서, 혹시 그가 또 어떤 압박을 하려는지 본능적으로 알아차리고는, 물론 쉬운 일은 아니었겠지만 아예 그럴 기회를 주지 않겠다고 결심한 게 아닐까 슬슬 걱정이 되기 시작한 참이었기 때문이다. 물론 나중에라도 기회는 언제든지 다시 있겠지만, 어쩌면 지금 이 경우가 특히 그녀에게 위험하다고 보았을 수도 있었다. 사실 바로 그런 이유로 그 역시 확실하게 준비를 했고, 심지어 기다리는 와중에도 더 단순하고 좋았던 옛 시절에 대해 주변 상황들이 전해주는 바에 흠뻑 취해 있었던 것이다. 일 년 중 가장 해가 짧은 때이기는 하지만 변덕스러운 날씨 덕에 예전의 장소는 그들이 처음 밀회를 가지기 시작했던 화창한 오후처럼 그들의 목적에 거의 들어맞았다. 눈에 들어오는 이런저런 나무들이 잔디 위에서 앙상한 가지를 뻗고 있고, 가지 아래로는 그들이 예전에 앉았던 의자들, 그리고 지금 정말 다시 그렇게 앉을 수 있다면 한창때 그들의 투명함을 되살릴 수도 있을 의자들이 놓여 있었다. 재빠르게 그를 향해 다가오는 케이트의 얼굴에 나타난 것은 어느 모로 보나 바로 그런 회상이었다. 마침내 가까워졌을 때의 재빠른 움직임이 그에게 도움이 되었다. 일단은 그녀가 얼마나 말할 수 없이 수려한지 새삼 느꼈을 뿐일지라도 그랬다. 그 역시 확실히 기억하건대, 특정한 순간에 그녀가 여느 때보다 수려하다는 느낌이 든 일이 지금까지 전혀 드물지 않았다. 여전히 생생한 경우를 하나 예로 들자면, 그가 미국에서 돌아온 뒤 저녁 초대를 받아 랭커스터에 갔을 때 이모가 지켜보는 중에 등장하던 그녀가 그랬다. 또 다른 경우는 똑같은 자리에서 2주 전 일요일에 보았을 때인데, 베네치아에 머물다가 돌아온 그의 눈을 한순간에 밝혔더랬다. 앞선 경우와 마찬가지로 지금도 잠깐 사이 그는 대단한 행운의 특별한 표식을 이해할 수 있었다.

서로 다른 그런 시간이 거듭 찾아올 때 결정적으로 작용한 것이 무엇이든, 이 경우 지난주에 사실 한 번 이상 그에게 생겼고 지금 훨씬 더 강력해진 영향과 곧장 연결되었다. 그 영향을 이미 알아챘고 이름을 붙이기도 했다. 그것은 그녀도 눈치채지 않을 수 없는 로더 부인의 환대에 대한 그의 대응의 정도를 보면서 그녀가 취하는 태도의 영향이었다. 틀림없이 그녀는 모르지 않았고 그에게 멋지게 알려주기까지 했다. 시간이 이뤄놓은 일을 두고 일부러 고심한 평온함의 기색에 약간의 유쾌함도 내보였다. 그들이 원래 그늘에 숨어 사는 터라 물론 모든 것은 상대적이었다. 그래도 그가 이제 마음을 털어놓는 상대로 모드 이모를 특정하는 것을 용인하는 태도에는 거의 환호하는 분위기까지 있었다. 그녀 입장에서 무척 심기 불편한 일일지 모르겠지만 내보이는 태도로만 보자면 그런 상황을 축복했던 것이다. 실제로 그가 자신의 우월함의 척도로 그것을 원했다 한들 그 무엇도 이보다 더한 증명이 되지 못했을 것이다. 겨울날 정오에 그녀의 발걸음에 매끈한 단호함을, 그 눈에 매력적인 담대함—그가 곧바로 자신이 정말 원하는 문제를 끄집어냈을 때 더욱 깊어지는—을 주는 것은 오로지 그러한 우월함이었다. 그가 그녀의 손을 자기 팔에 끼고 예전에 그랬던 지점에서 방향을 돌려 걸으며 별로 뜸 들이지 않고 말을 꺼내기를, 최근 들어 자신이 다시 행복해질 수 있으리라 믿기 힘든 시간들이 없었던 것처럼 굴지는 않겠다고 했다. 그러자 그녀는 어째서 그런 의심이 드는지는 그냥 무시한 채, 자신으로 말하자면 참을성 있게 기다리기만 하면 엄청난 행복이 앞에 놓여 있으리라 믿는다고 대답했다. 물론 그와 더불어 산책을 하자는 이런 제안이 두말할 나위 없이 마음에 든다고 했다. 앞서 벌어진 일이 있으니 집에서 못 만나는 듯이 구는 건 당연히 시늉일 뿐이었다. 그녀는 그들의 기회는 전혀 문제가 없다는 식이었다. 그럼에도 그는 어쨌든 지금 이 기회도 그랬으면 좋겠다는 자신의 심정을 바로 전해주었고, 커다란 겨울나무 아래 조용한 자리에 이르러 이렇게 강력하게 호소했다.

"무시무시한 게임을 해왔지만 결국 우린 졌어요. 우리를 위해서, 우리 자신과 서로에 대한 감정을 위해서 단 하루도 더 기다리지 않는 게 우리가 할 일이에요. 그러니까 결혼하면 잘못된 것이 다 바로잡힐 거라고요. 근본적으로 말이에요, 모르겠어요? 내가 얼마나 조바심이 나는지 말로 할 수 없을 정도예요. 공표만 하면 되잖아요. 그럼 모든 짐을 내려놓을 수 있어요."

"'공표'를 해요?" 케이트가 물었다. 별 당혹스러운 기색도 없이 말을 다 듣고는 이제 와서 이해가 안 간다는 식이었다.

"그럼 실행한다고 합시다. 원한다면 내일이라도 당장. 일단 하고, 그다음에 다 끝난 일이라고 선언하는 거죠. 그거야 아주 사소한 부분이니까. 그러고 나면 문제 될 것이 전혀 없을 거예요." 그가 말했다. "우리가 진정 정당해질 테고 그만큼 강해질 거예요. 예전에 어째서 그렇게 두려움에 떨었을까 의아해하면서요. 정신 나간 못난 짓이었다고 보겠죠. 나쁜 꿈을 꾸었다고."

그녀는 놀라 움찔하는 기색 없이 그를 바라보았다. 그에게서 신호만 오면 불러내는 표정으로. 하지만 지금은 이상하게도 그 밝은 표정에 그는 오싹한 기분이 들었다. "이봐요, 도대체 무슨 일이 있었던 거예요?"

"그냥 더 이상은 견딜 수 없을 뿐이에요. 무슨 일이냐면 그냥 그거예요. 내 안에서 뭔가 한순간에 끊어지며 허물어져버렸어요. 그래서 지금 내가 이런 거예요. 당신은 지금 이 모습 그대로 나를 받아들여야 할 거고요."

그녀가 잠시 그 점을 고려하는 척 애쓰는 것이 보였다. 하지만 또한 고려하지 않는다는 것도 보였다. 더 나아가 무척 상냥한 모습을 보이려 애쓴다는 게 보였고, 느껴졌고, 그 낭랑한 목소리로 들을 수 있었다. "뭐가 달라졌다는 건지 난 모르겠네요." 그녀가 묘하게 활짝 웃어 보였다. "지금까지 함께 잘해왔는데 갑자기 날 버리겠다는 거예요?"

그 말에 그는 무력하게 상대를 바라보았다. "이걸 '잘'해왔다고 보는 거예요? 당신이란 사람은 정말ㅡ!"

"완벽하잖아요. 애초의 내 시각에서 보자면 말이에요. 난 예전 그대로예요. 그러니 당신은 왜 그렇지 않은지, 좀더 그럴듯한 이유를 대야 할 거예요." 그녀가 말을 이었다. "기다리는 한에서만 우리 사이에 있었던 일에서 우리가 정당할 수 있다는 게 내 생각이에요. 어리석은 일을 하고 싶은 건 아니겠죠?" 그런 말을 들으며 그는 한 치의 흔들림도 없는 그녀의 차분함을 받아들였다. 거기 서서, 모든 걸 기억하는 온화한 공기 중으로 그것을 뿜어내는 그녀를 바라보니 묘하고도 숙연하게 가망 없다는 느낌이 밀려왔다. 마음을 움직일 수 있을까 하여 그리로 데리고 왔건만 그녀는 요지부동일 뿐이었다. 게다가 이해를 못 해서도 아니었다. 그녀는 모두 다 이해했을 뿐 아니라 그로서는 이해하고 싶지 않은 것들까지 이해했다. 그리고 마음 깊숙이에 나름의 이유를 가지고 있었는데, 그것을 알아차리자 거의 역겨움이 치밀었다. 그녀는 다시 그 묘하면서도 의미심장한 미소를 지어 보였다. "물론 당신이 정말로 뭔가 **안다면**─?" 그가 안다는 것이 그녀에게는 상상할 만하고 가능하기도 하다는 것을 알 수 있었지만, 그로서는 무슨 말을 하려는지도 알 수가 없었기에 어두운 표정으로 상대를 바라볼 뿐이었다. 그의 어두운 표정에도 그녀는 불쾌해하지 않았다. "분명히 안다고 믿어요. 단지 조심스러워서 말을 못 하는 것뿐이지. 내가 보기에는 지나친 가책 때문에 그렇게 조심스러운 거예요. 내게는 조심스러울 필요 없으니까 아는 걸 **말해준다면**─"

"그러면?" 뒷말이 나오지 않자 그가 물었다.

"그러면 당신이 원하는 걸 해주겠다고요. 장담하지만, 그런 경우라면 기다릴 필요가 없어요. 더 이상 기다리지 않는 게 좋겠다는 말이 무슨 뜻인지 알겠어요." 그녀가 말을 이었다. "게다가 증거를 원하는 것도 아니에요. 당신이 도덕적으로 확실하기만 하면 돼요."

이때쯤 그에게 그 의미가 밀려들기 시작하면서 그것도 엄청난 힘으로 돌진해왔다. 지금 그녀가 지적한 바는 아주 분명했고, 그걸 알아차리면서 그의 얼굴 가득 피가 몰리기 시작한 것만큼 분명했다. "전혀 아는 바 없어요."

"전혀 몰라요?"

"전혀 몰라요."

"그것만 있다면 지금 당장이라도 집에 가서 당신 말대로 이모에게 공표를 하겠어요." 그녀가 말했다. "그러니까 당신에게서 직접 들을 수 있다면요. 당신 자신이 믿고 나에게 말해줄 수 있다면 말이에요." 그녀가 다시 미소를 지었다. "자, 이 정도면 정말로 당신 요구에 맞춰주는 거죠!"

　정말 그녀가 말하는 대로였다면 그것은 그의 호소를 완전히 처리해버린 셈이었고, 그래서 그는 부질없이 소모된 열정—아침부터 한껏 열정에 들떠서 움직였으므로—만을 얼굴에 담은 채 서 있을 수밖에 없었다. 그녀는 모든 걸 파악해서 자신 쪽으로 끌어당겼다. 그가 가진 생각과 가지지 않은 생각, 그리고 그걸 들이대면 그가 계속 우기지 못하리라는 사실, 그녀와 함께 할 때 그가 받는 느낌과 그녀의 명료함에 대한 거의 공포에 가까운 감정들을 말이다. 그것들은 그의 내면에 격렬한 분노라 할 만한 어떤 복합적 감정을 불러일으켰지만, 그것은 금세 식어 냉정한 사고가 되었다. 뭔가 다른 것으로 이어져 희미하게 밝아오는 새로운 새벽과도 같은 사고. 그녀는 그것에 영향을 받아, 앞서 그들 사이의 위기를 넘기게 해주었던 충동이 진정으로 다시 솟아났다. 가까이 다가가 그에게 손을 얹고 몸을 기대면서 예전에 함께 앉았던 그 의자에 함께 주저앉았을 때 그녀는 거부할 수 없게 그의 열정의 소모를 막았고, 또한 미연에 방지했다. 그녀는 이제 그의 열정에서도 유리해졌다.

3

공원에서 다그침을 받았을 때 그는 그가 했던 요구의 원인이 될 만한 일은 전혀 '일어나지' 않았다고 그녀에게 해명했더랬다. 그러니까 런던에 돌아와 최근 겪은 일을 설명했던 이후로 별다른 일이 일어나지 않았다고 말이다. 하지만 며칠 지나 크리스마스 아침에 다시 그녀를 만날 준비를 하던 그는 달라진 점을 다분히 의식하게 되었다. 정말로 무슨 일이 일어났고, 그 점을 따져보며 하룻밤을 보내고 나니 첫번째로는 아니더라도 가장 관련성이 높은 사실은 즉시 그녀와 다시 특정한 관계가 되었다는 점이었다. 크리스마스이브에 자신의 작은 방에 있다가 그 점이 떠올랐는데, 당시에는 거기에 그런 결론이 함축되어 있다는 생각을 곧장 하지 못했더랬다. 그 자리에서, 그리고 이후 몇 시간에 걸쳐 밤잠을 설쳐가며 따져보니 그 안에 함축되어 있을 만한 결과가 수만 가지로 뻗어 나갔다. 시간이 천천히 흐르는 가운데 어둠 속에서 그의 정신이 그것들을 따져보았다. 지력과 상상력과 영혼과 감각 모두를 그렇게까지 열심히 동원한 적이 없었다. 당장의 곤란함은, 여러 대안을 마주했지만 그렇다고 해서 하나를 버리고 다른 쪽으로 가는 문제가 아니라는 것이었다. 그것들은 서로 비교하면서 고려할 수 있는 관계로 존재하지 않았다. 기이한 작용으로 양쪽 볼에 뜨거운 숨을 내뿜으면서 거대한 눈알을 부라리는 한 쌍의 괴물들처럼 가까이 있었던 것이다. 그것들을 동시에 볼 수는 있었지만 앞을 똑바로 바라봐야만 가능했다. 그렇게 냉철하게 이해했기에 그는 머리를 한 치도 돌릴 생각이 없었다. 그런 연유로 그의 동요는 고요했다. 느리게 흘러가는 시간 속에서 안절부절못하고 들썩대는 식이 아니었다. 그날 일이 있고 나서, 그가 질색하는 편리한 하얀 불빛을 손으로 건드려 꺼버린 후 그는 옷도 벗지 않은 채 소파에 몸을 던져 한참을 누워 있었다. 사장된 날을 뚫어져라 바라보며 어렵사리 시간을 보냈다. 크리스마스의 새벽이 느지막이 뿌옇게 밝아왔을 때쯤 어쩐지 결심이 선 기분이었다. 의심 속에 머무는 안전은 행동이 아니라는 평범한 지혜가 결정적 역할을 했다. 어쩌면 가장 도움이 되었던 것이 바로 그 평범함이었다. 그의 상황에 평범한 건 전혀 없어서, 지금까지 살면서 이렇게 평범하지 않은 적이라고는 없었다. 그렇게 하나에서 다른 하나로 연관을 짓다 보니 그것이 이제 그에게 일종의 선택지처럼 되었다. 씻고 아침을 먹고 난 후 그는 자신의 위기 신호라고 여겨지는, 드물면서 도드라진 그 요소의 의미에 따라 행동했다. 바로 그것이 마치 교회에라도 가듯 평소보다 더 잘 차려입고 부드러운 크리스마스의 공기를 맞으며 밖으로 나선 이유였다.

중요한 지점에 이르자 그의 행동에 왠지 착잡한 기운이 어렸다. 그 옆을 따라 걷는 우리로서는 가장 중요한 그의 최종적 결심이 루크 스트렛 박사를 찾아가는 게 아니라는 건 이미 알고 있지만, 이 과업이 부수적이기는 해도 어쨌든 긴급한 사안이었다. 주요한 결심은 다른 문제와 관련된 것으로, 일단 길을 나서자 더욱 조바심이 일었다. 하지만 너무 이른 시간에 가면 어쩌면 일을 그르칠 수도 있음을 충분히 인지했다. 이것과 더불어 그의 내면에서 들끓는 감정으로 인해 그는 서두르지 않았다. 크리스마스 날 새벽녘의 황량한 거리에 마차가 있을 리 없다는 사실도 있었다. 루크 박사의 집이 있는 커다란 광장은 가깝지 않았지만, 거기까지 걸어가는 내내 마차는 단 한 대도 보이지 않았다. 그래서 그로서는 자기 견해를 곰곰이 따져볼 시간을 가질 수 있었다. 전날 밤 벌어진 일이 아직 또렷한 견해로 정리되지는 않았지만 말이다. 하지만 얼마 지나지 않아 방금 언급한 복잡함이 또 다른 항목으로 포함될 것이었다. 루크 박사의 집 앞에 다다르니 마차 한 대가 세워져 있었고, 그는 그 광경에 심장이 쿵 내려앉으며 걸음을 뚝 멈추었다. 오래 서 있었던 건 아니었지만, 그 모습에 어떤 분명한 사실이 확 달려들어 숨이 막힐 정도였다. 마차가 그런 날 그런 시간에 거기 있다면 그것은 루크 박사의 마차일 공산이 크고 그렇다면 그가 돌아왔다는 신호일 것이다. 그리고 그것은 다시 어떤 다른 사실을 더욱 강력하게 주장하는 셈이라, 그 이중의 우려로 덴셔의 얼굴에서 문득 핏기가 가셨다. 잠시 그의 정신이 발사체처럼 튕겨 나가 난데없이 다른 발사체를 만난 셈이었다. 그는 방금 베네치아에서 도착한 증인을 만나보는 일이 케이트 크로이를 만나는 일보다 **훨씬** 더 자신이 원하는 일이라는 기이한 사실을 노려보았다. 두말할 나위 없이 함께 앉아 그의 목소리를 듣고 싶었다. 격렬하게 솟

400

아난 그러한 의식으로 순간 빛이 반짝였던 것이다. 그로서는 다행히도 그 순간 뭔가가 끼어들면서 반짝했던 그 빛이 꺼져버렸다. 그 잠깐 사이에 벌어진 일이란, 자신이 기억하기로 지금까지 한 번도 의사의 마차를 본 적이 없는데 마차 마부석에 앉아 있는 마부가 왠지 낯익다는 사실을 알아차렸던 것이다. 가까이 가보니 그것은 로더 부인의 마차였다. 마부석의 그는 그저 랭커스터게이트를 드나들다가 밖에서 기다리는 것을 슬쩍 보아왔던 얼굴이었다. 그와 함께 안도감이 밀려왔다. 랭커스터게이트의 여주인이 자신과 크게 다르지 않은 마음으로 무슨 소식이 있나 싶어 직접 왔을 것이다. 마차가 밖에 서 있으니 분명 안에서 그 소식을 듣고 있을 것이다. 루크 박사가 돌아온 것은 분명했다. 단지 로더 부인이 그와 함께 있을 뿐.

덴셔는 그런 생각에 빠져 여전히 머뭇거렸고, 그렇게 머뭇거리는 사이 다른 생각이 떠올랐다. 자신이 새로 보탠 것까지 있으니 어느 모로 보나 도드라지게 급박한 상황이었다. 그리고 그렇게 급박한 상황이라면 케이트도 정보를 빨리 얻기 위해 함께 왔을 수도 있겠다는 생각이 퍼뜩 들었다. 그랬다면 십중팔구 마차에 앉아 있으리라고 보았기 때문에 스스로 저지할 새도 없이 어느새 창문이 보이는 곳까지 다가가게 되었다. 그런 자리에서 보려던 것이 아니었다. 하지만 거기 있다면 못 본 척할 수는 없는 노릇이었다. 그런데 누군가 있긴 했지만 케이트 크로이가 아니라는 사실을 곧 깨달았다. 그로서는 상당히 충격적이게도, 바로 베네치아 카페의 투명한 유리창 뒤로 생각에 잠긴 얼굴을 마지막으로 보였던 그 인물이었다. 크리스마스 날 런던의 공기는 심지어 창문이 내려져 있음에도 카페 플로리안의 커다란 유리 창보다 더 부옇게 시야를 가렸다. 그렇지만 어쨌든 지금은 각자 상대를 알아볼 수 있을 정도였다. 덴셔는 입을 떡 벌린 채 꼼짝 않고 서 있는 자신을 순간 의식하면서 재빨리 등을 돌렸는데, 나중에야 도대체 왜 이런 일이 무슨 특권처럼 반복되는지 넌더리를 내며 떠올렸다. 그는 계단을 걸어 올라가 케이트의 친구가 오만을 떨 만큼 유리한 입장에서 수시로 자신을 바라본다는 것을 날카롭게 의식하며 벨을 눌렀다. 당장은 과거 베네치아의 저택에서 한껏 고무된 젊은이로 어쩐지 곤혹스러운 다른 젊은이가 떠나는 일에 일조했던 상황은 잊었는데, 지금 마크 경은 카페 의자에 앉아 있을 때처럼 곤혹스러워 보이진 않았기 때문이었다. 오히려 상대방은 안락하게 들어앉은 반면 **자신**은 부랑자처럼 헤매 다니는 기분이었다. 상황이 달랐음에도 상대방은 여느 때보다 안락하게 자리를 잡은 것으로 보였다. 무엇보다 방금 전 마차를 알아보면서 연관 지었던 인물의 친구로 여겨졌다. 케이트가 있나 해서 로더 부인 자리를 들여다봤더니 옆자리에 그가 앉아 있었고, 그것만으로 그의 정체를 충분히 알 수 있었다. 어쨌든 그사이 대문이 열리며 로더 부인이 나타났다. 케이트가 아니라는 것만도 일단 중요했다. 로더 부인은 즉각 반색을 했다. 전혀 평정심을 잃지 않은 그녀는 마차 안의 마크 경은 문제될 게 없다고 곧바로 결정을 했고, 루크 박사의 집사가 방금 벨을 누른 신사와 자신이 나눌 대화를 듣지 못하도록 어깨너머로 단호하게 이렇게 말했다. "덴셔 씨에게는 **내가** 대신 말함세. 기다리지 말고 들어가게!" 그리고 계단 위에서 신속하고도 풍부한 대화가 이루어졌다.

"박사는 바로 출발해서 내일 아침 일찍 도착한다고 하네. 직접 와서 알아보지 않을 수 없었지."

"저도 그랬습니다." 덴셔는 그냥 그렇게 말한 뒤 덧붙였다. "랭커스터게이트로 가는 길에요."

"자상하기도 하지." 그녀가 어렴풋이 미소를 지어 보였고, 그에 어울리게 표정이 달라지는 걸 보았다. 방금 들은 이야기와 더불어 그 미소로 그는 다 알게 되었다. 그리고 그녀가 주로 그를 대하는 표현 방식으로 자리 잡은, 하지만 지금 새로이 더욱 빛을 발하는 불길하면서 거의 기능적인 연민의 분위기를 마주하면서 그 사실을 이해했다. "그럼 자네도 따로 연락을 **받은** 거지?"

그는 무슨 뜻인지 아주 잘 알았고, 그와 함께 그가 '받은' 것과 받지 못한 것도 마찬가지로 잘 알았기 때문에 별로 주저하지 않고 요점을 말했다. "그렇죠, 따로 연락을."

"케이트는 그 애를 비둘기라고 불렀지. 우리 비둘기가 멋진 날개를 접었다네."

"그렇죠, 접은 거죠."

그 말이 그를 마구 후벼 파는 듯했지만 그녀가 의도한 방식으로 받아들이려 애썼고, 그녀는 그런 형식적인 동의를 자제력으로 보는 게 분명했다. "날개를 더 활짝 펼쳤다는 게 더 맞는 말일지도 모르지만." 그녀가 덧붙였다.

그는 다시 형식적으로 동의를 표했지만, 참으로 묘하게도 그 말이 그의 상상력 깊은 곳에 자리한 형상과 딱 들어맞았다. "맞아요, 더 활짝 펼친 거죠."

"훨씬 더 커다란 행복을 향해 날아가려고―!"

"그렇죠, 더 커다란." 덴셔가 불쑥 끼어들었다. 그와 함께 얼굴에 떠오른 표정이 약간은 그녀에게 그만하라는 경고로 보였나 보다.

"자네야 당연히 직접 연락을 받을 만하지." 그녀가 좀더 조심하며 말을 이었다. "우린 어젯밤 늦게 연락을 받았거든. 자네를 찾아가야 하나 싶었어. 그런데 나를 보러 오는 건가?" 그녀가 물었다.

이때쯤 그는 짬을 내어 생각을 좀더 해볼 수 있었고, 마차의 창문은 여전히 대화가 들릴 만한 거리에 있었다. 온화하고 축축한 공기를 가르고 그에게 닿은, '나를'이라는 걸쭉한 말투가 그의 가슴에 쿵 하고 떨어졌다. 모드 이모를 '속여 넘겼다'고 했던가? 정말 속아 넘어간 모양이었고 어느 정도인지를 깨닫자 이제 정말 얄궂게도 숨이 막힐 지경이었다. 두 사람이 서 있는 자리에서 그의 시선이 마차에 앉은 인물이 보일 만한 틈새를 향했고, 상대방은 그가 무엇을 묻는지 이해한 모양이었다. 그래도 그는 그 말을 입 밖으로 꺼냈다. "혼자 계실 건가요?" 그것은 지금 그녀 안에서 무럭무럭 자라나는, 그의 상황을 상징하는 이미지에 대한 즉각적이고 본능적인 대응으로는 거의 위선적이었다. 그녀에게 가서 주체할 수 없는 슬픔을 쏟아내고 싶다는 말로 들렸겠지만, 사실 그것이야말로 그가 원하지 않는 바였다. 간밤 이후로 쏟아내야만 할 것 같은 마음은 내면에서 홀연히 말라버렸고, 이렇게 한없는 과묵함은 그 자신도 여태껏 느껴본 바가 없었다.

그사이 그녀는 따뜻하게 말을 건네고 있었다. "완전히 혼자 있을 거야. 다른 경우는 상상할 수도 없지. 이 친구야, 마음이 너무나 이렇게!" 말로는 표현할 수 없었던 마음을 손을 뻗어 표현하듯, 바로 그 손으로 위로하듯 그녀가 그의 손을 꼭 잡았다. "불쌍한 친구!" 그녀는 정말 친밀하게 그와 '함께'했고 더욱 그러기를 바랐다. 그런 마음으로 곧 말을 이었다. "아니면 우리에게 슬픈 크리스마스가 될 테니 나랑 단둘이 저녁이라도 할 텐가?"

그렇게 되면 그녀와 자리를 함께하는 일이 좀 미뤄지는 셈이었다. 다행히도 몇 시간의 여유가 있었다. 하지만 또한 이해가 안 되는 게 있었다. 여전히 주의를 게을리할 수 없었다. "지금 당장 답을 안 드려도 괜찮으신가요?"

"그럼 괜찮지. 지금 결정하지 말자고. 자네 마음 내키는 대로 하고, 굳이 전갈을 보낼 필요도 없어. 그냥 많고 많은 날 중에 오늘을 찍었을 뿐이고, 어차피 집에 혼자 있을 테니까."

이제는 물어봐도 괜찮지 싶었다. "크로이 양도 없이요?"

"크로이 양 없이." 로더 부인이 말했다. "크로이 양은 더 가까운 사람들 품속에서 크리스마스를 보내고 있지."

질문을 하면서도 그는 표정에 뭐라도 드러날까 겁이 났다. "이모님을 떠났다는 건가요?"

모드 이모가 의식적인 표정으로 그 질문을 받았고, 앞서 벌어진 사건이 그 속에 반영되어 있음을 알았다. 둘 사이에 약간의 갈등이라도 있었다고 털어놓거나 언급한 적이 없었기 때문에 둘 사이를 위태롭게 한 험한 일이 벌어지지는 않았을 것임을 심지어 그 순간에도, 그리고 그 어느 때보다 확신할 수 있었다. 그것이야말로 케이트가 얼마나 기술적으로 일을 처리했는지를 단적으로 증명했다. 지금 로더 부인의 표정에서 드러난 상황은 그와는 전연 다른 표면적인 말끔함이었다. 나중에 다시 생각할 시간을 갖게 되었을 때 그것은 다시금 케이트의 특별한 재능, 이제는 살아가는 재능으로 분류되어 자리를 잡은, 그에게는 아주 익숙한 그 재능을 다시금 확인시켜줄 것이었다. 그녀를 마지막으로 만나고 하루이틀 사이에 분명 평화가 깨졌을 것이다. 깊이 자리한 의견 차, 케이트의 외교적 수완으로 깊숙이 눌러놓았던 의견 차가 어떤 유별난 알력과 함께 표면으로 솟아올랐을 것이다. 덧붙여 이런 시기, 이런 시간에 마크 경이 특이하게 함께 있다는 사실도 막연하게나마 연관이 있는 것으로 보였다. 동시에 그런 불화, 혹은 뭐가 되었든 둘 사이에 벌어진 일에서도 아마 살아가는 재능이 똑같이 발휘되었으리라는 생각이었다. 모드 이모가 뒷목을 잡고 쓰러지게 하기보다는 대단한 압박감에 시달리게 했을 거라고 보았다. 아무튼 그녀는 이렇게 순간적으로 그의 머릿속을 스쳐 간 생각들을 이미 다 알고 있다는 식으로 말했다. "어제 아침에 언니에게 가버렸지. 게다가 내 허락도 없이. 자네에게 말하지 못할 것도 아니지. 아는지 모르겠지만 첼시 어딘가에 사는 콘드립 부인 말이야. 그 조카딸과 그 애의 관계가 내내 골칫거리였는데…… 오늘 이런 얘기를 해야 하다니! 그래서 그 결과, 그러니까 여러 사건이 생긴 결과 그쪽에서 그냥 케이트를 불러들인 거야. 내 말해두지만, 그 애 상황에서 **그런** 사건이 생겼을 때는 거의 어떻게 해볼 도리가 없다는 게 내 생각이네.”

"하지만 그녀 생각은 달랐던 건가요?”

"그 애는 나와 생각이 달랐지. 그리고 케이트가 생각을 달리할 때는—!”

"아, 상상이 갑니다.” 위선으로 말하자면 그는 이제 조금 더하고 덜한 게 무슨 의미가 있나 싶은 지점에 도달해 있었다. 게다가 계획한 바가 있기 때문에 무슨 일이 있어도 알아내야 했다. 케이트가 취한 조치를 알아내지 못한다면 그로서는 당황스러운 일이었다. 그리고 이즈음 당황스러운 상황에 대한 그의 공포는 터무니없을 정도였다. "그 사건이란 게 어떤 식으로든 불행한 일이 아니었으면 좋겠네요.”

"그건 아닐세. 그냥 흉측하고 저속할 뿐이지.”

"오!” 머튼 덴셔가 내뱉었다.

아직 분한 감정이 가시지 않은 터라 로더 부인은 이렇게 그에게 털어놓으니 위안이 되는 모양이었다. "자네도 알겠지만 그들은 말할 수 없이 끔찍한 애비를 가졌다는 불운을 타고나지 않았나.”

"오!” 덴셔는 역시 그렇게만 대꾸했다.

"거의 입에 올릴 수 없을 정도로 고약한 인물인데, 메리언에게 들이닥쳤고 그래서 메리언이 도와달라고 비명을 지른 거지.”

덴셔가 이 문제를 열심히 따져보았다. 잠깐 그의 호기심이 신중함을 이겼다. "들이닥쳤다면, 돈을 달라고 했다는 건가요?”

"오, 그건 늘 있는 일이고. 그런데 이번에는, 이 축복받은 크리스마스 시즌에 아예 들어와 살겠다고 한 거야. 뭘 원하는지 모르겠지만. 그래서 그 짐승 같은 인간이 지금 거기 있다네. 그래서 케이트가 그들과 있는 거고." 로더 부인이 계단을 내려가며 말을 맺었다. "그래서 그게 걔의 크리스마스지."

그가 대답할 말을 찾는 동안 계단을 다 내려온 그녀가 다시 멈춰 섰다. "그럼 그나마 이모님의 크리스마스가 좀 낫군요."

"적어도 더 점잖긴 하지." 그녀가 다시 손을 내밀었다. "하지만 우리 골칫거리는 말해 뭐 하나? 올 수 있으면 오게."

그가 보일락 말락 미소를 지었다. "고맙습니다. 갈 수 있으면 갈게요."

"그러면 지금은, 교회에 가나?"

그녀는 아직 결정되지 않은 것인 양 그저 도와줄 셈으로, 지금까지 자신이 제공하던 것보다는 좀더 목적에 부합할 만한 것을 대충 그려 보이듯이 선의로 그렇게 물었다. 그는 그것으로 극히 긴장된 대화를 마무리 지으려 한다고 보았기에 그런 암시가 어느 모로 보나 반가웠다. "아, 그럼요. 그러려고요." 그녀가 다가가자 마차의 문이 안쪽에서 열렸으므로 그 말을 끝으로 그는 몸을 돌렸다. 등 뒤로 마차 문이 요란하게 닫히는 소리가 들렸고, 마차는 그와는 다른 방향으로 움직였다.

사실 그는 당장 갈 곳이 없었다. 그럼에도 10분쯤 지나 자신이 곧장 남쪽으로 걸어가고 있음을 의식했다. 나중에 깨달은 바이지만, 그것은 다분히 모드 이모의 마지막 말을 들으며 자신이 밟아야 할 경로가 즉각 떠올랐기 때문이었다. 케이트를 좇는 일 외에 할 수 있는 바가 없었고, 그녀의 조치가 그를 사로잡은 감정에 가한 영향만큼 두드러진 것도 없었다. 상황을 복잡하게 만든 그녀의 문제, 다른 모든 것과 더불어 상당히 고약하게 들리는 그 문제가 거듭 자신의 문제가 아니고 무엇이겠는가? 그가 당장 해야 할 일은 한시라도 빨리 그것들이 자신의 삶에 온당한 자리를 잡도록 하는 것이었다. 따라서 아마 그는 그 경로를 계속 따라갔을 텐데, 로더 부인에게 필요 이상으로 거짓말—얄궂게도 이 단어도 계속 쓰다 보니 점점 수월하게 쓸 수 있었다— 을 했다는 생각이 문득 들었다. 교회는 무슨 교회를 간다는 것이며, 지금 이렇게 불안한 상태로 어느 교회인들 갈 수나 있겠는가? 로더 부인의 마차가 눈에 띄었을 때처럼 그는 우뚝 걸음을 멈추고 그렇게 물었다. 그런데 기이하게도 그것을 허황된 말로 만들고 싶지 않다는 욕구가 내면에서 꿈틀거렸다. 그때 그는 우연히도 브롬프턴로에 있었고, 브롬프턴 예배당이 근처에 있다는 것을 문득 기억해냈다. 모퉁이 하나만 돌면 될 테니 금방 닿을 수 있었다. 몇 분 만에 입구 앞에 서자 정말로 자기 생각이 신에게 인정받은 느낌마저 들었다. 문을 밀고 들어가니 안에는 사람들이 가득해서 웅장한 예배가 끝나갈 무렵임을 알 수 있었다. 예배 소리가 아주 깊숙한 안쪽에서 시작되어 활활 타오르는 제단 불빛에 반짝거리며 한껏 고조된 오르간과 합창 소리와 함께 울려 퍼지고 있었다. 그날 그의 분위기와는 맞지 않았지만, 실제로 일어났고 앞으로 일어날 다른 일들보다야 오히려 덜 어긋나는 것이었다. 한마디로 그를 바로잡는 데는 예배당이면 되었다.

4

달라진 것이라면 일찌감치 짙게 내려앉기 시작한 땅거미가 사위에 가득한 늦은 오후에야 그가 콘드립 부인의 현관문을 두드리게 되었다는 것이다. 점심나절에 첼시에 모습을 보이고 싶지 않았고, 또한 식사는 알아서 해결해야 한다는 사실을 기억했기에 교회에서 나와 클럽에 갔더랬다. 그런데 정작 그 목적은 제대로 이루지 못했다. 사방에 사람이라고는 아무도 눈에 띄지 않는 클럽 도서관의 텅 빈 거대한 공간에서 털썩 의자에 주저앉았고, 간밤에 잠을 설쳤으므로 잠시 후 그렇게 앉아 한 시간가량 눈을 붙였다. 실은 그 전에 쪽지를 썼고, 그것이 맨 먼저 한 일이었다. 크리스마스라 휑뎅그렁한 그곳에서 어렵사리 사람을 찾아 미심쩍어하면서도 편지를 맡겼다. 인편으로 전해주고 싶어서였는데, 그 사람은 무슨 까닭인지 전했다는 증거를 가지고 돌아올 수 없는 상황인지라 다소 맹목적으로 그를 믿을 수밖에 없었다. 4시에 콘드립 부인의 작은 응접실에서 케이트와 마주 앉은 다음에야 자신의 편지가 제대로 전달되었음을 알고 안도했다. 그녀는 그를 기다리고 있었고, 그만큼 준비도 되어 있었다. 그래서 약간은 문제가 간단해졌는데, 지금 상황에서 그 약간이 그나마 의미가 있다면 그랬다. 집 안으로 들어서는 순간부터 그녀의 상황이 막연하지만 생생하게 그에게 다가왔다. 생생했던 이유는 얼마간은 지금까지 늘 그녀를 만나왔던 상황과의 차이, 함축적이면서도 확연한 차이 때문이었다. 이모의 호화찬란한 집이나 켄징턴가든스의 키 큰 나무 아래, 혹은 층이 진 베네치아의 천장 아래 같은 비교적 훌륭한 장소에서만 그녀를 봐왔다. 베네치아에서의 굉장했던 상황에서는 아예 찬란한 광장의 중심으로 보였다. 역시 베네치아에서, 그보다 더 굉장했던 또 다른 상황인 자신의 초라한 방 안에서 봤을 때는 그 방조차 그녀와 잘 어울려 초라함 속에서도 위풍당당함과 고풍스러움을 보였더랬다. 하지만 콘드립 부인의 실내는 최대한 잘 봐주려고 해도, 게다가 잘 봐주기 힘들 정도로 형편없지 않았음에도 거의 기괴할 만큼 부적절한 배경으로 등장했다. 창백하고 엄숙하지만 매력적인 그녀는 보자마자 눈에 띄게 그곳에 어울리지 않는 인물로 다가왔다. 망명된 장소에서 벌어지는 묘한 삽화를 최대한 이용하는, 보잘것없는 첼시가의 이방인 같은 인물. 가장 신기한 것은 한 3분쯤 지나자 오히려 자신이 그녀보다 덜 이방인 같다는 느낌까지 들었다는 것이다.

묘하다는 느낌—앞으로 언뜻언뜻 그에게 찾아올 것이었는데—은 한편으로는 좁은 방 안을 차지한 커다란 몸집의 가구들이 전반적으로 안 어울려서였다. 그 자매에게, 적어도 콘드립 부인에게는 온갖 물건과 장식품이 과거 좋았던 시절의 유산이며 유물임이 분명했다. 창문에 잔뜩 늘어진 커튼과 돌아다니기 힘들 정도로 길목을 막는 소파와 테이블, 천장까지 닿을 지경인 벽난로 장식품과 바닥에 닿을 지경인 화려한 샹들리에 등은 과거의 가정을 기억하는 수많은 기념품이자 불행한 모친과의 수많은 연결 고리였다. 그 본질이 무엇이건 희미한 과거가 완전히 사라지지 못하도록 무더기를 이루어 가로막고 선 가운데 그러한 요소의 특성에서 풍겨 나는 효과가 덴셔에게는 거의 불길하다 할 만큼 보기 흉하게 느껴졌다. 그들은 적응하거나 타협하지 못했던 것이다. 자신들은 다르다고, 요령도 없고 안목도 없이 주장할 뿐이었다. 한순간 그런 맥락에서 두 사람을 바라보는 일은 사실 케이트의 자질을 인식하는 일이기도 했다. 하지만 덴셔에게 그런 인식은 새삼스럽지도 않았고, 지금으로서는 굳이 그것을 상기해야 할 필요도 별로 없었다. 자신의 상상력이 어떤 속임수를 끊임없이 행사하는 탓에, 적어도 현재 긴장감의 문제라면 특히 그녀가 불쌍하게 느껴진다는 것을 인식할 뿐이었다. 아침에 단호하게 집을 나설 때는 그런 생각에서가 아니었지만. 그러면 모든 걸 받아들이기가 덜 힘들 것임도 알았다. 그라면 그런 집에서 살 수 있을 테니까. 하지만 가령 어딘가로 망명한다든지 하는 일은 그의 천성에 맞지 않았다. 상대적으로 추할 뿐이라며 그들은 그럭저럭 변통해나갈 수 있었다. 그가 태어난 집, 그냥 그대로의 벗어날 수 없는 궁극적인 그의 집도 아마 지금 그들의 주변을 둘러싼 것과 마찬가지로 이상하고 난감할 수도 있었다. 들어찬 물건들이야 틀림없이 덜했겠지만 말이다. 게다가 지금 상황이 그렇게 안 어울리지만 않았다면, 보는 사람에게 일종의 가책이 느껴지는 환경이 아니었다면 케이트가 지금과는 전혀 달라 보일 것임을 이해하자, 마찬가지 차원에서 그것이 그곳 사람들과 그녀의 관계라는 사실 자체, 기이하게도 곧장 그에게 확신과 동시에 긴장감을 안기는 사실이 되었다. 이 짧은 순간에 그가 그녀를 생경하면서도 부지불식간에 아이러니한 존재로 느꼈다면 어떻게 그들이 안 그럴 수 있겠으며, 무엇보다 그들을 보며 그녀 자신이 안 그럴 수 있겠는가?

그녀가 들어와 곧 벽난로 위의 긴 촛대에 불을 붙인 후에도 그는 여전히 그렇게 자문하고 있었다. 벽난로에서 타는 화롯불 외에 불을 밝힐 수 있는 것이라곤 그것뿐이라 그녀는 말없이 무미건조하게 그쪽으로 걸어갔다. 하지만 더 나은 대안이 없는 어려운 상황이므로 이것을 그들만의 온화한 크리스마스 난롯가라고 치자는 분위기가 무미건조함 속에서도 눈에 띄게 드러났다. 온화함으로 말하자면, 엄격히 말해 지금 그들의 상황에서 가능한 온화함은 그게 다였다. 즉시 만나야겠으니 어떻게든 가능하게 했으면 좋겠다고만 편지에 적었더랬다. 하지만 그녀를 보자마자 자신이 말한 즉시가 이미 그녀에게는 가장 주된 문제임을 이해했다. "아침에 로더 부인에게 들러 당신에게 알려줬는지 물어보느라 약간 시간을 지체했어요." 그가 설명했다. "그랬을 거라고 짐작은 했고, 이후로도 같은 생각이긴 했지만. 그 당시에는 이모님 말에 따르면 당신이 갑작스럽게 이리로 와버렸다는 사실에 너무 놀라 경황이 없었거든요."

"그래요, 갑작스럽긴 했죠." 잦아든 화롯불 빛을 받으며 두 손을 무릎에 모으고 앉은 케이트가 아주 단아하고 멋지게 그의 말을 곰곰 따져보았다. 그가 곧 루크 박사의 집 앞에서 있었던 일을 설명했다. "이모는 아무것도 알려주지 않았어요. 하지만 상관없어요. 당신이 뜻하는 게 그거라면 말이죠."

"그것도 있긴 했죠." 덴셔가 말했다. 하지만 잠시 말을 멈췄고 그녀는 그가 다시 말을 꺼내기를 기다렸다. 하지만 그가 다시 입을 열었을 때도 그것을 뺀 나머지가 나오지는 않았다. "스트링엄 부인이 이모님에게 전보를 보냈대요. 간밤에 늦게. 그런데 내게는 보내지 않은 거죠." 그가 덧붙여 말했다. "어제 일일 거예요. 루크 박사가 바로 출발했다니까 곧장 오면 내일 아침에 도착할 수 있다는 거죠. 스트링엄 부인은 그 상황을 물려받아 혼자 대면하게 된 거고요. 당연히 스트렛 박사가 계속 머물 수는 없는 노릇이니까." 그가 말을 맺었다.

그가 뜸을 들이고 있는 게 아닌가 하는 표정으로 그녀가 그를 쳐다봤다. "당신 전보는 루크 박사에게서 온 거예요?"

"아뇨, 전보 같은 건 전혀 못 받았어요."

그녀가 의아해하며 다시 물었다. "하지만 편지라도―?"

"스트링엄 부인에게서 받은 건 없어요." 하지만 이쪽으로 이야기를 이어가려 하지 않았다. 그녀가 다른 질문, 그럼 누구한테 소식을 들은 거냐는 질문을 삼가고 있었기 때문에 그럴 구실이 있기도 했다. 마침내 그녀와 직접 마주하니 정말로 뜸을 들이고 있는 것일 수도 있었다. 그런 마음을 이해한다는 듯이 그녀가 다른 식으로 질문을 던졌다. "찾아가보고 싶어요? 스트링엄 부인 말이에요."

적어도 그 점에 대해서 그는 명확했다. "전혀 아니에요. 혼자이기는 하지만 부인은 충분히 깜냥도 되고 용감한 분이에요. 게다가―!" 그렇게 말을 이어가다가는 뚝 끊었다.

414

"게다가 에우제니오도 있다고요?" 그녀가 말했다. "그래요, 에우제니오는 당연히 잊을 수가 없죠."

확실히 다정함을 보여주려는 말투였다. 그 역시 마찬가지로 충분히 동의할 수 있었다. "정말 잊어버릴 수가 없고, 그럴 만도 해요. 엄청나게 도움이 될 거예요. 못하는 게 없으니까." 그가 말을 이었다. "내가 하려던 말은 미국에서 사람들이 곧 도착하리라는 거였어요."

마침 케이트는 곧장 이 점을 확실히 해줄 수 있었다. "스트링엄 부인이 가장 최근에 쓴 편지에 따르면 밀리의 일을 주로 맡아보는 아무개 씨가, 그러니까 아마 제1의 재산 관리자일 텐데, 그가 막 도착했다고 해요."

"아, 그럼 그건 내가 이모님을 마지막으로 만난 다음에 벌어진 일이군요. 그러니까 오늘 아침 말고 그 전에 만났을 때요. 다행이네요." 그가 말했다. "그러면 괜찮을 거예요."

"오, 괜찮다마다요." 그런데 그들이 생각하는 건 그것 말고 다른 것이라는 말투였다. 하지만 케이트가 곧 한 걸음 더 가까이 갔다. "아무한테서도 전보를 받지 않았다면 오늘 아침에 루크스트렛 박사 집에는 왜 간 거예요?"

"아, 다른 일이 있었는데 그건 이따 얘기할게요. 그것 때문에 당장 당신을 만날 필요가 있었던 거예요. 그래서 당신을 보러 온 거고. 하지만 잠깐만 시간을 줘요." 그가 말을 이었다. "여기에서 당신을 보니 감정이 너무 복잡해요." 그렇게 말하며 그가 일어섰다. 벽난로 쪽으로 가서는 거기에 등을 대고 약간 몸을 숙인 채 그녀를 내려다보며 요점에서 벗어나지 않으려 했다.

"무슨 안 좋은 일이 생겨서 이리로 온 거예요?"

어쨌든 더 알고 싶다는 그녀의 바람을 어느 정도 정당화할 만큼은 그가 말을 한 셈이라, 그녀는 이 질문을 무시한 채 논의하던 주제를 고수했다. "이렇게 물어도 될지 모르지만, 그럼 죽음을 목전에 둔 그녀가―?" 궁금증이 가득한 그 표정이 질문 자체보다 더 절절하게 그에게 와닿았다.

"물론 물어도 되죠." 그가 잠시 뜸을 둔 뒤에 말했다. "말했다시피, 나한테 뭐가 왔는지 그 얘기를 하려고 온 거예요." 그가 말을 이었다. "확실히 해두고 싶은 건, 이렇게 하겠다는 결심이 서기까지 어젯밤부터 오늘 아침까지 정말 많은 생각을 해야 했어요. 하지만 어쨌든 이렇게 되었고요." 그러면서 미소를 지어 보였는데, 스스로도 의식했듯이 그녀에게는 기계적이라는 인상만을 주었다.

그가 자신을 대하는 방식보다 더 단도직입적인 태도를 보여주겠다는 듯이 그녀가 물었다. "오고 싶지 않았다는 말인가요?"

"그저 '하고 싶은지' 아닌지의 문제였다면 간단했겠죠." 그가 여전히 미소를 띤 채 말했다. "어떻게 하는 게 가장 좋은가를 생각하려면 심각하고 어려운 온갖 형식을 따져봐야 해요. 내게는 정말, 글쎄요, 전혀 내 행복을 위한 사안은 아닌 거죠."

이 말에 그녀는 확실히 어리둥절했고, 그런 상태로 그를 유심히 관찰하더니 말했다. "정말 심란해 보이네요. 확실히 엄청 고심했나 봐요. 몸이 안 좋군요."

"아, 몸은 괜찮아요."

하지만 그녀는 그 말은 개의치 않고 말을 이었다. "당신이 하

416

고 있는 일이 끔찍하게 싫은 거예요."

"이봐요, 그렇게 단순화하지 말아요." 이제 그는 아주 진지했다. "그렇게 단순한 문제가 아니에요."

그럼 무슨 문제일까 생각하는 투로 그녀가 말했다. "전혀 단서가 없으니 당연히 나로서는 그게 뭔지 알 수가 없죠." 그럼에도 참을성을 가지고 차분한 태도를 유지했다. "그런 상태에서 그녀가 편지를 썼다면 당연히 갈피를 잡을 수가 없잖아요. 아무리 이해를 하고 싶어도 도무지 이해가 안 되는 거죠." 그와 관련해 가능한 설명들이 전부 눈앞에 압도적인 모습으로 잔뜩 떠오르기라도 했는지 덴셔가 여전히 아무 말도 하지 않자 그녀가 덧붙였다. "어떻게 할지 아직 결정하지 않았군요."

그 말투가 아주 부드럽고 거의 다정하기까지 해서 그는 당장은 다른 말을 하지 않았지만, 그녀를 한 번 쳐다보고 난 뒤 그 말을 부인했다. "아니, 결정했어요. 단지 여기서 이렇게 당신을 보고, 당신이 여기서 사는 일이 어떨지 생각하니—!" 그렇게 밀려드는 암시를 바라보듯 이쪽에서 저쪽으로 시선을 옮겼다.

"흉측한 곳이에요, 그렇죠?" 케이트가 말했다.

그 말에 그는 앞서의 질문으로 다시 돌아갔다. "무슨 끔찍한 일이 있어서 여기 오게 된 거예요?"

"아, 그 얘기를 하려면, 뭐가 되었든 당신이 하려는 얘기만큼이나 오래 걸릴 거예요." 그녀가 말을 이었다. "'여기서 보는 내 모습'이 어떻든, '이곳에' 뭐가 있든 신경 쓰지 말아요. 뭐가 있는지는 나도 아직 모르니까. 그리고 당신이 곤란에 처해 있다면 내가 조금이라도 도움이 되기를 바란다는 걸 부디 명심해줘요.

어쩌면 실제로 도움이 될 수도 있고요."

"이봐요, 내가 그런 당신의 마음을 아니까―! 곤란에 처해 있긴 한 것 같아요. 네, 맞아요." 느닷없이 아주 간단히 이렇게 말했기 때문에 그녀는 그저 뚫어져라 상대를 바라보았고, 그는 그것을 알아차렸다. 그래서 가능한 한 모호함을 피해보려 했다. "그래서는 안 되는데 말이죠." 그 말은 기실 더 모호했다.

그녀가 잠시 기다렸다가 물었다. "당신이 내게 물었던 것처럼 뭔가 무척 끔찍한 일인가요?"

"글쎄요." 그가 천천히 대답했다. "그렇게 생각되면 내게 말해 줘요. 그러니까 당신이 보기에 내가 생각한 방안이―"

얼마나 말을 천천히 했는지 상대가 대신 말을 이었다. "끔찍하면?" 결국 참을 수 없는 갑갑함이 기막힌 웃음이 되어 그녀의 입에서 튀어나왔다. "당신이 무슨 말을 하는 건지 알아야 어떻게 보든가 말든가 하죠."

그 말에 그가 요점에 약간 다가갔다. 일단 손을 주머니에 찔러 넣은 채 그녀 앞에 깔린 양탄자 위에서 앞뒤로 서성이는 게 먼저였지만 말이다. 이렇게 서성이다 보니 지난날의 어떤 순간이 떠오르기까지 했다. 태풍이 몰아치던 우울했던 베네치아의 오후, 지금 케이트가 앉아 있는 딱 그런 모습으로 수전 셰퍼드가 자신의 방에 앉아 있고, 자신은 지금처럼 고통스럽게 무슨 말을 하고 무슨 말을 하지 말아야 할지 고민했던 그때. 하지만 결국 지금이 그때보다야 수월했다. 어쨌든 상대방 앞에 서 있는 동안엔 그런 감정을 부여하려 애썼다. "내가 말한 연락은 적어도 날짜로 보면 최근 것일 리가 없어요. 거기 찍혀 있는 소인은 분명 그렇지만. 하지만 생각할 수도 없는 일이에요. 그녀가 그것을—!"

무슨 말인지 쉽게 이해할 수 있었다. "죽기 직전에 썼다는 게?" 하지만 케이트가 잠깐 생각하더니 말했다. "그런 존재는 세상에 둘도 없다고 이미 합의하지 않았나요?"

"그랬죠." 그러더니 그녀 머리 위쪽을 건너다보며 아주 또렷하게 말했다. "그런 존재는 세상에 둘도 없어요."

케이트는 미동도 없이 의자에 앉은 채 시선만 들어, 뻗어가는 무의식적인 그의 시선을 보았다. 그리고 그의 시선이 다시 그녀에게로 내려오자 물었다. "그런데 그게 무슨 연락인지에 따라 좀 다르지 않을까요?"

"조금은 그렇겠죠. 많이는 아니에요. 연락이니까." 덴셔가 말했다.

"편지라는 거죠?"

"그래요, 편지죠. 그녀가 직접 써서 내게 보낸. 누가 봐도 그녀의 필체로."

케이트가 잠시 생각했다. "그녀의 필체를 잘 아나요?"

"오, 확실히요."

그 말투 탓에 그녀가 약간 묘하게 불쑥 물었다. "그녀에게서 편지를 많이 받았나요?"

"아니요, 쪽지를 세 번 받았을 뿐이죠." 그가 그녀를 똑바로 쳐다보며 말했다. "그것도 아주아주 짧은 쪽지였어요."

"아, 수는 중요하지 않아요." 케이트가 말했다. "확실히 기억할 수 있다면 세 줄이라도 충분하니까요."

"확실히 기억해요." 덴셔가 말을 이었다. "게다가 다른 경우에도 필체를 본 적이 있어요. 그녀가 베네치아에 가기 전에 당신이 그걸 **목적으로** 그녀의 쪽지 하나를 내게 보여줬잖아요. 또 한 번은 내게 뭔가를 옮겨 적어준 적이 있었고."

"오." 케이트의 얼굴에 미소가 번질락 말락 했다. "시시콜콜 다 말해달라는 건 아니었어요. 괜찮은 이유 하나면 충분해요." 그러더니 그저 답답해하는 것으로 보이거나 약간 빈정거리는 투로 말하지 않기 위해서인 듯 이렇게 덧붙였다. "그래서 그 필체가 평소 필체였나요?"

그러자 덴셔는 그보다 더 나은 묘사를 하고 싶다는 듯 대답했다. "아름다운 필체죠."

"그래요, 분명 아름다웠죠." 그의 의견을 따르면서 케이트가 덧붙였다. "그녀가 굉장하다는 건 우리에게 새삼스럽지도 않잖아요. 그러니 뭐든 가능하죠."

"그래요, 뭐든 가능하죠." 그가 야릇하게 그 말을 받았다. "나도 그렇게 말했어요. 그리고 당신은 더욱 그렇게 확신할 거라고 믿어왔고요." 그가 모호하게 설명했다.

그녀는 그의 말이 이어지기를 기다렸지만 그는 여전히 손을 주머니에 넣은 채 다시 몸을 돌리더니 이번에는 그 방에 단 하나 있는 창문 앞으로 다가갔다. 방에 램프가 없었기 때문에 블라인드는 올라가 있었다. 그는 안개 자욱한 가로등 불빛 쪽으로 시선을 던져, 스트링엄 부인의 시선을 등 뒤로 받으며 눈앞에 펼쳐진 대운하를 바라봤을 때와 마찬가지로 구질구질하고─다른 연상과 더불어 구질구질하다는 인상을 받았으니까─좁은 런던 거리를 넋을 놓고 바라봤다. 그런 태도를 취하지 않을 수 없었던 지난번 상황에서는 그것이 케이트를 포기할 수 없다는 마음 깊은 곳의 저항 때문이었다는 사실이 영사기가 돌아가듯 그의 의식에 떠올랐다. 그때 뒤에서 기다리던 사람은 자신이 그렇게 **하겠다**고 말하기를 기다리고 있었다. 그리고 그사이 그가 쏘아보고 있던 것은 그런 바람이 얼마나 어리석은가 하는 사실이었다. 지금 이 상황에서 케이트는 케이트대로 등을 돌린 그의 익숙한 뒷모습을 주시하면서, 거기서 뭔가 나타나지 않을까, 그에게 아직 듣지 못한 것들이나 여전히 알 수 없고 분명 예전에 놓친 연결 고리들에 대한 단서가 될 만한 게 있을까 주시하면서 할 수 있는 한 그것을 알아내려 애쓰고 있었다. 그렇게 긴장된 시간을 보낸 끝에 그녀는 그가 했던 말을 다시 꺼냈다. "그것이, 그러니까 당신이 말한 그것이 간밤에 왔나요?"

그 물음에 그가 돌아섰다. "평소보다 한 시간쯤 일찍 플릿가에서 돌아와서 보니 다른 편지들과 함께 탁자 위에 놓여 있었어요. 그런데 참 희한하게도 문을 들어서자마자 눈길이 그쪽으로 가더군요. 손을 대기도 전에 알아봤어요. 그게 무엇인지."

"그럴 수 있겠죠." 그녀가 공손하게 들었다. 하지만 말투가 워낙 예사롭지 않아 곧 이렇게 덧붙였다. "아직까지 손도 대지 **않**은 것처럼 말하네요."

"아, 손은 댔어요. 심지어 그 이후로 그것 말고 다른 무엇에도 손을 대지 않은 느낌이에요." 그러곤 좀더 분명히 하려는 듯 말했다. "확고하게 손에 넣었죠."

"그럼 지금 어디 있나요?"

"아, 여기 가지고 있어요."

"그럼 내게 보여주려고 가져온 거예요?"

"보여주려고 가져왔죠."

다른 야릇한 점도 많았지만 거의 환호하듯 또렷이 그렇게 대답을 해놓고도 이어지는 행동이 없었다. 따라서 그녀는 다시 기대하는 표정으로 그를 쳐다볼 수밖에 없었는데, 심술궂게도 그의 얼굴은 다른 생각에 빠져 있어서 그녀의 갑갑증만 더할 뿐이었다. "가져오긴 했지만 보여주긴 싫은 모양이네요."

"말도 못하게 보여주고 싶어요." 그가 말했다. "단지 당신이 말해준 바가 없어서 그렇죠."

이 말에 그녀는 말이 안 통하는 어린애를 대하듯 미소를 지어보였다. "당신이 내게 말해준 만큼은 나도 한 것 같은데요. 당신이 요구하는 설명이 어떻게 당신이 가진 그 문건에서 나오지 않았는지조차 아직 알려주지 않잖아요." 그가 여전히 대답이 없는 사이 그녀에게 번쩍 어떤 생각이 떠올랐다. "아직 읽어보지 않은 거예요?"

"읽어보지 않았어요."

그녀가 그를 빤히 쳐다보았다. "그럼 도대체 내가 어떻게 당신을 도와줄 수 있단 거예요?"

그가 미동도 없는 그녀에게서 몸을 돌리더니 다섯 걸음을 크게 걸어 다시 그녀 앞에 섰다. "이걸 알려주면 돼요. 알다시피 지난번에 알려주지 않았으니까."

그녀의 표정이 모호해졌다. "지난번?"

"내가 돌아온 후 처음 만났을 때. 당신을 찾아갔던 그 일요일 말이에요." 덴셔가 말을 이었다. "그 이른 아침에 그가 거기서 뭘 하는 거냐고, 그가 그녀와 함께 있었다는 게 어떤 의미가 있냐고 물었더랬죠."

"지금 누구 얘기를 하는 거예요?"

"그 남자 말이에요. 당연히 마크 경 얘기죠. 그게 뭘 의미하죠?"

"아, 모드 이모랑요?"

"그래요, 그리고 당신도요. 어차피 같은 얘기니까. 바로 그날 내가 그걸 물었는데 당신이 대답하지 않았잖아요."

케이트가 그날을 기억하려 애썼다. "시간에 대해서는 묻지 않았잖아요."

"그를 마지막으로 본 게 언제냐고 물었죠. 그러니까 그가 베네치아에 두번째로 내려오기 전에 말이에요. 당신은 말하려 하지 않았고, 그때 그보다 더 중요한 문제를 논의하던 중이라 나도 그냥 넘어갔어요. 하지만 당신이 대답을 하지 않았다는 건 엄연한 사실이에요."

그 말에서 다른 무엇보다 두 가지가 케이트에게 두드러졌다. "내가 '말하려 하지 않았다'고요? 그래서 당신이 그냥 '넘어갔다'고요?" 그녀의 표정이 냉랭하고 무표정해졌다. "정말이지 내가 뭘 숨겨왔다는 말처럼 들리네요."

"봐요, 지금도 말해주지 않잖아요." 덴셔는 그렇게 집요하게 몰아붙이면서도 어쨌든 설명을 좀더 했다. "그가 저지른 행위, 그러니까 사실상—아, 이건 전혀 의심의 여지가 없어요!—지금 이런 결과를 야기한 충격을 가했던 일과 그 전에 당신과 그의 사이에서 있었던 일이 어떤 관련이 있는지, 그걸 알고 싶은 거예요. 도대체 그자가 우리가 약혼한 사이라는 걸 어떻게 알았죠?"

5

케이트가 천천히 일어섰다. 촛불을 켜고 자리에 앉은 후 처음 움직인 거였다. "지금 내가 말한 게 분명하다고 뒤집어씌우는 거예요?"

감정이 상했다기보다 당혹스러워서 핏기가 가시는 말투였다. 그 점을 곧 알아채고는 그가 말했다. "이봐요, '뒤집어씌우는' 게 아니에요. 하지만 그 때문에 너무 괴로웠고 도무지 이해가 되지 않아서 그래요. 그 짐승 같은 놈이 대체 우리랑 무슨 관계가 있는 거죠?"

"정말 무슨 관계가 있겠어요?" 케이트가 물었다.

지금 그가 비이성적인 상태라는 사실에 생각이 미치며 바로 정신을 차린 듯이 그녀가 고개를 절레절레 흔들었다. 전에도 의견 차가 생길 때 종종 나름대로 그와 타협하는 방식이었던 좀 뜬금없는 상냥함—그의 이성을 찾아주기 위한—이 그 안에 있었다. 실제로 지금도 타협을 하고 있었고 기본적으로 그 역시 그 사실을 알았다. 그래도 어쩔 수 없이 그는 그것을 받아들이고 있었다. 그녀는 그의 바로 앞에 서서 참을성 있게 기다렸는데, 그가 좀더 호소하듯 말하면 둘이 입을 맞추게 되리라 가정하는 분위기였다. 그에게 그럴 마음은 없었지만 그래도 이어진 질문은 앞서보다는 차분했다. "크리스마스 날 아침 10시에 그가 이모님과 뭘 하고 있었던 거죠?"

케이트가 놀란 표정을 보였다. "거기서 지내고 있다고 이모가 말 안 하셨어요?"

"랭커스터게이트에서요?" 덴셔가 못지않게 놀란 표정을 지었다. "'거기서 지낸다'고요? 언제부터요?"

"그제부터요. 내가 거길 떠나기 전부터." 그러면서 설명을 시작했는데, 사실 아주 이례적인 일이라고 인정했다. "우연찮게 벌어진 일이었어요. 이모가 크리스마스 때 시내에 머무는 일도 그렇지만, 그래도 그건 그렇게 얼토당토않은 일은 아니었죠. 우리가 머물러 있었던 이유는, 결국 내가 여기 오게 되어 이모가 후회하게 되었지만, 어쨌든 그건 당신이 가지고 올 소식을 매일 기다리는 마당에 여러 사람과 북적거리고 싶지 않았기 때문이었어요."

"그런 생각으로 머물렀다고요? 베네치아 생각에?"

"그럼요, 당연하죠. 그럼 달리 뭐가 있겠어요?" 케이트가 멋지게 덧붙였다. "게다가 조금은 당신 생각도 있었고요. 적어도 모드 이모는 그랬어요."

그가 그것을 받아들였다. "알겠어요. 어딜 보나 친절하군요." 그가 물었다. "그런데 마크 경은 누굴 생각해서 떠나지 않은 거죠?"

"그가 런던에 남아 있는 건 아주 흔한 일이에요. 런던에 가진 집이 좀 있는데, 갑자기 좋은 조건에 세를 놓을 기회가 생겼어요. 그냥 털어놓는 정도가 아니라 동네방네 광고를 하다시피 떠들어댄 바에 따르면, 수중에 돈이 별로 없어 만사가 여의치 않았지만 그 기회를 덥석 물지 않을 수 없었대요."

덴셔가 그녀의 말을 한마디도 놓치지 않고 들었다. "만사가 여의치 않아요? 뭐가 여의치 않죠?"

"글쎄요, 나도 모르죠. 그 사람은 그런 종류의 일을 거의 하지 않는달까."

"돈 버는 일 말이에요?"

"어쨌든 돈을 아끼면서 사는 것 말이죠. 그런데 이유는 모르겠지만 보아하니 있는 수단을 다 동원해야 하는 상황이었나 봐요. 세입자가 들어오도록 며칠 새에 집을 비워줘야 했어요. 평소에 그런 문제를 모드 이모에게 시시콜콜히 다 털어놓으니까 이모가 랭커스터게이트로 오라고, 다들 시골 별장으로 내려갈 때까지만이라도 있으라고 했죠. 어제 오후에 시골로, 아마 매첨으로 내려갈 예정이었거든요. 그러니까 이모 말이 그랬어요."

케이트의 이 진술은 상대방에 듣기에 어쩐지 훌륭하면서도 달래듯이 은근했다. "그러니까 당신이 떠날 필요는 없다는 뜻으로 그랬다는 건가요?"

"그래요. 한편으로는 그가 거기 있어서 내가 떠난다는 생각을 하게 되었으니까요."

"그런 게 맞아요?"

"굳이 묻는다면 조금은 그렇겠죠. 하지만 그게 아니라도 여기에도 이유는 많아요. 몰랐던 것도 아니고." 그녀가 솔직하게 말했다. "그러니까 상관없어요. 여기 있게 되어 다행이에요. 다 부질없어지긴 했지만—!" 그녀는 그것도 대수롭지 않게 넘겼다. "그런데 당신 말대로라면 매첨으로 내려가지 않은 거네요. 가능하다면 오늘 오후에 내려갈 수도 있겠지만요. 하지만 내 생각에는, 거리낌없이 그랬던 나와 달리 아마 그는 크리스마스에 모드 이모를 혼자 두고 가버리지는 않을 거예요. 그런 면에서는 참 싹싹하다고 하지 않을 수 없죠. 게다가 이모를 위해서 매첨을 포기했다면 이모가 충분히 기뻐할 만한 행동이고요. 그러니까 따분할 테니 함께 마차를 타고 돌아다니자고 했다 해도 별로 놀랄 일은 아니겠죠. 두 사람 사이에 어떤 일이 있을지 다 안다는 말은 아니에요. 그 상황에서 내가 생각하는 바가 그렇다는 거죠."

"적어도 나와 함께 있을 때 당신 생각은 어떤 상황에서든 늘 진실로 받아들일 만해요. 언제나 그랬지만." 덴셔가 대꾸했다.

그렇게 말을 삼가는 그의 태도에 그녀는 박힌 가시를 의식적으로, 심지어 조심스럽게 뽑아내듯이 그를 쳐다보았다. 그러더니 얼마나 가느다란 가시였는지 보여주듯이 조용히 진지하게 말했다. "고마워요." 그 말이 다른 모든 것과 마찬가지로 그에게 영향을 미쳤다. 그들은 여전히 마주 보고 가까이 서 있었는데, 그가 좀 전에는 따르지 않았던 충동에 따르며 그녀의 어깨에 손을 얹고 잠시 꽉 붙잡은 채 약간 흔들었다. 충분히 다정하다 할 그 동작은 말로 할 수 있는 이상으로 많은 것들이 온통 복잡하게 뒤섞여 있다는 표현으로 보였다. 그러더니 고개를 숙여 그녀의 뺨에 입을 맞췄다. 그는 곧 그 자리를 벗어나 다시 서성이기 시작했고, 그녀는 똑같은 자세로 거의 석상처럼 가만히 서서 그의 행동을 지켜보았다. 그런데 그 정도면 지금으로서는 충분하다는 듯이 그가 원할 만한 것을 좀더 제공했다. 그녀는 말없는 중에 분명한 연결 고리를 찾아냈고, 그러면서 자리에 앉았다. "당신이 베네치아에 있는 동안 여기서 벌어진 일의 정확한 날짜를 기억해내려 애쓰고 있었어요. 그러니까 그와 이야기를 나눴던 일 말이에요. 그가 찾아와서 말을 하긴 했어요. 아주 단도직입적으로."

"아, 그랬겠지!" 덴셔가 몸을 휙 돌리며 말했다.

"자신이 원하는 특정한 관계로 나를 압박하는 중에, 그가 원하는 방식의 관계로는 만나지 않겠다고 거절한 일이 당신의 멋진 표현대로 내가 '그랬다'는 거라면, 그럼 그 혐의를 인정할 수밖에 없겠네요." 그녀가 이어서 물었다. "그가 그곳에 가지 않을 대답을 했기를 바라나요?"

그러자 그가 약간 어색하게 물었다. "그가 거기 가는 걸 알았어요?"

"전혀 몰랐죠. 하지만 설사 알았다고 해도 내 대답은 마찬가지였을 거예요. 당신의 이상한 가정에는 잘 맞지 않을지 모르지만. 당신이 돌아왔을 때 곧바로 그 얘기를 하지 않은 건 나로서는 별로 유쾌하지 않은 기억이었기 때문이에요." 그녀가 말을 이었다. "이제 만족할 만한 답을 얻었다면 그 문제는 이만 접자고 해도 무리한 요구는 아닐 것 같은데요."

"그럼요, 이제 접읍시다." 그가 상냥하게 말했다. 그러나 곧바로 이렇게 덧붙였다. "뭔가 눈에 띄었던 거예요. 그래서 알아챈 거죠."

"불행히도 그 사람이 우리가 속이지 못한 단 한 사람이었다는 뜻이라면 나로서는 부인할 수 없겠네요." 그녀가 바로 대꾸했다.

"그럼요, 당연하죠." 여전히 의구심이 덴셔를 떠나지 않았다. "하지만 불행히도 왜 그가 그 단 한 사람이었을까요? 총명한 축에 들지도 않는데."

"만사를 따져보고 문제의 핵심에 이르고 나니, 부자연스러운 내 태도에 뭔가 수수께끼 같은 것이 숨겨져 있다는 걸 알아챌 만큼은 총명한 거죠. 그래서 굳게 확신하게 되었고 그 확신에 따라 행동했고요."

덴셔는 자연의 표면에 찍힌 오점을 보듯이 잠시 마크 경의 확신을 바라보았다. "당신의 태도가 그래도 되는 것으로 보였기 때문에?"

"물론 그에겐 늘 상냥했죠. 안 그랬으면 우리가 지금 어떻게 되었겠어요?"

"'어떻게' 되다뇨—?"

"당신과 내가 말이에요. 하지만 그가 나를 어떻게 봤든 그건 중요하지 않아요. 중요한 건 모드 이모죠. 게다가 그가 당신에게서 줄곧 받은 인상도 있다는 걸 잊지 말아요." 그녀가 말했다. "당신 자신은 어쩔 수 없지만, 당신은 결국, 그러니까 당신일 수밖에 없으니까."

"당연히 나일 수밖에 없죠. 그런데 내가 베네치아로 가서 아예 눌러앉았을 때 그가 그 사실을 어떻게 이해한 거죠?" 덴셔가 물었다.

"당신이 베네치아에 있고, 그냥 좋아서 머물러 있는 것이 다른 사람에게는 터무니없이 괴상한 일이 아니었지만, 그로서는 다른 식으로 해석 가능한 일이었어요. 더구나 그게 속임수라고 볼 수도 있었죠."

"이모님의 생각은 다른데도?"

"아니요, 이제는 이모 생각이 다른데도 그런 게 아니에요." 케이트가 말했다. "당신이 언급한 그 두번째 방문 전에 모드 이모는 그에게 확신을 주지 않았어요. 게다가 내가 거절하는 바람에 상황은 더 기울어졌죠. 하지만 수긍하고 돌아왔어요." 어리둥절한 상대의 표정을 보고 그녀가 덧붙였다. "그러니까 밀리를 만나 이야기를 나누고 그곳을 떠날 때쯤엔 말이에요. 밀리가 그를 납득시킨 거죠."

"밀리가?" 덴셔가 다시 모호하게 되물었다.

"당신의 마음이 진심이라고요. 당신이 사랑하는 건 자신이라고요." 그 말투로 인해 그는 바로 몸을 돌려 다시 창문가에 섰다. 그사이 그녀의 말은 계속되었다. "그가 돌아왔을 때 이모가 들은 말이에요. 그래서 모드 이모가 당신과 그렇게 잘 지내는 것이고요."

그는 그저 잠시 창밖을 내다보기만 했다. 하지만 다시 돌아와 말했다. "당신도 그렇고." 두 사람 다 전적으로 긍정할 수밖에 없는 그 말은 거의 비난조로 들렸다. 혹은 그것이 별로 진실로 다가오지 않았다면 그랬을 것이다. 그것은 진실이어서 예리했지만, 그 진실성이 너무나 최종적인 주장으로 자리를 잡아서인지 어느 쪽도 다음 말을 이을 수가 없었다. 그 사실을 사이에 두고 두 사람이 말없이 마주 보는 가운데 그것이 만사의 심각성을 말해주었다. 한마디라도 잘못하면 전부 위태로워질 것만 같았다. 마침내 덴셔가 그보다는 유익한 방향으로 움직였다. 그녀의 앞에 선 채로 조끼의 윗주머니에서 지갑을 꺼내더니 그 안에서 반으로 접힌 편지를 꺼냈다. 그녀의 시선이 그쪽으로 쏠렸다. 지갑을 다시 주머니에 넣은 뒤, 분명 별생각 없이 본능적으로 한 행동임에도 여전히 희한하다 할 몸짓으로 편지를 쥔 손을 등 뒤로 가져갔다. 비로소 그의 입에서 나온 말은 편지와는 상관이 없었다. "이모님 말로는 당신 부친이 여기 계시다던데?"

그가 난데없이 엉뚱한 말을 꺼낸다 해도 그녀가 대응하느라 오랜 시간을 들인 적이 없으니 지금이라고 그럴 이유는 없었다. "그래요, 여기 계시죠. 하지만 아버지가 불쑥 들어오시지 않을까, 그런 걱정은 안 해도 돼요." 그가 그런 생각으로 묻기라도 한 양 그녀가 말했다. "지금 침대에 누워 계시니까."

"편찮으셔서?"

그녀가 서글프게 고개를 저었다. "아버진 편찮으신 적이라고는 없어요. 경이롭죠. 그냥, 항상 여전하세요."

덴셔가 생각했다. "아버님 일에서 내가 도울 수 있는 게 있을까요?"

"있어요." 그녀는 고단하지만 이미 완벽하게, 거의 차분하게 답을 마련해놓고 있었다. "당신이 여기 오는 걸 가능한 한 아버지가 모르게 하면 돼요. 메리언도요."

"알겠어요. 내가 당신을 만나는 걸 지독히 싫어하시니까. 하지만 내가 안 올 수는 없어요, 그렇잖아요?"

"안 올 수는 없죠."

"오긴 오되, 되도록 빨리 가라?"

그 말에 그녀는 즉각 기분이 상했다. "아, 제발 오늘만은 험한 말 좀 입에 담지 않게 해줘요. 그러지 않아도 너무 괴롭다고요." "알아요, 알아요." 그가 곧장 달래듯 말했다. "나도 당신 생각에 괴로워서 그런 거예요. 언제 오신 거예요?"

"사흘 전에요. 1년이 넘도록 언니를 만난 적도 없으면서. 분명 언니가 존재한다는 사실조차 잊고 살았고 그렇다고 유감스러운 마음도 없었으면서 말이에요. 게다가 받아들이지 않을 수 없는 상태로 오셨어요."

덴셔가 주저하며 물었다. "수중에 가진 게 없어서—?"

"아뇨, 먹을 거나 필수품이 없어서가 아니에요. 하고 있는 모양새만 보자면 돈이 없는 것도 아니죠. 언제나처럼 풍채가 훤하시니까요. 그게 아니라, 그러니까, 공포에 떨고 계셨어요."

"뭣 때문에?"

"모르죠. 사람인지 물건인지. 말씀하시기를 쥐 죽은 듯 있어야 한대요. 근데 그 쥐 죽은 듯이라는 게 아주 끔찍해요."

그녀는 말하기 힘들어했지만 그는 묻지 않을 수 없었다. "뭘 어쩌셨는데요?"

이번엔 케이트가 주저하다가 말했다. "우시는 거예요."

다시 그가 잠시 침묵을 지켰다가는 어렵사리 물었다. "도대체 무슨 일을 하신 거죠?"

그러자 그녀가 천천히 일어섰고, 그들은 다시 얼굴을 마주 보게 되었다. 그녀가 그의 눈을 똑바로 들여다보았는데, 얼굴이 더 창백해져 있었다. "날 사랑한다면, 지금은 아버지에 대해 묻지 말아요."

그가 잠깐 기다렸다가 말했다. "당신을 사랑해요. 당신을 사랑해서 여기 온 거고, 당신을 사랑해서 이걸 가지고 온 거예요." 그러더니 내내 등 뒤로 쥐고 있던 편지를 앞쪽으로 내밀었다.

그녀는 시선만 그쪽으로 가져갔다. "아니, 아직 뜯지도 않았잖아요!"

"당연하죠. 뜯었으면 그 안에 뭐가 들어 있는지도 알았을 테니까. 당신이 뜯었으면 해서 가져온 거예요."

그녀는 여전히 편지에는 손도 대지 않았지만 표정이 말도 못하게 심각해졌다. "그녀가 당신에게 보낸 편지를 나더러 뜯으라고요?"

"아, 바로 그녀가 보낸 편지이기 때문이에요. 난 뭐가 되었든 당신 생각에 따를 거예요."

"이해가 안 되네요." 케이트가 말했다. "당신 생각은 어떤데요?" 그가 대답이 없자 그녀가 다시 말했다. "내 생각에는 당신은 알고 있어요. 직감한 게 있는 거죠. 읽을 필요도 없는 거예요. 이 편지는 단지 증거일 뿐이고."

덴셔는 자신을 비난이라도 하는 양 그 말을 들었는데, 이미 대비해둔 바로는 그에 맞설 방법은 단 하나뿐이었다. "사실 직감하는 건 있어요. 간밤에 걱정스럽게 고심하던 중에 문득 떠올랐죠. 시간이 시간인지라 그랬겠지만."

그가 편지를 치켜들었는데, 이제는 털어놓는다기보다 고집스럽게 주장하는 식이었다. "때를 정해 보낸 편지예요."

"크리스마스이브에?"

"크리스마스이브에."

케이트의 얼굴에 문득 묘한 미소가 어렸다. "선물을 주고받는 때!" 그가 아무런 대꾸가 없자 그녀가 말을 이었다. "그러니까 글을 쓸 수 있을 때 써놓고 이때에 맞춰 보내려고 가지고 있었다는 건가요?"

그는 생각에 잠겨 그녀의 눈을 들여다봤을 뿐, 여전히 대답은 없었다. "당신이 말한 증거는 무슨 뜻인가요?"

"뭐긴요, 당신이 얼마나 눈부신 사랑을 받았는지, 그에 대한 증거죠." 그녀가 말했다. "하지만 난 편지를 뜯지 않을 거예요."

"절대로 안 해요?"

"절대로요." 그러더니 야릇한 말투로 덧붙였다. "안 뜯어봐도 알아요."

그가 또 잠시 말이 없었다. "그래서 그게 뭐라는 거죠?"

"당신을 부자로 만들어줬다고 알려주는 거겠죠."

이번에 그는 좀더 오래 침묵을 지켰다. "나한테 유산을 남겼다고요?"

"당연히 전부는 아니지만 막대하겠죠. 엄청난 액수의 돈이요." 케이트가 말을 이었다. "얼마인지 알고 싶지는 않아요." 그러더니 좀 전의 야릇한 미소가 되돌아왔다. "그녀를 믿어요."

"당신에게 말했나요?" 덴셔가 물었다.

"절대 그런 일은 없었어요!" 그 말에 케이트의 얼굴이 눈에 띄게 달아올랐다. "그렇게 되면 내가 그녀와 정당하게 해나간 게 아니니까요." 그러곤 덧붙였다. "난 정당하게 했어요."

그는 그 말을 믿었고—그럴 수밖에 없었다—편지를 손에 든 채 계속 상대를 바라보았다. 고통이 다소 잦아들었는지 이제 훨씬 차분해져 있었다. "나와도 정당하게 해왔어요, 케이트. 바로 그렇기 때문에, 지금 증거 얘기도 나왔다시피, 당신에게 증거를 주고 싶은 거예요. 내게 성스럽게 느껴지는 것을, 심지어 나보다 먼저 당신이 보기를 바랐던 거죠."

그녀가 살짝 얼굴을 찌푸렸다. "이해가 안 돼요."

"어떤 감사의 표시나 희생을 나 자신에게 요구한 거예요. 나만의 방식으로—"

"나만의 방식으로 뭐요?" 그가 말을 하다 말자 그녀가 채근했다.

"당신이 한 희생이 얼마나 경탄할 만한지를 인정할 셈으로요. 당신은 베네치아에서 놀랄 만큼 관대한 행동을 보여주었으니까."

"그래서 이 편지와 관련해 특권을 주는 게 보상이라는 거예요?"

그가 몸을 약간 움직였다. "내 태도를 알려주기 위해 할 수 있는 일이 이것뿐이니까."

그녀가 그를 한참 바라보았다. "지금 당신의 태도를 보자면, 당신은 스스로를 두려워하고 있어요. 스스로를 닦아세워야 했으니까. 스스로에게 호되게 굴어야 했으니까."

"정말 그렇다면 내 요구를 받아들이겠어요?"

그녀가 시선을 내려 편지를 잠시 뚫어져라 보았지만, 여전히 손은 대지 않았다. "정말로 내가 이걸 받기를 **원하는** 거예요?"

"정말로 당신이 이걸 받아주길 원해요."

"그리고 내 맘 내키는 대로 하라고요?"

"물론 그 내용을 알리는 일만 빼고요. 이렇게 군이 확인해서 미안하지만, 이 일은 당신과 나만 알고 있어야 해요."

여전히 주저하는 모습을 보였지만 그녀는 잠시 후 그것을 떨쳐버렸다. "날 믿어요." 그에게서 성스러운 문서를 받아 잠시 그것을 들고서, 좀 아까 그들이 논했던 밀리의 멋진 필체를 골똘히 바라보았다. "손에 쥐고 있으니 알겠네요." 그녀가 불쑥 말했다.

"오, 나도 알아요!" 머튼 덴셔가 말했다.

"그럼 우리 둘 다 아는 거니까—!" 그녀는 벽난로 쪽으로 움직이고 있었고, 그 말이 나왔을 때는 이미 불 쪽으로 몸을 돌려 재빠른 동작으로 그것을 불 속에 집어 던진 뒤였다. 편지를 다시 꺼낼 것처럼 그가 몸을 홱 움직였다가 멈췄다. 그녀의 동작이 단호했던 만큼이나 그가 동작을 멈춘 것도 재빨랐다. 그는 그저 그녀와 함께 불길 속에서 타들어가는 편지를 지켜보았다. 다시 그들의 눈이 마주쳤다. "모든 건 뉴욕에서 전해줄 거예요." 케이트가 말했다.

6

어느 날 아침 그녀가 집으로 그를 찾아왔을 때는, 두 달 후 정말로 뉴욕에서 소식이 온 뒤였다. 이번에 찾아온 것은 베네치아에서처럼 그가 달달 볶아서가 아니라 우선 그녀 자신이 그럴 필요가 있어서였다. 물론 그녀가 받은 전갈로 더 급히 이루어지긴 했지만. 그 전갈은 덴셔가 보낸 쪽지로, 유명한 미국 법률회사에서 보낸 편지가 '전달만 할' 셈으로 동봉이 되어 있었다. 그는 뉴욕에 있던 당시 어딜 가나 자자하던 그 법률회사의 명성을 익히 들었고, 밀리가 세상을 뜨기 전에 스트링엄 부인을 도울 목적으로 남쪽 여정을 따라 곧장 베네치아로 달려갔던 신사가 바로 그 회사의 대표이며 간판이자, 밀리 실의 방대한 유산의 주요한 집행자라는 것은 랭커스터게이트에서도 잘 알았다. 엄격히 말하자면, 특이하게도, 문제가 된 그 문서를 받고 덴셔가 한 행동──그 행동과 영향을 두고 마음을 정하는 데 시간이 좀 걸렸다──은 첼시의 다소 조야한 벽난로 안에서 뜯지도 않은 밀리의 자필 편지가 타들어가는 것을 두 사람이 지켜보았던 이후, 그들 사이에 있었던 일 가운데 밀리와, 혹은 밀리가 했거나 하지 않았을 일들과 관련된 첫번째 것이었다. 케이트가 첼시를 방문할 때 지켜야 할 그의 의무라고 지칭한 바를 마땅히 존중해줄 필요도 있고 해서 그 당시 그들은 바로 헤어졌고, 다시 만났을 때에도 그들에게 그 주제는 그저 부재不在를 말없이 나타내는 강렬함—어쨌든 어떤 새로운 빛이 반짝할 때까지는—으로만 떠올랐다. 게다가 사실 만나기가 상대적으로 수월한 상황에서도 1월과 2월 중반까지 그들은 자주 만나지도 않았다. 케이트는 이모의 허락하에 여전히 콘드립 부인의 집에 머물고 있었고, 랭커스터게이트에서 굳이 알고 싶지 않은 심오한 견해를 듣지 않았다면 이모의 그런 태도는 덴셔에게 불가사의하게 느껴졌을 것이다. 그가 찾아갔을 때 로더 부인은 실은 별로 그렇지도 않으면서 일부러 혐오스러움을 내비치며 이렇게 말했던 것이다. "다그 애 생각인데, 나도 내 식으로 그걸 받아들였네. 어디 한번 질릴 때까지 제멋대로 하게 내버려두자고 말이야. 이미 질릴 만큼 질렸을걸. 별로 오래 걸리지도 않았지. 하지만 자존심이 얼마나 센지, 그저 넌더리가 난다는 것 말고 뭔가 과시할 수 있는 이유를 찾기 전까지는 돌아오지 않을 걸세. 부엌에서 일하는 하녀도 1년에 한두 번은 휴가를 가질 자격이 있으니 자기도 휴가를 갖는 중이라나 뭐라나. 그래서 우리가 그런 차원에서 이해하고 있지. 하지만 그런 종류의 휴가를 조만간 또 갖지는 않을 거야. 게다가 꽤 예의 바르게 자주 찾아오기도 하고. 살짝 신호를 보내기만 하면 말이지. 전반적으로 최근 한두 해 동안 착하게 굴었으니 나 역시 점잖게 불평은 하지 않아. 사실 그 애가 요즘은 바람직한 모습을 보여왔으니까. 똑똑한 자네에게 굳이 말할 필요는 없겠지만." 그녀가 그렇게 말을 맺었다.

실은 덴셔가 크리스마스 이후 그녀를 집으로 찾아간 일이 뜸했던 것도 얼마간은 이런 말이 나오지 않게 하기 위해서였다. 베네치아에서 돌아온 후 얼마간 그곳을 자주 드나들게 했던 상황의 특정한 단계가 이제는 꽤 흐릿해졌고 그와 더불어 그때 작동했던 충동도 잦아들었다. 다른 단계가 들어섰는데 거기에 어떤 이름을 붙여야 할지, 달리 어떻게 독립적인 단계로 만들어야 할지 그로서는 고통스러울 만큼 오리무중이었지만 어쨌든 점점 차오르는 그 물결을 타고 나가다 보니 그의 욕구라는 측면에서 로더 부인은 저 멀리 마른땅에 남겨지게 되었다. 스트링엄 부인이 호위를 받으며 미국으로 돌아가는 길에 런던에 들러 옛 친구 집에 머무를 수도 있겠다는 생각이 이따금 들었다. 혹시 그런 일이 생기면 겉으로 대단한 열의를 내보이며 찾아갈 태세를 갖추고 있었다. 하지만 그런 위험은 이제 지나갔다. 그것이 그에게는 위험으로 여겨졌던 것이다. 지금 상황에서 이 세상 누구보다 그의 방식대로 만나는 게 중요하다 할 그 한 사람은 제노바에서 서쪽으로 배를 타고 가버렸다. 그래서 그는 그저 편지를 써 보냈고, 그런 점에서 밀리가 죽기 전에 그들 사이에 있었던 심오한 합의의 의미와 관련하여 밀리가 죽은 다음 침묵을 깬 셈이었다. 그녀는 베네치아에서 두 번 답장을 했고, 다시 뉴욕에서 두 번 더 답장을 보내주었다. 마지막 편지는 그가 케이트에게 보낸 문서와 함께 왔지만, 그것까지 함께 줄 생각은 전혀 없었다. 밀리의 동료와 주고받은 편지는 그게 뭐가 되었든, 그리고 길든 짧든 왠지 그에게는 자신에게 마련된 어떤 시간의 한 특성—신문 기사라면 하나의 요소라고 했을—으로 이미 나타나고 있었다. 하지만 지금 가장 예리하게 떠오르는 생각은 무엇보다 케이트에게 아직 그 얘기를 하지 않았다는 사실이었다. 그녀가 먼저 물은 적이 없었다. "무슨 소식 들은 거 없어요?" 이런 식으로 물은 적이 없어서 그는 그 문제를 언급하지 않아도 되었다. 비밀로 놔두는 편이 좋았으니 묻지 않아 다행이었다. 마찬가지로 혼잣속으로 대서양 건너편과의 교류를 비밀이라고 정의했는데, 그것이 자신이 솔직하지 못한 하나의 관계라고 인정할 때도 움찔 놀라는 법도 없었다. 이 점과 관련하여 사실 그의 머릿속에 생생한 이미지가 있었다. 광활한 바다, 정직함이라는 깊디깊은 잿빛 너른 바다에 바위 하나가 툭 튀어나와 있는 것이다. 최근에 케이트와 함께 한적한 곳으로 산책을 다닌 적이 몇 번 있었는데, 둘이서 실제로 한 말보다 하지 않은 말로 인해 그 시간이 더욱 두드러졌다는 사실, 그 사실도 어쩐지 자신이 까발려졌다는 묘한 의식을 완화해주지는 못했다. 어느 누구에게도 절대 보여주지 않은 무엇이 그의 내면 깊이 존재했다. 특히나 산책을 함께하는 상대방에게는, 불가피한 만큼이 아니면 그 이상은 절대 더 보여주지 않았다. 그런데도 여전히 그 그늘 아래에서 만천하에 까발려지는 지독한 두려움에 시달렸다. 그 멍청한 선의로 인해 흉측함을 불러일으킨 것만 같았다. 튀어나온 바위 위에서 그것을 필사적으로 붙들고, 그렇게 수전 셰퍼드에게 매달려 있으면 자신의 모습이 보이지 않을 것처럼 여기니 정말 이상한 일이기도 했다. 틀림없이 그것은 그가 그녀의 힘을 믿는다는 것, 그녀가 사려 깊게 그를 보호해주리라 믿는다는 것을 나타냈다. 아무렇든지 오직 케이트만은 알았는데, 그녀는 또한 자기가 아는 바를 전혀 말해줄 생각이 없는 사람이었다. 그럼에도 불구하고 그녀와 그렇게 깊이 연관되어 있으면서 절대 떠올리지도 복구되지도 않는 그의 **행동**이 마치 바람을 타고 세상 전체에 퍼져 있는 것만 같았다. 케이트와 함께 바라볼 때의 그의 정직함이 바로 그러한 위협적 요소였다. 그 위협으로 말하자면, 그들의 최종적 충동 혹은 최종적 개선책과 관련하여 이제는 없는 것으로 치부할 수 없는, 각자에 대해 알게 된 그 사실을 아무것도 보이지 않는 캄캄한 서로의 품속에 묻어버려야만 할 때가 있을 정도였다.

사실 근래에는 주로 끌어안는 문제인 그 감각이 얼마간 제한되어 있지 않았다면, 그것이 그들이 실제로 의탁한 은밀한 방편이 될 수도 있었다. 모든 게 하나하나 중요한 상황에서, 이제는 로더 부인이 절대로 마차를 타고 올 일이 없는 배터시파크에서 그가 으레 그랬듯 한적한 골목에서 세 번인가 그녀를 바짝 끌어안았을 때는 나름의 의미가 있었다. 현재의 기반에서 그녀는 자질구레한 핑계를 늘어놓지 않고도 집을 비울 수 있었고, 바로 그 덕분에 그들은 처음으로 상당한 여유를 누릴 수 있었다. 굳이 그러지는 않았지만, 첼시 식구들에게는 해야 할 도리를 다하기 위해 이모를 보러 저쪽 마을에 간다고 하면 되지 않느냐는 게 그의 생각이었다. 반면 랭커스터게이트에서 그녀가 자기 식구들을 한번 보러 가지 않겠냐고 이모에게 부탁할 수 없는 이유는 항상 있었다. 따라서 지금껏 맛보지 못한 순수한 자유가 그들에게 주어졌던 것이다. 그리고 그와 관련해 그것이 얼마나 소중한지를 여러 방식으로 표현하기도 했다. 정말 가장 유용한 방식을 제외한 모든 방식에서였는데, 두 사람은 거의 똑같이 상대방이 그 모순적 상황을 자연스럽게 받아들일 수 있도록 도와주었다. 그가 말하기를, 지금 랭커스터게이트에서 받고 있는 호의, 놀라울 정도로 따뜻한 환대가 어떤 면에서는 자신의 기반을 약화시키고 있다고 했다. 지나칠 정도로 자신을 믿어주고 있으니, 그들의 성공이 너무 과했다는 것이다. 한마디로 그녀와 만날 약속을 하면 사실상 모드 이모를 지나치게 이용해먹는 것이고, 다른 한편 이모를 자주 찾아보면 제약이 심해진다고 했다. 케이트는 그의 말을 이해했다. 자기도 못지않게 당혹스러울 만큼 모드 이모에게서 지나친 신뢰를 받는다고 인정했을 때 그도 그 말을 이해했듯이 말이다. 특히 지금도 역시 이모를 멋지게 이용하는 것이고, 그렇게 허용된 자유를 오용하자니 양심의 가책이 든다고 그녀가 인정했다. 그렇다면 전적으로 무의식적인 과정이긴 했지만, 결국 로더 부인은 그들을 방해할 방법을 찾아낸 셈이었다. 그렇다고 해서 두 사람이 서로에게 도움이 되는 식으로 패배의 교훈을 강조하기 위해 도시 남쪽에서 가끔 만나는 일을 삼갔다는 건 아니다. 그들은 강 건너, 들킬 위험이 없는 구지레한 동네를 쏘다녔다. 겨울이었지만 온화한 날씨라 전차 위층에 올라앉아 함께 덜컹거리며 클래펌과 그리니치로 갔다. 그렇게 순간순간을 소중하게 보낸 적이 예전에 없었지만, 동시에 덴셔에게는 어떤 신기한 법칙에서인지 그들의 분위기—달리 뭐라고 불러야 할지를 몰랐다—가 그렇게 무미건조한 적도 없는 듯한 기분이었다. 함께 나눌 **법한** 이야기를 나누지 않기 위해서 그들은 다른 방향으로 몰려갔다. 마치 함께 무시하는 그것을 벌충하려고 괴팍한 고집을 부리는 것만 같았다. 그렇게 엉뚱한 방향으로 쫓아다니면서 그것을 멋진 태도로 감추었다. 예전에는 알아서 나왔을 예의범절에 의식적으로 신경을 썼다. 그녀와 헤어져 걸어가다가 그들이 얼마나 달라졌는지를 뒤늦게 깨달으며 문득 걸음을 멈출 때가 종종 있었다. 그 상황을 설명할 수 있을 만큼 똑바로 대면한 적이 지금껏 혹시 있었다면 그로서는 아마 자신들이 우라지게 공손해졌다고 말했을 것이다. 이제 얼마나 친밀하고 얼마나 익숙해졌는지를 떠올리면 약간 우스꽝스럽기조차 했다. 이미 한참 동안 아주 상냥하게 서로를 대해왔는데, 그들이 무례해질 위험이 대체 어디에 있단 말인가? 특히 무엇이 가장 두려운 건지 알 수 없을 때 그가 자문하는 것이 그런 것들이었다.

그러는 동안에도 그 긴장이 주는 매력은 있었다. 그렇게 다른 경로로 다시 자신에게 오게 만들 수 있는 그녀라는 존재가 흥미로웠다. 다시금 살아가는 그녀의 재능이었다. 그것이 매번 다른 모습으로 나타났다. 그녀는 그들의 전통적 방식을 포기하지 않았다. 단지 그것으로 뭔가 새로운 것을 만들어냈을 따름이었다. 더구나 솔직히 그녀는 이보다 더 싹싹한 적이 없었고, 다소 밋밋한 표현이긴 하지만 어떤 면에서 이보다 더 좋은 친구인 적이 없었다. 그는 마치 그렇게 정의된 기반에서 그녀를 알아가는 기분이었다. 그걸 줄어든 기반이라고 해야 할지, 확장된 기반이라고 해야 할지 결정하기도 주저되었다. 이러나저러나 그녀가 '나가서' 만나는 사람들이 아마 그럴 것처럼, 그 역시 그녀에게 감탄의 눈길을 보내는 식이었다. 요컨대 그는 그녀가 자신에게 보여줄 새로운 면이 여전히 남아 있으리라고는 예상하지 않았다. 그런데 그녀가 바로 그 일을 한 것이었다. 도시 전차의 위층에서도 마치 만찬 자리에 함께 앉아 있는 기분이었다. 그들이 부자이기만 **하다면** 그녀는 과연 어떤 인물이 되겠는가! 이른바 위대한 인생에서 얼마나 천재적이겠으며, 이른바 위대한 저택에서 얼마나 근사한 존재감을 드러내겠으며, 이른바 위대한 지위에 얼마만 한 품위를 더하겠는가! 그런 생각이 떠오르기만 하면 그는 자신들이 왕족이거나 백만장자가 아니라 유감스러웠다. 크리스마스 때 자신을 무척 부드럽게 대해주던 그녀를 보며 당시 든 느낌은 두껍게 접어놓게 되어 있는 고급스러운 벨벳을 얇게 펼쳐놓은 것만 같았다. 그런데 지금은 피상적일 때에만 가능할 상당히 다면적인 만남의 인상을 주었다. 그러는 내내 집에서 벌어지는 일에 대해서는 일언반구도 하지 않았다. 거기서 나와서 다시 그리로 돌아가는 것이었음에도, 그녀가 그나마 살짝이라도 그 부분을 암시하는 것이라고는 작별할 때마다 그에게 보이는 표정뿐이었다. 그 표정이 거듭 그를 막아 세웠다. '그건 내가 보고 알아야만 하는 거예요. 그러니까 건드리지 말아요. 그건 그저 오랜 악을 깨우는 거고, 난 내 나름대로 그 옆을 지키며 그게 얌전히 있도록 다루고 있으니까. 이제 다시 그 옆을 지키러 가는 거니까 날 내버려둬요! 혹시 연민을 보이고 싶은 거라면 나를 믿어주면 돼요. 우리가 정말로 뭔가 할 수 있게 된다면, 그건 또 다른 문제겠죠.'

집으로 돌아갈 때면 그렇게 다소 경직된 채 지니고 가는 그것을 떠올리며 그는 그녀를 바라보았다. 뒤죽박죽이고 모호한데도 어쩌면 저렇게 고개를 꼿꼿이 들고 미동도 없이 버틸 수 있는지! 그야말로 그는 이 순간 그녀가 머리 위에 얹고 중심을 잡고 있는 바구니 안에 든 물건처럼 자신이 그런 높이에서 약간 흔들리고 있는 기분이었다. 케이트가 그의 집 층계를 올라오기까지 앞선 몇 주의 시간이 흔들흔들 빠르게 지나갔다는 느낌이었던 것도 틀림없이 그런 의식 탓이었다. 그에게 그 시간은, 뭔가를 기다리면 보통 시간이 더디게 가지만 바로 기다림 때문에 더딘 시간이 괴로운 거라는 모순에 차 있었다. 솔직히 말하면 그 이례적 현상의 비밀은 하루하루가 스르르 사라지면서 진기한 무언가도 함께 사라졌다는 것이었다. 그 무언가는 그저 생각일 뿐이었지만, 무엇이 되었건 그 귀중한 것이 시간에 갈급하게 하는 신선하고 섬세한 생각이었다. 그 생각은 오로지 그만의 것이라, 친밀한 그의 동반자에게도 아마 절대 말하지 않을 터였다. 편애하는 격한 통증이라도 되는 양 숨겼다. 말하자면 방을 나갈 때 두고 나가지만, 그것이 그대로 있는지 확인하려고 부랴부랴 돌아오는 식이었다. 그런 때면 그것을 놓아둔 신성한 구석 자리에서 그것을 꺼내 부드러운 포장을 벗겨냈다. 하나씩 하나씩 조심스럽게 벗겼고, 안타까우면서도 다정하게 다친 아이를 다루는 아버지처럼 **그것을** 다루었다. 혹시 누가 보지 않을까 겁내는 그의 앞에서 그것은 딱 그런 존재였다. 즉 그는 그런 시간이면 밀리의 편지에 어떤 말이 씌어 있었는지 절대, 절대로 알 수 없다는 생각에 빠져들었던 것이다. 그 안에 표명된 의도는 어쩌면 너무 잘 알았다. 문제는 그의 깊은 영혼의 울림을 생각하면 그것은 너무 사소한 부분이라는 것이다. 영원히 잃어버린 바로 그

부분에서 그녀는 그에게 의외의 말을 전했을 수도 있었다. 의외의 내용이 무엇이었을지, 가능성을 궁금해하면서 그는 상상력을 동원해 기상천외하게 채우고 다듬어나갔다. 그러다 보면 그것이 어떤 계시가 되고, 그것을 잃어버린 일은 바로 눈앞에서 엄청나게 귀한 진주를 헤아릴 수 없이 깊은 바닷속으로 던져버리는 것과도 같았다. 아니, 심지어 심장이 벌떡벌떡 뛰는, 감각을 지닌 어떤 존재, 영혼의 귀에는 울부짖음 소리가 아득하고 희미하게 들릴 수도 있는 존재를 제물로 바치는 것과도 같았다. 그것이 고요한 방 안에 혼자 있을 때 그가 소중히 감싸안는 소리였다. 상대적으로 거칠고 조야한, 어쩔 수 없는 일상의 소란스러움에 다시 질식되어 사라질 때까지라도 그것이 버티고 있을 수 있도록 고요함을 구했고 열심히 지켰다. 의심할 바 없이, 일상이 주제넘게 나서서 그것과 하나라 할 그의 영혼의 통증을 치료하는 일과 마찬가지의 과정이었다. 그렇다고 불평할 수도 없었으므로 성스러운 침묵은 더욱 깊어졌다. 케이트에게 마음대로 하라고 한 것은 그였으니 말이다.

기막히지만 명백한 사실은, 앞에서 언급한 그때 그의 방 안에 들어서자마자 그녀가 그것을 완전히 파악했다는 것이다. 달리 할 일이 없었다면 그로부터 당시 그들의 조건과 베네치아에서 마지막으로 만났던 다른 조건 사이의 차이를 즉시 알아차릴 수도 있었을 것이다. 그때의 일은 그의 생각이었던 반면, 지금 그녀가 찾아온 것은 그녀의 생각이었다. 그의 의식은 맨 처음부터 둘 사이의 공통된 몇몇 특징을 거의 애처로울 정도로 분명한 이미지로 떠올릴 수 있었다. 그녀는 예전에 그랬듯이 심각해

보였다. 예전처럼 그걸 감추기 위해 주변을 둘러보았다. 당장은 입에서 아무 말도 나오지 않는 상황에서 그녀는 예전에 그랬듯 이 그의 장소와 그의 '물건들'에 관심을 보이는 척했다. 베일을 살짝 걷어 올렸는데 그게 똑바르지가 않아서 차라리 아예 벗으라고 그가 말했고, 그 말에 거울 앞에서 베일을 벗는 그녀의 모습도 그때를 떠올리게 했다. 그런 것들은 그저 덧없는 것들이었다. 몇 분 후 그가 상상하기로 예전에 그가 노심초사 바랐던 확신의 요소를 그녀가 지금 온전히 제공하고 있다는 것이 진짜였다. 그녀야말로 지극히 평정심을 유지하고 있었던 것이다. 재빨리 그것을 이용하며 그녀가 말했다. "이번에는 전혀 망설이지 않고 당신 편지를 뜯어봤어요."

그녀는 방에 들어오자마자 탁자 위에 두툼한 긴 봉투를 올려놓았는데, 앞서 그가 더욱 묵직한 봉투 안에 넣어 보냈던 것이었다. 하지만 그는 그것을 쳐다보지도 않았다. 다시는 보고 싶지 않다고 믿었으니까. 게다가 어쩌다 보니 주소가 위로 놓여 있었다. 그래서 그는 실제로 아무것도 '보지' 않았고, 그녀의 말에도 그저 그녀의 눈만 들여다봤을 뿐 지칭된 대상에는 절대 가까이하려 하지 않았다. "그건 '내' 편지가 아니에요. 그리고 쪽지에도 썼지만 내 것이 아닌 물건으로 당신에게 보내는 게 내 의도였어요."

"그렇게까지 이게 내 거라는 뜻이에요?"

"그럼 괜찮다면 그들 거라고 하죠. 이 문서를 작성한 뉴욕의 좋은 사람들 말이에요. 혹시 봉투를 감쪽같이 뜯었다면요." 그러곤 바로 덧붙였다. "하지만 알다시피 전혀 손상하지 않고 그대로 돌려보낼 수도 **있었겠지요**. 그저 말할 수 없이 다정한 편지를 동봉해서." 그가 조바심을 감추지 못하고 미소를 지었다.

케이트는 그저 눈을 깜박이며 담대하게 그 말을 받아들였는데, 문제를 알아보려고 아프고 쓰린 부분을 건드리는 의사에게 용감한 환자가 보내는 신호 같았다. 단단히 마음의 준비를 하고 왔음을 즉각 알 수 있었고, 똑똑한 그녀로서야 당연히 그랬을 거라는 이 도드라진 신호와 함께 가능성의 빛이 반짝였다. 그런 걸 추정하는 일이라면 그녀는 뭐든지 이해할 수 있을 만큼 똑똑했으니까. "우리가 그렇게 해야 **한다는** 뜻인가요?"

"아, 이젠 그러기엔 너무 늦었죠. 그러니까 이상적인 방식으로는요. 이젠 우리가 **알고** 있다는 게 티가 나는데—!"

"당신은 모르잖아요." 그녀가 아주 상냥하게 말했다.

"괜찮은 방식일 수도 있었겠다, 그런 뜻이었어요." 그녀의 말을 무시한 채 그가 말했다. "전혀 알지 못하는 상태에서, 하지만 그쪽에서 대단한 배려를 했다는 것만 확신하고, 그래서 받은 상태 그대로 그것을 증명하면서 다시 돌려보낸다, **그랬다면** 정말로 좋았겠다는 거죠."

그녀가 잠깐 생각을 하고는 말했다. "그러니까 봉투를 뜯지 않았으면, 금액이 맘에 차지 않아서 거절하는 게 아니라는 증거가 될 수 있었다는 건가요?"

아무리 변덕스러울지라도 그녀의 유머 감각이 재미있다는 듯이 그가 다시 미소를 지었다. "뭐, 그래요. 비슷해요."

"그래서 적어도 나는 알게 되었으니까 그 훌륭한 방식은 물 건너갔다?"

"받은 그대로 가지고 왔으면 하고 바랐는데──솔직히 말하면 그런 바람이 있었으니까──실망스럽게도 그러지 않았으니 영향은 있는 거죠."

"편지에 그런 바람을 내보이지는 않았잖아요."

"그러고 싶지 않았으니까요. 당신에게 맡겨두고 싶었어요. 아, 당신이 굳이 그렇게 묻는다면, 그래요, 어떻게 하나 보고 싶었어요."

"내가 품위를 팽개칠 가능성이 얼마나 되는지 알아보고 싶었다는 건가요?"

그는 이제 안정된 모습이었다. 공기 중에 자욱한, 아직 뭐라 명명하지 못한 무언가의 존재로 인해 그에게 편안함이 찾아왔다. "아주 좋은 기회였으니까 당신을 시험해보고 싶었죠."

그 표현이 가한 충격이 그녀의 표정에 고스란히 드러났다. "분명 좋은 기회이기는 했겠네요. 더 좋은 기회가 과연 있을까 싶을 정도로." 그녀가 그에게 시선을 둔 채 말했다.

"기회가 좋을수록 더 나은 시험이 되니까요!"

"내가 어떤 일까지 할 수 있을지 당신이 어떻게 알아요?" 그에 대한 대답으로 그녀가 물었다.

"모르죠! 봉투를 뜯지 않았다면 더 일찍 알았겠지만."

"알겠어요." 그녀가 그 말을 이해했다. "하지만 그러면 나로서는 전혀 알지 못했겠죠. 그리고 내가 아는 바를 당신 역시 알지 못했을 테고."

"분명히 말하지만, 혹시라도 내가 모르는 상태를 고쳐주고 싶은 마음이 들더라도 특히 그건 하지 말아줬으면 해요."

그녀가 주저하다가 말했다. "알게 되었을 때 생겨날 결과가 두려운 거예요? 모르는 상태에서 맹목적으로 해야만 할 수 있는 거예요?"

그가 잠시 짬을 두었다가 물었다. "내가 뭘 하는데요?"

"뭐긴요, 당신 머릿속에 있는, 세상에서 해야 할 단 하나의 일이죠. 그녀가 해준 것을 받아들이지 않는 일 말이에요. 그런 경우를 일반적으로 지칭하는 단어가 없나요? 유산을 받지 않는 일 말이에요."

"거기서 빼먹은 게 있어요." 그가 잠시 후 말했다. "그런 일을 하는 데 당신도 함께하기를 내가 바란다는 거."

의아한 표정이 떠오르며 그녀의 말투가 더 부드러워졌지만 그렇다고 단호함이 덜하지는 않았다. "나와 아무 관계도 없는 일에 내가 어떻게 '함께한다'는 거예요?"

"어떻게냐고요? 말 한마디면 돼요."

"무슨 말을요?"

"내가 포기하는 데 동의하는 거죠."

"어차피 당신이 포기하는 걸 막을 수도 없는데 내 동의가 무슨 의미가 있어요?"

"당연히 막을 수 있죠. 이해를 잘해야 해요." 그가 말했다.

그녀가 그 안에 담긴 위협을 감지했다. "내가 동의하지 **않으면** 포기하지 않겠다는 거예요?"

"그래요. 아무것도 하지 않겠어요."

"내 생각에 그건 받아들인다는 말로 들리는데요."

덴셔가 잠시 아무 말 없다가 다시 입을 열었다. "공식적으로 아무것도 안 한다는 뜻이에요."

"돈은 건드리지도 않겠다는 뜻인가 보네요."

"건드리지도 않을 거예요."

서서히 그 지점에 이르렀음에도, 그 말에는 대단히 심각한 분위기가 있었다. "그러면 도대체 누가 하죠?"

"그러길 원하는 사람이든 그렇게 할 수 있는 사람이든 아무나 하겠죠."

그녀가 다시 잠시 침묵을 지켰다. 지나치게 많은 이야기를 할 수도 있었으니까. 그녀가 다시 입을 열었을 때 그는 어느 정도 파악을 하고 있었다. "당신을 **통하지** 않고 내가 어떻게 관여할 수 있나요?"

"할 수 없죠." 그러곤 그가 덧붙였다. "당신을 통하지 않고는 내가 그것을 포기할 수 없는 것과 마찬가지로."

"아, 그게 뭐 대단한 거라고! 내 마음대로 할 수 있는 건 아무것도 없잖아요." 그녀가 말했다.

"나를 마음대로 할 수 있잖아요." 머튼 덴셔가 말했다.

"어떻게 말이에요?"

"이미 알려준 방식으로요. 지금까지 항상 그랬잖아요." 느닷없이 냉랭한 갑갑증을 내보이며 그가 물었다. "내가 지금까지 보여준 게 그것 말고 달리 뭐가 있나요? 내가 어느 만큼이나 당신 '수중에' 있는지 확실히 실감하잖아요. 날 봐주는 걸로 보이길 바랄 필요도 없잖아요."

"그렇게 철저하게 그쪽으로 몰고 가다니 참 친절하네요!" 그녀가 신경질적으로 웃었다.

"그런 적 없어요. 방금 말했다시피, 그걸 보내면서 당신이 고려할 수도 있다고 보았던 그 기회로 몰고 가지도 않았잖아요. 그러니까 모든 면에서 당신은 완전히 마음대로 할 수 있어요."

이렇게 되자 두 사람 모두 그야말로 얼굴이 창백해지는 지경에 이르렀고, 앞으로 생길 수도 있을 갈등에 대한 어렴풋한 두려움 속에서 온갖 생각들이 시선으로만 말없이 둘 사이를 오갔다. 그 짧은 침묵 속에서 무언가가 솟아나기까지 했는데, 그것은 너무 진실에 집착하지 말자는 서로를 향한 호소와도 같았다. 어쩐지 그래야 할 필요성이 그 앞에 확연히 놓여 있었지만, 과연 누가 먼저 나서야 할 것인가? "고맙네요!" 마음대로 할 수 있다는 그의 말에 케이트가 이렇게 대답은 했지만, 당장은 어떤 행동도 뒤따라 나오지 않았다. 반어적인 말투가 완전히 사라졌으니 그나마 다행이었고, 잠깐의 시간이 느리게 흘러가는 동안 그 사실을 의식하면서 분위기가 좀 나아졌다.

그가 다시 말을 이었을 때도 그렇게 달라진 분위기가 느껴졌다. "그것이 우리가 함께해온 일이라는 사실은 당신도 충분히 이해하리라고 봐요."

그녀는 그 말을 그저 당연하게 받아들였다. 이미 자신의 시각에서 따져보고 있었던 것이다. "그녀가 당신을 위해 해준 일이 뭔지 정말로 전혀 궁금하지 않아요? 그게 사실이라면 너무 신기해서요."

"내가 정식으로 맹세라도 했으면 해요?" 그가 물었다.

"아뇨, 그냥 이해가 안 될 뿐이에요. 내가 당신 입장이라면—!"

"아!" 그가 어쩔 수 없이 말을 끊고 끼어들었다. "당신이 내 입장에 대해 뭘 알아요?" 그러나 곧 이렇게 덧붙였다. "미안해요. 내 바람은 이미 얘기했어요."

그럼에도 순간 그녀에게 흥미로운 생각이 떠올랐다. "하지만 그 사실이 공개되지 않을까요?"

"'공개'되다뇨?" 그가 움찔하며 되물었다.

"그러니까 신문에 나지 않겠냐고요."

"아, 절대 그럴 일은 없어요! 그걸 피할 방도는 알아요."

그 문제는 그렇게 결론이 난 것 같았지만, 그녀는 곧 다른 식으로 주장을 이어나갔다. "뭐든지 다 피하고 싶은 게 당신의 갈망이에요?"

"모든 걸요."

"그럼 내게 포기하도록 도와달라는 그것을 좀더 확실하게 알아야 할 필요도 없어요?"

"직감만으로도 충분하니까 확실하게 알 필요 없어요. 엄청난 액수의 돈이라는 건 당연히 믿을 수 있어요."

"아, 저것 보라지!" 그녀가 외쳤다.

"자신을 기억해달라는 징표로 그녀가 내게 남긴 거라면 미미한 액수일 리는 없을 테니까." 그가 조용히 말을 이었다.

케이트는 무슨 말을 어떻게 해야 할지 모르겠는지 잠시 말이 없었다. "그녀다워요. 그녀가 어떤 사람인지를 보여주죠. 그게 어느 정도인지 우리가 예전에 했던 말을 기억한다면 말이에요."

그런 말이 너무 많기라도 한 양 그가 망설였다. 하지만 하나를 기억해냈다. "굉장하다?"

"굉장하죠." 그러면서 보일 듯 말 듯 희미한 미소가 그녀의 얼굴을 스쳤는데, 역시 보일 듯 말 듯 했지만 금방이라도 눈물이 쏟아질 듯한 그의 표정을 눈치채고는 바로 사라졌다. 그의 눈에 눈물이 차올랐지만 그녀는 말을 이어갔다. 상냥한 말투였다. "내가 보기에 문제의 본질은 당신이 두려워한다는 거예요." 그녀가 설명했다. "그러니까 그 **모든** 진실을 다 두려워하는 거죠. 그런 것 없이도 그녀와 사랑에 빠졌는데 정말이지 뭘 더 어쩌겠어요? 그리고 당신은 그녀와 사랑에 빠지는 게 두려운 거예요. 멋진 일이지 뭐예요!"

"난 그녀와 사랑에 빠진 적 없어요." 덴셔가 말했다.

그녀가 그 말을 받아들였고, 잠시 후 이렇게 대꾸했다. "지금은 그 말을 믿어요. 그러니까 그녀가 살아 있었을 때는 그랬겠죠. 적어도 당신이 거기 있는 동안은 말이에요. 그런데 당연한 일이지만 마지막으로 만났을 때 변화가 일어났어요. 그때 그녀는 당신이 이해해주리라 생각하며 당신을 위해 죽었어요. 그때부터 당신은 사랑에 빠진 거예요." 그러면서 케이트가 자리에서 일어났다. "그리고 지금은 나도 그래요. 우리를 **위해서** 그렇게 해준 거니까." 덴셔 역시 일어나서 그녀를 마주 보았고, 그녀는 그 생각을 계속 이어갔다. "내가 참 바보같이 예전에 그녀를 비둘기라고 불렀죠. 더 좋은 표현이 떠오르지 않아서. 그녀가 날개를 펼친 거고, 그 날개가 **그렇게나** 멀리 미친 거예요. 우리까지 감싸 덮어줄 정도로."

"감싸 덮어줬죠." 덴셔가 말했다.

"그게 바로 내가 당신에게 준 거예요. 내가 당신을 위해 해준게 바로 그거라고요." 케이트가 엄숙하게 말을 맺었다.

그녀를 바라보는 그의 표정이 서서히 기이하게 변하더니 눈에 그득하던 눈물이 순식간에 말라버렸다. "그 말은 그럼—?"

"내가 동의해줄 거냐고요?" 그녀가 엄숙하게 고개를 저었다. "아뇨. 이젠 알겠으니까요. 당신은 그 돈 없이는 나와 결혼하겠지만 그 돈을 가지고는 나와 결혼하지 않겠죠. 내가 동의하지 않으면 **당신도** 안 할 거고요."

"날 포기하는 건가요?" 그렇게 노골적으로 묻는 중에도 그는 그녀의 대단한 상황 파악 능력에 일종의 경외심을 드러냈다. "다른 건 포기할 필요 없을 거예요. 돈을 받으면 한 푼도 빼지 않고 다 당신에게 넘겨줄 테니."

그렇게 재빨리 그가 상황을 명확히 했지만, 이번에는 그녀 얼굴에 미소가 나타나지 않았다. "그렇겠죠. 그러니까 내가 선택을 해야 하는 거죠."

"선택을 해야겠죠."

그녀가 자기 방에 서서 그런 일을 한다는 것이 순간 그에게 낯설게 다가왔다. 지금껏 숨이 멎을 정도로 긴장되었던 어떤 순간보다 더한 긴장 속에서 그는 그녀의 행동을 기다렸다. "선택에서 당신을 구할 방법은 단 하나뿐이에요."

"내가 당신에게 굴복하는 선택을?"

"그래요." 그렇게 말하며 그녀가 탁자 위에 놓인 긴 봉투 쪽으로 고개를 끄덕였다. "저걸 넘겨주는 것 말이죠."

"그 방법이 뭐죠?"

"그녀와의 추억과 사랑에 빠지지 않았다고 맹세하는 거예요."

"오, 그녀와의 추억이라니!"

"아, 그런 일은 있을 수 없다는 투로 말하지 말아요." 그녀가 크게 손짓을 하며 말했다. "당신 입장이라면 **나라도** 그럴 수 있을 테니까. 게다가 당신은 그런 게 가능한 사람이에요. 그녀와의 추억이 바로 당신의 사랑이에요. 다른 건 절대 **원하지 않아요.**"

그는 그녀의 얼굴을 바라보며, 하지만 꼼짝도 하지 않고 묵묵히 말을 끝까지 들었다. 그러더니 그저 이렇게 말했다. "난 지금 당장이라도 당신과 결혼할 수 있다는 걸 알아야 해요."

"예전 우리 모습 그대로?"

"예전 우리 모습 그대로."

하지만 그녀가 문 쪽으로 몸을 돌렸고, 고개를 가로저은 게 끝이었다. "우린 절대 예전 모습 그대로일 수는 없어요!"

곤경의 드라마, 의식의 드라마

『비둘기의 날개』는『대사들』『황금 주발』과 함께 헨리 제임스 작품 세계의 정점을 이루는 작품이다. 제임스의 전기를 쓴 리언 에델은 후기 걸작인 세 작품이 제임스가 정의한 예술, 즉 "삶을 빚어내고 관심을 일궈내고 의미를 창출"하는 예술의 이상을 오롯이 구현한다고 말했다. 제임스는 이 세 작품을 1899년부터 1904년까지 5년도 채 안 되는 기간에 모두 완성했는데,『비둘기의 날개』는 세 작품 중 처음으로 출간되었지만『대사들』에 이어 두번째로 쓴 작품이다.

서문에서 제임스는 이 작품의 주제가 아주 오래전부터 머릿속에 있었다고 말한다. 부족한 것 없이 모든 것을 다 가지고도 요절할 운명에 처한 인물이라는 주제는 통렬한 삶의 아이러니를 보여준다는 점에서 보편적 호소력을 가진다. 그는 평생 결혼을 하지 않았지만 많은 여성들과 친분을 쌓은 것으로 유명한데, 특히 그의 인생에서 중요한 여성이었던 사촌 미니 템플이 요절하는 주인공 밀리 실의 모델로 주로 거론된다. 그와 각별했던 여동생 앨리스도『비둘기의 날개』가 완성되기 몇 년 전에 40대초반의 나이로 세상을 떴다.

밀리 실은 제임스 작품의 주요 주제였던 '구세계 속 미국 여성'을 다른 각도와 깊이로 조명한다. 젊은 미국 여성으로 대표되는 신생국 미국의 특성을 구세계 유럽의 맥락에서 드러내는 '대서양 양안에 걸치는trans-Atlantic' 주제는 대중적으로 사랑을 받은 초기 중편「데이지 밀러」에서 시작되어 그의 대표작『한 여인의 초상』에서 전면적으로 다루어졌다. 세련되고 복잡한 사회적 관습을 따르며 세상사에 밝은 유럽 세계에서 미국 여성은 이국적 호기심의 대상이 되거나 유형화되어 소비되는데, 그 과정에서 유럽과 대비되는 미국적 순진함과 강인함이 부각된다. 사교계 내의 영향력을 위해 밀리를 이용하려는 로더 부인에게서 미국 여성을 대하는 유럽의 태도를 단적으로 찾아볼 수 있고, 밀리가 참석하지 못한 랭커스터게이트의 만찬에서 밀리를 두고 벌어지는 대화는 유럽에서, 이 경우엔 영국에서 미국인을 정형화하는 방식을 전형적으로 보여준다.

윌리엄 블레이크의 시집 제목을 빌려 '순수와 경험의 대비'라고 주로 일컬어지는 이러한 대비가 이 작품에서 중요한 구도를 이룬다. 한편으로 밀리의 재산을 두고 음모를 꾸미는 케이트와 덴셔, 다른 한편으로 그런 음모는 전혀 눈치채지 못한 채 자신을 향한 케이트의 애정을 순수하게 받아들이며 거기에 말려 들어가는 밀리가 펼쳐 보이는 드라마가 그러한 구도를 따르는 것이다. 하지만 초기 소설의 데이지는 물론이고『한 여인의 초상』의 이저벨까지도 소설 내에서는 희생자의 위치를 벗어나지 못한 반면, 밀리는 죽음 이후에 역설적으로 케이트와 덴셔에게 영향력을 행사한다. 밀리는 마지막에 케이트와 머튼 덴셔의 음모를 알게 되었음에도 착한 '비둘기'처럼 그들의 계획을 따라주지만, 오히려 그들을 위해 펼친 비둘기의 날개가 두 사람 관계의 기반을 무너뜨리는 결과를 초래했기 때문이다. 제임스가 설명하듯이 케이트와 덴셔는 '관계'가 아니면 아무것도 아니고 그 관계는 두 의식이 하나의 의식을 이룸으로써만 가능한데, 밀리의 선한 의도로 덴셔의 의식이 케이트의 의식과 분리되어 밀리의 의식과 만나면서 그들은 절대 '예전 그대로의 모습'일 수 없는 상황에 이른다. 그들을 보호할 것처럼 감싸 덮어준 밀리의 '날개'의 무게와 존재감이 예상치 못한 방식으로 그들에게 영향을 끼친 것이다.

제임스의 작품에는 겉으로 드러나지 않는 것, 알려지지 않거나 알 수 없는 것이 행사하는 영향력이 중요한 의미를 가지는 경우가 많고 때로 핵심 주제를 이루기도 한다. 단순한 사실 차원에서부터 작품 속의 핵심적인 정조나 요소까지 양상도 다양한데, 유령의 진위에 대해 끝까지 모호함을 유지하는 『나사의 회전』이 대표적이라 할 수 있다. 『비둘기의 날개』에서 밀리가 정확히 어떤 병을 가졌는지를 밝히지 않는 것이 전자의 경우라면, 마지막의 밀리의 편지는 후자의 경우이다. 앞서 미국에서 만났을 때부터 호감을 가지고 친구나 여동생처럼 편히 대했던 밀리를 돈 때문에 이용했다는 죄책감은 베네치아를 떠나기 전부터 덴셔를 괴롭혔는데, 밀리가 미리 자필로 써놓았다가 사후에 보낸 편지를 케이트가 태워버리자 죄책감은 다른 양상으로 발전한다. 덴셔는 두 사람의 결속을 확증할 셈으로 케이트에게 편지를 열어보라고 했지만, 케이트는 그것을 뜯지도 않은 채 벽난로 속에 집어 던진다. 두 사람이 원하는 유산과 관련된 사항은 어차피 다른 경로로 알게 될 것이라 밀리에 대한 덴셔의 미련을 없애려는 의도로 한 행동이었지만, 그것은 오히려 의외의 결과를 낳는다. 덴셔에게 그 편지는 단지 유산과 관련된 '사실'만 담고 있지 않았기에, 그에게 마지막으로 보낸 밀리의 마음을 이제 절대로 알 수 없게 된 덴셔는 오히려 거기서 벗어나지 못한다. 그래서 마지막에 덴셔의 거처를 찾은 케이트는 그곳에 밀리와 관련된 추억이 가득한 것을 감지하고 그가 밀리와의 추억과 사랑에 빠졌다고 결론을 내린다. 결국 케이트의 의식과 하나였고 하나여야만 했던 덴셔의 의식이 다른 한편으로 밀리와 뗄 수 없이 엮이면서 둘의 미래는 불확실함으로 내몰리고, 많은 제임스의 소설이 그렇듯이 이 작품도 독자에게 어떤 확실한 해결이나 전망을 주지 않은 채로 끝을 맺는다.

제임스는 대부분의 소설에서 '점잖은 전통genteel tradition'이라 불리는 상류층의 세계를 주로 다루지만, 자신이 글을 써서 생계를 꾸려가는 전업 작가였기에 평생 경제적인 상황을 의식하지 않을 수 없었다. 따라서 돈과 사회계급이라는 문제가 여러 작품에서 중요한 배경을 이루며, 특히 『비둘기의 날개』는 제임스의 중기 사회비평 소설에 비견될 만큼 그런 면이 두드러진다. 대표적인 예로 케이트 크로이가 아버지와 언니를 만나는 작품의 첫 부분을 들 수 있다. 인상적인 인물로 등장하는 케이트는 결국 돈을 위해 밀리를 이용하는 악한 인물이 되지만, 그녀의 사회계

급적 지위와 가족 관계 등이 다각도로 그려져 있기에 선악 이분법으로 섣불리 단죄하기는 힘들다.

제임스가 살았던 19세기 후반 사회는 전근대적 가족 기반 경제가 상업과 공업 경제로 전환되고 그에 따라 성별 분화에 기초한 핵가족이 제도화되던 때였다. 그러면서 가족의 중요성이나 가족애가 강조되었지만, 사실상 그것은 적나라해지는 경제적 본질을 가리거나 미화하기 십상이었다. 부동산으로 큰돈을 번 제임스의 할아버지가 아들의 생활이 맘에 들지 않는다며 유산을 주지 않았고, 제임스의 부친이 그에 맞서 결국 유산을 받아냈던 일에서도 가족의 경제적 속성은 잘 나타난다. 미국과 유럽을 오가는 식으로 조국이나 국적을 벗어나려 했고 자식들에게도 제도화된 교육을 시키지 않았던 제임스의 부친은 당시 지배적이던 가족 제도나 가치관과도 거리를 두었다. 그렇게 당시 지배적이던 가족 제도의 주변부에서 성장했기 때문인지 그의 작품에서는 전형적인 가족의 모습을 별로 찾아볼 수 없다.

케이트의 아버지와 언니가 뻔뻔하게 들먹이는 가족은 사실상 자신의 안위와 이익을 챙기려는 경제적 이기심을 가족애나 희생으로 미화하는 것일 뿐이다. 그런 가족에게도 여전히 의무감을 버리지 않는 케이트는 자신이 남자로 태어나기만 했어도 집안이 이 지경에 이르지 않았을 거라며 울분을 삼킨다. 경제력이 없는 여성이 가족을 일으키기 위해 할 수 있는 일은 없고, 자신의 삶도 결혼 시장에서의 성공에 좌우될 수밖에 없기 때문이다. 덴셔가 내내 감탄해마지않듯 케이트는 어디를 보나 당대 여성과 판이하게 다른 특출한 여성이지만, 그런 여성에게조차 결혼

외에는 이른바 삶의 성공을 이룰 길이 없다는 데에 그녀의 비극이 놓여 있는 셈이다. 사회적·시대적 제약에 갇힌 케이트의 재능이 발휘될 배경이 사교계뿐이라는 것도 또 하나의 비극이라 하겠다. 결혼 시장에서 성공을 추구하는 일을 그만두었을 때 그녀에게 가능한 삶의 방식이, 사랑하지만 능력 없는 남자를 만나 언니처럼 구차한 삶을 살거나 언니의 시누이처럼 끼리끼리 모여 잡담이나 하면서 노처녀로 늙는 일밖에 없으니 말이다.

작품 내내 '수려하다'고 묘사되는 비범한 여성 케이트는 그 어떤 운명에도 수동적으로 따르지 않고 자신의 수완으로 원하는 것을 얻고자 한다. 그래서 자신이 사랑하는 남자와 결혼하기 위해 그를 결혼 시장에 내놓기로 한다. 돈 없는 여성이 돈 많은 남자의 배우자로 선택되기 위해 상대의 마음에 들려 애쓰는 게 당연하다면 남자라고 그 일을 못 할 이유는 없는 것이다. 케이트는 덴셔가 알면서도 그런 일을 할 인물이 아님을 잘 알기 때문에 마지막까지 의도를 드러내지 않은 채 덴셔를 끌고 가지만, 덴셔가 그런 일을 아무렇지도 않게 할 인물이 아니라는 바로 그 이유로 그 일은 그에게 씻을 수 없는 흔적을 남기게 된다.

『비둘기의 날개』는 주요 모티브인 요절하는 밀리가 작품의 반을 이루고 그녀를 두고 음모를 벌이는 케이트와 덴셔, 그리고 로더 부인과 스트링엄 부인 등이 나머지 반을 이루어야 하지만, 제임스가 서문에서 토로하듯이 밀리가 그만한 비중을 차지하는 인물로 다가오지는 않는다. 무엇보다 자신의 운명에서 벗어나려 몸부림치고, 자신보다 더 강한 인물인 로더 부인과 힘겨루기를 하면서 덴셔와 격렬한 사랑(제임스의 작품에서 유일하게 육체적 관계가 암시될 정도로)을 나누는 케이트가 워낙 강렬하고 생동감 넘치는 인물이기 때문이다. 그래서 어떤 면에서는 밀리보다 케이트가 주인공에 더 어울리는 느낌이고, 제임스의 주인공들이 대부분 어떤 곤경에 처한 인물들이라는 점을 고려하면 더욱 그러하다.

제임스는 많은 작품, 특히 후기 삼부작에서는 더더욱 특유의 곤경에 처한 인물을 주인공으로 삼는다. 그들은 다른 인물들과 달리 자신의 의식에 따라 주체적으로 행동하지만 오히려 그로 인해 딜레마에 빠지고 곤경에 처하게 된다. 그럴수록 스스로 상황을 분석하고 이해하는 그들의 인식 작용이 두드러지는데, 제임스에게 'see'라는 단어가 중요한 이유도 시각적으로 보는 행위와 어떤 사실을 깨닫고 인식하는 행위를 동시에 나타내기(우리말에는 두 의미를 동시에 담을 수 있는 단어가 없기에 어려움이 있다) 때문이다. 제임스의 주인공들은 이렇게 '보고 인식할' 수 있는 능력을 가진 사람들로서, 관습 같은 사회적 틀에 갇혀 있거나 맹목적인 이기심 등에 휘둘리는 다른 사람들이 눈앞에 두고도 '보지' 못하는 것들을 인식할 수 있지만, 바로 그 때문에 자신의 곤경을 자초하는 면도 있다.

사랑과 돈, 음모, 삼각관계 등 멜로드라마에서나 볼 법한 '극적' 요소를 지닌 『비둘기의 날개』에서도 이 인식 작용은 아주 두드러진다. 무대 위의 장면처럼 펼쳐지는 눈앞의 광경을 보며 주인공들이 그 의미를 깨닫는 인식의 순간에 독자들 역시 그들과 함께 각자의 상상력을 발휘하여 그것의 이면, 맥락, 숨겨진 의미 등을 알아내는 것이 이 작품을 읽는 묘미라 하겠다. 하지만 지시 대상을 명확하게 밝히지 않는 복합적이고 애매한 표현, 길고 추상적인 문장으로 상황과 관계를 심오하고 다각적으로 분석하는 스타일로 쓰인 작품이라 당연히 쉬운 독서가 아니다. 흥미로운 사건이나 복잡한 플롯을 중심으로 하기보다 특정한 상황과 관계에서 등장인물들이 각자 그것을 인식하고 그에 반응하는 방식, 그리고 그런 인식 작용들이 서로 얽히면서 빚어지는 결과들에 대한 정교한 탐색이 주된 요소이기 때문이다. 하지만 끝없는 언어의 실험, 삶의 깊이와 복잡성의 탐색을 어렵사리 따라가다 보면 「소설이라는 예술」이라는 평론에서 제임스가 주장하듯 소설이 어떻게 언어의 예술이 되는지를 깨닫게 된다. 번역자의 능력 부족으로 제임스 언어의 묘미를 제대로 전달할 수 없는 어려움을 절감할 수밖에 없었지만, 이렇게나마 제임스의 후기 대표작을 선보일 수 있어 감사한 마음이다.

1843   4월 15일 뉴욕에서 메리 월시와 헨리 제임스 Sr.의 4남
       1녀 중 둘째 아들로 출생. 한 살 위인 형이 훗날 유명한
       철학자가 된 윌리엄 제임스임. 한 살도 되기 전에 전 가
       족이 유럽으로 건너가 지내다가 1845년에 뉴욕으로 돌
       아옴.

1845~60 올버니와 뉴욕에서 유년을 보내고, 1855~60년에는 다시
       가족이 유럽에서 지냄. 그동안 가정교사를 두고 공부를
       하거나 잠깐씩 유럽의 학교를 다님. 귀국하여 가족들이
       로드아일랜드주 뉴포트에 정착.

1861   뉴포트에서 소방관에 지원해 화재를 진압하다가 허리를
       다침. 이 부상으로 남북전쟁에 참전하지 못함.

1862~64 하버드 법대에 진학하지만 흥미를 느끼지 못하고 중퇴.
       1864년에 가족이 보스턴으로 이사. 익명으로 첫 단편과
       비평을 잡지에 발표하고, 윌리엄 딘 하우얼스가 『애틀랜
       틱 먼슬리 *The Atlantic Monthly*』의 편집장이 되어 그와 친분
       을 쌓음.

1869~70 영국과 유럽 여행. 여행 중 사촌 미니 템플의 사망 소식
       을 들음.

1871   『파수꾼 *Watch and Ward*』을 『애틀랜틱 먼슬리』에 연재.

1875~76 『애틀랜틱 먼슬리』에 『로더릭 허드슨*Roderick Hudson*』을 연재하고 이듬해 책으로 출간. 신문사 특파원으로 파리에 거주하면서 플로베르, 졸라, 모파상, 도데, 투르게네프 등과 교제. 특파원을 그만두고 런던으로 이주.

1877 『미국인 *The American*』 출간.

1878 「데이지 밀러*Daisy Miller*」를 발표하여 미국과 유럽에서 호평을 받음. 『유럽인들 *The Europeans*』 출간.

1879 평전 『호손*Hawthorne*』 발표.

1880 『워싱턴 스퀘어 *Washington Square*』 출간.

1881 『한 여인의 초상 *The Portrait of a Lady*』 출간.

1881~82 어머니가 돌아가시고, 프랑스 여행 중 아버지의 임종을 보기 위해 귀국하지만 지켜보지는 못함.

1886 『보스턴 사람들*Bostonians*』과 『카사마시마 공작 부인*The Princess Casamassima*』 출간.

1887 이탈리아 여행.

1888 『반사경 *The Reverberator*』과 「애스펀의 러브레터*Aspern Papers*」 발표.

1890 『비극적 시신(詩神) *The Tragic Muse*』의 발표와 함께 극작에 관심을 보여 1895년까지의 '극작 시기'를 열게 됨.

1891 『미국인』을 각색하여 런던 무대에 올려 비교적 호평을 받음.

1895 「가이 돔빌*Guy Domville*」을 런던 무대에 올림. 첫 공연이 끝난 후 관객들의 야유에 충격을 받아 극작을 그만두고 이후 극작의 기법을 소설에 적용하려는 노력을 이어감.

1897   『포인턴가의 소장품 *The Spoils of Poynton*』『메이지가 안 것 *What Maisie Knew*』발표.

1898~99   『나사의 회전 *Turn of the Screw*』『사춘기 *The Awkward Age*』출간.

1902~05   『비둘기의 날개 *The Wings of the Dove*』『대사들 *The Ambassadors*』『황금 주발 *The Golden Bowl*』을 연이어 출간. 20년 만에 미국으로 돌아와 여행하고 강연을 함. 그 경험을 가지고 『미국 기행 *The American Scenes*』을 써서 1907년에 출간함.

1907~09   24권으로 된 뉴욕판 〈헨리 제임스 소설 전집 The Novels and Tales of Henry James〉을 출간. 일부 작품을 개고하고 각 작품에 서문을 붙임.

1913~14   자서전 중 앞선 두 권인 『어린 소년과 다른 사람들 *A Small Boy and Others*』『아들이자 동생의 비망록 *Notes of a Son and Brother*』출간.

1916   영국 국왕 조지 5세로부터 명예 훈장을 받은 후 2월 28일 런던에서 72세의 나이로 별세. 매사추세츠주 케임브리지의 가족묘에 안장됨.

1917   미완의 유작으로 자서전 세번째 권인 『중년 *The Middle Years*』출간.

기획의 말

세계문학과 한국문학 간에 혈맥이 뚫려,
세계-한국문학의 공진화가 개시되기를

21세기 한국에서 '세계문학'을 읽는다는 것은 무엇을 뜻하는가? 자국문학 따로 있고 그 울타리 바깥에 세계문학이 따로 있다는 말인가? 이제 한국문학은 주변문학이 아니며 개별문학만도 아니다. 김윤식·김현의 『한국문학사』(1973)가 두 개의 서문을 통해서 "한국문학은 주변문학을 벗어나야 한다"와 "한국문학은 개별문학이다"라는 두 개의 명제를 내세웠을 때, 한국문학은 아직 주변문학이었다. 한데 그 이후에도 여전히 한국문학은 주변문학이었다. 왜냐하면 "한국문학은 이식문학이다"라는 옛 평론가의 망령이 여전히 우리의 의식을 장악하고 있었기 때문이다. 그렇게 생각하고 그렇게 읽고, 써온 것이었다. 그리고 얼마간 그런 생각에 진실이 포함되어 있는 것도 사실이었다. 그러나 천천히, 그것도 아주 천천히, 경제성장이나 한류보다는 훨씬 느리게, 한국문학은 자신의 '자주성'을 세계에 알리며 그 존재를 세계지도의 표면 위에 부조시키고 있었다. 그런 와중에 반대 방향에서 전혀 다른 기운이 일어나 막 세계의 대양에 돛을 띄운 한국문학에 위협적인 격랑을 밀어붙이고 있었다. 20세

기 말부터 본격화된 '세계화'의 바람은 이제 경제적 재화뿐만
이 아니라 어떤 나라의 문화물도 국가 단위로만 존재할 수 없
게 하였던 것이니, 한국문학 역시 세계문학의 한 단위라는 위
상을 요구받게 되었던 것이다.

그러니 21세기 한국에서 세계문학을 읽는다는 것은 진정 무
엇을 뜻하는가? 무엇보다도 세계문학이라는 개념을 돌이켜 볼
때가 되었다. 그동안 세계문학은 '보편문학'의 지위를 누려왔
다. 즉 세계문학은 따라야 할 모범이고 존중해야 할 권위이며
자국문학이 복종해야 할 상급 문학이었다. 그리고 보편문학으
로서의 세계문학의 반열에 올라간 작품들은 18세기 이래 강대
국의 지위를 누려온 국가의 범위 안에서 설정되기가 일쑤였다.
이렇게 해서 세계 각국의 저마다의 문학은 몇몇 소수의 힘 있
는 문학들의 영향 속에서 후자들을 추종하는 자세로 모가지를
드리워왔던 것이다. 이제 세계문학에게 본래의 이름을 돌려줄
때가 되었다. 즉 세계문학은 보편문학이 아니라 세계인 모두가
향유할 수 있도록 전 세계 방방곡곡에서 씌어져서 지구적 규모
의 연락망을 통해 배달되는 지구상의 모든 문학이라고 재정의
할 때가 되었다. 이러한 재정의에는 오로지 질적 의미의 삭제
와 수량적 중성화만 있는 게 아니다. 모든 현상학적 환원에는
그 안에 진정한 가치를 향해 나아가고자 하는 지향성이 움직이
고 있다. 20세기 막바지에 불어닥친 세계화 토네이도가 애초에
는 신자유주의적 탐욕 속에서 소수의 대국 기업에 의해 주도되
었으나 격심한 우여곡절을 겪으며 국가 간 위계질서를 무너뜨
리는 평등한 교류로서의 대안-세계화의 청사진을 세계인의 마

음속에 심게 하였듯이, 오늘날 모든 자국문학이 세계문학의 단위로 재편되는 추세가 보편문학의 성채도 덩달아 허물게 되어, 지구상의 모든 문학들이 공평의 체 위에서 토닥거리는 게 마땅하다는 인식이 일상화까지는 아니더라도 최소한 정당화되고 잠재적으로 전망되는 여건을 만들어내게 되었던 것이다.

또한 종래 세계문학의 보편문학적 지위는 공간적 한계만을 야기했던 게 아니다. 그 보편문학이 말 그대로 보편성을 확보했다기보다는 실상 협소한 문학적 기준에 근거한 한정된 작품집합에 머무르기 일쑤였다. 게다가, 문학의 진정한 교류가 마음의 감동에서 움트는 것일진대, 언어의 상이성은 그런 꿈을 자주 흐려왔으니, 조급한 마음은 그런 어둠 사이에 상업성과 말초적 자극성이라는 아편을 주입하여 교류를 인공적으로 촉진시키곤 하였다. 이제 우리는 그런 편법과 왜곡을 막기 위해서, 활짝 개방된 문학적 관점을 도입하여, 지금까지 외면당하거나 이런저런 이유로 파묻혀 있던 숨은 걸작들을 발굴하여 널리 알리고 저마다의 문학을 저마다의 방식으로 감상할 수 있는 음미의 물관을 제공해야 할 것이다. 실로 그런 취지에서 보자면 우리는 한국에 미만한 수많은 세계문학전집 시리즈들이 과거의 세계문학장을 너무나 큰 어둠으로 가려오고 있었다는 것을 절감한다.

이와 같은 인식하에 '대산세계문학총서'의 방향은 다음으로 모인다. 첫째, '대산세계문학총서'의 기준은 작품의 고전적 가치이다. 그러나 설명이 필요하다. 이 고전은 지금까지 고전으로 인정된 것들에 갇히지 않는다. 우리가 생각하는 고전성은 추상적으로는 '높은 문학성'을 가리킬 터이지만, 이 문학성이란 이미 확정된 규칙들에 근거한 문학성(그런 문학성은 실상 존재하지 않거니와)이 아니라, 오로지 저만의 고유한 구조를 통해 조직되는데 희한하게도 독자들의 저마다의 수용 기관과 연결되는 소통로의 접속 단자가 풍요롭고, 그 전류가 진해서, 세계의 가장 많은 인구의 감성을 열고 지성을 드높일 잠재적 역능이 알차게 채워진 작품의 성질을 가리킨다. 이러한 기준은 결국 작품의 문학성이 작품이나 작가에 의해 혹은 독자에 의해 일방적으로 결정되는 것이 아니라, 세 주체의 협력에 의해 형성되며 동시에 그 형성을 통해서 작품을 개방하고 작가의 다음 운동을 북돋거나 작가를 재인식시키며, 독자의 감수성을 일깨워 그의 내부에 읽기로부터 쓰기로의 순환이 유장하도록 자극하는 운동을 낳는다는 점을 환기시키고 또한 그런 작품에 대한 분별을 요구한다.

이 첫번째 기준으로부터 두 가지 기준이 덧붙여 결정된다.

둘째, '대산세계문학총서'는 발굴하고 발견한다. 모르거나 잊힌 것을 발굴하여 문학의 두께를 두텁게 하고, 당대의 유행을 따라가기보다는 또한 단순히 미래를 예측하기보다는 차라리 인류의 미래를 공진화적으로 개방할 수 있는 작품을 발견하여 문학의 영역을 확장할 것을 목표로 한다. 이는 또한 공동선의 실현과 심미안의 집단적 수준의 진화에 맞추어 작품을 선별한다는 것을 뜻한다.

셋째, '대산세계문학총서'가 지구상의 그리고 고금의 모든 문학작품들에게 열려 있다면, 그리고 이 열림이 지금까지의 기술

그대로 그 고유성을 제대로 활성화시키는 방식으로 진행되는 것이라면, 이는 궁극적으로 '가장 지역적인 문학이 가장 세계적인 문학'이라는 이상적 호환성을 추구한다는 것을 가리킨다. 이는 또한 '대산세계문학총서'의 피드백에도 그대로 적용될 것이다. 즉 '대산세계문학총서'의 개개 작품들은 한국의 독자들에게 가장 고유한 방식으로 향유될 터이고, 그럴 때에 그 작품의 세계성이 가장 활발하게 현상되고 작용할 것이다.

이러한 기준들을 열린 자세와 꼼꼼한 태도로 섬세히 원용함으로써 우리는 '대산세계문학총서'가 그 발굴과 발견을 통해 세계문학의 영역을 두텁고 넓게 하는 과정 그 자체로서 한국 독자들의 문학적 안목과 감수성을 신장시키는 데 기여할 것을 기대하며, 재차 그러한 과정이 한국문학의 체내에 수혈되어 한국문학의 도약이 곧바로 세계문학의 진화로 이어지게끔 하기를 희망한다. 이는 우리가 '대산세계문학총서'를 21세기의 한국사회에서 수행하는 근본적인 소이이다. 독자들의 뜨거운 호응을 바라마지않는다.

'대산세계문학총서' 기획위원회

대산세계문학총서

001-002 소설 트리스트럼 샌디(전 2권) 로렌스 스턴 지음 | 홍경숙 옮김

003 시 노래의 책 하인리히 하이네 지음 | 김재혁 옮김

004-005 소설 페리키요 사르니엔토(전 2권)
호세 호아킨 페르난데스 데 리사르디 지음 | 김현철 옮김

006 시 알코올 기욤 아폴리네르 지음 | 이규현 옮김

007 소설 그들의 눈은 신을 보고 있었다 조라 닐 허스턴 지음 | 이시영 옮김

008 소설 행인 나쓰메 소세키 지음 | 유숙자 옮김

009 희곡 타오르는 어둠 속에서/어느 계단의 이야기
안토니오 부에로 바예호 지음 | 김보영 옮김

010-011 소설 오블로모프(전 2권) I. A. 곤차로프 지음 | 최윤락 옮김

012-013 소설 코린나: 이탈리아 이야기(전 2권) 마담 드 스탈 지음 | 권유현 옮김

014 희곡 탬벌레인 대왕/몰타의 유대인/파우스투스 박사
크리스토퍼 말로 지음 | 강석주 옮김

015 소설 러시아 인형 아돌포 비오이 까사레스 지음 | 안영옥 옮김

016 소설 문장 요코미쓰 리이치 지음 | 이양 옮김

017 소설 안톤 라이저 칼 필립 모리츠 지음 | 장희권 옮김

018 시 악의 꽃 샤를 보들레르 지음 | 윤영애 옮김

019 시 로만체로 하인리히 하이네 지음 | 김재혁 옮김

020 소설 사랑과 교육 미겔 데 우나무노 지음 | 남진희 옮김

021-030 소설 서유기(전 10권) 오승은 지음 | 임홍빈 옮김

031 소설 변경 미셸 뷔토르 지음 | 권은미 옮김

032-033 소설 약혼자들(전 2권) 알레산드로 만초니 지음 | 김효정 옮김

034 소설 보헤미아의 숲/숲 속의 오솔길 아달베르트 슈티프터 지음 | 권영경 옮김

035 소설 가르강튀아/팡타그뤼엘 프랑수아 라블레 지음 | 유석호 옮김

036 소설 사탄의 태양 아래 조르주 베르나노스 지음 | 윤진 옮김

037 시 　시집 스테판 말라르메 지음 | 황현산 옮김

038 시 　도연명 전집 도연명 지음 | 이치수 역주

039 소설 　드리나 강의 다리 이보 안드리치 지음 | 김지향 옮김

040 시 　한밤의 가수 베이다오 지음 | 배도임 옮김

041 소설 　독사를 죽였어야 했는데 야샤르 케말 지음 | 오은경 옮김

042 희곡 　볼포네, 또는 여우 벤 존슨 지음 | 임이연 옮김

043 소설 　백마의 기사 테오도어 슈토름 지음 | 박경희 옮김

044 소설 　경성지련 장아이링 지음 | 김순진 옮김

045 소설 　첫번째 향로 장아이링 지음 | 김순진 옮김

046 소설 　끄르일로프 우화집 이반 끄르일로프 지음 | 정막래 옮김

047 시 　이백 오칠언절구 이백 지음 | 황선재 역주

048 소설 　페테르부르크 안드레이 벨르이 지음 | 이현숙 옮김

049 소설 　발칸의 전설 요르단 욥코프 지음 | 신윤곤 옮김

050 소설 　블라이드데일 로맨스 나사니엘 호손 지음 | 김지원·한혜경 옮김

051 희곡 　보헤미아의 빛 라몬 델 바예-인클란 지음 | 김선욱 옮김

052 시 　서동 시집 요한 볼프강 폰 괴테 지음 | 안문영 외 옮김

053 소설 　비밀요원 조지프 콘래드 지음 | 왕은철 옮김

054-055 소설 　헤이케 이야기(전 2권) 지은이 미상 | 오찬욱 옮김

056 소설 　몽골의 설화 데. 체렌소드놈 편저 | 이안나 옮김

057 소설 　암초 이디스 워튼 지음 | 손영미 옮김

058 소설 　수전노 알 자히드 지음 | 김정아 옮김

059 소설 　거꾸로 조리스-카를 위스망스 지음 | 유진현 옮김

060 소설 　페피타 히메네스 후안 발레라 지음 | 박종욱 옮김

061 시 　납 제오르제 바코비아 지음 | 김정환 옮김

062 시 　끝과 시작 비스와바 쉼보르스카 지음 | 최성은 옮김

063 소설 　과학의 나무 피오 바로하 지음 | 조구호 옮김

064 소설 　밀회의 집 알랭 로브-그리예 지음 | 임혜숙 옮김

065 소설 　붉은 수수밭 모옌 지음 | 심혜영 옮김

066 소설 　아서의 섬 엘사 모란테 지음 | 천지은 옮김

067 시 　소동파사선 소동파 지음 | 조규백 역주

068 소설 　위험한 관계 쇼데를로 드 라클로 지음 | 윤진 옮김

069 소설 　거장과 마르가리타 　미하일 불가코프 지음 | 김혜란 옮김

070 소설 　우게쓰 이야기 　우에다 아키나리 지음 | 이한창 옮김

071 소설 　별과 사랑 　엘레나 포니아토프스카 지음 | 추인숙 옮김

072-073 소설 　불의 산(전 2권) 　쓰시마 유코 지음 | 이송희 옮김

074 소설 　인생의 첫출발 　오노레 드 발자크 지음 | 선영아 옮김

075 소설 　몰로이 　사뮈엘 베케트 지음 | 김경의 옮김

076 시 　미오 시드의 노래 　지은이 미상 | 정동섭 옮김

077 희곡 　셰익스피어 로맨스 희곡 전집 　윌리엄 셰익스피어 지음 | 이상섭 옮김

078 희곡 　돈 카를로스 　프리드리히 폰 실러 지음 | 장상용 옮김

079-080 소설 　파멜라(전 2권) 　새뮤얼 리처드슨 지음 | 장은명 옮김

081 시 　이십억 광년의 고독 　다니카와 슌타로 지음 | 김응교 옮김

082 소설 　잔지바르 또는 마지막 이유 　알프레트 안더쉬 지음 | 강여규 옮김

083 소설 　에피 브리스트 　테오도르 폰타네 지음 | 김영주 옮김

084 소설 　악에 관한 세 편의 대화 　블라디미르 솔로비요프 지음 | 박종소 옮김

085-086 소설 　새로운 인생(전 2권) 　잉고 슐체 지음 | 노선정 옮김

087 소설 　그것이 어떻게 빛나는지 　토마스 브루시히 지음 | 문항심 옮김

088-089 산문 　한유문집─창려문초(전 2권) 　한유 지음 | 이주해 옮김

090 시 　서곡 　윌리엄 워즈워스 지음 | 김숭희 옮김

091 소설 　어떤 여자 　아리시마 다케오 지음 | 김옥희 옮김

092 시 　가원 경과 녹색기사 　지은이 미상 | 이동일 옮김

093 산문 　어린 시절 　나탈리 사로트 지음 | 권수경 옮김

094 소설 　골로블료프가의 사람들 　미하일 살티코프 셰드린 지음 | 김원한 옮김

095 소설 　결투 　알렉산드르 쿠프린 지음 | 이기주 옮김

096 소설 　결혼식 전날 생긴 일 　네우송 호드리게스 지음 | 오진영 옮김

097 소설 　장벽을 뛰어넘는 사람 　페터 슈나이더 지음 | 김연신 옮김

098 소설 　에두아르트의 귀향 　페터 슈나이더 지음 | 김연신 옮김

099 소설 　옛날 옛적에 한 나라가 있었지 　두산 코바체비치 지음 | 김상헌 옮김

100 소설 　나는 고故 마티아 파스칼이오 　루이지 피란델로 지음 | 이윤희 옮김

101 소설 　따니아오 호수 이야기 　왕정치 지음 | 박정원 옮김

102 시 　송사삼백수 　주조모 엮음 | 이동향 역주

103 시 　문턱 너머 저편 　에이드리언 리치 지음 | 한지희 옮김

104 소설   **충효공원** 천잉전 지음 | 주재희 옮김

105 희곡   **유디트/헤롯과 마리암네** 프리드리히 헤벨 지음 | 김영목 옮김

106 시   **이스탄불을 듣는다**
오르한 웰리 카늑 지음 | 술탄 훼라 아크프나르 여·이현석 옮김

107 소설   **화산 아래서** 맬컴 라우리 지음 | 권수미 옮김

108-109 소설   **경화연**(전 2권) 이여진 지음 | 문현선 옮김

110 소설   **예피판의 갑문** 안드레이 플라토노프 지음 | 김철균 옮김

111 희곡   **가장 중요한 것** 니콜라이 예브레이노프 지음 | 안지영 옮김

112 소설   **파울리나 1880** 피에르 장 주브 지음 | 윤 진 옮김

113 소설   **위폐범들** 앙드레 지드 지음 | 권은미 옮김

114-115 소설   **업둥이 톰 존스 이야기**(전 2권) 헨리 필딩 지음 | 김일영 옮김

116 소설   **초조한 마음** 슈테판 츠바이크 지음 | 이유정 옮김

117 소설   **악마 같은 여인들** 쥘 바르베 도르비이 지음 | 고봉만 옮김

118 소설   **경본통속소설** 지은이 미상 | 문성재 옮김

119 소설   **번역사** 레일라 아부렐라 지음 | 이윤재 옮김

120 소설   **남과 북** 엘리자베스 개스켈 지음 | 이미경 옮김

121 소설   **대리석 절벽 위에서** 에른스트 윙거 지음 | 노선정 옮김

122 소설   **죽은 자들의 백과전서** 다닐로 키슈 지음 | 조준래 옮김

123 시   **나의 방랑—랭보 시집** 아르튀르 랭보 지음 | 한대균 옮김

124 소설   **슈톨츠** 파울 니종 지음 | 황승환 옮김

125 소설   **휴식의 정원** 바진 지음 | 차현경 옮김

126 소설   **굶주린 길** 벤 오크리 지음 | 장재영 옮김

127-128 소설   **비스와스 씨를 위한 집**(전 2권) V. S. 나이폴 지음 | 손나경 옮김

129 소설   **새하얀 마음** 하비에르 마리아스 지음 | 김상유 옮김

130 산문   **루테치아** 하인리히 하이네 지음 | 김수용 옮김

131 소설   **열병** 르 클레지오 지음 | 임미경 옮김

132 소설   **조선소** 후안 카를로스 오네티 지음 | 조구호 옮김

133-135 소설   **저항의 미학**(전 3권) 페터 바이스 지음 | 탁선미·남덕현·홍승용 옮김

136 소설   **신생** 시마자키 도손 지음 | 송태욱 옮김

137 소설   **캐스터브리지의 시장** 토머스 하디 지음 | 이윤재 옮김

138 소설   **죄수 마차를 탄 기사** 크레티앵 드 트루아 지음 | 유희수 옮김

139 자서전 **2번가에서** 에스키아 음파렐레 지음 | 배미영 옮김

140 소설 **묵동기담/스미다 강** 나가이 가후 지음 | 강윤화 옮김

141 소설 **개척자들** 제임스 페니모어 쿠퍼 지음 | 장은명 옮김

142 소설 **반짝이끼** 다케다 다이준 지음 | 박은정 옮김

143 소설 **제노의 의식** 이탈로 스베보 지음 | 한리나 옮김

144 소설 **흥분이란 무엇인가** 장웨이 지음 | 임명신 옮김

145 소설 **그랜드 호텔** 비키 바움 지음 | 박광자 옮김

146 소설 **무고한 존재** 가브리엘레 단눈치오 지음 | 윤병언 옮김

147 소설 **고야, 혹은 인식의 혹독한 길** 리온 포이히트방거 지음 | 문광훈 옮김

148 시 **두보 오칠언절구** 두보 지음 | 강민호 옮김

149 소설 **병사 이반 촌킨의 삶과 이상한 모험**
블라디미르 보이노비치 지음 | 양장선 옮김

150 시 **내가 얼마나 많은 영혼을 가졌는지**
페르난두 페소아 지음 | 김한민 옮김

151 소설 **파노라마섬 기담/인간 의자** 에도가와 란포 지음 | 김단비 옮김

152-153 소설 **파우스트 박사**(전 2권) 토마스 만 지음 | 김륜옥 옮김

154 시,희곡 **사중주 네 편 T. S. 엘리엇의 장시와 한 편의 희곡**
T. S. 엘리엇 지음 | 윤혜준 옮김

155 시 **귈뤼스탄의 시** 배흐티야르 와합자대 지음 | 오은경 옮김

156 소설 **찬란한 길** 마거릿 드래블 지음 | 가주연 옮김

157 전집 **사랑스러운 푸른 잿빛 밤** 볼프강 보르헤르트 지음 | 박규호 옮김

158 소설 **포옹가족** 고지마 노부오 지음 | 김상은 옮김

159 소설 **바보** 엔도 슈사쿠 지음 | 김승철 옮김

160 소설 **아산** 블라디미르 마카닌 지음 | 안지영 옮김

161 소설 **신사 배리 린든의 회고록** 윌리엄 메이크피스 새커리 지음 | 신윤진 옮김

162 시 **천가시** 사방득, 왕상 엮음 | 주기평 역해

163 소설 **모험적 독일인 짐플리치시무스** 그리멜스하우젠 지음 | 김홍진 옮김

164 소설 **맹인 악사** 블라디미르 코롤렌코 지음 | 오원교 옮김

165-166 소설 **전차를 모는 기수들**(전 2권) 패트릭 화이트 지음 | 송기철 옮김

167 소설 **스너프** 빅토르 펠레빈 지음 | 윤서현 옮김

168 소설 **순응주의자** 알베르토 모라비아 지음 | 정란기 옮김

169 소설　오렌지주를 증류하는 사람들 오라시오 키로가 지음 | 임도울 옮김

170 소설　프라하 여행길의 모차르트/슈투트가르트의 도깨비

　　　　에두아르트 뫼리케 지음 | 윤도중 옮김

171 소설　이혼 라오서 지음 | 김의진 옮김

172 소설　가족이 아닌 사람 샤오훙 지음 | 이현정 옮김

173 소설　황사를 벗어나서 캐런 헤스 지음 | 서영승 옮김

174 소설　들짐승들의 투표를 기다리며 아마두 쿠루마 지음 | 이규현 옮김

175 소설　소용돌이 호세 에우스타시오 리베라 지음 | 조구호 옮김

176 소설　사기꾼—그의 변장 놀이 허먼 멜빌 지음 | 손나경 옮김

177 소설　에리옌 항타고드 오손보독 지음 | 한유수 옮김

178 소설　캄캄한 낮, 환한 밤—나와 생활의 비허구 한 단락

　　　　옌롄커 지음 | 김태성 옮김

179 소설　타인들의 나라—전쟁, 전쟁, 전쟁 레일라 슬리마니 지음 | 황선진 옮김

180 자서전　자유를 찾은 혀—어느 청춘의 이야기

　　　　엘리아스 카네티 지음 | 김진숙 옮김

181 소설　어느 페르시아인의 편지 몽테스키외 지음 | 이자호 옮김

182 소설　오후의 예항/짐승들의 유희 미시마 유키오 지음 | 박영미 옮김

183 소설　왕은 없다 응우옌후이티엡 지음 | 김주영 옮김

184 소설　죽음의 가시 시마오 도시오 지음 | 이종은 옮김

185 소설　세레나데 쥘퓌 리바넬리 지음 | 오진혁 옮김

186 소설　트리스탄 고트프리트 폰 슈트라스부르크 지음 | 차윤석 옮김

187 소설　루친데 프리드리히 슐레겔 지음 | 박상화 옮김

188 시　서 있는 여성의 누드/황홀 캐럴 앤 더피 지음 | 심지아 옮김

189 소설　연기 이반 투르게네프 지음 | 이항재 옮김

190 소설　세 인생 거트루드 스타인 지음 | 이윤재 옮김

191-192 시　당시삼백수(전 2권) 손수 엮음 | 임도현 역해

193 소설　M/T와 숲의 신비한 이야기 오에 겐자부로 지음 | 심수경 옮김

194 소설　여덟 마리 말 그림 선충원 지음 | 강경이 옮김

195 소설　메인 스트리트 싱클레어 루이스 지음 | 이미경 옮김

196 소설　성배 탐색 지은이 미상 | 최애리 옮김

197 소설　천년의 즐거움 나카가미 겐지 지음 | 이정미 옮김

198-199 소설　비둘기의 날개(전 2권) 헨리 제임스 지음 | 정소영 옮김